Moritz Thausing

Dürer - Geschichte seines Lebens und seiner Kunst

1. Band

Moritz Thausing

Dürer - Geschichte seines Lebens und seiner Kunst
1. Band

ISBN/EAN: 9783743620780

Hergestellt in Europa, USA, Kanada, Australien, Japan

Cover: Foto ©Raphael Reischuk / pixelio.de

Manufactured and distributed by brebook publishing software (www.brebook.com)

Moritz Thausing

Dürer - Geschichte seines Lebens und seiner Kunst

Dürer im Alter von dreizehn Jahren.

Silberstiftzeichnung von 1484 in der Albertina zu Wien.

Seite 57.

DÜRER

GESCHICHTE

SEINES LEBENS UND SEINER KUNST

VON

MORIZ THAUSING

MIT ILLUSTRATIONEN UND TITELKUPFER

ZWEITE VERBESSERTE AUFLAGE IN ZWEI BÄNDEN

ERSTER BAND

LEIPZIG

VERLAG VON E. A. SEEMANN

1884

DEN BEGRÜNDERN

DER

KUNSTGESCHICHTLICHEN STUDIEN IN ÖSTERREICH

FREIHERRN GUSTAV ADOLF von HEIDER

UND

RUDOLPH EITELBERGER von EDELBERG

IN VEREHRUNG

GEWIDMET.

Vorrede zur erften Auflage.

Zur vierhundertjährigen Jubelfeier der Geburt Dürers im Jahre 1871 hätte dies Buch erscheinen sollen. Hemmungen mannigfacher Art haben die Vollendung desselben verzögert. Soweit dieselben perfönlicher Natur find, dürfen fie billig verschwiegen werden; fo weit fie in den nicht gleich zu über-sehenden Schwierigkeiten der Aufgabe begründet waren, werden fie fich aus einer aufmerkfamen Prüfung meiner Arbeit von felbft ergeben. Da indeffen in Deutschland feither keine umfaffende und felbftändige Forschung über Dürer ver-öffentlicht wurde und das Bedürfnifs einer folchen daher nach wie vor befteht, fo kommt diefes Buch auch heute nicht zu fpät. Trotz der grofsen Litteratur, welche fich allmählich über Dürer angefammelt hat, ift A. v. Eye: Leben und Wirken Albrecht Dürers, Nördlingen 1860, noch immer die erfte und einzige umfaffende Monographie, welche den Gegen-stand wiffenfchaftlich behandelt. In manchen Theilen wird diefelbe einen dauernden Werth behaupten. Doch ift fie unter Verhältniffen entftanden, welche dem verdienten Verfaffer eine fchärfere Kritik im Einzelnen und eine gröfsere Ver-tiefung der Auffaffung im Ganzen nicht geftatteten. Die Verlagshandlung veranftaltete von dem Buche im Jahre 1869 blos eine neue Titelausgabe, welcher ein Nachtrag von einigen wenigen Blättern beigefügt ift.

Im Gegenfatze zu dem deutfchen, hat uns zwar der englifche Büchermarkt zwei Prachtwerke über Dürer geliefert.

Die Autoren, Herr William B. Scott (1869) und Frau Charles
Heaton (1870) erwarben fich das Verdienft, die Aufmerkfamkeit des englifchen Leferkreifes auf Dürer gelenkt und ihm
die Ergebniffe der deutfchen Forfchung vermittelt zu haben,
foweit diefelben bis dahin gediehen und ihren redlichen Bemühungen zugänglich waren.   Auf einen felbftändigen wiffenfchaftlichen Werth und vollends auf eine kritifche Sichtung
des Dürer zugefchriebenen Denkmälervorrathes erheben diefe
englifchen Monographien keinen Anfpruch.   Nach dem Vorgange von Charles Narrey (1866) für Frankreich liegt das
Schwergewicht derfelben vornehmlich auf den Ueberfetzungen
der »Venetianifchen Briefe« und des »Niederländifchen Tagebuches« von Dürer, wie fie zuletzt von Campe in den Reliquien, 1828, abgedruckt waren.   Die Ueberlieferung diefer
autobiographifchen Schriften Dürers ift aber fo mangelhaft
und ihr Verftändnifs ift auch für den deutfchen Lefer fo
fchwierig, dafs es uns nicht Wunder nehmen kann, wenn
Fremde ohne jeglichen philologifchen und hiftorifchen Apparat
nur fehr unvollkommen in daffelbe einzudringen vermochten.
Das hohe Intereffe, welches namentlich die Gebildeten eng-
lifcher Zunge für den deutfchen Künftlerfürften hegen, bedarf
alfo erft noch immer der Befriedigung.   Eine englifche
Auflage unferes Buches, welche demnächft bei John Murray
in London erfcheint, will demfelben entgegenkommen.

Jene Bedenken und Erfahrungen bezüglich der Schriften
Dürers veranlafsten mich auch, zunächft eine gemeinverftänd-
liche Ausgabe von Dürers autobiographifchen Schriften diefem
Buche vorangehen zu laffen unter dem Titel: Dürers Briefe,
Tagebücher und Reime, nebft einem Anhange von Zufchriften
an und für Dürer, als III. Theil der Quellenfchriften für
Kunftgefchichte und Kunfttechnik des Mittelalters und der
Renaiffance, herausgegeben von R. Eitelberger von Edelberg,
Wien 1872.   Die Uebertragung des Textes in die moderne
Schriftfprache und die fachlichen Erklärungen follten mir
und Anderen als eine Vorarbeit dienen.   Zu meiner Genug-
thuung haben auch Sachverftändige diefe Bearbeitung dankbar

anerkannt. *Mifsbilligt wurde die Ueberfetzung oder Moderni-
fierung des Textes, diefer mühevollfte Theil meiner Arbeit
— wie mir faft fcheinen will — zumeift von Solchen, welche
der Verdeutlichung deffelben am meiften bedurften, fich das
aber nicht mochten merken laffen.*

*Weitaus fchwieriger freilich, als die Behandlung der
litterarifchen Quellen, war das Studium der Kunftwerke
Dürers. Eine lange Reihe von Namen müfste ich nennen,
wollte ich aller Derer gedenken, die mich bei diefem Theile
meiner Vorarbeiten unterftützt haben. Möge es mir nicht
übel gedeutet werden, wenn ich hier nicht jedem Einzelnen
befonders meine Dankbarkeit bezeuge. Das Vorwort würde
dadurch, fürchte ich, ganz unverhältnifsmäfsig anfchwellen.
Ich darf alfo wohl zunächft den Befitzern, Vorftänden und
Beamten aller Kunftfammlungen, Archive und Bibliotheken,
welche ich benutzen konnte, meinen Dank insgefammt ausfprechen. Wo es mir durchaus nicht möglich war, zu den
Originalen zu gelangen, habe ich mir nach Durchzeichnungen
und Photographien und nach eingehenden Befchreibungen
zuverläfsiger Freunde und Kenner mein Urtheil gebildet; doch
immer fo, dafs ich die Verantwortung deffelben ganz allein
auf mich nehme.*

*Von Allen, die mich fo gefördert haben, fei vornehmlich
der Todten gedacht, denen ich mit meiner Arbeit nicht mehr
Rechenfchaft geben kann über die ehrliche Verwerthung ihrer
Beiträge. So ift mir aus dem Nachlaffe Guftav Friedrich
Waagens alles, was auf Dürer Bezug hat, durch deffen
Erben Alfred Woltmann zugleich mit der felbftlofen, un-
bedingten Auslieferung feines eigenen Materiales zur Ver-
fügung geftellt worden; obwohl meift ältere Aufzeichnungen,
dienten mir diefelben doch zur Orientierung und zu mannig-
facher Belehrung. Desgleichen überliefs mir die Familie
Alberts von Zahn deffen nachgelaffene Collectaneen über
Dürer kurz vor der Schlufsredaction und Drucklegung diefes
Buches; ich konnte daraus noch manchen Wink, manchen
Nachweis und manche Beruhigung fchöpfen. Auch B. Haus-*

mann in Hannover weilt nicht mehr unter den Lebenden.
Seine koftbare Dürerfammlung war ftets zu meiner Verfügung; ja der hochbetagte Greis nahm keinen Anftand,
auch wohl eine kleine Reife zu unternehmen, wenn es galt,
einem entlegeneren Gegenftande meiner Nachforfchung beizukommen. Insbefondere aber hat Otto Mündler mit der nur
ihm eigenen Herzlichkeit mich bei der Arbeit ermuthigt.
Er verzichtete fchliefslich auf jede Verwerthung feiner lang-
jährigen, wenn auch nur nebenbei verfolgten Forfchungen
über Dürer zu meinen Gunften. Zu feiner letzten Sendung
an mich, fchreibt er von Paris am 7. März 1870, kurz vor
feinem plötzlichen Tode: »Mein verehrter und fehr werther
junger Freund! . . . ich merke, dafs ich die erforderliche
Mufse nicht finde, fo dafs ich mich entfchloffen habe, alle
meine Materialien rückhaltlos in Ihre rüftigen Hände zu
geben. Mögen Sie, was irgend davon Werth haben mag,
ausnutzen und verwerthen! . . .« Doppelt fchmerzt es mich
nun, dafs es mir nicht vergönnt ward, ihm zu zeigen, ob ich
auch mit feinem Pfunde gewuchert habe. An ihn hatte ich
bei der Arbeit mit Vorliebe gedacht, an den Trefflichen, der
zur Strafe für fein vorzeitiges Wiffen verdammt war, das
Brod der Fremde zu effen; doppelt fauer, da er es aus dem
Kunfthandel herausfchlagen mufste.

Dafür wird mir die Freude, zwei der feinfühligften
Kunftkenner in der Fremde an diefer Stelle von ganzem
Herzen zu begrüfsen. Es find meine hochverehrten Freunde
Giovanni Morelli, Senator des Königreichs Italien, und William
Mitchell in London. Es giebt wohl nur wenige Männer in
deutfchen Landen, welche Dürers Kunft fo zu würdigen ver-
ftehen wie fie; dafs ich nur wünfchen kann, es möge fie
nach Durchlefung der folgenden Blätter die Unterweifung
nicht gereuen, die fie mir in ihrer liebevollen Art haben zu
Theil werden laffen.

Befondere Aufmerkfamkeit wurde auf die Illuftration
und die äufsere Ausftattung des Buches verwendet. Zur
Reproduction wurden nur Unica als Gemälde und Zeichnungen

gewählt, die leichter zugänglichen Kupfer und Holzschnitte aber ausgeschloffen, mit einer einzigen Ausnahme. Die Aufopferung, mit welcher sich die mit mir verbundenen Künstler um die Löfung unferer Aufgabe bemühten, kann ich nicht genug anerkennen. Bei der Drucklegung hat mir mein jüngerer Freund und Fachgenoffe, Eduard Chmelarz, erfprießlichen Beiftand geleiftet. Endlich fei auch meinem lieben Verleger gedankt für das Wohlwollen und die Geduld, welche zu entfalten ihm fo viel Anlaß geboten war. Unfer aller Lohn fei das Gelingen!

Möge denn unfer Buch nach Inhalt und Ausftattung des Gegenftandes würdig fein, dem es gewidmet ift und der, wie jede echte Größe, in unferer Werthfchätzung ftets höher fteigt, je beffer wir ihn erkennen. Hundert Jahre find es bald her, daß Goethe über Dürer an Lavater fchrieb: »Denn ich verehre täglich mehr die mit Silber und Gold nicht zu bezahlende Arbeit des Menfchen, der, wenn man ihn recht im Innerften erkennen lernt, an Wahrheit, Erhabenheit und felbft an Grazie nur die erften Italiener zu Seinesgleichen hat. Diefes wollen wir nicht laut fagen« — wir heute wollen es laut fagen!

Wien am 9. October 1875.

Der Verfasser.

Vorrede zur zweiten Auflage.

—

Dieſes Buch hat vornehmlich in nicht deutſchen Ländern Beifall gefunden. Nachdem die Hälfte der Aushängebogen bereits einzeln an verſchiedene Freunde und Fachgenoſſen verſandt worden war, erwarb auf Empfehlung meines Freundes William Mitchell und trotz des kaum zur Hälfte gediehenen Druckes im Sommer 1875 die Firma Murray in London das Recht der Ueberſetzung in's Engliſche. Zu Weihnachten deſſelben Jahres folgte durch Vermittelung des Vicomte Henri Delaborde der Antrag einer franzöſiſchen Pracht-Ausgabe vom Hauſe Firmin-Didot in Paris. Die vortreffliche Ueberſetzung von Guſtave Gruyer iſt auch bereits 1878 in reicher Ausſtattung mit Beifügung einer Reihe von neuen Abbildungen unter dem Titel: »Albert Dürer, sa vie et ses oeuvres« erſchienen; während die engliſche Ausgabe in zwei gefälligen Bänden nach allerhand Mißgeſchick unter der gewiſſenhaften Obſorge von Fred. A. Eaton erſt 1882 erfolgte unter dem Titel: »Albert Dürer, his Life and his Works«. Von den der franzöſiſchen Ausgabe hinzugefügten Abbildungen werden die wichtigſten an den betreffenden Stellen angeführt, die geſchmackvolle Form der engliſchen hat der zweiten Auflage des Originals zum Muſter gedient. Auch in Italien[1]) und Portugal[2]), in Amerika und beſonders

---

[1]) Gustavo Frizzoni, Alberto Durero e sue relazioni coll' arte e coll' umanismo dell' epoca; im Archivio Veneto, 15. und 16. Band 1878.

[2]) Joaquim de Vasconcellos, Albrecht Dürer e a sua influencia na peninsula; Archaeologia artistica, I. 4. Porto 1877.

in Ungarn fand das Buch zu meiner Ueberraschung viel Anerkennung und dankenswerthe Würdigung.

Weniger erfreulich war es, dass sich für die früheren, schon im Frühjahre 1875 gedruckten Capitel des im November ausgegebenen Werkes alsbald auch ein Plagiator fand. Zwar ein Landsmann aus dem Osten, publicierte er seine Essays in französischer Sprache und in prunkender Ausstattung bei Jouaust in Paris, versandte dieselben in liberalster Weise an die deutschen Kunstschriftsteller und erntete damit reichliche Zustimmung und Aufmunterung aller Art. Nach wiederholter aber vergeblicher Warnung in vertraulichem Wege sah ich mich daher genöthigt, ihn öffentlich des Plagiates zu zeihen und ihn trotz seiner Einsprache dessen auch zu überweisen (Zeitschrift für bildende Kunst, Leipzig 1877, XII. 283 und 386. XIII. 96). Dadurch wie durch das Erscheinen der französischen Ausgabe meines Buches zur Documentierung seines Berufes als selbständiger Dürerforscher herausgefordert, publicierte er noch mit nicht geringem Aufwande von Eifer und Mitteln eine Reihe von Artikeln über Dürer in der »Gazette des Beaux-Arts«, die schliesslich in einem umfangreichen Bande gesammelt und mit vielen phototypischen und zinkographischen Abbildungen versehen unter dem Titel: »Albert Dürer et ses dessins«[1]) bei der Firma Quantin in Paris 1881 gröstentheils wiedererschienen sind. Manche der nur ganz mechanisch und fabrikmässig hergestellten Abbildungen und das Wenige, was sonst darin beachtenswerth und nicht bereits widerlegt ist, werde ich fortan nach der Gazette des Beaux-Arts und in der für die sehr ungleichen Monographien obengenannter Firma in Frankreich üblichen Weise unter dem Titel »Dürer-Quantin« citieren.

Mit Freuden blicke ich dagegen auf die Förderung, welche unsere Erkenntniss Dürers durch die wackeren Bemühungen deutscher und englischer Forscher, insbesondere

---

1) Vergl. die Recension des Buches von Franz Wickhoff in der Zeitschrift für bildende Kunst, Leipzig 1882, XVII. 216 ff.

durch die meiner lieben Schüler erfahren hat. Das waren genußreiche Stunden, da wir im Wintersemester 1879/80 zusammensaßen und die erste Auflage des vorliegenden Buches einer rückhaltlosen Kritik unterzogen. Wenn dasselbe gegenwärtig mit vielen Verbesserungen wieder ausgehen kann, so verdanke ich dies zu nicht geringem Theile der Unterstützung meiner jüngeren Freunde und Fachgenossen. Was von ihnen und von anderen ernsthaften Forschern seither über Dürer veröffentlicht wurde, findet an den betreffenden Stellen des Textes seine Anführung. Doch ist es mir ein frohes Bedürfniß, gleich hier die Namen der Herren Doctoren Fritz Harck, Henry Thode und Franz Wickhoff in erster Reihe zu nennen und ihnen meinen herzlichen Dank auszusprechen.

Desgleichen danke ich an dieser Stelle Allen, welche das Buch einer eingehenden, unbefangenen Kritik unterzogen haben, zumal Denjenigen, welchen ich persönlich nicht zu danken vermochte, wie den nach englischer Sitte anonymen Recensenten des Londoner Athenæum, der Quarterly Review und vornehmlich demjenigen der Times.

Wie in der ersten Auflage war ich auch diesmal bestrebt, die sämmtlichen vollendeten, von mir als echt erkannten Werke Dürers aller Art in den Gang der Darstellung zu verweben, nicht aber alle seine Zeichnungen und Skizzen, deren ungemein große, sich fortwährend durch neue Funde noch vermehrende Zahl die Erwähnung jeder einzelnen nicht gestattet, wenn anders der Zusammenhang des biographischen Textes gewahrt werden soll. Nur für die schwierigere Jugendzeit bis 1503 wurde auch hierin Vollständigkeit angestrebt. Eine erschöpfende Aufzählung aller erhaltenen Studien von Dürer, wie überhaupt eine genauere Beschreibung seiner sämmtlichen Werke wäre die Aufgabe eines kritischen Kataloges, den ich von allem Anfange an geplant hatte und auch jetzt wieder in einem eigenen Bande der zweiten Auflage dieser Biographie vorausschicken wollte. Mangel an Zeit, Kraft und Mitteln haben die Ausführung des Planes bisher unmöglich gemacht. Doch auch ein sachliches Bedenken ließ mich schließlich vor

einer folchen Erweiterung des vorliegenden Werkes zurück-
fchrecken. Es hätte zu diefem Zwecke einer vollftändigen Um-
arbeitung bedurft; es hätte eine neue Gliederung des Textes
und fomit eine Lockerung und theilweife Zerftörung des einft
mit Mühe hergeftellten Aufbaues gegolten. Bei näherem Zu-
fehen mufste ich jedoch zweifeln, ob ich zu fo durchgreifender
Veränderung des nun einmal in der Welt verbreiteten Werkes
noch berechtigt fei und ob es mir heute gelingen würde, etwas
Befferes an die Stelle des Alten zu fetzen. Ift es doch mit
den Büchern nicht anders als mit den Kindern, die man
auch noch ganz in feiner väterlichen Gewalt zu haben ver-
meint, indeffen fie Einem bereits als felbftändige, eigen-
berechtigte Individuen gegenübertreten. Ohne innere Nöthigung
wurde daher an dem Wortlaute des Textes nicht gerüttelt.
Auch die einheitlich hergeftellte Illuftration und Verzierung
in Zeichnungen von Jofeph Schönbrunner, in Holzfchnitt von
F. W. Bader ift mit geringen Zuthaten diefelbe geblieben.
Ausführlichere Regifter am Schluffe des zweiten Bandes follen
die Brauchbarkeit des Buches erhöhen.

Wien am 11. Juli 1883.

Der Verfasser.

INHALTSANGABE DES I. BANDES.

I.

Die ersten deutschen Malerschulen und der Bilddruck.

»Denn gar leichtiglich verlieren
fich die künfte, aber fchwerlich und
durch lange zeit werden fie wieder
erfunden.«

Dürer.

DIE MALEREI ift ihrem eigenften Wefen nach eine moderne Kunft. Erft die neuere Zeit förderte die Fülle von Ideen, von technifchen Mitteln und wiffenfchaftlichen Kenntniffen und endlich das Gemüthsbedürfnifs zu Tage, dem diefe reichfte aller bildenden Künfte ihre völlige Entwickelung verdankt. Nur in fofern als die Elemente der neueren Cultur in die früheren Zeitalter zurückreichen, finden fich dafelbft auch die Anfänge und Vorftufen einer malerifchen Darftellung. Das Alterthum ftand zu fehr unter der Herrfchaft der plaftifchen Formen, um der höheren Entfaltung der antiken Malerei Raum zu geben; und der mafsgebende Einflufs der claffifchen Plaftik reicht noch weit in jene Vorhalle der Neuzeit hinein, die wir gemeiniglich das Mittelalter nennen. Die Eigenthümlichkeit diefes Mittelalters ift aber insbefondere in den Werken feiner Baukunft verkörpert. In der früheren romanifchen

Stilperiode bewegte fich diefelbe noch in grofsen, mafsvollen Formen, ohne den Ueberlieferungen des Alterthums ganz untreu zu werden. Der Sieg des Papftthums über das Kaiferthum jedoch brachte den kirchlichen Idealismus des Nordens fo fchrankenlos zur Geltung, dafs er losgelöft von Natur und Mafs dem Drange eines erregten Gemüthslebens bis in's Unmögliche folgte. Es entwickelte fich in Nordfrankreich die Gothik, welche nicht fowohl der Ausdruck des bunten mittelalterlichen Volkslebens ift, als vielmehr der Wiederfchein einer beftimmten, niemals wirklich durchgeführten hierarchifchen Weltanfchauung. Hatte der romanifche Stil noch der Sculptur und der Wandmalerei eine felbftändigere Geltung geftattet, fo drückte die gothifche Baukunft die Schwefterkünfte zu blofser Ornamentik herab.

Indeffen hatte fich auch der grofse Kreislauf vollzogen, in welchem Rom, zuerft mit ftaatlichen und fodann mit kirchlichen Mitteln die Völker des Abendlandes zu einem gemeinfamen Bildungsgange vereinigt hatte. Die nach allen Richtungen ausgeftreuten Keime hatten Wurzel gefchlagen. Bei fortfchreitender Gliederung des Ganzen in feine Theile begann ein mannigfaches, felbftändiges Culturleben der Nationen, Landfchaften, Städte, Individuen. Indefs nun die tectonifchen Künfte noch dem älteren Zuge nach dem Allgemeinen folgten, warf fich der Volksgeift in feiner Befonderheit vorzüglich auf das Malerifche und drängte weiter zur Befreiung des Wandgemäldes und der Miniatur von ihren gothifchen Feffeln. Als Tafelbild, Kupferftich und Holzfchnitt löfte fich die deutfche Malerei von der Baukunft und dem gleichen Gefetzen unterliegenden Schriftthume los und übernahm fortan die Führerfchaft auf dem Gebiete der neueren Kunft.

In ihren Anfängen bewegte fich die Malerei Deutfchlands, foweit wir diefelbe — zumeift in Miniaturen — zurückverfolgen können, vornehmlich in den noch aus dem Alterthume ftammenden altchriftlichen Formen. Die Figuren von derben Umriffen find mehr oder minder unvollkommen

gezeichnet; fie verrathen zwar noch in Haltung und Gewandung die antike Ueberlieferung und deren vorwiegend
plaftifchen Gefchmack, bleiben aber ohne wahren tieferen
Ausdruck. Bei diefer ftationären Unvollkommenheit der
malerifchen Leiftungen im Allgemeinen ift anfangs auch der
Unterfchied derfelben in den verfchiedenen Gegenden Deutfchlands nur ein geringer. Erft feit der Mitte des XIV. Jahrhunderts macht fich bei rafch fortfchreitender Technik auch
in den Formen der nationalen Kunft ein landfchaftlicher
Gegenfatz geltend — es bilden fich die erften deutfchen
Malerfchulen.

Innerhalb diefer Schulen unterordnet fich der Einzelne
noch ein Jahrhundert lang völlig den gleichen Principien;
fein Schaffen geht auf in dem der Genoffen und hebt fich
wohl nach dem höheren und geringeren Grade technifcher
Ausführung, nicht aber dem Charakter nach von der Menge
ab. Erft um ein Jahrhundert fpäter fchreitet die Sonderung
der Eigenthümlichkeit noch weiter. Immer deutlicher unterfcheidet fich das Individuum mit feiner beftimmten Formenanfchauung, feiner befonderen einheitlichen Gefühlsweife. In
bewufster Kraft erhebt fich nun die Perfönlichkeit des einzelnen Künftlers zur Aufnahme und Ausprägung der Ideen
und Gefühle, welche feine Zeit bewegen; und auf diefer
Bildungsftufe erft wird die Erforfchung und Würdigung eines
einzelnen Meifters möglich, erfpriefslich, nothwendig; denn
fein Leben und Wirken gewinnt wieder eine allgemeinere
Bedeutung, es wird zu einer Verkörperung des ganzen
nationalen Wefens.

Diefer fubjectiven Auffaffung ftand die deutfche Malerei
noch ziemlich ferne, als fie im Verlaufe des XIV. Jahrhunderts die Umarmung der Architectur abfchüttelte. Vielmehr führte die Malerei jener frühen Periode noch deutliche
Spuren ihrer Herkunft mit fich, und man hat fie deshalb
auch mit dem Namen der gothifchen bezeichnet, was nur
infofern berechtigt ift, als eine dem abftracten gothifchen
Formbegriffe im Allgemeinen verwandte Gefühlsweife ihr zu

Grunde lag. Im Widerſpruche damit ſteht aber einerſeits die Thatſache, daſs die Vervollkommnung des Gemäldes durch das Streben nach Naturwahrheit gleichen Schritt hält mit dem Verfalle der Gothik in den tectoniſchen Künſten — zwiſchen den Bedingungen ihres wechſelſeitigen Gedeihens ſomit ein ungerades Verhältniſs beſteht; anderſeits das Auseinandergehen der einmal ſelbſtändig gewordenen deutſchen Malerei nach mehreren weſentlich verſchiedenen Richtungen. Doch auch die Gegenſätze dieſer älteſten Schulen verdanken noch ihre Eigenthümlichkeit nicht ſowohl dem bereits gekräftigten Volksthume, als vielmehr der Nachwirkung jener mächtigen Ideen, welche die Nation das ganze Mittelalter hindurch beherrſchten.

Die ideale Erhebung der mittelalterlichen Kirche fand einen vollendeten Ausdruck in der älteren Malerſchule von Köln. Die ſchlanken Geſtalten mit der zierlich geſchwungenen, gleichſam aufwärts ſtrebenden Körperhaltung, den lang herabfallenden, dichten Falten der Gewandung, den weichen, ruheſeligen Geſichtsformen, dem ſanften Blick, der mehr nach Innen als nach Auſsen gekehrt ſcheint — getaucht in lichte, duftige Farben und umfloſſen von ſtrahlendem Goldgrund — das ſind keine Kinder dieſer Welt, ſie gehören einem beſſeren Jenſeits an, nach welchem ihre Erſcheinung die Sehnſucht erwecken ſoll und das durch ihre Verehrung zu gewinnen iſt. Ohne gerade von dem heiteren Genuſſe des Daſeins abzulenken, wollen ſie daſſelbe blos in ſtetem Bezuge auf das Himmliſche erhalten, und zwar auf dem einzigen Wege duldender Nacheiferung und mächtiger Fürſprache, das heiſst: durch die Kirche. Dieſer Charakter iſt eigentlich in ſeinen Grundzügen der früheſten Epoche der Tafelmalerei im ganzen damaligen Deutſchland gemeinſam, doch fanden ſich nur am Mittelrhein die Bedingungen einer höheren, feineren Durchbildung ſo glücklich zuſammen. In dem reichen, heiligen Köln, dem deutſchen Rom, ward die Kunſt geſchützt von den geiſtlichen Kurfürſten, gefördert von einem opulenten Clerus und gehegt durch einen eben ſo frommen, wie lebens-

freudigen Bürgerſtand. Nach den ſchönſten Blüthen, welche
dieſe Malerei gerade hier entfaltete, hat man ſie richtig als
die der kölniſchen Schule bezeichnet, wenn auch der Begriff
uneigentlich auf ein viel gröſseres Gebiet ausgedehnt zu
werden pflegt. Die Perſönlichkeiten der Künſtler, wie die
des geprieſenen Meiſters Wilhelm, heben ſich zwar nur
ſchwankend und unbeſtimmt vom Grunde der Schule ab;
und obwohl die Maler nachweislich bereits dem Laienſtande
angehörten, tragen ihre Werke doch einen vorwiegend geiſtlichen Charakter zur Schau, eine ungezwungene Andacht,
ſchwärmeriſche Beſchaulichkeit und holdſelige Verklärung,
wie ſie ſeitdem von keiner Phantaſie wieder erreicht wurde.
In ſofern nun ihre Darſtellungen den Idealen der mittelalterlichen Kirche am nächſten kommen, ſtehen ſie noch im
Brennpunkte des hierarchiſchen Einfluſſes.

Den Grundzug frommer Hingebung verläugnet die Kölniſche Schule auch dann nicht, als in der erſten Hälfte des
XV. Jahrhunderts allmählich eine ſchärfere Naturbeobachtung
in ihr Platz griff. Hand in Hand mit dieſer ſchreitet die
Vervollkommnung der Malertechnik vor, und je reicher ihre
materiellen Mittel, deſto weniger widerſtehen die Künſtler
der Verſuchung, ſie zu ihren idealen Zwecken zu verwenden.
Die Geſtalten werden kürzer und völliger in den Formen,
die Augen erhalten mehr Sehkraft, die männlichen Heiligen
namentlich ſtehen feſter auf den Füſsen und ſind gar zuweilen
von allzu derber individueller Geſichtsbildung. Dabei waltet
gleichwohl die andächtig geſchwungene Körperhaltung vor,
namentlich in den Frauen mit den feinen Händen und den
lieblich gerundeten Kinderköpfchen; aus ihnen ſpricht noch
der ganze Zauber paradieſiſcher Unſchuld. Die Hauptfiguren
erſcheinen noch immer als überirdiſche Weſen, aber eine
kältere Verſtändigkeit glaubt ſie bereits mit allem ſchmücken
zu müſsen, was hienieden auf Erden Glanz und Anſehen
verleiht. Sie tragen die bunte, für uns oft ganz abſonder-
liche Modetracht der höheren Stände ihrer Zeit, ſie ſtrahlen
von Sammet und Seide, von Goldbrocat und Geſchmeide.

In Ermangelung eines tieferen Ernftes und Gedankenaus-
druckes kommt ihnen dies Beiwerk fehr zu Statten, denn
die Farbenpracht der Gewänder verleiht auch kleineren
Verhältniffen jene Feierlichkeit, deren ein Andachtsbild nicht
entrathen kann. Den Höhepunkt diefer jüngeren kölnifchen
Schule bildet der Maler des Kölner Dombildes, Meifter
Stephan Lochner. Seine Richtung führt aber zugleich die
ftreng kirchliche, idealiftifche Kunft des Mittelalters an den
äufserften Grenzpunkt, über den hinaus fie keiner Entwickelung mehr fähig ift, ohne ihren unbeugfamen Principien
völlig untreu zu werden.

Im Gegenfatze zu der kölnifchen Schule entfaltet die
deutfche Malerei des XIV. Jahrhunderts eine andere Blüthe
in der Schule von Prag. Wenn der Weften des Reiches,
namentlich durch geiftlichen Befitz aufgefogen und zerfetzt,
den Hebelpunkt des kirchlichen Einfluffes in Deutfchland
bildete, wenn der Rhein zur »Pfaffengaffe« geworden war,
fo bot der Often noch den jeweiligen Kaifern compacte
Territorien als ergiebige Stützpunkte ihrer Macht und ihres
Anfehens. Abgefehen von den kriegerifchen Marken, aus
denen dereinft zwei deutfche Grofsmächte herauswachfen
follten, galt dies insbefondere von Böhmen, und bald ward es
Sprichwort im Reich, dafs die Kaiferkrone auf die böhmifche
Königskrone gehöre. Als nun mit dem Luxemburger Karl IV.
zuerft ein gelehrter und kunftfinniger Fürft beide auf feinem
Haupte vereinigte und den Verfuch machte, Deutfchland
einen feften Mittelpunkt, eine würdige Hauptftadt zu fchaffen,
da ward auch der Malerei in Böhmen nicht blos eine
heimifche Stätte bereitet, es ward ihr zugleich ein den
ftaatlichen und örtlichen Bedingungen entfprechender Grundzug eingeprägt.

In keinem andern Reichslande ftand der Clerus fo fehr
in Abhängigkeit von dem Landesfürften, wie in dem König-
reiche Böhmen, diefem Adoptivkinde des deutfchen Staates.
Die zwiefache Bevölkerung deffelben zeichnete fich zwar
gleichfalls durch einen mächtigen Zug perfönlicher Frömmig-

keit aus, die religiöfen Gefühle wurden aber durch keine
übermächtige Geiftlichkeit auf ein befferes Jenfeits abgelenkt,
fie nahmen hier eine ernftere, mitunter düftere Richtung
und fuchten nach Anwendung auf die Verhältniffe des wirklichen Lebens. Kaifer Karl führte zwar, feiner Weltftellung
gemäfs, verfchiedenartige Einflüffe in die Malerei feines Hofes
ein, wovon die Meifternamen Thomas von Modena und
Nicolaus Wurmfer aus Strafsburg Zeugnifs geben — auch
fcheint byzantinifcher Einflufs mit eingewirkt zu haben —
dennoch bewahrt die böhmifche Schule den einheitlichen,
localen Charakter, den man auf Dietrich von Prag und
Meifter Kunze zurückführen will. Ihre Geftalten, meift wuchtig
mit Vorliebe überlebensgrofs, zeigen Würde und Ernft;
Köpfe und Hände find kräftig ausgebildet; breite, weiche
Gewandmaffen fliefsen um die freier bewegten Glieder; die
Färbung ift tief, in grauen Schatten abgetont und in den
Gewändern gebrochen, fo dafs ihr materieller Reiz nicht
fehr zur Geltung kommt. Die Augen find weit geöffnet
und fchauen beftimmt, zuweilen faft finfter heraus; das Beiwerk ift naturwahr behandelt. Trotz des gemufterten Gold-
grundes, aus dem fie heraustreten, fteht das Erhabene ihrer
Erfcheinung nicht fo fehr in einer inneren Beziehung auf
eine höhere, als vielmehr auf die irdifche Welt, auf den
Befchauer felbft, von dem fie nicht blos Verehrung, fondern
auch Unterwerfung und Gehorfam fordern. Mehr als in
jeder anderen Malerfchule auf deutfchem Boden lag hier
der Anfatz zu grofser, monumentaler Kunft. Gefchaffen
und gehoben durch die Gunft Karls IV. erhielt diefe Schule
von Prag unwillkürlich das Gepräge der anderen Vormacht
des deutfchen Mittelalters — fie ift die Malerei des alten
Kaiferthums.

Zwifchen diefen beiden Polen deutfcher Kunftentwickelung
im Weften und Often liegt die Reichsftadt Nürnberg, die
allein unter allen anderen ähnliche Beftrebungen auf dem
Gebiete der Malerei fchon im XIV. Jahrhunderte aufzuweifen
hat. Wie in Köln und Prag find zwar auch hier die Elemente

der erſten Entwickelung dem heimathlichen Boden entwachſen.
Die Formenverwandtſchaft der älteſten Nürnberger Gemälde,
wie des Altares der Jakobskirche, mit der kölniſchen Schule
mag vielleicht nur auf die gemeinſame Grundlage altdeutſcher
Malweiſe zurückzuführen ſein. Doch führte der lebhafte Verkehr der aufblühenden, bauluſtigen Handelsſtadt nothwendig
zu den mannigfachſten Berührungspunkten mit der Fremde;
es wird denn auch die unmittelbare künſtleriſche Anregung
vom Weſten eben ſo wenig ausgeblieben ſein, wie vom
Oſten. Nürnberg war ja die Lieblingsſtadt Karls IV.; ſie
erfuhr durch die Luxemburgiſchen Kaiſer die kräftigſte
Förderung ihres Aufſchwunges, was auf rege Wechſelbeziehungen zu dem Prager Hofe ſchlieſen läſt. Ja bereits
1310 wird »der Böhme Cunzel, Bruder Nicolaus des Malers«
in dem Strafbuche der Stadt Nürnberg genannt, obwohl
ſich die Identität dieſer Männer mit den gleichnamigen
Meiſtern der Prager Schule nicht nachweiſen läſt[1]). Wie
dem auch ſei, jedenfalls deutet die groſe Verſchiedenheit
der heute noch in Nürnberg erhaltenen älteſten Denkmäler
der Malerei auf entgegengeſetzte fremde Einflüſſe hin, und
ſo weit ſich ein Geſammtcharakter der erſten dortigen Schule
aufſtellen läſt, liegen deren Eigenthümlichkeiten zwiſchen
dem Weſen der Kölniſchen und der Prager Schule mitten
inne. Die Geſtalten zeigen weiche aber gedrungene Formen
und ſtarke Modellierung, die Köpfe kindlichen Ausdruck bei
weit geöffneten, meiſt braunen Augen. Die Zeichnung iſt
beſtimmt, die Farben kräftig ausgeſprochen, aber tief und
ſo wie das Fleiſch in grauen Schatten abgetont; der Goldgrund iſt gemuſtert. Weniger noch als in Köln oder Prag
laſſen ſich hier einzelne Meiſter beim Namen nennen.

Die Zwiſchenſtellung dieſer dritten deutſchen Malerſchule des XIV. Jahrhunderts würde allerdings ſchon aus
der mittleren Lage Nürnbergs zu erklären ſein. Zu der

---

1) v. Murr, Journal zur Kunſt-   frater Nicolai pictoris sententiauit se a
geſchichte XV, 25: »Cunzel bohemus   civitate perpetuo ſub pena suspendii.

bereits angedeuteten Verfchiedenartigkeit ihrer Werke kommt
aber noch der Umftand, dafs die bedeutendften derfelben
durch urkundliche Zeugniffe in eine weit jüngere Zeit herab-
gerückt werden, als man ihnen der ftiliftifchen Erfcheinung
nach zuzumuthen geneigt war. Diefe urkundlichen Zeugniffe
laffen nicht daran zweifeln, dafs ein Hauptwerk, wie die
berühmte Imhoff'fche Altartafel auf der Empore der Lorenzer-
kirche, und fo auch die Madonna derfelben Familie dafelbft,
erft gegen das zweite Viertel des XV. Jahrhunderts entftanden ift [1]). Vergleicht man nun das Votivbild, die Krönung
Mariæ durch Chriftus [2]) etwa mit demfelben Gegenftande auf
dem Pirna'er Antependium [3]) und im Gebetbuche der Aebtiffin
Kunigunde [4]), die beide aus der böhmifchen Schule des XIV.
Jahrhunderts ftammen, fo ergibt fich wohl mehr als blofs
typifche, archäologifche Verwandtfchaft, zumal fich diefelbe
auch auf die Farbengebung erftreckt.

Angefichts ihres jüngeren Urfprunges erfcheint es freilich nicht länger auffällig, dafs jene Hauptwerke der alten
Nürnberger Schule »mehr Kenntnifs und mehr Beachtung
des menfchlichen Körpers aufweifen, als die der altkölnifchen
und böhmifchen«. Maler aber, die fich noch nach mehreren
Jahrzehnten ganz frei in den älteren Stilformen bewegen,
können nicht wohl anders, als abhängig von jenen Schulen
gedacht werden. Der Entwickelungsgang, der hier anknüpft,
entfpricht ganz folgerichtig den Gefchicken des deutfchen

---

1) Genauer 1418—1430. Der
Stifter Konrad Imhoff II. († 1449)
erfcheint nämlich auf den Flügeln des
Votivbildes blofs mit drei Frauen und
zwar an der Seite der Elifabeth
Schäflin (verm. 1418, † 1430). Im
Jahre 1431 vermählt fich Konrad
das vierte Mal, mit Clara Volkamerin
† 1439, die nicht mehr auf dem
Bilde erfcheint. Daffelbe mufs demnach zwifchen der dritten und der
vierten Verheirathung des Stifters gemalt worden fein. Archivalifche Mittheilungen von Freih. G. v. Imhof.
Vergl. Stammbaum der Imhoff beim
Wächter der Rochus-Kapelle in
Nürnberg.

2) Abgebildet: Sammler für Kunft
und Malerei. Heft 1, S. 82. Otte:
Kunftarchäologie III. Auflage S. 198.
v. Retberg: Nürnbergs Kunftleben
S. 49. Waagen: Handbuch I. S. 63.

3) Veröffentlicht von Jak. Falke:
Zeitfchrift für bild. Kunft IV. S. 280.

4) Abgebildet: Mittheilungen der k.
k. Centralcommiffion in Wien V. S. 82.

Volkes; er folgt dem Wechfel des Schwerpunktes im Leben der Nation, als die Kaifermacht allmählich fich verflüchtigte, die Herrfchaft der Kirche unterwühlt zu werden begann und das Bürgerthum fich dafür mehr und mehr zu felbftändiger Bedeutung erhob. Die Schulen von Köln und Prag vertraten die höchfte Ausbildung, deren die mittelalterlich idealiftifche Richtung in der Malerei fähig war. Nun das Volk mehr und mehr fein Augenmerk irdifchen Dingen zuwandte, mufste jede weitere Vervollkommnung nothwendig zur genaueren Beobachtung der Naturgegenftände und zum Ueberwiegen der widerftrebenden realiftifchen Behandlung führen. Die Anfänge davon machten fich bereits, wie an der Schule Meifter Stephans zu erfehen, in den äufseren Zuthaten und in den Gewändern geltend. Bevor aber noch das Streben nach Wahrfcheinlichkeit das Wefen der kölnifchen Malerfchule zerfetzen und verflachen konnte, erliegt diefelbe dem überwältigenden Einfluffe der realiftifchen, mit dem Strome der Zeit gehenden Stilweife der Gebrüder van Eyck und ihrer Nachfolger. Die Prager Schule dagegen verliert ihr Wachsthum, fobald die Sonne der kaiferlichen Gunft fie nicht mehr befcheint. Sie lebt zwar noch in der Miniatur eine Zeit lang fort. Ohne aber die Grofsartigkeit ihrer Formenanfchauung hierin fefthalten zu können, verfällt fie in das Darftellen unbedeutender Wirklichkeiten, in die Wiedergabe von Vorgängen aus dem Alltagsleben[1]). Endlich machen die Stürme der huffitifchen Bewegung jede ruhige Weiterbildung auch äufserlich unmöglich.

Ein ganz anderes Schickfal harrt der Malerfchule von Nürnberg. Sicherer als in der Stadt der Priefter und in der Königftadt wurzelt hier die Kunft in dem Bewufstfein eines gefunden, kraftvollen, auf fich felbft geftellten Bürgerthums. Indefs der Adel deutfcher Nation in Rohheit und Unbildung verfank, aus der fich der Bauernftand noch nie-

---

1) Zeugnifs davon giebt die deutfche Bibel König Wenzels auf der kaiferlichen Hofbibliothek in Wien. Vergl. Waagen Kunftdenkmäler in Wien, II, 28.

mals erhoben hatte, waren die Reichsſtädte zu geordneten,
rührigen und reichen Gemeinweſen emporgewachſen, bereit,
die Erbſchaft des Mittelalters anzutreten. Nur von den
Städten konnte fortan der Anlauf zu weiterer Culturent-
wickelung ausgehen. Seit dem Interregnum hatten dieſelben
immer gröfsere Unabhängigkeit erlangt. Selbſtgeſatzte Rechte
wachten über die Ordnung und Arbeit im Innern. Die
Freiheit nach Aufsen, der Schutz des Handels ward durch
Bündniſſe der Städte unter einander geſichert, nachdem das
Reich dieſe Sicherheit nicht mehr gewähren konnte. Aus-
gedehnte Handelsbeziehungen erweiterten zugleich den
Geſichtskreis des Bürgers und ſchafften ihm jenen Reichthum, der die nothwendige Grundlage höherer Bildung iſt.
Während in Italien das ganze Volk ſich den neuen Zeit-
ideen zuwandte — Fürſtenthümer wie Republiken und allen
voran Rom und ſeine grofsen Päpſte — während in Frankreich das ſtarke Königthum ihre Leitung übernahm, beruhte
ihre Pflege in Deutſchland und in den damals noch politiſch
wie national mit ihm verbundenen Niederlanden fortan
allein auf dem Bürgerthume. Es war aber auch ein ſtolzes
Bürgerthum, wie es ſobald kein Volk der Welt aufzuweiſen
hat! Indeſſen der deutſche Staat zu zerbröckeln drohte,
hielten die Reichsſtädte das Geſammtbewuſstſein der Nation
aufrecht und wahrten ihre idealen Güter. Ihre Verbindung
untereinander erſetzte gewiſſermafsen den mangelhaften
Staatsorganismus und verſchaffte dem deutſchen Namen
auch noch über die Reichsgrenzen hinaus die gebührende
Achtung. Insbeſondere war es die Hanſa, welche in der
Zeit ihrer Blüthe, vom XIII. bis XV. Jahrhundert, eine
gebietende Weltſtellung im Norden Europas einnahm vom
Stahlhof in London bis zum St. Petershof in Grofsnowgorod.
Vor ihrem Haupte, dem Bürgermeiſter von Lübeck, beugten
ſich die Könige von Dänemark, Schweden und England.

Die wichtigſte Faktorei der Hanſa war aber die zu
Brügge in Flandern. Brügge war der grofse Stapelplatz,
wo alle Erzeugniſſe von Nord und Süd auf den Markt

kamen, hier war die eigentliche hohe Schule für den Welt-
verkehr; felbft das Wort «Hanfa» ift flämifch und bedeutet
eine Abgabe, eine Steuer. Das reiche Flandern ging denn
auch in der Kunftübung voran; Brügge ward die Wiege
der modernen Malerei. An der Maffenproduction von
Miniaturen für illuftrirte Bücher, die ein begehrter Luxus-
Artikel waren, hatte die Malerei hier Gelegenheit gehabt
fich heranzubilden, die Grenzen ihrer technifchen Mittel zu
erfchöpfen. Sie erhob fich zu Anfang des XV. Jahrhunderts
unter den Händen Huberts van Eyck zu einer Naturwahrheit,
wie fie die Welt bis dahin nicht gefehen hatte. Der Genius
des flandrifchen Meifters überholte eines Zuges die Leiftungen
der Maler von Prag, Nürnberg und Köln im XIV. Jahrhunderte, die noch mehr in schulmäfsiger Gemeinfamkeit
gefchaffen waren. Der Eindruck der van Eyck'fchen Kunftweife war denn auch ein überwältigender allerwärts. Rafch
drang fie rheinaufwärts gegen Oberdeutfchland vor, überall
befruchtend und neue Knotenpunkte bildend in Köln, Colmar,
Augsburg, Ulm und Nürnberg. Bei aller Eigenart der einzelnen Schulen erhält die ganze deutfche Kunft des XV. Jahrhunderts durch den Einflufs der flandrifchen Malerei wieder
ein einheitliches Gepräge.

Auf zwei Dingen beruht vorzüglich die Bedeutung der
van Eyck'fchen Neuerung; auf der Einführung der Landfchaft
in das Gemälde und auf der Durchbildung der Individualität
in Form und Ausdruck des menfchlichen Antlitzes. Dem
gegenüber bleibt die genauere Behandlung des fonftigen
Beiwerks und der modifchen Gewandung untergeordnet,
weil fie nicht durch ein befferes Verftändnifs der Anatomie,
eine Würdigung des ganzen menfchlichen Körpers unterftützt wird. Daher bleibt auch die Compofition vorerft faft
ganz aufser Acht; fie fteht noch auf der Stufe der alten,
fchlicht verftändigen Anordnung. Des Künftlers Augenmerk
wird mehr durch Einzelheiten in Anfpruch genommen; feine
Darftellung ift lediglich noch eine epifche. Dramatifch wird
fie erft in der Elfäffer Schule von Colmar, in einem fo

grofsen Meifter wie Martin Schongauer. Wir wiffen, wie
die antike Kunft, die griechifche Bildnerei bei ihrem Erwachen
zunächft den nackten Körper durchbildet und frei bewegt,
während der Gefichtsausdruck noch ftarr und fammt feinem
ftereotypen Lächeln unbeholfen bleibt. Im geraden Gegenfatze hiezu ftehen die Anfänge der modernen Kunft. Die
Malerei beginnt mit der Durcharbeitung des menfchlichen
Kopfes, fie vertieft fich nicht blos in die individuellen
Formen, fondern auch in den Seelenausdruck des Antlitzes.
Nur allmählich fchreitet fie zur freieren Bewegung des bekleideten Körpers, zur befferen Bildung von Händen und
Füfsen vor, und fpät erft gelingt ihr eine Bewältigung
nackter Körperformen. Faft ein ganzes Jahrhundert vergeht
über diefer Entwickelung. Doch hat Vasari Unrecht, wenn
er berichtet, dafs Jan Mabuse unter den Flamändern, was
bei ihm gleichbedeutend mit Deutfchen ift, der erfte gewefen
fei, der Darftellungen von nackten Körpern ausgeführt hätte.
Wir werden fehen, dafs, abgefehen von Jan van Eyck, fchon
viel früher und vor Ausgang des XV. Jahrhunderts die
Nürnberger Meifter fich mit Erfolg an die Darftellung des
Nackten in bewegten Figuren gewagt haben; und fie thaten
dies felbftändig und nicht wie Mabuse in directer Anlehnung
an italienifche Mufter. Genug, die moderne Kunft erwächft
nicht auf freiem Plane, fondern aus den Trümmern des
Mittelalters; fie wird nicht wie die Antike von unten aufgebaut, fondern fo zu fagen von oben ausgegrübelt.

Das Mittelalter hatte das menfchliche Gefühlsleben
unendlich vertieft. Durch den vertrauten Verkehr mit abftracten Vorftellungen, durch die Hingabe an Phantafiegebilde,
durch die Uebung in aller Art von Gemüthsanfpannung war
der Geift einer gewiffen Selbftbethätigung gewöhnt. Diefe
innere Welt, der man den Vorzug vor der äufseren gab,
fuchte man dann an Geftalten, die man adeln wollte, auf
jede Weife zum Ausdruck zu bringen. Daher anfangs die
gewundenen Geftalten, die aus fich herausftreben, daher ihre
weitgeöffneten Augen, die wie in Fieberhitze uns anfchauen.

Von diefen Augen bis zur Belebung des ganzen Geſichtes
war nur ein, allerdings ein ſchwerer Schritt. Die van Eyck
haben den Schritt gethan. Sie enthüllten zuerſt die Seele
des Menſchen in ſeinem Antlitz und fanden ihr Spiegelbild
in der freien Natur. Damit waren alſo die beiden Angel-
punkte, die Schlüſſel moderner Kunſtempfindung gegeben.
Von der Landſchaft bedarf dies keiner Begründung. Dürer
und Altdorfer thaten in ihrer Erfaſſung den zweiten Schritt
vorwärts. Die Holländer des XVII. Jahrhunderts brachten
die Landſchaftsmalerei zu ihrer höchſten Vollendung; ſie iſt
durch und durch ein modernes Product und bleibt uns fortwährend ein äſthetiſches Bedürfniſs. Das andere Schwergewicht unſerer Kunſtempfindung liegt immer noch auf dem
Geſichtsausdruck. So Groſses auch die moderne Kunſt in
der Körperdarſtellung geleiſtet hat, zu einer gleichwerthigen
Durchbildung der menſchlichen Geſtalt im Sinne der Antike
brachte ſie es nur in einzelnen Spitzen und Ausnahmen; dieſen
Ausnahmen aber ſteht die Menge und die Folgezeit immer
wieder verſtändniſslos gegenüber. Die Wenigſten von uns
haben ja von dem Ebenmaſse der menſchlichen Gliedmaſsen,
von der Ausdrucksfähigkeit ihrer Bewegung, von der phy-
ſiognomiſchen Bedeutung des ganzen Körpers eine klare
Vorſtellung. Wie könnte es da dem Künſtler gelingen, ſich
in der unverſtandenen Sprache uns mittheilen? Es iſt dies
für die Kunſt ein groſser Nachtheil, für unſere Bildung ein
empfindlicher Mangel. Wir können es aber nicht verläugnen,
wir müſſen es eingeſtehen, daſs wir den Maſsſtab unſerer
Bewunderung immer noch zu einſeitig in den Köpfen eines
Bildwerkes ſuchen.

Was nun Brügge für die Niederlande, das iſt für Oberdeutſchland Nürnberg; es entwickelte ſo recht die Malerei
des deutſchen Bürgerthums. Weit entfernt vor dem Hauche
der neuen Zeit dahinzuſchwinden, nahm ſeine herbe aber
kräftige Malerſchule alle Strömungen derſelben in ſich auf,
nur um ſie der eigenen Richtung dienſtbar zu machen. Wie
ſie anfangs gegenüber den Muſtern der Kölniſchen und

Prager Schule ihre Selbftändigkeit behauptet hatte, bewahrte fie auch vor den zahlreichen Einflüffen, die ihr vom Rheine, aus Brügge und Gent und fpäter aus Oberitalien und felbft von der Antike reichlich zugeführt wurden, ihre Urfprünglichkeit. So empfänglich fie für das Fremde ift, verfinkt fie niemals in leere Nachahmung, fie fchöpft vielmehr ihre Kraft aus dem Anfchluffe an die Natur und an alles, was das damals fo reiche Leben der Nation bewegte. Ohne ftreng kirchlich zu fein, bleibt fie tief religiös, ohne auf Wahrheit zu verzichten, bleibt fie erhaben und gemüthswarm. Zu der rein formalen Schönheit nach modernften Begriffen vermochte fie zwar nicht oder doch nur bedingungsweife zu gelangen, denn ihr Ziel war weiter gefteckt. Der deutfche Genius genügt fich nicht in dem Reize der äufseren Formen, wenn er fie nicht mit dem Ausdrucke des tiefften Inneren in Einklang bringen kann. In diefem Ringen mit einem bedeutungsvollen Inhalte liegt der Idealismus der deutfchen Malerei. Er äufsert fich in der van Eyck'fchen und Kölnifchen Schule, felbft bei Martin Schongauer noch durch einen gewiffen Zug leidender Ergebung, während er bei Dürer und Holbein zu gedanklicher Selbftändigkeit, zu rein menfchlicher Geltung und Bedeutfamkeit gefeftigt erfcheint.

Getragen ward die ganze neue Richtung durch eine neue Zeichentechnik, welche fich an der Nothlage der deutfchen Malerei ausgebildet hatte: eine Technik, welche nicht blos die Umriffe, fondern auch die Körperlichkeit mittels blofser Linien darzuftellen fuchte. Während die alten Florentiner und noch Lionardo und Mantegna die Schatten mittels kurzer, fchräger Parallelftriche abtonten, modelten die Deutfchen die Form mittels mannigfach gefchwellter Linien und Strichlagen. Zur Erfindung diefer Art Zeichenkunft, welche die Italiener alsbald hinübernahmen, war die deutfche Malerei durch den geringen Spielraum gedrängt, welcher den Wandgemälden und verhältnifsmäfsig felbft dem Tafelbilde gegönnt war. Die gröfsten Meifter wandten fich daher mit Vorliebe dem Kupferftiche und Holzfchnitte zu, und fo

kömmt es, dafs wir gerade in den Denkmälern diefer, damals
noch nicht blos reproducirenden Techniken unfere monumentale Kunft zu fuchen haben[1]). Das lineare Zeichnen
führte zu deutlicher und beftimmter Erfaffung der Formen.
Das Aufgeben des Farbenreizes beraubte die Malerei ihrer
mehr mufikalifchen Hilfsmittel zur Wirkung auf die allgemeine
Gemüthsftimmung. Erfatz dafür bot ihr die Einführung ge-
klärter, bereits durchempfundener Ideen in die Compofition.
Die Malerei erhob fich dadurch in den Rang der Poefie; fie
lieh nicht blos den Stimmungen, fondern zugleich auch den
Gedanken der Zeit beredten Ausdruck.

In dem Mafse als der geiftige Inhalt des Mittelalters
fich verflüchtigt hatte, waren Kunft und Litteratur gleicherweife in die bürgerlichen und bäuerlichen Schichten des
Volkes herabgeftiegen. Wie die ftreng kirchlichen Bauformen
hatte fich auch das nationale Epos ausgelebt, das feinen
Stoff aus nebelhafter Ferne entlehnte und in der Form
abenteuerlicher Erzählung nur das gläubige Ohr befriedigen
konnte. Das deutfche Volk ward der endlofen Vorfpiegelung
einer befferen Zukunft und Vergangenheit gleich müde und
kehrte in der verhältnifsmäfsigen Ruhe und Abgefchloffenheit
des XIV. und XV. Jahrhunderts zu fich felbft und zur
Gegenwart zurück. Der Sinn des Auges begehrte nun fein
Recht; man fah fich um im eigenen Haufe, in Staat und
Kirche, in Tracht und Sitte. Das Subject begann fein eigenes
Object zu werden, und ganz bezeichnend wählte man daher
für populäre Bücher den Titel eines Spiegels, als Sachfen-
fpiegel, Gnadenfpiegel, Eulenfpiegel. Und wie die Litteratur
felbft immer mehr in Bezug auf ein fchauluftiges Volk trat,
ftatt, wie früher, auf eine hörluftige Gefellfchaft, fo mufste
fie auch einer von der Kirche ganz unabhängigen malerifchen
Thätigkeit Vorfchub leiften. Man freute fich, Häufer, Geräthe
und Bücher mit bildlichen Darftellungen zu fchmücken,

---

1) Vergl. A. Springer, der alt-   gefchichte, 171—206 u. A. v. Zahn,
deutfche Holzfchnitt und Kupferftich   Dürers Kunftlehre, 36.
in: Bilder aus der neueren Kunft-

welche noch über die dem Schriftthume zugänglichen Kreife
hinauswirkten.   Schon im XIII. Jahrhundert fagte Thomafin
von Zerklere, die Bilder feien für den Bauer, der die Schrift
nicht verfteht, und im Narrenfchiffe heifst es: wäre auch
jemand, der die Schrift verachte oder fie nicht lefen könnte,
der fähe wohl im Malen fein Wefen und finde darin wer er
ift, wem er gleiche und was ihm gebricht[1]).

Je mehr fich nun die Litteratur in den Bürger- und
Bauernftand herabzog, defto mehr ward das Bild die Haupt-
fache in den Büchern.   Dazu gefellte fich in dem viel-
getheilten, jeder Centralifation entbehrenden Volke ein
lebhafter Drang nach Mittheilung, der bald zu einem
unbezwinglichen publiciftifchen Triebe anwuchs. Dies führte
zur Erfindung der Formfchneidekunft, und ihr rafches Fortfchreiten, im XV. Jahrhundert ward fo aus dem innerften
Bedürfniffe der Nation gefördert. In der Ars moriendi, den
Armenbibeln, dem Speculum humanae salvationis u. a.
fchrumpft, den Figuren zu gefallen, der Text völlig zufammen;
und nur in Ermangelung befferer Mittel, die Geftalten zu
beleben, werden ihnen Spruchbänder an den Mund geheftet.
Aus diefen Blockbüchern erft entwickelte fich der eigentliche
Buchdruck mit beweglichen Lettern und es ward fomit der
Litteratur auf dem Umwege der populären bildlichen Dar-
ftellung das wichtigfte Hilfsmittel ihrer Wirkfamkeit zugeführt.
Nach ihrer äufserlichen Loslöfung von einander nahmen Bild
und Schrift ihre ungehinderte Entwickelung im Drucke. Dem
Formfchnitte ift zwar ein gefährlicher Nebenbuhler im Kupfer-
ftiche erwachfen, deffen Druckfähigkeit zuerft gegen die
Mitte des XV. Jahrhunderts in den Rheingegenden erprobt
worden war, und der eine ungleich feinere Ausführung des
Gegenftandes geftattete.   Doch weit entfernt daneben zu

---

1) **Gervinus**, Gefchichte der Na-
tionallitteratur II. Vergl. **Geiler von
Kaifersberg**, Speculum fatuorum bei
Zarncke, Brants Narrenfchiff 251 b:

»Ecce enim lingua nostra vernacula
theutonica . . . conscriptum est, de-
pictum quoque imaginibus pro his qui
literas non noverunt.«

verkümmern, erfuhr der Holzfchnitt vielmehr durch die
reichere Kupferftechkunft eine wohlthätige Befchränkung auf
feine natürlichen Mittel; und innerhalb derfelben gedieh er
zu feiner claffifchen Vollendung in derfelben Zeit und unter
denfelben Händen, die auch der Kupferplatte eine bis dahin
unerhörte und für lange unübertroffene Leiftungsfähigkeit
abgewannen.

Beide Kunftzweige nehmen in der Entwickelung der
deutfchen Malerei eine eigenthümlich hervorragende Stellung
ein, und die Gefchichte derfelben kann in folange nicht richtig
verftanden werden, als auf Formfchnitt und Kupferftich nicht
die gebührende Betonung gelegt wird; denn die Lage der
Dinge in Deutfchland brachte es mit fich, dafs gerade im
entfcheidenden Augenblicke diefe zwei zeichnenden Künfte
in den Vordergrund traten. Die Malerei im engeren Sinne
fand eben dieffeits der Alpen ganz andere Bedingungen vor
als in Italien. Die Flächenfcheu der gothifchen Baukunft,
die befchränkten Räume und die Gefchloffenheit der Profan-
bauten verdrängten das Wandgemälde von der inneren, die
Ungunft der Witterung von der äufseren Mauerfläche. Die
farbentödtende Pracht der bunten Glasfcheiben liefs nicht
einmal das Tafelbild zu voller Geltung gelangen. Dabei
geftattete der ftrengere kirchliche Geift des Nordens der
religiöfen Malerei kein fo freies Spiel der Phantafie wie im
Süden. Die Gemälde, meift nur Denkmäler perfönlicher
Frömmigkeit, follten ftets diefelben heiligen Typen wiedergeben, die wohlbekannten Gruppen, die dem Befchauer noch
durch die Hereinziehung nicht mithandelnder, fondern blofs
ftill anbetender Stifter zum Bilde im Bilde entrückt wurden.
Zwar löfte fich aus dem Votivgemälde das felbftändige
Porträt los, an gröfseren Aufgaben aber gebrach es der
deutfchen Malerei des XV. Jahrhunderts durchweg. Ihre
Pflege ftand nicht bei den höheren fürftlichen Gewalten,
noch auch waren Fragen der Kunft Angelegenheiten des
öffentlichen Lebens. Dafür lag ein tiefes äfthetifches Bedürfnifs im Gewiffen der Einzelnen, zumal in den bürgerlichen

und bäuerlichen Schichten der Nation; das Volk war der
Mäcen der deutſchen Malerei, den es zu befriedigen galt.

Die Thätigkeit für das Allgemeine trug weſentlich dazu
bei, den Handwerker zum Künſtler zu erheben. Der Appell
an die Oeffentlichkeit befreite ihn vom Drucke des Beſtellers.
Der Maler durfte in Entwürfen für den Kupferſtich und
Formſchnitt ſeinen eigenen Eingebungen folgen, auf deren
Verſtändnis er im gleichgeſtimmten Volke rechnen konnte.
Daſs er in der Regel zugleich Drucker und Verleger der
eigenen Arbeiten war, muſste auch ſeine materielle Exiſtenz
günſtiger geſtalten. Zur Sicherung des ſelbſtgeſchaffenen
Eigenthums ſetzte er ein Zeichen oder Monogramm auf das
Werk und ein wohlgeordnetes Staatsweſen, wie das von
Nürnberg, überwachte ſorgfältig die Unverletzlichkeit dieſes
Beſitzthums. Einen anderen Sinn, als den der Firma, des
befugten Verkaufrechtes hatte das Monogramm anfänglich
nicht. Erſt das Erwachen der modernen Perſönlichkeit, die
bewuſste Ruhmbegier der Renaiſſance unterſchob dem Zeichen
zugleich den geiſtigen Eigenthumsbegriff. Darum warfen denn
auch die deutſchen Meiſter ihre ganze Kraft auf die Aus-
beutung der Metallplatte und des Holzſtockes, die eine end-
loſe Verbreitung ihrer Werke zulieſsen. War es ihnen ver-
ſagt ſich in groſsen Flächen zu ergehen, ſo griffen ſie in
alle Weiten, ſtatt des Raumes wirkten die Maſſen. Die
graphiſchen Künſte zogen in Deutſchland keineswegs im
Gefolge der eigentlichen Malerei einher, ſie ſtanden ebenbürtig ihr zur Seite, ſie traten ſtellvertretend für dieſelbe
ein. Das Wandgemälde ward durch den Holzſchnitt erſetzt,
die Tafelmalerei durch den Kupferſtich vertreten. Ja in Ermangelung centraliſierter Culturgebiete verlieh gerade die
publiciſtiſche Seite den zeichnenden Künſten im Zeitalter der
aufblühenden Buchdruckerkunſt gewiſſermaſsen eine monumentale Bedeutung: ſie gehen damals in der Wandelung des
Geſchmackes den übrigen Künſten eher voran, ſtatt ihnen zu
folgen; ſie ſtanden noch in keiner Abhängigkeit oder Unterordnung zu denſelben. Es konnte ſomit eine ſo tüchtige

2 *

Kunftfchule, wie die des Meifters E S von 1466, ohne
bisher nachweisbare Uebung der Malertechnik fortfchreiten
und der aus ihr hervorgehende erfte bedeutende Maler Ober-
deutfchlands, Martin Schongauer zu Colmar, erfcheint faft
nur als Kupferftecher thätig.

Unabhängig von den Gewalten in Kirche und Staat
und im Einklange mit dem vorwärts treibenden, aus den
alten Feffeln fich losringenden Volksgeifte haben alfo Holzfchnitt und Kupferftich in Deutfchland ihre erfte Blüthe
entfaltet. In ihnen gewannen die Beftrebungen der neuen
Zeit zuerft Ausdruck und Geftalt; und wo fich diefelben im
Volke am kräftigften regten, in Franken, in Nürnberg, da
mufsten auch die populären zeichnenden Künfte ihren höchften
Auffchwung nehmen. Nur die Erwägung diefer Verhältniffe
kann uns zur richtigen Würdigung unferes Gegenftandes führen;
denn dürften wir von der vorherrfchenden Stellung des Kupferftiches und Holzfchnittes in der deutfchen Malerei des XV.
und XVI. Jahrhunderts abfehen, wir fänden keinen Schlüffel,
die wahre Bedeutung Nürnbergs und die Stellung Dürers in
der Kunftgefchichte zu erklären.

II.

Nürnberg.

»aws sonder lieb und neigung,
so ich zu diser erbern stat als meinem vaterland getragen.«

Dürer.

ER ORT, an welchem Nürnberg
entstanden ist, war weder durch eine
besonders günstige Lage, noch durch
die Spur einer älteren Ansiedelung
ausgezeichnet, wie dies etwa bei einer
Reihe von Städten im Süden und
Westen Deutschlands der Fall ist.
Die Ufer der Pegnitz waren cultur-
liches Neuland, als die fränkischen
Kaiser auf einer Felsenhöhe daselbst die Reichsburg begrün-
deten. Ihr Name wird im Jahre 1050 zuerst genannt und
zwar von Heinrich III., dem mächtigsten römisch-deutschen
Kaiser. Die Errichtung eines Marktes, die Wunder der hier
ruhenden Gebeine des heil. Sebaldus, der wiederholte Aufenthalt der Könige daselbst und deren Gunstbezeugungen
lockten stets neue Bewohner heran, die sich zwischen der
Burg und dem Flusse ansiedelten. Und so entstand unter der
Herrschaft des Staufischen Hauses neben der Königsburg,
welche Konrad III. und Friedrich der Rothbart öfter be-
wohnten, eine neue Stadt. Sie war nur auf die rastlose

Thätigkeit ihrer Bürger angewiefen, denn fchon Kaifer
Friedrich II. fagt in feinem grofsen Freiheitsbriefe vom
Jahre 1219: In Anbetracht, dafs fie weder Weinberge noch
Schifffahrt befitze und auf einem fehr harten Boden gelegen
fei, wollte er feiner geliebten Stadt nicht nur ihre hergebrachten Rechte beftätigen, fondern diefelben auch noch
vermehren.

Die unfruchtbare fandige Umgegend der Stadt war aber
kein Hindernifs, vielmehr ein Sporn für die Entfaltung ihrer
Kräfte. Die Wohlthaten der Freiheit und Rechtsficherheit,
mit denen Nürnberg in den Zeiten der alten Kaiferherrlich-
keit ausgeftattet ward, brachten hundertfältige Frucht in
der Gefchichte der neuen Reichsftadt. Auf Grund derfelben,
unter ihrem eigenen königlichen Schultheifs machte fich die
Bürgerfchaft von der Gewalt der Nürnberger Burggrafen
unabhängig. Schon im XIII. Jahrhunderte war die Reichsburg »auf der Veften« ihrer eigenen Obhut übergeben
worden, und allmählich erwarb die Stadt alle Hoheitsrechte,
welche in ihrem Bereiche und in ihrer nächften Umgebung
an Andere verliehen waren, theils durch Kauf, theils durch
kaiferliche Verleihung, fo dafs fie fich fchliefslich in der
Mitte des XV. Jahrhunderts voller Selbftherrlichkeit erfreute.
Dafür ftand Nürnberg aber auch ftets in unverbrüchlicher
Treue zu Kaifer und Reich.

Nach der Gemeindeverfaffung, wie fich diefelbe im
Laufe des XIV. Jahrhunderts endgiltig ausgebildet hatte,
lag das Regiment der Stadt dauernd in den Händen des
Patriziates, der »erbaren« Gefchlechter, deren Kern höchft
wahrfcheinlich von den Rittern der Burggrafen abftammte.
Zwar hatten auch in Nürnberg die Zünfte die Verwirrung
nach dem Tode Ludwigs des Baiern zu einer vorübergehenden Umwälzung benützt; doch der neue König Karl IV.
führte alsbald den alten Rath wieder zurück und beftrafte
die Häupter des Aufruhrs[1]. Ein fprechendes Zeugnifs von

---

1) G. W. K. Lochner, Gefchichte   Karls IV. 1347—1378, Berlin 1873.
der Reichsftadt Nürnberg zur Zeit

der klugen Mäfsigung der herrfchenden Klaffe ift es aber,
wenn gleichwohl gegen das Ende des XIV. Jahrhunderts
Handwerker nicht blofs im engeren Rathe, fondern vereinzelt
auch an der Seite der höchften Würdenträger der »Lofunger«
erfcheinen. Ihre Betheiligung an der Regierung fank freilich
bald zu einer blofsen Ehrenftellung herab, indefs die oli-
garchifche Verfaffung nur um fo fefter gefugt und gegen
jeden Eingriff von Nichtberechtigten abgefchloffen wurde.

An der Spitze der Republik ftanden nämlich der erfte
und der zweite Lofunger, welche die Auffchicht über die
Schatzkammer und die Finanzverwaltung führten und zufammen mit dem Kriegshauptmanne der Stadt auch die drei
Obrifthauptleute genannt wurden. Sie waren gewählt aus
den fieben »Elteren Herrn« und diefe wieder aus den dreizehn Alten Bürgermeiftern, die mit den dreizehn Jüngeren
gemeinfam die Gefchäfte führten, fo dafs abwechfelnd alle
vier Wochen je einer von jeder Gruppe mit dem andern
zufammentrat als die fogenannten »Frager«. Diefe fechs
und zwanzig Bürgermeifter bildeten mit acht, gleichfalls patrizifchen »Alten Genannten« und mit acht Handwerkern,
als den Vertretern der gefammten Zünfte, zufammen den
»kleinen Rath« von zwei und vierzig Mitgliedern, bei dem
alle Staatsgewalt lag. Diefem war der gröfsere Rath von
»Genannten« aus der ganzen Gemeinde untergeordnet, doch
wurde derfelbe nur in feltenen Fällen zur Berathung und
Befchlufsfaffung zufammenberufen. Auch die acht Handwerker
des kleinen Rathes nahmen blofs formell an den Berathungen
deffelben Theil: fie waren nur den Zünften der Metzger,
Bäcker, Lederer, Schmiede, Schneider, Kürfchner, Tuch-
macher und Bierbrauer entnommen, und der erfte und an-
gefehenfte unter ihnen unterftützte die Lofunger bei der
Steuererhebung und der jährlichen Rechnungslegung vor
den fieben Elteren Herrn. Dabei behielt es fein Bewenden,
auch nachdem Gewerbe und Künfte einen unverhältnifs-
mäfsigen Auffchwung genommen hatten.

Chriftoph Scheurl konnte daher 1516 mit Recht an

Johann Staupitz fchreiben: »Alles Regiment unferer Stadt und gemeinen Nutzens fteht in Handen der, fo man Ge-fchlechter nennet, das fein nun folche Leut', dero Ahnen und Urahnen vor langer Zeit her auch im Regiment geweft und über uns geherrfcht haben« [1]). Und Alvife Mocenigo fagt in feiner Schlufsrelation über feinen Aufenthalt an dem Hofe Karls V. 1548: Nürnberg werde im Gegenfatze zu allen anderen deutfchen Reichsftädten von adeligen Ge-fchlechtern regiert, deren dort blofs 28 beftünden, und er · fügt hinzu: »diefe Stadt geniefst den Ruf, fich beffer zu regieren, als jede andere in Deutfchland, weshalb fie auch von Vielen das Venedig Deutfchlands genannt wird« — wohl das höchfte Lob im Munde eines venezianifchen Staats-mannes [2]). Gleich den Nobili von Venedig befolgten aber auch die Patrizier Nürnbergs jenen Grundfatz, der einer herrfchenden Claffe allein ihre Macht auf die Dauer fichert und der in dem Satze gipfelt: Strenge gegen fich felbft und Milde gegen die Regierten. Wohl machte es Auffehen in der ganzen Welt, als im Jahre 1469 Nicolaus Muffel, das Haupt einer der angefehenften Familien, geehrt von Papft und Kaifer, zur Zeit erfter Lofunger und Erfter im Rath, wegen Diebftahls an dem gemeinen Schatze der Stadt an-geklagt und nach kurzem Proceffe gleich dem gemeinften Verbrecher am Galgen aufgehängt wurde [3]). Und als Helena

---

1) Die Chroniken der fränk Städte, Nürnberg I und V, 791.

2) Fontes rerum Austriacarum, Di-plomataria XXX, 69 ff. Schon 1506 fchreibt Chriftoph Scheurl: »Unde etiam civitati magnae accedunt divi-tiae, et tantum apud Germanos no-men: quantum Venetiis apud Italos. Unde etiam Venetia Teutonica cogno-minata eft.« Libellus de laudibus Germaniae. Dafelbft auch die Nach-richt, es gebe in Venedig ein Sprüch-wort: alle Städte in Deufchland feien blind, nur Nürnberg fehe auf Einem Auge: »Germaniae civitates cecas esse: Norimbergam vero monoculam« — die Ulrich von Hutten in feinem Sendfchreiben an Pirkheimer 1518 wiederholt.

3) Gefchichte des Proceffes: Chro-niken der fränk. Städte. Nürnb. V, 753 ff. In dem Rechtfertigungsfchrei-ben, welches der Rath an die Rö-mifche Curie fenden zu müffen glaubte, heifst es u. a. »nostri majores insti-tuerunt judices, ut par et equa foret inter omnes dispensatio justicie, que magis quid actum sit, quam quis egerit inspiciat.« Dafelbft, 771.

Nützlin 1496 durch ihren Gatten ermordet wurde — der einzige Fall eines Mordes unter den Patriziern — lehnte der Rath die kaiferliche Vermittlung zu Gunften des Mörders mit fehr entfchiedenen Worten ab, während fonft Mord und Todtfchlag im Volke auffallend leicht gefühnt wurde. Leonhard Groland hatte es gewagt, gegen Sitte und Herkommen ein Liebesverhältnifs mit Katharina, der Tochter des Hans Harsdörffer anzuknüpfen; der heimliche Briefwechfel ward entdeckt, Groland gefangen genommen, zu zwei Monaten Gefängnifs verurtheilt und auf fünf Jahre aus der Stadt und Umgebung Nürnbergs verbannt; wobei noch ausdrücklich erklärt ward, dafs fich der Rath um eine etwaige Ehefchliefung zwifchen den beiden, ja ganz ebenbürtigen, Verlobten nicht kümmere [1]). Die erften Männer der Republik büfsten jegliche Ueberhebung gleich mit Gefängnifs, wie dies u. a. auch Wilibald Pirkheimer widerfuhr; und deffen fo lange allmächtiger Gegner Anton Tetzel, feit 1507 erfter Lofunger, ward im Herbfte 1514 in den Thurm geworfen, wo er auch nach vier Jahren ftarb, ohne dafs fein Staatsverbrechen, vermuthlich Bruch des Amtsgeheimniffes, je bekannt wurde.

Mit feltener Weisheit und Mäfsigung übten dagegen die Patrizier gegenüber dem Volke ihre Macht; fie wufsten nicht blofs gute Herren zu fein, fondern auch als folche zu erfcheinen. Indem fie den Handwerkern einen, wenn auch ganz geringfügigen Antheil am Stadtregimente beliefsen, hoben fie das Bewufstfein und den Gemeinfinn der Bürgerfchaft und beugten dadurch ernftlichen Zerwürfniffen, gewaltfamen Umwälzungen vor. Gerade die Eiferfucht, mit welcher das Patriziat über feinen politifchen Vorrechten wachte, übte eine günftige Wirkung auf die Gewerksthätigkeit und die Kunftentwickelung Nürnbergs. Suchte der Rath fchon die Bedeutung der althergebrachten Handwerksgenoffenfchaften

---

[1]) G. W. K. Lochner, Eine Neigungsheirath, im Jahresbericht des hift. Vereins für Mittelfranken 1863.

möglichst abzuschwächen, so begünstigte er noch weniger
die Bildung neuer Innungen. Insbesondere wurde jede
zünftige Verbindung und Gliederung innerhalb der Kunst-
gewerbe sorgsam hintangehalten. Dabei mochte wohl ursprünglich der Hintergedanke obwalten, dass die gebildeteren
Kunsthandwerker als Corporationen leichter Einfluss auf die
Verwaltung gewinnen könnten; für das Gedeihen der Künste
selbst war aber die Fernhaltung von Form und Zwang ein
unschätzbarer Segen, und die augenscheinlichen Erfolge
konnten den Rath leicht im Ausharren bei diesem Herkommen bestärken. So blieb denn, im Gegensatze zu
anderen Reichsstädten, die Malerei in Nürnberg eine »freie
Kunst«, zwar nicht im Sinne der »Artes liberales«, sondern
als ein, keinem Zwange durch besondere Ordnungen unter-
worfenes Handwerk. Als z. B. einmal ein Scharfrichter sich
im Malen versuchte und die anderen Maler deshalb klagbar
gegen ihn auftraten, weil er ihre Beschäftigung dadurch
unehrlich mache, da wurde der Henker in seiner Befugnis
zu malen nicht nur nicht behindert, sondern ausdrücklich
bestätigt, denn Malen — hiefs es in dem Bescheide — sei
eine freie Kunst. Galt doch als solche in Nürnberg lange
Zeit auch das Gewerbe der Schreiner, denen die Bitte um
Meisterstück und Ordnung wiederholt abgeschlagen und erst
1529—30 bewilligt wurde. Später haben zwar allmählich
viele dieser »freien Künste« Satzungen angenommen oder
erhalten; bis zu Dürers Zeiten aber wachte der Rath noch
mit grofsem Eifer darüber, dafs nichts, was entfernt dem
zünftischen Wesen glich, in Nürnberg aufkam oder durch
fremde Gesellen eingeschleppt wurde[1]).

Dafür bemühte sich der Rath auch auf alle Weise für
die Wohlfahrt der Bürger zu sorgen und jedem berech-
tigten Wunsche entgegen zu kommen; er war einer der
ersten, der eine geordnete Polizei einführte. Jedermann ward
Sicherheit der Person und des Besitzes gewährleistet; in

---

1) Briefliche Mittheilung von G. W. K. Lochner.

zahlreichen Verordnungen war für die Reinlichkeit der Stadt
und für die Gefundheit der Lebensmittel alles vorgefehen,
andere wieder betrafen die Gebahrung in den Apotheken
und die Verforgung der Armen. Der Gewerbfleifs wurde
auf alle Weife ermuntert. Die Aufnahme in den Gemeinde-
verband war Fremden fehr erleichtert: es genügte dazu das
Fürwort zweier Bürger nebft einer fehr geringen Abgabe,
und ebenfo leicht konnte das Bürgerrecht freiwillig wieder
aufgegeben werden. In Folge der Freizügigkeit mehrte fich
die arbeitende Bevölkerung rafch. Schon unter den Kaifern
Karl IV. und Wenzel erfuhr die Stadt ihre letzte Vergröfserung, indem die vor den Thoren angewachfenen Vor-
ftädte mit ihr vereinigt und von Mauer und Graben umgeben wurden. Innerhalb derfelben erhoben fich Kirchen
und Klöfter, Ordenshäufer und Spitäler, öffentliche und
Privatbauten, die um die Mitte des XV. Jahrhunderts dem
feingebildeten Aeneas Sylvius Piccolomini, dem nachmaligen
Papfte Pius II., den Ausdruck der Bewunderung abgewannen
und Zeugnifs gaben von dem Wohlftande der Bürger, von
ihrem Unternehmungsgeifte und ihrer Kunftfertigkeit.

Hand in Hand mit dem Ausbaue der Verfaffung ging
derjenige der beiden Hauptkirchen, der älteren zu S. Sebaldus dieffeits, der jüngeren zu S. Laurentius jenfeits des
Fluffes, nach welchen die beiden Hälften der Stadt Sebalder-
und Lorenzer-Seite genannt wurden. Beide ftanden vollendet
da, als Nürnberg gegen Ende des XV. Jahrhunderts den
Höhepunkt feiner Blüthe erreichte. Sie tragen auch das
Gepräge ihres allmählichen Wachsthumes zur Schau. In
ihrer fchlichten Vollendung und in dem Fefthalten an
manchen localen Eigenthümlichkeiten, wie an den grofsräu-
migen Hallen und an dem romanifierenden Thurmbau, find
fie die Wahrzeichen einer zähen Volkskraft, eines unbeugfamen Selbftvertrauens. Einen ganz anderen, einheitlichen
Charakter hat die Frauenkirche, ein halb profanes, gothifches
Bauwerk von edlen Verhältniffen. An der Stelle der nieder-
geriffenen Synagoge ward fie 1355 von Karl IV. geftiftet

und fchon 1361 in feiner Gegenwart eingeweiht, um als kaiferliche Kapelle zugleich politifchen Zwecken zu dienen; daher auch »Unferer lieben Frauen Saal« genannt. Der Einflufs franzöfifcher Gothik in manchen Einzelheiten ward wohl durch den Luxemburger vermittelt. Die Steinmetz-arbeit daran ift von feinfter Durchbildung, fowohl im Zier-werk, wie auch namentlich in den zahlreichen Figuren; ihre Geftalten find fchlank aber nicht gewunden, die Köpfe find von individueller Mannigfaltigkeit, Hände und Glieder ver-rathen eine für jene Zeit überrafchende Naturbeobachtung. Diefe Bildwerke von unbekannten, vielleicht fremden Meiftern mufsten auf die fernere Kunftentwickelung Nürnbergs von Einflufs fein. Dies zeigt gleich der 1361—1377 erbaute Chor von S. Sebald mit der berühmten Brautthüre.

In der Liebfrauenkirche hat das aus feiner Machtfülle fcheidende Kaiferthum feiner getreueften Stadt ein Ver-mächtnifs hinterlaffen, das in dem Kunftfleifse ihrer Bürger reiche Zinfen trug. Das erfte Zeichen ihrer Dankbarkeit ift gewiffermafsen der berühmte »fchöne Brunnen« auf dem Herrenmarkte gegenüber der Frauenkirche, während der Jahre 1385—1396 ausgeführt von dem Palier Heinrich Be-heim [1]). Unter den Standbildern, welche die herrliche Pyra-mide zieren, hat Karl der Grofse die Geftalt Karls IV. angenommen, des erften deutfchen Kaifers, deffen Bildnifs die heimifche Kunft der Nachwelt überliefert hat, denn er liebte die Kunft, fo wie er Nürnberg liebte. Auch feine Söhne, deren ältefter, Wenzel, zu Nürnberg geboren und mit grofsem Pompe bei S. Sebald getauft worden war, fuhren fort, die Stadt auf alle Art zu begünftigen. Sigismund brachte im Jahre 1424 die Kroninfignien und Reichs-Heilig-thümer nach Nürnberg und betraute die Bürgerfchaft mit deren Aufbewahrung. So lange das römifche Reich deutfcher Nation beftand, barg das Gewölbe der Spitalkirche zum

---

1) Dem Namen nach vielleicht ein Böhme. Vergl. die gute Monographie von R. Bergau: Der fchöne Brunnen zu Nürnberg, Berlin 1871.

heiligen Geift feine Infignien, und alljährlich nach Oftern
wurden diefelben vom Rathe auf dem Heiligthums-Stuhle,
der auf dem Markte angefichts der Frauenkirche errichtet
ward, dem Volke feierlich zur Verehrung ausgeftellt. Dies
Vorrecht, welches Nürnberg bis 1804 ausgeübt hat, trug
dazu bei, das Anfehen der Stadt nach aufsen hin wie das
Selbftbewufstfein ihrer Bürgerfchaft zu erhöhen. Nürnberg
erfchien dadurch bereits als das gekennzeichnet, was es bald
darauf in jeder Beziehung werden follte, als die erfte unter
den deutfchen Städten.

Im XV. Jahrhunderte war Nürnberg eben der Mittelpunkt des gefammten europäifchen Handelsverkehres. Noch
war der Seeweg nach Oftindien nicht entdeckt und die
Waarenzüge nahmen von Venedig ihren Weg hieher, um
in die Hanfeftädte und nach dem höheren Norden zu gelangen. Ebenfo bildete die Stadt den natürlichen Stapelplatz aller Erzeugniffe des deutfchen Gewerbfleifses, die den
bedürftigen Hinterländern des Oftens, namentlich Polen und
Ungarn, zugeführt wurden. Die Reichthümer, welche dafür
aus aller Herren Ländern in die Hände der patrizifchen
Kaufherren floffen, wurden gleich an Ort und Stelle wieder
productiv durch die in allen Zweigen aufblühende Induftrie.
Die Freude am Schaffen war Hoch und Nieder gemein in
Nürnberg. Der Wohlftand, der daraus entfprang, gewährte
hinwiederum die Mufse zur Vertiefung und Verfeinerung
der Thätigkeit, deren Früchte immer mehr das Ziel einer
edlen Ruhmfucht wurden. Die Liebe zur Arbeit war es,
was die Bürgerfchaft Nürnbergs zur Werthfchätzung der
höchften irdifchen Güter führte, die Handwerker zur Ausübung der Kunft, die reichen Vollbürger zur Pflege der
Wiffenfchaft. Nicht unter fo raftlofen Stürmen, wie in
Florenz und im alten Athen, fondern in einträchtigem, wohl
geordnetem Zufammenleben hat hier ein deutfches Gemeinwefen von höchftens hunderttaufend Seelen gleichfalls auf
beiden Gebieten nach dem Höchften gerungen. Dem Gedeihen im Inneren entfprach denn auch der Glanz und die

Bedeutung der Republik nach aufsen. Im deutfchen Binnen-
lande war fie unftreitig die Königin der Städte, und nicht
blofs die benachbarten Gemeinwefen, fondern auch Bifchöfe
und Fürften fuchten ihre Freundfchaft, in Streitfällen ihre
Vermittelung. Den Eindruck einer Weltftadt machte daher
Nürnberg auf Johannes Butzbach von Miltenberg, als derfelbe um 1470 als junger Schütz mit feinem rohen Beanus
ihren weithin fichtbaren Thürmen und Zinnen fich näherte [1]).

Die fortwährende Befchäftigung mit Staatsangelegen-
heiten, die Betheiligung am Welthandel und die dadurch
veranlafsten, häufigen Reifen hatten den Gefichtskreis der
Nürnberger Patrizier frühzeitig erweitert. Insbefondere mufste
der rege Verkehr mit Venedig im XV. Jahrhunderte in ihnen
den Sinn für claffifche Studien wecken. Als nach dem
Meinungsaustaufche auf den grofsen Concilien von Conftanz
und Bafel und durch die Fördernng des Aeneas Sylvius
humaniftifche Bildung fich auch in Deutfchland verbreitete,
beeilte fich Nürnberg, die erften Vertreter der neuen Richtung
heran zu ziehen. Der Würzburger Gregor von Heimburg,
von welchem Aeneas Sylvius fagen konnte, er fei ohne
Widerrede der Gelehrtefte und Beredtefte unter den Deutfchen,
und wie einft Griechenland nach Latium geflogen fei, fo
fcheine jetzt in ihm Latium nach Deutfchland zu fliegen;
diefer auf dem Felde der claffifchen Literatur wie auf dem
der Politik und kirchlichen Oppofition gleich erfahrene Mann;
ferner Martin Mayr, der fpätere, freifinnige Kanzler des Erz-
bifchofs von Mainz, und der durch fein Ueberfetzungswerk
um die Volksbildung hochverdiente Niklas von Wyle waren
um die Mitte des XV. Jahrhunderts der Reihe nach als
Confulenten und Rathfchreiber in den Dienften der Stadt.
Der Letztgenannte gab bereits im Jahre 1445 jungen Leuten
in Nürnberg Unterricht in der deutfchen und lateinifchen
Sprache. Der damalige Pfarrer von S. Sebald, Heinrich

---

1) Otto Jahn, Aus der Alterthums-   lands litterarifche und religiöfe Ver-
wiffenfchaft 1868, S. 409. Vergl.   hältniffe im Reformationszeitalter, 3
im Allgemeinen: K. Hagen, Deutfch-   Bde.; Titelausgabe 1868.

Leubing ward durch Gregor dem Studium der alten Literatur gewonnen, indefs der Propft von S. Lorenz, Thomas Pirkheimer, bereits zu den claffifch gebildeten Männern feiner Vaterftadt zählte. Ulrich von Hutten konnte ihr daher mit Recht nachrühmen, fie fei die erfte unter den deutfchen Städten gewefen, welche die fchönen Wiffenfchaften gepflegt habe.

Nachdem Gregor von Heimburg in den fechziger Jahren Nürnberg verlaffen hatte, bildete Johann Müller Regiomontanus aus Königsberg in Franken, der berühmtefte Aftronom feiner Zeit, dafelbft einen neuen Mittelpunkt wiffenfchaftlicher Beftrebungen. Er liefs fich 1471 hier nieder, weil er, wie er fagte, keine Stadt finden konnte, die für feine Studien geeigneter wäre. Er verfafste hier einen grofsen Theil feiner Schriften, baute aftronomifche Inftrumente und legte für feine Zwecke eine eigene Druckerei an. Sein eifrigfter Schüler und der Erbe feiner Schriften war jener Bernhard Walther, deffen mit einem Obfervatorium verfehenes Haus beim Thiergärtner Thore nachmals in den Befitz Dürers überging. Lange behauptete feitdem Nürnberg in den mathematifchen Wiffenfchaften den erften Rang unter den deutfchen Städten, auch die Univerfitäten nicht ausgenommen. Nach allen Richtungen fand fo der neuerwachte Wiffenstrieb feine Nahrung in Nürnberg. Als der Rath das Bedürfnifs fühlte, dem gehobenen Bewuftfein der Bürgerfchaft auch in einer Gefchichte ihrer Vergangenheit Ausdruck zu verleihen, fiel feine Wahl auf Sigmund Meifterlin, einen in den römifchen Schriftftellern wohlbelefenen Augsburger Mönch. Im Auftrage der beiden Lofunger und auf Koften der Stadt verfafste derfelbe um 1488 als Pfarrer zu Gründlach und zeitweiliger Prediger bei S. Sebald feine lateinifche Chronik von Nürnberg, welcher er alsbald eine deutfche Bearbeitung nachfolgen liefs. Von Hartmann Schedel, dem Verfaffer einer unter dem Namen »Chronicon Norimbergenfe« berühmt gewordenen allgemeinen Gefchichte, wird weiter unten die Rede fein. Er war Stadtphyficus; und Nürnberger Aerzte waren auch die eifrigen Humaniften Heinrich Euticus und

Dietrich Ulsen aus Friesland. Der Bürger Peter Dannhäuser war claffifchen Studien fo leidenfchaftlich ergeben, dafs einer feiner geiftlichen Freunde von feiner Befchäftigung mit den heidnifchen Dichtern fogar eine Gefahr für feinen Chriftenglauben befürchtete.

Unter den Patriziern, welche fich die Pflege der claffifchen Literatur befonders angelegen fein liefsen, fteht obenan Sebald Schreyer, geb. 1446 und von 1482—1503 Kirchenmeifter bei S. Sebald. Er hatte fich zwar erft in feinen fpäteren Jahren den Studien zugewendet, aber mit folchem Erfolge, dafs fein Haus bald der Sammelplatz aller Gelehrten wurde. Nicht blofs durch fein Wohlwollen, auch mit feinem Vermögen unterftützte er Künfte und Wiffenfchaften; er war es, der Schedels Weltchronik zum Druck beförderte. Johann Löffelholz und Johann Pirkheimer, Wilibalds Vater, holten fich ihre Bildung in Italien, ftudierten in Padua die Rechte, wurden Rechtsconfulenten der Vaterftadt und befafsen koftbare Bibliotheken. Alle diefe gelehrten Nürnberger waren durch Freundfchaft nicht blofs unter einander, fondern auch mit einem Manne verbunden, der bei der Einführung der claffifchen Studien in Deutfchland eine hervorragende Rolle fpielt, nämlich mit Konrad Celtes. Diefer ward im Jahre 1487 vom Kaifer Friedrich III. in Nürnberg zum Dichter gekrönt, der erfte Deutfche, der den kaiferlichen Lorbeer empfing. Er hielt fich feitdem gerne in der Stadt auf; mit faft allen oben genannten Männern ftand er in Briefwechfel, wie auch mit Charitas, der gelehrten Schwefter Wilibald Pirkheimers; auf Sebald Schreyer hat er eine feiner fchönften Oden gedichtet. Bei feinem zweiten Aufenthalte in Nürnberg 1491 wollten ihm die Freunde einen Lehrftuhl der claffifchen Litteratur errichten, und als er nicht feft zu halten war, wurde die Stelle feinem Freunde Heinrich Groninger verliehen. Der Zuflufs fo reicher Bildungselemente konnte in Nürnberg um fo tiefer eingreifen, da der Bewegung der Geifter hier keine ftarre Autorität im Wege ftand, weder eine fcholaftifche Gelehrtenzunft noch eine mächtige Clerifei.

Wie die Stadt das ganze Mittelalter hindurch im Kampfe
gegen das Papſtthum am Kaiſer feſthielt, ſo hatte ſich in
ihrer Bürgerſchaft bei aller tiefen Frömmigkeit eine freiere
Richtung in kirchlichen Dingen feſtgeſetzt. Schon die Anſichten der Waldenſer hatten ſich bis hieher verirrt, zu der
Geſellſchaft der Gottesfreunde im XIV. Jahrhundert gehörten
auch mehrere Nürnberger, und vollends die huſſitiſchen
Lehren fanden alsbald Anklang in der Stadt. Johann Huſs
erzählt ſelbſt, wie er auf ſeiner Durchreiſe nach Conſtanz
von allem Volke in Nürnberg erwartet wurde und wie er
dann öffentlich unter dem einſtimmigen Beifalle der Bürger
ſeine Lehrſätze entwickelt habe. Die Nürnberger Geiſtlichkeit
ſtand in einem untergeordneten Verhältniſſe zu der Bürgerſchaft. Der Rath hatte die Advocatie und ſchliefslich auch
das Patronat von ſämmtlichen Kirchen und Klöſtern in der
Stadt und in dem ihr zugehörigen Gebiete; er wählte die
Pröpſte und Pfarrer trotz dem Widerſpruche des Biſchofs
von Bamberg, in deſſen Sprengel ſie gehörten; er führte
die Aufſicht über die Sitten der Klöſter und reformierte
dieſelben auch gegen den Willen der Mönche und Nonnen;
ſo 1428 das Katharinenkloſter, 1436 das der Auguſtiner.
So kam es denn, dafs die Reformation bei ihrem Eintritte
vielleicht in keiner deutſchen Stadt den Boden ſo vorbereitet
fand, wie in Nürnberg.

Ueberhaupt war die volksthümliche Oppoſition gegen
die mittelalterlichen Lebensformen nirgends ſo ſehr in das
Bewuſstſein der Maſſen gedrungen, wie in Franken. Die
Auflöſung des alten Herzogthums in zahlreiche gröſsere
und kleinere, geiſtliche und weltliche, adelige und bürgerliche
Territorien, zwiſchen denen eine beſtändige Reibung ſtattfand,
liefsen die niederen Stände zu gröſserer öffentlicher Geltung,
zu freierer Bewegung gelangen. Mit der Uebung des Waffen-
dienſtes war auch die Poeſie aus den ritterlichen Kreiſen
in das Volk herabgeſtiegen. Das erwachende Selbſtgefühl
der minderberechtigten Claſſen machte ſich nicht blofs in
Maſſengährungen und Bauernaufläufen, ſondern auch in einer

eigenen Volkslitteratur Luft, die hier eifriger gepflegt ward
als im übrigen Deutfchland. Ihre erften bedeutenden Erfcheinungen der »Renner« des Hugo von Trimberg und
Boners »Edelftein« find auf fränkifchem Boden gewachfen.
Hier entfaltete das Volkslied zuerft feine Blüthe, nachdem
der Minnefang verklungen war. Geleitet vom gefunden
Menfchenverftande, der fich mit Vorliebe in das Gewand
der Narrheit kleidete, griff diefe volksmäfsige Dichtung frifch
in das Leben hinein. Die Schranken, welche keiner Gewalt
wichen, wurden vom Spottliede überflogen.

Mit der wachfenden Schauluft des Volkes waren auch
die Poffen der Gaukler wieder zu Ehren gekommen, und
die deutfche Dichtung trat allmählich in jenes Stadium, wo
das leitende Epos von der Herrfchaft des Dramas abgelöft
wird. Einen Anknüpfungspunkt dafür boten die allerwärts
üblichen kirchlichen Myfterien und Paffionsfpiele. Wie fich
der Markt an die Meffe anfchlofs, fo drangen profane, komifche
Zwifchenfpiele in die ernften geiftlichen Aufführungen ein.
Als dann das bunte Gemifch von Erhabenem und Lächer-
lichem Anftofs erregte, trennte man die Faftnachtsfpiele
ganz von den kirchlichen Myfterien. In Nürnberg zuerft
gewann fo der komifche Dialog feinen felbftändigen Spielraum;
diefer konnte aber nur in der offenkundigen Gegenwart
liegen. Dem ungebildeten Volke gegenüber durfte fich das
Poffenfpiel nicht mit fremden Sitten befaffen; wenn es verftanden fein wollte, mufste es auch alles Latein abftreifen.
Es war das natürliche Product einer Zeit, die ganz auf fich
felbft gerichtet war.

Der Nürnberger Hans Rofenplüt, genannt der Schnepperer,
fo viel wie Schwätzer, ift der erfte Vertreter diefer älteften
Form des deutfchen Schaufpieles; er ift überhaupt der Vorläufer für alle Gattungen volksthümlicher Dichtung, die das
Zeitalter der Reformation kennzeichnen. Am nächften berührt uns fein Spruch von Nürnberg, gedichtet im Jahre 1447,
eine begeifterte Schilderung der Vaterftadt:

»O Nürnberg, du viel edler Fleck! — —
Deines Gleichen wird nicht gefunden, nein;
Ein weiſer Rath, ein gehorſame Gemein
Und eine wohlgezogene Prieſterſchaft,
Die iſt gebunden mit ſolcher Haft,
Daſs ihrer keiner über die Schnur kann hauen
Mit Spiel, mit Unfug noch mit Frauen etc.«

Er beſchreibt zunächſt die unvergleichlichen Wohlthätigkeits-anſtalten, darunter auch eine reichliche Stiftung für Hausarme; ſodann die ſieben Kleinode der Stadt, vorerſt die dreifache Mauer mit dem breiten Graben und 187 Thürmen, dann den Wald, den Steinbruch, aus dem manche 48 Schuh hohe Kemenate aufgebaut worden ſei, die man, ſtünde ſie auf einem Berge, für eines Fürſten Herberge halten könnte; es folgt das Kornhaus, der »ſchöne Brunnen«, die Pegnitz, welche innerhalb der Stadtmauern 67 Mühlräder treibt, deren keines ein feindlich geſinnter Fürſt zu ſtellen vermag; ſchließ-lich die Reichskleinodien. Er preiſt die Stadt als einen der erſten Sitze der Wiſſenſchaft und der Künſte, insbeſondere des Rothſchmiedhandwerks; vor allem aber ihre Kaufmann-ſchaft und ihre Handelsgröſse, ihren redlich erworbenen, nicht geraubten und geſtohlenen Reichthum — als Krone aber all ihrer Herrlichkeit ihre muſterhafte Ordnung im Inneren und ihre Friedensliebe nach auſsen[1]). Das Loblied iſt indeſs nur eine Ausnahme bei Roſenplüt — er ſagt ſelbſt am Schluſse: »der Eſel gen den Müller nimmer nit aus-ſchlägt« — ſonſt weht aus ſeinen Liedern und Faſtnachts-ſpielen nur jener Ton politiſcher Satire, der nachmals durch den fränkiſchen Ritter Ulrich von Hutten ſeinen ſchärfſten Ausdruck finden ſollte. Die Schwänke und Poſſen von Roſenplüt ſind zwar noch roh in der Form, bloſse Zwie-geſpräche, ihr Inhalt meiſt recht derb, aber nicht ohne eine gute, ernſte innere Bedeutung. Ihm folgte ſein jüngerer Zeitgenoſſe und Mitbürger, der Bader Hans Folz, der ſich

---

1) Lochner, Der Spruch von Nürn-berg, beſchreibendes Gedicht des Hans   Roſenplüt; Text mit Erläuterungen. Nürnberg 1854.

eine eigene Druckerei einrichtete, und beiden Hans Sachs,
der anfangs auch noch die gleiche, lofere Anordnung nach
Art der Gefpräche Lucians befolgte, bis er unter dem Einfluffe
der inzwifchen bekannt gewordenen Stücke des Terenz die
Formen des regelmäfsigen Dramas annahm. Auch Jakob
Ayrer ift noch ein Nürnberger.

Die Ausbildung des deutfchen Luftfpieles in Nürnberg
mufste auf die bildende Kunft von entfcheidendem Einfluffe
fein. Die Malerei empfing dadurch nicht blofs mannigfachen
Stoff; die Phantafie der Künftler ward einerfeits mächtig
angeregt, anderfeits durch die fchlichten Aufführungen zum
Streben nach Naturwahrheit herausgefordert. In Verbindung
aber mit der blühenden Handelsthätigkeit Nürnbergs beförderte die populäre Litteratur und Kunft befonders den
Bilder- und Buchdruck. Briefmaler, Formfchneider, Illuminiften
und Kartenmaler fanden reichliche Befchäftigung. Ein Mann
wie Anton Koburger verfchaffte feiner Druckerei bald europäifchen Ruf. Schon als er 1476 zur Wahrung feiner Habe
nach Paris zu reifen genöthigt war, empfahl ihn der Nürnberger Rath an König Ludwig XI., »da er durch feine
mannigfaltigen Diener merkliche Händel und Gewerbe in
Frankreich triebe.« Im Jahre 1499 widmet ihm dann ein
Parifer Verleger feine Ausgabe der Briefe des Polizian und
nennt ihn in der Dedication einen Verehrer und Förderer
der Gelehrfamkeit und den König der Buchhändler [1]). Er
arbeitete mit vierundzwanzig Preffen und befchäftigte ganz
fabriksmäfsig über hundert Setzer, Correctoren, Drucker,
Illuminierer, Buchbinder u. dergl. In allen Ländern hatte
er feine Faktoren, in vielen Städten offene Läden. Zugleich
fügte es das Gefchick, dafs Anton Koburger, der erfte Buchdrucker und Verleger feiner Zeit, Albrecht Dürer aus der
Taufe hob.

So hat fich der geographifche Mittelpunkt Deutfchlands

---

1) O. Hafe, Die Koburger, Leip-   lern etc. in Nürnberg 1546. Heraus-
zig 1869. S. 13. Neudörffer, Nach-   gegeben v. Campe 1828, S. 56.
richten von den vornehmften Künft-

allmählich auch zu einem geiftigen ausgebildet. Der fränkifche
Stamm hatte einft den deutfchen Staat gegründet, der in
der Verfolgung allzuweit gefteckter Ziele feinem Verfalle
entgegenging. Die völlige Auflöfung des mittelften Stammes-
gebietes in ohnmächtige Theilglieder, unter denen der Bifchof
von Würzburg den leeren Herzogstitel führte, war nur das
Vorfpiel des verhängnifsvollen Proceffes. Zugleich lag darin
aber auch fchon der Keim einer neuen Entwickelung für
jene Zeit, in der zwar dem gemeinfamen Staatswefen nicht
mehr zu helfen war, in der es aber galt, die geiftige Exiftenz
der Nation zu retten. Da ftand der fränkifche Stamm wieder
auf feinem Poften als ein Kern und Kitt für das vielgetheilte
deutfche Volksthum. Wie in Franken nothwendig alle
Strömungen deutfchen Lebens zufammenfloffen, fanden fie
hier auch jenen Ausdruck, der dem Grundzuge volksthümlicher
Anfchauungen im ganzen Lande am nächften kam. Was
am Schwaben zu abftract, am Sachfen zu real, am Rhein-
länder zu beweglich, am Baiern zu beharrlich war, das vereinigte der Franke in einer allen wahlverwandten Mifchung.
Darum konnten denn auch die beiden Künftler, in denen
die deutfche Gefühlsweife ihre tieffte Erfaffung, ihre reinfte
Geftaltung gewonnen hat, aus fränkifchen Städten hervor-
gehen, der Dichter des achtzehnten und der Maler des
fünfzehnten Jahrhundertes, Goethe und Dürer.

III.

Die Familie.

»von wannen er gewefen fei, wie er
herkummen und blieben.«

Dürer.

O war es um Nürnberg beftellt,
als am 11. März 1455 der wandernde
Handwerksburfche Albrecht Dürer,
feines Zeichens ein Goldfchmied und
28 Jahre alt, feinen ftillen Einzug
in die Stadt hielt [1]). Seine Heimath
lag im fernen Ungarlande. In einer
Anfiedelung, Eytas [2]) genannt, hart
bei dem Städtchen Gyula, acht
Meilen füdweftlich von Grofswardein, hatten feine Vorfahren
von Viehzucht und Ackerbau gelebt. Schon der Vater
Anton aber war als Knabe in das genannte Städtchen, das
heute ein Marktflecken von 15,500 Einwohnern ift, zu einem
Goldfchmiede in die Lehre gekommen. Von feinen drei
Söhnen folgte der ältefte, Albrecht, dem Gewerbe des Vaters,
der andere Laszlo oder Ladislaus ward Zaummacher oder

---

[1]) Dürers Briefe, Tagebücher und
Reime, überfetzt von M. Thaufing;
Wien 1872. S. 69 ff.

[2]) Ungarifch ausgefprochen: Ey-
tafch. In Ungarn deutet man den
Namen neuefter Zeit auf Ajtós, ge-
bildet aus Ajtó, die Thüre, weil
Dürer eine folche im Wappen führte.
Darnach foll dann der magyarifche
Name der »adeligen« Familie Ajtófi

gelautet haben. Allgem. Zeitung 1873
Nr. 47, S. 708. Des Genaueren in
einer magyarifchen Brochure von
Ludwig Haan: Albrecht Dürers Fa-
miliennamen und der Stammort feiner
Familie, B.-Csaba 1878. Vergl. meine
Befprechung: War Dürers Vater ein
Magyare? in: Wiener Kunftbriefe,
Leipzig 1884.

Sattler und der jüngste, Johannes studierte und lebte lange als Pfarrherr in Grofswardein. Albrecht, der Goldschmied, kam nun auf seiner Wanderschaft nach Deutschland, und nachdem er längere Zeit bei den grofsen Künstlern in den Niederlanden gearbeitet hatte, endlich zu guter Stunde nach Nürnberg. Am selben Tage feierte Herr Philipp Pirkheimer, der Sohn einer der angesehensten Familien der Stadt Hochzeit auf der Veste, und es gab einen grofsen Tanz unter der breiten Linde des Burghofes. Die fröhliche Festlichkeit, in der ihm die Stadt zuerst erschien, mochte dem Wanderburschen als ein günstiges Vorzeichen für sein Verbleiben erschienen sein, so dafs er in der schlichten Aufzeichnung seiner Familienbegebenheiten des Umstandes nicht vergafs; deutlicher aber belehrte ihn, den jungen Goldschmied, wohl der Glanz, den die geladenen Gäste aus den rathsfähigen Geschlechtern bei dieser Gelegenheit entfalteten, das reichliche Silbergeschirr, das in Nürnberg keiner Besteuerung unterworfen war, dafs hier ein goldener Boden für sein Handwerk sei. Das aber konnte er damals noch nicht ahnen, dafs sein Name einst an der Seite des eben gefeierten glänzen, ja diesen noch überstrahlen werde.

Der zugewanderte Goldschmied fand dauernde Beschäftigung bei einem angesehenen Meister seiner Zunft, Hieronymus Holper [1]). Derselbe erscheint 1461 unter den vier Meistern, die vom Rath zu Geschworenen ihrer Genossenschaft ernannt werden, und wird gleichzeitig als »Silberwäger« genannt. Seine Gesellen mögen ihm nicht blos in der Werkstatt, sondern auch in seinem öffentlichen Amte redlich beigestanden haben, denn schon im folgenden Jahre wird er vom Rathe angewiesen, die Gebühren desselben,

1) Lochner lieferte im Nürnberger Correspondenten vom 18. Aug. 1858, Nr. 421, den Nachweis aus Archivalien, dafs der bisher angenommene Name »Haller« in der einzigen vorhandenen späteren Abschrift der Familienchronik nur aus einem Lesefehler entstanden sein kann. Am wenigsten durfte man hinter dem Meister ein Mitglied der Patrizierfamilie Haller suchen.

das Zeichengeld mit ihnen zur Hälfte zu theilen. Meiſter Holper ſcheint ſein Handwerk in gröſſerem Maſsſtabe betrieben zu haben und auch Hausbeſitzer geweſen zu ſein, wenigſtens iſt in Endres Tuchers Baumeiſterbuche der Stadt Nürnberg im Jahr 1467 die Rede »von des Holpers Haus« [1]. Von ſeiner Ehefrau Kunigunde, einer gebornen Oellinger von Weiſſenburg, hatte er ein Töchterlein Namens Barbara. Kaum daſs das Kind herangewachſen war, hatte ſich der fremde Geſelle Albrecht das Vertrauen der Eltern dermaſſen erworben, daſs ſie ihn zu ihrem Eidam auserſahen. Im Jahre 1467 führte der 40jährige Albrecht die erſt 15jährige Braut heim, »eine hübſche, gerade Jungfrau«, wie Dürer nach den Aufſchreibungen des Vaters berichtet. Nicht ohne Zuthun des Meiſters mochte es geſchehen ſein, daſs gleichzeitig »des Holpers Eidam, Albrecht genannt« vom Rathe aufgefordert ward, mit ſeinem Meiſter zu ſchwören, daſs er des Silberzeichen- und Goldſtreicher-Amtes getreulich warten wolle; zugleich ward er angewieſen Bürger von Nürnberg zu werden. Dem Auftrage leiſtete Albrecht Dürer am 8. Juli 1468 Folge, indem er ſich gegen Erlag der bei den Goldſchmieden auf zehn Gulden Stadtwährung feſtgeſetzten Summe als Meiſter aufnehmen lieſs und zugleich für das Bürgerrecht zwei Gulden erlegte, als die niedrigſte Gebühr für ein nachgewieſenes Vermögen unter hundert Gulden. Bei dieſer Gelegenheit wird Albrecht zuerſt bei ſeinem Familiennamen Dürer genannt; nicht als ob er ſich um dieſe Zeit erſt den Namen beigelegt hätte, ſondern vielmehr und wahrſcheinlicher blos darum, weil der zugewanderte Fremdling nur bei jenem entſcheidenden Acte mit ſeinem ſonſt wenig bekannten vollen Namen bezeichnet ward. Noch 1470 am 29. März leiſtete er wieder als »Albrecht, des Holpers Eidam,« den Eid als Verſucher und Aufzieher der Goldſchmiedezunft.

---

1) Edition v. Weech und Lexer,   Stuttg. 1862. S. 114, Z. 21. Bibliothek des litterariſchen Vereines,

Albrecht Dürer der Aeltere, wie er zum Unterschiede
von seinem grofsen Sohne später genannt wurde, bewohnte
damals das nach der Winklerstrafse sehende Hofgebäude in
dem Haufe des Patriziers Johann Pirkheimer auf dem Herrenmarkte, gegenüber dem schönen Brunnen und der Frauenkirche. Wieder führte das Geschick die Namen Dürer und
Pirkheimer in einem bedeutsamen Momente zusammen. Wir
haben den Hausherrn bereits als einen warmen Gönner der
neuen claffischen Studien kennen gelernt. War er vor
allen bemüht, deren Pflege in seiner Vaterstadt einzubürgern,
so bereitete er denselben auch im eigenen Haufe eine Stätte.
Wie er für die Erziehung seiner Kinder forgte, zeigt nicht
blos die Geschichte seines berühmten Sohnes Wilibald,
sondern auch die Bildung seiner Töchter Charitas und Clara,
die als Schwestern und später nach einander Aebtiffinnen
des St. Claraklosters ihr Latein gar wohl zu brauchen
wufsten und mit den ersten Männern ihrer Zeit, wie mit
Erasmus von Rotterdam und Konrad Celtes, in Briefwechsel
standen. Am 5. December 1470 ward dem reichen patri-
zischen Hausherren als bischöflichem Rathe zu Eichstädt
der einzige, gewifs sehnlichst erwartete Sohn geboren, und
am 21. Mai des folgenden Jahres 1471 erblickte im Hinterhaufe das dritte Kind, der zweite Sohn des Goldschmiedes
Albrecht Dürer das Licht der Welt. Bei seiner Taufe stand
der obenerwähnte erste Buchdrucker Nürnbergs, bald auch
Deutschlands, Anton Koburger Gevatter, und er nannte den
Knaben nach dem Vater Albrecht. Die bürgerliche Familie
stand zwar sicherlich in keinen näheren Beziehungen zu den
ehrbaren Geschlechtern der Stadt, wohl aber mochten die
gleich alten Knaben im selben Haufe die Genoffen mancher
ersten Spiele gewesen sein. Möglich, dafs schon damals in
den Kinderseelen die Keime der innigen Freundschaft Wurzel
fafsten, die nachmals die zwei gröfsten Männer Nürnbergs,
den Künstler und den Gelehrten, verbinden sollte; leicht
konnte auch der Sinn für alles Schöne und Hohe, der im
Pirkheimer'schen Haufe lebte, mit den ersten Strahlen des

Bewufstfeins in das empfängliche Gemüth des kleinen Dürer
gedrungen fein. Weiter aber dürften diefe Beziehungen nicht
gewirkt haben, denn Albrecht war noch nicht ganz vier
Jahre alt, als fein Vater die Wohnung im Pirkheimer'fchen
Hinterhaufe aufgab.

Der alte Hieronymus Holper war vielleicht kurz zuvor
geftorben, und der Antheil aus deffen Verlaffenfchaft konnte
den Vater Dürer in den Stand gefetzt haben, fich am 12. Mai
1475 ein eigenes Haus zu kaufen. Es war dies das Eckhaus
des Goldfchmiedes Peter Kraft »unter der Veften«; fo hiefs
die Strafse, die nach der kaiferlichen Burg hinaufführt, die
heutige Burgftrafse. Der Preis des neuen Befitzthumes war
200 Gulden, und es lag darauf überdies ein Zins der Familie
Pfinzing von vier Gulden Stadtwährung jährlich, was etwa
einer Schuld von hundert Gulden entfpricht. Die Umgebung,
in welche die Familie durch diefe Wohnungsänderung kam,
ift für die Zukunft Dürers nicht gleichgiltig. Wir ftofsen
bei der Betrachtung der Nachbarfchaft auf manchen bekannten Namen. Das Dürer'fche Haus »unter der Veften«,
Nr. 493, bildet das Eck gegen die obere Schmiedgaffe, und
unmittelbar vor demfelben wurden die Ehrenpforten errichtet,
wenn es die Einholung eines kaiferlichen Befuches oder ähnliche Feftlichkeiten galt. Blos zwei Nummern weiter abwärts
ftehen die beiden Häufer »bei der Schildröhre«, die Meifter
Michel Wohlgemut, der Maler nach einander befafs und
bewohnte; nur durch das fchmale Krämer-Gäfslein davon
getrennt ift das Haus des berühmten Doctors Hartmann
Schedel; dann folgt jenes des Sebald Frey, des Oheims
von Dürers nachmaliger Frau, und noch weiter unten das
von Gevatter Anton Koburger. Alle diefe Häufer bilden,
wenn man zur Burg hinangeht, die linke Seite der Strafse,
deren rechte grofsentheils durch die Predigerkirche fammt
Klofter ausgefüllt war [1]).

1) Vergl. den Plan der Situation bei G. W. K. Lochner: Typographi- fcheTafeln zur Gefchichte der Reichs- ftadt Nürnberg; Dresden, L. Wolf's Buchh. (1873.) Taf. I. um 1500.

In diefer Nachbarfchaft genofs der Vater Dürer eines
guten Anfehens. Im Jahre 1482 ward er zum gefchworenen
Meifter der Goldfchmiedezunft gewählt, und es wurden die
Werkzeuge diefes Vertrauensamtes, die drei Leder mit den
Streichnadeln, bei ihm hinterlegt. Einige Wochen fpäter
ward er Gaffenhauptmann d. i. Vorfteher des umliegenden
Stadtbezirkes. Nur feiner perfönlichen Tüchtigkeit, feinem
Fleifse und feiner Ehrenhaftigkeit verdankte der Meifter
die Achtung feiner Mitbürger. Seine Vermögensverhältniffe
konnten fich über den nöthigften Bedarf für eine zahlreiche
Familie nicht erheben. Frau Barbara fchenkte ihm im
Laufe von vier und zwanzig Jahren die ftattliche Reihe von
achtzehn Kindern, deren Geburten er forgfältig bis auf die
Stunde verzeichnet hat mit jedesmaliger Angabe der betreffenden Taufpathen. Unter diefen finden wir u. a. beim
fechszehnten Kinde im Jahre 1488 auch die Frau des oben
erwähnten Aftronomen Bernhard Walther aufgeführt, aus
deffen Nachlafs Dürer 1509 das Haus beim Thürgärtner
Thore kaufte. Wuchfen auch bei den damaligen Sanitäts-
verhältniffen nicht alle diefe Kinder grofs, fo läfst fich doch
leicht ermeffen, dafs der Vater »fein Leben mit grofser
Mühe und fchwerer harter Arbeit zugebracht«, wie Dürer
von ihm berichtet. Zu feiner Kinderfchaar hatte Vater
Albrecht auch noch feinen Neffen Niklas in's Haus und in
die Lehre genommen. Er war der Sohn feines jüngeren
Bruders, des Zaummachers Ladislaus. »Deffen Sohn«, be-
richtet Dürer felbft im Jahre 1524 [1]), »ift mein Vetter Niklas,
der zu Köln anfäffig ift und den man Niklas Unger nennt.«
Dort befuchte Dürer den Vetter auf feiner Niederländifchen
Reife; wir wiffen aber nicht, wann er dahin überfiedelte,
denn Niklas hatte fich anfangs als Goldfchmiedemeifter und
Bürger auch zu Nürnberg niedergelaffen und verheirathet.
Im Jahre 1493, 20. Mai, befitzt er dafelbft ein Haus beim
Malerthore in der Bergamentergaffe [2]).

---

[1]) Dürers Briefe 69.
[2]) Nürnberger Stadt-Archiv: Lit- ter:e 10, fol. 23. Mittheilung Lochners.

Von der Kunftthätigkeit Albrecht Dürers des Aelteren
ift leider nichts bekannt. Wir wiffen blos, dafs er von
1486 bis zu feinem Tode einen Kramladen neben dem
Rathhaufe inne hatte, für welchen er dem Zinsmeifter der
Stadt jährlich fünf Gulden entrichtete. Dafür berichtet der
befte Sohn weiter von ihm: »Er hat von männiglich, die
ihn gekannt haben, ein gutes Lob gehabt, denn er führte
ein ehrbar, chriftlich Leben, war ein geduldiger Mann, fanft-
müthig, gegen Jedermann friedfam und ftets dankbar gegen
Gott. Er hat auch für fich nicht viel weltlicher Freuden
bedurft; er war von wenig Worten, hatte nicht viel Gefellfchaft, und war ein gottesfürchtiger Mann. Diefer mein
lieber Vater hatte grofsen Fleifs auf feine Kinder, fie auf
die Ehre Gottes zu ziehen, denn fein höchft Begehren war,
dafs er feine Kinder mit Zucht wohl aufbrächt', damit fie
vor Gott und den Menfchen angenehm würden; darum war
fein' täglich' Sprach' zu uns, dafs wir Gott lieb haben follten
und treulich gegen unfere Nächften handeln«.

So wie Dürer hier den Vater in Worten fchildert, hat
er ihn auch zweimal gemalt. Das eine mal am Ende feiner
Lehrzeit, bevor er feine Wanderfchaft antrat, als hätte er
dem Alten Rechenfchaft geben wollen über das, was er
gelernt. Das Bildnifs befindet fich gegenwärtig in der Galerie
der Uffizien in Florenz. Auf dem dunkelgrünen Grunde erfcheint der alte Meifter etwas linkshin gewandt, angethan
mit fchwarzer Kappe und Jacke und einem braunen Ueber-
kleide. Das Geficht und die Hände, welche einen rothen
Rofenkranz halten, find von wunderbarer Lebendigkeit, der
Ausdruck ift von würdigem Ernft und wohlthuender Ruhe,
um den Mund ein kräftiger Zug von Entfchloffenheit; im
ganzen ein Kopf, der die Welt mit kleinen zwar, aber mit
klugen, hellen Augen anfieht und deffen fcharfer Blick auch
noch planend in die Zukunft fchaut. Ueber eine gewiffe
Regelmäfsigkeit hinaus finden fich in den rundlich zufammen-
gefchloffenen Zügen wenig Spuren einer Aehnlichkeit mit
dem offenen, länglichen Antlitze Dürers, des Sohnes. Die

Körperlichkeit der Formen ist durch graue Schatten bis zu völliger Rundung ausgeführt, der Ton der Farbe von der gröfsten Wahrheit und ungemein hell. Insbefondere find die Hände, deren Fingerfpitzen fich am Paternofter vereinigen, wohlerhalten, vortrefflich durchgezeichnet und voll Leben. Die Malweife ift ungewöhnlich breit und kräftig. Aber auch die Rückfeite des Tannenbrettchens verdient unfere Aufmerkfamkeit, denn fie zeigt uns mit dem Pinfel gezeichnet das Familienwappen des alten Dürer: ein gefchloffener Helm, einen Mohrenrumpf mit fpitzer, rother Mütze, rother, gelb ausgefchlagener Jacke zwifchen zwei goldenen Flügeln tragend, krönt zwei Wappenfchilde, deren eines eine offene goldene Thür auf rothem Grunde, deren anderes einen weifsen Widder in blauem Felde zeigt. Jenes ift bekanntlich das auch vom Maler geführte Wappen der Dürer oder Thürer, wie fie fich auch früher nannten; das Allianzwappen aber kann hier nur auf Dürers Mutter Bezug haben und liefert vollends den endgiltigen Beweis, das diefelbe keine geborne Haller gewefen fei; es ift ohne Zweifel das Wappen der Familie Holper.

Das andere, allgemeiner bekannte Bildnifs feines Vaters malte der junge Meifter bald nach feiner Heimkehr, als hätte es nun gegolten, dem guten Alten zu zeigen, was er von der weiten Wanderfchaft mitgebracht habe. Das Gemälde befindet fich gegenwärtig im Befitze des Herzogs von Northumberland in Sion Houfe und trägt auf dem dunkleren, holzfarbigen Grunde die Infchrift: 1497 ALBRECHT THVRER DER ELTER VND ALT 70 JOR; es wurde bereits 1644, als es noch im Befitze des Grafen von Arundel war, von Wenzel Hollar geftochen. Alte Copien davon befitzt das Städel'fche Inftitut in Frankfurt a. M. und die k. Pinakothek in München, letztere 1814 von N. Strixner lithographiert. Wieder erfcheint er in fchwarzem Käppchen und Unterkleid, darüber einen braunen, pelzgefütterten Rock. Das Alter hat zwar tiefe Furchen in das biedere Geficht gezogen, aber noch quillt das Haar ungebleicht unter der Kappe hervor;

die müden Hände über einander gelegt, blickt er treuherzig
forfchend aus dem Bilde heraus, und um die fchmalen
Lippen fpielt ein Zug, wie von freudigem Genügen. Das
Original ift von der gleichen lebendigen Auffaffung, wie das
Florentiner Bildnifs, aber tiefer in der Farbe und durch
Putzen befchädigt. Innerhalb der vier Jahre, dafs er feinen
Sohn nicht vor Augen gehabt, ift in dem Antlitze des Vaters
eine grofse Veränderung vor fich gegangen. Durch die
Trennung von feinem Lieblinge mögen die Wechfel, welche
jahrelange Sorgen und Kummer auf feine Lebenskraft ausgeftellt hatten, rafcher fällig geworden fein. Aus dem noch
immer ftrammen alten Meifter war bei Dürers Heimkehr ein
in fich gekehrter, ftiller Greis geworden. Wohl ihm, dafs
nun ein dankbarer Sohn für ihn eintreten konnte, ihm den
Reft feiner Lebenslaft tragen zu helfen; und das hat Dürer
auch redlich gethan.

    Die einzigen Nachrichten, welche wir über die Per-
fönlichkeit Dürers des Aelteren befitzen, verdanken wir
bekanntlich feinem berühmten Sohne felbft, deffen Aufzeichnungen dem Vater zu gröfserer Ehre gereichen, als der
fchönfte Lobgefang. Zugleich geben fie uns auch Auffchlufs
über die erfte, nicht zu unterfchätzende Bildungsftufe, deren
der Knabe genofs. Sie laffen uns einen tiefen Blick thun in
das fchlichte, innige Familienleben eines deutfchen Bürger-
haufes, gegründet auf Arbeit, Sitte und Gottesfurcht. Dort
finden fich denn die Quellen, aus welchen Dürer zuerft die
Seelenkraft fchöpfte, um den Gefühlen einer nach innerer
Befreiung ringenden Zeit in fichtbaren Formen Ausdruck zu
leihen. Da ift kein hohler Auffchwung und kein lähmendes
Nachzittern der Empfindfamkeit, da ift kein innerer Zwiefpalt. Gerade das Haften am Gegenftändlichen und an dem
ihm an Realität gleichgeachteten religiöfen Glauben läfst
das Gemüth nie in Abfpannung verfinken. Die Geifter find
zu gefund, zu elaftifch, um auch dem herbften Schlage für
lange nachzugeben; je einfacher, defto tiefer ift ihr Fühlen
und defto fchneller fetzt es fich wieder in eine nach aufsen

gerichtete Thätigkeit um. Und bei diefer Thätigkeit ift
dann der Menfch mit feiner ganzen Seele, mit allen feinen
Sinnen. Darum feffeln uns die Werke jener Zeiten fo dauernd,
darum ergreifen uns die fchlichten Worte fo tief, mit denen
Dürer die kleinften Umftände erzählt, die den Tod feiner
Eltern begleiteten. Ganz unbewufst waltet ja der tiefe Einklang zwifchen naiven Seelen, unmerklich wohl für das Auge
des gleichgiltigen Beobachters. Erft wenn Eins vom Andern
getrennt wird, dann reifst es das gute Theil, das von feinem
Wefen in der Bruft des Andern lebte, heraus auf die Oberfläche. Und was einmal fo wie mit Naturgewalt in das Bewufstfein jener fchlichten Menfchen tritt, wiegt reichlich alles
das auf, was fich heute empfindfame Leute täglich erzählen.

Fünf Jahre, nachdem Dürer das letzte Bildnifs von ihm
genommen, erlag der Vater nicht feiner Altersfchwäche,
fondern einem Anfalle von Ruhr. »Und da er den Tod vor
feinen Augen fah, gab er fich willig drein in grofser Geduld.«
Er ftarb nach Mitternacht am 20. September 1502. Dürer
erzählt weiter, wie man im letzten Augenblicke nach feiner
Kammer lief, ihn zu wecken, »und ehe ich herab kam, da
war er verfchieden, den ich todt mit grofsen Schmerzen
anfah, dafs ich nicht würdig bin gewefen, bei feinem Ende
zu fein!« Auf feinem Sterbelager hatte er dem Sohne die
Mutter empfohlen, »die er mir alleweg höchlich gelobt
hatte, wie fie eine gar fo fromme Frau wäre; deshalb nehme
ich mir vor, fie nimmermehr zu verlaffen.«

Diefem Vorfatze getreu, nahm Dürer zwei Jahre nach
des Vaters Tode die Mutter ganz zu fich. Er fchildert die
alte Frau, wie fie viel in Kirchen ging, ihn fleifsig zurecht-
wies, wenn er nicht recht handelte, und wie fie ftets in
grofsen Sorgen um fein und feiner Brüder Seelenheil war.
»Ich mochte kommen oder gehen, fo war ftets ihr Sprichwort: Geh' im Namen Chrifti!« Ihre Wohlthätigkeit gegen
Jedermann, ihre Sanftmuth in allen Widerwärtigkeiten des
Lebens und ihren guten Leumund kann der Sohn nicht
genugfam preifen. Dafür forgt er aber auch mit rührender

Aufmerkfamkeit für die alte Mutter. Auch während feines
Aufenthaltes in Venedig 1506 ift er ftets auf ihren Bedarf
bedacht und er bittet Pirkheimer, feiner Mutter zu fagen,
dafs fie ihm fchreibe und »dafs fie fich felbft gütlich thue«;
und den jüngften Bruder Hans läfst er ermahnen, dafs er
nicht der Mutter zur Laft liege [1]. Nachdem fie endlich faft
ein ganzes Jahr in feinem Haufe krank darniedergelegen,
fühlte fie das Nahen ihrer letzten Stunde am Abende des
16. Mai 1514. Sie gab Dürer noch ihren Segen und wünfchte
ihm den göttlichen Frieden unter fchönen Lehren. Sodann
begehrte fie den Abfchiedstrunk, Minnebecher oder St. Jo-
hannisfegen genannt. »Sie fürchtete den Tod fehr, aber
fie fagte: vor Gott zu kommen fürchte fie fich nicht. Sie
ift auch fchwer geftorben,« berichtet Dürer weiter, »und ich
merkte, dafs fie etwas Grauenhaftes fah, denn fie forderte
das Weihwaffer, obwohl fie lange zuvor nicht gefprochen
hatte.« Indefs er felbft ihr das Sterbegebet fprach, brachen
ihre Augen — »davon habe ich folchen Schmerz gehabt,
dafs ich's nicht ausfprechen kann; Gott fei ihr gnädig!«
Zum Schluffe kann fich der Maler nicht enthalten, beizufügen:
»Und in ihrem Tode fah fie viel lieblicher aus, denn da fie
noch das Leben hatte; fie war im drei und fechzigften
Jahre, da fie ftarb, und ich hab fie ehrlich nach meinem
Vermögen begraben laffen« [2].

In ihrer Krankheit und zwei Monate vor ihrem Tode
hat Dürer feine Mutter noch in einer grofsen Kohlezeichnung
abgebildet, am 19. März 1514. Der fcharf umfchriebene
Kopf der alten Frau mit den welken redlichen Zügen, dem
verftörten, doch ausdrucksvollen Blicke hat etwas Ergreifendes.
Die Zeichnung befindet fich jetzt im k. Mufeum zu Berlin [3].
So wie Dürer die Mutter in Wort und Bild fchildert, mufs
fie einen beftimmenden Einflufs auf die Entwickelung feines

---

1) Thaufing, Dürers Briefe, Tagebücher und Reime etc. S. 10 u. 12.
2) Dürers Briefe etc. 75. 4; 136,
14 und 137, 20 mit Anmerk.

3) Woltmann, Jahrbücher f. Kunftwiffenfchaft IV, 249. Abbild. in
phototypifcher Reduction in der franzöfifchen Ausgabe diefes Buches.

Charakters, feiner Phantafie und feiner religiöfen Anfchauungen
ausgeübt haben. Von den Porträten des Vaters fowohl wie
der Mutter, welche fich im Imhoff'fchen Befitze und auf dem
Rathhaufe zu Nürnberg befunden haben follen, haben wir
weiter keine Kunde [1]).

Wie viele und welche von den achtzehn Gefchwiftern
mit Dürer im väterlichen Haufe aufgewachfen find, läfst fich
nicht genau beftimmen. Im Jahre 1524, als er feine Familien-
nachrichten zufammenftellte, lebten nur noch zwei und zwar
Andreas, der Goldfchmied, geb. 1484, und der jüngfte der
drei Hans genannten Brüder, geb. 1490, ein Maler und
Schüler Albrechts. Gleichzeitig bemerkt Dürer, dafs feine
übrigen Gefchwifter, »etliche in der Jugend, die anderen fo
fie erwachfen«, geftorben feien. Wenn eine Notiz in den
Imhoff'fchen Inventarien [2]) Glauben verdient, fo hätte fich
in dem Befitze jener Familie eine Zeichnung befunden, darftellend einen Geiger, einen Jüngling und ein Mädchen, die
von Anton Dürer herftammte. Es wäre dies das fechfte
Kind des älteren Dürer, geboren 1474. Mehr Wahrfcheinlichkeit hat eine andere Ueberlieferung für fich, nach welcher
das aus dem Praun'fchen Cabinet herrührende Bildnifs eines
jungen Mannes in den zwanziger Jahren in der Pinakothek
von München (Cab. 147) einen Bruder Dürers, Namens Hans,
vorftellt. Es zeigt einen bartlofen, knochigen Kopf mit tiefliegenden Augen, von einem langen, blofsen Halfe getragen
und bedeckt mit einer Haarhaube, über die eine braune
Kappe gezogen ift. Das unregelmäfsige, magere Geficht
hat derbe, ja faft gemeine Züge, ift aber lebendig aufgefafst
und in kräftigem braunen Fleifchtone gemalt. Die Hand
Albrecht Dürers ift darin unverkennbar, felbft in der oben
angebrachten Jahreszahl 1500; es gibt davon eine gute

1) v. Eye, Dürer, Ueberfichtstafel
19, wo fchliefslich die Echtheit von
Hans Hieronymus Imhoff felbft be-
zweifelt wird K. van Mander, Het
Schilder-Boeck, II. Aufl Amfterdam

1618. fol. 132, Sp. 2. erwähnt ein
Bild der Mutter im Rathhaufe zu
Nürnberg.
2) A. Springer, Mittheil. d. Wiener
Centralcommiffion Bd. V. S. 357.

Lithographie von Strixner. In fo nachläffiger Kleidung und Haltung tritt kein Mann auf, der bei einem Meifter fein Bild beftellt hat; allem nach ift es ein Gefelle in feiner Werkeltagstracht. Dafs er Dürern nahe geftanden, geht daraus hervor, dafs auf einem weiter unten befprochenen Schulbilde aus Dürers Werkftatt von 1502 diefelbe Perfönlichkeit zum Modell für eine darin angebrachte Nebenfigur gedient hat. Mit dem edlen Antlitze unferes Meifters hat diefer Kopf allerdings wenig Aehnlichkeit; um fo mehr aber erinnert er an deffen Bruder Andreas, obwohl die dem letzteren ähnlichen Züge hier auch um vieles vergröbert erfcheinen. Neuefter Zeit hat man die Angabe v. Murrs, dafs dies Bildnifs Albrechts Bruder, Hans Dürer, vorftelle, mit dem Einwande abfertigen wollen, dafs diefer ja im Jahre 1500 erft zehn Jahre alt gewefen fei, und vergafs dabei ganz der beiden älteren Brüder diefes Namens, deren einer 1470, der andere 1478 geboren war. Wenn auch nicht der erftere, fo kommt doch der letztere hier in Frage, zumal da urkundlich ein Hans Dürer im Jahre 1507 als Meifter in die Zunft der Schneider von Nürnberg aufgenommen wird [1]). Diefem Acte würde ein Alter von 29 Jahren ebenfo entfprechen, wie 22 Jahre dem oben erwähnten Bildniffe, deffen hergebrachte Benennung fomit keineswegs fo unwahrfcheinlich ift.

Von den jüngeren Brüdern, die Dürer überleben follten, hatte Andreas wohl bis zum Tode des Vaters in deffen Goldfchmiedewerkftatt gearbeitet; er ward fodann in feinem 18. Jahre auf die Wanderfchaft gefchickt. Den jüngften Hans, damals erft zwölf Jahre alt, nahm Dürer felbft zu fich in die Lehre und konnte ihn bald in der Werkftatt als Gehilfen brauchen. Doch mag er als Nefthäkchen etwas verzogen worden fein und fcheint in Dürers Abwefenheit 1506 nicht gut gethan zu haben. Diefer räth daher der Mutter, dafs fie ihm Arbeit fuche, und fährt dann fort: »Ich hätte ihn gern mit mir nach Venedig genommen, es wäre mir und

1) Baader, Jahrbücher f. Kunftwiffenfchaft I. S. 222.

ihm nützlich gewefen, auch der Erlernung der Sprache halber.
Aber fie (die Mutter) fürchtete ja, der Himmel fiele auf ihn
herab!« Er erfucht nun Pirkheimer, dafs er felbft Auficht
über den Buben führe und eindringlich mit ihm rede, damit
er lerne und redlich aushalte, bis Dürer heimkomme. Im
Jahre 1509 arbeitet er noch in deffen Werkftatt. Unter dem
30. Juli 1510 erfahren wir dann aus einem Rathserlaffe, dafs
er von Martin Rucker von Wemding, einem Knechte Chriftoph
Kreffens, nächtlicher Weife geftochen worden fei, vermuthlich
gelegentlich eines Raufhandels[1]. Wir wiffen von ihm weiter,
dafs er 1529 und 1530 als Hofmaler des Königs von Polen
in Krakau lebte[2]. Von feiner Kunftfertigkeit ift bisher
weiter nichts bekannt geworden. Waagen[3] vermuthete in
einer Familie Chrifti zu Pommersfelden, bezeichnet 1518,
H. D. und gemalt im Gefchmacke Albrecht Altdorfers, ein
Gemälde Hans Dürers.

Andreas oder Endres Dürer, der Goldfchmied, wird
1514 in feinem dreifsigften Jahre Meifter in Nürnberg. In
diefem Jahre und wohl zu Ehren des Antrittes feiner Meifterfchaft zeichnete Albrecht fein Bildnifs in forgfältigen Kreuzlagen mit dem Metallftifte auf weifs grundiertes Papier. Der
längliche Kopf, etwas gefpitzt und bartslos, zeigt zwar regelmäfsige, anfprechende Züge, aber nur entfernte Aehnlichkeit
mit Albrecht Dürer felbft; auch laffen ihn die ftärkeren
Backenknochen, der minder ausladende Nafenrücken, das

1) Lochner, Anzeiger für Kunde d. Vorz. 1869. Sp. 231.

2) Im Archiv der Regierungscommiffion des königl. polnifchen Schatzes befindet fich eine Handfchrift betitelt: »Regeftrum perceptarum pecuniarum sacre M. regie a generoso domino Scuerino Boner Zupario Burgrabio magnoque procuratore Crac. Biecensi et Bapftinen. capit etc. nobili Malchiero Czirzowsky uiceprocuratori eiusdem a die 9 Jan. a. 1529 usque ad 31. Dec. 1529 pro edificio castri Cr. ad distribuend. commissar. percepta« auf dem Umfchlage bezeichnet als: »Regeftrum edificiorum castri Crac. 1529 anno sexto G. D. S. B.« darin »Hans Durer pictor regie maieftatis« oft erwähnt wird. Lepkowski in der Zeitfchrift: Teka Wilenska 1857. Nr. 2. S. 220 ff. Vergl. die Erbtheilung nach Albr Dürers Tode im J. 1530 weiter unten im VI. Cap.

3) Kunftwerke in Deutfchland I. S. 127.

fpitzere Untergeficht, der fchmale Hals weniger bedeutend
erfcheinen. Die freie Stirn und das offene, grofse Auge des
jungen Meifters fchauen heiter hinaus; das Haar ift forgfältig
in eine Netzhaube gefpannt und das Hemd endet in eine
hohe zierliche Halskraufe. Das Blatt befindet fich in der
Albertina zu Wien, wurde 1785 von Adam Bartfch geftochen
und fpäter von Pilizotti lithographiert. Um diefelbe Zeit
fcheint fich Endres auch verheirathet zu haben, ohne es aber
je zu einem gedeihlichen Hauswefen zu bringen. Am 24. November 1518 beftätigte er feinem Bruder Albrecht unter
Zeugenfchaft Wilibald Pirkheimers und Lazarus Spenglers,
dafs ihm derfelbe feinen Antheil an dem bisher gemeinfam
befeffenen väterlichen Haufe »unter der Veften« herausbezahlt habe[1]). Nach Albrechts Tode mufs Andreas offenbar durch den Erbvergleich mit deffen Wittwe, Frau Agnes,
wieder in den Befitz des Vaterhaufes gelangt fein, denn
zwanzig Jahre fpäter, am 15. November 1538, verkauft er
und feine Frau Urfula den Befitz ihrer Behaufung »unter
der Veften gegenüber Johann Neudörffers, des Rechenmeifters
Haus am Eck der oberen Schmiedgaffe, welches er, der
Verkäufer, von Albrecht Dürer, feinem feligen Bruder ererbt
hatte«, an den Apotheker Quintin Werthaimer[2]).

Dafs Andreas indefs fein Handwerk dafelbft fortwährend
ausübte, erfehen wir aus einem Urtel vom 26. Juli 1521, laut
deffen der Frohnbote Linhard Modfchidler, als Curator eines
Nachlaffes, verhalten wird, dem Meifter eilf Rubine und einen
Smaragd zu erfetzen, die diefer dem Verftorbenen anvertraut
hatte[3]). Von feiner Frau Urfula hatte Endres Dürer, fo
viel bekannt, blofs eine Tochter Conftantia, die urkundlich
in den Jahren 1531 und 1533 ebenfalls an einen Goldfchmied
vermählt erfcheint, Namens Gilg Kilian Proger. Trotz der
Betheiligung an der nicht unbedeutenden Erbfchaft Albrecht

---

1) Urkunde im Germanifchen Mu-
feum; abgedruckt im Anzeiger für
Kunde deutfcher Vorzeit VII. 1860.
Sp. 276.

2) Nürnberger Stadtarchiv, Litteræ
51. fol. 53.

3) Nürnb. Stadtarchiv Cons. 27.
fol. 203 b; Mittheil. Lochners.

Dürers scheint diefer letzte Zweig der Familie in ziemlich
dürftigen Verhältniffen gelebt zu haben [1]). Deshalb vielleicht
verliefs auch Endres Nürnberg, um dem Bruder Hans nach-
zuziehen und ohne Erlaubnifs des Stadtraths sich in Krakau
niederzulassen. Der Rath forderte ihn daher 1534 auf, jene
Stadt zu verlassen und sein Hauswesen wieder in der Vaterftadt aufzuschlagen [2]). Diefer Aufforderung scheint er Folge
geleistet zu haben. Doch im Jahre 1538 gibt ihm der Rath
wieder ein Empfehlungsschreiben an den König Sigismund
von Polen, weil Andreas dort viele Ausftände einzukassieren
hätte [3]). Dies läfst vermuthen, dafs fein Bruder Hans Dürer
inzwischen verftorben fei, fonft hätte Andreas wohl weder
grofse Forderungen in Polen gehabt, noch auch hätte er
dafelbft eines Empfehlungsbriefes bedurft. Von da ab ver-
fchwinden alle Nachrichten von der Familie Dürers, und da
jene Conftantia als der einzige Spröfsling derfelben in der
dritten Generation erfcheint, fo erledigen fich hiermit von
felbft alle Verfuche, welche aus dem Vorkommen des gleichen
oder ähnlicher Namen auf einen weiteren Fortbeftand der
Familie schliefsen laffen möchten. Nur Gilich, d. i. Egidius
Kilian Proger, der Tochtermann Andreas Dürers, gehört
felbft noch der Kunftgeschichte an, indem er fich als ein
ganz gefchickter Kupferftecher erweift. Er fertigte meiftens
fchmucke kleine Zierleiften als Vorlagen für Goldfchmiede:
ihm gehört nämlich das aus einem mit G verfchränkten K
und einem P gebildete Monogramm an, welches unter den
Werken der fogenannten Kleinmeifter vorkommt. Bartfch [4])
führt neun, Nagler [5]) noch zwei weitere Blätter von ihm an:
die Zahl wird fich wohl noch verdoppeln laffen. Die meiften
der bisher bekannten Stiche führen das Datum 1533, einzelne 1534 oder 1540. Ueber die Zugehörigkeit derfelben
kann kein Zweifel obwalten, nachdem die letzterwähnte
Jahreszahl einmal von der Bezeichnung: »Gilich Kilian Proger

---

1) Lochner, Anz. f. K. d. Vorzeit
1869. Sp. 231.
2) Baader, Beiträge z. Kunftg. II, 25.

3) Baader, Jahrb. f. Kunftw. I, 246.
4) Peintre graveur, IX. S. 33.
5) Monogrammiften, III, S. 25.

fecit« begleitet ift. Proger ift vielleicht blofs ein Beiname,
der auf die Einwanderung oder doch Herkunft von Prag
hinweift. Hier fein Zeichen mit Motiven des bei ihm beliebten
Blattwerkes:

Wir haben die Gefchichte von Dürers Familie von
vornherein erledigt, um fortan um fo ungeftörter bei feiner
eigenen Perfönlichkeit verweilen zu können. Es liegen keine
Anzeichen dafür vor, dafs die beiden zuerft geborenen Kinder
Dürers des Aelteren ihre erften Lebensjahre überdauert
hätten. Albrecht, der Drittgeborne, war wohl fchon frühzeitig der ältefte feiner Gefchwifter; ein Grund mehr, dafs
die Hoffnungen des Vaters insbefondere auf ihm ruhten und
ihm eine verhältnifsmäfsig beffere Erziehung zu Theil wurde.
Dürer felbft erzählt: »und fonderlich hatte mein Vater an
mir ein Gefallen; da er fah, dafs ich fleifsig in der Uebung
zu lernen war; darum liefs mich mein Vater in die Schule
gehen, und da ich Schreiben und Lefen gelernt, nahm er
mich wieder aus der Schule und lehrte mir das Goldfchmiedwerk«. Wie Johann von Miltenberg, geb. 1478, in feiner
Heimath, mag der kleine Dürer aufser einigen lateinifchen
Vocabeln wenig Pofitives in der Schule gelernt haben. Wie
mangelhaft aber auch der öffentliche Unterricht damals gewefen fein mochte, für ein fo begabtes Kind, wie der kleine
Dürer, war der Schulbefuch von entfcheidender Wichtigkeit.
Das Talent braucht fortwährende Erziehung und Anleitung
bis zu den Höhen feiner einftigen Thätigkeit; der Genius
in feinem raftlofen Drange bedarf blofs eines erften An-
ftofses, einer frühen Befreiung aus geiftiger Hilflofigkeit,
alles andere fucht und findet er felbft auf. Dürer verlangt
auch nachmals von der Vorbildung eines Knaben, welcher
der Malerkunft gewidmet wird: »dafs er recht lefen und

fchreiben könne und mit dem Latein auferzogen werde, zu
verftehen etliche Schriften«. Dafs auch er etwas Latein
verftand, liefse fich daraus, dafs er lateinifche Bücher befafs,
die Widmung von Pirkheimers Theophraftus annahm und
fich ftets fehlerlofer lateinifcher Infchriften bediente, fchon
vermuthen; auch wenn uns Dürer nicht ausdrücklich berichtete, dafs er in feiner Jugend den Vitruvium gelefen
habe [1]).

Nichts ift natürlicher, als dafs der Vater den jungen
Dürer für fein nun fchon in der Familie erbliches Handwerk beftimmt hatte. Nach beendetem Schulbefuche, wahrfcheinlich im 13. Lebensjahre, nahm er ihn daher in feine
eigene Werkftatt auf, und wir können auch ohne fein eigenes
ausdrückliches Zeugnifs annehmen, dafs der findige Knabe
fich rafch die Technik der Goldfchmiedekunft zu eigen machte.
Einer alten Nachricht zufolge foll er fogar bereits in feiner
Lehrzeit die fieben Fälle Chrifti in Silber getrieben haben.
Erhalten hat fich von jenen Arbeiten eben fo wenig etwas,
wie von denen des Vaters felbft. Jedenfalls aber mufste
die Erlernung des Goldfchmiedewerks für feine künftlerifche
Zukunft von gröfster Bedeutung fein. Der frühe Umgang
mit plaftifchen Formen weckte jenen Sinn für körperliche
Rundung und feine Modellierung, jenes raftlofe Streben nach
richtiger Perfpective und Raumvertheilung, wie er fie zuerft
in die deutfche Malerei eingeführt hat. Zugleich machte ihn
das väterliche Gewerbe mit der Behandlung der Metalle
innig vertraut, was feinen wahrhaft fchöpferifchen Fort-
fchritten auf dem Gebiete des Kupferftiches ficher fehr zu
ftatten kam. Zu weit führen würde uns aber die Annahme,
als hätte Dürer mehr als die allererften Anfangsgründe der
Stecherkunft in der Werkftatt feines Vaters gelernt. Das
einfache Flachornament, welches damals etwa von einem
Nürnberger Goldfchmiede angewendet wurde, konnte in
diefer Richtung keine Schule fein. Hie und da haben fich

1) v. Zahn, Die Dürer-Handfchriften   I, 12 und 14.
des Brit. Mufeums, **Jahrb. f. Kunftw.**

zwar in Deutfchland auch Goldfchmiede mit der Herftellung
von Platten zum Zwecke des Abdrucks befchäftigt, ihre
Leiftungen blieben aber, im Gegenfatze zu den italienifchen
Goldfchmiedearbeiten, ftets untergeordneter Art, und die
fehr roh gezeichneten Blätter des Israel van Mecken bezeichnen den Höhepunkt deffen, was ein blofser Goldfchmied
als Kupferftecher zu leiften vermochte. Dabei find die
befferen Stiche Meckens nie Originale, fondern meift ver-
derbte Copien befferer Vorbilder. Der erfindende Künftler
ift in Deutfchland immer der Maler und diefer liefert
dem Goldfchmiede feine Vorlagen, wie es ja felbft Dürer
und Holbein gethan haben. Darum verfteht auch Dürer
den Begriff der Malerei fo, dafs er alles umfafst, was wir
heute zeichnende Künfte nennen würden, indem er fagt:
»Item Malen ift das, dafs einer von allen Dingen eines,
welches er will, wiffe auf ein eben' Ding zu machen, fie
feyen wie fie wollen« [1]. Vom Materiale der Ausführung
völlig abfehend, erklärt er die Umfetzung einer räumlichen
Erfcheinung in ein Flächenbild als die Aufgabe der Malerei.
So genau wie in Italien wurde es damals im Norden mit
der Vorbildung eines Goldfchmiedes eben nicht genommen.
Im Gegentheile müffen wir annehmen, dafs Dürers erfte
Verfuche im Zeichnen keineswegs den Arbeitsftunden der
Goldfchmiedewerkftatt ihre Entftehung verdankten und unter
den Augen des ftrengen Vaters ausgeführt wurden. Sie
erfcheinen vielmehr als Früchte einer vielleicht gar ver-
pönten Nebenbefchäftigung, ja wir befitzen fogar ein ausdrückliches Zeugnifs über die näheren Umftände, unter denen
fie entftanden. Im Britifchen Mufeum befindet fich die
Skizze einer ftehenden Frau, die einen Vogel, einen Falken,
auf der Hand hält, in einer feltfamen burgundifchen, fpitz
zugehenden Haube mit herabhängendem Schleier auf ge-
röthetem Papier leicht mit Kreide ausgeführt. Dabei fteht,
offenbar von der Hand eines ehemaligen Gefpielen des

---

1) Jahrbücher f. Kunftw. I S. 13.

kleinen Goldfchmiedlehrlings die Infchrift: »Das ift auch
alt, hat mir Albrecht Dürer gemacht, eh' er zum Maler kam
in des Wolgemuts Haus, auf dem oberen Boden in dem
hinteren Haus im Beifein Conrat Lomayer's feligen« [1]. In
freien Stunden alfo, in den entlegenen Winkeln des väterlichen oder befreundeten Haufes, im Kreife der ftaunenden
Kameraden ward zuerft ftatt gothifchen Mafswerks und der
beliebten Akeleiblümchen das erfte befte unheilige Figürchen
zu Papier gebracht, bis der kleine Meifter fich klar darüber
war, dafs er nicht zum blofsen Goldfchmiede beftimmt fei.
»Und, erzählt er weiter, da ich nun fäuberlich arbeiten
konnte, trug mich meine Luft mehr zu der Malerei, denn
zu dem Goldfchmiedwerk; das hielt ich meinem Vater vor;
aber er war nicht wohl zufrieden, denn ihn reuete die verlorene Zeit, die ich mit der Goldfchmiedlehre zugebracht
hatte. Doch gab er mir nach, und da man zählte nach
Chrifti Geburt 1486 am St. Andreas Tag (30. November)
verfprach mich mein Vater in die Lehrjahre zu Michel Wolgemut, drei Jahre lang ihm zu dienen«.

Glücklicher Weife find nun auch noch andere Zeichnungen Dürers aus feinen Lehrjahren beim Vater erhalten,
welche beweifen, dafs die Zeit keineswegs fo verloren war
wie der gute Alte meinte. Seine nachweisbar frühefte Arbeit
ift das Selbftporträt des 13jährigen Knaben in der Albertina
mit der fpäter von ihm eigenhändig beigefügten Infchrift:
»Das hab ich aus einem Spiegel nach mir felbft konterfeit
im 1484. Jahr, da ich noch ein Kind war. Albrecht Dürer«.
Das Bildnifs in halber Geftalt ift mit einer für jenes Alter
erftaunlichen Freiheit mit dem Silberftifte auf grundiertes
Papier gezeichnet. Es ift ein finniges, liebliches Kindergeficht, in dem man unfchwer die Grundzüge des künftigen
herrlichen Männerkopfes erkennt. Das lange Haar ift, der
Sitte der Zeit gemäfs, blofs über den Augenbrauen gerade

---

[1] Jahrbücher f. Kunftw. I. 183.   Rechenmeifters Neudorffer.
Die Handfchrift erinnert an die des

abgefchnitten und von-einer Kappe bedeckt, deren Zipfel
an dem Scheitel durch drei Knöpfe niedergehalten, auf der
abgekehrten Seite in langen Franfen herabhängt, die mit
bunten Federn befetzt fcheinen. Er trägt eine weite Joppe,
die er mit der Linken zufammenhält, indefs die Rechte con-
ventionell mit ausgeftrecktem Zeigefinger und Daumen nach
rechts weift. Namentlich die unteren Theile des Geßichtchens
find fehr wahr und fein gerundet. Die Haare insbefondere
verrathen bereits feine künftige Eigenthümlichkeit und Meifterfchaft in ihrer Behandlung. Dagegen erfcheinen die Augen
hart und ungefchickt, weil er diefelben in diefer Stellung
nicht nach der Natur bilden konnte und ein felbftändigeres
Wiffen ihm hierin noch nicht zu Hilfe kam. Indeffen find
auch fpäterhin die Augen nicht eben die Stärke feiner Bildniffe; fie behalten häufig etwas Starres und Gezwungenes.
Auffallend erfcheint auf den erften Blick in der Haltung wie
in der langgeftreckten Form der rechten Hand und in der
Art, wie die Draperien gebrochen find, eine grofse Aehnlichkeit mit den typifchen Bruftbildern in Hartmann Schedels
Weltchronik. Siehe das Titelbild des Bandes.

So anfprechend diefes erfte Selbftbildnifs Dürers auch
ift, in noch höherem Mafse zeigt eine andere Zeichnung aus
dem folgenden Jahre 1485 die feltene Frühreife des Künftlers.
Das Blatt aus der Sammlung Posonyi in Wien, jetzt im
königlichen Mufeum zu Berlin, zeigt eine Madonna unter
einem Thronhimmel fitzend, zu deren beiden Seiten je ein
Engel fteht, die Laute und die Harfe fpielend. Die Jungfrau zeigt einen länglichen Kopftypus mit hoher Stirne, fie
trägt die mächtige Krone in der Art der Kölnifchen Bilder
der Zeit, darunter hervor fliefst reiches Lockenhaar über
ihre Schultern herab. Still vor fich herabblickend, neigt fie
den Kopf linkshin gegen das zu ihr aufblickende und fie
umarmende Chriftkind, das fie aufrecht auf ihrem Schofse
hält. So unvollkommen deffen Körper wie auch die Hände
der Mutter gebildet find, das Ganze ift ein Mufter liebens-
würdiger Innigkeit, und lieblich ftimmen dazu die beiden

Madonna von 1485.

Federzeichnung im Königl. Museum zu Berlin.

muficirenden Engel, die halb neugierig halb andächtig die
Gruppe betrachten. Die reiche Gewandung fällt in fehr
fcharf und eckig gebrochenen Falten herab. Das gothifche
Geftühle, die Blumen im Vordergrunde, der verhaltene Ausdruck der Geftalten, ihre fymmetrifche Anordnung zum An-
dachtsbilde, alles trägt das Gepräge des alten Stiles in einer
ungemifchten Reinheit und Zierlichkeit, wie fie fpäter bei
Dürer nirgends mehr vorkommt. Der Gegenfatz zu feiner
fpäteren Formengebung ift fo grofs, dafs niemand auf feine
Urheberfchaft verfallen würde, wenn das Blatt nicht in der
Mitte unten, ganz deutlich und echt, feine ältefte Bezeichnung: A und D neben einander und das Datum 1485 trüge.
Ift fchon die gewandte Führung des Silberftiftes im Selbft-
porträte des vorigen Jahres überrafchend, fo bleibt diefe
fichere Handhabung der Feder durch den vierzehnjährigen
Knaben geradezu unerklärlich. Diefe Zeichnungen fetzen
nicht blofs vielfache Vorübung voraus, fondern auch ein
ganz bewufstes Streben und eine malerifche Auffaffung, die
weit über die Anforderungen des Goldfchmied-Handwerks,
wie über alles das hinausgeht, was er etwa bei feinem Vater
lernen konnte.

Zur Stütze der gefchichtlichen Wahrheit haben wir die
getreue Abbildung der beiden letztgenannten Zeichnungen
in Holzfchnitt hier beigegeben. Wer mit dem Gange der
Ueberlieferung auf dem Gebiete der Malerei vertraut ift,
wird auf den erften Blick fehen, dafs hier nicht fchwanke
Gebilde eines unabhängigen jugendlichen Autodidakten vorliegen. Diefe Arbeiten tragen nicht blofs den allgemeinen
Charakter der damaligen Kunftweife, auch nicht blofs das
locale Nürnberger Gepräge derfelben, fie ftehen geradezu
unter dem vollen Einfluffe einer beftimmten tüchtigen Malerfchule. Dafs diefe keine andere ift, als die Michel Wolgemuts,
wird durch die zahlreichen Vergleichungspunkte im Schatzbehalter und der Schedel'fchen Weltchronik aufser Zweifel
gefetzt. Wir ftehen hier vor der merkwürdigen Erfcheinung,
dafs der kleine Goldfchmiedlehrling bereits den Spuren des

Malers folgt, der nun erft fein Meifter werden follte. Ein
Blick auf den oben befchriebenen Situationsplan der Häufer
in der Strafse »Unter der Veften« ertheilt uns die befte
Auskunft. Dürer mochte ausgehen oder heimkommen, er
mufste an dem benachbarten Haufe Wolgemuts vorbei;
deffen Malerknaben waren wohl feine gewöhnlichen Gefpielen,
und mehr als einmal mag ihn die Neugierde in die reichlich
mit Aufträgen gefegnete erfte Malerwerkftatt von Nürnberg
gelockt haben. Und befuchte das Kind, was wohl häufig
gefchah, feinen weiter unten wohnenden Pathen, den reichen
Buchdrucker Koburger, dann konnte er wohl auch fehen,
wie die von deffen Gefchäftsfreunde Wolgemut gezeichneten
Holzftöcke abgedruckt wurden. Ohne Zweifel ging fo der
Knabe frühzeitig bei Wolgemut aus und ein, und bald mufste
diefer an feiner glücklichen Hand Gefallen finden. Als er
dann den Vater anlag ihn Maler werden zu laffen, da konnte
die Wahl des Meifters nicht mehr fraglich fein, fie war bereits
getroffen. Es kann nur auf einem Irrthume beruhen, wenn
Chriftoph Scheurl in feiner 1515 gedruckten Lobrede auf
Anton Krefs und nach ihm Neudörffer berichtet, der alte
Dürer hätte daran gedacht, das Söhnchen anderwärts, und
zwar nach Colmar zu Martin Schongauer in die Lehre zu
geben [1]). Fügte fich der bedächtige Vater fchliefslich auch,
vielleicht nicht ohne Fürfprache von Nachbar und Gevatter,
dem Wunfche feines Lieblings, die väterliche Goldfchmiedewerkftatt mit der des Malers zu vertaufchen; in weitaus-
fehende Pläne, die auch entfprechende Opfer gekoftet hätten,
würde er fich wohl nie eingelaffen haben. Und dazu hatte
es auch keine Noth. Meifter Wolgemut ftand damals in
der Blüthe feiner mannigfachen Kunftthätigkeit, er war ein
geachteter wohlhabender Mann, deffen guter Ruf als Künftler
nicht blofs auf die Mauern der Vaterftadt befchränkt war;
von nah und fern kamen grofse Aufträge an ihn. Wir

---

[1]) Vergl. Schnaafe, Mittheilungen   VIII, 187.
der k. k. Centralcommiffion, Wien

können mit Sicherheit annehmen, dafs Nürnberg damals mit Stolz auf Michel Wolgemuts Werkſtatt blickte; und wenn Vater Dürer ſicher mit den meiſten ſeiner Mitbürger der Anſicht huldigte, Meiſter Wolgemut ſei ein ſo guter Maler, wie nur irgend einer in deutſchen Landen, ſo hatte er darin, wie wir ſehen werden, gar nicht ſo Unrecht.

IV.

Michel Wolgemut.

> »Zum virten ist dy kunst nutz:
> man erlangt grofser und ewiger ge-
> dechtnufs darfon, so man's ordenlich
> prawcht.«
>
> Dürer.

ICHEL WOLGEMUTS Schickfal
in der Kunftgefchichte liefert den
beften Beweis, welch' ein trefflicher
Lehrer er Dürern gewefen ist. Auf
den ihm von feinem alten Meifter
gewiefenen Bahnen fortfchreitend,
hat Dürer bald die Thätigkeit
deffelben dermafsen verdunkelt, dafs
deffen Name faft nur noch in feinen
Beziehungen zu dem grofsen Schüler genannt wurde. Darüber
hinaus weifs bereits Neudörffer 1547[1]) blofs ein Gemälde
Wolgemuts zu nennen und Doppelmayr[2]) erklärt deffen
Werke durch die Länge der Zeit für ganz verfchollen. Nur
die Holzfchnitte in der Weltchronik Hartmann Schedels
konnten ihm nicht beftritten werden, da fein Name am
Schluffe des Werkes ausdrücklich genannt wird; aber auch
hier fehlte es nicht an Zweifeln über fein Verhältnifs zu
dem, mit ihm zugleich genannten Wilhelm Pleydenwurff.
Man wollte fogar zu Gunften des Letzteren Wolgemut zum

---

1) Nachrichten, Nürnb. 1828. S. 35.   2) Nachrichten, Nürnb. 1730. S. 181.

Holzfchneider, zum handwerksmäfsigen Techniker erklären und fo fein Verdienft an der grofsen Publication fchmälern.

Demgemäfs hat fich allmählich die Anficht feftgefetzt, als hätte Dürer bei Wolgemut nicht viel lernen können. Das Verftändnifs feiner Entwickelung ward dadurch wefentlich erfchwert, die ganze Erfcheinung Dürers ward zum Räthfel; denn nichts begreifen wir fchwerer, als eine Reihe von bedeutenden Thatfachen, deren Anfänge wir nicht kennen. Allerdings trug zu jener Auffaffung die Art bei, in welcher Dürer über feine Lehrzeit bei Wolgemut berichtet: »In der Zeit verlieh mir Gott Fleifs, dafs ich wohl lernte, aber viel von feinen Knechten leiden mufste«[1]. Statt auf den Vorderfatz hat man bisher zumeift auf den Nachfatz diefer Mittheilung den Nachdruck gelegt und die Sache fo aufgefafst, als hätte Dürer bei Wolgemut mehr fchlechte Behandlung als guten Unterricht erfahren. Dagegen ift zu bemerken, dafs fich Dürer nirgends über feinen Lehrmeifter beklagt, vielmehr bis an fein Lebensende in freundfchaftlichen Beziehungen zu ihm geftanden hat. Dafs aber ein Lehrknabe unter rohen Gefellen einer Werkftatt zu leiten hatte, war gewifs zu jener Zeit fo wenig etwas Ungewöhnliches, wie es etwa heutzutage noch etwas Seltenes ift. Man denke nur an das Loos der kleinen Schützen bei den fahrenden Schülern! Die Bedeutung jener Nachricht liegt nicht fowohl in der ficher ganz gewöhnlichen Thatfache, die fie enthält, fondern vorzüglich in der Perfönlichkeit des Berichterftatters. Das Wichtige und Neue daran ift nur der tiefe Eindruck, den die unwürdige Behandlung in einer zarter befaiteten Seele zurückliefs; es ift eben der moderne Menfch, der fich gegen die ererbte Rohheit empört; der zum Bewufstfein perfönlicher Würde gelangte Bürger, der die als Kind erlittene Schmach noch im Mannesalter nachempfindet. Uns aber gilt es, zu unterfuchen, was Dürer mit dem »ihm von

[1] Dürers Briefe, 74, 12 mit Anmerkung über die ungenaue Ueberlieferung der Stelle.

Gott verliehenen Fleifses bei Wolgemut lernen konnte, und zu diefem Behufe müffen wir uns zunächft fragen, was Michel Wolgemut felbft geleiftet hat.

Diefe Frage zu beantworten unterlag ganz befonderen Schwierigkeiten. Wenn wir uns mit noch unzulänglichen Hilfsmitteln daran wagten, fo gefchah es in der Ueberzeugung, dafs diefer Verfuch zur weiteren Verfolgung unferes Gegenftandes unabweislich ift. Unfere Beantwortung will in keiner Hinficht auf Vollftändigkeit Anfpruch machen, eher dürfte diefelbe nach mancher Seite der Berichtigung bedürfen. Vielleicht dafs dadurch mittelbar doch einer befferen Würdigung des Meifters vorgearbeitet ift und Andere dann glücklicher in der Löfung der hier noch obfchwebenden Räthfel fein werden. Vorläufig verfuchten wir es, die Stelle, welche Wolgemut in der deutfchen Kunftgefchichte einnehmen mufs, fo weit auszufüllen, als es nothwendig ift, um das Wachsthum Dürers daraus ableiten zu können.

Was die Gemälde Michel Wolgemuts anbelangt, fo dürfen wir uns nicht durch die Unzahl mehr oder minder roh angeftrichener Bretter beirren laffen, die in Nürnberg und anderwärts mit feinem Namen bezeichnet werden. Solcher blofs handwerksmäfsiger Erzeugniffe des Pinfels hat jede deutfche Malerfchule eine ziemliche Anzahl aufzuweifen, und wenn die Nürnberger Schule des XV. Jahrhunderts reicher daran erfcheint als andere, fo erklärt fich das leicht aus ihrer maffenhaften Production. Was wir bisher von Gemälden in Ermangelung jeder Signatur mit einiger Sicherheit auf Wolgemuts Werkftatt zurückführen können, befchränkt fich auf einige grofse Altarwerke, an denen wieder die Grenze der eigenhändigen Betheiligung des Meifters bei der Ausführung Gegenftand des Zweifels ift. Wolgemut erfcheint eben meift als Unternehmer, der feine Kunft zwar in grofsem Mafsftabe, aber auch mit Hilfe vieler fremder Kräfte ausübt, fo dafs es fchwer wird, feine eigene Hand dabei zu verfolgen. In dem Gefchäftsmanne geht aber doch der Künftler nicht unter; in all' der Maffenproduction waltet

ein mächtiger Geift, der vor keiner Schwierigkeit zurück-
fchreckt und jede neue Richtung rafch ergreift, um fie nicht
blofs auszubeuten, fondern auch weiter zu entwickeln. Läfst
fich nun auch die überreiche Thätigkeit, welche Wolgemut
in feinem 85jährigen Leben entfaltete, vorerft nur in ganz
allgemeinen Zügen fefthalten, fo viel ergiebt fich fchon aus
vereinzelten Thatfachen, dafs wir es hier mit einem bedeutenden Meifter zu thun haben, der bahnbrechend wirkte
auf allen jenen Gebieten, auf welchen Dürer mit feinem
Ruhme auch den feines Lehrmeifters geerntet hat. So hoch
wir auch Dürers Genius zu ftellen geneigt find, ohne Wolgemuts Vorgang hätte er die Stufe feiner Vollendung nicht
erreicht. Am wenigften dürfte dies vorerft in Bezug auf
jene grofsen Publicationen beftritten werden, durch welche
Wolgemut der Begründer der fortan muftergiltigen Nürnberger Holzfchneiderfchule geworden ift.

Als Anton Koburger im Jahre 1483 feine oberdeutfche
Bibelausgabe veranftaltete, entlehnte er noch die Abbildungen
dazu der ein Jahrzehnt früher erfchienenen Kölner Bibel;
nur die acht Bilder zur Apokalypfe wurden in Nürnberg
hinzugefügt. So roh und unvollkommen auch die hundert-
fieben Holzftöcke waren, die bei diefer Gelegenheit nach
Nürnberg kamen, fie genügten, den Unternehmungsgeift
Koburgers und Wolgemuts zur Bewältigung grofser Aufgaben herauszufordern. Unter ihrer Leitung erhob fich der
bis dahin blofs handwerksmäfsig geübte Formfchnitt rafch
zur Höhe der damaligen Kunftleiftung. Zeugnifs davon
geben die einundneunzig grofsen Tafeln in dem 1491 durch
Koburger veröffentlichten »Schatzbehalter oder Schrein der
wahren Reichthümer des Heils und ewiger Seligkeit«. Um
die Bedeutung diefes Kunftdenkmals zu ermeffen, braucht
man daffelbe blofs mit allem dem zu vergleichen, was der
Holzfchnitt bis dahin geleiftet hatte. Die Zeichnungen
ftammen wohl fämmtlich von ein und derfelben Meifterhand
her und gehören ohne Zweifel Wolgemut felbft an. Der
mannigfache Reichthum der Erfindung, die freie Beweglich-

keit der Figuren ist stets von der Rücksicht auf das technisch
Mögliche geleitet. Die Ausführung im Schnitte ist zwar
sehr ungleich, theils unbeholfen, theils vollendet, je nachdem die verschiedenen Formschneider bereits zu einer höheren
künstlerischen Ausbildung gelangt waren oder nicht. Was
der Meister anstrebte, zeigen uns so gelungene Blätter wie
gleich das erste: Gott Vater auf dem Throne sitzend und
den vor ihm knieenden Heiland segnend. Die Figuren sind
geschickt in die gegebenen Räume eingeordnet; eine emsig
durchgebildete Gewandung erhöht ihre Würde, und wenige
kleine Striche in den Gesichtern genügen, um denselben
Ausdruck und Mienenspiel zu verleihen. Die Darstellung
wagt sich an alles, und doch ist dem noch ungeschulten
Schneidemesser nicht zu viel zugemuthet. So sehr auch die
Formen der Dinge vereinfacht sind, immer noch giebt das,
was von der Zeichnung stehen bleibt, ein deutliches Bild
von der Absicht des Meisters. Die Holzschnitte des »Schatzbehalters« sind durchweg ohne eine bestimmte Bezeichnung.
Gleichwohl wird das grosse verzierte W auf dem Banner
in der reizenden Darstellung vom Einzuge Jephtas, der neunzehnten Figur, wie schon Passavant annimmt, nicht anders
als auf Wolgemuts Namen zu deuten sein; einen gleichen
Sinn möchte auf der achtzigsten Figur das Fähnlein mit dem
W zwischen den zwei andern haben, die je mit dem ersten
und dem letzten Buchstaben des Alphabetes geziert sind [1]).

Der Beifall, den zweifelsohne die Bildwerke des »Schatzbehalters« ernteten, konnte die Herrn Sebald Schreyer und
Sebastian Cammermeister leicht bewegen, noch im selben
Jahre, am 29. December 1491, mit Michel Wolgemut und
seinem Stiefsohne Wilhelm Pleydenwurff einen Vertrag über
ein anderes grosses Unternehmen abzuschliessen, nämlich über
die Veröffentlichung der illustrierten Ausgabe von Dr. Hart-

---

1) Dasselbe gilt vielleicht von dem
Wimpel auf dem Zelte der Fig. 58,
nur erscheint der Buchstabe dort vom
Holzschneider verstümmelt, wie dies
auch sonst bei Inschriften der Fall ist,
z. B. bei dem AVE MARIA GRA ..
auf Fig. 64.

mann Schedels »Neuer Weltchronik«. Die genannten Patrizier lieferten die Mittel zur Herstellung von mehr als
zweitaufend Holzstöcken; die beiden Maler aber müffen
eifrig an der Arbeit gewefen fein und eine grofse Werkstatt zu ihrer Verfügung gehabt haben, da das Werk bereits
nach zwei Jahren, am 23. December 1493, vollendet war.
Der urfprünglich lateinifche Text ward durch den Lofungs-
fchreiber Georg Alt mit angemeffenen Veränderungen auch
in's Deutfche übertragen und Koburger veranftaltete die
Ausgabe zugleich in beiden Sprachen. Welche grofse Verbreitung diefe Foliobände frühzeitig gefunden haben, zeigt
nicht blofs das heute noch ziemlich häufige Vorkommen
derfelben, fondern auch die im Nürnberger Stadtarchiv be-
findliche Urkunde vom 22. Juni 1509, in welcher die Be-
theiligten von den Ergebniffen des gemeinfamen Unternehmens
Rechenfchaft geben und fich über den ganz namhaften Erlös
aus demfelben vergleichen [1]). Die Bücher gingen nach allen
Richtungen an Bevollmächtigte in vielen deutfchen Städten
bis Bafel, Strafsburg, Lübeck, Danzig, Breslau, Prag und
Wien; fodann nach Paris, Lyon, Krakau und Ofen. Starken
Abfatz fand die Weltchronik auch in Italien, namentlich in
Como, Mailand, Genua, Florenz, Bologna, theils durch die
Vermittlung des Nürnberger Kaufmanns Anton Kolb, theils
reifte dort zur Beforgung der Verkäufe ein Peter Vifcher
von Stadt zu Stadt, der aber wohl kaum mit dem berühmten
Nürnberger Erzgieffer ein und diefelbe Perfon fein dürfte.
In Nürnberg felbft koftete der ftattliche Folioband »roh«
d. i. mit farblofen Holzfchnitten und ungebunden 2 Gulden
rheinifch, illuminiert und eingebunden das dreifache.

Die Veröffentlichung der Nürnberger Weltchronik war
infofern ein Ereignifs in der Gefchichte des Buchdruckes,
als bis dahin ein grofses Werk profanen Inhaltes in fo prächtiger Ausftattung noch nirgends erfchienen war. Der Ge-

---

1) Abgedruckt bei M. Thaufing: del'fchen Weltchronik; Mittheilungen
Wolgemut als Meifter W und der des Inftituts für öfterr. Gefchichts-
Ausgleich über den Verlag der Sche- forfchung 1884, V. 1. Heft.

lehrte und der Künftler hatten gleichen Antheil an den Er-
folgen des Buches, das zum Lefen wie zum Schauen einlud
und fo recht auf den zur geiftigen Selbftändigkeit gelangenden
Bürgerftand, den gebildeten Mittelftand der neueren Zeit
berechnet war. Trotz manchen abenteuerlichen Vorftellungen,
die es enthält, hat das Werk viel zur Erweiterung des mittelalterlichen Gefichtskreifes im Volke beigetragen. In der gefchichtlichen Darftellung Hartmann Schedels erfcheint Heiliges
und Weltliches bunt gemifcht, Bibel und Mythologie reichen
fich friedlich die Hand ganz in der Art der italienifchen
Humaniften, bei denen der Verfaffer in die Schule gegangen
war. Der Erfindung des Malers war hier weiter Spielraum
geboten, die künftlerifche Ausführung aber litt fichtlich unter
der Befchleunigung der Arbeit und die Vollendung der Holzfchnitte nimmt daher gegen das Ende des Buches immer
mehr ab. Die grofsen Compofitionen zeigen ganz die Ge-
ftaltungskraft und die herbe Phantafie Wolgemuts von dem
finnigen Familienbilde der aus dem Paradies vertriebenen
erften Eltern (Fol. 9) bis zu dem wilden Tanze der fünf
Gerippe in dem Bilde des Todes (Fol. 264). Die vielen
Wiederholungen gleicher Motive mögen auf den Antheil
des jungen Pleydenwurff und anderer Gehilfen entfallen.
Zierrath und Beiwerk folgen noch vorwiegend dem Gefchmacke am alten Stile, der fich freilich dem Spiele mit
Naturformen und jeder Laune des Künftlers fügen mufs.
Die zahlreichen Städteanfichten der Weltchronik ergeben
fich wohl vielfach als Ausgeburten der Phantafie, das Cha-
rakteriftifche von manchen ift aber doch fo glücklich feft-
gehalten, dafs ein offenes Auge für Naturerfcheinungen und
Zeichenftudien auf weiten Reifen vorausgefetzt werden müffen.
So unvollkommen diefe Städtebilder uns auch erfcheinen
mögen, fie find doch die erften Anfänge einer felbftändigen
Landfchaftsmalerei [1]). Durch das ftoffliche Intereffe geleitet

1) Abgefehen etwa von den ganz   und in Thoman Lyrars oder Lyrers
vereinzelten Beifpielen in Breiden-   Chronik von Schwaben.
bachs Reife nach Jerufalem 1486,

macht Wolgemut zuerſt ein Stück Gegend zum Hauptgegen-
ſtande der Darſtellung und gelangt ſo immer mehr zu der
ganz modernen Fähigkeit, in dem Anblick der freien Natur
ſich zu vertiefen und die Reize der Landſchaft im Bilde
nachzuempfinden.

Irgend ein Monogramm oder ein ſonſtiges Zeichen des
Künſtlers findet ſich auf den Holzſchnitten der Schedel'ſchen
Chronik nicht. Es bedurfte deſſen auch nicht, da ja am
Schluſſe der beiden Ausgaben die Namen der Maler Michel
Wolgemut und Wilhelm Pleydenwurff ausdrücklich genannt
ſind; doch bleibt der unmittelbare Antheil jedes einzelnen
an der Ausführung dabei unbeſtimmt. So bieten uns denn
die Holzſchnitte Wolgemuts wie ſeine Gemälde nur ein ganz
ungefähres Bild ſeiner perſönlichen Leiſtungen. Einen deut-
licheren Begriff von ſeiner Bedeutung und Eigenthümlichkeit
erhalten wir erſt, wenn wir auch jene dritte, nicht minder
hervorragende Seite ſeiner künſtleriſchen Thätigkeit in's
Auge faſſen, die ihm in unſerem Jahrhunderte faſt allgemein
abgeſprochen wurde — ich meine ſeine Leiſtungen auf dem
Gebiete des Kupferſtiches. Denn im Gegenſatze zu ſeinen
Malereien und Holzſchnitten, tragen Wolgemuts Kupferſtiche
regelmäſsig eine beſtimmte Bezeichnung. Dies iſt aus der
urſprünglich mercantilen Bedeutung des Monogramms leicht
erklärlich, denn die Marke des Meiſters war ein Schutzmittel für ſeine Waare, wie für jede andere; auch verlangten
wohl die Behörden überall eine Kennzeichnung der auf
öffentlichem Markte ausgebotenen Kunſtblätter zur Ordnung
der Beſteuerung und des Verkaufsrechtes. Gemälde, welche
ein vielbeſchäftigter Meiſter nur auf Beſtellung malte, bedurften des Monogramms ebenſowenig als Holzſchnittwerke
in Büchern, welche die Adreſſe des Druckers oder Verlegers
trugen. Die Kupferſtiche aber, welche man auf Märkten,
Wallfahrten, Kirchenfeſten u. dergl. feil zu bieten pflegte,
konnten des Monogrammes nicht ſo leicht entbehren. Die
Platte wurde damit verſehen, ſobald Abdrücke für den
Handel gemacht werden ſollten. Einzelne Drucke ohne

Monogramm gelten daher mit Recht als Probedrucke, und
die gröfsere Seltenheit der unbezeichneten Blätter eines
Meifters deutet fchon darauf hin, dafs diefelben nicht für
den Markt beftimmt waren.

Aus Gründen nun, deren Erörterung beffer in dem
VIII. Capitel, Dürers »Wettftreit mit Wohlgemut«, Platz
findet, fehe ich mich genöthigt, die meiften jener altdeutfchen
Kupferftiche, welche unten in der Mitte mit dem Monogramme W verfehen find und feit Beginn unferes Jahrhunderts
dem Goldfchmiede Wenzel von Olmütz zugefchrieben werden,
wieder für Wolgemut und feine Werkftatt in Anfpruch zu
nehmen. Freilich erfchweren diefelben Umftände, welche
das Erkennen von Wolgemuts Art in feinen Gemälden und
Holzfchnitten bisher behinderten, auch das Verftändnifs feiner
Kupferftiche. Auch hier waltet eine grofse Verfchiedenheit
in der Behandlung, auch hier nöthigt die Ungleichheit der
einzelnen Platten zur Annahme mannigfacher helfender Hände,
auch hier erfcheint Wolgemut zugleich als Leiter einer grofsen,
nicht blos künftlerifchen Zielen folgenden Werkftatt. Da
werden nicht nur Originale feiner Erfindung, fondern vorwiegend auch Copien nach gangbaren Blättern anderer
Meifter geftochen. Niemals aber finken diefe Nachftiche zu
geiftlofem, einförmigem Machwerke herab, wie etwa jene des
Ifrael van Mecken; fie verrathen in Zeichnung und Technik
das wachfame Auge des univerfalen Meifters, der mit feltenem
Spürfinn die Leiftungsfähigkeit jedes Materials aufzudecken
weifs. Ohne Zweifel ift durch Wolgemut zuerft die Uebung
des Kupferftiches in Nürnberg eingebürgert worden. Allerdings erlaubt uns der heutige Stand unferer, etwas ver-
fahrenen Forfchung eine genaue Begränzung und zeitgemäfse
Ueberficht feines Kupferftichwerkes noch nicht. Die Seltenheit feiner Blätter in guten, alten Abdrücken, die allein
Handhaben zur Bildung eines richtigen Urtheils darbieten
könnten, wird uns die Kritik auch fernerhin erfchweren.
Immerhin geben uns aber gerade die Kupferftiche Wolgemuts
fo viel Anknüpfungspunkte für feinen künftlerifchen Ent-

wickelungsgang, dafs wir es darauf hin wagen, mit Zuhilfe-
nahme einiger urkundlichen Nachrichten, eine Geschichte
deffelben anzubahnen.

———

Nach der freilich fpäten Infchrift auf dem Dürer zugefchriebenen Bildniffe Michel Wolgemuts in der Pinakothek
zu München wäre der Meifter 1434 geboren worden. Welcher
von den vielen in den Nürnberger Bürgerbüchern des XV.
Jahrhunderts verzeichneten Wolgemut fein Vater gewefen
und welches Gewerbe derfelbe betrieben habe, läfst fich
nicht beftimmen. Ebenfo entzieht fich fein Lehrmeifter jeder
Nachforfchung. Ziemlich ficher fcheint nur, dafs Wolgemut
nach Beendigung feiner Lehrzeit fich länger in den rheinifchen
Gegenden aufgehalten habe, eben als die Malerei dafelbft
nach der Mitte des XV. Jahrhunderts in einem entfcheidenden
Umfchwunge begriffen war. Die wechfelnden Einflüffe, die
er dort erfuhr, fpiegeln fich in feinen Kupferftichen wieder,
wenn diefelben vielleicht auch in fpäteren Jahren vollendet
wurden. Der Kölnifchen Schule des Meifters Stephan Lochner
gehört das Urbild jenes Stiches an, auf welchem in einer
Landfchaft unter hohen Bäumen fitzend Loth mit feinen
Töchtern dargeftellt ift [1]). Der Kopf des Alten ift markig,
langnafig, die Töchter erfcheinen in dem Aufzuge der
damaligen rheinifchen Mode, mit glattgefchorenem Vorder-
haupt und rückwärts emporftehenden Hauben. Die Stichelführung ift hart und trocken und verräth namentlich im
Baumfchlage einen Meifter, der auf die Wirkungen des
Holzfchneidemeffers zu rechnen gewohnt ift. Daffelbe gilt
von dem letzten Abendmahle [2]) mit den kurzleibigen, grofs-
häuptigen Figuren um den viereckigen Tifch, wo vorne das
Monogramm W nicht eingeftochen, fondern ausgefpart ift,
fo dafs es im Abdrucke weifs auf dunklem Grunde erfcheint.
Die Compofition hat eine bemerkenswerthe Aehnlichkeit mit

———

1) Bartfch, Peintre-Graveur, VI.   2) Bartfch, a. a. O. S. 324. Nr. 16.
319. Nr. 1.

der fiebenundvierzigften Figur des „Schatzbehalters", wo
nur für den Holzfchnitt alles Beiwerk vereinfacht erfcheint;
die architektonifche Perfpective des Hintergrundes vergleicht
fich auch mit der vierundzwanzigften Figur jenes Werkes.
Schlagender noch erfcheinen die Beziehungen zur Kölnifchen
Schule in zwei anderen, technifch bereits fortgefchritteneren
Kupferftichen Wolgemuts, darftellend die Martyrien der
Apoftel Andreas und Bartholomæus [1]). Es find getreue,
gleichfeitige Nachbildungen von zweien der zwölf Innenbilder
am Altare von St. Laurentius zu Köln, die von Paffavant
dem Meifter Stephan felbft, von Schnaafe [2]) und Anderen
einem phantafiereichen Schüler oder Zeitgenoffen deffelben
zugefchrieben werden; fie befinden fich gegenwärtig im
Städel'fchen Inftitute zu Frankfurt. Deutliche Anklänge an
die Formgebung der Kölnifchen Schule finden fich denn
auch an vielen Stellen der Wolgemut'fchen Holzfchnittwerke,
felbft noch in denen der Weltchronik.

Im Ganzen aber war es mit der Blüthe diefer Schule
vorbei. Noch als Wolgemut am Rheine arbeiten mochte,
ward dafelbft der Einflufs der van Eyk'fchen Richtung der
alleinherrfchende. Möglich, dafs der junge Wolgemut dem
Zuge des neuen Gefchmackes felbft bis zur Quelle entgegen
gegangen ift, und dafs er fo wie Dürers Vater bei »den
grofsen Künftlern in den Niederlanden« gearbeitet habe.
Wenigftens find einige feiner feinften Kupfer nach Vorbildern
aus der Eyk'fchen Schule geftochen; fo die reizende Lauten-
fpielerin im Rafen fitzend mit der hohen burgundifchen Haube
und dem pelzverbrämten, in fcharfe Falten gebrochenen
Gewande. Ueber ihren Schultern wiegt fich auf einem Bäum-
chen ein Papagei und zu ihren Häupten fteht auf einer
Bandrolle die Infchrift: **Oĉ) mic) verlanget ʒir, do gros
min libes lieb, noĉ) dir, dos geloub mir vor wor** [3]). Die
Tracht und die Erfindung der Figur ift entfchieden flämifch,

---

1) Bartfch, Nr. 23, 25.   3) Bartfch, VI, 343; Paffavant, II,
2) Gefchichte d. bild. K. VI. 461.   134.

doch zeugt die Mundart des Spruches für den oberdeutschen
Stecher. Die technische Behandlung der Platte erscheint zu
einer ungewöhnlichen Zartheit vollends in denjenigen Blättern
ausgebildet, in denen Wolgemut Stiche des sogenannten
»Meisters von 1480« oder »vom Amsterdamer Cabinet« mit
Erfolg reproduciert. Es find dies das sitzende Liebespaar,
die türkische Familie, und der vom jungen Weibe unterjochte
Greis mit der Inschrift: NESEL [1]). Diese Blätter find getreue Nachbildungen bekannter Originale jenes bedeutendsten
Stechers aus der Eyk'schen Schule; sie ahmen völlig dessen
duftige Modellierung mittelst haarfeiner Strichelchen nach.
Die sichere Handhabung der jenem Meister ganz eigenthümlichen Art von kalter Nadelarbeit durch Wolgemut setzt
vielleicht doch irgend welche persönliche Berührungspunkte
voraus, denn von aller Kunstübung pflanzt sich blos mittelbar nichts so schwer in die Ferne fort, als ein technisches
Verfahren.

Ungleich mehr aber als der flämischen Schule selbst
folgte Wolgemut jener Formenauffassung, welche ursprünglich von Rogier van der Weyden ausgehend am Oberrhein
Wurzel gefasst hatte. Dort war wohl schon in Wolgemuts
Wanderjahren die Werkstatt des berühmten Meisters E S
vom Jahre 1466 in Thätigkeit. Grosses wurde daselbst auf
kleinen Flächen gestaltet. Die Gefühlsweise des alten Stiles
war noch nicht erloschen, ja eine gewisse weiche Empfind-
samkeit pflanzte sich, aus der Kölnischen Schule kommend,
in dieser ältesten schwäbischen fort; aber eine frische Naturauffassung belebt ihre mageren zarten Gestalten, die mit
Vorliebe in die Tracht der Niederländischen Muster gekleidet
werden. In zweien seiner Stiche entlehnt der Meister E S
geradezu Compositionen von Rogier van der Weyden. Sorgfältig ausgeführte Gemälde dieser Schule lassen sich nur
wenige nachweisen; fast ausschliesslich bleibt der Kupferstich
das Mittel ihrer Darstellung, auch bei jenem Meister, in dem

---

1) Bartsch, Nr 48; Passavant, Nr. 73, 74.

die oberrheinifche Schule den Gipfelpunkt ihrer Blüthe erreicht, bei Martin Schongauer von Colmar. Obwohl Schongauer blos um ein Jahrzehnt älter gewefen fein kann als
Wolgemut, läfst doch die Gleichartigkeit feiner zahlreichen
Kupferftiche auf frühzeitigen Abfchlufs einer rafcheren künftlerifchen Entwickelung fchliefsen. Durch die Sicherheit feines
Wollens mufste er dem fuchenden Nürnberger Maler weit
überlegen fein. Eine perfönliche Berührung zwifchen Beiden
ift für die Wanderjahre Wolgemuts unbedingt anzunehmen,
nicht fowohl wegen feines vielfachen Eingehens auf die
Formenfprache Meifter Martins, als vielmehr wegen feines
innigen Anfchluffes an das technifche Verfahren deffelben
im Stiche und in der Malerei. Daher die vielen wohlver-
ftandenen Copien Wolgemuts nach Schongauers Stichen, die
in guten Drucken den Originalen faft gleichwerthig find.
Von den Holzfchnitten zeigt gleich das vorzügliche erfte
Blatt des Schatzbehalters, Jefus vor dem Throne Gott Vaters,
die Benützung des Kupferftiches: Krönung Mariæ von Schongauer [1]) namentlich in der Draperie.

Eine felbftändige Compofition Wolgemuts von nicht
geringer Meifterfchaft zeigt ein Kupferftich in der Sammlung
des Mr. Richard Fifher in London, darftellend die Verkündigung Mariæ in einem altdeutfchen Gemache mit per-
fpectivifchem Ausblicke durch das Fenfter des Hintergrundes
auf den Marktplatz einer Stadt, unten in der Mitte mit W
bezeichnet [2]). Eine ungemein anfprechende Compofition, fein
gezeichnet und forgfältig ausgeführt. Mit Recht wurde von
Sidney Colvin die Aehnlichkeit des Engels mit den in der
Schedel'fchen Weltchronik vorkommenden hervorgehoben.

Die früheften, Michel Wolgemut bisher und mit gutem
Grunde zugefchriebenen Gemälde find die vier grofsen

1) Bartfch, Nr. 72.

2) In Heliogravure von Amand Durand abgebildet im Kataloge der Sammlung Fifhers und bei Sidney Colvin, Albert Dürer, his Teachers etc. The Portfolio, London 1877. Tafel zu S. 188.

Flügel vom Altare der Dreifaltigkeitskirche zu Hof, gegenwärtig in der Pinakothek zu München (Säle, Nr. 22, 27, 39, 82). Sie sind gut erhalten, beiderseits bemalt und zeigen: Christus auf dem Oelberge, St. Michael den Drachen tödtend, die Kreuzigung [1]), die Verkündigung, die Kreuzabnahme, die Auferstehung, endlich die Anbetung des Christkindes und die beiden Apostel Bartholomæus und Jacobus nebeneinanderstehend; blos die letztgenannten zwei Darstellungen haben Goldgrund; sie bildeten wohl die Aussenseiten des geschlossenen Altares, dessen Mittelstück sicher ein Sculpturwerk war. Zu Häupten der Apostelfiguren die Inschrift: **nach Chrifti geburt MCCCCLXV iar ift dis werck gefaßt worden.** Die heiligen Geschichten sind mit nüchternem Ernste aufgefasst; die Gestalten sind mager, aber nicht schlank, die Köpfe oval, die Nasen lang und spitz, die Augen schmal aber fein geschlitzt, das Kinn springt weich gerundet vor, zuweilen mit ganz feinem Grübchen. Die Gesichter der Frauen sind nicht ohne Reiz, und tiefe Würde spricht aus den Männerköpfen; der des auferstehenden Christus ist von gewaltigem Ernst, doch wird der Ausdruck durch das sich verjüngende Untergesicht gemildert. Hierin, wie in den mageren Gliedern an Schongauers Typus mahnend, erscheint die Gestalt doch mannhafter, herber und grosartiger. Die Nebenfiguren sind in die bunte Modetracht der Zeit gekleidet; vor ihren Lippen sind noch Sprüche in goldenen Lettern angebracht. Die Gewänder sind sehr scharf gebrochen; haben kräftige Localfarben, vorherrschend lebhaftes Roth und Grün, dunkles Blaugrün, Violettgrau und Purpur, dazwischen Goldbrocat mit grosem Granatmuster. Die Fleischtheile haben leichte graue, zuweilen rosige Schatten, sie sind hell und flüfsig gemalt und fein verschmolzen, so dafs die Conturen nicht

---

[1]) Eine grofs ausgeführte Federzeichnung in der Pester Nationalgalerie stimmt nahezu mit dieser Composition überein, ist gleichzeitig und sicher von derselben Meisterhand. Zu dem Folgenden vergl. Woldemar v. Seidlitz: Michael Wolgemut; die Wandlungen seiner Malweise. Zeitschr. für bild. Kunst 1883. XVIII. 169 ff.

fo derb hervortreten, wie in anderen gleichzeitigen oberdeutfchen Bildwerken. Im Ganzen waltet eine eigenthümliche Freude an Naturgegenftänden und an dem rein finn-
lichen Reiz der Farben. Anmuthig wirkt die helle, heitere
Landfchaft mit der duftigen Ferne, dem klaren Waffer und
ganz vorne der üppige Grasboden mit einzelnen, äufserft
liebevoll behandelten und fo genau ausgeführten Pflanzen,
dafs man Ranunkel und Hauhechel, Himmelfchlüffel und
Borretfch botanifch beftimmen kann. Die Darftellungen des
»Schatzbehalters« erinnern in Trachten, Kopftypen und in
dem haufenförmigen Baumfchlage noch vielfach an diefe
früheften Malereien Wolgemuts. Die kurzleibigen zarten
Figuren und die tiefe Färbung der Gewänder find ein Erb-
theil des alten Nürnberger Stiles. Die fcharfen Faltenbrüche,
die feinere, emailartige Malweife des Fleifches find eine Mit-
gift der flämifchen und der oberrheinifchen Schule.

Bei feiner Heimkehr verpflanzte Wolgemut den van Eyck'-
fchen Einflufs nach Nünberg, wo die neue Malweife alsbald
in fchroffen Gegenfatz zu der älteren trat und jene eigenthümliche Spaltung in der Nürnberger Malerei verurfachte,
die fich bis in's fechzehnte Jahrhundert fortfetzt. Indem
ein Theil der dortigen Künftler ruhig in den gefälligeren,
weicheren Formen des alten Stiles weiterarbeitete, die immer
eintöniger und leerer wurden und fo nach und nach abhauften,
wirkte Wolgemuts Realismus befruchtend auf den anderen
Theil, wie ja in der Regel beim Zufammenftofsen zweier
Kunftrichtungen die herbere, fchroffere, gedankenhafte den
Sieg über die anmuthigere, empfindfame davon trägt. In
demfelben Jahre, da Schongauer das einzige heute noch
beglaubigte Gemälde, die Madonna im Rofenhag zu Colmar
vollendet, 1473 erfcheint Wolgemut zuerft in den Bürgerbüchern von Nürnberg und zwar an derfelben Stelle, welche
bis dahin von Hans Pleydenwurff eingenommen ward. Allem
nach war diefer ein angefehener Nürnberger Maler; fchon
1451 und von 1463 bis an feinen Tod 1472 [1]) erfcheint er

---

1) Frommann, Anzeiger f. K. d. Vorz. 1871. 11. Lochner, ebendaf. 1871, 278.

in dem Haufe 496 auf der Sebalderfeite anfäffig, in deffen
Befitz Wolgemut nun durch feine Vermählung mit Pleydenwurffs Wittwe Barbara gelangt. Vielleicht arbeitete Michel
Wolgemut fchon früher bei Hans Pleydenwurff, der möglicher-
weife auch als fein Lehrer anzufehen ift. Wenn er den
Hofer Altar bereits in Nürnberg gemalt hat, fo könnte dies
wohl nur in deffen Werkftatt und auf deffen Rechnung gefchehen fein. Auch nach feiner Verheirathung führt Wolgemut
das Gefchäft für gemeinfame Rechnung mit der Familie Pleydenwurffs weiter. Den einen feiner drei Stiefföhne, Wilhelm,
bildete er felbft zum Maler heran und theilte mit ihm die Arbeit
an der Schedel'fchen Weltchronik; 1490 bis 1494 erfcheint
derfelbe als Meifter in den Bürgerbüchern [1]). Schon am
4. Februar 1495 aber wird in einem Vertrage zwifchen Wolgemut und feiner Gattin Wilhelm Pleydenwurff als verftorben
aufgeführt und zugleich hervorgehoben, dafs ihm »bei feinen
Lebzeiten allerlei Gutthat von ihnen beiden widerfahren«.
Er hinterliefs eine Wittwe Namens Helena und ein Töchterlein Magdalena. Helena Pleydenwurffin erfcheint 1495 neben
Michel Wolgemut in den Steuerbüchern, ein Zeichen, dafs
fie das Gefchäft des verftorbenen Gatten noch fortführt; doch
heirathet fie fpäter wieder, einen Simon Zwelffer. Sie war
die Tochter des Apothekers Dominicus Mülich, über deffen
verwaifte Familie Wolgemut kurze Zeit die Vormundfchaft
führt. Am 4. Auguft 1501 wird er über die Führung derfelben, wie über die Rechnungslegung von fämmtlichen
Familienmitgliedern quittiert; da gefchieht unter denfelben
eines Kindes Erwähnung: »Hänsleins Mülich, des jüngeren
Dominicus Mülichs fel. Söhnleins«, hinter dem wohl niemand
anderes, als der nachmals bekannte Münchener Hofmaler
Hans Mielich oder Mülich zu fuchen wäre; denn die Familie
wanderte fpäter, als gut katholifch, aus Nürnberg aus und
vermuthlich nach München.

Die Laft, welche Michel Wolgemut die Unterhaltung

1) v. Murr, Journal, II. 31. u. 134 ff. XV. 23 ff.

und Verforgung feiner Stiefkinder aufbürdete, fcheint auch
eine Haupturfache für den fchwunghaften und darum ober-
flächlichen Betrieb feiner Kunft gewefen zu fein. Deutliche
Spuren davon zeigt das grofse Altarwerk in der Haller'fchen
Kapelle zum heil. Kreuz in Nürnberg und noch mehr der
Altar der Frauenkirche zu Zwickau in Sachfen, der 1479
bei Wolgemut beftellt wurde [1]. Noch eine andere frühe
Arbeit ift der von einer Klofterfrau aus der Familie Landauer
geftiftete Altar, deffen Flügel fich gegenwärtig theils in der
Augsburger Galerie, theils in der Münchener Pinakothek
befinden [2].

Die bedeutendften Gemälde Michel Wolgemuts find ohne
Zweifel die Flügel zum Hauptaltare der 1488 vollendeten,
jetzt abgebrochenen Auguftiner- oder Schufterkirche. Es ift
das einzige Werk des Meifters, deffen Neudörffer und Sandrart
erwähnen mit der Bemerkung, dafs Sebald Peringsdörffer
diefen Altar geftiftet hat. Die Mitte bildeten die in Holz
gefchnitzten Figuren der Jungfrau mit zwei Heiligen. Die
vier Flügel des Altars befinden fich gegenwärtig in der
St. Morizkapelle zu Nürnberg. Sie zeigen von der einen
Seite paarweife die reichlich lebensgrofsen Figuren der
Heiligen: Georg und Sebaldus, Katharina und Barbara, Rofalia
und Margaretha, Johannes Baptifta und Nicolaus. Die Geftalten ftehen auf fternförmigen oder polygonen Tragfteinen,
die von einem fich gothifch verzweigenden, in verfchnörkelte
Knäufe auslaufenden Aftwerke in Schwarz und Gold getragen
werden. An deffen Urfprung find kleine Sculpturen von
Thieren, wilden Männern und Kindern abgebildet. Aus dem
Grunde daneben fpriefsen mannigfache Wiefenblumen, wie
Klee, Akelei, Lilien, Cichorium und Glockenblümchen, ungemein forgfältig ausgeführt, gleich den dazwifchen verftreuten
Infecten und Schmetterlingen. Die von blauem Grunde fich

---

[1] Quandt, die Gemälde des M.
Wolgemut in der Frauenkirche zu
Zwickau, und Waagen, Kunftwerke
u. Künftler in Deutfchl. I. 63 u. 283.

[2] R. Marggraff, Katalog der k.
Gemälde-Gall. in Augsburg, Nr. 42
u. 43. Katalog der ält. k. Pinakothek
zu München, II. Saal, Nr. 82.

abhebenden Heiligengeftalten gehören zu dem grofsartigften, was die altdeutfche Malerei gefchaffen hat. Ihre Verhältniffe find fchlank; die Köpfe der männlichen Heiligen äufserft würdig im Ausdruck, die weiblichen von feltener Zartheit und Anmuth. Trotz des grofsen Mafsftabes zeigt die Ausführung die höchfte Vollendung; die Temperafarben find gut verfchmolzen, überall hell und klar, in den Lichtern des Fleifches rofig, in den leichten Schatten grünlich; doch erfcheinen die Köpfe, wie die noch etwas fchmalen, kleinen Hände darum keineswegs flach. Die brocatenen oder fonft lebhaft gefärbten Untergewänder und die goldenen Mäntel darüber fallen in mächtig wirkenden Falten herab; die Schatten der letzteren find mittelft breiter fchwarzer Kreuzlagen aufgefetzt, wie fie der Kupferftich und Holzfchnitt in feiner fpäteren Entwickelung anwendet.

Die Innenfeiten der Flügel find etwas tiefer im Ton und erheben fich zum Theil bis zu coloriftifcher Wirkung. Sie zeigen je zwei übereinandergeftellte dramatifche Darftellungen aus der Legende des heil. Veit, dem die Kirche geweiht war, und Epifoden aus dem Leben anderer Heiligen. Auf der Züchtigung des heil. Veit ift deffen jugendlicher nackter Oberkörper von gutem Ebenmafs, auch ohne dafs in anatomifche Einzelnheiten eingegangen ift. Der heil. Lukas im Kämmerchen, die blau und golden gekleidete Madonna malend, erinnert nicht blofs dem Gegenftande nach, fondern auch in Auffaffung und Wirkung ftark an die Eyck'fche Schule. Der heilige Sebaftian zumal zeigt eine weiche Behandlung und richtige, freie Bewegung des Nackten; blofs die Füfse find nach vorne noch etwas breit; der Kopf hat einen länglichen nach unten zugefpitzten Typus. Reizend ift die Darftellung, in welcher der heil. Veit den Ring der Verlobten zurückweift. Die verfchmähte Geberin in Hellgrün, der Lieblingsfarbe der Nürnbergerinnen, ift von fo holder Anmuth, Schönheit und Hoheit, wie fie wohl kaum ein anderes Frauenbild der oberdeutfchen Schule aufweifen kann. Der längliche Kopf mit breiter Stirne und feiner langer Nafe verräth freilich wieder Eyck'fche Tradition. Ueberhaupt find hier, wie auf dem darunter befindlichen St. Veit in der Löwen-grube, die Köpfe fo edel, die Färbung fo warm, dafs jede Betheiligung von Gefellen an der Ausführung ausgefchloffen fcheint. Nur die kleinen pudelartigen Löwen verrathen einen leicht erklärlichen Mangel der Naturanfchauung. Dafür ift die Landfchaft, in welcher St. Bernhard vom gekreuzigten Heiland umarmt wird, mit ihrem fränkifchen Riegelbau, der fich rechts im Waffer fpiegelt, eigenthümlich anmuthig und leuchtend in der Farbe. Ebenfo erglänzt der Flufs in der Ferne auf dem Bilde des heil. Chriftoph trotz einem Hinter-grunde von Memling; das von ihm getragene Chriftkind ift ungemein lieblich, von vollen weichen Formen; den Vorder-grund zieren Rohrkolben, Eidechfen, Mufcheln u. dergl. Das Segelfchiff rechts im Grunde kömmt bei Wolgemut wiederholt vor.

Zu dem Peringsdörffer'fchen Altare foll auch eine jetzt von den Flügeln getrennte Altarftaffel gehören und ein anderes von Schülerhand gemaltes Stück, darftellend den heil. Veit, der von heidnifchen Prieftern zur Abgötterei auf-gefordert wird. Daffelbe trägt die ungelöfte Bezeichnung R. F. mit der Jahreszahl 1487 [1]). Die Jahreszahl ftimmt mit der Vollendung des Kirchenbaues bei den Auguftinern im Jahre 1488 und ift uns ein willkommenes Zeugnifs für die Entftehungszeit des Peringsdörffer'fchen Altars. Seine Voll-endung fällt, ebenfo wie die des »Schatzbehalters«, in die Lehrzeit Dürers bei Wolgemut 1486—1489. Und fo fügte es fich denn merkwürdig, dafs Wolgemut damals gerade auf der Höhe feines Schaffens ftand und mehr als fonft eigen-händig thätig war.

---

1) Waagen, Kunftwerke in Deutfch-land I. 213. 216. Retberg, Nürn-bergs Kunftleben, 68. Von einem Monogramme des Kaspar Rofenthaler kann nicht mehr die Rede fein, feit-dem wir wiffen, dafs diefer aus Nürn-berg ftammende Kaufmann und Buch-verleger zu Schwaz in Tyrol nichts weniger als ein Maler gewefen ift. Vergl. Schönherr, Mittheilung der Wiener Centralcommiffion X. S. XXIV.

In dem Mafse eben, als fein Stieffohn Wilhelm Pleydenwurff heranwuchs und ihm in der Werkftatt zur Seite ftehen
konnte, fcheint eine Entlaftung Wolgemuts von gefchäftlichen
Sorgen eingetreten zu fein. Leider nur war dies Verhältnifs
von kurzer Dauer, fonft würde es uns der Meifter wohl
leichter gemacht haben, das ungehemmte Fortfchreiten feiner
Technik wie feines Stiles zu verfolgen. Am eheften konnten
ihn damals noch Bildniffe zu einer forgfältigeren Malweife
einladen. Dafs Wolgemut fich als Porträtmaler erprobte,
können wir aus den Charakterköpfen in feinen Altarwerken
fchon fchliefsen. Auch erwähnt ein Imhoff'fches Inventar
von 1573 »ein Täfelein, Oelfarb, von Wolgemut; ift eine
Frau mit einer alten Bauernhaube«, die 1580 auch als »Stern-
haube« bezeichnet wird [1]. Fragen wir nach erhaltenen Beifpielen von Wolgemuts Porträtmalerei, fo möchte ich vor
allem auf ein höchft merkwürdiges Nürnberger Bildnifs hinweifen, das in der königl. Galerie zu Caffel unter dem Namen
Burgkmairs aufgeftellt war [2]. Es zeigt eine Frau mit grofsem
weifsen Geböfche auf dem Kopf in grünem Kleide mit einem
goldenen Gürtel, in der Hand eine Nelke haltend, oben die
Auffchrift: VRSVLA HANS TVCHERIN. Es ift die zweite
Frau des 1491 verftorbenen Hans Tucher, eine geborne
Harfsdörfferin. Der Charakter der Schrift, Tracht und Malweife verbürgen die Echtheit der unter dem Rahmen ver-
fteckten Jahreszahl 1478. Das Datum von Urfulas Vermählung
dürfte darnach zu berichtigen fein, fie ftarb kinderlos 1504 [3].
Das Ganze ift unendlich anziehend und liebenswürdig behandelt; die Farbe ift vollkommen unverändert geblieben,
reizend hell, voll Schmelz, faft feiner noch als bei Rogier
van der Weyden; der Kopf von der zarteften Modellierung;
die Zeichnung der Hand wunderbar vollendet. Und doch
verräth die gefammte Auffaffung der Formen und die Haltung

---

1) Springer, Mittheilungen d. Wiener Centralcommiffion V. 356.

2) Katalog Nr. 16. Bode, Galerie zu
Caffel, Leipz. 1872 S. 4 als Schongauer.

3) Biedermann, Gefchlechtsregifter
des Patriziats zu Nürnberg, Bayreuth
1784, Tab. DXI; wo die Vermählung auf 1481 angefetzt ift.

des Colorits den kräftigeren Gefchmack des oberdeutfchen
Meifters. Wenn mir Otto Mündler nach einer derartigen
Würdigung des Gemäldes in einem feiner letzten Briefe die
Frage ftellte: »Wer hat damals in Nürnberg Solches gemalt,
es kann faft nur von Schongauer fein?« fo darf ich wohl
im Hinblicke auf das Vorausgehende hier zur Antwort geben:
Michel Wolgemut auf der Höhe feiner malerifchen Leiftungs-
fähigkeit, die er bald darauf auch in dem Peringsdörffer'fchen
Altarwerke bewährte.

Auf diefer Höhe hat er fich freilich lange über ein Jahrzehnt hinaus nicht behauptet. Dies bezeugen drei Bildniffe,
welche Wolgemut zwanzig Jahre fpäter für diefelbe Familie
gemalt hat. Es waren deren ficher urfprünglich vier, darftellend die beiden Stiefföhne jener Urfula Hans Tucherin
und deren Frauen: Niklas Tucher, geb. 1464, geft. 1521,
und Elifabeth Pufchin, vermählt 1491; Hans Tucher, geb.
1456, geft. 1536, und Felicitas Rieterin, vermählt 1482, geft.
1514. Blofs die drei Letztgenannten haben fich erhalten und
zwar das Porträt der Elsbeth Niklas Tucherin zu Caffel[1]),
die beiden andern im Mufeum zu Weimar[2]). Im Gegenfatze
zu dem kühlen Email auf dem zwanzig Jahre älteren Bildniffe der Mutter ift hier die Malweife flüfsig, dünn und warm,
insbefondere ift die Landfchaft im Hintergrunde fehr breit
behandelt und lebhaft gefärbt. An Stelle der alten Untermalung in Tempera ift eine gefchickte, doch flüchtigere
Handhabung zäher Oelfarbe getreten. Die fpitzen, dürftigen
Gefichter haben wenig Anfprechendes, aber fie rühren durch
die überzeugende Wahrheit, mit der fie bis in's Einzelne
wiedergegeben find. Die beiden Frauen tragen auf der
Bruft Spangen, in welche die Initialen ihrer Männer H. T.
und N. T. eingelaffen find; auf dem Vorhemde darunter

---

1) Katalog Nr. 7; Galerie zu Caffel S. 5, Holzfchnitt im Gegenfinne; auch Zeitfchrift für bild. K. VI. 185.

2) Katalog von 1869 Nr. 55 und 56, hier wie dort unter dem Namen Durers, deffen Monogramm man auf dem Caffeler Bilde irrthümlich erkannt zu haben glaubte. Der Kopf der Frau in Weimar ift völlig übermalt.

zeichnung aus früherer Zeit, ein von rückwärts gefehener
Gerüfteter, die Zindelbinde um den Helm, mit Schnabel-
fchuhen und reichem Zaddelwerk an den Schultern, ganz in
der Art, wie die Reifigen auf den Holzfchnitten des Schatzbehalters, unten in der Mitte das W [1]); wiederholt erfcheint
der Buchftabe auf einer Zeichnung der Albertina, es ift ein
weifsgrundiertes Blättchen mit dem Profilkopfe eines mageren
Alten einerfeits und mit fünf Studien nach Händen andererfeits,
in Silberftift fein ausgeführt und braun getufcht; im Britifchen
Mufeum befindet fich eine Anbetung durch die Hirten in
einer Landfchaft vom Jahre 1514 [2]).

Um das Jahr 1500 finden wir Wolgemut mit einem
grofsartigen Auftrage befchäftigt, nämlich mit der Ausmalung
des fogenannten Huldigungsfaales im Rathhaufe zu Goslar.
Die vier grofsen Mittelfelder der Decke, darftellend die Verkündigung, Chrifti Geburt, die Anbetung der heil. drei
Könige und die Darftellung im Tempel erinnern noch an
die frühere Compofitionsweife im »Schatzbehalter«. Die
Seitenfelder enthalten die fitzenden Geftalten der Propheten
und Evangeliften. An den Wänden erfcheinen unter reichem
gothifchem Schnitzwerk Kaiferbilder und die Figuren der
Sibyllen, umflattert von Spruchbändern. Die Sibylla Tibur-
tina hat in dem länglichen Kopftypus und in der ganz eigenthümlich empfindfamen Körperbiegung Aehnlichkeit mit der
Venus auf dem Dürer'fchen Kupferftiche, genannt »der Traum
des Doctors«, foweit die modifch gekleidete Figur den Vergleich zuläfst. Die zahlreichen Schildereien find auf Leinwand in Leimfarben warm und leuchtend gemalt. »Mekel
Wolgemoet« ward dafür im Jahre 1501 durch das Ehren-
bürgerrecht und die Aufnahme in die Brauergilde von Goslar

---

1) Phototypifche Abbildung bei
Thaufing, Michel Wolgemut als Meifter
W etc. in den Mittheilungen d. Inftituts für ofterr. Gefchichtsforfchung
1884. V. 1. Heft.

2) Waagen, Treasures of Art,

IV, 35. Weil die Zeichnung das
zeigt, was man den völlig entwickelten
Stil Dürers nennt, ift die Bezeichnung
Wolgemuts noch nicht unbedingt zu
verwerfen.

ausgezeichnet [1]). Hier fei noch erwähnt, dafs gleichzeitig in Nürnberg auch eine Familie des Namens Wolgemut vorkommt, welche dem Kaufmannsftande angehört und aus Goslar ftammt, ohne dafs fich aber deren Verwandtfchaft mit dem Maler Michel Wolgemut nachweifen läfst [2]).

Das letzte, aber am beften beglaubigte Altarwerk aus Wolgemuts Werkftatt ift der Hochaltar in der Stadtkirche von Schwabach, der 1508 vollendet wurde. Das Schnitzwerk in feinem Innern zeigt Chriftus und Maria thronend zwifchen den beiden Schutzheiligen der Kirche: Johannes dem Täufer und Martin von Tours; darüber fchwebende Engel und drei Schirmdächer im üppigften fpätgothifchen Gefchmack. Das Mittelftück fämmtlicher Altarwerke von Wolgemut bilden nämlich oder bildeten urfprünglich runde Holzfculpturen, deren baufchige Gewänder von Gold ftrotzen oder mit prächtigen Brocatmuftern bemalt find. Es find fchmächtige, gefchwungene Geftalten mit einförmig rundlichen, aber fein bemalten Köpfen, die Frauen von jenem kindlich jungfräulichen Ausdrucke, wie er in der altkölnifchen Schule vorkömmt. Das find Producte einer alterthümlichen, ftationären Kunftrichtung, die, unbeirrt durch die fortfchreitende Stilwandlung in der Malerei, in den alten Formen erftarrte, indefs der tiefere, feelifche Inhalt, der fie einft belebt hatte, verflüchtigte. Diefe fich ftets gleichbleibenden Holzfculpturen ftehen daher in einem immer grelleren Gegenfatze zu den von Wolgemut beigefügten Flügelbildern. Aber die Tradition und der Gefchmack der Befteller hielt an den hergebrachten himmlifch geftimmten Andachtsbildern feft — ja heute noch tragen in fränkifchen Gegenden gefeierte Muttergottesfiguren das bausbäckige Kindergeficht des alten Stils. Vermuthlich beforgte wohl der Maler auch die Herftellung, Vergoldung und Bemalung der Mittelfiguren [3]). Die Malerei

---

1) Nach J. M. Kratz' Forfchungen: Mithoff, Archiv für Niederfachfens Kunftgefchichte, III. Abth. 33 ff. mit Abbildungen.

2) Lochner, Perfonennamen S. 29.

3) Die Zufammengehörigkeit beider Thätigkeiten in Nürnberg zeigt noch ein Rathserlafs von 1509, durch

felbft, obwohl längft die führende Kunft, blieb fo von dem
vornehmften Platze des Altarwerkes noch ausgefchloffen und
mufste fich mit der Verzierung der zwei, vier oder fechs
Seitenflügel begnügen.

Auf dem Schwabacher Altare find fogar die Innenfeiten
des letzten Flügelpaares, wie auch die Altarftaffel mit verfchiedenen Hochreliefs bedeckt, die zwar forgfältig ausgeführt,
fich von den früheren Bildwerken der Art doch wenig unterfcheiden. Die Gemälde der drei Flügelpaare hingegen ftehen
in einem bedeutungsvollen Gegenfatze zu den älteren Werken
Wolgemuts. Die Ausführung und der Grad der Vollendung
ift zwar auch hier fehr ungleich und läfst auf eine ftarke
Betheiligung der Gefellen fchliefsen; die Entwürfe der Compofitionen ftammen aber ficher von Wolgemut felbft her und
gewähren uns einen Einblick in feine letzte Stilweife. Die
äufserften Seiten der Flügel zeigen die Koloffalfiguren der
beiden Kirchenpatrone. Johannes der Täufer zur Linken ift
eine gewaltige Erfcheinung; energifch fetzt er den linken
Fufs vor und weift ftracks mit der Rechten auf das vor ihm
liegende, nicht eben gutgebildete Lamm, indefs die Linke
mit einer auch Dürern eigenthümlichen Spreizung der Finger
das rückwärts auffliegende rothe Gewand zufammenhält,
welches in breiten Falten das bräunliche Fell des Heiligen
faft ganz verdeckt. Die Glieder find kräftig und voll; der
längliche Kopf mit ftark ausladender Nafe, von kraufem
Haar und Bart reich befchattet, vollendet den Eindruck
unbändiger Naturkraft, welcher der Meifter vor allem zu
huldigen fcheint. Der heil. Martin von Tours auf dem
rechten Flügel fitzt, faft von vorne gefehen, auf einem ziemlich fteif und unvollkommen gezeichneten Schimmel; er ift
im Begriffe, feinen weiten rothen Mantel mit dem rechts

welchen »auf Anfuchen und Bitte der
Meifter Maler und Bildfchnitzer«
einem folchen Künftler, der nicht
Bürger der Stadt fei, verboten wird,
eine Werkftatt zu halten und öffentlich Aufträge anzunehmen. Baader.

Beiträge II, 25. Die alten Bürger-
bücher nennen im XIV. Jahrh. öfter
einen Meifter: Bildfchnitzer und Maler,
im XV. Jahrh. wieder umgekehrt:
Maler und Bildfchnitzer.

kauernden Bettler zu theilen. Die Compofition ähnelt dem
falfchen Holzfchnitte im Dürerwerke[1]), der vielleicht Wolgemut zuzufchreiben wäre. Wichtig für die Entftehungszeit
des Altars ift die auf einem Steine unten in der Mitte be-
findliche Jahreszahl 1506. Im Grade der Ausführung fteht
das Bild jenem des Täufers nach; mehr noch als hier die
Wolken, die fteilen Felfen rechts und die gelbe Schwertlilie im Vordergrund, ift dort die Landfchaft mit Vorliebe
behandelt. Der Baumfchlag und die Fernficht auf die grünlich weifsen Gewäffer des Jordans, auf die Infel darin, die
Thürme, das blaue zackige Gebirge, alles das zeugt von
eifrigem Naturftudium. Die gleiche Beobachtung machen
wir an den kleineren Darftellungen der inneren Flügelfeiten,
z. B. an der Predigt des Täufers und der Taufe Chrifti, wo
fich die Landfchaft den Fluſs entlang vortreflich vertieft
und farbenreich abftuft; der unbekleidete Héiland erfcheint
hier namentlich gut gebaut und von völligen Formen. Die
drei vom heil. Martin als Bifchof vom Tode Auferweckten
in Leinlaken auf ihren Gräbern fitzend, zeigen felbft in den
Schwächen ihrer Körperbildung die eifrige Benutzung des
Modells. Abgefehen von den hergebrachten Darftellungen
aus der Paffion und dem Leben Jefu, ergeht fich der Meifter
in einer völlig freien, felbftändigen Auffaffung der Gegen-
ftände. Die vollere Körperlichkeit und die genauere Perfpective find ein ihm eigenthümlicher Fortfchritt; bemerkenswerth ift zumal die Anfchaulichkeit des augenblicklichen
Gefchehens in einzelnen Compofitionen, wie z. B. nach der
Enthauptung des Täufers Herodias im Vordergrunde das
Haupt auf der Schüffel zur Tafel trägt; voll Abfcheu ver-
läfst einer der Gäfte den Speifefaal, der König felbft ift
erfchrocken aufgeftanden, nur die Königin bleibt gleichgiltig
fitzen und wird dafür von dem Pagen mit prüfendem Blicke
beobachtet. In diefer Mannigfaltigkeit der Motive, die fo

---

1) Bartfch, Appendix Nr. 18 mit Dürers.
einem fpäter eingefügten Monogramme

richtig zur Einheit der Handlung verknüpft find, liegt ein
Zug ganz moderner Dramatik. Dabei ift die Darftellung
aller kirchlichen Beziehungen vollftändig bar. Die Tracht
und die Umgebung der handelnden Perfonen find ganz nur
aus dem Leben gegriffen, und Herodias fchreitet einher in
Federhut und goldbefetztem rothen Schleppkleide, das fie
mit dem Ellenbogen ein wenig emporhält, wie die Dame
in Dürers Kupferftich, genannt »Der Spaziergang«.

Wie die Zeichnung und Compofition, fo ift auch die
malerifche Behandlung Wolgemuts hier eine andere geworden,
foweit die Uebermalung des Altares durch Rotermund im
Jahre 1817 auf den urfprünglichen Zuftand der Gemälde
fchliefsen läfst. Die Farben find im Allgemeinen fchwerer,
der Localton des Fleifches bräunlich, die Lichter darauf
ftärker abgefetzt als in den früheren Werken Wolgemuts.
Die Anwendung der Oeltechnik fcheint durchgedrungen zu
fein. Freilich ift die Art wie der Grad der Ausführung fo
ungleich, dafs die Betheiligung verfchiedener Gehilfen deutlich hervortritt. Der Bedeutendfte unter denfelben dürfte
Hans Schäufelein gewefen fein. Erinnert an ihn fchon der
häufige Gebrauch eines in den Schatten bläulich gebrochenen
Weifs, fo erkennt man in der Frauengruppe auf dem Bilde
der Kreuzigung ganz beftimmt feine idealen, dabei etwas
leeren Typen. Der Hauptmann Longinus und der roth-
gekleidete Junker daneben mit dem edlen Profile, den ge-
fchlitzten Aermeln, den Degen an der Seite, find Kraftgeftalten,
die den ganzen Uebermuth einer fich felbft genügenden
Exiftenz herauskehren. Auch Mantegna und Dürer haben
folche Soldatenfiguren gerne in den Vordergrund ihrer Compofitionen geftellt. Beachtenswerth ift auch die Rückfeite
des Altars. Der weife Grund ift hier ganz mit grünem, in
Tempera gemalten Zierwerke bedeckt. Das Mittelftück
ftellt eine Art Stammbaum Chrifti vor, an deffen Stamm
unten Joachim und Anna in halber Figur erfcheinen; darüber
verzweigt fich das Ornament in verfchlungenen Bandrollen,
wie fie auf den grofsen Holzfchnitten der Schedel'fchen

Chronik auch zuweilen vorkommen, und mitten inne steht eine kleine zierliche Madonnen-Figur; in den oberen Ecken schweben Engel. Die Seitenflügel sind auf der Rückseite gleichfalls ganz mit gothischem Zierrath bedeckt, zwischen welchem verschiedene Vögel sichtbar werden. Mit Leichtigkeit und sichtlichem Behagen bewegt sich Wolgemut in diesen krausen Formen, durch welche immer wieder, namentlich in den Figuren, das feinere Gefühl für Zierlichkeit und plastische Vollendung hervorbricht.

Wolgemut war 74 Jahre alt, als der Schwabacher Altar seine Werkstatt verliefs. Die Herstellung der umfassenden Bildwerke hatte wohl geraume Zeit in Anspruch genommen. Da die Kirche, für welche der Altar bestimmt war, schon 1495 vollendet wurde, mag bald darauf die Bestellung an Wolgemut ergangen sein. Die Arbeit scheint aber nicht mit der gewünschten Schnelligkeit von statten gegangen zu sein, und deshalb ward schliefslich im Jahre 1507 stipuliert, dafs der Altar zur Kirchweih des folgenden Jahres fertig sein müsse. Dabei traf die Bürgerschaft zugleich Vorsorge, dafs die Güte der Arbeit unter der Beschleunigung nicht leiden sollte, denn es heifst im Vertrage: »Wo aber die Tafel an einem oder mehreren Orten ungestalt würde, da soll er so lange ändern und bessern, bis sie nach der beständigen Besichtigung, von beiden Theilen dazu verordnet, wohlgestalt erkannt würde; wo aber die Tafel dermafsen grofsen Ungestalt gewinne, der nicht zu ändern wäre, so soll er solche Tafel selbst behalten und das gegebene Geld ohne Abgang und Schaden wiedergeben« [1]. Der Altar wurde dann wirklich im Jahre 1508 am festgesetzten Tage aufgestellt und dem Meister dafür die namhafte Summe von 600 Gulden und seiner Frau noch 10 Gulden zum Leikauf bezahlt [2]. War innerhalb Jahresfrist noch manches zu thun übrig und wurden gar noch Abänderungen verlangt, so

1) Meusel: Neue Miscellaneen IV. 476.   2) J. G. Maurer: Chronicon Swabacense 1756. S. 90.

erklärt fich hieraus die ftärkere Betheiligung von Gehilfen
zur Genüge. Einer derfelben kann auch Dürers jüngfter
Bruder Hans gewefen fein, wenigftens beauftragt Dürer 1506
in zwei Briefen aus Venedig an Pirkheimer feine Mutter,
dafs fie mit dem Wolgemut rede, dafs er ihm Arbeit gebe«.
Ein Zeichen auch, dafs Dürer fortwährend mit feinem Lehrmeifter auf gutem Fufse ftand.

Die grofsen Aufträge, welche Wolgemut von allen
Seiten zufloffen, fprechen für das Anfehen, welches feine
Werkftatt weit und breit genofs. Auch find die Summen,
welche ihm für feine Altäre bezahlt wurden, für jene Zeit
fehr beträchtlich, und Dürer erzielte niemals, auch nicht
annähernd, fo hohe Preife für feine Gemälde. Der Zwickauer
Altar z. B. ward Wolgemut mit nicht weniger als 1400 Gulden
rheinifch bezahlt. Die Schedel'fche Weltchronik warf nach
der Abrechnung am 22. Juni 1509 jedem der beiden contra-
hierenden Theile ab: 98 fl. bar, 149 fl. an felbft entnommenen
Exemplaren, 621 fl. an noch ausftehenden Forderungen und
überdiefs eine gleichgetheilte Anzahl von noch unverkauften
Stücken. Bedenkt man nun dazu die Reihe der gewifs nur
zum Theil bekannten und erhaltenen Arbeiten des Meifters,
fo nimmt es Wunder, dafs er es nachweislich zu keinem
gröfseren Befitzftande gebracht hat. In den fpäteren Jahren
fcheint vielmehr ein Rückgang in feinen Vermögensverhältniffen
eingetreten zu fein. Wie bereits oben erwähnt, bewohnte
und befafs Michel Wolgemut in Dürers Knabenjahren das
Pleydenwurff'fche Haus »unter der Veften«, das heute die
Nr. S. 406 führt. Urkundlich erfcheint er auch 1479 und
1490 als deffen Eigenthümer; im Jahre 1493 am 10. Juni
veräufserte er daffelbe an Bartholomæus Egen und kaufte
dafür das benachbarte Eckhaus des Schneiders Hans Gerftner,
S. 497, gegenüber der »Schildröhre«. Wie lange er nun die
neue Behaufung inne hatte, und wann auch diefe in den
Befitz der Egen überging, wiffen wir nicht. Letztere über-
liefsen aber bereits am 7. December 1507 das Haus käuflich
an einen Dritten. Seitdem fchweigen die Nürnberger Archive

über Wolgemuts Schickfal, doch erfcheint er bis zu feinem Tode 1519 noch alljährlich in den Bürgerbüchern [1]).

Es gibt keinen Anhaltspunkt dafür, dafs neben Michel Wolgemut noch ein anderer Meifter irgend einen mafsgebenden Einflufs auf Dürers erfte Entwickelung genommen hätte. Doch fei um der Vollftändigkeit willen noch eines alten Nürnberger Malers gedacht, deffen Andenken Dürer auch in Ehren hielt. Es ift Hans Traut, der 1477 in den Bürgerbüchern genannt wird und fpäter erblindet fein foll [2]). Dürer befafs von ihm einen grofsen S. Sebaftian, mit der Feder ungemein plaftifch gezeichnet und mit ein wenig Farbe fchraffierend getufcht und gehöht. Er fteht an den Baum gebunden auf einem achteckigen Poftament, hat einen länglichen, jugendlichen Kopf, lächelnd mit hochgefchwungenen Brauen, dabei noch grofse Hände und Füfse mit langen Zehen; fonst aber ift die Anatomie gut, die Ausführung vortrefflich. Dürer fchrieb unter die Zeichnung, die fich in der Univerfitätsbibliothek zu Erlangen befindet: »Dz hatt Hans Trawt zw Nornnerchkg gemacht«. Der Meifter kennzeichnet fich als ein gemäfsigter Anhänger von Wolgemuts Richtung, weniger fchroff von der Gefchmacksrichtung der älteren Nürnberger Schule gefchieden. Ihm fcheint eine Folge von Gemälden aus dem Leben des heil. Veit im nördlichen Seitenfchiff von S. Lorenz und zwei davon im Germanifchen Mufeum anzugehören [3]).

---

1) Die Annahme, dafs jener Michel Wolgemut, deffen Kinder 1532 noch unter der Vormundfchaft des Goldfchmiedes Jobft Eyfsler ftanden, mit unferem Meifter identifch fei, und dafs die Malerswittwe Chriftina Wolgemutin, welche noch fpäter erwähnt wird, deffen zweite Frau gewefen fein könnte, bleibt unwahrfcheinlich, fo lange das freilich nicht urkundlich belegte Geburtsjahr 1434 aufrecht fteht. Eher liefse fich da an den gleichnamigen Maler Michel Wolgemut denken, der 1530 in Krems verftirbt, worauf dann deffen Mutter und Verwandte in Nürnberg die Verlaffenfchaft begehren. Baader, Jahrbücher f. Kunftw. 1, 225; deffelben Beiträge II, 42. Vergl. dagegen Lochner, Perfonennamen 28, 29 und Quellenfchriften für Kunftgefch. X. 128—130.

2) Baader, Beiträge I, 2. Neudorffer, Nachrichten 39.

3) Beftätigt fich diefe meine Vermuthung, fo wäre daran die andere

Wie fehr fich aber Dürer während feiner Lehrzeit der
Darftellungsweife feines Lehrmeifters angefchloffen hat, bezeugen uns zwei feiner eigenen Federzeichnungen aus dem Ende
feiner Lehrzeit, über deren urfprüngliche Bezeichnung von
1489 kein Zweifel obwaltet. Beide behandeln profane Gegen-
ftände und dienen uns als die frühesten beglaubigten Beifpiele von Dürers eigener Erfindung und Compofition. Auf
der einen in der Bremer Kunfthalle [1]) fehen wir einen ftattlich
geordneten Zug von fechs Reitern durch einen Hohlweg
ziehen, der fich vor ihnen links gegen den Hintergrund öffnet.
Dort erfcheint in der Ferne eine Stadt angedeutet, deren
Anblick der vorderfte der Reiter begrüfst, indem er die
Rechte erhebt; er ift wie die beiden ihm folgenden bereits
um die Ecke gebogen und von rückwärts gefehen. Die
Bedeutung der feierlichen Gruppe bleibt unklar, die Vorzüge
der Anordnung, der Entwurf der Stadt, auch die Schwächen
der Pferdefiguren entfprechen dem Charakter, den die Vorlagen zu den Wolgemut'fchen Holzfchnitten gehabt haben
müffen. Das Gleiche gilt von einer andern Zeichnung aus demfelben Jahre, die 1780 im Praun'fchen Cabinete zu Nürnberg
von Preftel geftochen wurde und neuefter Zeit mit der
Sammlung Pofonyi-Hullot in's Berliner Mufeum übergegangen
ift. Hier ftehen drei Landsknechte, auf ihre Spiefse geftützt,
in lebhaftem Gefpräche beifammen; die kräftigen Körper in
der knappen Tracht der Zeit haben etwas Ungelenkes, ihre
wilden Gefichter mit den grofsen runden Augen etwas Starres;
ein bewufstes Streben nach Freiheit in der Bewegung kämpft
vergebens mit der Unzulänglichkeit des anatomifchen Wiffens.
Die ebenmäfsige Anordnung des alten Stiles ift aufgegeben,
ohne dafs die Naturbeobachtung noch durch Einzelftudium
genügend unterftützt wäre [2]). Darftellungen ähnlicher Gruppen

---

Frage zu knüpfen, ob etwa diefe
Folge von Bildern zu denjenigen gehört, welche Hans Traut für den
Kreuzgang der Auguftiner gemalt hat
und welche im Jahre 1816 dafelbft
verbrannt fein follen,

1) Heller, S. 126, Nro. 28. Abb.
in Dürer-Quantin auf Tafel zu S. 5.
2) Dafs man die Zeichnung nach
dem Schwur der Eidgenoffen auf dem
Rütli benannte, war gänzlich unbegründet. Abbild. in der Gazette des

Michel Wohlgemut.
Kreidezeichnung in der Albertina zu Wien.
Seite ...

von zwei und mehr Landsknechten waren, wie wir noch
fehen werden, damals in der Nürnbeger Schule allgemein
beliebt.

Das fchönfte Zeugnifs dafür, dafs Dürer auch fpäterhin
feinen Lehrmeifter bis an deffen Tod verehrte und ihm
perfönlich naheftand, liefert uns das treffliche Bildnifs, das
er uns von Wolgemut hinterlaffen hat. Die freilich fpäte
Infchrift auf dem Gemälde in der Pinakothek zu München
befagt, dafs Michel Wolgemut am 30. November 1519 vor
Sonnenaufgang geftorben fei, fomit genau 30 Jahre, nachdem
Dürer feine Lehrzeit bei ihm vollendet hatte. Der dankbare
Schüler, der ihn blos um $8\frac{1}{3}$ Jahre überleben follte, fertigte
die forgfältige Zeichnung in der Albertina, welche etwa aus
dem Jahre 1516 ftammen mag und hier im Holzfchnitt beigegeben ift. Sie übertrifft das Münchener Gemälde fo weit
an Feinheit und Lebendigkeit der Auffaffung, dafs ich mich
den Bedenken Guftavo Frizzonis[1]) anfchliefse, der in demfelben
blos die Copie oder die vollftändige Uebermalung eines Dürer'-
fchen Originals erkennen will. Der Kopf ift beinahe in
Lebensgröfse mit fchwarzer Kreide auf vergilbtem blauen
venetianifchen Papier entworfen und ein wenig weifs aufgehöht.
Trotz feiner 82 Jahre zeigt er nichts von greifenhafter
Schwäche. Die hochgebaute Stirn und das grofse Auge
verrathen den regen Geift, die fcharf gebogene Nafe und
das breit vorfpringende Kinn berichten noch von feiner
raftlofen Thatkraft, nicht ohne Beimifchung eines milden
Zuges um die Lippen. Bis dafs er fo ausfah, wie Dürer
ihn hier abbildet, hatte Meifter Wolgemut ficher noch nicht
viel ftille gefeffen. Nur wird es uns heute fchwerer denn
je, die letzte Entwickelungsftufe Wolgemuts zu verfolgen,
die ihn noch im Greifenalter zu einer entfcheidenden Stilwandlung führen follte. Es war jedenfalls bequemer, das
Ungewöhnliche einfach in Abrede zu ftellen, wenn nicht gar

Beaux Arts 1877, I. S. 603 und bei
Dürer-Quantin S. 5.

1) Alberto Durero e sue ralazione

coll' arte italiana e coll' umanismo
dell' epoca; Archivio Veneto; Tom.
XV—XVI. 1878.

etwas noch Ungewöhnlicheres an die Stelle zu fetzen. So
wollte man im Schwabacher Altar den Einflufs Dürers auf
feinen Lehrer Wolgemut deutlich erkennen, und daffelbe
behauptet Waagen [1]) auch von den Sculpturen des berühmten
Imhoff'fchen Weihbrodfchreines oder Sakramentshäuschens,
welches Adam Kraft 1496—1500 für die S. Lorenzkirche
ausführte. Inwiefern hierbei eine ganz richtige Beobachtung
zur Umkehrung des gefchichtlichen Verlaufes gedient hat,
wird uns einleuchten, wenn wir erwägen, was Dürer in den
erften Jahren nach feiner Heimkehr von fich gab, und wie
wenig er bis dahin zur Löfung gröfserer Aufgaben Gelegenheit fand.

Natürlicher als die Annahme folch' einer rückläufigen
Kunftbewegung, nach welcher der fechzig- bis fiebenzigjährige
Meifter fich feinem eben erft in der Entwickelung begriffenen
Schüler nachgebildet haben follte, erfcheint wohl die Thatfache, dafs Dürer, wie fchon vor feiner Lehrzeit, fo auch
nach derfelben noch eine Zeit lang unter dem Einfluffe
Wolgemuts geftanden habe. Daraus erklärt fich mittelbar
zugleich feine Verwandtfchaft mit Adam Kraft, welcher bereits im Jahre 1507 im Spitale zu Schwabach ftarb. Der
Bildhauer Kraft war eben ein Altersgenoffe Wolgemuts und
folgte vorwiegend der malerifchen Richtung deffelben. Seine
Geftalten ftarren zwar von vielgebrochenen Gewandfalten,
ftreben aber ftets nach Naturtreue und nach lebenswahrem
Ausdrucke der Affecte. Infofern ihre gedrungeneren Ver-
hältniffe, ihre mehr gerundeten Kopftypen denjenigen Dürers
näher ftehen, ift wohl Letzterer der empfangende Theil und
nicht umgekehrt. Adam Kraft arbeitete zwar meiftens in
Stein, aber auch in Holz, denn laut einer Quittung des
Imhoff'fchen Archives wurden ihm die beiden hölzernen
Engel beim Sakramentshäuschen ebenfalls bezahlt, und eine
Urkunde von 1500 nennt ihn »Bildfchnitzer« [2]). Indefs nun

---

1) Kunftw. in Deutfchl. II. 243.   Imhof und Baader, Jahrbücher für
2) Mittheilung von Freiherr G.   Kunftw. II. 79.

Wolgemut als Maler die plaftifchen Figuren feiner Altarwerke
fichtlich vernachläffigte, bildete Kraft die Sculptur in feinem
Sinne weiter. Auf dem Gebiete der architektonifchen Verzierung gehen beide Männer vollends Hand in Hand. Bei ihrer
Nürnberger Umgebung, dem herrfchenden Zeitgefchmacke
und dem Mangel jeder anderen Ueberlieferung boten fich
ihnen blos gothifche Zierformen dar, fo wenig diefelben auch
der erwachenden Naturempfindung der Künftler entfprachen.
In Ermangelung der inneren Eingebung eines bereits ent-
fchwundenen Stilgefühls geriethen fie in eine virtuofe Aus-
beutung ihrer Mittel bis an die Grenze der Unmöglichkeit.
Den überfchlanken, allzu luftigen Gebilden ihrer Phantafie
wurden die conftructiven Gefetze zum Opfer gebracht, das
Mafswerk ging bunt durcheinander, bald überlaftet durch
die eingefügten Figuren, bald durch das Eindringen vege-
tabilifcher und willkürlicher Motive verfchnörkelt. Das Kühnfte
in diefer Art hat Adam Kraft in feinen verfchiedenen Sakramentshäuschen oder Weihbrodgehäufen zu Nürnberg, Schwabach, Heilsbronn geleiftet; dem Material ift dabei fo fehr
Gewalt angethan, dafs fich allerdings daran leicht die Sage
knüpfen konnte, er habe das Geheimnifs befeffen, Steine zu
erweichen und nach ihrer Modelung wieder zu verhärten.

Manchen feiner hier angewendeten Freiheiten, wie den
gebogenen Fialen begegnen wir bereits in den gothifchen
Stuhlwerken, die Wolgemut gelegentlich in feinem ›Schatz-
behalter‹ anbringt. Viel deutlicher aber noch erfcheint diefe
Art der Verwandtfchaft mit Adam Kraft in jenen feiner
Kupferftiche, welche zu Vorlagen für Goldfchmiede beftimmt
find. Bartfch und Paffavant befchreiben unter dem Namen
Wenzels von Olmütz fieben folcher Entwürfe für Bekrönungen
von Monftranzen, und das Berliner Cabinet befitzt überdies
das Abbild eines vollftändigen Oftenforiums mit W bezeichnet.
Die hochgeftreckten, durchfichtigen Glieder diefer gothifchen
Architektur entfprechen nur der Ausführung in Metall. Dafs
Adam Kraft fich diefelben bei feinen thurmhohen Sakraments-
häuschen zum Mufter nahm, darf als eine Verirrung feines

Gefchmackes angefehen werden; er opferte die Zierlichkeit
des kleinen Mafsftabes, ohne die Erhabenheit des grofsen
dafür einzutaufchen. Von folchem Mifsgriff hat fich Wolgemut ferne gehalten; wir finden die luftige Gliederung
feiner Goldfchmiedvorlagen in feinen gröfser ausgeführten
Altarwerken nicht wieder, doch bieten die Einzelheiten an
beiden deutliche Vergleichungspunkte. Die in das Ornament
jener Kupferftiche eingefügten Figürchen zeigen diefelbe
völlige Körperlichkeit, edle Haltung und gefällige Gewandung,
wie die von Blattgewinden umfchlungenen Geftalten auf der
Rückfeite des Schwabacher Altares, fie werden von Confolen
getragen, gleich denen unter den grofsen Heiligen des
Peringsdörffer'fchen Altares. Die Vorlage zu einem Pokale,
deffen birnenähnlicher Bauch durch fifchblafenartige Buckel
gebildet wird, zeigt im Einzelnen diefelbe Behandlung, wie
fie Dürer noch am Ende feiner Thätigkeit auf Mufter für
Goldfchmiede anwandte [1]; fo der Doppelpokal von 1526,
colorierte Federzeichnung in der Albertina und andere Ge-
fäfse im Dresdener Dürercodex, foweit fie Dürer angehören.
Getrauen wir uns daher nur die Dinge fo natürlich zu
nehmen, wie fie zu liegen pflegen, und wir dürften den
Thatfachen näher kommen. Sobald von Einflufs zwifchen
Künftlern die Rede ift, find es doch mit fehr feltenen Ausnahmen gemeiniglich die Alten, welche ihn ausüben, die
Jungen, welche ihn empfangen; und nicht anders fteht es
wohl auch um das Verhältnifs zweier Generationen, wie fie
durch Wolgemut neben Kraft, und durch Dürer neben Peter
Vifcher vertreten werden. Weil wir uns aber unfer Urtheil
zunächft nur nach den bekannteren Jüngeren gebildet haben
und aus ihnen den Mafsftab fchöpften zur Beurtheilung der
uns unbekannten Alten, darum konnte uns fchliefslich der
Glaube an den gemeinen Lauf der Dinge ganz abhanden
kommen.

---

1) Paffavant Nro. 79 im Dresdener Cabinet.

V.

Wanderschaft und Landschaftsmalerei.

»daz ding, daz mir vor eilff jorn
fo wol hat gefallen.«

Dürer.

N derfelben bündigen Kürze, mit
welcher Dürer über feine Lehrzeit bei Wolgemut berichtet, fährt
er fort: »Und da ich ausgedient
hatte, fchickte mich mein Vater
hinweg, und ich blieb vier Jahre
aus, bis dafs mich mein Vater
wiederforderte; und als ich im
1490ten Jahr hinwegzog nach
Oftern[1]), darnach kam ich wieder, als man zählt 1494 nach
Pfingften«, die in diefem Jahre auf den 18. Mai fielen. Wohin
Dürer zunächft wanderte und wo er jene vier Jahre zubrachte,
erfahren wir weder von ihm, noch von anderen; wir müffen
uns diefe Fragen blofs aus zerftreuten Ueberlieferungen und
vor allen aus feinen Jugendarbeiten beantworten. Vielleicht
errathen wir auch manches aus dem Inhalte der reichgefüllten
Zeichenmappe, die er von der Reife mitbrachte.

Auf einem Irrthume beruht offenbar die Nachricht
Sandrarts, Dürer wäre damals nach den Niederlanden gezogen. Weder fein Entwickelungsgang, noch das ausführliche

---

1) Der Ofterfonntag fiel in dem Jahre auf den 11. April.

Tagebuch feiner fpäteren niederländifchen Reife bieten eine
Beftätigung für diefe vereinzelt daftehende Nachricht. Aus
beiden läfst fich vielmehr das gerade Gegentheil folgern.
Namentlich entfernt fich Dürer in feiner Kunftthätigkeit ftets
mehr von den niederländifchen Traditionen, die noch in der
Schule Wolgemuts gewaltet haben. Was er davon vor
allem bewahrt, ift das lebhafte Gefühl für die Reize der
Landfchaft, deren Behandlung er aber fortan felbftändig
blofs an der Hand der Natur weiterbildet.

Dagegen berichtet Chriftoph Scheurl in feiner 1515
gedruckten Lobrede auf Anton Krefs, Dürer habe nach
Beendigung feiner dreijährigen Lehrzeit beim Nachbar Wolgemut Deutfchland durchwandert, fei im Jahre 1492 nach
Colmar gekommen und dort von den Brüdern Martin Schongauers, den Goldfchmieden Caspar und Paul, dem Maler
Ludwig, wie auch zu Bafel von deffen viertem Bruder, dem
Goldfchmiede Georg, gütig aufgenommen und freundlich
gehalten worden. Meifter Martin felbft aber habe er nicht
mehr gefehen, fo lebhaft er dies auch gewünfcht hätte; er
war am 2. Februar 1488 geftorben [1]). So weit wird der
Bericht Scheurls, der fich auf Dürers eigene Ausfagen beruft,
allen Glauben verdienen. Nach altem Handwerksbrauch
von Stadt zu Stadt wandernd, hier kürzer, dort länger ver-
weilend, in einer oder der andern Malerwerkftatt arbeitend,
mag Dürer alfo wol zunächft die Richtung nach Weften
eingefchlagen haben. Dafür fpricht auch eine andere, wenn
auch weniger zuverläffige Ueberlieferung in den Verzeichniffen
der Imhoff'fchon Kunftkammer, wo unter den eben nicht
immer mit befonderer Gewiffenhaftigkeit Dürer zugefchriebenen Gemälden (1573—74) erwähnt werden: Ein alter
Mann in einem Täfelein, ift zu Strafsburg fein Meifter gewefen, auf Pergament, und: Ein Weibsbild auch in einem
Täfelein, Oelfarb, fo dazu gehört, gemalt zu Strafsburg 1494« [2]).

---

1) Pirkheimeri Opera ed. Goldast   Schongauers.
S. 352 u. E. Ilis, Archiv f. zeichn.   2) v. Eye, A. Dürer, Ueberfichts-
Künfte 1867: das Todesjahr M.   tafel Nro. 26. 27.

Dafs diefe Befchreibung nicht einer deutlichen urfprünglichen
Bezeichnung der offenbar kleinen Bildniffe entlehnt ift, geht
daraus hervor, dafs das Inventar von 1580 ftatt »ift zu
Strafsburg fein Meifter gewefen«, befagt: »hat's ein alter
Meifter von Strafsburg gemacht«, mit Weglaffung der be-
denklichen Jahreszahl bei der Frau. Obwohl uns die fo
befchriebenen Bildchen längft verloren gegangen find, ftimmt
doch die wenig dauerhafte Ausführung in Oel auf Pergament
fo fehr zu der früheften Malweife Dürers, dafs fich die Originalität derfelben und fomit die Beglaubigung jener Nachricht ganz im Allgemeinen annehmen läfst. Nur dürfte die
Jahreszahl ungenau überliefert fein. Vielleicht wurde diefelbe
einmal verlefen ftatt 1490 oder 1491, denn wenn Dürer 1492
von Colmar nach Bafel gegangen, fo ift kaum anzunehmen, dafs
er fpäter wieder in der umgekehrten Richtung nach Strafsburg
gekommen fei, auch dafs er überhaupt nicht weiter in die
Welt gefchweift und fich bis 1494 blofs in den Rheingegenden
aufgehalten haben.

In die Zeit feines Aufenthaltes dafelbft dürften zwei in
Wafferfarben emfig ausgeführte Zeichnungen der Albertina
fallen, welche die beiden einander gegenüberftehenden Anfichten eines unbekannten länglichen Stadtplatzes wiedergeben.
Auf einen ganz unbegründeten Ausfpruch Hellers hin hat man
darin bisher die Ausficht aus dem erft 1409 von Dürer an-
gekauften Wohnhaufe auf dem Thiergärtner Thorplatze fehen
wollen. Mit Letzterem hat die Lage des hier dargeftellten
Platzes nichts gemein, fo wenig, wie die Architektur der
Gebäude dem alten Nürnberg angehört. Das Urbild diefer
gedrückten Laubenbögen, der Riegelwände, des reichen
Zinkengiebels, des von unten auffteigenden mehrfeitigen
Erkerthurmes mit den Freitreppen möchte am eheften im
weftlichen Deutfchland zu fuchen fein. Die Linien der Gebäude find urfprünglich nach dem Richtfcheit mit Kohle
vorgeriffen, dann mit genauer Beachtung des Materials ziemlich kräftig colorirt. Die Perfpective ift mangelhaft und leidet
unter der Annahme eines zu hohen Horizontes. Diefe Schwäche

7*

erinnert noch an die Art Wolgemuts in den Städteansichten
der Weltchronik; der Ausschluß jeder Willkür aber und die
treue Wiedergabe der Einzelheiten kennzeichnet einen weiteren Fortschritt des Naturstudiums. Auf dem einen der
beiden Gegenstücke ist die Luft weiß geblieben, auf dem
andern ist der Himmel mit schweren Wolken bedeckt, die
durch eine schräge Abendbeleuchtung undurchsichtig er-
scheinend ein eigenthümliches magisches Reflexlicht erzeugen.
Das ungewöhnliche Schauspiel ist der Natur glücklich ab-
gelauscht und stimmt mit dem grau gehaltenen Grundtone
des Ganzen zusammen. Wie die meisten Landschaftsstudien
Dürers tragen auch diese beiden Aquarelle keine Jahreszahl,
sondern nur das später erst beigefügte Monogramm.

Ohne daß wir angeben könnten, wo Dürer das Jahr
1493 zugebracht hat, sind uns gerade aus diesem zwei Werke
von seiner Hand erhalten. Das eine ist die in Tempera auf
Pergament ausgeführte Miniatur, der Jesusknabe mit halbem
Leibe unter einer Fensterwölbung, in der Albertina. In ein
faltenreiches Hemdchen gekleidet, blickt er, den Kopf emp-
findsam zur Seite geneigt, lächelnd empor, das auf der
Fensterbrüstung ruhende Händchen hält eine goldene Kugel.
Das kurzgeschorene blonde Haar, die bläulichen Augen, die
etwas grosen Ohren und die gewölbte steile Stirn verrathen
das deutsche Modell, dessen Eigenthümlichkeiten mit groser
Unbefangenheit beibehalten sind. Das kleine Bildchen ist
bis zu erstaunlicher Feinheit und Rundung durchgeführt und
macht, in grüne Laubstäbe eingefaßt, einen rührend lieblichen
Eindruck. Leider hafteten die Temperafarben schlecht auf
der Haarseite des Pergaments und sind deshalb zum Theil
abgefallen. Mehr Unbill noch musste das gleichfalls auf
Pergament gemalte grösere Selbstbildnis erfahren, das Dürer
im selben Jahre vollendet hat und wovon im nächsten Capitel
die Rede ist.

Was Dürer damals am Rheine und insbesondere in der
Schule Schongauers vorfand, konnte wenig Einfluß auf seine
Kunstrichtung gewinnen. Die Malweise daselbst war von

der Wolgemut'fchen nicht wefentlich verfchieden und erhob
fich, fo wie diefe, felten zur feinften Ausführung. Die
gewaltige Erfindungsgabe Meifter Martins aber und die Behandlung feiner Kupferftiche waren Dürer nicht mehr neu,
er hatte beides bereits in feiner Lehrzeit bewundern und
nachahmen gelernt, er hatte vermuthlich an manchen der
durch Wolgemut veröffentlichten Schongauer'fchen Nachftiche
felbft mitgearbeitet und dabei zuerft feine technifche Fertigkeit im Stechen gebildet. Selbft wenn er in unmittelbaren
perfönlichen Verkehr zu dem grofsen Meifter der Colmarer
Schule getreten wäre, fo würde von deffen zarter Empfindungs-
art kaum etwas bei Dürer haften geblieben fein. Der junge
Nürnberger hatte bereits herbere Koft genoffen; er war an
Wolgemuts Hand aus der Seelenmalerei heraus fchon einen
Schritt weiter in die Naturauffaffung vorgedrungen, nach der
die Zeit hindrängte. Er konnte Schongauers Schüler nicht
mehr werden, weil er bereits fein Enkelfchüler war.

Noch ein Menfchenalter früher hätte der lernbegierige
deutfche Kunftjünger rheinabwärts wandern müffen. Damals
war auch der Vater Dürers als Goldfchmied, und vermuthlich
auch Michel Wolgemut, der Maler, zu den grofsen Künftlern
in den Niederlanden gezogen, die durch ihre tiefe Erfaffung
der Wirklichkeit und den Reichthum ihrer technifchen Mittel
an der Spitze der neueren Kunftbewegung ftanden. Im Jahre
1449 gieng Rogier van der Weyden nach Italien, nicht um
dort zu lernen, fondern um durch feine vollendete Kunftfertigkeit dort zu glänzen. Hugo van der Goes lieferte
fpäter noch der Familie Portinari den Altar in S. Maria
Nuova in Florenz, und Juftus van Gent malte 1474 fein
Abendmahl für S. Agata in Urbino. Antonello von Meffina
dagegen kam, wenn auch nicht 1440 nach Brügge zu Jan
von Eyck, fo doch fpäter nach den Niederlanden, um das
Geheimnifs der Oelmalerei und des flämifchen Colorits
fich anzueignen und es dann nach Venedig mitzubringen,
wo er um 1496, etwa 50 Jahre alt, ftarb. Hatten fomit die
Berührungen mit dem Norden anfangs blos eine Rück-

wirkung auf die italienifche Malerei zur Folge, fo war diefelbe gegen Ende des XV. Jahrhunderts längft jeder Beein-
fluffung von aufsen entwachfen und zu einer Selbftändigkeit
gediehen, die das Mafs ihrer Bedeutung nur mehr in fich
felbft trägt. Der erfte grofse Anlauf niederländifcher Natur-
fchilderei war vorüber, als Dürer feine Wanderfchaft antrat.
Die Strömung war im Begriffe eine rückläufige zu werden.
Die Hauptvertreter der Eyck'fchen Kunft im Norden, wie
im Süden, Hans Memling und Antonello da Meffina, ftarben
gerade um diefe Zeit. Soweit nunmehr Wechfelbeziehungen
zwifchen niederländifcher und italienifcher Malerei fortbe-
ftanden, war nicht mehr die letztere, fondern die erftere der
empfangende Theil. Als Jacopo de' Barbari im Anfange
des XVI. Jahrhunderts durch Deutfchland nach den Niederlanden zog, blieb er im Grunde doch ein Venetianer, während
fein Genoffe Jan Goffaert de Mabufe fich in Italien rafch
aus dem Meifter des grimanifchen Gebetbuches zu einem
entfchiedenen Anhänger der italienifchen Renaiffance um-
wandelte [1]).

Im letzten Jahrzehnte des XV. Jahrhunderts hatte fomit
Italien bereits die entfchiedene Führung auf dem Gebiete
der Kunft und des Gefchmackes übernommen. Wenn fich
auch die Zeitgenoffen von diefer Thatfache nicht theoretifch
Rechenfchaft geben konnten, wie wir heutzutage, fo hatten
fie davon doch ein deutliches Bewufstfein. Diefelben Beweg-
gründe, welche den Vater und Wolgemut in ihrer Jugend
nach den Niederlanden lockten, mufsten daher Dürer im
Jahre 1493 füdwärts drängen. Insbefondere Venedig zu
fehen, mufste für den jungen Dürer das Ziel lebhafter Wünfche
fein. Nürnberg ftand längft in dem lebhafteften Verkehre mit
der Lagunenftadt, und man erzählte fich daheim gewifs viel
von deren Herrlichkeit. Nürnberger Kaufherren nahmen
dafelbft in der deutfchen Faktorei, dem Fondaco de' Tedefchi,
eine hervorragende Stellung ein und waren zwifchen Venedig

---

1) Dürers Briefe etc., Anmerk. 105, 2.

und der Heimath viel unterwegs. Andere Landsleute holten sich
an der benachbarten Univerfität Padua ihre gelehrte Bildung,
und mit den Claffikerausgaben der Aldinifchen Druckerei
wanderte wohl auch mancher Kupferftich nach dem Norden.
Wilibald Pirkheimer, der fich 1504 in einem Briefe an Celtes
rühmen konnte, dafs er alle griechifchen Bücher befitze,
welche in Italien gedruckt feien, befand fich damals, 1490
bis 1497, als Student erft auf der Univerfität Padua und
dann in Pavia.

    Wir haben keine Nachrichten darüber, dafs fich Dürer
im Jahre 1494 in Venedig aufgehalten habe, aufser denjenigen, welche uns der Meifter felbft in feinem Skizzenbuche
und in feinen Briefen hinterlaffen hat. Doppelmayr[1] erzählt
zwar, Dürer fei auf feiner erften Wanderfchaft vor feiner
Heirath und feiner Niederlaffung in Nürnberg zuletzt nach
Venedig gekommen; da er aber von dem beglaubigten
venetianifchen Aufenthalte Dürers im Jahre 1506 nichts weifs,
konnte man hier an eine Verwechfelung denken. Die meiften
Kunftfchriftfteller haben denn auch diefe für Dürers Entwickelung fo bedeutfame Thatfache unbeachtet gelaffen.
Erft in neuefter Zeit hat diefelbe entfchiedene Vertreter
gefunden[2].

    Es ift wiederholt bemerkt worden, dafs der zweite
Aufenthalt Dürers in Venedig von 1505 bis 1507 fo verhältnifsmäfsig wenig Einflufs auf feine künftlerifche Richtung
geübt hat, und wir werden diefelbe Beobachtung machen,
wenn wir fehen, wie zwifchen den bedeutendften Compofitionen
unmittelbar vor und nach jener venetianifchen Reife faft gar
kein Unterfchied waltet. Diefe immerhin auffallende Erfcheinung liefe fich zwar durch die völlig fertige und felbft-
bewufste Entwickelung des Meifters in jenen Jahren begreiflich
machen, und auch dafür, dafs gerade feine Kunftthätigkeit vor
1506 deutliche Spuren italienifcher Einwirkung an fich trägt,

1) Nachricht, Nurnb. 1730. S. 183.
2) Nach dem Vorgange von Fio-
rillo und Selvatico: Freih. von Retberg, Archiv f. zeichn. Künfte VI,
1866, S. 178 und II. Grimm, Ueber
Künftler und Kunftw. I. 133.

böte fich zur Noth noch manche andere Erklärung. Doch thut
ja Dürer in feinem Briefe vom 7. Februar 1506 aus Venedig
feines früheren Aufenthaltes dafelbft ganz ausdrücklich Erwähnung. Die Art, wie er Giovanni Bellinis dort gedenkt,
deutet allerdings darauf hin, dafs er denfelben erft damals
kennen, oder doch erft fchätzen gelernt habe. Dann fchreibt
er weiter von ihm: »Er ift fehr alt und ift noch der befte
in der Malerei; und das Ding, das mir vor eilf Jahren fo
wohl gefallen hat, das gefällt mir jetzt nicht mehr, und
wenn ich's nicht felbft fähe, fo hätte ich's keinem andern
geglaubt«. Ding ift in Dürers Sprache ein Collectivbegriff
und bedeutet hier, wie an manchen anderen Stellen, die
Arbeiten, Werke, d. i. Kunftwerke [1]). Nun, das Gefchmacks-
urtheil, deffen Abänderung er fich nur auf Grund eigener
Anfchauung zutraut, mufs er fich doch wohl auch zuvor mit
eigenen Augen gebildet haben; und die Angabe der Zeit,
wann dies gefchah, ftimmt zur Genüge mit unferen fonftigen
Anhaltspunkten überein. Wenn fich Dürer noch 1494 in
Venedig befand und erwiefenermafsen bereits 1505 wieder
dahin zurückkehrte, fo durfte er im Allgemeinen den Zeitraum, der zwifchen feinen beiden entgegengefetzten Auf-
faffungen lag, auf eilf Jahre anfetzen. Der natürlichfte
Gedankengang läfst hier die Zeit des Gefinnungswechfels
als Termin erfcheinen und nicht das zufällige Datum eines
Briefes, von dem man überdies keine diplomatifch genauen
Daten ewarten wird [2]).

Wenn die beiden obenerwähnten Malereien auf Pergament vom Jahre 1493 noch auf deutfchem Boden angefertigt
wurden, und Dürer bereits zu Pfingften 1494 heimkehrte,
fo kann er nicht lange in Venedig verweilt haben, jedenfalls
nicht lange genug, um fich in den verfchiedenen, entgegen-

---

1) Dürers Briefe 6, 15 und Anmerk. zu 6, 5.

2) Chriftoph Scheurl wufste wohl
vom erften Aufenthalte Dürers in
Venedig, wenn er 1506 in Lib. de

laud. Germ. von ihm fchreibt: »Qui
quum nuper in Italiam rediisset,
tum a Venetis, tum a Bononiensibus
artificibus, me saepe interprete, con-
salutatus est alter Apelles.«

gefetzten Richtungen, die fich damals noch in der venetianifchen Malerei kreuzten, zurecht zu finden und irgend
eine derfelben nachhaltiger auf fich wirken zu laffen. Hiezu
wäre Dürer in feinem 23ten Jahre allerdings viel empfäng-
licher gewefen als ein Jahrzehnt fpäter. Ob fich aus feiner
obigen Aeufserung fchliefsen läfst, dafs er für eine beftimmte
Richtung Partei ergriffen habe, und was es gewefen fei, das
ihm damals fo wohl gefallen hat, bei feiner Rückkehr im
Jahre 1505 aber zu feiner eigenen Ueberrafchung nicht mehr
gefiel, und ob dies ausfchliefslich die Mantegneske gewefen
fei [1]), wagen wir in's Einzelne gerade nicht zu entfcheiden;
die überlieferten Nachrichten find doch zu dürftig. So weit
es indefs der heutige Stand unferer Denkmälerkenntnifs geftattet, beantwortet fich die Frage nach der Bedeutung jenes
merkwürdigen Ausfpruches, wenn wir den Gang der Kunftentwickelung in Venedig mit derjenigen Dürers vergleichen.
Denn unbewufst und nicht ohne mittelbaren Zufammenhang
mit der venetianifchen Malerei hatte Dürer in einem Jahrzehnt
raftlofen Suchens und Lernens inzwifchen aus der Mannigfaltigkeit verfchiedenartiger Einflüffe fich den Weg zu einer
einheitlichen Selbftändigkeit gebahnt, ähnlich demjenigen,
den die venetianifche Schule felbft bis zum Anfange des
XVI. Jahrhunderts im Grofsen und Ganzen zurückgelegt hatte.

Wie in ftaatlicher Hinficht, fo nahm Venedig auch in
feinem Kunftleben gegen das übrige Italien eine Sonder-
ftellung ein. Entfprechend feiner geographifchen Lage und
feinen Handelsbeziehungen bildet auch die Kunft Venedigs
ein Mittelglied zwifchen deutfcher Gefühlsweife und füdlichen
Anfchauungsformen. Spät erft, dann aber plötzlich und
vielfach unvermittelt drangen Renaiffanceformen hier in die
Darftellung ein. Um 1450 fteht die Architektur, wie die
Sculptur Venedigs noch gröfstentheils unter der Herrfchaft
des gothifchen Gefchmackes; Kirchen und Paläfte werden

---

1) Vergl. diefe plaufible Annahme   weniger einfach, als diefe Antwort es
bei H. Grimm, Ueber Künftler und   erfordern würde.
Kunftw. I. 139. Nur liegt die Frage

noch im alten Stile aufgeführt und decoriert, und daneben
her geht noch der orientalische Zug zur Prachtentfaltung in
Gold und bunten Farben. Die einheimische Bildnerei konnte
sich selbständig nur bis zu einem geringen Grade richtiger
Naturauffassung durcharbeiten. Entschiedene Vertreter fand
der neue Stil erst an den vom Festlande eingewanderten
Künstlerfamilien der Bregni oder Rizzi und der Lombardi.
Gleichwohl hat die Bildhauerschule Venedigs den Realismus
ihrer Gestalten niemals bis zu der Freiheit und herben Wahr-
haftigkeit durchgebildet, wie Donatello und die Florentiner.
Sie bewahrt stets eine Erinnerung an die mittelalterliche
Auffassung, einen weicheren Schwung der Conturen, einen
Drang nach Gefühlsausdruck, die uns deutsch anmuthen.
Die Antike wirkt nicht unmittelbar auf die venetianische
Sculptur ein; ihre Führerin ist vielmehr die paduanische
Malerei, die ihr in plastischer Vollendung vorangeht; ebenso
wie die gemalten Architekturen Mantegnas ein viel genaueres
Verständnifs römischer Muster und eine ungleich reichere
Entfaltung von Renaissancemotiven darbieten, als alle gleich-
zeitigen Bauwerke Venedigs. Weil eben das Kunstleben
der Lagunenstadt nicht auf ursprünglichem Entwickelungs-
drange beruht, sondern nur auf einer durch Prachtliebe und
Reichthum bedingten Empfänglichkeit für fremde Zuflüsse,
sehen wir hier im Gegensatze zur sonstigen Regel Bildnerei
und Baukunst nur im Gefolge einer an Schöpferkraft sie
weit überholenden Malerei.

Die erste Malerschule, welche in Venedig zu einer
eigenthümlichen Bedeutung gelangt, ist die von Murano.
Als ihr Begründer erscheint ein deutscher Meister, der vom
Oberrhein oder vielleicht von Köln stammt und sich auf
den Altarwerken, die er seit 1440 mit Antonio Vivarini ausführte, »Johannes Alemannus« oder »de Alemania« nennt [1]).

---

[1]) Crowe und Cavalcaselle, Italien.
Malerei, deutsch von Max Jordan,
Leipz. 1873. V. 15 u. ff., nur dafs
dort auf den mehr litterarisch als
artistisch bezeugten Einflufs des Gentile da Fabriano gröfseres Gewicht
gelegt wird.

Auch nach deſſen Tode arbeiten die Brüder Antonio und Bartolommeo Vivarini in der alten Weiſe weiter. Nicht blos die reichen gothiſchen Umrahmungen, ſondern auch die davon eingeſchloſſenen Gemälde ihrer Altarwerke zeigen ganz mittelalterlichen, nordiſchen, um nicht zu ſagen deutſchen, Geſchmack. Und merkwürdiger Weiſe gilt daſſelbe auch noch von dem einzigen gröſeren Werke, das uns von Francesco Squarcione in Padua authentiſch überliefert iſt: es iſt der Altar des heil. Hieronymus, den der Meiſter urkundlich 1449—1452 für die Familie Lazzara vollendete und der ſich jetzt in der Gallerie zu Padua befindet. Kaum daſs uns eine Ruine mit einfachem Rundbogen auf zwei rothen Porphyrſäulen im Hintergrunde oder die rohen viereckigen Poſtamente der in den Seitenfeldern ſtehenden Heiligen eine ſchüchterne Andeutung davon geben, daſs das Auge des Meiſters für Reſte des Alterthums nicht ganz verſchloſſen ſei. Darnach zu ſchlieſsen, kann das Verdienſt, welches ſich Francesco Squarcione um die Einführung des Studiums der Antike erworben haben ſoll, nur ein rein theoretiſches geweſen ſein. Von dem Wiſſen, das er ſich auf weiten Reiſen erworben hatte, von den Kunſtwerken und Gypsabgüſſen, die er ſammelte, machte erſt ſein Adoptivſohn und Schüler Andrea Mantegna (geb. 1431, geſt. 1506) den richtigen Gebrauch. Er allein iſt der Schöpfer des groſsen paduaniſchen Renaiſſanceſtiles, in welchem er bereits während der fünziger Jahre die Ausmalung der S. Chriſtoph-Kapelle bei den Eremitani vollendete. Erſt Mantegna vertiefte die Bildfläche zu täuſchender Räumlichkeit und belebte dieſelbe mit leibhaftigen, handelnden Geſtalten. Mit derſelben Freudigkeit, mit welcher die nordiſchen Maler auf die Wiedergabe der einmal geſchauten Naturgegenſtände ausgingen, zog er im Verein mit gelehrten Freunden dem Studium der antiken Denkmäler nach, deren ſich damals in Oberitalien noch eine weit gröſsere Anzahl erhalten hatte als heutzutage. Die Blüthe der philologiſchen und mathematiſchen Wiſſenſchaften an der Univerſität Padua

war ganz geeignet, dem Künſtler die nöthigen Vorkenntniſſe
zu erſchliefsen.   Daher die neue treffliche Berechnung ſeiner
Perſpectiven, daher die Pracht des antiken Zierwerks, die
antiquariſche Genauigkeit der altrömiſchen Trachten, die
er zuerſt in die Malerei einführt.   Die Abſichtlichkeit in
der Entfaltung aller dieſer Neuerungen wirkte damals noch
nicht ernüchternd, wie etwa heutzutage, wo wir über die
Abnützung und den Mifsbrauch von Jahrhunderten zurück-
blicken.   Sie wird reichlich aufgewogen durch die lebendige
Erfaſſung des Geſchehens, durch die Mannigfaltigkeit im
Ausdrucke der Seelenſtimmungen und die vollendete Körperlichkeit und Anordnung der Figurengruppen, durch die an-
muthige Behandlung der hügeligen, terraſſierten Fernen, wie
ſie ſich hinter Vincenza hinziehen, und endlich durch den
Grundzug einer alles bewältigenden Grofsartigkeit, einer
wahrhaft epiſchen Getragenheit.

Jemehr es der Malerei des benachbarten Venedig bei
ihrer Ideenarmuth ſtets auch an Selbſtändigkeit gebrach, einen
deſto tieferen Eindruck mufste die neuentdeckte Formenwelt
Mantegnas dort hervorbringen.   Die Brüder Gentile und
Giovanni Bellini erfuhren zunächſt dieſe Einwirkung, da ſie
in der Werkſtatt ihres Vaters Jacopo zu Padua arbeiteten
und mit Mantegna, der damals ihre Schweſter Nicolaſia
heirathete, befreundet waren.   Insbeſondere der jüngere
Giovanni ſchlofs ſich ſo nahe an deſſen Kunſtweiſe an, dafs
die Gemälde aus ſeiner früheren Zeit häufig mit dem Namen
Mantegnas belegt wurden.   Die Kunſtrichtung der Muraneſen
kam durch das plötzliche Eindringen von Mantegnas Renaiſſance
vollends in bedenkliches Schwanken.   Rückhaltloſer als jeder
Andere ſchlofs ſich Bartolommeo Vivarini der neuen Formgebung an und gelangte dabei, wie ja leicht jeder Nachahmer, bis zur Uebertreibung ihrer Härten.   Der Wettſtreit
mit den aufblühenden Werkſtätten der beiden Bellini ſpornte
ihn zu ungewöhnlichen Anſtrengungen, und ſein jüngerer
Vetter Alwiſe Vivarini ſetzte den Kampf mit immer neuen
Waffen fort.   Die Bellini blieben freilich Sieger und zwangen

ſchliefslich alles um ſie her, Freund und Feind, zur Nachfolge. Seit der Niederlaſſung des Antonello von Meſſina
waren ſie unabläſſig bemüht, ſich deſſen Oeltechnik zu Nutze
zu machen, die ihren Werken eine gröſsere Widerſtandskraft
gegen die Ausdünſtung der Lagune ſicherte. Die Bedeutung
ihrer Schöpfungen beruht nicht in zeichnender Erfindung, ?
in ſeeliſcher Erhebung oder Wechfelbeziehung, Bewegung
oder Handlung der dargeſtellten Figuren; auch ihre gröſsten
Darſtellungen werden nur durch die ſchwebende Harmonie
einer in ſich geſättigten Farbenſtimmung zuſammengehalten.
Ihre tiefere Auffaſſung beſchränkt ſich auf das Porträt, auf
die vollkommene, in ſich abgeſchloſſene Einzelexiſtenz, mit
der ſich ein auf Lebensgenuſs, öffentliche Ruhe und Selbſt-
beherrſchung gegründetes Gemeinweſen auch begnügte. Daneben her geht noch eine dritte, in der italieniſchen Kunſtgeſchichte ganz vereinzelt daſtehende Richtung einher, die
wir die deutſchthümelnde nennen könnten. Sie ſcheint noch
von Giovanni d'Alemania herzuſtammen, geht aus der Werkſtatt der älteren Muraneſen um 1450 auf Karlo Crivelli über
und ſetzt ſich in Marco Marziale, in Nicolo und Jacopo de'
Barbari bis in's XVI. Jahrhundert fort. Ihre Träger ſind
eigenthümlich geartete Künſtler mit einem Zuge zum Fremdartigen und Abenteuerlichen, die ſich auch in ihrer Reiſeluſt
geltend macht. Sie neigen theils zu prunkender, feiner Ausführung, theils zu ſcharfer Charakteriſtik, theils zu ſentimen-
talem Schwunge hin und erinnern, obwohl im Grunde
Venezianer, bald in dieſer, bald in jener Hinſicht an deutſch-
niederländiſche Art.

Dieſer Klärungsproceſs in der Geſchichte der Malerei
von Venedig war noch keineswegs abgeſchloſſen, als Dürer
1493 oder 1494 das erſte Mal dahin kam. Noch arbeiteten
die beiden Vivarini, Bartolommeo bis 1499; Alwiſe ſtarb erſt
1503. Giovanni Bellini hatte ſeine letzten, entſcheidenden
Werke noch nicht geſchaffen; Giorgione und Tizian ver-
bargen ſich noch in ſeiner Werkſtatt. Wir wiſſen nicht, mit
welcher Richtung der deutſche Malergeſelle in Berührung

kam; vermuthlich war es aber gerade jene dritte, weniger
bedeutende, als abfonderliche Gruppe von Malern, welcher
Jacopo de' Barbari angehörte, denn diefer Meifter ftand, wie
wir fehen werden, in fehr nahen Beziehungen zu Nürnberg.
An die erften Meifter der Stadt, die Bellini, dürfte Dürer
damals nicht herangekommen fein. Aber angenommen auch,
dafs er Gelegenheit hatte, deren Gemälde zu fehen, fo
dürfen wir uns über den Eindruck, den eine Santa Converfazione Giovannis, ein feftlicher Aufzug Gentiles oder
Vittore Carpaccios auf ihn machen konnte, keiner Täufchung
hingeben. Das gegenftändliche Intereffe, das uns heutzutage
anzieht, müffen wir zunächft in Abfchlag bringen. Die
Zeichnung, weit entfernt, in deutfcher Weife vorzuherrfchen,
verbarg fich hinter einer Malweife, deren Oeltechnik ihm
neu, deren fpecififches Farbengefühl ihm unverftändlich blieb;
fand er es doch noch 1506 nicht der Mühe werth, eines
Giorgione oder Tizian auch nur zu gedenken. Dafür mufste
der Mangel jedes geiftigen, gedanklichen wie gemüthlichen
Inhalts den deutfchen Jüngling, der bereits die Ideen feiner
Apokalypfe in fich trug, befremden. Riefengrofs ftand neben
diefen Venetianern für ihn Andrea Mantegna da.

Der junge Dürer brachte von der Schule und aus dem
Verkehre mit den Künftlern und Gelehrten der Heimath
ficher eine dunkle Kunde von dem Ruhme der antiken
Kunft mit. Je unbeftimmter feine Begriffe von derfelben
waren, defto tiefer überrafchte ihn wohl die Anfchauung
aller jener Formen, die ihm unmittelbar aus dem claffifchen
Alterthum hergeleitet erfchienen. Ohne theoretifch unterfcheiden zu können, mochte er diefelben im Gegenfatze zu
den chriftlichen Bilderkreifen an allen mythologifchen und
profanen Darftellungen entdecken, fobald ihm diefelben aus
äufseren Gründen ehrwürdig erfchienen. Einen um fo ge-
waltigeren Eindruck mufsten daher die mantegnesken Formen
auf ihn machen, fobald er in ihnen die Ausflüffe antiker
Ueberlieferungen fah. Dabei konnten aber die Eigenthümlichkeiten und die feineren Abweichungen einer Stilrichtung

dem deutfchen Wanderburfchen damals nicht in dem Mafse klar werden, wie wir fie heutzutage aus objectiver Ferne zu unterfcheiden vermögen. Im Ganzen war es doch wohl ein ziemlich unbeftimmtes Etwas, was Dürer im Jahre 1494 als antik und ehrwürdig bewunderte. Und fo kam es, dafs er in Venedig neben Mantegnas Kupferftichen auch noch Kunftwerke nachahmenswerth fand, die in ihrer Stilrichtung hinter der claffifchen Objectivität Mantegnas ebenfo weit zurückblieben, als fie durch Pathos und empfindfame Be- lebung der nordifchen Gefchmacksrichtung wahlverwandt entgegenkamen. Die Belege für diefe Aufklärungen liefern uns, in Ermangelung anderer Werke Dürers aus jener früheren Zeit, die Blätter feines Skizzenbuches von grofsem Format, deren fich glücklicher Weife einige erhalten haben. Eines derfelben in der Albertina zeigt auf der linken Hälfte des Bogens den figurenreichen Entwurf zu einem Raube der Europa nach Lucians Befchreibung. Das Motiv der Haupt- gruppe mit dem mageren Rinde und der auf feinem Rücken knieenden Europa ift äufserft unbeholfen erfunden. Um fie her fchwimmen auf verfchieden geformten Fifchen Nereiden und Genien; dazwifchen geflügelte Engelsköpfchen wie Cherubim, im Hintergrunde eine Gruppe der verzweifelnden Gefpielen, ähnlich wie auf dem Kupferftiche, genannt das Meerwunder oder der Raub der Amymone. Die kleinen Nebenfiguren, wie das Satyrpaar links vorne im Schilfe, find durchweg glücklicher aufgefafst und zum Theil von einer Anmuth, die italienifche Mufter vorausfetzen läfst; doch fcheint die Compofition Dürern felbft anzugehören. Mit derfelben Feder hat er aber auch die rechte Hälfte des Blattes mit verfchiedenen Studien nach venetianifchen Vor- bildern bedeckt. Oben zunächft die Aufnahme eines Löwen- kopfes von drei Seiten, die wir am Schluffe des Capitels wiedergeben. Das Original ift einer jener zwei »Leoncini« oder Löwchen aus rothem Marmor, die heutzutage links von der Marcuskirche aufgeftellt find und dem Platze dort den Namen Piazzetta de' Leoni geben. Wo diefelben zu

Dürers Zeit ftanden, konnte ich nicht feftftellen. Sie find ganz alterthümlich und namentlich in den dürftigen Körpern ziemlich roh behandelt, fo dafs man fich fragen mufs, was wohl Dürern veranlafst habe, ihnen fo viel Aufmerkfamkeit zuzuwenden; ob die Neuheit des Gegenftandes, die wuchtige Charakteriftik im Vergleiche zu den erbärmlichen Zwergpudeln der Eyck'fchen und Wolgemut'fchen Schule, oder der belebte, wenn auch grämliche und faft weinerliche Ausdruck ihrer Gefichter. Links unten fieht man die Geftalt eines Apollo mit Pfeil und Bogen in den Händen, den Lorbeerkranz auf dem Haupte, in nahezu elegifch gefchwungener Stellung; ein eigenthümliches Gemifch von mittelalterlicher Gefühlsweife, modernem Realismus und antiker Tracht, deffen Urbild wohl nur dem Venedig des XV. Jahrhunderts angehört haben möchte. Auch zu dem Alchymiften daneben im türkifchen Turban und langem Talare, der, einen Todtenfchädel in den Händen, vor einem gefchloffenen Buche und einem kugelförmigen Keffel mit der Auffchrift LVTVS fteht, kann Dürer wohl nirgends als in Venedig den Typus gefunden haben [1]).

Ein anderes Blatt mit Skizzen aus der Zeit der Wanderfchaft befindet fich im Corridor der Ufficien zu Florenz. Auf demfelben erfcheinen, gleichfalls mit der Feder gezeichnet, ein Ritter zu Pferde mit einer überladenen Prachtrüftung, der Rumpf eines nackten Schildhalters, ein Kind von völligen, italienifchen Formen, auf dem Boden halb fitzend, halb liegend, in einer Haltung, wie fie bei den Chriftuskindern des anlten Francia oder Perugino vorkommt; endlich der Kopf eines bärtigen Türken mit geöffnetem Munde und böfem

---

1) F. Wickhoff, Dürers Studium nach der Antike, ein Beitrag zu feinem erften venetianifchen Aufenthalte. (Mit phototypifchen Abbildungen.) Mittheil. des Inftituts f. öfterr. Gefichichtsforfchung, 1880, 1, 411 ff. führt diefe Apollofigur mit Recht auf das Motiv des bogenfpannenden Eros zurück, den die Renaiffance für einen Apollo hielt. Er bringt damit gefchickt den rechts ftehenden Orientalen, als den das Orakel befragenden Priefter in Verbindung und lieft die Infchrift des dazwifchen ftehenden Keffels: lutu(m) s(acrum) — heiliger Brodem.

Blicke, den Dürer, heimgekehrt, für den Kaiser auf der Marter des heil. Johannes in der Apokalypfe verwendet hat, wo er folgerichtig im Gegenfinne erfcheint. Ein eigenthümliches Analogon zu dem obgenannten Chriftkinde bietet die forgfältig ausgeführte, weifsgehöhte Zeichnung eines folchen Chriftkindes in gröferem Mafsftabe im Befitze des Barons F. Schickler in Paris. Es ift eine treue Copie des Kindes, wie es in mehreren Bildern Lorenzo di Credi's rechtshin gewandt vor der anbetenden Madonna auf dem Boden liegt. Unten die Bezeichnung mit der Feder A D 1495, alfo bald nach der Heimkehr aus Venedig [1]).

Ein fchwebender Amor von kräftigen Formen mit einer Art Drachenflügeln, die Elenthiergeweihen gleichen, im Kunftbuche der Ambrafer Sammlung in Wien, dürfte ebenfalls diefer Zeit angehören. Er ift eben im Begriffe, feinen Pfeil abzufchiefsen, und blickt dabei unter dem feine Stirn umhüllenden Tuche empor. Die getufchte Federzeichnung erinnert ftark an die Schule Mantegnas. Ob und wo Dürer etwa Gelegenheit fand, Malereien diefes Meifters zu fehen, wiffen wir nicht. Dafs er Padua damals befucht hat, ift wahrfcheinlich, wenn auch nicht beglaubigt. Mantegna war indefs längft nach Mantua übergefiedelt; er hätte ihn daher dort ebenfo wenig perfönlich kennen gelernt, wie im Jahre 1506, wo der plötzliche Tod des greifen Meifters feine Abficht, ihn in Mantua aufzufuchen, gekreuzt haben foll. Dürers Beziehungen zu Mantegna haben eine merkwürdige Analogie mit feinem Verhältnifs zu Schongauer. Unter allen feinen Vorläufern find es wohl diefe beiden Männer, die er am höchften verehrte; es find die einzigen Künftler, von denen uns überliefert wird, dafs der junge Dürer die perfönliche Bekanntfchaft mit ihnen erfehnt und gefucht habe. Beidemal verfagte ihm das Schickfal feinen Wunfch mit einer Beharrlichkeit, als hätte es jeden übermächtigen Einflufs von Dürer abwehren wollen, damit in ihm eine felbftändige und dritte Gröfse

---

1) Abbildung in Dürer-Quantin, Tafel zu S. 36.

Thaufing. Dürer. 8

erwachfe. Ohne in eine Nachahmung der zwei fo entlegenen
Gegenfätze zu verfallen, hat Dürer etwas von Schongauers
Innigkeit und etwas von Mantegnas Grofsartigkeit und Würde.
In dem Mafse aber, als er Beiden verwandt ift, mufste er
Beiden gleich ferne ftehen. Wenn er fich im Allgemeinen
dem deutfchen Meifter näher vergleicht, fo hat dies feinen
Grund theils in dem echt nationalen Wefen beider, theils
in der vermittelnden Stellung, welche Wolgemut zwifchen
ihnen einnimmt. Nun wiffen wir zwar, dafs Dürer Zeichnungen von Martin Schongauer fammelte und pietätvoll
bewahrte [1]), doch deutet anderfeits keine Spur darauf hin,
dafs er fich im Einzelnen nach Schongauers Werken fo eifrig
gebildet hätte, wie an denen Mantegnas. Dafür liefern uns
zwei Zeichnungen Dürers in der Albertina einen werthvollen Beleg.

Die Kupferftiche Mantegnas konnten leicht im Handels-
wege nach Nürnberg gelangen. Man gab daher auch der
Vermuthung Raum, Dürer habe die Copien nach denfelben
in der Heimath gemacht. Der Umftand aber, dafs feine
einzigen Arbeiten diefer Art gerade die Jahreszahl 1494
tragen, und der Vergleich mit anderen Blättern aus der Zeit
der Wanderfchaft nöthigt doch zu der Annahme, dafs Dürer
fich nur in Italien zu einem folchen Studium Mantegnas veranlafst fand. Die eklektifche Objectivität fpäterer Zeiten ift
dem Künftler des XV. Jahrhunderts überhaupt fremd, der
naiv produciert, Fremdartiges fchwer nachempfindet und
nur in dem Mafse mit Glück nachahmt, als er fich in die
neue Richtung eingelebt hat. Wir fehen daher auch fpäter,
wie Dürer daheim blos deutfche Arbeiten copiert, zu

---

1) Heinecken, Neue Nachrichten,
S. 406, befaſs eine folche grofse
Federzeichnung, eine Kapelle etc.,
worauf Dürer gefchrieben hatte: Daz
hat der hübfch Martin geriffen im
1470. jar, da er ein jung gfell was.
Das hab ich Albrecht Dürer erfarn
und Im zu ern daher gefchrieben im
1517. jar.« Eine andere meifterhafte
Federzeichnung im Britifchen Mufeum,
Chriftus als Weltlehrer, führt gleichfalls von Dürers Hand die Infchrift:
»Das hat hübfch Martin gemacht im
1469. jor.« Waagen, Treasures of
Art, IV, S. 34.

italienifchen aber bald in bewufsten Gegenfatz tritt; wie er nur jene zu überholen, diefe aber zu widerlegen fucht. Anders in Venedig, wo theils die Umgebung, theils der Verkehr mit den Malerwerkftätten ihn in das Verftändnifs der Mantegneske einführen konnte. Dort fand er feine Vorlagen leicht auf offener Strafse. Zwar bewahrt er in ihrer Nachbildung immer eine gewiffe Selbftändigkeit, doch offenbart fich darin zugleich eine fo feltene Fähigkeit, ganz fremde Formen aufzufaffen, wie wir fie vielleicht nur an dem ftudienfrohen Rubens wiederfinden.

Die Kupferftiche Mantegnas, nach welchen Dürer jene beiden Zeichnungen fertigte, find: das eine der beiden Blätter mit kämpfenden Meergöttern, darftellend den Zweikampf von Tritonen, deren Jeder eine Nereide auf dem Rücken führt, und das Bacchanale mit dem Silen[1]). Dürers Copien find mit der Feder auf weifsem Papier und in der gleichen Gröfse ausgeführt. Die gewaltige Belebung der erwiefenermaafsen nach antiken Reliefs componierten Gruppen und das Ebenmafs der nackten Körper waren es wohl, was Dürer zumeift anzog. An der Compofition hat er fo gut wie nichts verändert. Im Uebrigen aber copiert er keineswegs Strich für Strich, er ftrebt vielmehr felbftändig nach genauerer Modellierung und bleibt dadurch gerade an plaftifcher Kraft und an Ausdruck weit hinter Mantegna zurück. Deffen Schattengebung durch eine kurze, fchräge Strichlage von rechts nach links in der Art des Antonio Pollaiuolo genügt Dürer nicht; er geht den Formen in's Einzelne nach und erzielt durch Anwendung aller Mittel, vom feinften inneren Contur bis zu mehrfachen Kreuzlagen, die vollftändige Rundung deffen, was bei Mantegna reliefartig flach erfcheint. In diefer Ausführung verräth Dürer nicht blos feine Fortfchritte in der deutfchen Technik des Zeichnens, fondern auch jene unbedingte Liebe zur Natur die eine todte Ueberlieferung in der Kunft nicht anerkennt und fich ihr nur hingiebt, um fie dem Scheine felbft-

---

1) Bartfch, P. G. XIII. S. 238, Nro. 17 u. Nro. 20.

8*

empfundener Wirklichkeit näher zu bringen. Indem er fo
den Geftalten Mantegnas eine beftimmtere Exiftenz, eine deut-
lichere Körperlichkeit giebt, entreifst er ihnen aber wider
Willen ihre Seele, und das ift die Kehrfeite jenes Realismus,
der in der äufserften Durchbildung der Formen die Wahrheit
fucht. Wie wenig das Zurückbleiben hinter der Belebung
des Originals in der Abficht Dürers lag, zeigt feine fpätere
Entwickelung, die ihn der grofsartigen Einfachheit Mantegnas
immer näher bringt; und dafs er auch nach feinem zweiten
Aufenthalte in Venedig nicht aufhörte, deffen mächtige
Affectmalerei zu bewundern, beweift die Geftalt des Apoftels
Johannes auf dem »grofsen Kreuz«, dem Stiche von 1508, die
einer deutlichen Rückerinnerung an die bekannte Figur des
auffchreienden Johannes in Mantegnas Grablegung entfprang.

Es ift bezeichnend für Dürers urfprüngliche Anlage,
dafs ihn vorzüglich folche Compofitionen zur Nachbildung
anregen, die einer tieferen leidenfchaftlicheren Erregung
Ausdruck verleihen. Die deutfche Malerei hatte fchwer genug
den Zwang des alten Stiles von fich abgefchüttelt. Gegenüber dem verhaltenen Affecte ihrer hageren Gewandfiguren
mufste der Ausbruch der Leidenfchaft an den völligen, nackt
gedachten Geftalten der paduanifchen Renaiffance wie ein
Act der Befreiung erfcheinen. Hier fand das nordifche
Streben nach Natur und Belebung einen verwandten Anknüpfungspunkt, bevor fich ihm das höhere Gefetz bewufster
Mäfsigung offenbarte. Ruhe und ftrenge Anordnung konnten
leicht als neue Feffeln erfcheinen; und nichts deutet darauf
hin, dafs die fchlichte Gruppierung der Heiligen auf venetianifchen Altarbildern auf Dürer damals einen befonderen
Eindruck gemacht hätte.

Auch zum Verftändniffe der mannigfachen Zierformen
wie fie in den gemalten Architekturen und Ornamenten der
paduanifchen Renaiffance vorkommen, fehlte es Dürer im
Jahre 1494 noch an der nöthigen theoretifchen Vorbildung.
Er hatte damals offenbar feinen Vitruvius noch nicht gelefen.
Dagegen übte das Innere der neuen venetianifchen Kirchen

mit ihren reichen Perspectiven einen besonderen Reiz auf
ihn aus. Die leichten Bogenhallen auf schlanken, durch
mächtige Schliefsen verbundenen Pfeilern, wie fie der eben
erft erbauten Kirche S. Maria Formofa '1491, und ähnlich,
wenn auch einfacher, und zierlicher dem etwas älteren Kirchlein S. Giovanni Crifoftomo (1483) eigenthümlich find, prägten
fich damals schon lebhaft feinem Gedächtniffe ein. Wenigftens
erfcheinen in den Architekturen früher Compofitionen von
Dürer, z. B. in denen der »grünen Paffion« von 1504, ganz ähnliche Bogenfyfteme. Wenn diefelben auch willkürlich behandelt find und nicht an eine unmittelbare Entlehnung zu denken
erlauben, fo kann Dürer folche Erinnerungen doch kaum
anderwärts als in Venedig gefammelt haben. Auch ohne
durch Einzelftudien feftgehalten zu fein, boten fich ihm diefe
Motive dar, fobald er ftatt der gewohnten landfchaftlichen
Umgebung eine architektonifche Raumentwickelung im Sinne
der Renaiffance anftrebte.

Von Dürers erftem Aufenthalte in Venedig ftammt
auch das Miniatur-Bild eines Löwen mit der echten Bezeichnung: 1494 Ⅎ neben Ⓓ, in der Harzen'fchen Sammlung
der Kunfthalle zu Hamburg. Das Thier ift in einer eigenthümlich ausgreifenden Stellung wiedergegeben, wie fie an
Darftellungen des S. Marcus-Löwen zuweilen auffällt. Doch
ift die ungemein forgfältig, buchftäblich bis auf's Haar durchgeführte Pergamentmalerei offenbar nach einem lebendigen
Löwen gemacht, den Dürer nirgends leichter zu ftudieren
Gelegenheit fand, als in Venedig. So weit die breiter behandelte, etwas verwifchte Umgebung es noch erkennen
läfst, ift das Thier in die Oeffnung einer dunklen Erdhöhlung
verfetzt: vor derfelben ringsum üppiges Grün, theilweife mit
Gold aufgehöht, im Hintergrunde der Ausblick auf die See-
küfte. Es ift dies ficher die frühefte, naturgetreue Abbildung
eines Löwen von der Hand eines nordifchen Künftlers. Das
Beiwerk ift hier Nebenfache und dient blos zur Bildung
des tiefen Grundes, von welchem das gelbe Fell des Thieres
fich abhebt.

Das eigentliche Element Dürers ift aber damals die
Landfchaft; ihrer Darftellung widmet er auf feiner Wanderfchaft nach dem Süden das eifrigfte Studium. Ein Beifpiel
davon liefert die im verkleinerten Mafsftabe hier beigegebene
Federzeichnung in der Albertina. Blos der fteile Felfen-
abhang zur Linken ift emfig ausgeführt, das Uebrige flüchtig
entworfen. Das Schlofs, das aus den Baumgruppen des
Mittelgrundes hervorragt, diente fpäter als Vorlage zu demjenigen im Hintergrunde des Kupferftiches (Bartfch Nr. 95),
der die Mifsgeburt eines Schweines darftellt. Der Mittelthurm
ift dort zwar weggeblieben, doch verräth die Wiederkehr
der übrigen Einzelheiten im Gegenfinne die Benutzung der
vorliegenden Zeichnung. Die Anficht gehört offenbar einem
Alpenthale an, und der Wanderer, der unten ganz leicht
angedeutet von rückwärts fichtbar wird, wie er zu froher
Begrüfung den rechten Arm erhebend auf das den Hohlweg
fperrende Thor zufchreitet — ift es nicht, als hätte Dürer
fich felbft darunter verftanden und mit wenigen Strichen
den eigenen Gefühlen Ausdruck gegeben?

Noch eine ganze Reihe landfchaftlicher Studien, Schlöffer-
und Städte-Anfichten, die uns von Dürer erhalten find, gehören einer Reife durch Tirol nach Italien an. Da man
bisher blos an den venetianifchen Aufenthalt von 1506
glaubte, fo wurden alle diefe Aufnahmen, fo weit fie bekannt
waren, unbedingt in jene fpätere Zeit verfetzt. Diefer Anficht
widerfprechen nun gewichtige äufsere und innere Gründe.
Mit Ausnahme einer bräunlichen Felfenparthie im Britifchen
Mufeum vom Jahre 1506 find die fämmtlichen hier in Frage
ftehenden Aquarelle und Miniaturen urfprünglich weder mit
einem Monogramme noch mit einer Jahreszahl verfehen. Das
Monogramm ift allerdings zuweilen theils von Dürers, theils
von fremder Hand in Biefter nachgetragen und an die in
Dürers frühefter, feiner Handfchrift mit Tufche hingefetzte
Benennung der Oertlichkeit angehängt. Daffelbe gilt auch
von den Aufnahmen, welche Dürer in der Umgegend von
Nürnberg gemacht hat; und diefer Umftand fchon verweift

Seite 118.

Gebirgslandschaft. Federzeichnung in der Albertina zu Wien.

alle jene Anfichten in eine frühe Periode. Denn feit dem
Jahre 1503 etwa hat der Meifter nicht leicht eine nur
einigermafsen ausgeführte Zeichnung von der Hand gelegt,
ohne ihr Monogramm und Jahreszahl mit auf den Weg zu
geben. Die meiften jener Landfchaften oder Baumftudien
find aber mit mehr oder minder deckenden Farben, theils
auf Papier, theils auf Pergament fo forgfältig ausgeführt, wie
wir aus Dürers fpäterer Zeit wenig dergleichen aufzuweifen
haben. Es ift nicht wohl denkbar, dafs er gerade in den
Landfchaften fo confequent eine Ausnahme von der gewohnten
Art der Bezeichnung gemacht hätte, wenn diefelben in einer
anderen, als in jener frühesten Epoche entftanden wären, da
er fein bekanntes Monogramm noch gar nicht angenommen
hatte. In der Folge wird er in feinen Studien nach der
Natur immer breiter und flüchtiger. Er verzichtet fodann
auf die Wiedergabe der Farben in der Landfchaft und giebt
diefelbe höchftens in lavierter Federzeichnung wieder; noch
fpäter begnügt fich Dürer, Landfchaften mit dem blofsen
Metallftifte oder mit der Feder zu fkizzieren.

Dazu kommen noch äufsere Gründe allgemeinerer Natur.
Im Jahre 1505 ging Dürer in Gefchäften und mit ganz
beftimmten Abfichten nach Venedig; er führte allerlei Kunftwaare, felbft Gemälde mit fich. Er reifte dann ohne Zweifel
zu Pferde mit einem jener Güterzüge, die zwifchen Nürnberg
und Venedig verkehrten, und hätte, auch die Luft dazu
vorausgefetzt, kaum die Mufse zur Vollendung miniaturartiger
Naturaufnahmen gefunden; denn fo rafch ihm auch die Arbeit
von der Hand gieng, oft gehörten doch nicht nur Stunden,
fondern ganze Tage zu deren Ausführung an Ort und Stelle.
Auch liegt uns unter fämmtlichen Arbeiten, welche Dürer
um das Jahr 1506 fertigte, kein Beifpiel einer folchen Feinmalerei in Tempera oder Guafche vor, während fchon aus
den oben angeführten Werken erhellt, dafs fich Dürer auf
feiner Wanderfchaft einer folchen Technik bediente. Nicht
der fertige Künftler, der in einer wichtigen Gefchäftsreife
begriffen ift, fammelt minutiöfe Studien in feiner Mappe,

wohl aber der junge Gefelle, der von Ort zu Ort pilgert
ohne einen anderen Zweck, als um zu fchauen und zu
lernen. Wir werden daher kaum fehl gehen, wenn wir die
folgenden Naturftudien Dürers in die Jahre 1493 und 1494
und die denfelben verwandten Aufnahmen aus der Heimath
in die Zeit bald nach feiner Rückkehr verfetzen.

Da ift zunächft in der Albertina eine Anficht von Inns-
bruck — »Infprug« fteht darauf von Dürers Hand gefchrieben
— eine Stadt mit Mauern und Thürmen, in deren Mitte fich
ein fchlank zugefpitzter, holzgedeckter Kirchthurm bemerkbar
macht. Die Stadt ift von Norden fo aufgenommen, dafs der
Innflufs den Vordergrund bildet, in deffen bewegten Wellen
fich die Gebäude mit überrafchender Wahrheit fpiegeln.
Im Hintergrunde fieht man fchneebedeckte Berge. Vortrefflich
ftimmt der grüne Grundton des Fluffes zu dem zarten Blau
des von leichten Wolkenzügen bedeckten Himmels. Beffer
noch gelungen und erhalten ift eine grofse Gefammtanficht
der Stadt Trient, gleichfalls mit dem von Dürer beigefügten
Namen bezeichnet, derzeit in der Kunfthalle zu Bremen.
Der Himmel ift von leuchtendem Blau, die Berge des Hintergrundes von vorzüglicher Luftperfpective, die Architektur
in einem bräunlichen Tone gehalten, der Dürer damals eigenthümlich ift. Das fliefsende Waffer und der Baumfchlag find
glücklich getroffen. Das Ganze ift kräftig gefärbt, dabei
gut geftimmt und von einer Naturwahrheit, wie fie auch der
modernfte Realift nicht anders anzuftreben vermöchte. Einen
Theil der feften Stadtmauer mit drei Thürmen, überragt
von dem Schloffe, das mit einer Loggia in der Art der
venetianifchen Paläfte verfehen ift, hat Dürer noch befonders
in Wafferfarben abgebildet. Das Blatt, ebenfalls mit der
Auffchrift „Trint“, befindet fich bei Mr. Malcolm in London [1].
Ein anderes Blatt widmet Dürer jenem denkwürdigen Eng-
paffe, durch welchen einft fo viele deutfche Männer mit

[1] Ausgeftellt im Burlington Fine   der unrichtigen Benennung: The Castle
Arts Club 1869: A. Dürer and L.   of Nuremberg.
van Leyden, Catalogue Nro. 129 mit

ſtärker pochendem Herzen nach dem Süden zogen, deſſen
Boden ſo oft von deutſchem Blute getränkt wurde. Hier
ragt ein Fels, gekrönt von einem feſten Schloſſe mit Thürmen und Mauern, die ſich bis in's Thal herab erſtrecken,
wo rechts ein Städtchen ſichtbar wird; Oelbäume die
Fülle rings um den Berg. Oben ſteht von Dürers Hand:
„Fenedicr klawſen." Die Zeichnung befindet ſich im Louvre
zu Paris. Eine andere Bergfeſte mit grauem Gemäuer in
der Sammlung Hausmann führt ebenſo die Aufſchrift: „Ein
welſch ſchloſs"; es iſt in grüner und röthlicher Waſſerfarbe
ausgeführt, der Berg ſelbſt blos leicht angelegt. Ein ähnliches Felſenneſt ohne Aufſchrift in der Bremer Kunſthalle,
umgeben von Hügeln, Wald und Waſſer, iſt kräftiger coloriert,
mit Deckfarben im Baumſchlag. Noch ein anderes Bergſchlofs
im Louvre iſt auf Pergament gemalt, während die früher
genannten Anſichten ſämmtlich auf Papier ausgeführt ſind.

Sehr merkwürdig und bezeichnend zugleich für die
coloriſtiſche Begabung Dürers ſind mehrere Detailſtudien
nach Baumgruppen, die gleichfalls den Skizzenbüchern der
Wanderſchaft angehören dürften. So zunächſt ein ſehr hoher
Lindenbaum auf dem Vorſprung einer Baſtei ſtehend, deren
Böſchung links abfällt, jedoch in der Perſpective verzeichnet
iſt. Auf der ſteinernen Bank, die längs der Mauerbrüſtung
hinläuft, ſitzt im Hintergrunde ein ſchwarz gekleideter Mann,
vielleicht ein Gelehrter, ein anderer ſteht unter dem Baume
ſelbſt, der bläulich grün mit grauen Schatten fein in Tempera
auf das Pergament gemalt iſt. Das Blatt iſt im Beſitze des
H. Alfred R. v. Franck in Graz. Ein Seitenſtück dazu mit
drei ähnlichen Bäumen in der Kunſthalle zu Bremen zeigt
genau die gleiche Ausführung. Eine breitere, maleriſche
Behandlung entwickelt Dürer in dem Studium von zwei reich
belaubten Baumgruppen auf Papier in der Hausmann'ſchen
Sammlung; dieſelben ſind ſehr flüſſig mit Waſſerfarben angelegt. Von den rückwärts gegen einander tretenden lichten
Bergen bis zu der vorne mitten im Gebüſche liegenden
ſonnigen Wieſe iſt eine ſo reiche Abſtufung grüner Farben-

töne gegeben, als hätte es fich hier geradezu um ein Studium
von Lichteffecten gehandelt; und das alles ift fo richtig
gefehen, fo frifch und keck hingeworfen, dafs der Befchauer
fich davon angeheimelt fühlt und die Jahrhunderte vergifst,
die zwifchen der Aufnahme der Skizze und feiner Betrachtung liegen.

Gerade diefe landfchaftlichen Studien nach der Natur
gehören zu jenen Arbeiten Dürers, die feiner Zeit weit voran
eilen, oder anders fich über deren Beftrebungen zu jenem
unbefangenen Realismus erheben, der allen Zeiten gleicherweife verftändlich ift. Es weht darin etwas von der frohen
Empfindung, mit welcher der deutfche Städter aus feinen
engen Mauern unter Gottes freien Himmel hinaustrat, von
jener Ofterfeiertagsftimmung, die Goethe im Fauft gefchildert
hat, von der Freude der mittelalterlichen Menfchheit an der
Wiederentdeckung der lange entbehrten Natur. In Dürer
erwacht der moderne Menfch, der in der Landfchaft das
Gegenbild feiner Gemüthsftimmung fieht, in ihrem Anfchauen
einen Quell feelenbefreiender Wirkungen findet.

Die Wanderfchaft führte Dürer fo zur forgfältigeren
Beobachtung der ftets wechfelnden Umgebung und offenbarte ihm die Luft an der blofen Naturerfcheinung in jenem
ruhigen Beharren, in dem jeglich Ding nur fein eigenes
Leben athmet. Und was er draufsen in der Welt von der
Meifterin Natur gelernt hatte, das liefs ihn auch nach feiner
Heimkehr nicht ruhen. Die unfreiwillige Mufse, welche dem
jungen Meifter in den erften Jahren vergönnt fein mochte,
benutzte er fleifsig zu kleinen Studienreifen in der Umgebung
der Vaterftadt. So fehr es den Deutfchen auch nach der
Ferne zieht, Dürer wäre nicht der Erfte und nicht der
Letzte gewefen, der in der Fremde die Heimath erft recht
lieben gelernt hätte. In einer Reihe zierlicher Anfichten von
Nürnberg und feiner Umgegend hat Dürer feiner Neigung
Ausdruck gegeben. Diefelben fchliefsen fich völlig den oben
befchriebenen Landfchaften aus den Wanderjahren an, find
meift mit derfelben emfigen Sorgfalt in Wafferfarben aus-

geführt und zuweilen ebenfalls mit dem Namen der Oertlichkeit bezeichnet. So eine Anficht der Weftseite von
Nürnberg von der Hallerwiese am Ausfluffe der Pegnitz
aufgenommen. Von dem tiefliegenden Standpunkte fieht
der Befchauer nordwärts gewandt oben den Thiergärtner
oder den damals noch viereckigen Neuen Thorthurm, von
wo die Stadtmauer rechts hin nach vorne verläuft, während
fich im Grunde gegen links eine bewachfene Höhe bis zu
der Häufergruppe von S. Johann hinzieht. Indeffen der
vordere Plan ziemlich kräftig mit Farbe gedeckt ift, erfcheinen Ferne und Himmel äufserft fein abgetont; das Bildchen, auf einem Querbogen ausgeführt, ift überhaupt ein
Mufter von Luftperfpective. Es trägt die Auffchrift „Nörn-
perg" und befindet fich in der Kunfthalle zu Bremen. Ein
anderes Blatt von gleichem Formate ebendafelbft ift bezeichnet „Sant Johans kirchen" und zeigt rechts die Kapelle
und den Friedhof, auf dem Dürer felbft feine Ruheftätte
finden follte, links eine fchräge ftehende Häuferreihe zwifchen
Bäumen, im Hintergrunde einen Hügelrücken. Die Gebäude
find fleifsig durchgezeichnet und tief gefärbt, Luft und Terrain
find weifs geblieben. In der Nähe von S. Johann an der
Hallerwiese liegt heute noch die Weidenmühle, von der uns
Dürer gleichfalls eine Anficht und zwar eine der reizendften
hinterlaffen hat. Das Aquarell ift aus dem Nachlaffe des
Abbé de Marolles an das Parifer Kupferftich-Cabinet gekommen und hat ein wenig durch den Einflufs des Lichtes
gelitten. Ein langer, fchmaler Holzfteg verbindet die gras-
und weidenbewachfenen Ufer der Pegnitz, an der ein Dutzend
kleinerer und gröfserer, in einander verfchränkter Baulichkeiten ftehen; rechts eine Wiefe mit zwei fehr fchlanken
Lindenbäumen, tief herunter am Stamme mit hellem frühlings-
grünen Laube bewachfen; oben warmer Abendhimmel, wie
nach Sonnenuntergang und dunkle purpurgefäumte Wolken.
Bis auf eine, nur fkizzenhaft angelegte Partie zur äufserften
Rechten, ift alles mit einer Zierlichkeit, Schärfe und Vollendung
ausgeführt, die nicht weiter gehen kann und uns heutzutage

an Photographie erinnert. Oben fteht von Dürers Hand
gefchrieben: „Weydenmüll“. Ein würdiges Seitenftück dazu
bietet die auf einem ganzen Papierbogen ebenfo vollftändig
ausgeführte Drathziehmühle [1]). Das Waffer, welches hier in
Mitten der Holz- und Riegelbauten fichtbar wird und darin
ein Landsknecht fein Pferd fchwemmt, fcheint gleichfalls die
Pegnitz zu fein, und wäre dann links oben einer der Thor-
thürme und ein Vorort von Nürnberg zu erkennen. Weiterhin fieht man in der hoch auffteigenden, bunt wechfelnden
Ferne verfchiedene Ortfchaften aus Bretterzäunen und Baumgruppen hervorragen. Es fei bei diefer Gelegenheit erwähnt,
dafs Dürer in feinem erften Briefe aus Venedig fchreibt
„der Trottzicher“ habe feiner Mutter 12 Gulden bezahlt;
es bleibe Anderen überlaffen zu entfcheiden, ob „Drathzieher“
dort auf einen Familiennamen oder auf ein Gewerbe zu
deuten fei. Weniger ausgeführt und theilweife unvollendet
ift eine Anficht von „Kalk rewt“ d. i. Kalkreut, einem Nürn-
bergifchen Orte bei Heroldsberg. Die colorierte Federzeichnung befindet fich in der Kunfthalle zu Bremen. Die
grofsen Bäume im Dorf find blos ballenförmig angegeben
und breit angelegt; bemerkenswerth ift dabei nur die mannigfache Abftufung im Grün. Im Hintergrunde zieht fich ein
Gebirge hin; die Luft und ftellenweife auch die Dächer und
Wände der Häufer find weifs geblieben. Vollendeter ift
eine andere Anficht aus der weiteren Umgegend Nürnbergs
im Britifchen Mufeum; Nadelholzbäume und ein Gewäffer,
auf welchem Fahrzeuge fichtbar find; ein Aquarell von
feiner Behandlung und naturwahrer Färbung, mit mächtigem
Contraft des lichten Horizontes gegen die dunklen Wolken
am Himmel [2]). Dafelbft befindet fich auch die ungemein
reizende Landfchaft mit dem Weiherhaufe beim Gleishammer
öftlich von Nürnberg. Weiherhäufer nannte man dafelbft
kleine Landhäufer, die durch ihre Lage mitten im Waffer

---

1) »Trotzichmüll« im k. Mufeum   2) Waagen: Treasures of Art I.
zu Berlin.   231.

Sicherheit boten und in Kriegszeiten auch vom Rathe der Stadt in Anfpruch genommen wurden, um Söldner hinein- zulegen. Ein folches Häuschen mit einem hohen Stockwerke, die Wetterfahne am Firft, ift hier dargeftellt im Hintergrunde auf einer kleinen Infel ftehend und rings von Weidicht und Büfchen umgeben. Leicht fpiegelt es fich in der glatten Wafferfläche, die bis gegen den Vordergrund reicht. Hier ift links ein Kahn gelandet und rechts zieht fich das fchilf- bewachfene Ufer in die Ferne. Alles ift in warme Abend- fonne getaucht, nur rechts thürmen fich einige dunkle Wolken über dem freundlichen Bilde des fommerlichen Feierabends, das Waagen zur Bewunderung von Dürers Vielfeitigkeit hinreifst und zu einem Vergleiche deffelben mit Artus van der Neer, bei welchem dem alten deutfchen Meifter noch ein Ueberfchufs an eigenthümlicher Poefie zu Gute kömmt. Dürer hat unten hin gefchrieben „Weier Haws"; es ift daffelbe, welches auf dem Kupferftiche der Madonna mit der Meerkatze im Gegenfinne wiederkehrt, und man ift ver- fucht das Aquarell für ein Vorftudium zu dem Stiche zu nehmen; nur erfcheint das Häuschen dort von gröfserer Ferne mehr in der Darauffticht genommen und weit mehr in's Detail durchgeführt.

Obwohl in den meiften diefer Darftellungen Baulich- keiten und menfchliche Wohnungen mehr oder minder in den Vordergrund treten, kann doch von der fpäter in Auf- nahme gekommenen Art der Architekturmalerei hier nicht die Rede fein, und ebenfo wefentlich unterfcheiden fich Dürers Aufnahmen von den trockenen Städtebildern Wol- gemuts in der Schedel'fchen Weltchronik. Es find nicht monumentale Bauten, fondern fchlichte ländliche Gebäude, einzeln oder in Gruppen und fo einheitlich mit der fie um- gebenden Natur verbunden, als wären fie gleich den Bergen, Bäumen und Büfchen nothwendig aus dem Boden empor- gewachfen. Wie die Wohnungen des Menfchen einer Gegend erft Sinn und Bedeutung geben, wie die Spuren feiner Thätig- keit der Landfchaft erft ihr trauliches Ausfehen verleihen,

ſo faſst auch Dürer alles Naturleben von jenem weiteren
Geſichtspunkte, nach welchem das Treiben der Menſchen
mitten hineinfällt. Nur aus der innigen Berührung Beider
entſpringt ihm die gemüthliche Stimmung, die ihn zum
Schaffen anregt. Daraus erklärt ſich wohl der Umſtand,
daſs Dürer zwar in der ziemlich einförmigen Umgebung
ſeiner Vaterſtadt, nicht aber innerhalb deren · Ringmauern
willkommenen Stoff für ſeine Aufnahmen findet. Die einzige
uns vorliegende Ausnahme bildet in dieſer Beziehung eine
leicht colorierte Federzeichnung der Albertina, und dieſe
bekräftigt eher jene Beobachtung, denn ſie ſtellt nur das
eine Ende der Stadt dar, dort wo die Pegnitz unter den
Mauern in's Freie hinaustritt. Es iſt die Anſicht des alten
Trockenſtegs beim Hallerthürlein, einer wohlgefugten, bedeckten Holzbrücke, an deren Stelle heute ein Kettenſteg
läuft, aufgenommen vom linken Ufer an der Stelle des
Unſchlitthauſes. Hinter der Brücke erhebt ſich noch über
dem Pfeiler in der Mitte des Flüſschens der ſpäter abgetragene
Schleierthurm, von dem nach beiden Seiten die Caſematten
der Frohnfeſte über die Bogenwölbungen hinlaufen. Am
andern Ufer ſieht man eine Mühle zwiſchen hohen, dichten
Baumgruppen, überragt von einem ſchlanken Thorthurme in
weiterer Ferne. Aufſerordentlich treu iſt bei ſo geringen
Mitteln das flieſsende Waſſer mit der Spiegelung unter den
Schwibbögen der Stadtmauer wiedergegeben.

Ungleich breiter, als bei allen bisher erwähnten Landſchaften Dürers iſt die Behandlung einer Farbenſkizze in
der Sammlung Poſonyi-Hullot, jetzt im k. Muſeum zu Berlin.
Blos mit dem vollen Pinſel iſt in einigen, meiſt bräunlichen
Tönen ein ſeichtes, fränkiſches Thal hingeworfen, das ſich
endlos gegen links vertieft; gegen rechts ſteigen die Abhänge
höher auf, und da liegt in der Thalſohle unten ein Dörfchen
umgeben von Bäumen, deren andere auch einzeln hin und wieder
ſtehen. Die Aufnahme von einem erhöhten Ausſichtspunkte
muſs das Werk eines Augenblickes geweſen ſein, daſs die
Farbe kaum Zeit hatte vor der Vollendung zu trocknen. Der

Meister verfuchte hier an einem gröfseren Ganzen die rein malerifche Auffaffung, die er fonft auf kleinere Einzelftudien angewendet hat. Wenn es noch eines Beweifes bedürfte, dafs Dürer ein Landfchafter im modernen Sinne, dafs er es mit Bewufstfein und in grofsem Mafsftabe gewefen fei, diefe Skizze könnte uns davon überzeugen.

Im Allgemeinen find die breit behandelten, weniger lebhaft gefärbten Landfchaftftudien jünger als die bunteren, forgfältig ausgeführten, die an Miniaturtechnik ftreifen. Doch reicht auch die Entftehung der flüffig lavierten Aquarelle nicht weit über den Anfang des XVI. Jahrhunderts herauf. Zu den fpäteften gehören bereits jene landfchaftlichen Skizzen, die mit einer Jahreszahl bezeichnet find; fo im Britifchen Mufeum eine mächtige, braune Felspartie von 1506, und in der Sammlung Hausmanns eine Felswand mit unbelaubtem Strauchwerk, blofs in Tufche und Biefter mit dem Pinfel angelegt, von 1510. Eine ähnliche Felfenpartie in der Kunfthalle zu Bremen zeigt diefelbe Behandlung, aber noch in mannigfacherer Abtonung von Röthlich, Grünlich, Gelb und Grauweifs; rechts oben entfpringt eine Quelle, hie und da ift der Grund mit einzelnen Bäumen beftanden; darüber von Dürers Hand: „Steinpruch". Die gleiche Auffchrift trägt in derfelben Sammlung ein anderes Blatt, blos leicht mit der Feder in fchwarzer Tufche gezeichnet und dann mit dem Pinfel leicht übergangen, wobei die Tufche ins Fliefsen kam. Bemerkenswerth ift die Vorliebe Dürers für fchroffe Felsabhänge. Das Aufragen der unwandelbaren Steinmaffen wie die Regellofigkeit ihrer fcharfen Kanten ftimmen gut zu der kühnen, immer beharrlichen und doch bizarren Gemüthsart des Meifters. Unabläffig fucht er diefen Formen beizukommen von dem noch etwas gefchnörkelten Reifeftudium, das wir oben abgebildet haben, bis zu dem erft erwähnten Steinbruche, in welchem der natürliche Charakter der Bruchflächen meifterhaft wiedergegeben ift. In feinen Compofitionen bringt er Steine und Felfengehänge gerne an und nicht leicht hat es ihm jemand in der Wiedergabe derfelben zuvor-

gethan. Aus dem Jahre 1510 ftammt noch eine forgfältige
Federzeichnung, jetzt im Befitze des Malers Léon Bonnat
in Paris. Sie ftellt ein Dörfchen mit einem Kirchthurme
aus der Umgebung von Nürnberg dar, in der Mitte ein
Teich mit Gänfen. Es ift nach allen Regeln der Perfpective
aufgenommen und zeigt darin, im Vergleich zu allen älteren
Zeichnungen, eine bewufste Sicherheit. Das Blatt ift qua-
driert, hat links in halber Höhe den Augenpunkt mittelft
eines Ringleins angegeben und führt von Dürers Hand die
Ueberfchrift: „hab acht auffs awg".

Je weiter Dürer auf der Bahn feiner Entwickelung vor-
fchreitet, je mehr er fich dem Höhepunkt feiner Geftaltungs-
kraft nähert, defto mehr tritt das Studium der Landfchaft
für ihn in den Hintergrund. Nicht als hätte er je aufgehört
ihren Reiz, ihre Berechtigung in der Kunft zu empfinden —
noch auf der Niederländifchen Reife 1520 findet er, die Stadt
Mittelburg „war köftlich zu konterfeien" — aber die lyrifche
Stimmung hält nicht mehr vor, feit fein Schaffen die Richtung auf die höchften Ideen der Menfchheit genommen hat.
Dabei kommt die ganz nationale Forfchernatur Dürers in
Betracht, der fich ftets neue Probleme ftellt und nicht ruht
bis er nach dem Ausmafse feiner Kraft das Möglichfte zu
ihrer Löfung gethan zu haben glaubt. So fcheut er denn
keine Mühe und nicht die kleinlichfte Nachbildung der Natur,
bis er meint fie erreicht zu haben. Dann zieht er nicht
mehr mit Pinfel und Malkaften aus, er begnügt fich, blofs
mit der Feder und dem Metallftift Anfichten feftzuhalten,
was ihm in früheren Jahren nur ausnahmsweife genügte z. B.
in der Federzeichnung nach einer Waldpartie am Schmaufen-
buck bei Nürnberg, wo vorne zwei Mönche an der ftein-
umkleideten Quelle fitzen; jetzt in der Sammlung des
Herrn J. K. Klinkofch. Nachdem er fich der einmal
errungenen Herrfchaft auf dem Gebiete der Landfchaftsmalerei bewufst ift, dünkt es ihm eben leicht, jede
noch fo kahle Skizze in ihr farbiges Gewand zu kleiden.
Zu Urkund deffen hat er feine Erfahrungen felbft in einem

Büchlein über das Landfchaftmalen niedergelegt. Leider blieb uns daffelbe nicht erhalten, und wir wiffen von feiner Exiftenz blos aus Pirkheimers Nachfchrift zur „Proportionslehre".

Dürer war fich wohl bewufst geworden, dafs er den Charakter der Landfchaft nur durch Erforfchung der Einzelformen ergründen, dafs er deren Stimmungen nur mittels der Farbe nachempfinden könne. In diefem Sinne gab er fich mit ganzem Herzen dem Studium der Natur hin. Mit Vorliebe verwendete er, namentlich in feinen früheren Werken, landfchaftliche Hintergründe, wo der Gegenftand und der Gefchmack der Zeit es nur immer geftattete. Hatte die Darftellung der blofsen Landfchaft auch noch keinen Markt, für Dürer hatte diefelbe bereits eine ganz felbftändige Berechtigung. Wie mächtig mufste der Drang dazu in ihm fein, wenn er fich ohne Ausficht auf Entgelt ihrem Studium fo eifrig hingab zu einer Zeit, da er noch gar fehr auf Erwerb angewiefen war. Die hohe Schule feiner Ausbildung zum Landfchafter war aber feine Wanderfchaft, auf welcher er nothwendig in fteter Berührung mit der freien Natur blieb. Es muthet uns eigenthümlich an, wenn wir uns denken, wie der deutfche Jüngling fröhlich über Berg und Thal dahinzog, Herz und Auge offen für jeden neuen Eindruck; und ift der Fufs ermüdet oder hat ihn der letzte Anblick hingeriffen, dann giebt's eine Raft, und aus jeder Raft wird ein Bild. Unzählige Menfchen find vor Dürer fchon deffelben Weges gezogen, keiner aber vor ihm hatte das Auge, diefe Formen und Farben zu fehen, keiner die Hand, fie auf einem Blättchen feftzuhalten. Wenn dies den fpäter Nachfolgenden leichter gelang, fo hat Dürer ein wefentliches Verdienft daran; er ift der Begründer der felbftändigen, modernen Landfchaftsmalerei.

Nach folchen Vorftudien, von denen gewifs nur der kleinere Theil bis auf uns gekommen ift, werden wir den Reichthum von landfchaftlichen Motiven begreifen, den Dürer über feine hiftorifchen Compofitionen nur fo ausgeftreut hat.

Sie verleihen feinen Gemälden, wie feinen Holzſchnitten und Kupferſtichen keinen geringen Reiz; fie bilden auch jenen Theil derſelben, der überall und bei jeder Geſchmacksrichtung ungetheilte Bewunderung fand, und nirgends mehr als bei den gleichzeitigen italieniſchen Meiſtern, die ſich vielfach und bis zu Raphael hinauf in der Benutzung und Entlehnung von Dürers Landſchaften gefielen. Faſt ein Jahrhundert früher ſchon hatten Hubert und Jan van Eyck damit begonnen, die Hintergründe ihrer Gemälde der Natur zu entlehnen, ſtatt dieſelben mit Gold auszufüllen. Dürer ging einen Schritt weiter, indem er der wirklichen Landſchaft bis in's Einzelne getreulich nachfolgte und ſie zuerſt zu einem beſonderen Gegenſtande ſeiner Darſtellung machte, wenn auch mehr nur für ſich, als für Andere. In völliger Selbſtvergeſſenheit und ſo unbedingt hat er ſich an die Natur hingegeben, daſs heute noch der Beſchauer ſeine Landſchaften ihm ohne allen Vorbehalt nachempfinden kann. Von ſeinen Nachfolgern in Oberdeutſchland hat blos Albrecht Altdorffer eine Zeit lang ſeine Bahn weiter verfolgt, die ſpäteren Nürnberger Meiſter, wie Hirſchvogel, Lautenſack u. A., verfielen alsbald der Manier; und mehr als ein Jahrhundert muſste vergehen, bevor die Niederländer auf die ſchlichte Naturanſchauung Dürers zurückkamen, um dann auf dem Gebiete der Landſchaftsmalerei das Höchſte zu leiſten.

VI.

Heirath und Hausstand.

 ÜRERS perfönliche Erfcheinung
während der Wanderfchaft ift uns
in feinem Selbftbildnifs vom Jahre
1493 erhalten. Goethe fah in der
Sammlung des Hofraths Beireis in
Helmftädt ein Bild, von dem er in
feinen Annalen von 1805 folgende
Befchreibung giebt: »Unfchätzbar
hielt ich Albrecht Dürers Porträt,
von ihm felbft gemalt, mit der Jahrzahl 1493, alfo in feinem
zwey- und zwanzigften Jahre, halbe Lebensgröfse, Bruftftück,
zwey Hände, die Ellenbogen abgeftutzt, purpurrothes Mütz-
chen mit kurzen, fchmalen Nefteln, Hals bis unter die
Schlüffelbeine blofs, am Hemde geftickter Oberfaum, die
Falten der Aermel mit pfirfichrothen Bändern unterbunden,
blaugrauer, mit gelben Schnüren verbrämter Ueberwurf, wie
fich ein feiner Jüngling gar zierlich herausgeputzt hätte, in
der Hand bedeutfam ein blaublühendes Eryngium, im
Deutfchen Mannestreue genannt, ein ernftes Jünglingsgeficht,
keimende Barthaare um Mund und Kinn, das Ganze herrlich
gezeichnet, reich und unfchuldig, harmonifch in feinen Theilen,

9*

von der höchſten Ausführung, vollkommen Dürers würdig,
obgleich mit ſehr dünner Farbe gemalt, die ſich an einigen
Stellen zuſammengezogen hatte« [1]). Das »auf ein dünnes
Brett gemalte« Bildniſs, welches Goethe ſah und ſo beſchreibt,
war nur eine flaue Copie aus dem Ende des ſechzehnten,
Anfang des ſiebzehnten Jahrhunderts, vermuthlich eine Nürnberger Fälſchung und befindet ſich gegenwärtig im Leipziger
Muſeum. Das Original, ſeit 1882 im Beſitze des H. Eugen
Felix in Leipzig, war urſprünglich auf ein groſses Per-
gamentblatt gemalt. Wegen groſser Schadhaftigkeit ward
daſſelbe ſchon in den vierziger Jahren, damals im Beſitze
des Arztes Habel zu Baden in Niederöſterreich, durch Erasmus
Engert in Wien vom Pergament abgelöſt und auf eine feine
Leinwand übertragen, die wiederum auf eine ſtärkere Spann-
leinwand aufgezogen iſt. Dabei iſt das Bild gründlich reſtauriert
worden. Blos der untere Theil mit den Händen zeigt noch
die urſprüngliche Malweiſe, breit und flüſſig bei kräftiger
Vorzeichnung. Der Kopf dreiviertel rechtshin gewandt, hat
genau dieſelbe Stellung, wie auf dem Selbſtbildniſſe des
Knaben von 1484, iſt jenem auch noch ſehr ähnlich, zumal
da die blonden Haare noch in derſelben Weiſe in ungleichen
Partien abgeſtuft am Halſe herabhängen; die aus den Winkeln herausblickenden Augen haben leider ſehr gelitten.
Dagegen ſprieſst ein leichter Flaum um Kinn und Lippen,
deren beſtimmtere Formen mit dem bereits ſtark ausladenden
Naſenrücken mehr an das ſpätere Porträt von 1497 erinnern.
Auf dem Kopfe trägt Dürer hier eine niedrige rothe Kappe,
die rückwärts herabhängt und am Scheitel einen gefranſten
Quaſt bildet. Ob ſich daraus ſchlieſsen läſt, daſs das Bild
identiſch ſei mit demjenigen, welches die älteren Inventare
der Imhoff'ſchen Sammlung alſo beſchreiben: »Albrecht
Dürers Contrafect macht er 1492, hat auf dem Kopf ein
alte Kappen«, können wir nicht entſcheiden, doch wäre eine

---

1) Vergl. Meuſel, Archiv f. Künſt-   und v. Eye a. a. O. 81.
ler, 1803, I, 162. Heller, S. 176,

Verleſung von 2 ſtatt 3 in der Jahreszahl keine zu kühne
Annahme.

Wo Dürer dies merkwürdige Selbſtbildniſs gemalt hat,
wiſſen wir nicht. Auf keinem ſeiner übrigen Porträte erſcheint er ſo ſorgfältig gekleidet, ſo ſchmuck herausgeputzt.
Das ſtark ausgeſchnittene Hemd iſt unterhalb des gold-
geſtickten Saumes wohl gefältelt und mit Querbändern
unterſchnürt, die graue Jacke mit gelben Borten doppelt
verbrämt, die Aermel geſchlitzt und vorne roth ausgeſchlagen
— die gewöhnliche Stutzertracht jener Tage, die nur an
dem wandernden Malergeſellen auffallend erſcheinen mag.
Zu ſolchem Luxus fand ſich nicht allerwärts die Gelegenheit,
und es wäre vielleict doch möglich, daſs das Bildniſs ſchon
in Venedig entſtanden ſei, wo Dürer ja bekanntlich auch
im Jahre 1506 ſich in der Anſchaffung modiſcher Kleidungs-
ſtücke gefiel. Laſſen wir indeſs den Ort der Ausführung
dahingeſtellt, ſo können wir die Frage nicht umgehen, welche
Veranlaſſung Dürer wohl zu dieſer ſorgfältigen Darſtellung
ſeiner ſelbſt gehabt haben möchte. Und in dieſer Hinſicht
ſcheint uns doch das Bild ſelbſt ein Stück von der Geſchichte
ſeiner Entſtehung zu erzählen. Der jugendliche Stutzer hält
in ſeiner Hand ein blaublühendes Eryngium und zu ſeinen
Häupten ſteht neben der Jahreszahl 1493 in gothiſchen
Lettern der Spruch:

„Mÿ ſach dir gat, Als es oben ſchtat.‟

Damit empfiehlt der Jüngling ſein Schickſal dem Himmel.
Sollte das Bildniſs nicht vielleicht doch eine Beſtimmung
gehabt haben, die über das Gefallen des jungen Dürer an
ſeiner eigenen Perſönlichkeit hinausging? Unwillkürlich
verfällt man auf dieſen Gedanken, wenn er uns berichtet,
wie er auf Geheiſs ſeines Vaters gegen Ende des Monats
Mai 1494 zurückkehrte, und dann fortfährt: »und als ich
heimgekommen war, handelte Hans Frey mit meinem Vater
und gab mir ſeine Tochter, mit Namen Jungfrau Agnes, und
gab mir zu ihr 200 Gulden und hielt die Hochzeit, die war
am 14. Juli im 1494. Jahr«. So trocken und geſchäftsmäſsig

auch in jenen Tagen solche Familienverbindungen abgemacht
wurden, der Zeitraum von einigen Wochen zwischen Dürers
Heimkehr und seiner Heirath dürfte kaum genügt haben,
die Angelegenheit auch nur zwischen den Vätern zu ordnen.
Die Annahme liegt somit nahe, dass schon in Dürers Ab-
wesenheit der bedächtige Vater die Unterhandlungen mit
Hans Frey angeknüpft und den Sohn eben heimgerufen
habe, als dieselben dem Abschlusse nahe waren. Das Selbst-
bildniss Dürers von 1493 mochte den Zweck haben, die
Werbung des Vaters zu unterstützen, indem es theils die
Kunstfertigkeit des Wandernden bezeugen, theils der Braut
seine Züge in's Gedächtnis zurückrufen konnte. Darum also
der vertrauensvolle Spruch, die symbolische Blume, heute
noch »Mannestreu« genannt, und vielleicht auch die für ein
so grosses Gemälde [1]) ganz ungewöhnliche Ausführung auf
einem Pergamentblatte, das sich leichter heimsenden liess,
als eine hölzerne Tafel.

Der »pergamentene Heirathsbrief«, dessen bei der Ver-
lassenschaftsabhandlung Dürers im Jahre 1530 Erwähnung
geschieht, ist zwar bisher nicht wieder aufgefunden worden;
doch hatte der Vater gewiss allen Grund, sich und seinem
Sohne zu der vortheilhaften Familienverbindung Glück zu
wünschen. Die Frey waren keine Handwerkerfamilie, vielmehr eines jener »ehrbaren« handeltreibenden Geschlechter
Nürnbergs, die zwar keinen Theil an der oligarchischen
Regierung der Stadt hatten, doch aber von den Rathsfähigen
vielfach als ebenbürtig angesehen wurden [2]). Hans Frey selbst
war ein angesehener, vermögender Mann, der liegende Güter
in und ausserhalb der Stadt, u. a. eine Hofstatt beim Wöhrder
Thor besass. Seine Frau Anna, Agnes' Mutter, stammte
aus einem der vornehmsten, rathsfähigen Geschlechter, sie
war eine Tochter Wilhelm Rummels und der Kunigund
Hallerin. Wie bedächtig aber auch der Vater Dürer an die

---

1) Höhe Meter 0.565. Br. 0.445.   für Kunde deutscher Vorzeit, 1866,
2) G. W. K. Lochner, Anzeiger   Sp. 57.

Ehewerbung ging, kaum wäre er damit fo leicht zum Ziele gelangt, ohne dafs die treffliche Perfönlichkeit des Sohnes ihm vorgearbeitet hätte. Wenn nicht bei Tanz und frohen Feften, fo konnte Dürer feine künftige Braut leicht in nächfter Nachbarfchaft kennen gelernt haben, denn täglich führte ihn fein Weg in die Stadt am Haufe des Sebald Frey, Hanfens Vetter, vorbei, wo Agnes zweifelsohne auch aus- und einging. Als diefer ihr Ohm ftarb, vermachte er feinem Vetter und deffen beiden Töchtern auch ein Legat, das indefs von zweifelhaftem Werthe gewefen fein mufs, denn nachdem Hans Frey darauf Verzicht geleiftet hatte, erfchien er am 14. Mai 1498 mit feinen beiden Töchtern, Agnes, Albrecht Dürers Gattin, und Jungfrau Katharina Freyin, auch Albrecht Dürer, feinem Eidam, vor Gericht und begab fich deffelben fammt feinen Erben zu Gunften der Wittwe Brigitta [1]).

Dürers Schwäher fcheint nach allem, was wir von ihm wiffen, kein gewöhnlicher Alltagsmenfch gewefen zu fein; nur dafs es ihm nicht gelang, feiner lebhaften Phantafie und feinem Thätigkeitstrieb eine beftimmte Richtung zu geben. Gerade die günftigen äuferen Verhältniffe, aus denen er herauswuchs, verbunden mit der gefellfchaftlichen Zwitter-ftellung feiner Familie, fcheinen das Unftäte feiner Natur nur noch gefteigert zu haben. Bei aller Vielgefchäftigkeit mochte er in keinem Wirkungskreife dauernde Befriedigung finden; dafür aber erwarb er fich in hohem Grade die Achtung und das Vertrauen feiner Mitbürger. Nachdem er im Jahre 1496 Genannter des gröfseren Rathes geworden war, übertrug man ihm das einträgliche Amt eines Haus-wirthes oder Hausvogtes auf dem Rathhaufe, welches er aber nach kurzer Zeit 1501 wieder aufgab. Als Wilhelm Schlüffel-felder, den Mathäus Landauer teftamentarifch zum Pfleger des von ihm geftifteten Zwölfbrüderhaufes zu Allerheiligen beftimmt hatte, diefes Amt ablehnte, wurde daffelbe am

---

1) Nürnberger Stadtarchiv, Litterae 3, fol. 14a.

5. März 1515 vom Rathe Hans Frey übertragen, aber von
ihm gleichfalls abgelehnt. Dafür liefs er fich am 3. December
deffelben Jahres bereit finden, die Verwaltung des Bettel-
ftockes am Schuldthurm unentgeltlich zu übernehmen, deffen
Schlüffel dann Wilibald Pirkheimer im Auftrage des Rathes
dem bisherigen Oberbettelrichter abnahm und ihm an-
vertraute. Merkwürdiger als diese urkundlichen Nachrichten
ift der Umftand, dafs Hans Frey im Jahre 1507 als Reifiger
unter dem kleinen Heerhaufen erscheint, den der Rath zu
Maximilians beabfichtigtem Römerzuge abfchickte [1]). Auch
Dürer gedachte ja im Jahre 1506 fich dem damals fchon
erwarteten Krönungszuge nach Rom anzufchliefsen [2]). Für
den fchon nicht mehr jugendlichen Hans Frey aber mag
die jedenfalls freiwillige Betheiligung an dem Unternehmen
immerhin fo auffallend erscheinen, dafs man faft an eine
andere gleichnamige Perfönlichkeit zu denken verfucht wäre.
Vielleicht bringt aber gerade diefe Nachricht einen ver-
vollftändigenden Zug zu dem Bilde des Mannes, deffen abfonderliche Gemüthsart nicht ganz ohne Einflufs auf Dürer
geblieben fein mag.

Hans Frey war ein Mann von den mannigfachften
Fähigkeiten, und nur die Art, wie Neudörffer über feine
Liebhabereien berichtet, hat Spätere dazu verleitet, ihn für
einen Mufikanten und Mechaniker von Proffion zu halten.
Jener berichtet nämlich: »er fei in allen Dingen erfahren
gewefen, er verftand fich auf Mufik und war berühmt als
guter Harfenfchläger. Gefchickt wufste er das Waffer mit
Luft in die Höhe zu bringen; er machte aus Kupfer allerlei
Bilder, Manns- und Weibsperfonen, die waren inwendig hohl
und alfo durch's Gebläs' zugerichtet, dafs das eingegoffene
Waffer ihnen zum Kopf herausfprang und an anderen Orten
mehr in die Höhe; und jedermann konnte folchen Brunnen
tragen und mitten in feinen Saal fetzen und zu zierlichen

---

1) Baaders Bericht im Anzeiger f.   2) Dürers Briefe 15.
Kunde d. Vorzeit 1870, Sp. 42.

Ehren gebrauchen, wie denn bei Herrn Hans Ebner noch
einer zu fehen ift.« Es fcheint dies eine verbefferte Art
von Heronsball gewefen zu fein. Dürer verfchmähte es
nicht, feinen Schwiegervater bei folchen wunderlichen Spielereien zu unterftützen, indem er ihm Entwürfe zu folchen
Brunnenfiguren lieferte. Dahin gehört wohl die colorierte
Federzeichnung eines rüpelhaft grinfenden Gänfemännchens,
das über einer Brunnenfchale fitzend aus Mund und Aug
und Ohren Waffer fpeit, fowie die Gans in feinem Arm
und der Frofch neben ihm. Erft ein Menfchenalter fpäter
etwa hat Pankraz Labenwolf denfelben Gedanken in einer
ftehenden Figur mit zwei wafferfpeienden Gänfen für den
Brunnen hinter der Frauenkirche in Bronze ausgeführt —
ein Wahrzeichen von Nürnberg [1]). Ungleich gefchmacklofer
in feiner Ueberladung erfcheint ein anderer Tafelauffatz
diefer Art mit mannigfachen bildlichen Darftellungen auf
Fufs und Deckel und mit kreuz und quer fchiefsenden
Wafferftrahlen. Es giebt zwei grofse farbige Federzeichnungen diefes Brunnens, der, zu oder nach einem Werke
des alten Frey gemacht, uns einen Begriff von der Art
diefer Tändelei geben mag; weder die eine in der Albertina, noch die andere im Britifchen Mufeum ftammen von
Dürers Hand felbft her, fondern find im beften Falle Ge-
fellenarbeit aus den erften Jahren feiner Werkftatt.

Was die Ausübung der Mufik anbelangt, fo mag Hans
Frey wohl in jüngeren Jahren als Citharödus oder Harfen-
fpieler in der Frohnleichnamsproceffion mitgezogen fein,
vielleicht auch feine Kunft bei ähnlichen kirchlichen Feier-
lichkeiten ausgeübt haben, ficher aber nicht bei anderen
öffentlichen Anläffen. Um fo eifriger vermuthlich pflegte
er die Tonkunft im Kreife der Freunde und der Familie

---

1) Jene Skizze befindet fich in der
Ambrafer Sammlung in Wien, ift
ziemlich breit und kräftig auf Papier
mit dem Wafferzeichen des Ochfen-
kopfes ausgeführt und erinnert in dem
vegetabilifch verfchnörkelten Sockel
der Brunnenfchale noch an Wolgemuts alte Weife. Freih. v. Sacken:
Mittheilungen der Wiener Centralcommiffion Bd. VIII, S. 128, Nr. 10.

und weckte dadurch auch in Dürer den Sinn für musikalische
Genüsse, den der Meister bei seinem Aufenthalte in Antwerpen 1520—21 durch seine besondere Aufmerksamkeit für
die besten Lautenschläger daselbst an den Tag legt. Vielleicht
gestattet uns das Zusammentreffen verschiedener Anhaltspunkte, in der phantastischen Darstellung eines geflügelten
Lautenschlägers von Dürers Hand aus dem Jahre 1497 ein
Bildnifs seines Schwähers zu vermuthen [1]. Ein älterer, hagerer,
bartloser Mann mit kurzem Kraushaar über der mächtigen
Stirn, mit langer, spitzer Nase und tiefliegenden Augen blickt
dort wie lauschend nach links hinab, indefs seine Finger
sehr kunstgerecht die Saiten rühren; obwohl ursprünglich in
den Umrissen sitzend entworfen, steht die Figur nun an einer
Mauerbrüstung, auf welche die Laute gestützt ist, angethan
mit einem eigenthümlichen, weiten, gegürteten Talar, um
den Scheitel wulstförmig ein Tuch geschlungen. Ueber den
Schultern erhebt sich ein mächtig entfaltetes Flügelpaar. So
märchenhaft die ganze Erscheinung ist, die vielleicht einem
Scherze ihr Dasein verdankt, ähnlich demjenigen, den Goethe
von seiner Mignon erzählt, sie macht doch einen düsteren Eindruck, und unverwischbar scheint der schwermüthige Zug um
die Lippen dieses sonst edel gebildeten Antlitzes zu lagern.

Hierzu muss bemerkt werden, dafs ja die Entstehung
dieser trefflichen Zeichnung in das Jahr fällt, welches dem
Erscheinen der Apokalypse voranging. Damals schuf also
Dürer für die Würgengel jene gewaltigen, knochigen, bart-
losen Männergestalten, die wir aus seiner Holzschnittfolge
zuerst kennen lernen. Es bleibe dahingestellt, ob dieses
Porträtstudium auf dem Wege zur Auffindung jener Typen
entstanden ist, oder ob seine seltsame Ausstattung dem im
Geiste Dürers bereits fertigen Typus jener Männerengel
ihren Ursprung verdankt. Der innere Zusammenhang beider
Ideen steht wohl aufser Zweifel.

---

1) Die ausgeführte, weifs gehöhte   in der Gazette des Beaux-Arts 1877.
Silberstiftzeichnung ist im Besitze des   II. 217. und Dürer-Quantin, Taf. zu
Mr. W. Mitchell in London. Abbild.   S. 59.

Schwerer freilich wäre es, die oben angenommene Identität des für die Zeichnung Mr. Mitchells benutzten Modelles mit Hans Frey zu erweisen. Gleichwohl dürfte es nicht nutzlos gewesen sein, urkundliche und künstlerische Thatsachen ohne Zwang und ohne Tendenz so aneinander zu reihen, wie sie sich einer längeren Prüfung nach beiden Richtungen darboten. Mag dann auch das Bild, das sich uns von Dürer und den ihm nahestehenden Persönlichkeiten ergiebt, hie und da verzeichnet und unklar sein, der Grundton, der dem Ganzen die richtige Haltung giebt, dürfte darum doch gegetroffen sein. Jedenfalls entspricht diese Art des Vorgehens der Lückenhaftigkeit unserer Quellen, die uns immer wieder in die Alternative versetzt, zwischen farbloser Bestimmtheit und bunt aufgetragener Unzuverläßigkeit zu wählen, da doch eines so wenig wie das andere uns allein befriedigen kann.

Jedenfalls macht das, was wir von Hans Frey wissen, nicht den Eindruck, als wäre er vorzugsweise auf Mehrung seines Besitzes bedacht gewesen. Gleichwohl hinterließ er bei seinem Tode am 21. November 1523 seinen beiden Töchtern Agnes, Dürers Frau, und der jüngeren, seither mit Martin Zinner vermählten Katharina ein nicht unbedeutendes Vermögen, darunter eine in einem bürgerlichen Nachlasse jener Zeit ungewöhnlich große Barschaft von 455 Gulden. Aus »einer freundlichen, gütlichen Theilung« des väterlichen Erbes, welche die beiden Schwestern dem Testamente gemäß am 14. December 1523 »im Beisein und mit gutem Willen« ihrer Ehewirthe mit einander vereinbarten, geht hervor, daß die Dürerin bereits namhafte »Vorschickung«, d. h. Herauszahlungen bei Lebzeiten des Vaters, erhalten hatte. Von einer Summe von 1117 Gulden wurden ihr daher nun blos 370, der Schwester aber 747 Gulden zu Theil [1]).

Dürer mag somit von seinen Schwiegereltern stets thatkräftige Förderung erhalten haben, wie er denn auch in innigem Einvernehmen mit ihnen gestanden zu haben scheint.

---

[1]) Nürnberger Stadtarchiv, Conservat. 31, fol. 113 b.

Sorgfältig verzeichnet er den Tod »seiner lieben Schwieger
der Hans Freyin« am 29. September 1521, wie den »seines
lieben Schwähers, der bei sechs Jahre krank war und der
auch in der Welt ganz unglaubliche Widerwärtigkeiten er-
duldet hat« [1]). Von der am 16. Juni 1520 gegebenen
Erlaubniß, daß es von den »Ehrbaren« jedem, der es be-
gehre, gestattet sein solle, sich einen eigenen Grabstein auf
den St. Johannisfriedhof zu legen, hatte Hans Frey beim
Hinscheiden seiner Gattin Gebrauch gemacht. Heute noch
trägt der Stein neben der Inschrift »Der Freyen Begrebtnuß«
und der Jahreszahl 1521 das Allianzwappen der Frey und
der Rummel. Er deckt die jetzt mit Nr. 649 bezeichnete
Gruft, welche durch die Bergung auch von Dürers sterblichen Ueberresten berühmt werden sollte.

Außer den genannten Töchtern hatte Hans Frey keine
leiblichen Nachkommen; jedenfalls überlebten ihn nur diese.
Katharina, die jüngere der beiden Schwestern, heirathete
erst nach 1503 den, wie es scheint, vermögender Wittwer
Martin Zinner, dessen Gewerbe nicht bekannt ist; doch war
in seiner Familie das Handwerk der Blechschmiede üblich.
Am 1. April 1513 wurde er Gassenhauptmann; und er ist
wohl überall dort gemeint, wo Dürer von seinem Schwager
spricht, z. B. im ersten Briefe aus Venedig [2]), wo er der
Dürerin mit Geld aushelfen soll. Katharina, deren Ehe gleich
der ihrer Schwester kinderlos blieb, ward noch früher Wittwe
als Agnes, von der sie auch das Dürer'sche Haus erbte.
Beim Verkaufe dieses Hauses, am 9. Mai 1542, wird ihr
Name das letztemal genannt [3]). Wenn Familienähnlichkeit
nicht trügt, so läßt sich unter den Porträtzeichnungen Dürers
das Bildniß seiner Schwägerin Katharina noch herausfinden.
Eine solche aus dem Jahre 1503 bewahrt das Kupferstich-
kabinet des Berliner Museums; es ist der Kopf eines jungen,

1) Dürers Briefe etc. S. 75. Lochner im Anzeiger f. Kunde d. Vorz.
1866. S. 57, und Personennamen in
Dürers Briefen aus Venedig, Nürn-

berg 1870. S. 12 ff.
2) Dürers Briefe 4, 23.
3) Lochner, Personennamen 20 ff.

lächelnd rechtsblickenden Weibes, mit der Kohle entworfen. Trotz einiger Fülle des Gesichtes sind Mund und Nase fein gezogen; sehr auffallend aber erscheinen die schwer herabsinkenden Augendeckel [1]). Und diese selbe Eigenthümlichkeit kehrt in dem lebensgrosen Kopfe einer ziemlich beleibten älteren Frau auf einer Dürer'schen Zeichnung im Britischen Museum wieder. Auch hier erscheinen die Lider wie gelähmt, die Augen fast geschlossen. Hier wie dort ist offenbar dieselbe Persönlichkeit dargestellt, nur gealtert, denn die freilich sehr schadhafte Londoner Kreidezeichnung auf grünem Papier trägt die Jahreszahl 1522, daneben eine Inschrift, die aber gerade an der entscheidenden Stelle unlesbar bleibt. Die Aehnlichkeit mit Dürers Frau ist so gros, dass Woltmann mit Hülfe jener verstümmelten Inschrift hier geradezu diese selbst zu erkennen glaubte [3]). Vielleicht also ist es deren Schwester Katharina. Dass es sich nämlich hier um eine verwandte oder sonst nahestehende Frau handelt, verräth theils die Wiederholung des gleichen Bildnisses nach zwanzig Jahren, theils die verstümmelte Inschrift der Londoner Zeichnung [4]), theils auch das Wiederkehren derselben müden Augenlider auf dem Bildnisse eines halbwüchsigen Mädchens im Berliner Museum [5]). Dieses lebensgrose, ungemein treu und wahr aufgefasste Brustbild, mit Kohle gezeichnet, trägt allerdings die Jahreszahl 1515. Das pausbackige Mädchen mit dem breiten Stirnband und den dünnen Zöpfen ist somit eine von jener Frau verschiedene Person; doch deutet schon der etwas ungeordnete Anzug auf keine Fremde, und vollends

---

1) Abbildung in der Gazette des Beaux-Arts, 1878. I. 247.

2) Bl. 49 des Sammelbandes.

3) Waagen, Treasures of Art I. p. 230. Woltmann, Jahrbücher für Kunstw. IV. 249. Dem widerspricht aber gerade das Hauptmerkmal jenes Kopfes, die über den Augapfel herabgesunkenen Lider, die ein vollkommenes Aufschlagen des Auges gar

nicht zuzulassen scheinen; während Agnes gerade in den besten Bildnissen mit weitgeöffneten Augen herausschaut.

4) „ hab .. Albrecht Dürer noch .... hausfrawen conterfett.

5) Abbildung in kleinerem Massstabe in unserer französischen Ausgabe, Tafel zu S. 106, und in der Gazette des Beaux-Arts, 1878. I. 245.

die schläfrigen Augen und die sonstige Aehnlichkeit auf eine
nahe Verwandte derselben, vielleicht eine vor der Zeit ver-
storbene Tochter der Zinnerin, von der keine Nachricht auf
uns gekommen ist. Mögen diese Annahmen auch ungenügend
begründet sein, so erscheinen sie doch immerhin geeignet zur
Anreihung einiger vortrefflichen Porträtzeichnungen Dürers,
hinter denen sich gewohnte Hausgenossen vermuthen lassen.

Ueberfehen wir unter Beherzigung der Zeit- und Orts-
verhältnisse nochmals die äufseren Bedingungen, unter denen
Dürer in die Ehe trat, so müssen wir gestehen, er machte
— was man heutzutage eine glänzende Partie nennen
würde. Den günstigen Standes- und Vermögensverhältnissen
der Braut entsprachen auch in hohem Mafse ihre körperlichen Vorzüge. Die Beweise dafür sind uns noch in einer
Reihe von Porträtzeichnungen von des Meisters Hand überliefert. Aus der ersten Zeit ihrer Ehe stammt eine freilich
sehr undeutliche und flüchtige Federskizze in der Albertina,
mit der Unterschrift· »Mein Angnes«. Sie zeigt die junge
Frau in der Hausschürze vor einem Tische sitzend, den
Mund, wie schlummernd, auf den Handrücken gestützt. Das
Blatt scheint mehr einem Scherz, als vorgefafster Absicht
seine Entstehung zu verdanken; es verräth von der Kopf-
bildung kaum mehr als die sonst von der Haube verdeckte
hohe Stirn und die scharf vorspringende Nase[1]). Dieselbe
ungünstige Kopfstellung hat ein nahezu gleichzeitiges und
gleich grofses Brustbildchen in der Sammlung der Kunsthalle
zu Bremen; nur ist es emsig auf grau grundiertem Papier
mit Silberstift ausgeführt und weifs gehöht; es ist noch
dasselbe schmale Mädchengesicht mit der geraden Nase[2]).

Wie ganz anders entwickelt erscheint Frau Agnes bereits
einige Jahre später. Dürer hat sie im Jahre 1500 in ganzer
Gestalt mit Wasserfarben abgebildet. Sie erscheint als schmucke,
züchtige Hausfrau mit gesenktem Haupt und Blick, in weifser

---

1) Abgeb. in Facsimile, Zeitschr.   2) Abbildung bei Dürer-Quantin,
f. bild. Kunst IV. 33.   Tafel zu S. 34.

Haube und Schürze, in grünem, reichverbrämten Kleide, darüber ein rothes, ſchwarz beſetztes Schultertuch, am Gürtel die wohlgefüllte Ledertaſche, in der Hand ein groſses Sacktuch. Das Aquarell befindet ſich in der Ambroſiana zu Mailand. Es diente dem Meiſter als Vorlage für eines der farbigen Trachtenbilder in der Albertina, dem er die Aufſchrift gab: »Alſo geht man in Häuſern, Nürnberg«; und liefert zugleich den Beweis, daſs ihm die Frau auch für die beiden Seitenſtücke deſſelben Modell geſtanden habe. Das zweite dieſer Blätter zeigt uns eine Frau in einen ſehr weiten, rothen, grün gefütterten Mantel, mit vielen ſteif couvrierten Längsfalten gehüllt, unter dem ein blaues, mit weiſsem Pelz verbrämtes Damaſtkleid hervorblickt. Sie trägt auf dem Kopfe jenes ſo eigenthümlich über ein hohes Geſtell ausgeſpannte Kopftuch, wie es nur in jener Zeit vorkommt. Was zwiſchen dieſem und dem Kinntuche vom Geſicht erſcheint, hat hier bei der ausſchlieſslichen Rückſicht des Meiſters auf die Tracht keine Bedeutung; höchſtens verdient die tiefblonde Farbe an dem zum Theil ſichtbaren Haarſcheitel unſere Beachtung. Oben ſteht von Dürers Hand: »Gedenkt mein in Euerem Reich 1500. Alſo geht man zu Nürnberg in die Kirchen«. Und wirklich hat auch Dürer die Erſcheinung dieſer Kirchgängerin als Zeugin der Vermählung der h. Jungfrau in dem Holzſchnitte ſeines Marienlebens [1]) verwerthet [2]). Das dritte Blatt führt die Aufſchrift: »Alſo gehen die Nürnberger Frauen zum Tanz, 1500«; und zeigt die Frau in ihrem vollen Staate. Der Kopf iſt zwar auch in eine gelbliche, vielleicht goldgeſtickte Haube gehüllt, die in's ſtramm geſpannte Kinntuch verläuft, dafür iſt das faltenreiche, ungemein lange, grüne Schleppkleid an den Schultern etwas ausgeſchnitten und wird vorne durch eine goldene Spange zuſammengehalten. Aus den engen, am Ellenbogen geſchlitzten Aermeln tritt ein rothes Futter

---

1) Bartſch Nr. 82.
2) Eine Wiederholung dieſer colorierten Zeichnung beſitzt Mr. Malcolm in London, eine Copie darnach das Britiſche Muſeum.

hervor, und von den Achſeln fielen ärmelartige, aber offene,
mit weiſsem Rauchwerk gefütterte und verbrämte Flügel
bis über die Schleppe herab, wenn ſie nicht über die
gehobenen Vorderarme heraufgeſchlagen wären. Aus dieſer
Kleidung ergiebt ſich von ſelbſt, in welch' maſsvollen, vermuthlich ſehr getragenen Formen ſich das Tanzvergnügen
der beſſeren Stände damals bewegte [1]). Die techniſche Ausführung dieſer Blätter zeugt von einem ſeltenen Geſchick
in der Behandlung der Waſſerfarben. Das Verfahren iſt
inſofern ganz eigenthümlich, als die Figuren urſprünglich
mit der Feder ganz leicht vorgeriſſen ſind; darauf ſind die
Farben bei wiederholtem Auftrage mit dem Pinſel ſo auf-
geſetzt, daſs die weiſen Lichter breit ausgeſpart bleiben;
endlich ſind die Conturen mit der Feder kräftig übergangen
und verſtärkt. Dieſe beſondere Art des Zeichnens iſt wohl
daſſelbe, was Dürer im niederländiſchen Tagebuch »mit
halben färblein und geriſſen« nennt.

Aus dieſen drei Trachtenbildern lernen wir freilich, abgeſehen von dem Mailänder Blatte, mehr die Garderobe
der jungen Frau Agnes kennen, als ſie ſelbſt, oder doch
zumeiſt nur ihre ſtattliche Geſtalt, wenn dieſelbe auch durch
die etwas herausgebogene Mitte jene geſchwungene Haltung
annimmt, die unſerem gerade entgegengeſetzten Geſchmacke
fremdartig erſcheint. Immerhin mag doch die Entſtehungsgeſchichte dieſer Frauenbilder auf die Lebensverhältniſſe
der jungen Gatten einiges Licht werfen. In voller Entwickelung und in der Blüthe ihrer Schönheit aber zeigt uns
Dürer ſeine Frau in einer Silberſtiftzeichnung mit der Jahreszahl 1504 und mit der Aufſchrift: »Albrecht Dürerin« [2]).

1) Alle drei Figuren ſind abgebil-
det in v. Hefner-Altenecks Trachten-
buch III. Tafel 25 u. 26, und in
Farbenholzſchnitt von F. W. Bader:
Trachtenbilder von A. Dürer in der
Albertina, Wien 1871.

2) Die äuſerſt ſorgfältig behandelte, nur leider ſtark beſchädigte
Zeichnung in halber Lebensgröſe be-

findet ſich in B. Hausmanns Sammlung, gegenwärtig bei dem Erben,
H. Dr. Blaſius in Braunſchweig; in
Holzſchnitt reproduciert in unſerer
franzöſiſchen Ausgabe, Tafel zu S.
108; unſere Initiale an der Spitze
dieſes Capitels enthält eine verkleinerte Nachbildung des Kopfes, und
zwar im Gegenſinne.

Das Blatt hat zwar durch Reibung und vielleicht Näſſe arg
gelitten, doch laſſen die klaren und beſtimmten Strichlagen
noch alle Formen deutlich erkennen; ſie entſprechen vollſtändig dem kleinen Köpfchen auf jenem Studium der
Ambroſiana, deſſen Porträtrichtigkeit ſich daraus ergiebt.
Selbſt die Stellung, dreiviertel links hin, iſt dieſelbe, nur
erſcheint der Kopf mehr gehoben und die Augen, weit
aufgeſchlagen, ſchauen geradeaus, ja faſt etwas nach aufwärts. Die Haube läſst noch einen Theil der hohen glatten
Stirne und der ungewöhnlich hoch geſchwungenen Augenbrauen frei; der Rücken der äuſerſt wohlgeformten, etwas
vorſpringenden Naſe zeigt in der Mitte eine ſanfte An-
ſchwellung, die vollen üppigen Lippen ſchlieſsen ſich in einer
zierlichen Doppelwellenlinie; darunter das Grübchen und
ein kleines rundes Kinn, das ſanft in die Fülle der Wangen
und in einen Anſatz zum Doppelkinne verläuft. Denken
wir uns dieſe Frau an die Seite Dürers, wie er ſich uns in
dem Münchener Selbſtporträte darſtellt, und wir werden
zugeſtehen, daſs wohl niemals ein ſchöneres Paar durch die
Brautthüre bei S. Sebald geſchritten iſt.

Und dieſes ſtattliche Paar war auf dem beſten Wege,
einem künftigen Geſchlechte zum Gegenſtande des Spottes
oder Mitleides gemacht zu werden; ſeine Ehe ward zu einem
ſprichwörtlichen Miſsverhältniſſe geſtempelt, ähnlich dem
zwiſchen Sokrates und Xanthippe. Ein einziger Anhaltspunkt genügte einer unkritiſchen, ſpieſsbürgerlichen Geſchichtſchreibung wie zur Anknüpfung ſo auch zur Ausſpinnung
der landläufigen Sage von Dürer und ſeinem böſen Weibe.
Wir kennen ja die Scheelſucht jener artiſtiſch-litterariſchen
Kreiſe, denen die längſte Zeit alle Ueberlieferung von
Künſtlernachrichten überlaſſen blieb. Wo ſie an die Werke
nicht heran konnten, da entſchädigten ſie ſich an der Perſönlichkeit der alten Meiſter, die ja faſt alle, von Perugino bis
Rembrandt, mehr oder minder Unglimpf erfahren muſsten.
Wo aber, wie bei Dürer, der Charakter des Mannes über
alle Verläumdung erhaben war, da muſste wenigſtens ein

böſes Weib den unentbehrlichen Stoff zum Klatſch liefern.
Andere ſolche Beiſpiele ſind Pinturicchio und Paul Potter,
die gleichfalls durch ihre Frauen zu Tode gequält worden
ſein ſollen.

In nächſtem Zuſammenhange mit der Fabel von Dürers
unglücklicher Ehe und in gewiſſen Wechſelbeziehungen zu
derſelben ſteht die hergebrachte Annahme ſeiner ärmlichen,
wo nicht gar kümmerlichen Lebensverhältniſſe. Der Durch-
ſchnittsmenſch, der ſich nichts höher ſchätzt, als die Befriedigung ſeiner Bedürfniſſe und darüber hinaus etwa den
ehrenden Genuſs geiſtiger Leckerbiſſen, mag ein eigenthümliches Behagen in dem Bewuſstſein finden, dafs der ſchaffende
Genius gerade an dem Mangel gelitten habe, deſſen er ſich
in Ruhe erfreut. Statuiert er ſo doch eine Art Inferiorität
gerade auf jener Seite, die er ſelbſt am meiſten zu würdigen
weiſs, und befreit er ſich doch durch das vermeintliche An-
recht auf Spendung ſeines Mitleides von dem immer
drückenden Gefühle, einer unnahbaren, ehrfurchtgebietenden
Gröſse gegenüber zu ſtehen. Daher wohl die Vorliebe, mit
welcher neben der ehelichen Sklaverei die Armuth Dürers
in der Litteratur gepflegt wurde. Nachdem aber beide
Anſchauungen ſich ſo lange breit gemacht haben, iſt es
auch einer ernſthafteren Geſchichtſchreibung nicht vergönnt,
darüber hinwegzueilen. Von der gewohnten Behandlung
des Gegenſtandes iſt immer etwas an demſelben haften geblieben, und das wirkt überall ſtörend auf deſſen Würdigung
ein. Es wird daher von Nutzen ſein, gleich hier zuſammen-
zuſtellen, was uns über Dürers Häuslichkeit und über ſeine
Vermögensverhältniſſe urkundlich überliefert iſt [1]). Die Zu-
ſammenſtellung ſoll uns der Verpflichtung überheben, ſpäter
immer wieder auf dieſe leidigen Fragen zurückzukommen und
dadurch den Gang der weiteren Darſtellung zu unterbrechen.

---

[1]) Von der Aufklärung aller erſt
ſpäter erſonnenen Miſsverſtändniſſe
und müſsigen Vermuthungen kann
füglich abgeſehen werden, nachdem
die Kritik, deren ſie bedürftig waren,
bereits anderwärts von mir geübt
wurde: Dürers Hausfrau, Zeitſchr. f.
bild. Kunſt, IV. 33 ff.

Schon an der Art, wie Dürer oben über feine Verheirathung berichtet, hat man fehr mit Unrecht Anftofs
genommen. Das Gottvertrauen jener Zeiten hatte eben
doch feine ganz beftimmten Grenzen. Die Ehewerbung
durch väterliches Uebereinkommen war ftehende Regel, und
es bliebe zu beweifen, ob unfere Vorfahren dabei fchlechter
gefahren feien, als ihre Nachkommen, deren Ehen — ihrer
Meinung nach — im Himmel gefchloffen werden. Nach der
Verheirathung fcheint Dürer nicht, wie dies wohl in Nürnberg Sitte war, das Haus feiner Schwiegereltern bezogen
zu haben; vielmehr nahm er feine junge Frau mit in das
väterliche Haus »unter der Veften«. Dafs fie wenigftens
im Jahre 1502 dort wohnten, erfehen wir aus Dürers Bericht
über den Tod des Vaters, bei welchem die »Junge Magd
fchnell nach feiner Kammer lief, ihn zu wecken, und er
herabkam« [1]. War Dürer bis dahin feinem alten, kranken
Vater bereits eine Stütze gewefen, fo laftete nun die ganze
Sorge um die Mutter und die jüngeren Gefchwifter auf ihm.
Die Erhaltung der ganzen Familie mochte dem jungen
Meifter nicht leicht werden, oder wie er 1506 felbft aus
Venedig fchreibt: »Für mich felbft würde ich freilich nicht
verderben, aber Viele zu ernähren, ift mir zu fchwer; denn
niemand wirft fein Geld weg« [2]. Bis dahin konnte Dürer
allerdings keine Erfparniffe bei Seite legen. Vielmehr wiffen
wir aus feinen Briefen an Pirkheimer, dafs er diefem ein
Darlehen fchuldete. Gleichwohl tritt nach dem zweiten
Aufenthalte in Venedig im Jahre 1506 ein günftiger Umfchwung in Dürers Vermögensverhältniffen ein. Er berichtet
uns felbft, wie er früher nie Gelegenheit zu grofsem Gewinne
gehabt, wohl aber grofsen Schaden erlitten habe durch Darlehen, die ihm nicht zurückerftattet worden, und durch Gefellen, die ihm nicht Rechnung legten; auch fei ihm einer
zu Rom geftorben mit Verluft der Kunftwaare. Dadurch
war er denn foweit in Schulden gerathen, dafs der Ertrag

---

1) Dürers Briefe etc. 134, 11.   2) Dürers Briefe 12, 10.

seiner venetianischen Arbeiten zu deren Tilgung wieder aufging. Doch konnte er bei dem Rechnungsabschluss, den er bald nach seiner Rückkehr im Jahre 1507 machte, als sein erübrigtes Eigenthum nennen: »einen ziemlich guten Hausrath, gute Kleider, Zinngeschirr, gutes Werkzeug, Bettgewand, Truhen und Behälter; ferner um ganze 100 Gulden Rheinisch gute Farben« [1]).

Die Natur der oben berührten Verluste erklärt sich leicht aus der herkömmlichen, gewerbsmäsigen Art, in welcher der Meister anfangs seine Kunst trieb. Die Leute, welche ihn zumal an seinem Eigenthum schädigten, waren theils Malergesellen, die ihren Verpflichtungen nicht nachkamen, theils waren es Austräger oder Colporteure, die den Erlös für entlehnte Kunstwaare, d. i. Kupferstiche und Holzschnitte, nicht immer richtig abführen mochten. Ueber eine Geschäftsverbindung Dürers in dem letztgenannten Sinne hat sich uns noch eine Urkunde erhalten, die schon vom 12. August 1500 datiert ist. Laut dieser verpflichtet sich der Maler Hans Arnold, dessen Bruder Jakob Albrecht Dürer »aufgenommen habe, ihn mit Kunst auszuschicken, ihm die zu verkaufen«, Dürern allemal für den Werth dessen, womit er jenen ausschickte, zu bürgen und ihn für alle Versäumniss und Verwahrlosung, die sich jener in seinem Geschäfte würde zu Schulden kommen lassen, schadlos zu halten. Als gebetene Zeugen erscheinen ein Heinrich Zinner, wohl ein Verwandter seines Schwagers, und Anton Koburger, Dürers Pathe [2]). Solche Austräger mögen die Kunstwaare nicht sowohl in Nürnberg selbst als in benachbarten Städten und Wallfahrtsorten colportiert haben, insbesondere sind sie wohl Messen und Kirchenfesten damit nachgezogen. Zuweilen fand sich dann auch ein wandernder Geselle oder Kaufmann, der eine Anzahl Kunstblätter für einen gewissen Nutzantheil zum Verkaufe mit sich in ferne Länder nahm, wie der, welcher

---

1) Dürers Briefe etc. 136, 9, mit Anmerkungen.   fol. 53 b. Lochner, Anz. f. Kunde d. Vorzeit XIV. 1867. S. 278.
2) Nürnb. Stadtarchiv, Conserv. 6.

Dürern durch feinen Tod in Rom in Verlufte brachte.
Daheim beforgte auch Dürer felbft oder die Seinigen den
Verkauf feiner Werke. Ja vielleicht bezog wohl Frau Agnes
zu diefem Zwecke die Meffen anderer Städte und ift ihre
Anwefenheit zu Frankfurt im Frühjahre 1506, gerade während
der Meffezeit in diefem Sinne zu erklären; denn Dürer fchreibt
aus Venedig am 6. Januar, er habe feiner Frau 12 Gulden
gegeben »und 13 hat fie empfangen zu Frankfurt« [1]). In
feinem Briefe vom 8. März heifst es ausdrücklich: »und
insbefondere jetzt auf der Frankfurter Meffe« [2]), und am
2. April ift die Frau noch immer nicht heimgekehrt. Indeffen rückt das Heiligthumsfeft, die öffentliche Ausftellung
der Reichskleinodien und Reichsheiligthümer heran: es fiel
damals auf den 24. April und war fchon feit den Tagen
König Sigismunds mit einer grofsen Meffe, einem Jahrmarkt
verbunden. Dürer trägt daher Pirkheimern auf: »faget
meiner Mutter, dafs fie an dem Heiligthumsfefte feil halten
laffe. Doch verfehe ich mich deffen, dafs meine Frau bis
dahin heim komme, der habe ich auch alles gefchrieben« [3]).
Ueberhaupt geht aus Dürers Venetianifchen Briefen nur fo
viel hervor, dafs der Meifter auch mit feiner Frau in lebhaftem Briefwechfel fteht. Was man fonft über das Verhältnifs der beiden Gatten daraus erfahren haben wollte,
hatte man hinein-, nicht aber herausgelefen.

Welche Vorficht bei Benützung fo unvollftändiger, ungenauer Quellen geboten ift, wie fie uns in diefen bunten,
von unberechenbaren Vorausfetzungen und Stimmungen
eingegebenen Briefen vorliegen, das zeigt fo recht ein Blick
auf jene andere Seite von Dürers Privatleben, die wir hier
in's Auge faffen wollten. Befäfsen wir nicht die urkundlichen
Beweife vom Gegentheil, fo könnten wir aus dem Wortlaute
von Dürers Briefen leicht vermuthen, er fei, wenn nicht mit
leeren Händen, fo doch mit fehr mäfsigem Gewinn im

---

1) Dürers Briefe 4, 21.   3) Dafelbft 12, 13.
2) Dafelbft 9, 24.

Jahre 1507 aus Venedig zurückgekehrt. So aber müſſen
wir manches auf Rechnung einer vorſchnellen Einbildungs-
kraft und einer gewiſſen, ſchlicht bürgerlichen Klageluſt
ſetzen. Wie hätte auch Dürer glauben können, daſs die
Worte, die er ſo ſorglos und toller Laune dem Freunde
vorplauderte, einmal auf die Wagſchale gelegt und zu leicht
befunden werden könnten?

In der That muſs Dürer in Venedig ſehr gute Geſchäfte
gemacht haben, denn gleich nach ſeiner Heimkehr iſt er im
Beſitze einer beträchtlichen Geldſumme, und es iſt bezeichnend,
wie er über dieſelbe verfügte. Nachdem er ſeine Schulden
abgetragen, iſt er darauf bedacht, ſein väterliches Haus »unter
der Veſten« von der Hypothek der Familie Pfinzing zu
befreien, welche ſchon beim Ankaufe des Hauſes durch den
Vater darauf haftete. Das Jahr zuvor ſchickte er noch der
Mutter aus Venedig durch Sebaſtian Imhoff das Geld zur
Bezahlung dieſes Zinſes von 4 Gulden Stadtwährung [1]), und
nun ledigte er am 8. Mai 1507 das Haus von dem darauf
laſtenden Eigengeld, indem er dieſes dem Sebald Pfinzing
für 118 Gulden Rheiniſch abkaufte. Nürnberger Stadtwährung
verhält ſich zu Rheiniſcher Landeswährung wie 10 zu 11 [2]).
Dabei iſt überall der hohe Werth im Auge zu behalten,
wie ihn die Geldeinheit damals hatte und wie er ſich ſchon
in dem Preiſe der ſtattlichen zwei Stockwerke hohen Stein-
häuſer von Nürnberg ausſpricht. Ward doch der Unterhalt
eines Bürgers auf jährlich 50 Gulden veranſchlagt; Jahrgehälter
von 100 Gulden galten als ſehr anſtändig und der höchſte
derſelben, der des kaiſerlichen Schultheiſsen, betrug blos
600 Gulden.

Seitdem Dürer ſo der erſte Schritt zum Wohlſtand gelungen war, mehrte ſich ſein Beſitz zuſehends. Bald genügte
ihm das väterliche Haus nicht mehr, das er ja auch mit
dem Bruder Andreas theilen muſste. Er kaufte daher am
14. Juni 1509 das geräumige Eckhaus in der Ziſtelgaſſe

---

1) Dürers Briefe 4, 18.   2) Lochner, Perſonennamen 43.

beim Thiergärtner Thore »gegen Sonnenaufgang ſtehend«
aus dem Nachlaſſe des Aſtronomen Bernhard Walther. Es
iſt das heute ſogenannte Dürerhaus. Der Meiſter bezahlte
es mit 275 Rheiniſchen Gulden »an bar dargelegtem Gold«;
es haftete darauf ein Eigengeld des Bürgers Sebald Taucher
von jährlich 8 Gulden Stadtwährung, nebſt 22 Pfund einer
Pfründe für den S. Erhards-Altar bei S. Sebald. Dieſe
letztere nun löſte Dürer am 15. Januar 1510 dadurch ab,
daſs er 70 Gulden Rheiniſch in der Loſungſtube niederlegte,
von deren Zinſen jene fromme Stiftung künftig beſtritten
werden ſollte[1]). Die andere mit 8 Gulden Stadtwährung
verzinſte Hypothek löſte Dürer erſt am 30. April 1526 ein,
wodurch das Haus völlig laſtenfrei ward[2]). Dazu kaufte er
bereits am 3. Juni 1512 von Jakob Baner einen Garten vor
dem Thiergärtner Thore »auf der Bamberger Straſse bei
den ſieben Kreuzen« für bare 90 Rheiniſche Gulden[3]). Und
da er, wie oben erwähnt, im Jahre 1518 dem Bruder Andreas
ſeinen Antheil am väterlichen Hauſe herausbezahlt hat, ſo
war er von da ab der alleinige Beſitzer zweier, heute noch
ganz anſehnlicher Bürgerhäuſer von Nürnberg.

So war es um das beſtellt, was Dürer ſelbſt »ſeine
Armuth« nennt und was man ſeither allzu wörtlich verſtanden
hat. Den beſten Einblick in ſeine ſonſtige Geldgebahrung,
ſeine Auffaſſung davon, wie überhaupt in ſeine ganze Art
und Weiſe als Menſch gewährt uns unſtreitig ſein Tagebuch
von der Niederländiſchen Reiſe. Auch von ſeinen Beziehungen
zu ſeiner Frau erhalten wir dort das einzige authentiſche
Bild, nur werden wir in dem ganzen, faſt ein Jahr umfaſſenden
Berichte vergebens nach einer Spur von Zwietracht oder
Miſshelligkeit zwiſchen den beiden Gatten ſuchen. Ohne
übrigens der Schilderung jenes Zeitraumes vorgreifen zu
wollen, möchten wir hier noch erwähnen, daſs Dürer ſchlieſslich

---

1) Kaufbrief, bei H. Lempertz in   2) Mittheilung Lochners.
Köln; Organ f. chriſtl. Kunſt 1865.   3) Baader, Jahrbücher f. Kunſtw.
Nr. 8. Lochner, Perſonennamen 44.   II. 234.
Ein Pfund hat 30 Pfennige.

auch dort klagt, »er habe bei allem feinem Machen, Verzehren
und Verkaufen und anderer Handlung Schaden gehabt in
den Niederlanden« [1]), was wir bei näherer Betrachtung feines
Gebahrens ganz erklärlich finden werden. Er war eben
damals nicht mehr fo emfig auf Erwerb bedacht, wie etwa
wohl in früheren Jahren. Konnte noch von einer Noth bei
ihm die Rede fein, fo beftand diefelbe blos in der Sorge,
wie er fein gefammeltes Barvermögen ficher und nutzbringend
anlegen könnte. Er wandte fich deshalb an den ehrbaren
Rath der Vaterftadt mit dem Gefuche, man möge ein Capital
von 1000 Gulden, gegen eine Verzinfung mit 50 fl. jährlich
von ihm annehmen, wie er es auch nach Galli 1524 in der
Lofungftube niederlegte [2]). Es ift dies daffelbe Capital, deffen
Zinfen Dürers Wittwe nachmals ein Jahr vor ihrem Tode
einer Stiftung für Studenten der Theologie an der Univerfität
Wittenberg widmete zur grofsen Freude Melanchthons, der
darüber an V. Dietrich fchreibt, dafs er Gott für diefe
Förderung der Studien danke und dafs er diefe tapfere
That der Wittwe Dürers vor Luther und anderen gerühmt
habe [3]).

Da Dürer námlich mit feiner Frau in einer »verfammten
Ehe« d. i. in Gütergemeinfchaft lebte und ohne Leibeserben,
wie ohne Teftament verftarb, fo gelangte feine Wittwe in
den Befitz des ganzen gemeinfchaftlichen Vermögens. Allerdings fiel das Eigenthum eines Viertheiles vom Hab und
Gut der beiden Eheleute nach dem Gefetze, »der Reformation«
der Stadt Nürnberg von 1522, an die beiden Brüder Dürers,
Andreas und Hans; doch war die Wittwe nicht verpflichtet
diefen vierten Theil vor ihrem Tode herauszugeben. Gleichwohl fchlofs fie am 9. Juni 1530 mit Andreas Dürer, dem
Goldfchmied und mit Caspar Altmülfteiner, Zaymmacher

---

1) Dürers Briefe 129, 25.
2) J. Baader, Beiträge z. Kunftg.
Nürnbergs 1860. S. 8. Dürers Briefe
etc. 51.
3) »De Durerianae viduae legato
ago gratias Deo, quod studia respicit.
Praedicavi id κατόρθωμα apud Lu-
therum et alios«. — Epp. Melanch-
thonis cura Jo. Sauberti I, IV, p. 78.
und Will, Gelehrtenlexicon I. 299.

genannt, als Hans Dürers, derzeit königl. Majeftät in Polen
Dieners, bevollmächtigten Anwälten einen gütlichen Vergleich
auf Grund einer Theilung. Nachdem aller Werth des ganzen
Inventars auf 6,848 Gulden, 7 Pfund und 24 Pfennige ab-
gefchätzt war, davon den beiden Brüdern ein Viertheil d. i.
1,712 fl. 1 Pfd. 28 Pfg. 1 Heller zuftand, erklärte fich Frau
Agnes bereit »aus ihrer eigenen Bewegnifs und gutwilliger
Freundfchaft, die fie von wegen ihres Hauswirthes zu ihnen,
als ihren lieben Schwägern trage«, ihnen davon fogleich
1106 fl. 6 Pfd. 22 Pfg. d. i. jedem 553 fl. 3 Pfd. und 11 Pfg.
zu überantworten, den Ueberreft aber von 605 fl. 2 Pfd.
24 Pfg. ihnen zu gleichen Theilen auf das Eckhaus in der
Ziftelgaffe, das Dürerhaus, ficherzuftellen 1).

Diefe freiwillige Abrechnung, genannt »der Agnes
Dürerin Abtheilung« gewinnt eine befondere kunftgefchicht-
liche Bedeutung dadurch, dafs fie uns einen Wink über den
Verbleib und zur Verfolgung von Dürers künftlerifchem
Nachlafs an die Hand giebt. Diefen fcheint nämlich damals
fchon der Bruder Andreas auf feinen Antheil übernommen
und bei feinen mifslichen Verhältniffen nach und nach ver-
äufert zu haben. Wenigftens berichtet der Schreibmeifter
Joh. Neudörffer zu Dürers Tod: »Sein Bruder Endres hat
alle feine köftlichen Farben, geftochene Kupfer und gefchnittene
Holzwerke fammt den Abdrücken und was er von der Hand
geriffen hat, von ihm ererbet« 2). Neudörffer konnte das genau
wiffen, da fein Haus »unter der Veften« fchräge gegenüber
von Dürers Vaterhaus ftand und diefes wohl von Andreas
bewohnt wurde, bis er es 1538 verkaufte. Es dürfte ebenfalls
im Ausgleiche von 1530 ihm, vielleicht gemeinfchaftlich mit
dem Bruder Hans anheimgefallen fein.

Das andere Haus am Thiergärtner Thore behielt Frau
Agnes bis an ihren Tod im Befitze. Doch fcheint ihr die

1) Nürnberger Stadtarchiv, Con-
fervatorium 39. fol. 164 b. Lochner,
Agnes Dürerin und ihre Schwäger,
Anzeiger f. Kunde deutfcher Vorzeit
1869, 230.

2) Nachrichten von den vornehmften
Künftlern von 1546, Nürnb. 1828.
S. 38.

Vereinſamung darin ſo unerträglich geworden zu ſein, daſs
ſie ſich in fremde Pflege begab. Dies geht wenigſtens aus
den Nachrichten hervor, welche Dr. Chriſtoph Scheurl in
ſeinem Todesjahre 1542 für ſeinen Neffen Albrecht Scheurl
niederſchrieb, den »Albrecht Dürer der Deutſche Apelles
und kunſtreichſte Maler bei ſeinen Zeiten« am 3. Februar 1525
aus der Taufe gehoben hatte; indem er mittheilt: Dürers
Wittwe Agnes, des frommen Hans Frey Tochter, ſtarb Sonn-
tags den 28. December 4 Uhr Morgens 1539 bei fremden
Hauswirthen [1]).

Erſt nach der gerichtlichen Schätzung des ganzen In-
ventares im Nachlaſſe Dürers und nach jener Erbtheilung
vom 9. Juni 1530 konnte Frau Agnes daran denken, manchen
nutzlos gewordenen Hausrath zu veräuſsern. Bei dieſer
Gelegenheit nun ſollte Agnes, die ſich gegen ihre Schwäger
eben erſt ſo bereitwillig und freigebig erwieſen hatte, einen
Fehlgriff begehen, der die ſchwerſten Folgen für ihren guten,
bis dahin makelloſen Namen gehabt hat. Unter den Curioſi-
täten, welche Dürer ſo eifrig geſammelt hatte, befanden ſich
auch verſchiedene Hirſchgeweihe und darunter ein beſonders
ſchönes Paar, vielleicht daſſelbe, welches der Kurfürſt Friedrich der Weiſe Dürern verſprochen hatte, und daran ihn
Dürer 1520 durch Spalatin mahnen lieſs mit dem Bedeut:
»er wolle zwei Leuchter daraus machen« [2]).

Wie für andere dem Städter ungewohnte Naturobjecte
hatte man nämlich damals auch in Nürnberg eine beſondere
Vorliebe für Hirſchgeweihe. Ein Zeugniſs dieſer Mode giebt
u. a. ein gleichzeitiger Kupferſtich vom Nürnberger Meiſter
M. Z. (Bartſch 15), wo ein Paar Geweihe an einem Hänge-
leuchter dargeſtellt ſind. Ein ganz ähnliches Beiſpiel aber
iſt für uns von näher liegendem Intereſſe. Es iſt dies eine
colorierte Federzeichnung Dürers in der Ambraſer Samm-

---

1) Archiv f. zeichn. Künſte, Leipz.   2) Dürers Briefe 44, 3.
IV. 26.

lung in Wien, datiert von 1513. Diefelbe ftellt eine Sirene vor, auf der Bruft ein Wappenbild mit einem entwurzelten Bäumchen, in den Händen ein anderes Bäumchen, das zu einem Leuchter umgewandelt ift, und an den Schultern ftatt der Flügel Damhirfchgeweihe[1]). Da nun das Birkenbäumchen das Wappen Pirkheimers ift, fo bleibt kein Zweifel, dafs die Zeichnung für Pirkheimer entworfen wurde. Dafs diefer ein befonderer Liebhaber folcher Geweihe gewefen, bezeugt auch das nach feinem Tode aufgenommene Inventar über fein Vermögen, wo »die Hirfchen Gehurn, fo am Gang herumgehangen find, um 25 Gulden[2])« angefetzt werden, was immerhin auf eine ziemliche Anzahl fchliefsen läfst.

Wie aber die Leidenfchaft des Sammlers, zumal des gealterten, keine Grenzen kennt, fo genügte fich Pirkheimer dabei nicht; fein Sinn ftand ftets nach neuen, vollkommeneren Exemplaren. Und fo abfonderlich dies auch klingen mag, nichts im ganzen Nachlaffe Dürers fcheint fo viel Anziehungskraft auf den grämlichen, kranken Rathsherrn ausgeübt zu haben, als jenes fchöne Paar von Hirfchgeweihen. Als nun die Dürerin ohne Berückfichtigung feiner Wünfche diefelben verkaufte, verfetzte ihn dies in einen jener Wuthanfälle, denen der reizbare, vollblütige Herr fein Leben lang fo oft unterlag. In der erften Aufwallung feines Zornes mufs er jenen Brief an Johann Tfcherte, den kaiferlichen Baumeifter in Wien, gefchrieben haben, der wohl nie, wenigftens nicht in gleicher Faffung, an feine Adreffe abging und fich blos im Concept noch heute in Nürnberg auf der Stadtbibliothek befindet[3]). Aus dem Inhalte des langen, redfeligen Briefes geht deutlich hervor, dafs derfelbe nicht vor dem November 1530 abgefafst fein kann, alfo nur wenige Wochen vor dem

---

1) Freih. v. Sacken, über Dürers Zeichnungen in der Ambrafer Sammlung, mit Abbildung in den Mittheilungen der k. k. Centralcommiffion. Wien VIII. Bd. 1863. S. 123.

2) Campe, Zum Andenken Wil. Pirkheimers, Nürnb. S. 46.

3) Abgedruckt v. Campe, Reliquien 162—171. Vergl. Thaufing, Dürers Hausfrau, Zeitfchr. f. bild. Kunft, IV. 81 ff.

Tode Pirkheimers, der am 22. December dieses Jahres starb.
Schon seit einem Jahrzehnt war er von Fettleibigkeit und
Podagra und endlich vom Stein so sehr geplagt, dafs er
nicht mehr gehen, sondern blos reiten konnte und sich
bereits 1523 genöthigt sah, seine Entlassung aus dem Rathe
zu nehmen. Dazu nahm die kirchliche Bewegung, zu deren
ersten Urhebern er mit Recht gezählt wird, einen ihm viel
zu stürmischen Verlauf und bedrohte schliefslich seine Fa-
milien- und Standesinteressen. Trotz seines reichen Wissens
und seiner seltenen Begabung war doch Pirkheimers Standpunkt nicht erhaben genug, um ihn von Seiten seiner persönlichen Interessen unverwundbar zu machen. Abgestofsen
von der Neuerung, ohne wieder zum Alten zurückkehren
zu können, verlor der kranke Mann allen Halt; er zog sich
grollend zurück und vereinsamte vollends seit Dürers Tode
immer mehr. Dieser Schlag scheint ihn hart getroffen und
seine Empfindlichkeit in hohem Grade gesteigert zu haben.
Das mufste selbst der harmlose Eoban Hesse an sich erfahren,
dessen freundschaftliche Zusendungen Pirkheimer längere Zeit
blos deshalb ignorierte, weil ihm hinterbracht worden war,
dafs sich der Poet irgendwo ungünstig über ihn geäufsert
habe. In dieser verdüsterten Einsamkeit mag Pirkheimer
allerlei kleinem Tand noch mehr Interesse zugewendet haben,
als früher, wie es ja oft zu geschehen pflegt, dafs bedeutende
Geister in der Neige ihrer Kräfte auf kindische Spiele verfallen.

In der That hatte der merkwürdige Brief an Tscherte
keinen anderen Zweck, als sich für die Hirschgeweihe Dürers,
die ihm entgangen waren, Ersatz zu verschaffen. Das Lächer-
liche dieser Leidenschaft mochte Pirkheimer selbst fühlen,
indem er sein weitläufiges Ansuchen mit den Worten ein-
leitet: »Wiewohl ihr achten mögt, dafs mir ganz wenig
an dergleichen Dingen gelegen ist«. Er thut dann so, als
hätte ihm Herr Hartmann die Hirschgeweihe, für deren
Uebermittelung er sich Tscherte zum Danke verpflichtet
glaubte, förmlich aufgenöthigt. Mit diesen ist er aber ganz

unzufrieden, wie er eines weiteren erklärt: »wiewohl ich etliche habe, hätte ich doch gern gar ein fchönes und grofses, wie ich deren welche hier weifs« — in Nürnberg nämlich, die möchte er dann faffen und auf feinen Söller hängen laffen. Nun hatte ihm ein aus Wien zurück-kehrender Landsknecht weifs gemacht, dafs er dort folche Prachtexemplare gefehen habe: »wo es möglich wäre, ein hübfch oder zwei zu bekommen, wären die mir um kein Geld zu theuer«! Bei wem er aber in Nürnberg jene hiftori-fchen Hirfchgeweihe gefehen, ift unfchwer aus der folgenden Stelle zu erfchliefsen, mit der er endlich herausrückt: »Al-brecht (Dürer) hat auch »etliche Gehurn gehabt, und unter denfelben gar ein fchönes, welches ich gern gehabt hätte, aber fie (die Frau nämlich) hat fie heimlich, um einen Spott fammt anderen fehr fchönen Dingen hinweg gegeben«. Darum alfo der mafslofe Zorn gegen die arme Agnes.

Dafs es fich bei dem langen Briefe wirklich nur um jene Bagatelle handelt, und alles Andere blos gelegentlich mitläuft, wird Jedem klar, der den Wortlaut bis zum Ende verfolgt und nicht blos die Einleitung lieft. Die erfte Auf-gabe hiftorifcher Kritik ift aber, jedes Zeugnifs auf die Motive des Berichterftatters zu prüfen. Es frägt fich nicht blos, ob der Gewährsmann die Wahrheit fagen konnte, auch ob er fie fagen wollte. Seine Parteiftellung, fein Charakter, feine momentane Stimmung kommen dabei in Betracht, und alles das fpricht laut gegen die leidenfchaftlichen Invectiven Pirkheimers.

Seit Dürers Tode waren zwei und ein halbes Jahr ver-floffen. Die Ereigniffe vor diefem Zeitraume ftanden fomit nicht mehr fo frifch vor feinen Augen, wohl aber mufs die Verweigerung der gewünfchten Hirfchgeweihe neueften Da-tums gewefen fein. Frau Agnes ahnte gewifs nicht, welches folgenfchwere Ungewitter fie durch die, vielleicht gar nicht fo abfichtliche Umgehung Pirkheimers über ihren Namen heraufbefchworen hat. Diefer findet im Briefe an Tfcherte

gleich eingangs Veranlaſſung, von Dürers Tode zu ſprechen,
weil er blos der Rückſicht auf den gemeinſchaftlichen Freund
die Gefälligkeit des ihm ferner ſtehenden Baumeiſters zu
verdanken glaubt. Den folgerichtigen Uebergang zur Haupt-
ſache, dem Wunſche nach Hirſchgeweihen, bietet die indirecte
Urheberin dieſes ungeſtillten Verlangens, Dürers Hausfrau.
Ueber ſie ergieſst er nun die volle Schale ſeines Zornes,
und was könnte er dem Freunde Dürers wohl Aergeres
von ihr berichten, als daſs ſie die Schuld an deſſen viel-
beklagtem Tode trage; dies thut er denn auch mit verſchiedenen Variationen in dem Abſatze nicht weniger als
viermal.

Wenn es mit dem bekannten Lügenrecepte ſeine Richtigkeit hat, daſs man im Uebertreiben nicht zu weit gehen
dürfe, um noch Glauben zu finden, ſo hätten uns in Pirkheimers Anklage ſchon die allgemein menſchlichen Unwahr-
ſcheinlichkeiten und manche Widerſprüche ſtutzig machen
ſollen. Hauptſächlich beziehen ſich die Anſchuldigungen
doch nur auf die letzte Zeit vor Dürers Tode. Wir wollen
die wichtigſten heraus greifen. Sie ſoll Dürern »dermaſsen
gepeinigt haben, daſs er ſich deſto ſchneller von hinnen gemacht hat, denn er war ausgedorrt wie ein Schaub; durfte
auch nirgends keinen guten Muth mehr ſuchen, oder zu den
Leuten gehen«. Unter »den Leuten« meint Pirkheimer doch
vor allen ſich ſelbſt; daſs nun Dürer noch 1526 an ſeinen
Gaſtereien regelmäſsig theilnahm, wiſſen wir von Melanchthon.
Sollte ihn die Frau ſpäter, als er kränker wurde, wirklich
davon abgehalten haben, ſo erfüllte ſie nur ihre Pflicht.
Das ſoll ſie jedoch nur aus Geiz und Habſucht gethan
haben: »Zudem hat ſie ihn Tag und Nacht zu der Arbeit
hart gedrängt blos darum, daſs er Geld verdiene und ihr
das lieſe, ſo er ſterbe. Denn ſie hat allweg verderben
wollen (d. h. geglaubt verhungern zu müſſen), wie ſie
denn noch thut, obwohl ihr Albrecht bis in die ſechs
Tauſend Gulden Werth hinterlaſſen hat«. Pirkheimer ſcheint
hier den an Dürers Brüder herausgezahlten Theil der Erb-

fchaft bereits in Abfchlag zu bringen. Er konnte fomit wiffen, dafs die Dürerin bei diefem entfcheidenden Anlaffe ganz andere, als die von ihm gefchilderten Eigenfchaften an den Tag gelegt hatte. Und gegenüber diefer urkundlich beglaubigten Thatfache kann fich Pirkheimer nicht einmal auf eigene Beobachtung berufen, da er weiter unten geffeht: »er habe fie feit Dürers Tode nie gefehen«.

Was wir aber von Dürers Befchäftigung in den letzten Jahren feines Lebens wiffen, ftimmt wenig zu Pirkheimers Angaben. Wir werden fehen, dafs Dürers Thätigkeit damals fchon längft nicht fowohl dem Erwerb, als dem gemeinen Nutzen, feiner Ruhmbegier und feinen litterarifchen Studien gewidmet war, über deren Einträglichkeit fich die Frau wohl keinen Täufchungen hingeben konnte. Wenn Pirkheimer von jener Zeit noch berichtet, »er habe fie felbft oft wegen ihres argwöhnifchen, fträflichen Wefens gebeten und fie gewarnt: auch ihr vorgefagt, was das Ende hievon fein würde, aber damit habe er nichts anderes als Undank erlangt«, fo verräth dies nur einen alten Hafs zwifchen der Gattin und dem Freunde, der bei dem geringfügigften Anlafs in helle Flammen ausbrechen konnte und unter dem Dürer allerdings auch gelitten haben mag. Ganz paradox aber klingt die darauf folgende Begründung: »Denn wer diefem Manne wohl gewollt und um ihn gewefen, dem ift fie feind worden, was wahrlich den Albrecht auf's Höchfte bekümmert und ihn unter die Erde gebracht hat«. Der Gegenfatz zwifchen der fittenftrengen, vielleicht auch etwas befchränkten Bürgersfrau und dem patrizifchen Lebemann genügt ja vollftändig zur Erklärung ihres Zwiefpaltes. Was die Vorwürfe über die Schädigung von Dürers Gefundheit anbetrifft, fo mögen diefelben ganz gegenfeitig gewefen fein; und wer weifs, ob die Dürerin nicht gerade aus folchen Gründen Urfache hatte, den vornehmen Freund, der die Gefellfchaft des kränklichen Gatten nicht entbehren konnte, mit fcheelen Augen anzufehen. Kaum aber hätte fie ihm gleicherweife vergelten können, was er ihr inmitten feines Haffes und

Widerwillens doch zugestehen muss, indem er sagt: »Es sind
ja sie und ihre Schwester nicht Bübinnen, sondern, wie ich
nicht zweifle, der Ehren fromme und ganz gottesfürchtige
Frauen«.

Das böse Zeugnis Pirkheimers über den Charakter der
Dürerin wird durch den ferneren Inhalt des Briefes an
Tscherte vollends abgeschwächt. Er erscheint darnach mit
der ganzen Welt, wie mit sich selbst zerfallen. Ueber alle
Dinge mit Ausnahme jener Hirschgeweihe spricht er nur
mit Missvergnügen und kleinlicher Gereiztheit. Von den
grausamen Türken kommt er auf die uneinigen Christen und
deren Fürsten und Herren »aber davon ist nicht gut zu
schreiben«. Dafür büsen die evangelischen Landsknechte
für ihre schlechte Haltung bei der Türkenbelagerung Wiens
im Vorjahre, und seine ganze Erbitterung kehrt sich schliesslich gegen die Anhänger der neuen Kirchenlehren, ohne
dass aber die Hüter der alten verschont bleiben — »so man
zusieht, hat sich die Sach also geärgert, dass die evangelischen
Buben jene Buben fromm machen« (d. h. fromm erscheinen
lassen). Dabei redet er nicht etwa Tscherte zu Gefallen;
im Gegentheil setzt er bei diesem eine freiere kirchliche
Gesinnung voraus und versieht sich dessen, mit seinen Worten
Befremden zu erregen; daher auch immer wieder die Be-
theuerung der Wahrheit seiner Aussagen. Alle Zeitverhältnisse
werden schwarz in schwarz gemalt, dass auch kein lichter
Flecken bleibt. Mit scheuen Seitenblicken auf die bäuerlichen und communistischen Bestrebungen der Zeit beklagt er
insbesondere die Nürnberger Zustände und das Gebahren des
dortigen Rathes: »davon wäre viel zu schreiben«. Schliesslich verwahrt er sich aber wieder gegen die Zumuthung,
als stelle er sich hiermit auf den traditionellen Standpunkt
von Papst und Kaiser. Er sieht die Nothwendigkeit einer
Besserung der kirchlichen Zustände wohl ein, erwartet dieselbe aber am wenigsten von den Sectirern: »Gott behüte
alle frommen Land und Leute vor solcher Lehre, denn wo
die hinkommt, da kann kein Fried, Ruh noch Einigkeit sein«!

So fchreibt der Mann, der mit Recht zu den wirk-
famften Vorläufern der Reformation gezählt wird, der zehn
Jahre früher mit Lazarus Spengler in die Bannbulle gegen
Luther mit inbegriffen worden war. Nun am Rande des
Grabes verleugnete er nicht blos feine ganze frühere Rich-
tung, fondern auch den Freund und Leidensgenoffen jener
Tage. Denn es ift niemand anders als der Rathfchreiber
Lazarus Spengler, der mit der Dürerin das Schickfal theilt,
in jenem Briefe an Tfcherte verläftert zu werden. Von ihm
fchreibt Pirkheimer: »Ich wollte, Ihr folltet wiffen, was der
Mann für Händel treibt, Ihr würdet Euch nicht genug ver-
wundern können, wie fich in einem Menfchen Worte und
Werke fo widerfprechen konnten. Denn wiewohl er auch
Büchlein fchreibt und ausgehen läfst, handelte er doch
daneben — wie fich das eigentlich zu feiner Zeit erfinden
wird. Er ift einft mein und Albrechts feligen gar guter
Freund gewefen, es ift mir auch Gutes von ihm gefchehen;
aber zu unfer beider Nachtheil haben wir ihn fo erkennen
gelernt, dafs wir beide feiner müfsig geftanden find«[1].

In wiefern Pirkheimer berechtigt war, auch hier im Namen
Dürers zu fprechen und dem Todten feinen Groll gegen den
einft gemeinfamen »Freund und Bruder«[2] zuzufchreiben,
läfst fich fchwerlich erweifen. Sind aber fchon die allgemei-
neren Urtheile diefes Berichtes mit der gröfsten Vorficht
aufzunehmen, um wie viel mehr gilt dies von den Perfönlich-
keiten, die unmittelbar zur Verftimmung des Schreibers beigetragen haben. Wie fehr er vom Haffe gegen Spengler und
die Dürerin befeffen war, verräth noch ein ganz geringfügiger
Umftand. Im Rande des Briefconceptes finden fich nämlich
an zwei Stellen Gloffen, die nichts anderes als Federproben
zu fein fcheinen, in denen aber zweimal deutlich der Name

1) Campe, Reliquien 169 und Lochner im »Repertorium f. Kunftw.« 1879. II. 35 ff. Dafs diefe Worte keineswegs auf Ofiander, wie Murr und Campe meinten, fondern nur auf Spengler fich beziehen können, hat mir Lochner brieflich und fodann a. a. O. S. 45 ff. überzeugend nach-gewiefen.

2) Dürers Briefe 174, 15.

»Spengler«, ein andermal: »uxor«, darunter »Henker« zu
lesen ist. Zugleich auch ein Beweis mehr dafür, dass Pirkheimer bei der obigen Stelle nur an Spengler dachte.

Denken wir uns nun einmal den Fall, wir hätten von
allen in diesem Briefe berührten Ereignissen und Verhältnissen
keine anderen Nachrichten, an denen wir die Angaben
Pirkheimers prüfen könnten; gesetzt, wir wären blos auf
die Ueberlieferung dieses Schriftstückes angewiesen, welche
Vorstellung müssten wir uns darnach vom Zeitalter der
Reformation, von Lazarus Spengler und von Pirkheimers
geschichtlicher Stellung machen? Wenn wir es aber so natürlich finden, diese ganz einseitige und gehässige Behandlung
der Zeit- und Personenfragen an anderen Geschichtsquellen
zu berichtigen, dann dürfen wir doch auch bei den Ausfällen
gegen die Dürerin keine Ausnahme machen. Auch abgesehen
von den eingestandenen Ursachen einer besonderen Partei-
lichkeit des Briefstellers, sind wir nicht berechtigt, aus einer
ganzen Kette von notorisch schiefen und falschen Urtheilen
gerade eines herauszugreifen und für bare Münze zu nehmen.
Noch ungerechter aber ist es, wenn man einem so verdächtigen Zeugniss rückwirkende Kraft einflößt und andere
ganz indifferente Nachrichten darnach ausdeutet. Und das
ist geschehen, indem man dasjenige, was Pirkheimer von der
letzten Zeit der Ehe Dürers behauptet, ohne allen Grund
auf deren ganze Dauer ausdehnte und sogar Dürers eigene
Worte zur Begründung der so geschaffenen Posse missbrauchte.

Dem gegenüber muss nun festgestellt werden, dass die
vielfach ausgeschmückte Sage von Dürers Xanthippe auf
keiner ursprünglichen Volkstradition beruht, sondern eine
auf litterarischem Wege erst in späteren Jahrhunderten verbreitete litterarische Fabel ist. Der Brief an Tscherte ist
die einzige Quelle dafür, und aus dieser sind alle späteren
Aussagen des XVII. und XVIII. Jahrhunderts hergeleitet,
soweit sie nicht als offenbare Erfindungen erscheinen. Das
eigenhändige Concept Pirkheimers und eine fast ebenso alte
Copie des Briefes befanden sich stets im Privatbesitze zu

Nürnberg, wo man fich fortan am meiften mit Dürer befchäftigte und leicht in das Schriftftück Einficht nehmen
konnte. In die Oeffentlichkeit gelangte aber jenes Bruchftück
über die Dürerin zuerft durch Joachim von Sandrart [1]) und
zwar mit folgendem Titel und Eingang: »Extrakt eines
Schreibens Herrn Georg Hartmanns an Herrn Büchler.«
»Das an mich abgegangene Schreiben habe ich empfangen,
in welchem Ihr mein nicht allein in Gutem gedenkt u. f. w.«,
während es im Anfange von Pirkheimers Brief an Tfcherte
heifst: »mir hat unfer guter Freund Herr Jörg Hartmann
ein Schreiben, durch Euch an ihn gethan, angezeigt, in
welchem Ihr mein nit allein etc.« Im übrigen ftimmen beide
Texte mit mehr oder weniger Lefefehlern ganz überein.
Ob es Mifsverftändnifs war, ob Abficht, dafs Sandrart den
Namen des Nürnberger Mathematikers Georg Hartmann
aus der Einleitung des Briefes in den Titel hinaufzog und
ihn damit zum Autor deffelben machte, kann uns hier
gleichgiltig fein; jedenfalls ergab fich daraus eine glänzende
Beftätigung des Romans, den er eben zuvor feinen Lefern
aufgetifcht. Aus Zeichnungen Dürers, die er im Kunfteabinete
des Kaifers gefehen hatte, und auch wohl durch mittelbare
Kunde von deffen Tagebuch wufste Sandrart von der Niederländifchen Reife unferes Meifters. Auf diefen Grundlagen
läfst er nun feiner Phantafie freies Spiel. Wir werden eines
Genauern belehrt, dafs Dürer jene Reife nach den Niederlanden insgeheim und auf den Rath feiner Freunde, befonders
Pirkheimers, blos deshalb unternommen, um feinem keifenden
garftigen Weibe zu entfliehen, daffelbe in heilfamen Schrecken
zu verfetzen und von feiner Bösartigkeit zu heilen. Darob
in Verzweiflung, überläuft fie Pirkheimern mit Bitten und
Verfprechungen; diefer vermittelt, nachdem er ihr einen
ernftlichen Verweis ertheilt, Dürers Rückkehr; doch läfst die
Frau darauf nicht von ihrem Unwefen und verurfacht fo
den frühzeitigen Tod des guten Mannes. Das ganze Märchen

---

1) Teutfche Akademie 1675. I. S. 229.

ift aus jenem Brieffragmente und zum Theil mit wörtlicher Benutzung deffelben zufammengebraut.

Die Auffindung des Niederländifchen Tagebuches, aus welchem hervorging, dafs Dürer jene Reife in Gefellfchaft feiner Frau und im beften Einvernehmen mit derfelben unternommen habe, entzog zwar jener Fabel allen Boden. Aber Sandrarts Roman hatte zu wohl gefallen, als dafs man darum auf feinen Inhalt verzichtet hätte; vielmehr fuchte man denfelben für die Venezianifche Reife von 1506 zu retten, die Dürer ja wirklich allein gemacht hatte. Man fuchte nun in feinen Briefen an Pirkheimer eifrig nach folchen Stellen, denen man den entfprechenden Sinn zur Verdächtigung der Frau unterlegen konnte. Doch wäre man damit kaum zum Ziele gelangt ohne Verwechslung der Dürerin mit einer anderen Perfon, deren Familienname »Rechenmeifterin« fich gleich fo gut zu einer fpottweifen Bezeichnung der geizigen Frau eignete.

In den bekannten Briefen aus Venedig neckt Dürer nämlich feinen Freund fortwährend mit ziemlich derben Anfpielungen auf Frauen oder Mädchen, auf welche der damals noch junge, lebensluftige und felbftgefällige Wittwer ein befonderes Augenmerk haben mochte oder mit denen er irgendwie in Beziehungen ftand. Er bezeichnet diefelben theils mit vollen Namen, theils mit deren Abkürzung, theils auch durch gezeichnete Bilder von Gegenftänden, die an die Namen anklingen, fo z. B. die Rofentalerin und die Gärtnerin, denen dann die Zeichnung einer Rofe und einer Gerte entfprechen, die wir am Schluffe des Capitels anfügen. Am meiften aber läfst er fich im Scherz über ein Frauenzimmer aus, das er einmal »unfere«, das anderemal »Eure Rechenmeifterin« nennt unter Beifügung der untern auch folgenden weiblichen Fratze.   Da nun Rechenmeifter[1]), fo gut wie

---

1) Ueber diefe Familie, welche auch und wohl urfprünglich Neffinger heifst, Lochners Nürnberger Chronik, Mscpt. im Stadtarchiv von Nürnb. Vergl Tuchers Baumeifterbuch, Bibl. des litter. Vereins 1862. Band 64. S. 151, 2; 264, 25.

Rofentaler und Gärtner, ein im damaligen Nürnberg vor-
kommender Familienname ift, fo ift wohl ficher nichts anderes
dahinter zu fuchen. Dies bezeugt auch die Zufammenftellung
jener Damen in der Anreihung der Abkürzungen: »die Rech.
die Ros. die Gärt.« u. a.[1]). Darnach verbietet es fich aber
von felbft, in diefer »Rechenmeifterin« und der ihr gewid-
meten Caricatur fürder Dürers Frau erkennen zu wollen.

Indeffen dürfen wohl auch die, allerdings derben Späfse,
welche fich Dürer über jene anderen Frauen erlaubt, nicht
fo wörtlich genommen werden, wie fie uns heutzutage in
ihrer Vereinzelung erfcheinen. Der Ton der Zeit, rauhe
Männerart und launiger Uebermuth des Schreibers mögen
den meiften Theil daran haben; indefs die angezogenen
Namen vielleicht ganz unbefcholtenen Perfonen angehören[2]).
Nicht wohl anders können wir dies z. B. von der wiederholt genannten Rofentalerin vorausfetzen, denn die Rofentaler waren eine angefehene Familie in Nürnberg; fie waren
zwar nicht rathsfähig, wurden aber doch zu Aemtern gezogen
und heiratheten in das Patriziat, bis fie im dreifsigjährigen
Kriege mit Hasdrubal, dem Sohne Hannibals, ausftarben[3]).
Das von Pirkheimer umworbene Mädchen wird wohl ein
Glied diefer Familie gewefen fein; und Dürer traut ja dem
Freunde damals Heirathsgedanken zu[4]). Noch hat fich uns
ein Medaillon aus Perlmutter erhalten, das aus dem Schmuck-
käftchen jenes Mädchens zu ftammen fcheint, und das darum
neben feinem Kunftwerthe hier einiges hiftorifche Intereffe
in Anfpruch nimmt. Es zeigt auf der Vorderfeite eine Frau
in der Tracht der Zeit, die einem auf fie zulaufenden Kinde
die Arme entgegenftreckt, darüber eine Bandrolle mit der

1) Dürers Briefe 20, 15, mit Anmerkung.

2) Dafur fpricht auch die Stelle,
Dürers Briefe 21, 10, aus der her-
vorgeht, dafs Pirkheimer auch Dürers
Frau bei feinen unflätigen Scherzen
nicht verfchonte. Die derbe Art, in
welcher Dürer die fcherzhaft ge-

meinte Drohung erwiedert, zeugt wohl
von feinem Ehrgefühl, beweift aber
gar nichts gegen die Frau, welche
Pirkheimern jedenfalls damals noch
nicht fo abfcheulich vorgekommen
fein mufs.

3) Mittheilung Lochners.
4) Dürers Briefe 10, 3.

gothifchen Schrift: „**Mutterlin las mich dir befolhen fin.**"
Auf der Rückfeite aber ift neben einem Wappen mit einer
Lilie die Infchrift eingegraben: »*Agnes Rofentalerin. Ein
gar hulfreich' Schutz in jedweder Betrubnifs. Der ehr- und
tugendbar Jungfraw*«. Darüber merkwürdigerweife gerade
die Jahreszahl 1506[1]).

Alles das dürfte geeignet fein, uns in der Benützung
der wenigen Nachrichten über die, Dürer und Pirkheimer
nahestehenden Frauen die gröfste Vorficht aufzuerlegen.
Bei keinem Volke ift der Gegenfatz der Gefchlechter fo
ftark ausgebildet, als bei den Deutfchen. Das deutfche
Weib begleitet den Mann nicht — wie etwa das romanifche
— in das Geräufch des Marktes; fie fammelt ihre Verdienfte
nur mittelbar in der häuslichen Thätigkeit. Ihr Anwerth
beruht auf diefem ftillen Wirken. Leicht heftet fich darum
der böfe Leumund an jedes Heraustreten in die Oeffentlichkeit, und gefchähe dies auch nur an der Hand eines
berühmt gewordenen Gatten. Dies Schickfal traf denn auch
das Andenken von Dürers Frau. Durch das ungefchicht-
liche Zerrbild, das man von ihr entwarf, ward in die Biographie des Meifters ein häfslicher Zug hineingetragen, dem
man zu viel Wichtigkeit überhaupt, und insbefondere einen
durch nichts beglaubigten Einflufs auf feine Kunftthätigkeit
eingeräumt hat.

Den wahren Urfprung jener Ueberlieferung und die
trübe Quelle, aus der fie ftammt, haben wir nun kennen
gelernt. Dürer felbft hat fich nirgends auch nur mit einer
Silbe über feine Frau beklagt oder einer Unzufriedenheit
mit ihr Ausdruck gegeben, und ebenfo wenig thut das
irgend einer feiner Freunde bei feinen Lebzeiten. Nach
feinem Tode aber hat Agnes das Andenken ihres Gatten

---

1) Das Wappen könnte fymbolifch
fein oder auf den Geber hinweifen,
da es von dem Wappen der Familie
— in fchwarzem Felde ein weifser
Sparren mit drei rothen Rofen, darunter ein goldener, fechseckiger Stern
— abweicht. Die Reliquie, die fammt
der alten Silberfaffung 59 Millimeter
im Durchmeffer hat, befindet fich im
Befitze meiner Frau Mina Thaufing.

geehrt, indem fie über einen fehr namhaften Theil ihres
Vermögens in feinem Sinne und zu Gunften feiner Brüder
verfügte. Die Anklage Pirkheimers, welche doch vornehmlich in der Behauptung ihres Geizes, ihrer Geldgier gipfelt,
fällt gerade in daffelbe Jahr und fteht fomit in offenem
Widerfpruche mit urkundlich beglaubigten, gleichzeitigen
Thatfachen. Auch abgefehen von feinen fonftigen Beweg-
gründen läfst fchon diefer Umftand das vereinzelte Zeugnifs
als fehr bedenklich erfcheinen. Allerdings läfst fich auch
keine andere ausdrückliche Lobeserhebung der Dürerin jenem
Tadel gegenüberftellen; aufser der oben von Melanchthon
angeführten, und diefe bezieht fich merkwürdigerweife gerade
auf einen Act feltener Freigebigkeit.

Wir werden daher bei diefem Zwiefpalt der Zeugniffe
gut thun, Dürers Ehe weiterhin nicht als ein ausnahms-
weifes und unerhörtes Mifsverhältnifs anzufehen, fondern als
etwas fo Gewöhnliches und Alltägliches, wie er felbft aus
feinen Schriften und Zeichnungen es erfchliefsen läfst. Mit
der unhaltbar gewordenen Sage von Dürers Künftlerelend
verliert auch die ganze Komödie von feinem geizigen Weibe
ihren richtigen Boden; es ziemt uns vielmehr, die treue
Lebensgefährtin des Meifters mindeftens durch ein beredtes
Schweigen zu ehren.

VII.

Die Malerwerkstatt; Gesellen und Fälscher.

» . . . hab auch grofsen fchaden
erlitten . . . mit knechten, die nit
rechnung theten.«

Dürer.

ACH feiner Heimkehr von der Wanderfchaft und in den darauffolgenden fünfzehn Jahren wohnte Dürer mit feiner jungen Frau im väterlichen Haufe »unter der Veften« [1]). Einer befonderen Befugnifs zur Ausübung der Malerei bedurfte es in Nürnberg nicht [2]), und damit entfällt felbftredend Sandrarts Fabel von Dürers Meifterftück. Wenn Dürer fein Leben lang von raftlofer Arbeitsluft befeelt war, fo mochte fein Schaffensdrang insbefondere damals, beim Beginne feiner Künftlerlaufbahn in ihm rege gewefen fein. Nicht leicht aber ward ihm, wie die Verhältniffe daheim lagen, die Gelegenheit zur Entfaltung feiner Kraft im gröfseren Mafsftabe, und Jahre mühevollen Ringens mufsten vorangehen, bevor feine Kunft eines allgemeinen Rufes genofs. Dabei galt es, nicht blos feinen kleinen Hausftand zu erhalten; auf ihm

---

1) Beweis dafur die Art, wie Dürer den Tod des Vaters i. J. 1502 er- zählt, oben S. 147.
2) Siehe oben S. 20.

laftete auch noch die Sorge für feine greifen Eltern, feine
unmündigen Gefchwifter. So fah fich denn Dürer veranlafst
einftweilen wieder in die Werkftatt Meifter Wolgemuts als
Gefelle einzutreten und noch drei Jahre lang zumeift für
diefen zu arbeiten, wie fich dies aus den Ergebniffen der
beiden folgenden Capitel deutlich und nothwendig ergiebt.
Erft im Jahre 1497 machte fich Dürer felbftändig und hielt
eine eigene Werkftatt. Wenn nun Aufträge auf ein oder
das andere Altarwerk an den Anfänger gelangten, fo gefchah
es wohl unter Bedingungen, die eine gröfsere Vertiefung
in die Arbeit, eine forgfältige eigenhändige Ausführung
kaum geftatteten. Die Zeit und die Kraft der heifchenden
Gefellen mufsten zu Rathe gehalten werden, wenn der junge
Meifter auf gut bürgerlich dabei leben wollte. Und fo fehen
wir denn Dürer in feinen früheften gröfseren Malereien
zumeift der flüchtigen, handwerksmäfsigen Uebung Wolgemuts und feiner übrigen Kunftgenoffen folgen. Die trefflichen Entwürfe oder Umriffe werden den »Knechten« über-
antwortet, ohne viel Rückficht darauf zu nehmen, was deren
Ausführung Gutes daran übrig läfst. Von diefem Gefichts-
punkte müffen die frühen kirchlichen Gemälde, die aus Dürers
Werkftatt hervorgingen, unterfucht und beurtheilt werden,
foweit uns diefelben überhaupt bekannt und erhalten find.

Zum Glück befitzen wir aber noch ein Altarwerk, das
in der erften Zeit nach feiner Heimkehr entftanden und
unter dem Eindrucke, in dem Auffchwunge feiner Reife-
erinnerungen ganz von feiner Hand ausgeführt zu fein fcheint.
Nach dem ausgezeichneten Orte feiner Aufbewahrung nennen
wir das bisher wenig beachtete, grofse Triptychon den
Dresdener Altar[1]).

Es ift in Waffer- oder Leimfarben unmittelbar auf die
feine Leinwand gemalt in jener rafcheren Technik, die nicht
blos den deutfchen Meiftern, fondern auch Mantegna und

---

[1]) K. Galerie II. Stock, Nr. 1626. Wittenberg.
Kam 1687 aus der Schlofskirche von

den ihm nachfolgenden Veroneſern geläufig war. Das Mittelbild zeigt die Madonna in halber Figur mit länglichem
Antlitz von feinen, ſpitzen Formen, in blauem Gewande und
weiſsem Schleier, linkshin gewandt und das Chriſtkind anbetend, welches ſchlafend auf einem Kiſſen vor ihr liegt,
und dem ein Engelein, von rückwärts geſehen, mit einem
Wedel zufächelt oder die Fliegen abwehrt. Rechts daneben
ſteht ein Pult mit einem deutſchen miniirten Gebetbuche.
Ueber dem Haupte Mariens halten zwei ſchwebende Engel
eine Fürſtenkrone aus gothiſierendem Flechtwerk, mit Perlen
beſetzt. Im Mittelgrunde des perſpectiviſch anſteigenden Ge-
maches find zwei andere Engelknaben mit deſſen Säuberung
beſchäftigt, indem der eine links Waſſer ausſprengt, der andere
rechts auskehrt. Hinten in einer Nebenſtube ſieht man den
heil. Joſeph bei der Arbeit. Der Umſtand, daſs zwei oben
ſchwebende Engel halb weggeſchnitten find, verräth, daſs
das Bild wegen Beſchädigung der Ränder verkleinert wurde,
was bei der geringen Dauerhaftigkeit dieſer Technik leicht
erklärlich iſt. Im Uebrigen iſt die ſorgfältige Malerei gut
genug erhalten. Erfindung und Formengebung zeigen ein
eigenthümliches Gemiſch von vlämiſcher Strenge und italieni-
ſcher Freiheit. Die Draperien haben ſcharfe, kantige Brüche;
das ſchlummernde Chriſtkind iſt in Lage und Ausdruck
italieniſch, indefs die Füſschen nach vlämiſcher Art herauf-
gebogen find. Zumal die dienenden Engelkinder find in
ihren freien, etwas geſpreizten Stellungen und in ihren völligen,
ſcharf unterſchnittenen Formen ſprechende Zeugen eines
mantegnesken Einfluſſes. Ihr Thun und Treiben und der
Ausblick, den das Fenſter zur Rechten auf ein deutſches
Gehöfte mit Bäumen und einem Leiterwagen gewährt, bilden
bereits ein Vorſpiel jener gemüth- und weihevollen Häuslichkeit der heiligen Familie, durch deren Schilderung der
Meiſter des »Marienlebens« unſterblich geworden iſt.

Noch bedeutender erſcheinen die beiden, zu dieſem
Bilde gehörigen Flügel. Der linke zeigt den heil. Einſiedler
Antonius in einem groſsen Buche leſend, eine lebensgroſse

Halbfigur in blauem Gewande. Der mächtige, ernſt und geſammelt herabblickende Greiſenkopf und die gewaltigen, knorrigen Hände ſind von ſo groſsartiger Naturwahrheit, daſs das ſorgfältig behandelte Beiwerk, der Engel mit der Roſenkrone und die ſanften kleinen Ungeheuer, dagegen kaum in Betracht kommen. Die nackte Halbfigur eines Betenden mit ſchmerzhaftem Ausdrucke auf dem rechten Flügel iſt St. Sebaſtian; einer der Engel oben hält einen Bündel Pfeile. Die zeichnend behandelte Anatomie hat zwar etwas Hartes, Felſenartiges, iſt aber getreu und ohne Vorbehalt von der Natur abgeſchrieben. Die Haare fallen in einzelnen Striemen herab, wie bei manchen venetianiſchen Frauenfriſuren. Doch iſt offenbar ein deutſches Modell benutzt; ja es iſt dies vielleicht ſeit van Eyck der erſte lebensgroſse Act, der diesſeits der Alpen nach der Natur gebildet wurde. Auch das Beiwerk dieſes beſonders wohlerhaltenen Flügels: ein Glas Waſſer mit Wieſenblumen darin, ein Stück Brod und der Durchſchnitt eines halben Apfels, ſind ungemein ſorgfältig ausgeführt. Am deutlichſten erkennt man den Meiſter an den oben ſchwebenden Engeln, deren freilich wenig belebte Köpfe den ſpäteren Kindertypus Dürers bereits vollſtändig ausgebildet zeigen; z. B. das Köpfchen rechts über der Schulter Sebaſtians und das lachende mit dem Korallenhalsbande links.

Der Dresdener Altar ſtammt aus der Allerheiligenkirche in Wittenberg, was unſere Zuverſicht in deſſen Authenticität nur erhöhen kann. Denn Scheurl erwähnt bereits im Jahre 1506 drei Altartafeln Dürers, als in jener Kirche, nahe bei der Kanzel aufgeſtellt [1]). Da über die beiden anderen Werke Dürers, die hier gemeint ſind, kein Zweifel beſteht, ſo kommt vielleicht eine andere, weniger genaue Nachricht in Betracht, nach welcher ſich daſelbſt unter den Gemälden Dürers eine »Maria mit mehreren Engeln« und »der heilige Joſeph«

---

[1]) Chr. Scheurl, Libellus de laud. Germ.: »Decorant etiam sacellum omnium Sanctorum Vitembergae (prope ambonem) tres huius tabulae: cum illis tribus operibus, quae Apelles se fecisse putabat, certantes«.

befunden haben ſoll [1]). Ob der Dresdener Altar bereits auf
Beſtellung des Kurfürſten Friedrich des Weiſen von Sachſen
gemalt oder blos nachträglich von ihm erworben wurde,
läſt ſich nicht feſtſtellen. Beides iſt möglich, da ſich Friedrich
ſeit October 1494 bis Juni 1501 wiederholt in Nürnberg
aufhielt [2]). Der erſtere Fall wird aber wahrſcheinlich, ſeitdem
wir die Beziehungen Dürers zu ſeinem ſteten Gönner, dem
Kurfürſten, ſchon bis in den Beginn des ſechzehnten Jahrhunderts zurückverfolgen können.

Dabei kommt nun noch ein anderes Denkmal in Betracht.
Die Direction der königlichen Gemäldegalerie in Berlin erwarb
im Jahre 1882 das Bildnifs eines vornehmen Mannes aus
der Sammlung des Duke of Hamilton, deſſen formale techniſche Behandlung ſo auffallende Analogien mit derjenigen
des Dresdener Altares aufweiſt, dafs wir nur eine gleichzeitige Entſtehung unter derſelben Künſtlerhand annehmen
können [3]). Der Dargeſtellte, ein kräftiger Mann in mittleren
Jahren, trägt ein ſchwarzes Barett und ein eben ſolches mit
Goldbrocat beſetztes Damaſtwamms; er erſcheint lebensgrofs
in halber Figur, die Ellenbogen aufſtützend, indem er die
beiden Hände übereinanderlegt und in der Linken eine kleine
Papierrolle hält. Die lange Naſe mit herabgebogener Spitze,
die fleiſchigen Lippen, die tiefen Falten an den Naſenwinkeln,
dazu die grofsen dunkelbraunen Glotzaugen mit vortretenden
Augäpfeln, weitgeöffnet, ſo dafs faſt die ganze Iris ſichtbar
wird, darüber die convergierenden Brauen, unter denen der
ſtechende Blick etwas ſchräge auf den Beſchauer fällt, geben
dem Kopfe einen packenden, fascinierenden Ausdruck. Gleichwohl ſchlägt durch die geſpannte Aufmerkſamkeit der Mienen
eine heitere Grundſtimmung durch. In einem ſeltſamen
Gegenſatze zu dem ſchwarzen, borſtigen Bart ſteht das
braune, gelockte Haupthaar, das mit Dürers hierin früh

---

1) Heller, Dürer, II. 264.
2) H. Deichslers Chronik in den
Chroniken der fränkiſchen Städte, V.
577, 586, 587, 616, 622, 624, 630, 639.

3) Nr. 364 in Leimfarben auf
grober Leinwand; H. 76, Br. 57
Centim. Jul. Meyer, Jahrbuch d. k.
preuſs. Kunſtſamml. 1883. I.

erworbener Meifterfchaft behandelt ift. Bei aller Unfchein-
barkeit, die durch die anfpruchslofe Temperatechnik und die
mangelhafte Erhaltung der Farben noch gefteigert wird, ift
die Tracht des Dargeftellten offenbar eine ungemein reiche.
Unter dem aufklaffenden Wamms, welches den Hals blofs
läfst, erfcheint ein jetzt bräunlicher, vermuthlich goldgewirkter
Bruftlatz, mit blauen Blumen und grünen Blättern geftickt,
die Aermel find mit Bändern aus Gold- und Silberbrocat quer
befetzt, dazwifchen ift der fchwarze Damaft längsgefchlitzt,
fo dafs das Linnen durchfcheint. Ueber die linke Schulter
und Bruft erfcheint dann noch ein Mantel von gleichem
Stoff und Befatz geworfen. Die Mache ift, wie gefagt, ganz
die des Dresdener Altares, die Hände erinnern geradezu an
die des heiligen Antonius dafelbft. Doch ift der Hintergrund
mit Oelfarbe mattgrün übermalt und links unten ein unechtes
Monogramm Dürers angebracht worden. Das Bildnifs ftammt
offenbar aus der Zeit, bevor Dürer noch fein Monogramm
angenommen hatte und als der Einflufs von Mantegna noch
lebhaft in ihm nachwirkte. Es zeigt, fo wie der Dresdener
Altar, eine Breite und Grofsartigkeit der Auffaffung, die
Dürer daheim bald abhanden kam und auf die er fich erft
gegen das Ende feiner Laufbahn wieder befann, angeregt
vermuthlich durch die Formengebung eines Quentin Maffys,
den er in Antwerpen befucht hatte. Ueber die Perfon des
hier Dargeftellten giebt es zwei Ueberlieferungen: nach der
einen wäre es ein Selbftbildnifs des Meifters, was barer
Unfinn ift, nach der anderen ift es das Bildnifs eines fäch-
fifchen Fürften. Und diefe letztere Tradition verdient wohl
Beachtung; denn niemand anders käme dann in Frage als
der 1463 geborene Kurfürft Friedrich der Weife von Sachfen,
mit deffen fpäteren Bildniffen, namentlich dem Stiche Dürers
von 1524 immer noch Aehnlichkeit genug übrig bleibt,
wenn man die fpätere Fettleibigkeit des Kurfürften in Abfchlag bringt. Erhält diefe Annahme fchon durch die Analogie des Bildniffes mit dem Dresdener Altar eine Stütze,
fo gewinnt diefelbe noch mehr an Wahrfcheinlichkeit, wenn

wir auch ſonſt beobachten, wie weit ſich die Beziehungen
Dürers zu Friedrich dem Weiſen zurückverfolgen laſſen.

Die Anhaltspunkte dafür giebt uns der St. Veiter Altar,
der einige Jahre ſpäter offenbar für den Kurfürſten Friedrich
gemalt wurde, da ſich die kurſächſiſchen Wappen auf ſeinen
Flügeln befinden. Das groſse Altarwerk befand ſich bis
vor kurzem in der Hauskapelle des erzbiſchöflichen Palaſtes
zu Wien, von wo es in die Sommerreſidenz des Erzbiſchofs
nach Ober-St. Veit bei Wien übertragen wurde. Es ſtammt
vermuthlich und höchſt wahrſcheinlich ebenfalls aus Wittenberg. Durch die Zeit und mehr noch durch eine moderne
Reſtaurierung hat es ſehr gelitten. Aber auch ſonſt zeigt
es nicht mehr die groſsartige Auffaſſung und die feine
Durchführung des Dresdener Altares. Es iſt ein Schulbild
der gewöhnlichen, oben bereits gekennzeichneten Art. Das
Hauptbild iſt eine ungemein belebte Kreuzigung Chriſti mit
an die ſechzig Figuren, darunter ein Dutzend Krieger zu
Pferd; im Hintergrunde Jeruſalem an der Seeküſte. Die
Originalzeichnung dazu, auf grauem Grunde mit der Feder
emſig ausgeführt und mit dem Pinſel weiſs aufgehöht, befindet ſich im Muſeum zu Baſel und trägt in der Mitte
unten die eigenhändige Schrift: »Albertus Dürer 1502«,
wodurch das Werk datiert wird. Die Flügel des Altares,
jetzt auseinandergeſägt, zeigten im Innern links die Ausführung zur Kreuzigung, rechts Jeſus als Gärtner vor Magdalena; an den Aufſenſeiten die lebensgroſsen Heiligen
Sebaſtian und Rochus und je ein Wappenſchild, das mit
den gekreuzten Schwertern und das mit dem Rautenkranze,
zu ihren Füſsen. Die Zeichnungen zu den Flügelbildern
beſitzt das Städel'ſche Inſtitut zu Frankfurt a. M.[1]).

Im Vergleiche mit dem Dresdener Altare zeigt der
St. Veiter einen merklichen Rückſchritt ſowohl in der Erfindung, wie in der Ausführung. Man ſieht, wie Dürer

[1] Genaueres darüber in meinem Aufſatze: Das Dürer'ſche Altarwerk zu Ober-St. Veit bei Wien; Mitthei- lungen der k. k. Centralcommiſſion. Wien 1871. XVI. 81 ff.

unter dem Drucke äufserer Verhältniffe von der fchlichten, grofsartigen Formenauffaffung feiner erften Jahre abgekommen ift. Sein Reichthum ergeht fich nun in einem Gewimmel von Figuren und bunten Einzelheiten, und es hat lange gedauert, ehe fich feine Einficht wieder zu einfacher Gröfse erhob. Auch in dem Beftreben nach einer richtigen Linearperfpective zeigt diefer fteil aufgethürmte Calvarienberg keinen Fortfchritt. Die Ausführung in Tempera und Oel dürfte nur zum geringften Theile von Dürers Hand herftammen; dies lehrt fchon der Vergleich mit den dazu gehörenden Zeichnungen. Dürer folgte darin der gemeinen Uebung feiner Kunftgenoffen in ganz Oberdeutfchland, wo man an ein Altarbild keine fo hohen Anforderungen ftellte, wie in den Niederlanden und in Italien. Bezeichnend ift in diefer Hinficht die Aeufserung, welche Dürer noch in dem Briefe an Jakob Heller vom 4. November 1508 macht, wo er von der Ausführung einer Tafel mit dem allergröfsten Fleifse fagt: »Es wäre auch nie erhört worden, auf einen Altar folch' Ding zu machen, wer möchte es fehen« [1])!

Der Meifter begnügte fich eben, eine fleifsige Skizze zu entwerfen, auch wohl diefelbe zeichnend mit dunklen Pinfelftrichen auf die grundierte Tafel zu übertragen, wie das an dünnen und fchadhaften Stellen in den Gemälden nachweisbar ift. Das Uebrige that dann einer oder mehrere feiner Schüler, Gefellen oder Knechte. Der Löwenantheil an der Malerei des St. Veiter Altares gehört zweifelsohne dem jungen Hans Schäufelein von Nördlingen an. Man erkennt ihn an vielen männlichen, nach einer beftimmten Richtung hin idealifierten Köpfen. Es find längliche, regelmäfsige Gefichter mit vorfpringenden Stirnen und Brauen, mit bedeutenden, wenig eingefattelten Nafen und tief eingeprägten Mundwinkeln, die den fonft edlen Zügen einen Anflug von ironifchem Lächeln verleihen. Dagegen gehört der lebensgrofse St. Sebaftian auf dem linken Flügel ganz

---

[1]) Dürers Briefe 29, 12.

Dürern an. Der nackte Körper iſt mittelſt grauer, wohl-
vertriebener Schatten ſehr durchgebildet; der längliche Kopf
mit blondem Kraushaar iſt ſcharf im Profil rechtshin gewandt, indeſs das Auge aus dem Winkel herausblickt; die
Form des nach oben ſehr erweiterten Bruſtkorbes, die
Haltung von Kopf und Beinen, kurz die ganze Anatomie
erinnert ſchon ſtark an den Adam des Kupferſtiches von
1504. Im Gegenſatze zu dem Sebaſtian des Dresdener
Altares beruht ſie bereits auf den theoretiſchen Proportions-
ſtudien Dürers.

Hans Leonhard Schäufelein iſt älter, als man gemeinlich
annimmt, da er bereits 1507 als ganz fertiger Maler die groſse
Holzſchnittfolge in dem Speculum paſſionis des Dr. Pinder
veröffentlichen konnte. Sein Vater Franz zog um 1476
aus Nördlingen nach Nürnberg und um dieſe Zeit mag auch
Hans geboren worden ſein [1]). In Nürnberg ging er vermuthlich durch die Schule Wolgemuts und arbeitete dann
bei Dürer, bis dieſer im Jahre 1505 vor ſeiner Abreiſe nach
Venedig ſeine Werkſtatt auflöſte. Seitdem tritt Schäufelein
als ſelbſtändiger Meiſter auf, heirathet ſodann die Nürnberger
Patriziertochter Afra Tucher, geht 1515 nach Nördlingen
zurück und ſtirbt 1540. Früher als jeder Andere hat ſich
Schäufelein an die Darſtellungsweiſe Dürers angeſchloſſen.
Ob auch ſein Altersgenoſſe Albrecht Altdorffer (geb. um
1478, † 1538) in Nürnberg gelernt und in wie ferne er mit
Dürer in Berührung gekommen iſt, läſst ſich noch nicht
feſtſtellen. Thatſache iſt blos, daſs er gerade im Jahre 1505
zu Regensburg als Bürger aufgenommen wird und im
nächſten Jahre ſeine ſelbſtändige Kunſtthätigkeit beginnt.
Ob es mit der 1822 bei Frauenholz befindlichen Zeichnung [2]),
welche laut alterthümlicher Handſchrift Dürer 1509 dem

1) Vergl. C. W. Neumann u. Graf
v. Walderdorff, Die drei Roritzer,
Regensburg 1872. S. 27 u. 190.
2) Kopf eines ſchläfrigen Alten,
in ein Tuch gehüllt, »ſehr fleiſsig
mit dem Rothſtein gezeichnet« — ein
für Dürer ganz ungewöhnliches Material. Heller, Dürer II. 98.

Albrecht Altdorffer zu Regensburg fchenkte, feine Richtigkeit hatte, bleibt fehr zweifelhaft.

Dafür müffen wir für zwei andere namhafte Meifter
fehr nahe, perfönliche Beziehungen zu Dürer in der erften
Zeit feiner Thätigkeit beftimmt vorausfetzen, nämlich für
Hans von Kulmbach und für Hans Baldung, genannt Grien,
aus Gmünd in Schwaben. Nicht als ob fie Schüler Dürers
gewefen wären. Sie find vielmehr auch Altersgenoffen
unferes Meifters und wir wiffen von erfterem durch Neudörffer, dafs er bei Jakob Walch, d. i. Jacopo dei Barbari
gelernt, vom anderen, dafs er eine heimatliche, vordürerifche
Stilperiode gehabt habe. Sehen wir aber von der, jedem
bedeutenderen Künftler eigenthümlichen Empfindungsweife
ab, fo zeigen beide in Formengebung und Technik eine
derartige Verwandtfchaft mit Dürer, dafs diefelbe faft nur
aus einer vorübergehenden Befchäftigung in feiner erften
Malerwerkftatt erklärt werden kann. Hans von Kulmbach
arbeitet ja, wie wir hören werden, auch fpäter noch für
Dürer. Doch auch mit dem abwefenden Baldung mufs
Dürer fortwährend in freundlichem Verkehr geftanden haben,
denn er nahm nicht nur 1520 feine Werke, wie die des
Schäufelein, als Handelswaare mit nach den Niederlanden —
fo zu fagen in Commiffion; er erhielt auch von Dürers Leiche
eine Haarlocke, die fich feit feinem Tode zu Strafsburg 1545
urkundlich bis auf die Gegenwart fortgeerbt hat[1]). Ob
diefen Namen auch noch der des Züricher Malers Hans
Leu anzufügen wäre, den Dürer 1523 grüfsen läfst und
der 1531 in der Schlacht bei Cappel fiel, bleibe dahin
geftellt[2]).

Aus fo allgemeinen Annahmen müffen wir uns, in Ermangelung jeder litterarifchen Nachricht die Zufammengehörigkeit einer Gruppe von Malern erklären, deren nahe
Verwandtfchaft fo oft zur Verwechslung ihrer Werke geführt

1) Jetzt auf der Bibliothek der k.
k. Kunftakademie zu Wien. Siehe
Heller, Dürer II. 272, und Thaufing,
Thaufing, Dürer.

Zeitfchr. f. bild. Kunft, 1874. IX.
322.
2) Dürers Briefe 50, 9 mit Anm.

12

hat. Unſere einzige Quelle ſind eine Reihe mehr oder minder
ausgeführter Schulbilder, aus denen bald Dieſer bald Jener
uns anſprechen will; es ſind die Erzeugniſſe einer frucht-
baren Werkſtatt, die noch nicht von der Leuchte des
Ruhmes erhellt wird, in die uns aber zahlreiche dünne
Fäden immer wieder zurückführen. In ihr bildeten ſich
Männer weiter, die wir zwar einzeln nicht eigentlich Dürers
Schüler nennen dürfen, die wir aber uneigentlich unter dem
Namen der älteren Schule Dürers zuſammenfaſſen könnten.
Es ſind vornehmlich Maler und Zeichner für den Holzſchnitt,
von denen hier die Rede iſt, im Gegenſatze zu jener ſpäteren
jüngeren Schule Dürers, die in noch loſerem Zuſammenhange
mit dem Meiſter ſteht und ſich vorzugsweiſe mit der Pflege
des Kupferſtiches befaſt hat. Nach Auflöſung ſeiner erſten
Malerwerkſtatt ſcheint Dürer eben eine ſolche in gröſerem
Maſsſtabe gar nicht wieder eingerichtet zu haben. Er kömmt
von der fabrikmäſsigen Erzeugung von Votivbildern ganz
ab, je mehr er in die eigenhändige Vollendung gröſerer
Gemälde ſeinen Ehrgeiz ſetzt, bis er endlich des Malens
ganz müde wird.
     Im Gegenſatze zu der Art, wie Dürer ſeine ſpäteren
eigenhändigen Malereien immer deutlicher und ſelbſtbewuſter
kennzeichnet, tragen jene früheren Schulbilder keine oder
doch nur ungenaue Bezeichnungen, was die zeitliche Anordnung dieſer, ohnedies ſchon ſo ungleichen Arbeiten noch
mehr erſchwert. Begnügen wir uns denn, den Bildwerken
dieſer Art den Zeitraum zwiſchen der Entſtehung des Dresdener
und jener des St. Veiter Altares anzuweiſen. Hieher gehörte
wohl jene Abnehmung Chriſti vom Kreuze, welche Dürer
dem ihm befreundeten Goldſchmiede Hans Glim gemalt haben
ſoll, und welche dieſer in der Predigerkirche aufhängen ließ
»an die Säule der rechten Hand neben den Predigtſtuhl« [1]).
Sein Sohn verkaufte das Bild an Hans Ebner († 1553) und
darnach kam es an Sebaſtian und Wilibald Imhoff, welcher

---

[1]) Neudorffer, Nachrichten, Campes Ausg. 30.

letztere es als eine »grofse Tafel in Oelfarbe« mit 80 Gulden bewerthet.

Möglich, dafs dies feitdem verfchollene Votivbild identifch ift mit dem Gemälde der Münchener Pinakothek [1]), das eine Beweinung des Leichnams Chrifti darftellt. Nikodemus zur Linken hält eben noch die Leiche unter den Armen, um fie auf den Boden niederzulaffen. Die Gruppe der klagenden Frauen in der Mitte wird durch den dahinter ftehenden Johannes pyramidifch abgefchloffen. Rechts fteht Jofeph von Arimathia mit dem Salbegefäfs. Im Hintergrunde fteigt eine Landfchaft auf mit Jerufalem in der Ferne, deffen Baulichkeiten fleifsig behandelt find; hohe grünlich blaue Berge fchliefsen rechts den Horizont ab und ziehen fich, von der Abendfonne beglänzt, links hin an das Ufer eines Sees. Der Baumfchlag ift ganz in Dürers Art. Die dunkel gefärbte Leiche im Vordergrunde, mit den aufgedunfenen Wundmalen macht einen gräfslichen Eindruck. Die Compofition ift wohl durchdacht, der Ausdruck des Schmerzes in den Figuren wahr und mannigfach ausgedrückt. Doch erfcheinen diefelben zu fehr aufeinandergedrängt; es fehlt an Linien- und Luftperfpective; die Farben wirken bunt und unruhig. Die ftellenweife ganz emfige Ausführung kömmt dadurch gar nicht zur Geltung. Die Farbe ift ziemlich kräftig auf die ftark grundierte Holztafel aufgetragen. Mit der Jahreszahl 1500, vielleicht auch mit dem Monogramm, welches mit trockenem Pinfel auf die Ecke des Leichentuches gefchummert ift, mag es feine Richtigkeit haben. Die Malerei erfcheint nicht wie aus einem Guffe. Doch wird es immer fchwer fein, die helfenden Hände zu unterfcheiden und genauer zu bezeichnen. Manches deutet entfchieden auf Kulmbach, wie die Figur des die Leiche haltenden Nikodemus [2]), anderes wieder erinnert an Baldung Grien [3]).

---

1) Säle Nr. 94.

2) Verglichen z. B. mit den Heiligenfiguren diefes Meifters im I. Saale.

3) So z. B. ein reizendes jugendliches Köpfchen, das im linken, vom Befchauer dem rechten Lederftiefel eben jenes Nikodemus fichtbar wird, dadurch dafs das deckende Braun zufammenrann und die frühere Untermalung wieder zu Tage trat. Das

Eine ſehr verwandte Compoſition zeigt die ſogenannte Holzſchuher'ſche Tafel in der St. Morizkapelle zu Nürnberg, nur liegt dort die Leiche in umgekehrter Richtung da und wird rechts von Johannes unterſtützt; eine heilige Frau mit dem Salbegefäſs bildet die Spitze der freier angeordneten Pyramide. Wie eine der Frauen im Münchener Bilde bezeugt hier Magdalena links zu den Füſsen der Leiche ihren Schmerz durch Emporſtrecken der ausgebreiteten Arme — ein kühnes Motiv, das bei Dürer wiederholt vorkommt und auf eine ähnliche Figur Mantegnas zurückzuführen iſt. Der Ausdruck in den Köpfen iſt ſonſt maſsvoll, die Anordnung der Gewänder zum Theil ganz vortrefflich. Die Leiche iſt nicht ſo dunkel und abſchreckend wie im Münchener Bilde. Doch läſst ſich das Colorit im Ganzen nicht beurtheilen, da das Gemälde ſehr gelitten hat und in der Hauptgruppe ſtark übermalt iſt. Hie und da, wie auf dem Knie der Leiche ſind die ſchwarzen Pinſelſtriche der urſprünglichen Vorzeichnung unter der Farbenſchicht noch deutlich ſichtbar. Stark ausgeprägt ſind auch die dunklen Umriſſe ſämmtlicher Geſtalten und Köpfe, auch der kleinen, links unten knieenden Stifter, wie dies oberdeutſchen Schulbildern oft eigenthümlich iſt. Viel beſſer ausgeführt iſt wieder die Landſchaft; ſie zieht ſich längs eines Fluſſes in die Ferne, an welchem Thürme und Brückenbögen, röthlich angehaucht, und weiter noch die lichte Häuſermaſſe von Jeruſalem ſichtbar ſind; rechts ein ſteiler dunkler Erdabhang, links der Calvarienberg in hellem Lichte. Wie noch deutlich erkennbar iſt, wurde das Wappen der Holzſchuher bei den Stifterfigürchen ausgekratzt und durch ein ideales erſetzt. Das Gemälde wanderte aus dem Beſitze der Familie Peller in die Sammlung Boiſſerée[1]), mit welcher es König Ludwig I. erwarb, um es

Köpfchen gehört ohne Zweifel einer urſprünglich vorhandenen knieenden Stifterin an, und hat viel Aehnlichkeit mit drei weiblichen Köpfchen auf einer Zeichnung in der Albertina, die zwar aus dem Nachlaſſe Dürers, ſicher aber von der Hand Baldungs ſtammt. Vergl. Thauſing, H. Baldung Grien und nicht Dürer, Jahrb. f. Kunſtw. II. 215.

1) Lithogr. von Strixner und Bergmann 1828.

nach Nürnberg zurückzubringen. An feiner alten Stelle in der Sebalduskirche am Pfeiler hängt eine alte Nürnberger Copie von dem ihresgleichen eigenthümlichen, wäfferig grün-lichen Tone.

Weitaus das bedeutendfte Werk der erften Malerwerk-ftatt Dürers und dasjenige feiner Schulbilder, an welchem er felbft am meiften Theil hat, ift der Paumgärtner'fche Altar aus der Katharinenkirche in Nürnberg, 1612 durch Herzog Maximilian I. erworben [1]), jetzt in der Münchener Pinakothek. Das Mittelbild ftellt die Geburt Chrifti dar. Die Madonna, fehr blond und ganz in Blau gekleidet, kniet unter einem hölzernen Vorbaue neben Ruinen und blickt mit mütterlich beforgtem und doch glückfeligem Gefichts-ausdrucke auf das Chriftkind herab, das von fünf Kinder-engeln in kurzen Röckchen und mit bunten Flügeln umgeben ift. Von der anderen Seite kommt Jofeph in röthlichem Gewande mit der Laterne. Im Hintergrunde eine heitere Landfchaft mit der Verkündigung an die Hirten, deren zwei bereits rückwärts in das Gebäude eintreten. An dem Holz-ftänder in der Mitte ift Dürers Monogramm ganz unfcheinbar angebracht. Die beiden Seitenflügel zeigen je einen Ritters-mann, vor feinem Streitroffe ftehend, vermuthlich die getreuen Bildniffe der Stifter, in voller Rüftung mit rothem, fchwarz-verbrämtem Koller und rother Beinbekleidung. Der zur Linken foll, einer urkundlich durch nichts verbürgten Ueber-lieferung des XVII. Jahrhunderts zufolge, Dürers Freund, Herr Stephan Paumgärtner fein, der andere deffen Bruder Lucas. »Das ift die Rüftung zu der Zeit in Deutfchland geweft«, fchreibt Dürer zur Jahreszahl 1498 auf das ganz ähnlich ausgeftattete Aquarellbild eines Reiters in der Alber-tina; das war die rothe Uniform — können wir wohl hin-zufügen, — in welcher die Nürnberger Fähnlein 1499 unter

---

1) Baader, Beiträge I. 12. Man erklärte das Werk damals in Nürn-berg für ein fchlechtes Gemälde, das nicht von Dürers Hand fei. Für die Katharinenkirche ward eine Copie angefertigt. Eine grofse colorierte Federzeichnung zum Mittelbilde be-findet fich im Britifchen Mufeum.

Pirkheimers Führung in den Schweizerkrieg zogen. Ob die beiden fo fcharf charakterifierten und fo läffig daftehenden Ritter zugleich auch S. Georg und S. Euftachius bedeuten, ift noch weniger erweislich. Die Flügelbilder find beide durch Anftücken breiter gemacht worden; von den Rück-feiten, welche links die h. Katharina, rechts die h. Barbara darftellten, ift nichts mehr vorhanden [1]).

Obwohl der Paumgärtner'fche Altar die zuvorgenannten Malereien an Feinheit der Ausführung, wie an Originalität der Auffaffung weitaus überbietet, fo kann er doch nur als das befte Atelierbild Dürers angefehen werden. Zwar zeigt die Madonna bereits ganz feinen Typus, felbft die gekniffenen Kinderaugen der Engel widerfprechen feiner früheren Zeit nicht; die grofsen Flügelfiguren find koftbare Denkmäler feines urfprünglichen, ftets gewaltig wirkfamen Realismus; gleichwohl fehlt es noch an der gleichmäfsigen Belebung aller Theile, an dem Nachdruck, den nur die Meifterhand allein einem Werke verleihen kann; noch immer drängen fich die fchwarzen Umriffe des Entwurfes vor. Was endlich die Zeit feiner Entftehung anbetrifft, kann das Werk nicht weit über das Jahr 1500 herabverfetzt werden; dies ver-bieten feine dürftige Compofition, die unvollkommene Linear-perfpective und alle fonftigen ftiliftifchen wie technifchen Analogien. Der Paumgärtner'fche Altar bildet gewiffer-mafsen den Abfchlufs jener Reihe Dürer'fcher Schulbilder und zugleich den Uebergang zu jenen wenigen gröfseren Gemälden, welche der Meifter feit 1504 ganz eigenhändig vollendet hat.

Wohl kamen auch fpäter noch Aufträge zu ähnlichen Flügelaltären an Dürer heran. Beleg dafür find zwei Skizzen in der Albertina, deren eine mit 1508 bezeichnet ift. Ihr Mittelftück zeigt eine ähnliche Verehrung des neugeborenen Chriftuskindes, wie das des Paumgärtner'fchen Altares; nur

---

1) v. Murr, Journal XIV. 99.   träge I. 12.
Heller a. a. O. 194. Baader, Bei-

ift die Compofition einheitlicher und find die Heiligen, Katharina knieend, Barbara ftehend, in diefelbe einbezogen.
Die Flügel mit den beiden heil. Johannes find blos mit Biefter
leicht umriffen, während das Mittelftück darüber noch mit
ausgefparten Lichtern anmuthig coloriert und fodann mit der
Feder in Tufche nochmals kräftig übergangen ift — ein
deutliches Vorbild im Kleinen für die gleiche Manipulation
bei der Ausführung der Schulbilder. Daffelbe gilt von der
anderen Skizze zu einem Triptychon, deffen Mittelbild die
Madonna mit St. Hieronymus und St. Antonius darftellt;
die Flügel St. Sebaftian und St. Rochus in leichten Umriffen.
Von einer Ausführung diefer Flügelaltäre ift nichts bekannt.
Eine andere ganz flüchtige Federzeichnung der Albertina
vom Jahre 1511 zeigt oben eine thronende Madonna mit
einem geigenden Engel zu ihren Füfsen und gekrönt von
zwei anderen in einer hohen Bogenhalle, in welcher diefelben
Heiligen perfpectivifch angeordnet ftehen, welche auf der
oben genannten erften Altarfkizze vorkommen. Diefe Compofition hat einige Verwandtfchaft mit dem Mittelftucke des
herrlichen Tucher'fchen Altares in der Sebalduskirche zu
Nürnberg, welchen Hans von Kulmbach 1513 als eines feiner
Hauptwerke vollendet hat. In's Gewicht fällt diefer Umftand
aber erft in Anbetracht der Ueberlieferung, dafs jene
Tucher'fche Tafel nach einer Zeichnung Dürers gemalt fei,
die fich einft im Befitze Sandrarts befand und jetzt, gleichfalls mit 1511 und Dürers Monogramme bezeichnet, auf dem
Berliner Kupferftichcabinet aufbewahrt wird [1]).

Wie es nun immer um diefe Vorgefchichte des Tucher-
fchen Altares beftellt fein mag, der Umftand, dafs Dürer
feinem Freunde Kulmbach eine Skizze geliefert habe, hat
nichts Auffallendes. Auch ein anderes Hauptbild Kulmbachs
gerade aus dem Jahre 1511, die Anbetung der heil. drei
Könige, im königl. Mufeum zu Berlin, hat fo viel Dürer'fches
in der Compofition, dafs man faft ein gleiches Verhältnifs

---

1) Vergl. Thaufing, Die Laurea etc. Jahrb. f. K. II. 179.

vorausſetzen möchte. Aehnliche Schwierigkeiten aber bietet
die Erklärung noch eines Altares, deſſen bekannte Bruch-
ſtücke allgemein Dürer zugeſchrieben werden; ich meine den
Jabach'ſchen Altar, ſo genannt nach ſeinem ehemaligen Beſitzer
in Köln. Ein Mittelſtück von demſelben iſt nicht bekannt,
es beſtand vielleicht in einer Holzſculptur. Die Innenſeiten
der Flügel zeigen auf Goldgrund paarweiſe die Heiligen
Simon mit Lazarus und Joachim mit Joſeph; ſie kamen aus
der Boiſſerée'ſchen Sammlung in die Münchener Pinakothek[1]).
Die Aufſenſeiten zeigten links Hiob, von ſeinem Weibe ver-
höhnt und mit Waſſer überſchüttet, rechts zwei ſeiner Freunde,
die ihm zum Spotte auf Trommel und Clarinette auffſpielen;
jene gegenwärtig im Städel'ſchen Inſtitute zu Frankfurt, dieſe
im Muſeum zu Köln. Eine ſpätere colorierte Zeichnung nach
der Aufſenſeite des geſchloſſenen Altares, darunter noch eine
Predella mit dem in Frauengeſellſchaft tafelnden Hiob von
einem Meiſter der Cranach'ſchen Schule befindet ſich auf
dem Berliner Kupferſtichcabinet. Ob Dürer die Zeichnungen
zu den Flügelbildern des Jabach'ſchen Altares geliefert hat,
bleibt zweifelhaft; ſie tragen bei aller Feinheit der Ausführung doch nur im Allgemeinen das Gepräge ſeiner Schule
an ſich. Die Dürer'ſchen Monogramme auf dem Biſchofsſtabe
des heil. Lazarus und auf dem Stabe Joſephs, letzteres mit der
Jahreszahl 1523, ſind unecht. Auffallend ſind an den Figuren
die gezierten Stellungen, die trotzig vorſpringenden Profile
und die verkrippten Gewänder. Die klare, flüſſige Malweiſe
erinnert zumeiſt an Kulmbach. Damit ſteht freilich die obige
Jahreszahl in Widerſpruch; denn ſchon am 3. December 1522
beſtätigt der frühere Frohnbote Heinrich Pauer als Vormund
der Verlaſſenſchaft des Hans von Kulmbach den Empfang
eines Reſtbetrages für eine von jenem gemalte Tafel[2]). Kulm-

---

1) Cabinette Nr. 123 und 127.
Lithogr. von Strixner.

2) Nürnberger Stadtarchiv, Cons.
30. fol. 506. Vergl. Neudörffer,
Nachrichten, publ. von Lochner, Wien
1875, in Quellenſchriften für Kunſt-

geſch. Bd. X. S. 135. Im Jahre 1525
macht ein Bürger von Joachimsthal
in Böhmen Anſprüche auf Kulmbachs Hinterlaſſenſchaft. Jahrb. f.
K. I. 224.

bach, deffen Familienname Sues lautete und nicht Fues und noch weniger Wagner, wie man lange willkürlich annahm, ftarb fomit zwanzig Jahre früher, als man gemeiniglich annimmt [1]). Indeffen befinden fich in der Lorenzer Kirche zu Nürnberg zwei Flügelaltäre mit ftehenden Heiligengeftalten, welche deutliche Analogien mit den Obgenannten aufweifen, und von denen ein Flügel mit St. Gabinus und St. Sigismund das Monogramm Kulmbachs mit derfelben Jahreszahl 1523 trägt. Ob daher die Werkftatt Kulmbachs nach deffen Tode noch eine Zeit lang weiter arbeitet, ob in derfelben vielleicht der junge Barthel Beham thätig ift, an welchen manche Eigenthümlichkeiten jener Gemälde erinnern, vermag ich nicht zu beantworten.

Wie grofs oder wie gering wir auch Dürers Antheil an den zuerft erwähnten Altarwerken anfchlagen mögen, keineswegs würde er hinreichen, um die erften Anläufe des Meifters der Apokalypfe, die Vorboten feines felbftändigen Wirkens daraus zu entwickeln. Ja kaum über die ihm damals eigenthümliche Malweife erhielten wir genügende Auffchlüffe, wenn nicht auch einige frühe Bildniffe von feiner Hand auf uns gekommen wären. Dürer felbft kennzeichnet der gemeinen Uebung nach noch im Jahre 1513 die Aufgabe der Malerei blos nach diefen beiden Richtungen hin mit den Worten: »die Kunft des Malens wird gebraucht im Dienfte der Kirche, und dadurch angezeigt das Leiden Chrifti und viel anderer guter Ebenbilder, behält auch die Geftalt der Menfchen nach ihrem Abfterben« [2]). Und fo hat denn auch der junge Dürer in Ermangelung anderer Aufträge zunächft Bildniffe feiner Angehörigen mit dem Pinfel feftgehalten, und wiederholt malte er fein Selbftporträt.

---

1) Ueber feine Gemälde zu Krakau aus d. J. 1514—16, voll bezeichnet: »Johannes SVES civis Norimbergensis« und mit dem Monogramm K I Friedr. v. Papée in den Mittheilungen des Inftituts f. öfterreich. Gefchichtsforfchung 1881. II. 160.

2) Zahn, Dürerhandfchrift des Britifchen Mufeums; Jahrb. f. Kunftw. I. 5.

In dem Jahre 1497 nahm Dürer ſein weltberühmt ge-
wordenes Monogramm an; im folgenden Jahre vollendete
und publicierte er ſeine Apokalypſe. Es darf daher wohl als
ein Ausfluſs gerechter Selbſtzufriedenheit angeſehen werden,
daſs er gerade das Jahr 1498 wahrnahm, um ſich wieder
auf's Sorgfältigſte in der Modetracht der Zeit abzubilden;
zierlicher noch und bunter, als vor fünf Jahren der Bräutigam.
Das weitgeöffnete Wamms und die zur Seite herabhängende
Kappe ſind weiſs und ſchwarz geſtreift; die Bruſt deckt
feines Linnen mit goldgeſticktem Saume; der Hals iſt ganz
entblöſst und quer über die Bruſt läuft die gleichfalls ſchwarz-
weiſse Schnur, welche das violette Mäntelchen an der linken
Schulter feſthält. Zur ſtracken Haltung ſcheint der modiſche
Schnürleib das Seinige beizutragen; der rechte Ellenbogen
und die in graue Handſchuhe gehüllten Hände ruhen auf der
Brüſtung, welche das Bild unten abſchlieſst. Die Wand im
Hintergrunde läſst rechts einen Blick durch's Fenſter frei;
dort ſieht man eine leuchtende Landſchaft mit einem
Dorfe an einem Fluſſe, darüber hinaus bunte Berge, zuletzt
ſchneebedeckte Gipfel. Dagegen erſcheint der ſchmale Kopf,
von leichten Bärten und langen dünnen Haarlocken eingeſäumt,
faſt blaſs in der Farbe, ſchwach im Ton, doch ſehr fleiſsig
ausgeführt. Er iſt rechtshin gewandt, die Augen aber blicken
aus ſcharf gezeichneten Winkeln den Beſchauer an mit dem
Ausdrucke derſelben Spannung, mit welcher der Meiſter
ſeine äuſsere Erſcheinung im Spiegel prüfte. Die Freude an
der eigenen Perſönlichkeit findet in dem gehobenen Selbſt-
bewuſstſein der Zeit ihre Erklärung, und die unbefangene
Aufrichtigkeit verleiht ihrer Schauſtellung einen eigenthümlichen Reiz.

In der Malweiſe fällt hier zuerſt die Anwendung des
Handballens und der Finger auf, mit welchen Dürer Handſchuhe, Hals und Mantel bei halbtrockenem Zuſtande der
Farbe betupfte, um dieſen Partien die Glätte zu benehmen
und ihrer Oberfläche eine Art Korn zu verleihen. Das Original
befindet ſich gegenwärtig im Muſeum zu Madrid; eine Copie

darnach von trockenem, kaltgrünem Tone in den Uffizien in Florenz. Nach einem Exemplare, das sich 1645 in der Sammlung des Lord Arundel befand, hat es Wenzel Hollar radiert. Jenes Selbstporträt des 26jährigen Dürer in der Imhoff'schen Sammlung [1]), das in Wasserfarben auf Tuch, d. h. Leinwand, gemalt war und 1633 »schon ziemlich schadhaft« nach Amsterdam verkauft wurde, ist seither wohl ganz zu Grunde gegangen. Es dürfte indes kaum etwas anderes, als eine auf Täuschung berechnete Nürnberger Copie des oben beschriebenen Madrider Bildes gewesen sein.

Ueberhaupt kann ich gleich bei dieser Gelegenheit einige Bemerkungen über die Inventare der vielberufenen Imhoff'schen Kunstkammer nicht unterdrücken. Als Quellen für die Geschichte Dürer'scher Werke sind dieselben in unserer Zeit doch vielfach überschätzt worden, denn ganz unleugbare Thatsachen gebieten die größte Vorsicht bei ihrer Benützung. Wilibald Imhoff der Aeltere (gest. 1580), der Enkel Pirkheimers und der Bruder von Dürers Pathenkind Hieronymus, hatte zwar von seinem Grosvater keine irgend nachweisbaren Arbeiten Dürers ererbt, wohl aber sammelte er eine stattliche Menge von dessen Zeichnungen und brachte auch einige Gemälde von Dürer an sich. Gute Gelegenheit, Eifer und Liebe zur Sache mögen ihm dabei mehr zu statten gekommen sein als ein besonderer Kennerblick. Unterlief so schon bei ihm, trotz seines guten Willens, manches Unechte, so nahm dies immer gröfsere Dimensionen an unter den Händen seiner Erben und Nachkommen, die alsbald ihre Kunstkammer als ein Waarenmagazin, Dürer als einen gangbaren Handelsartikel ansahen. Während die guten echten Erbstücke zunächst Abnehmer fanden, namentlich die Zeichnungen an den kunstverständigen Kaiser Rudolph II., der Dürer so sehr verehrte, übergingen, blieben die zweifelhaften Stücke zurück und vermehrten sich noch [2]). Insbesondere

---

1) v. Eye, Dürer, Ueberfichtstafel I. Nr 9 etc.

2) Vergl. die Geschichte der Imhoff'schen Sammlung bei Heller a. a. O. 71—86.

gab die groſe Münzen- und Medaillenſammlung Wilibald
Imhoffs eine willkommene Gelegenheit zu Porträtfälſchungen.
Einen anſehnlichen Vorrath davon beſitzen die öffentlichen
Zeichnungenſammlungen von Berlin, Bamberg und Weimar [1]).
Es iſt indeſs für unſere wiſſenſchaftlichen Zwecke gleichgiltig,
inwiefern die Imhoff und andere Nürnberger Kaufleute den
Betrug übten oder blos deſſen Opfer waren. Sicher iſt nur,
daſs durch die Hand geſchickter Techniker frühzeitig ſchon
ſo manche ſchöne Dürerzeichnung der Imhoff'ſchen Kunſt-
kammer ſich verdoppelte und daſs auch faſt alle Gemälde
Dürers, die ſich bis zur Neige des ſechzehnten Jahrhunderts
und darüber hinaus in Nürnberg befanden, in zwei oder
mehreren Exemplaren auf die Nachwelt gelangten. Solche
Nürnberger Copiſten, um nicht zu ſagen Fälſcher Dürers,
waren vornehmlich Hans Hofmann (geſt. um 1600), von dem
ſchon Andreas Gulden, der Fortſetzer Neudörffers, 1660 ſagt:
»copierte den Albrecht Dürer ſo fleiſſig nach, daſs viele ſeiner
Arbeiten für Düreriſche Originalien verhandelt werden«;
ſpäter ſodann Georg Gärtner (geſt. 1654) und Bonnacker,
Joh. Chriſtian Ruprecht, Johann und Georg Fiſcher, Jobſt
Harrich (geſt. 1617), Paul Juvenel (geſt. 1643) u. A. Dieſe
poſthume »Schule Dürers« ſteht einzig da in der ganzen
Kunſtgeſchichte. Kein anderer Meiſter, nicht einmal der
vielgeprüfte Raphael, iſt von der Fälſchung ſo beharrlich
ausgebeutet worden, wie Albrecht Dürer.

Ueber die Art, wie die Imhoff den Kunſthandel betrieben, macht Hans Hieronymus in ſeinem auf der Nürnberger Stadtbibliothek aufbewahrten »Geheimbüchlein« ganz
bedenkliche Mittheilungen. Unter den 1634 an einen Matthaeus
Overbeck von Leyden verkauften Stücken werden z. B. auf-
gezählt: »Ein Mariabild ... ſolches hat Hans Imhoff mein

1) Ueber dieſe Maſſenfälſchung
vergl. die Litteratur in meinem Nach-
rufe an Zahn, Jahrb. f. Kunſtw. VI,
221. Weitere, ziemlich oberflächliche
»Unterſuchungen über A. D.« von

A. v. Sallet, Berlin 1874, hat Alfred
Woltmann im Litterariſchen Central-
blatt, 1875, Sp. 83—84, und nochmals Sp. 188—190, entſprechend
beurtheilt.

Uranherr fel. zu Anttorf malen laffen; ich habe es dem
Overbeck für Lucas' von Leyden Hand ausgegeben: an fit,
dubitatur a multis! — Ein Marienbild auf Holz, von Oelfarben, klein; mein Vater fel. hat des Albrecht Dürers
Zeichen darunter malen laffen, man hat aber nicht eigentlich
dafür halten können, dafs es A. Dürer gemalt habe«. Gegen
die Authenticität alles deffen, was die Imhoff damals noch
unter Dürers Namen befafsen, insbefondere an Gemälden,
liegen fehr begründete Bedenken vor, denn der Kurfürft
Maximilian von Baiern, ein leidenfchaftlicher Verehrer unferes
Meifters, war von dem ganzen Vorrath wenig erbaut. Nachdem ihm 1630 in München die Dürer'fchen Stücke »auf fein
inftändiges Anhalten präfentiert worden, hat er dazu gar
keine Luft getragen, auch viel unter denfelben nicht für
Originalien erkennen wollen, fondern fie alle[1]) zurückgegeben
und gar kein Gebot darauf legen laffen«; fo berichtet Hans
Hieronymus Imhoff felbft. Der feinfinnige Kurfürft, der
feinen Palaft mit den beften Gemälden Dürers zu zieren
verftand, wufste wohl, was er hier that. Er war dabei
beffer berathen als jener Amfterdamer Kaufmann, der drei
Jahre fpäter durch einen gewiffen Abraham Blomart die
Sammlung für 34,000 Thaler in Nürnberg ankaufen liefs.
Der Schreiber des Geheimbüchleins hatte ficher guten Grund,
dazu zu bemerken: »Ift alfo, Gott Lob und Dank! ein
folcher guter Kauf für uns gefchehen, deffen wir uns nimmer
mehr hätten einbilden dürfen, denn gewifslich ift unter allen
verkauften Stücken nicht ein einziges Hauptftück gewefen,
fondern meiftentheils kleine und von Wafferfarben gemalte
Sachen, darunter viele, an welchen, ob fie eben Albrecht
Dürer gemalt habe, noch viel zu zweifeln ift«.

Der gedrängte Hinweis auf diefe, früh fchon ergiebige
Quelle der Dürerfälfchung mag den Einwürfen derjenigen
begegnen, die in der Zurückführung eines Kunftwerkes auf
die Imhoff'fche Kunftkammer oder in der Ausführung einer

---

1) Bis auf zwei ganz geringfugige Stückchen.

Malerei in Leim-, Gummi- oder Wasserfarben auf feiner, un-
grundierter Leinwand entscheidende Argumente für die Ur-
heberschaft Dürers finden wollen. Der Ankauf für den
Grafen von Arundel wurde in Nürnberg erst 1636 gemacht [1]),
also nach der abweisenden Entscheiduug des Kurfürsten
Maximilian. Die Technik der »gemalten Tüchlein« war
aber, weit entfernt, eine blos Dürer eigenthümliche zu sein,
in der Nürnberger Schule des XV. Jahrhunderts gebräuchlich
und auch den oberitalienischen Meistern als eine deutsche
Malweise wohlbekannt. Schon von 1475 haben wir das
urkundliche Zeugnis, dass Herzog Sigmund von Oberbaiern
der Gemahlin des Markgrafen Albrecht Achilles »ein Tüchel
schickt, daran Unser Frauen Bildnis mit subtiler Arbeit ge-
malet ist« [2]).

Eine an Zeichnungen zu beobachtende Eigenthümlichkeit
der alten Nürnberger Dürerfälschungen besteht auch darin,
dass sich dieselben für Wiederholungen von der Hand des
Meisters geben, daher oft neben dem Zeichen Dürers mit
Absicht eine andere Jahreszahl tragen, als das Original aufweist. Zuweilen wurde wohl gar die Copie um ein Jahr
zurückdatiert, um deren Vorzüglichkeit dem echten Werke
gegenüber anschaulich zu machen. Daraus erklärt sich
vielleicht auch der Umstand, dass die Selbstbildnisse Dürers
aus den Jahren 1493 und 1498 in der Imhoff'schen Sammlung Doppelgänger von 1492 und 1497 aufzuweisen hatten.
Scheinen sich doch auch die Bildnisse von Dürers Eltern,
die Wilibald Imhoff doch von dessen Schwägerin, der Frau

---

[1]) Der Ankauf begriff nebst den
Kunstgegenständen auch die reiche
Büchersammlung; Heller a. a. O.
73—74 Aus den beiden zuletzt
genannten Ankäufen stammen ohne
Zweifel die Handschriften Dürers im
Britischen Museum, sammt dem kost-
baren Sammelbande von Zeichnungen
daselbst mit der Aufschrift: »Tecke-
nings 1637«; ein Vermächtnis von
Mr. Sloane, das auf Arundels Samm-

lung zurückgeht. Die Imhoff hielten
eben Nachlese in Nürnberg, nachdem
sie die erste Zeichnungensammlung
glücklich an Kaiser Rudolph II. verkauft hatten. Aus kaiserlichem Besitze kam diese im Jahre 1796 grofsentheils in die Albertina. Vergl. M.
Thausing, La collection Albertine à
Vienne, Gazette des Beaux-Arts,
Paris, 1870.

[2]) Baader, Jahrb. f. Kunstw. I. 268.

des Endres Dürer, gekauft hatte, nachträglich als Copien
der auf dem Rathhaufe aufbewahrten Gemälde herausgeftellt
zu haben[1]). Wie die Dinge einmal liegen, ift es leider nicht
möglich, die Kunftthätigheit Dürers kennen zu lernen, ohne
zugleich die Induftrie zu verfolgen, deren Opfer fein Name
frühzeitig in der Heimat geworden ift. Ueber die Berechtigung zur Führung diefes Namens entfcheiden bei erhaltenen Werken nur innere Merkmale; alle blos äufserlichen
Belege für die Herkunft derfelben treten bei Dürer mehr
als bei allen anderen Künftlern in den Hintergrund, und das
Verlorene entzieht fich jeder Würdigung. Nach forgfältiger
Auswahl der echten, nach Fortlaffung aller zweifelhaften Gemälde bleibt noch gerade genug, um uns einen angemeffenen
Begriff von feiner Malerei zu geben.

Diefe Erörterungen kommen uns gleich zu ftatten bei
Beurtheilung jener zwei Gemälde, die man gemeinhin als
die Bildniffe der Katharina Fürlegerin bezeichnet. Dürer
foll ein fchönes Mädchen diefes Namens einmal mit auf-
gelöften, das andere Mal mit in breiten Zöpfen aufgebundenen
Haaren abgebildet haben; beidemal im Jahre 1497. Beide
Bilder befanden fich in der Sammlung des Lord Arundel,
wo fie von Hollar bekanntlich radiert wurden; endlich foll
das eine feinen Weg in die Galerie des Städel'fchen Inftituts
zu Frankfurt gefunden haben, das andere in die Sammlung
des Freiherrn Speck-Sternburg zu Lützfchena bei Leipzig.

Der Augenfchein belehrt uns aber fogleich, dafs wir es
hier mit zwei ganz verfchiedenen Köpfen und keineswegs
mit zwei Bildniffen einer und derfelben Perfönlichkeit zu
thun haben. Was fodann die Echtheit der betreffenden
Gemälde anbelangt, fo fällt zunächft auf, dafs von beiden
heutzutage noch zwei Exemplare bekannt find, je eines in
Oel auf Holz, das andere in Wafferfarben auf Leinwand
gemalt. Die beiden in der letzten Art ausgeführten Bilder
follen als Seitenftücke und in fehr fchlechtem Zuftande aus

---

[1] v. Eye, Leben A. Dürers, Ueberfichtstafel Nr. 19.

dem Nachlaſſe eines Olmützer Erzbiſchofs an Hrn. Karl
Waagen in München gekommen ſein und wurden von Deſchler
in Augsburg kräftigſt reſtauriert; das eine dieſer Pendants
erwarb dann Frankfurt, das andere, darſtellend das Mädchen
mit dem geflochtenen Haare, Mr. Wynn Ellis in London.
Dieſe Stücke nun für völlig verdorbene Originale halten zu
wollen, bleibt freilich jedermann unbenommen, von Dürers
Pinſel iſt jedenfalls nichts mehr an denſelben wahrzunehmen.
Doch auch das Oelbild der Fürlegerin in Lützſchena mit
den dürftigen Leibesformen, den mangelhaften Händen, dem
grünlich wäſſerigen Farbentone, iſt eine ſpätere, noch ungleich ſchwächere Copie. Möglich wohl, daſs davon ein
Original Dürers mit oder ohne Wappen der Fürleger einmal exiſtiert hat; gegenwärtig entzieht ſich daſſelbe unſerer
Betrachtung.

Dagegen iſt uns das Dürer'ſche Original der ſogenannten
Fürlegerin mit den langen Haaren erhalten. Es iſt die
betende Jungfrau in der königl. Galerie zu Augsburg, ein
Tafelbild, mit dem ächten Monogramme und der Jahreszahl
1497 bezeichnet. Obwohl ganz nach der Natur gearbeitet,
läſt ſich die halbe Figur mit Sicherheit weder als ein Porträt
anſehen, noch als ein Heiligenbild; es macht mehr den Eindruck eines liebevoll ausgeführten Studiums. Klar und hell
tritt die zarte jugendliche Geſtalt aus dem ſchwarzen Hintergrunde hervor; ſie hält das runde Köpfchen leicht gegen
die linke Schulter geneigt, die groſsen, ſtark geſchweiften
Augenlieder niederſchlagend mit dem Ausdruck tiefer Andacht
und ſtiller Ergebung. Die ſcharfen Umriſſe, das Kantige der
Profile erinnert noch an mantegnesken Einfluſs. Die leicht
gefalteten Hände ſind fein modellirt bis auf die Grübchen
der Knöchel. Weiſses Linnen umſchlieſst den ſchlanken
Hals; das enganliegende Kleid iſt von tiefem Roth und mit
dunkelgrünen Säumen eingefaſst. Wangen und Lippen ſind
roſig angehaucht; vorwiegend aber ſcheint das Augenmerk
des Meiſters auf das reiche, goldblonde Haar gerichtet, das
aufgelöſt über beide Schultern bis an den Gürtel herabwallt.

Dieſe Fluth von Locken, ungekünſtelt und ungefärbt, iſt mit einer Wahrheit, Weichheit und Farbengluth ſonder gleichen wiedergegeben. Man glaubt hineinfaſſen zu können in dieſe Fülle, jedes Haar ſcheint ſichtbar und doch iſt die Durchführung nirgends in's Kleine verfolgt, ja ungleich weniger, als in manchen ſpäteren Arbeiten, in denen Dürer ſein gerühmtes Geſchick in der Haarbehandlung bis zu einer Virtuoſität trieb, deren äuſerliche Vorzüge ſich auch die Copiſten und Fälſcher anzueignen wuſsten. Hier iſt die Belebung des Haarwuchſes noch mehr durch coloriſtiſche Mittel als durch Einzelnheiten der Zeichnung erzielt. Der leichte weiſe Schleier, der wie ein Hauch das Köpfchen bedeckt und bis über die Augenbrauen herabfällt, iſt kaum ſichtbar. Die Ausführung iſt ſo genau, daſs in der Schlieſe des Korallenarmbandes noch ein Chriſtus am Kreuz zwiſchen Maria und Johannes erkennbar iſt. In der Copie des Städel'ſchen Inſtitutes iſt das Armband zu einem Roſenkranze geworden, die Farben von Kleid und Saum werden vertauſcht, das Haupt mit einem perlenbeſetzten Stirnbande geziert, links oben das Wappen der Fürleger angebracht. Ob ſich das letztere jemals auf dem Originale befunden habe, ſteht dahin [1]).

Dem früheſten Bildniſſe, das Dürer auf ausdrückliche Beſtellung gemalt haben mag, begegnen wir erſt im Jahre 1499; es iſt das Porträt des Oswald Krell in der königl. Pinakothek zu München. Es iſt keine einnehmende Perſönlichkeit, die hier in aller Herbheit ihrer Erſcheinung dargeſtellt wird. Der knochige, bartloſe Kopf des jungen Mannes iſt etwas nach links gewandt, und ernſt, faſt mürriſch blicken die Augen aus den äuſerſten Winkeln heraus. Das ſchwarze Sammetkleid ſtimmt gut zu dem rothen Vorhange im Grunde, der links den Ausblick auf hochſtämmige Bäume frei läſst. Mit beſonderer Sorgfalt iſt wieder das Haar und der von der rechten Schulter herabfallende, mit der linken Fauſt zuſammengehaltene Pelzrock behandelt. Auch die

---

[1]) Wenigſtens hat Eigner, der das Bild leider reſtaurirte, es nicht gefunden.

grauen Schatten im Fleiſche ſind fein vertrieben. Ueberall
iſt die ganze ungeſchminkte Wahrheit neben einer gewiſſen
zeitgemäſsen Gravität feſtgehalten. Im Allgemeinen zeigen
die frühen Bilder Dürers einen ſatteren, kräftigeren Farben-
vortrag, eine mehr malende Technik, die noch auf die alte,
durch Wolgemut vermittelte vlämiſche Ueberlieferung zurückführt, allmählich aber von der abſtracteren, mehr zeichnenden Methode in der Art von Mantegna und Schongauer
durchdrungen wird.

Zu erwähnen wäre hier noch das Bildniſs des kaiſerlichen
Rathes Sixtus Oelhafen, geb. 1466, geſt. 1539, aus dem
Jahre 1503, von welchem ſich aber das Original Dürers
nicht erhalten hat, ſondern blos Copien; die eine war in
der Sammlung des H. v. Derſchau, die andere befindet ſich
auf der Univerſitätsbibliothek zu Würzburg. Auch der kleine
Stich von J. A. Böner iſt nicht nach dem Original gemacht[1]).
Nicht viel beſſer ſteht es um die Nachweiſung eines Bild-
niſſes von Jakob Fugger, genannt der Reiche (1459—1525),
welches Dürer gemalt haben muſs, aber doch erſt in viel
ſpäteren Jahren. Die faſt lebensgroſse Originalzeichnung
dazu, welche B. Suermondt in Amſterdam entdeckte und
mir verehrte, ſtammt erſt aus den Jahren 1518—1520; ihr
entſpricht das Kulmbach zugeſchriebene Gemälde im Berliner
Muſeum[2]) und eine andere Copie im Beſitze des Grafen
Törring in München. Nun giebt es aber ein nur ſehr wenig
abweichendes Porträt deſſelben Mannes, wie es ſcheint, in
der Münchener Pinakothek[3]), aus Schleifsheim ſtammend und
laut Inventar von 1760 auf der Rückſeite als ein Werk
Dürers aus dem Jahre 1500 bezeichnet. Das Bild war blos
in Leimfarben ausgeführt und hat demgemäſs viel gelitten;
insbeſondere der grüne Hintergrund und die Kleidung ſind
ganz übermalt. Der beſſer erhaltene Kopf aber mit der
noch immer ſehr guten Modellierung und dem heiteren,

---

1) Katalog Derſchau S. 6. Heller   2) Nr. 557.
a. a. O. 223, 265 u. 909.   3) Saal I. Nr. 51.

lebhaften Ausdrucke deutet allerdings auf Dürer, und zwar
durch die etwas gekniffenen Augen und Mund auf deſſen
frühe Zeit hin. Damit ſteht aber wieder in Widerſpruch,
daſs die dargeſtellte Perſönlichkeit keineswegs zwanzig Jahre
jünger ausſieht, als auf den zuvor genannten Bildniſſen,
ſonder vielmehr greiſenhaft, und nach der eingeſunkenen
Oberlippe zu ſchlieſsen, zahnlos: ein Widerſpruch, den ich
nicht zu erklären vermag, es ſei denn, daſs das Münchener
Bild gar nicht Jakob Fugger, ſondern blos einen ihm ſehr
ähnlichen, vielleicht auch leiblich verwandten Mann darſtellt.

Noch bleibt uns ein anderes Gemälde in Waſſerfarben,
gleichfalls aus dem Jahre 1500, zu betrachten, das in
mancher Hinſicht unter Dürers Werken vereinzelt daſteht:
Hercules im Kampfe mit den ſtymphaliſchen Vögeln auf der
Veſte zu Nürnberg. Waagen ſah das Bild noch in Schleiſs-
heim in ſchadhaftem Zuſtande und erklärte es auch für
ſchwierig, es auf irgend eine Weiſe wieder herzuſtellen.
Seitdem iſt es mit Oelfarbe und Firniſs ganz überſtrichen
worden bis auf wenige kleine Stellen, unter denen ſich zum
Glück der Stein mit Monogramm und Jahreszahl befindet.
Der nackte Hercules in halber Lebensgröſse ſchreitet linkshin
aus, ſtramm den groſsen Bogen ſpannend, ſo daſs er mehr
von rückwärts, der Kopf mit den fliegenden Locken gerade
im Profil geſehen wird. Der Vogel links in der Luft und
ſeine beiden Geſellen ſind als kleine geflügelte Drachen
gebildet, mit länglichen Frauenköpfen und mit Brüſten,
ähnlich den Sirenen; ſie ſehen gar nicht ſchrecklich aus. In
den Hintergrund erſtreckt ſich eine wohlangeordnete Fluſs-
landſchaft. Nach der völligen Verwüſtung des Gemäldes iſt
es ein Glück, daſs uns wenigſtens ein Entwurf Dürers zu
demſelben erhalten iſt, nämlich in der groſsherzoglichen
Sammlung zu Darmſtadt. Es iſt eine lavierte Federzeichnung,
auf welcher die Hauptfigur mehr in der Mitte ſteht und das
Löwenfell nachſchleift, mit dem auch der Rücken zum Theil
bedeckt iſt. Starke Pentimenti zeigen, wie Dürer bemüht
war, der Anatomie Herr zu werden und die energiſche

13*

Bewegung in der Stellung und Muskelſpannung der Glieder
auszudrücken; während die ihm geläufige Landſchaft nur
ganz flüchtig angegeben iſt. Es iſt dies unter allen Gemälden,
die wir von Dürer kennen, eines der beiden, in welchem er
keinen heiligen Gegenſtand und kein Bildniſs giebt, und
das einzige mit einer mythologiſchen Darſtellung. Wer mag
wohl der Beſteller geweſen ſein?

VIII.

Der Wettstreit mit Wolgemut und die frühen Kupferstiche.

»Item aws welchen ein grofser, kunft-
reicher moler foll werden, der mufs
van guter werklewt kunft erftlich vill
abmachen, pis er ein freie hant erlangt«.

Dürer.

URCKHARDT hebt einmal die
Thatfache hervor, dafs im Zeitalter
der Renaiffance mehrere der gröfsten italienifchen Meifter ihr Beftes
in fpäten Jahren leifteten. Lionardo
war mehr als 50 Jahre, als er das
Abendmahl fchuf, Giovanni Bellinis
herrlichfte Werke ftammen aus
feinen achtziger Jahren, Tizian und
Michelangelo haben als Greife noch das Staunenswürdigfte
hervorgebracht. Es ift, als hätte die grofse Zeit Eile gehabt
und in ihrer Haft alles, vom Knaben bis zum Greife, mit
der Fülle ihrer Kraft überfchüttet. Bezeichnend für fie ift
daher der grofse, gemeiniglich dem Agoftino Veneziano, von
Vafari zwar dem Marcello Fogolino zugefchriebene Kupferftich, der einen Greis im Gehftuhle darftellt mit der Ueberfchrift: »Anchora imparo« — noch immer lerne ich!

Auch die deutfche Kunft jener Tage hatte folche bis
an ihr fpätes Lebensende noch lernende Meifter — und zwar

find es gerade die Lehrmeifter unferer beiden gröfsten Maler, die fich dadurch auszeichnen. Läfst fich doch die Berechtigung der hergebrachten, erft neuefter Zeit angegriffenen Ueber- lieferung nicht länger bezweifeln, nach welcher nicht Hans Holbein der Jüngere, fondern fein alter Vater und Lehrer der Schöpfer des Sebaftiansaltares in München und aller um denfelben gruppierten Gemälde fei. Nachdem man fchon ein Wunder glauben und auf hiftorifchem Wege beglaubigen mufste, entfchied die Wiffenfchaft nicht für den frühreifen Knaben, fondern für den blühenden Greis, in deffen heiterem Sinne fich die Formen des alten Stiles noch zu ungemeiner Lieblichkeit rundeten, deffen Hand fchon über einen reichen Schatz künftlerifcher Erfahrung verfügte, als fich feine Phan- tafie noch aufmachte zum Ritt in das neuentdeckte Wunder- land der Renaiffance. Und wie dem Vater Holbein neue, ungeahnte Kräfte erwachfen in einem Alter, da fie anderen Sterblichen zu verfiegen pflegen, fo fchreitet auch Michel Wolgemut in ungebrochener Blüthe in das fechzehnte Jahr- hundert hinüber; auch auf feinen Geift follten die Ideen und Formen der Antike noch befruchtend wirken.

Allerdings mufste der Erfolg bei dem Nürnberger Alt- meifter ein ganz anderer fein, als bei Hans Holbein, dem Aelteren, in Augsburg. Die alte Augufta, die Königin des Lechfeldes, war unter allen deutfchen Reichsftädten zumeift den Einflüffen des Südens ausgefetzt. Sie ftand im leb- hafteften Verkehr mit Mailand und dem italienifchen Weften, deffen neue Stilformen fomit nirgends auf deutfchem Boden leichter zur Geltung und Herrfchaft gelangen konnten, als hier. Dem gegenüber war der Handel und Wandel Nürn- bergs zunächft auf Venedig angewiefen. Diefes aber bildete damals noch in mehr als einer Beziehung einen Gegenfatz zu dem übrigen Italien, oder behauptete doch eine Aus- nahmeftellung innerhalb deffelben. Wir lernten bereits, ge- legentlich der Wanderfchaft Dürers, das venetianifche Kunft- leben gewifsermafsen als ein Mittelglied zwifchen Süden und Norden kennen; wir fahen, wie die Renaiffance von der

Terra firma erſt verhältnifsmäfsig ſpät in die Lagunenſtadt
vordringt und dort längere Zeit unvermittelt neben der
empfindſamen gothiſch-naturaliſtiſchen Richtung hergeht.
Folgerichtig muſste daher der Einfluſs, der von Venedig
auf Nürnberg überging, ein zwiefpältiger und weſentlich
anderer ſein, als jener der lombardiſchen Kunſt auf Augsburg.
Dazu kommt noch, daſs ſich der letztere auf dem gewöhnlichen Wege der unmittelbaren Anſchauung, des Nachfühlens
von Künſtler zu Künſtler fortpflanzte, während der Uebergang von Venedig nach Nürnberg einen theoretiſierenden
Beigeſchmack hat, auf Nachdenken und wohl gar auf einer
ganz bewuſsten gelehrten Vermittelung beruht. Ohne er-
örtern zu wollen, inwiefern ein ſolches Dazwiſchentreten der
claſſiſchen Gelehrſamkeit der deutſchen Kunſt von Nutzen
oder vom Uebel geweſen ſei, muſs doch einleuchten, daſs
ein ſo verſchränkter Zuſammenhang von Urſachen und
Wirkungen ſchwer zu verfolgen, ſchwerer noch auf ſeine
Ausgangspunkte zurückzuleiten iſt. Und doch find wir genöthigt, es zu verſuchen, wenn wir nicht vor räthſelhaften
Thatſachen ſtehen bleiben wollen.

Suchen wir nach einer Perſönlichkeit, welche geeignet
war, dieſe eigenthümlichen, antiquariſch-artiſtiſchen Einflüſſe
Italiens auf Nürnberg ſchon im XV. Jahrhunderte zu ver-
mitteln, ſo weiſt uns alles auf den Stadtphyſicus und Hiſtorio-
graphen Doctor Hartmann Schedel, geb. zu Nürnberg 1440,
geſt. daſelbſt 1514. Nachdem er in Leipzig Magiſter der
freien Künſte geworden war, hatte er im Jahre 1463 die
Univerſität Padua bezogen, um Medicin zu ſtudieren. Sein
Aufenthalt daſelbſt fällt gerade in die Jahre, da Andrea Mantegna mit Hilfe gelehrter Freunde von der Univerſität ſeine
antiquariſch-realiſtiſche Renaiſſance ausbildete und mit ihr
Triumphe feierte, bis zu deſſen Berufung an den Hof der Gon-
zagen nach Mantua im December 1466 [1]). Wie Schedel ſelbſt

---

[1]) Crowe und Cavalcaſelle, Geſch. V. 406; 385 etc.
d. ital. Malerei, deutſch v. M. Jordan

berichtet, wohnte er im Jahre 1465 zu Padua der feierlichen
Zergliederung eines menfchlichen Leichnams bei, und am
17. April 1466 wurde er dafelbft als Licentiat und Doctor
in utraque medicina creiert.   Daneben aber hat er fich mit
gröfstem Eifer der Alterthumsftudien befliffen.   Angeregt
durch ein Bruchftück aus dem griechifchen Reifetagebuche
des gelehrten Antiquars Cyriacus von Ancona (geb. 1361),
aus dem er Notizen, Infchriften und Zeichnungen copierte,
verfafste er felbft ein grofses Sammelwerk über die Merkwürdigkeiten Italiens, befonders Roms und Paduas mit befonderer Berückfichtigung der Infchriften, »damit die Nachkommen Denkmäler erhalten, welche ihr Gemüth ergötzen
und fie zu mehrerer Vervollkommnung anreizen können«.
Auch als praktifcher Arzt und als Stadtphyficus in Nördlingen, Amberg und Nürnberg fetzte er diefe Studien fort
und arbeitete an einer ähnlichen Sammlung von Alterthümern
und Epigraphen aus Deutfchland.   Noch im Jahre 1512
brachte ihm Wilibald Pirkheimer von Trier Notizen und
Abfchriften, auch eine Abbildung des römifchen Monumentes
zu Igel [1]).

Schedel hat fich felbft als Zeichner verfucht.   Die
Proben aber, welche uns davon in feinen Handfchriften
überliefert find, geben von feiner Kunftfertigkeit keinen hohen
Begriff.   Sie zeigen die Hand eines ungeübten Dilettanten,
der fich zwar ein, in feinen jungen Jahren beliebtes Stückchen
eingeprägt hat, in jedem anderen aber fich nicht zurecht
findet.   In harter fpiefsiger Holzfchnittmanier zeichnet er
mit der Feder Gewandfiguren, in denen man ohne die bei-
gefchriebenen Namen alles eher als mythologifche Geftalten
erkennen würde.   Ihre Bedeutung haftet nur an dem all-
gemeinften Begriffe, an dem äufserlichften Merkmale, alles
andere mufs eine kräftige Phantafie dazu thun.   Gleichwohl
wäre es ein Irrthum, wollten wir Schedels Vorftellungen

---

1) Will, Nürnberger Gelehrten-   thumswiffenfchaft 348 ff.
lexicon.   Otto Jahn, Aus der Alter-

von antiken Formen und Idealen nach feinen eigenen Federzeichnungen beurtheilen. Diefe entfprechen jenen gewifs
eben fo wenig, wie etwa feine nackten Figuren der Summe
feiner anatomifchen Kenntniffe. Von der gedanklichen Vorftellung bis zur bildlichen Geftaltung ift gar ein weiter Weg;
nur langfam hat die Kunft denfelben zurückgelegt, und am
wenigften konnte ihr eine ungelenke Gelehrtenhand nur fo
im Fluge folgen. Schedels Begriffe von der Antike müffen
bei aller Urfprünglichkeit ganz unvergleichlich beffer gewefen
fein, als feine Zeichnungen. Er hatte ja mit eigenen Augen
und zugleich mit warmem Intereffe antike Bildwerke an-
gefchaut, die damals in Padua und Umgebung noch gewöhnlicher vorkamen; er kannte ficher auch die Sammlung von
Gypsabgüffen, welche Andrea Squarcione in feiner Werkftätte
angelegt hatte. Der Gebrauch, welchen deffen Adoptivfohn,
der grofse Mantegna, davon zu machen verftand, mufste ja
jedem die Augen öffnen. Und Hartmann Schedel war Zeuge
davon. Irgend einen Abklatfch nach der Antike nahm er
wohl felbft mit in die Heimath; manche Abbildung von
Künftlerhand und manchen italienifchen Kupferftich bewahrte
er mit feinem Schatze von gefchriebenen und gedruckten
Büchern, die nachmals in den Befitz des Herzogs Albrecht V.
von Baiern gelangten.

Hartmann Schedel ift fomit der frühefte Vorläufer Winckel-
manns und unferer claffifchen Archäologen. Seine Heimkehr nach Nürnberg erfolgte um das Jahr 1480 [1]). Er bewohnte dafelbft fein Haus »unter der Veften«, in der nächften
Nachbarfchaft Wolgemuts. Am 30. November 1489 hatte
Dürer feine Lehrzeit bei diefem vollendet und im April des
folgenden Jahres ging er auf Wanderfchaft. Kaum aber
hatte er Nürnberg den Rücken gekehrt, fo vollzog fich dafelbft die erfte nachweisbare Annäherung der claffifchen
Gelehrfamkeit an die deutfche Kunft. Im Jahre 1491 ver-

---

[1]) 1481 erfcheint Hartmann Sche-   büchern; v. Murr, Journal XV, 25 ff.
del das erftemal in den Bürger-

einigte fich Michel Wolgemut mit Doctor Hartmann Schedel
zur Illuftrierung der »Neuen Weltchronik«. Der 56jährige
Maler trat dadurch nothwendig in einen regen Verkehr mit
dem nur um 6 Jahre jüngeren Gelehrten. Der berühmte
Freundfchaftsbund zwifchen Dürer und Wilibald Pirkheimer
hätte fomit eine Art Vorfpiel in dem Verhältniffe zwifchen
Wolgemut und Hartmann Schedel, und in das Haus des
letzteren wird der frühefte Berührungspunkt der im übrigen
Deutfchland noch ftreng gefchiedenen Gelehrten und Künftler-
kreife zu verfetzen fein; weiter zurück dürfte fich die Anknüpfung fchwerlich verfolgen laffen. Nicht in dem gemeinfamen Geburtshaufe oder in einem Verkehre ihrer beiden
Familien, fondern in der Begegnung an der Hand der älteren
Freunde und Berufsgenoffen mögen Pirkheimer und Dürer
nach der Heimkehr von ihren Studienreifen den Grund zu
gegenfeitiger Annäherung gelegt haben.

Durch diefen Gedankengang fixiert fich von felbft der
Zeitpunkt, in welchem der Humanismus zuerft vernehmlich
an die Pforte der deutfchen Kunft pochte. Mit welchem
Erfolge — darüber fehlt uns freilich jede litterarifche Ueberlieferung; wir find allein auf die Denkmäler angewiefen.
Aber auch diefe geben uns nicht fo leicht Auffchlufs. Das
farbige Gemälde diente nur kirchlichen Zwecken oder hie
und da zum Porträt. Mehr Freiheit gewährte dem deutfchen
Meifter allerdings die »gedruckte Kunft«. Doch auch der
Holzfchnitt war auf die grofse Maffe berechnet; feine Darftellung mufste populär und allgemein verftändlich fein. Nur
der Kupferftich nahm eine gewiffe Mittelftellung ein. Er
geftattete eine feinere Ausführung und, ohne gerade gemeine
Marktwaare zu fein, doch eine gewiffe, auch wohl geheime
Verbreitung unter den gebildeten Kreifen der Nation. Hier
konnte der Humanismus am leichteften feinen Einflufs auf
die deutfche Kunft geltend machen. Im Vergleich zu demjenigen, was die italienifche Renaiffance der Antike verdankte,
mag freilich die vorwiegend theoretifche Unterweifung, welche
hier zunächft der deutfchen Kunft zu Theil wurde, geringfügig

erfcheinen. Immerhin bleibt aber die Thatfache beachtenswerth, dafs auch in Deutfchland die Befreiung der Formen
und ein gefunder Naturalismus in der Malerei nicht aufkommen
konnte, ohne dafs eine Befruchtung durch die claffifche Wiffenfchaft vorausgegangen wäre.

Der Kupferftich zählte gegen den Ausgang des XV.
Jahrhunderts in Nürnberg und im benachbarten fränkifch-
baierifchen Lande bereits einige namhafte Vertreter, die fich
durch Reichthum der Erfindung eben fo vergleichen, als fie
fich durch eigenartige Zeichnung und Technik von einander
unterfcheiden. Gerade die herbe Selbftändigkeit diefer älteften
fränkifchen Stecher konnte die breitefte Grundlage für eine
glänzende Weiterentwickelung der Kupferftechkunft darbieten,
fobald fich eine allgemeinere Begabung aller ihrer vereinzelten
Richtungen bemächtigte. Alterthümlich harte Formen zeigen
die Stiche, welche dem berühmten Nürnberger Holzfchnitzer
Veit Stofs zugefchrieben werden; die vielgebrochenen Gewänder, wie die unruhige, flaumige Schattierung deuten auf
niederländifche Schule. Ein gewandter fchwungvoller Zeichner
ift der Meifter M. Z., genannt Matthaeus Zafinger oder Zatzinger;
feine Stichweife ift zwar fpitz und fchütter aber durchaus
malerifch, insbefondere in der Behandlung von Trachten
und Landfchaften. Dagegen hat Mair von Landshut in
feinen feft umfchriebenen Geftalten, wie in feinen phantaftifchen, maffiven Bauwerken einen entfchiedenen Zug zur
plaftifchen Formengebung. Diefen drei Meiftern von fo aus-
geprägter Eigenthümlichkeit fchliefsen wir nun das noch
bunte und unbegrenzte Kupferwerk Michael Wolgemuts an.

. Bis in den Beginn unferes Jahrhunderts galt Wolgemut
allgemein auch als Kupferftecher, und es wurden ihm alle
jene Platten zugefchrieben, die unten in der Mitte mit dem
Buchftaben W bezeichnet find. Da fand Adam Bartfch auf
einem Abdrucke des auch von Schongauer geftochenen
Schmerzensmannes zwifchen Maria und Johannes[1]) in der

1) Peintre-Graveur, VI. 325. Nr. 17.

Albertina die Auffchrift von einer Hand des XVI. Jahrhunderts: »Diefer Stecher hat Wenzel geheifsen, ift ein Goldfchmied gewefen«. Diefe Nachricht zufammengehalten mit
der Bezeichnung auf dem Tode der Maria nach Schongauer
(Bartfch 22): 1481, WENCESLAVS DE OLOMVCZ IBI-
DEM, veranlafste Bartfch auch fämmtliche mit einem W
bezeichnete und früher Wolgemut zugefchriebene Stiche für
Werke diefes Wenzel zu erklären. Der fonft nicht näher
bekannte Olmützer Goldfchmied follte in feiner Jugend
Schongauer, in feinem Alter Dürer copiert haben, was doch
fchwerlich von Wolgemut hätte behauptet werden können.
Letzterer könnte aber nach Bartfch auch darum Dürern
nicht die Vorbilder für eine Reihe feiner Kupferftiche geliefert haben, weil die mit W bezeichneten Blätter den
entfprechenden Arbeiten Dürers um vieles nachftünden; ein
Grund, der trotz feiner Allgemeinheit leicht verfing, angefichts der fpäten und fchlechten Abdrücke, in denen die
Stiche des Meifters W zumeift vorkommen.

Nur das unbedingte Fefthalten der alten Regel, dafs
die Copie oder Wiederholung eines Kunftwerkes durch einen
anderen Meifter dem Original in jeder Beziehung nachftehen
müffe, konnte Bartfch der Gefahr einer Täufchung ausfetzen,
ähnlich derjenigen, die ihm in einer analogen Frage bei der
Beurtheilung Marcantonio Raimondis unterlief[1]). So folgerichtig nämlich das Princip aus der Erfahrung der Gegenwart und aus der Beobachtung früherer Jahrhunderte gezogen
fein mag, für die Zeiten einer auffteigenden Kunftbewegung
und für die Denkmäler einer eben in rafchem Aufblühen
begriffenen Technik wird feine Anwendung doch an manche
Vorbehalte geknüpft fein. Zunächft haben die Meifter des
XV. Jahrhunderts gar nicht jenen krankhaften Begriff von
Originalität, dem gemäfs jedes neue Werk fich in allen
Beziehungen, in Stoff, Compofition und Ausführung foviel
wie möglich von dem bereits Vorhandenen unterfcheiden

---

1) Vergl. Thaufing: Marco Dente v. Ravenna, Archiv f. zeich. K. 1870.

müſſe. So ſehr ſie auch bemüht ſind, den Kreis der Darſtellungen zu erweitern, eben ſo unbefangen beharren ſie
anderſeits auch bei den einmal gefundenen, gewohnten und
beliebten Gegenſtänden. Wie in der claſſiſchen Kunſt kehren
auch in der Renaiſſance dieſelben bibliſchen, mythologiſchen
oder profanen Geſchichten, die gleichen typiſchen Geſtalten
immer wieder, und die Betonung liegt nicht in dem was,
ſondern in der Art, wie geſchildert wird. Im dunklen Be-
wuſtſein der unumſchränkten Vorherrſchaft der Form auf
dem Gebiete der Kunſt, haben die groſsen Meiſter aller
Zeiten niemals Anſtand genommen, von anderen zu entlehnen, was ſich ihnen als wahlverwandt und nachahmenswerth darbot. In dieſem raſtloſen Suchen und Finden,
Aufnehmen und Abgeben liegt das Geheimniſs eines geſunden
Kunſtlebens, welches wir, im Vergleiche zu dem Stoffwechſel
der organiſchen Natur, den ſteten Formenwechſel der geiſtigen
Welt nennen könnten.

Unter ſolchen Umſtänden iſt es zuweilen gewagt, von
zwei ſich nahezu entſprechenden Kunſtwerken, blos das eine
als Original hochſchätzen, das andere als Copie unbedingt
verwerfen zu wollen. In vielen Fällen, wo die Unterſcheidung
keiner Schwierigkeit unterliegt, wird auch ein ſolcher Abſtand der Urtheile in dem Maſse gerechtfertigt ſein, als der
Nachahmer zeitlich, räumlich und geiſtig dem Urheber ferne
ſteht. Denn um eine gute Copie iſt es doch ein eigen Ding;
und bei noch ſo· peinlicher Genauigkeit wird es der erſten,
beſten Hand ſo wenig, wie der correcten Maſchine gelingen,
das Werk des Meiſters bis zur Gleichwerthigkeit aufzuwiegen.
Wo dies Ziel dennoch erreicht wurde, da müſſen eben ſo
eigenthümliche Vorbedingungen gewaltet haben, wie die iſt,
daſs ein hochbegabter Schüler ſeinen ganzen Ehrgeiz darein
ſetzt, die Werke ſeines Meiſters zu übermeiſtern. Indem
Dürer die Kupferſtiche Wolgemuts nachbildete, kam ihm
ſeine innige Vertrautheit mit deſſen Auffaſſung und Darſtellungsweiſe ungemein zu ſtatten. Wie kein anderer hatte
er Einblick in das Schaffen ſeines Meiſters, und zugleich

befähigte ihn die Selbftändigkeit feines Urtheils, das Gute
vom Schwachen zu unterfcheiden und darnach feine Richt-
fchnur zu nehmen. Während die betreffenden Stiche Wolgemuts, fei es auf Grund einer noch auf Entdeckung aus-
gehenden, hin und hertaftenden Methode, fei es wegen der
verfchiedenartigen Betheiligung der Schüler, die mannig-
fachfte Art der Behandlung aufweifen, eine Abftufung von
der kräftigen, paftofen Druckfähigkeit des »grofsen Hercules«
bis zu der feinften kalten Nadelarbeit der Türkenfamilie
oder des kleinen S. Georg im Rund nach Schongauer, von
italienifcher Breite bis zu niederländifcher Zartheit, hält Dürer
frühzeitig ein mittleres Mafs feft. Von jenen Extremen gleich-
weit entfernt giebt er feiner Stichelführung einen ganz einheitlichen Charakter, von dem er blos bei offenbaren Ex-
perimenten noch abweicht; und diefen Stil entwickelt er fo
klar und folgerichtig, dafs die Kupferftechkunft unter feinen
Händen plötzlich die höchfte Vollendung erreicht. Denn
niemals wurde klarfte Beftimmtheit der Zeichnung mit der
feinften Ausführung fo vollkommen auf ein und derfelben
Kupferplatte verfchmolzen, fo viel des Vortrefflichen auch
feit Dürer in jeder der beiden Richtungen geleiftet wurde.

Auf Bartfch in feiner Eigenfchaft als Kupferftecher
mufsten die technifchen Vorzüge der Dürer'fchen Arbeiten
daher einen tiefen Eindruck machen. Er hatte für die
ftecherifchen Feinheiten ein um fo lebhafteres Gefühl, als es
feiner Zeit an der ftrengeren Unterfcheidung und Würdigung
von hiftorifchen Stilformen noch vielfach mangelte. Und fo
wurden die natürlichen Schwächen einer noch unreifen Entwickelungsftufe gegen, die gröfsere technifche Freiheit der
jüngeren Meifterhand für die Originalität in's Feld geführt.
Umfonft ward die Wahrfcheinlichkeit, dafs die mit W bezeichneten Stiche doch nicht Copien, fondern die Originale Dürer's wären, auf's Neue erörtert; zuerft fchüchtern
von William Young Ottley [1]), und nach ihm entfchiedener

---

1) An Inquiry into the history of Engraving, London 1816, II, 682.

von Sotzmann [1]). Man verharrte bei Bartfch' Anficht, dafs es von Wolgemut entweder gar keine Kupferftiche gäbe, oder diefelben nur unter den Unbezeichneten zu fuchen wären. Die gute alte Ueberlieferung, dafs Dürer, wie alle andere Kunftfertigkeit, fo auch das Stechen bei Wolgemut erlernt habe, ift nun einmal unterbrochen, und wir haben Noth, wieder an diefelbe anzuknüpfen.

Quad von Kinkelbach, der Wolgemuts Namen gar nicht mehr kennt, erzählt in feiner: Teutfcher Nation Herrlichkeit, Köln 1609, von Dürer: »und fonderlich hat er dem W etliche Stück ganz auf den Zug nachgefchnitten: grofsen Herculem, wo W noch den Preis behalten, die anderen aber Dürer übermeiftert: Seereiter, Wilde Jeronymus, Verloren Sohn, Mariabild mit der Meerkatzen, der träumende Doctor und die kleine Reiterin«. Der Verfaffer der Schrift: »Von kunft- lichen Handwerken in Nürnberg« [2]) wiederholt diefe Nachricht mit der Erklärung: »Die Litera W ift Wolgemut«. Eine gewiffe Selbftändigkeit feiner Meinung bethätigt der Nürn- berger Anonymus darin, dafs er nebft dem »grofsen Her- cules« auch den »kleinen jagenden Reiter« als von Dürer nicht übertroffen hinftellt. Alle alten Nürnberger Kataloge von Kupferftichen ftimmen darin überein, das Monogramm W hier auf Wolgemut zu deuten. In dem Verzeichnifs der H. A. von Derfchau'fchen Kunftfammlung [3]) heifst es dann: »So viel ift gewifs, dafs die drei Platten mit W bezeichnet, fo A. Dürer gleichfalls in Kupfer geftochen, nämlich die Amymone, der Traum und das gehende Paar, von Wolgemut verfertigt worden; da diefe Platten fich noch Ende des vorigen Jahrhunderts in der Knorr'fchen Kunfthandlung zu Nürnberg befanden und in deren Verlagsbüchern als feit Jahrhunderten von Wolgemuts Erben erkauft angezeigt waren«. Die Erhaltung diefer drei Platten von W bis auf unfere Tage wird durch die zahlreichen modernen Abdrücke,

---

1) Deutfches Kunftblatt 1854. S. 307. 3) Nürnberg 1825. II. Abth. S. 9.
2) Archiv f. zeich. K. XII, 50.

die es davon giebt, beftätigt. Das Gleiche gilt von dem
Stiche, genannt: die vier Hexen von W; die Platte hat fich
noch 1828 in Möhringen bei Stuttgart befunden[1]). Weit
entfernt, jene Traditionen fchon als Beweisgründe gelten zu
laffen, wird man doch geneigt fein, darin eine Aufforderung
zur Ueberprüfung des Sachverhaltes zu erblicken. Da jene
gewöhnlichen Drucke von den Platten Wolgemuts in den
meiften Sammlungen neben den Stichen Dürers vorkommen
dürften, kann jedermann leicht unferer Vergleichung folgen,
die fich freilich, um beweiskräftig zu fein, bis in's Einzelne
ergehen muſs.

An der Spitze von Dürers Kupferftichwerk ftehen gegenwärtig, als die früheften Verfuche des Meifters, zwei unbezeichnete Blätter, welche erft Bartfch[2]) in das Werk aufgenommen hat. Noch Heinecken[3]) befchreibt diefelben unter
den Unbekannten des 15. Jahrhunderts folgendermafsen:
»277. Ein wilder Mann, der in einer Landfchaft fitzet und
ein Mädchen beim Rocke hält, welche er mit Gewalt auf
feinen Schofs zerren will. Ueber ihm ift ein leerer Zettel.
278. Ein Reiter, der im Galopp nach der rechten Seite hin-
reitet, fich umwendet und eine Peitfche in der Hand hält.
Ein Blatt von eben dem Meifter. Albrecht Dürer hat dies
Blatt ebenfalls geftochen«. Mit den letzten Worten wollte
Heinecken gewifs nur fagen, dafs Dürer denfelben Gegenftand geftochen habe, und er dachte dabei an den »kleinen
Courier« oder »den Postreiter«[4]). Irgend einen genaueren
Nachftich nach dem von Heinecken befchriebenen, fogenannten

---

1) Deutfches Kunftblatt von 1828.
S. 159.

2) Nr. 92 u. 81. Die befte Reproduction von Dürers Kupferftichwerk ift gegenwärtig: Oeuvre d'Albert Dürer, reproduit et publié par
Amand-Durand, texte par Georges
Duplessis; Paris 1877.

3) Neue Nachrichten I. 344.

4) Bartfch, Nr. 80. Der »kleine

jagende Reiter« ift daher vom Nürnberger Anonymus nicht fo genannt
im Gegenfatz zu dem erft von Bartfch
in Dürers Werk aufgenommenen
»grofsen Courier«, fondern zu dem
fchlechthin fogenannten »Reiter« im
Schritt, d. i. Ritter, Tod und Teufel
B. 98. Uebrigens fteht der »kleinen
Reiterin« ja auch keine »grofse« entgegen.

»grofsen Courier« giebt es nicht; das Blatt kommt felbft blos in zwei Exemplaren vor[1]). Anderfeits war Bartfch das mit dem W bezeichnete Original des kleinen Poftreiters, das feither entdeckt wurde, unbekannt[2]). So fpann Bartfch den von Heinecken hingeworfenen Gedanken weiter. Er erkannte eine fo nahe Verwandtfchaft jener beiden Blätter mit den frühen, von ihm für Originalarbeiten angefehenen Kupferftichen Dürers, dafs er fich berechtigt fühlte, diefelben geradezu in deffen Werke aufzunehmen, wenn auch nur als erfte Verfuche und als Copien nach einem älteren Meifter. Und wer wäre dann wohl diefer ältere Meifter gewefen?

Beide genannten Stiche zeigen indefs nicht blos eine ziemlich fchlichte, alterthümliche Zeichnung mit geringer Modellierung; fie verrathen zugleich durch die nachdrückliche Stärke der Umriffe und das harte Abfetzen der Schatten ein an die Wirkung des Holzfchnittes gewöhntes Auge. Diefer Auffaffung entfpricht auch das geringe Gefchick in der Führung des Stichels, insbefondere bei dem fogenannten »Gewaltthätigen«, einer Darftellung, deren wahrer Sinn nicht zweifelhaft ift. Es ift der Kampf um's Dafein, das Bild des Todes, der als wilder Mann, als ausgetrockneter hohläugiger Greis einem Mädchen in Bürgertracht, dem Bilde des Lebens, Gewalt anthun will. Der Stich fcheint noch älter zu fein als felbft der »grofse Courier«. Die harten, eckigen, an den Meifter M Z erinnernden Züge des Stichels, der zuweilen auch ausgeglitten ift, deuten auf eine noch geringe Vertrautheit mit der Kupferplatte. Auch die Bandrolle zu Häupten

---

1) Eines im Dresdener Cabinet, das andere auf der k. k. Hofbibliothek in Wien.

2) F. Harck, Das Original von Dürers Poftreiter; Mittheilungen des Inftituts für ofterr. Gefchichtsforfch. 1880. I. 579 ff. mit Abbild., auch giebt es einen alten Stich, der nur in Kleinigkeiten von Dürers Poftreiterlein abweicht. Ein fchadhafter Abdruck in der Albertina hat zwar keine Bezeichnung, doch unten inmitten des Vordergrundes eine weifs gebliebene Stelle, die fo klein ift, dafs dafelbft das Monogramm Dürers nicht, wohl aber das kleinere von Wolgemut Platz finden konnte. Diefer Stich ift fo wie derjenige Dürers eine Copie nach dem Originale Wolgemuts, von welchem Dr. F. Harck ein, wenn auch fehr fchadhaftes Exemplar befitzt und publiciert hat.

der Figuren spricht für eine frühe Zeit, die aller Thätigkeit Dürers vorausgeht. Ja selbst wenn wir Wolgemut für den Meister dieses Stiches ansehen wollen, müssen wir die Arbeit auch zu dessen frühesten Versuchen auf der Kupferplatte zählen. Nun giebt es zwar eine täuschende alte Copie des Blattes mit getreuer Nachbildung aller, auch der gefehlten Striche, und man könnte darin eine Uebung des jungen Dürer aus seiner Lehrzeit erblicken, ohne dafs sich aber für eine solche Annahme Beweise beibringen liessen.

Die ältesten Kupferstiche sicher von Dürers Hand sind: die heilige Familie mit der Heuschrecke [1]), und der sogenannte Liebesantrag [2]). Beide sind bereits mit seinem gewöhnlichen Monogramme bezeichnet und können schon darum nicht vor dem Jahre 1496 gestochen sein. Beide sind auch keine Originalarbeiten von Dürer, sondern setzen irgend eine Vorlage, vermuthlich einen älteren Kupferstich Wolgemuts voraus [3]). Die Arbeit Dürers in der Madonna zeigt noch wenig Gewandtheit in der Führung des Stichels; doch mag eine gewisse Unsicherheit in der Wahl der Strichlagen und die spiessige Stechweise in der Art des Zatzinger schon dem Original eigen gewesen sein. Eigenthümlich sind die kurzen, einseitigen Strichlagen der Schatten im Fleisch, die so wie der ideale Kopf der Madonna stark an italienische Einflüsse mahnen. Noch merkwürdiger ist, dafs sich das Studium zu der offenbar oberitalienischen Landschaft des Hintergrundes in einer Federzeichnung von der Hand Dürers erhalten hat; sie befindet sich in der Sammlung Galichons zu Paris [4]). Glatter und gefälliger ist bereits die Technik im »Liebesantrag«. Die Darstellung des jungen Weibes, das seine Liebe

---

1) Bartsch 44.

2) Bartsch 93.

3) W. Y. Ottley a. a. O. glaubte das Original der heil. Familie mit der Heuschrecke im Britischen Museum entdeckt zu haben in einem Blatte, auf welchem das W herausgekratzt und durch ein mit der Feder gezeichnetes Monogramm Schon-

gauers ersetzt war. An Stelle der Heuschrecke zeigte der Stich eine Eidechse.

4) Dessins exposés à l'école des Beaux-Arts, Paris 1879, Nr. 194, unter der irrigen Bezeichnung: Ecole venetienne. Vergl. F. Wickhoff, Zeitschrift f. bild. Kunst 1882, XVII. S. 219.

für Geld an einen Alten verkauft, und umgekehrt, ift in der damaligen Zeit eine fehr gewöhnliche[1]). Der Umftand, dafs auf Dürers Stich der Alte mit der linken Hand in den Sack greift und auch das Weib ihm die Linke entgegenftreckt, beftärkt uns in der Annahme eines älteren Originales, welches Dürer geradezu auf die Platte copierte, fo dafs feine Abdrücke das Bild im Gegenfinne wiedergaben. Ob eine fogenannte gegenfeitige, anonyme Copie, von der es auch noch moderne Abdrücke giebt, von Wolgemut herftammt und eigentlich Dürers Original gewefen ift, konnte ich bisher nicht feftftellen.

Von dem luftwandelnden Liebespaar, genannt der Spaziergang[2]), liegt uns das gegenfeitige Original Wolgemuts vor[3]). Sein Stich hat ein fehr alterthümliches Gepräge. Die kräftigen Umriffe, noch unverfchmolzen mit der zarten Schattierung, laffen die Formen flacher erfcheinen. Die modifch gekleidete Dame fchreitet rechtshin mit jenem kalten Pathos des alten Stiles, wie es Dürer bereits fremd wird; ebenfo widerfprechen die fcharfen, kantigen und trockenen Gefichtsformen den Dürer eigenthümlichen Typen. Das Blatt ift, fo wie das obenan genannte, eines jener beliebten Todtentanzbilder des Mittelalters, in denen das blühende Leben in möglichft grellen Gegenfatz zur Verwefung gebracht wird. Aber weder der fchneidende Mifston jener gewaltfamen Umarmung, noch das hier in wildem Hohne herantanzende Gerippe haben Raum in Dürers Erfindung. Wohl aber vergleicht fich damit noch der wilde Tanz der fünf Gerippe in der Schedel'fchen Weltchronik und Chriftus mit dem Tode ringend im Schatzbehalter von Wolgemut. Hans Holbein der Jüngere hat den volksthümlichen, auf rohe, todesfürchtige Gemüther berechneten Contraft nachmals durch Humor zu verföhnen gefucht. Auch diefer Ausweg liegt Dürer fern, fo reichlich auch die humoriftifche Ader in ihm quillt. Für

---

1) Vergl. Springer, Bilder aus der Kunftgefch. S. 186 u. 206. Eine Zeichnung in Erlangen ift Copie nach dem Stiche Dürers.

2) Bartfch 94.

3) Bartfch, Peintre-Graveur VI, 337, Nr. 50.

ihn hat auch der Tod mehr Ernst aber weniger Schrecken,
er ist ihm weder das nackte Scheusal noch der muthwillige
Possenreifser [1]). Nicht als kahles Gerippe, sondern als wohl-
gebauter wilder Mann küst er sanft das blühende Weib auf
dem Wappen des Todes, dem Kupferstiche von 1503. Wenn
das Skelett sonst in seinen Compositionen ja vorkommt, so
ist es gröfstentheils verhüllt und steht ruhig da mit der
Sanduhr, gleich einer warnenden Erscheinung: so auf dem
Flugblatte von 1510 und ähnlich im Gebetbuche Kaiser
Maximilians [2]), dann im Kupferstiche Ritter, Tod und Teufel
von 1513. Nur einmal bildet Dürer den Tod als ganz
unverhülltes Gerippe in seiner ganzen Furchtbarkeit auf der
grofsen Kreidezeichnung in der Sammlung des Mr. Malcolm
in London. Auf einem elenden, weit ausgreifenden Schinder-
gaul, dem eine mächtige Schelle um den Hals baumelt, sitzt er
vorgebeugt, sich mit der Rechten an der Mähne ankrampfend
und auf den Ellenbogen gestützt, mit der Linken die Hippe
nachschleifend, wie müde von der Arbeit. Er trägt blos
eine Zinkenkrone auf dem Haupte; vor ihm steht in grofsen
Lettern: MEMENTO MEI 1505 — wohl mit Bezug auf das
grofse Sterben, die Seuche, die damals in Nürnberg wüthete.
So reitet König Tod über Land! Da ist keine Spur von
Komik, von Satire, auch kein widerlicher Contrast. Die einfache Grofsartigkeit der Conception läfst nicht einmal das
Entsetzen am Gegenstande aufkommen. Erst Alfred Rethel
hat in unseren Tagen etwas von dieser Auffassung wieder-
gefunden. Die Art, wie Dürer den Tod gebildet, ist so auch
ein Zeugnifs dafür, dafs er mit seinen Empfindungen weniger
dem Mittelalter, als der neuen, modernen Zeit angehört. Nicht
in dem Mafse gilt dies von Michel Wolgemut, dem die Er-

---

1) Vergl. auch Thausing: Hans
Baldung Grien und nicht Dürer,
Jahrb. f. Kunstw. II. 215—217.

2) Dort wohl auch einmal mit der
Hippe einen fliehenden Reiter ver-
folgend. Im Besitze des Malers Léon
Bonnat in Paris eine sehr feine Feder-

zeichnung von 1514: Ein Bischof
(St. Nicolaus?) von zwei Diaconen
gefolgt in einer Säulenhalle, zu seiner
Linken schreitet der Tod als Skelett, in
einen Mantel gehüllt, mit dem Spaten.
Facsimile bei GiuseppeVallardi, Trionfo
e danza della morte etc. Milano 1859.

findung des fogenannten Spazierganges zugefprochen werden
mufs. Ganz alterthümlich ift denn auch die Art, wie auf
feinem Stiche im Vordergrunde das Gras durch je zwei in
die Spitze zufammenlaufende Striche angegeben ift. Dürer
hat in feinem Nachftiche diefe veraltete, an Holzfchnitt

König Tod; Kohlezeichnung bei Mr. J. Malcolm in London.

erinnernde Manier aufgelöft. Seine Copie ift, wie dies wohl
damals Regel war, geradehin nach einem Abdrucke Wolgemuts geftochen, erfcheint alfo im Drucke gegenfeitig.
Dabei überfah aber Dürer etwas, was er fpäter ftets forgfältig
vermieden hat; er liefs nämlich das Schwert des Jünglings

unverändert an ſeiner Stelle, ſo daſs daſſelbe auſſeinem Stiche
an deſſen rechte, ſtatt an die linke Seite gegürtet erſcheint [1]).

Betrachten wir nun die von Quad von Kinkelbach ausdrücklich als Nachſtiche bezeichneten Blätter Dürers. »Der
träumende Doctor« oder »der Traum« [2]) iſt eine bildliche
Verhöhnung altersſchwacher Lüſternheit. Der Schläfer hinter'm Ofen, dem der Teufel mit einem Blaſebalg in's Ohr
bläſt, ſcheint Porträt zu ſein. Als Ausgeburten ſeiner er-
hitzten Phantaſie erſcheinen im Vordergrunde Venus und
Amor; der letztere verſucht es ganz drollig auf Stelzen
einherzugehen. Auch hier hat Dürer blos einen Stich Wol-
genuts im Gegenſinne wiedergegeben [3]). Eine aufmerkſame
Prüfung der Venusfigur und die Vergleichung derſelben auf
den beiden Platten läſst über die Originalität der mit W
bezeichneten keinen Zweifel. Im Gegenſatze zu Dürers
gewohnter Auffaſſung überraſcht an dieſer ſchlanken Frauen-
geſtalt ein gewiſſes ſchematiſches Ebenmaſs, eine Zierlichkeit
der Haltung, ein langes feines Profil, was nicht ſowohl auf
Naturſtudium, als auf einen, wenn auch nur mittelbaren
Zuſammenhang mit der Antike hinweiſt. Der ganze Oberkörper des Weibes wird bei Wolgemut gleichmäſsig von
einer reichen Lockenfluth eingerahmt. Dürer hat darin zu
Gunſten der gröſseren Naturwahrheit Lücken angebracht
und einzelne Partien weggelaſſen. Ein kleines Verſehen, das
ihm bei dieſer Gelegenheit unterlief, giebt uns glücklicher-
weiſe ein jedermann verſtändliches Beweismittel für ſeine
Thätigkeit als Copiſt. Bei Wolgemut fällt nämlich vom
Kopfe der Venus auch an deſſen uns abgewendeter Seite
eine Haarlocke herab, deren Spitze unter der Achſelhöhle
wieder ſichtbar wird. Dürer hatte den Contour dieſer Locke

---

1) Bei den deutlichen Buchſtaben
A—M—I an der Achſelborte der
Dame hat ſich Wolgemut in gewohnter Weiſe wohl etwas gedacht,
was Dürer unbekannt war. Bei ihm
erſcheint nur noch das A, dann ein
I deutlich, während der italieniſche,

Marcanton zugeſchriebene Nachſtich
nach Dürer auch noch dieſe Buchſtaben in's Ornament verflüchtigt.
Iſrael von Mecken wiederum hat ſein
Zeichen I—V—M an die Stelle geſetzt.

2) Bartſch 76.

3) Bartſch, P. Gr. VI. 337. Nr. 49.

auf feiner Platte auch genau fo vorgeriffen, wie im Abdrucke
noch deutlich bemerkbar ift; er behielt auch zwifchen Kopf
und Schulter den Lockenftrang bei, deffen Ende aber unter
der Achfelhöhle führte er nicht weiter aus, fondern bedeckte

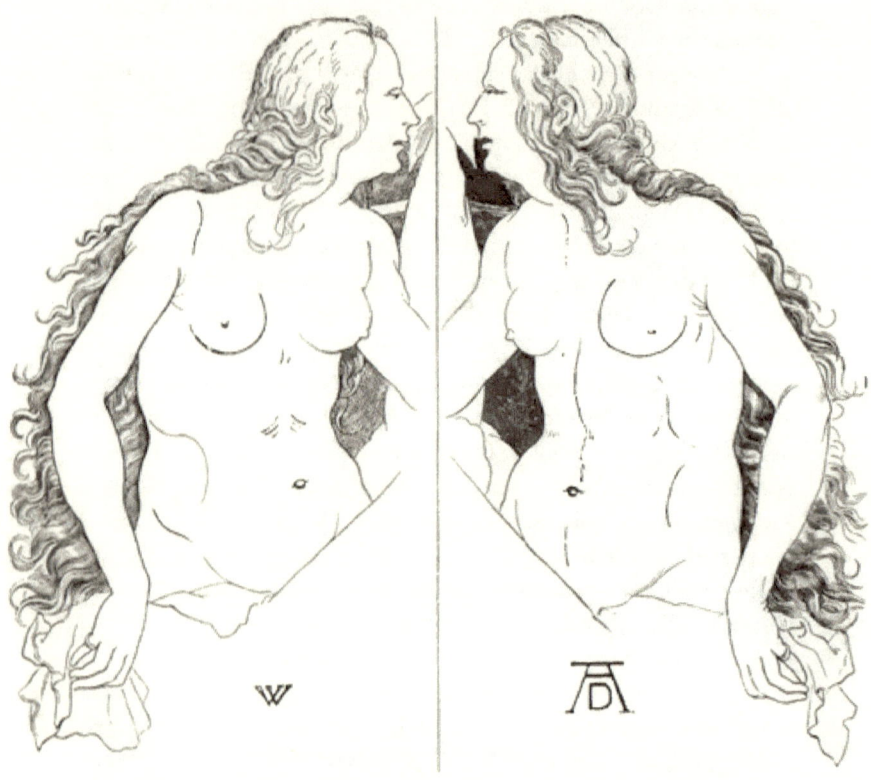

die ganze Stelle mit den Kreuzlagen des leeren Hintergrundes. Die beifolgende Abbildung diene zur gröfseren
Deutlichkeit des Gefagten. So geringfügig jenes Unter-
fcheidungsmerkmal fein mag; es läfst fich doch nicht anders
erklären, als dadurch, dafs Dürer in diefer Kleinigkeit, und
vermuthlich aus Verfehen feinem Originale untreu geworden
ift. Denn im umgekehrten Falle müfste ein angenommener

Copist W die gar nicht zur Ausführung gelangte Absicht des Vorgängers, also Dürers, wieder errathen haben — eine Annahme, welcher gerade wegen der Geringfügigkeit des Gegenstandes niemand mit solchen Fragen Vertrauter seine Zustimmung geben könnte.

Ein anderes Beispiel entlehnen wir dem Kupferstiche, genannt: »die vier Hexen«[1]). Fassen wir auf dem Blatte Dürers die kleine mittlere Partie zwischen dem Ellenbogen und der Hüfte des ganz von rückwärts gesehenen Weibes in's Auge, so bleiben wir auch vor dem besten Abdrucke im Unklaren über das, was wir uns in diesen Raum hinein-zudenken haben. Der gleichseitige Originalstich Wolgemuts erst klärt uns darüber auf, dass hier die linke Hand der dahinterstehenden Frau sichtbar wird, mit welcher dieselbe das lange, zu beiden Seiten herabfallende Tuch emporhält. Die beifolgende treue Nachzeichnung beweist, dass blos Wol-gemut sich über die Composition ganz klar war. Nur in seiner Darstellung trifft eine von uns versuchte perspectivische Ergänzung der verdeckten Theile mit den sichtbaren zu-sammen. Bei Dürer ist eine solche Verdeutlichung nicht möglich, auch wenn man der, von ihm sehr unvollkommen angedeuteten Hand die doppelte Naturlänge giebt. Beide Blätter, Original und Copie, tragen auf der oben in der Mitte hängenden Kugel die Jahreszahl 1497, die als das Entstehungsdatum von Dürers Stich genommen, bisher manche Verwirrung in die Chronologie seiner Werke gebracht hat. Nagler[2]) sah sich schon aus technischen Gründen veranlasst, gegen jene Annahme Einsprache zu erheben. Seine Beobachtungen führten ihn auch zu dem Schlusse, dass die Arbeit des Meisters W das Original Dürers und somit aller späteren Copisten gewesen sei, und er ward darin bestärkt durch die Prüfung eines früheren Abdruckes von der Wolgemut'schen Platte, dessen trefflicher Zustand auf feinem, sehr compactem Papier mit einem sehr alten Wasserzeichen ihm die Vorzüge vor

---

1) Bartsch 75.   2) Monogrammisten, I. 168. Nr. 33.

Dürers Stich ganz aufser Frage ftellte. Wir fehen freilich noch nicht fo klar in diefer fchwierigen Frage, um über die Reihenfolge von Wolgemuts Stichen und Dürers Nachftichen auch nur Vermuthungen aufzuftellen. Daran aber dürfte nicht zu zweifeln fein, dafs das Jahr 1497 nur der Vollendung von Wolgemuts Original entfpricht [1]).

Ueber die Bedeutung, welche der Künftler den vier nackten Frauen verfchiedenen Alters geben wollte, find wir und war man ftets im Unklaren. Zu ihren Füfsen liegt Schädel und Todtenbein, im Hintergrunde links lauert der Teufel. Schon Sandrart widerfpricht der Annahme von drei Grazien und fieht in ihnen vier Hexen. Diefe Auffaffung ift heute noch die allgemeinfte. Sie hat mit Rückficht auf die Zeitverhältniffe, unter denen das Blatt entftand, viel für fich. Im Jahre 1484 erliefs Papft Innocenz VIII. die berüchtigte Bulle: »Summis desiderantes«, in welcher er zur Verfolgung der Hexen in Deutfchland auffordert. Der Inquifitor Jakob Sprenger verfafst im Jahre 1487 feinen Malleus maleficarum, den Hexenhammer, der 1489 zuerft in Köln, 1494 bei Anton Koburger zu Nürnberg gedruckt wurde. Schon 1496 erfchien hier die zweite Auflage des Werkes nebft anderen Büchern über die Hexentheorie. Da konnte freilich ein Nürnberger Maler leicht auf die Darftellung einer Hexenceremonie verfallen; und in diefem Falle könnten

---

[1]) Die gegenfeitige, mittelmäfsige Copie mit dem Monogramm S in II, daneben ein Mefferchen, hat ftatt deffen 1498. Die gegenfeitige Copie von Nicoletto da Modena, Heller Nr. 865, mit Veränderungen, als Paris-urtheil genommen, führt auf der Kugel die Infchrift: DETVR PVLCRIORI 1500. Wieder eine Copie danach ift das Niello: Duchesne, Essai sur les Nielles, Nr. 234. Die vierte Frau wird hier als Eris erklärt, die Kugel oben als deren Apfel. Die neuerdings wieder aufgebrachte Anficht, als ob auch der Originalftich das Urtheil des Paris vorftelle, ward gebuhrend abgethan von M. Allihn, Kunftchronik 1872. VII. 187. Eine Zeichnung bei H. Peterfen in Nürnberg ift genaue Copie nach Dürers Stiche. Vergl. überhaupt die gründlichen culturhiftorifchen Unterfuchungen über einige Kupferftiche Dürers von Max Allihn, Dürerftudien, Leipzig 1871. Mit Vorficht zu benutzen find dagegen die weiteren Ausführungen von A. Rofenberg, Dürerftudien, Zeitfchr. f. bild. K. VIII. 284 350; u. IX. 254.

die Buchftaben O. G. H. etwa in Sprenger'fchem Latein zu
lefen fein: Obsidium generis humani. Diefe Auffaffung
mag rafch populär geworden fein und kann fich leicht als
Tradition bis auf Sandrart fortgepflanzt haben; fie ward
vielleicht auch vom Künftler mit Rückficht auf den Markt
begünftigt.

Im Grunde aber wird Wolgemut, wie fein gelehrter
Rathgeber, den wir unbedingt vorausfetzen müffen, doch
nur mythologifche Perfonen im Auge gehabt haben, wenn
wir auch heute nicht im Stande find, fie beim Namen zu
nennen. Dafs dabei zugleich, dem Zeitgefchmacke gemäfs,
die moralifche Bedeutung unterlief, wie hinter weiblichem
Reiz und weiblicher Eitelkeit Tod und Teufel lauern, ift
natürlich und fchliefst noch eine beftimmtere gegenftändliche
Erklärung gar nicht aus. Schliefslich war es doch dem
Künftler weder um den Hexenhammer, noch um die claffifche
Gelehrfamkeit, noch um die Moral zu thun, fondern um die
Schauftellung des weiblichen Körpers und feiner Reize. Es
herrfcht auch in den vier nackten Frauen weitaus mehr
Naturftudium als ftiliftifche Auffaffung; und wie der Meifter
im Herzen zu dem alten Banne ftand, der gleicherweife
auf Antike, Natur und Weiblichkeit laftete, kann nicht
zweifelhaft fein.

Wenn nun in diefen beiden Fällen der Beweis der
Originalität von Wolgemuts Stichen gelungen ift, dürfen wir
uns bei der Vergleichung und Betrachtung der übrigen Nachftiche Dürers kürzer faffen. Der Raub der Amymone (B. 71),
von Dürer felbft das »Meerwunder«, von Quad der »Seereiter«, vom Nürnberger Anonymus der »Seeräuber« genannt,
ift im felben Sinne nach Wolgemut geftochen, dem dabei
ohne Zweifel das Motiv einer, von einem Triton getragenen
Nereide vorfchwebte, wie es auf antiken Sarkophagen vorkommt. Körper und Kopftypus der Amymone zeigt Analogien
mit der Venus auf dem »Traum«; ihre ruhige Lage con-
traftiert befremdlich mit dem zum Hilferuf geöffneten Munde.
Eine Himmelserfcheinung, wie von einem Kometen, hat Dürer

in feiner Copie weggelaffen; auch fchliefst die Schraffierung
der Luft, rechts vom Felfenabhange bei ihm mit einer langen,
wagerechten Linie allzu fchroff ab. Das fächerartige Laubwerk rechts vom Kopfe des Triton, das bei Dürer den
Ausblick nach dem Ufer fo fonderbar ftört, ift gleichfalls
nur auf ein Verfehen beim Copieren zurückzuführen; es
fehlt auf Wolgemuts Stich, wo ftatt deffen ein kleiner Haar-
büfchel am Kopfe des Alten felbft fichtbar wird. Die
Kupferplatte Wolgemuts war urfprünglich eher gröfser als
jene Dürers; die fpäteren Abdrücke davon find aber erft
gemacht, nachdem fie links fo weit abgefchnitten war, dafs
die Zehen am Fufse der Amymone und die Figur der aus
dem Bade fteigenden Schwefter im Hintergrunde darauf fehlen.

Schwieriger liegt das Verhältnifs von Original und
Copie bei einem anderen mythologifchen Kupferftiche, »dem
grofsen Hercules«, auch genannt die »Eiferfucht« [1]), und bei
der Madonna mit der Meerkatze [2]), auf die wir noch zurück-
kommen. »Die kleine Reiterin« [3]) hat Dürer fchon mit
Rückficht auf die Bewaffnung des fie geleitenden Lands-
knechts im gleichen Sinne nachgeftochen. Wolgemut, deffen
Stich zwar im Umfange, nicht aber in den Dimenfionen der
Figuren kleiner ift, hatte das Terrain rechts offenbar unvollendet gelaffen, weshalb Dürer den Uebergang in das
Weifse durch etwas Schraffierung vermittelte. Vom »wilden
Hieronymus«, d. h. dem grofsen Hieronymus in der Wildnifs [4]) und von dem verlorenen Sohn [5]) fah ich keine mit W
bezeichneten Originale. An dem zuerft genannten Blatte
ift die alterthümliche Auffaffung und der Typus Wolgemuts
nicht zu verkennen; er hat Aehnlichkeit mit dem heiligen
Jofeph auf der heiligen Familie mit der Heufchrecke [6]).

Auch der verlorene Sohn ift eine fehr frühe Arbeit
Dürers; fie ftammt aus einer Zeit, für welche eine fo tief-
finnige und doch zugleich fchlichte Erfindung billig auffallen

---

1) Bartfch 73.
2) Bartfch 42.
3) Bartfch 82.
4) Bartfch 61.
5) Bartfch 28.
6) Bartfch 44.

mag. Noch auffallender freilich iſt im Gegenhalt dazu die
ſtarke Verzeichnung, durch welche der Anſatz der Beine an
den Rumpf der Figur völlig ungelöſt und unverſtändlich
bleibt. Im Britiſchen Muſeum befindet ſich eine Federzeichnung im Gegenſinne zu Dürers Stich, auf welcher der
Mann blos leicht entworfen, die Schweine aber ſorgfältig
ausgeführt ſind, alle Ferkel fehlen. Gerade einzelne Abweichungen und die Gegenſeitigkeit ſprechen für die Originalität
der Zeichnung, die nach unſeren bisherigen Anſchauungen
Dürern zugeſchrieben wird. Quad, welcher auch den verlorenen Sohn zu den Copien Dürers nach Wolgemut rechnet,
wäre demnach im Irrthume und hätte blos aus der ſtiliſtiſchen
Verwandtſchaft auf eine Vorlage des Letzteren geſchloſſen.
In dem Profile des am Schweinetroge knieenden, betenden
Mannes klingt in der That der Typus des »groſsen Couriers«
noch deutlich wieder. Ein Original Wolgemuts lieſs ſich
aber bisher nicht nachweiſen [1]). Ich getraue mich noch nicht,
in dieſer Frage eine Entſcheidung zu treffen.

---

1) Es giebt eine ſogenannte recht-
ſeitige Copie nach Dürer (Heller Nr.
478), auf welcher die drei, bei Dürer
unregelmäſsig geſtellten Fenſter an
dem Gebäude des Hintergrundes in
wagrechter Linie ſtehen; ſie iſt ſeltener
als Dürers Stich und hat manche
Vorzüge vor demſelben. Auf dem
Berliner Muſeum befindet ſich der
Abdruck von einer bedeutend ſchmä-
leren, dafür aber höheren, leider bereits ziemlich abgenutzten Platte auf
dünnem Papier, welcher auch auf ein
etwaiges Original Wolgemuts leiten
könnte. Der Stich verhält ſich im
Gegenſinne zu dem Dürers und zeigt
bemerkenswerthe Abweichungen von
demſelben. Die drei Fenſter im
Grunde ſtehen auch dort in derſelben
Flucht, ſind überhöht und haben,
gleich allen übrigen, ſichtbare Ver-
kleidungen. Das Laub des Baumes
in der Mitte iſt in der alten, bei
Wolgemut noch vorkommenden wol-
ligen Haufenmanier gegeben. Die
Gebäude des Hintergrundes werden
von einer Kirche mit einem Thurme
überragt, deſſen zwei ſichtbare Stockwerke mit polygoner Verdachung und
dem Halbmonde darüber gar ſehr an
die Behandlung ſolcher Bauwerke in
der Schedel'ſchen Weltchronik erinnern. Leider iſt der Berliner Abdruck nicht ſo alt, um ein endgiltiges
Urtheil über den Meiſter zu geſtatten.
Daſs ſich das W nicht darauf vorfindet, wäre von wenig Belang. Es
könnte auch, falls es überhaupt da-
geweſen, leicht von einem ſpäteren
Beſitzer der Platte getilgt worden
ſein. Auch auf der gegenſeitigen
Copie des Giovanni Antonio da
Brescia nach Dürers »Verlorenem
Sohne« (Heller Nr. 480 u. 482, die
von derſelben Platte ſtammen), wurde
nachträglich der Name des Italieners

Was den meiften jener Kupferftiche von Wolgemut grofsen Eintrag thut, ift die zu tiefe Schwärze, das Unreine, fogenannte Kothige auch früher Abdrücke. Wolgemut fcheint es noch nicht verftanden oder doch vernachläffigt zu haben, fich den Erfolg feiner Arbeit durch ein geeignetes, vorfichtiges Druckverfahren ganz zu fichern. Erft Dürer weifs auch gröfsere Platten ganz gleichmäfsig, zart und ohne Makel abzudrucken. Vor feinen Nachftichen traten Wolgemuts Originale frühzeitig in den Hintergrund. Alte Drucke von ihm find feit Quadens Zeiten Seltenheiten geworden, wie alle jene Blätter, die nicht gleich bei ihrer Entftehung und fortan durch bekannte, einem Werthzeichen gleichkommende Monogramme eines Dürer oder Schongauer vor Untergang gefchützt waren. Diefe confervierende Wirkung übte das W in der Mitte altdeutfcher Kupferftiche nicht, und feitdem man es Wolgemut abgefprochen hat, wurden diefelben noch weniger beachtet. Bricht fich aber die Ueberzeugung wieder Bahn, dafs Dürer auch in der Kupferftechkunft Wolgemuts Schüler war, und dafs deffen fogenannte Copien Dürern als Originale und Vorlagen gedient haben, dann wird man denfelben wohl noch eine erhöhte Aufmerkfamkeit zuwenden und dadurch eine beffere Ueberficht über Wolgemuts Kupfer- ftichwerk gewinnen, als ich jetzt zu bieten vermag.

Es hat allerdings eine grofse Schwierigkeit, an das Er- gebnifs, welches, mehr noch als hiftorifche Ueberlieferungen, augenfcheinliche Thatfachen unerbittlich von uns fordern, auch wirklich zu glauben. Eine ftattliche Reihe von Er- findungen, die zur Bildung unferes hergebrachten Begriffes von Dürer ganz wefentlich mit gedient haben, wird ihm ab- gefprochen; darunter gerade Blätter, welche unferer modernen Gefchmacksrichtung am meiften zufagten und zur Ver-

---

gelöfcht und ftatt deffen Dürers Mo- nogramm in der unteren Ecke links beigefügt. Aehnliches kann mit an- deren aufgeftochenen Wolgemut'fchen Platten vorgegangen fein. Deren ent- ftellte fpäte Drucke könnten dann vielleicht auch noch unter den Co- pien mit Dürers Monogramm auf- zufinden fein.

theidigung feines »Schönheitsfinnes« gerne in's Feld geführt
wurden. Auf der anderen Seite kennen wir Wolgemut zu
wenig, oder doch nur in einer Richtung, zu welcher die
Compofitionen, welche wir ihm hiermit zufchreiben müffen,
gar nicht paffen. Kurz es gilt eine unbekannte Gröfse:
Wolgemut aus der wohlbekannten und gewohnten Gröfse:
Dürer auszufcheiden. Zu den allgemeinen Bedenken gegen
diefe Operation gefellen fich aber auch noch ganz befondere.
Die Madonna mit der Meerkatze (B. 42) ftach Dürer im
entgegengefetzten Sinne nach Wolgemut, ohne die Wirkung
des Originals zu erreichen; namentlich ift das urfprünglich
feine, liebliche Köpfchen der Maria bei Dürer flacher und
härter geworden. Alles deutet darauf hin, dafs feine Copie
nach einem fpäteren Drucke von der bereits abgenutzten
Platte Wolgemuts und überhaupt flüchtiger gemacht ift.
Auch in den beften Abdrücken Dürers fehlen z. B. die
zurückgekrümmten Angelbefchläge an den Fenfterländen des
Weiherhäuschens im Hintergrunde, ferner das andere Tau,
das an dem Schiffchen im Grunde den nöthigen Widerhalt
bildet. Ueberdies hat Dürer den Halbmond am Himmel
weggelaffen. Weniger treu, wenn auch glatter ift der Pelz
des Affen geftochen. Die Haltung des klotzigen Kindes
ift minder klar, das Händchen mit dem Vogel ungenau
gezeichnet, am Zeigefingerchen der Nagel auch vergeffen;
die Gräfer des Vordergrundes wieder zerftreuter geftochen
im Gegenfatz zu Wolgemuts Art. Gerade in diefen geringfügigen Abweichungen und Weglaffungen verräth fich die
Copie. Die Art der Ausführung ftimmt mit der des verlorenen Sohnes.

Nun haben wir aber ein Aquarell von Dürer im Britifchen
Mufeum[1]), welches das Weiherhaus am Gleishammer mit
feiner weiteren Umgebung ganz ähnlich darftellt, wie es
hier im Hintergrunde des Kupferftiches erfcheint — und
zwar im Gegenfinne zu Dürers Stich. Es hat fomit auf

---

1) Siehe oben S. 124—125.

den erften Blick den Anfchein, als ob jene Zeichnung das
Studium zu diefem wäre. Die Schrift auf derfelben ift ebenfalls von Dürers Hand, wenn auch nicht das danebenftehende
Monogramm. Freilich find auch bedenkliche Unterfchiede zu
vermerken; die Aufnahme des Häuschens in der Zeichnung
ift eine andere; mehr von unten gefehen, viel weniger
detailliert, dagegen beffer in der Luftperfpective [1]. Dazu
kommt, dafs das mit dem Oberkörper zurückgewandte Kind
auf der Madonna mit dem Affen entfchieden ein italienifches
Motiv ift, wie es namentlich bei Lorenzo di Credi und
feiner Schule vorkommt [2]. Selbft die derben Formen des
Kindes erinnern an Lorenzo. Ein ähnliches Motiv zeigt
aber auch eine colorierte Federzeichnung von Dürer in der
Albertina, die Madonna in der Landfchaft mit den vielen
Thieren, eigentlich eine heilige Familie, da im Mittelgrunde
Jofeph herankommt; im Hintergrunde eine weite fteile Berg-
landfchaft mit der Verkündigung an die Hirten; im Vorder-
grunde eine Unmenge von verfchiedenen Thieren, Vögeln,
Infecten, darunter ein halbgefchorener Pintfch, ein Fuchs an
der Leine, ein Hirfchfchröter, eine Krabbe, eine Libelle und
eine Schnecke, ein Uhu im hohlen Baumftumpf, Papagei,
Specht, Rothkehlchen und Bachftelze u. a., dazwifchen allerlei
Blumen, befonders eine hohe Schwertlilie und eine Päonie,
alles forgfältig ausgeführt in der auch bei Wolgemut beliebten
Art und viel genauer, als die faft blos mit der Feder ausgeführte Madonna. Sie fitzt mit dem Buche im Schofse
da, herabblickend auf das Kind, das ein Erdbeerfträuschen
in der Hand hält. Es ift eine naive Huldigung der ganzen
friedlich um fie verfammelten Creatur. Die Behandlung der
Hauptfigur fteht aber nicht auf der Höhe derjenigen des

---

[1] Denfelben Hintergrund, im felben
Sinne wie bei Dürer, zeigt der punk-
tierte Stich von Giulio Campagnola,
B. 5, Raub des Ganymed; ähnlich
aber im Gegenfinne die Landfchaft
bei Robetta, B. 4, das erfte Elternpaar.

[2] Z. B. auf der freilich fpäten
Madonna mit St. Julian und St. Nicolaus im Louvre; auf der Madonna
im Rund in der grofsherzoglichen
Galerie zu Oldenburg.

Beiwerks; insbeſondere die Draperie iſt unſicher und ver-
worren. Die Haltung der Madonna erinnert an jene mit
der Meerkatze, doch hat ſie hier den breiteren, kurznaſigen
Typus, den Dürer ſpäter anwendet. Ein erſter, etwas ab-
weichender Entwurf, in gröſserm Maſsſtabe, ganz leicht und
blos mit der Feder gezeichnet, befindet ſich in der Hausmann'ſchen Sammlung zu Braunſchweig. Das Aquarell
ſtammt offenbar aus Dürers früher Zeit, bald nach ſeiner
Rückkehr von der Wanderſchaft [1]).

Noch viel verwickelter liegt das Verhältniſs von Dürer
zu Wolgemut in der Entſtehungsgeſchichte des »groſsen Hercules«, genannt die Eiferſucht [2]). Unter den Federzeichnungen
nach mantegnesken Stichen, welche Dürer im Jahre 1494
aus Italien mitbrachte oder gleich nach ſeiner Heimkehr gemacht hat, befand ſich auch ein Orpheus, von den kikoniſchen
Weibern überfallen. Schon Sandrart rühmte dieſe Zeichnung;
er beſaſs ſie und fabelte von ihr, daſs ſie Dürers Probeſtück
zur Aufnahme in die Nürnberger Malerzunft geweſen ſei.
Sie befindet ſich gegenwärtig in der Harzen'ſchen Sammlung
in der Kunſthalle zu Hamburg; daſelbſt auch der äuſserſt
ſeltene italieniſche Stich, aus welchem die Figuren ganz getreu in demſelben Sinne entlehnt ſind [3]). Nur den landſchaft-
lichen Hintergrund hat Dürer ganz verändert. Orpheus, blos
mit einem Mäntelchen bekleidet, iſt, von vorne geſehen, in
die Kniee geſunken, indeſs von beiden Seiten zwei Weiber
in antiker Gewandung mit Knütteln auf ihn losſchlagen; zur
Linken entflieht ein Kind. Statt der Laute liegt bei Dürer
eine antike Leyer im Vordergrunde, darunter die echte Bezeichnung: 1494, а. ꝺ. An Stelle des unnatürlichen Baumes
hinter dem fliehenden Kinde zeichnete Dürer einen Feigen-

---

1) Die Quadrierung darauf mit
Bleiſtift iſt von einer ſpäteren Hand.
Das Blatt wurde öfter in Oel copiert,
ein Beiſpiel davon in der Galerie
Doria in Rom, als »Breughel«, ein
anderes beim Duca di Caſſano in
Neapel u. a. Ein Kupferſtich dar-

nach von Egid. Sadeler.

2) Bartſch 73.

3) C. Meyer: Die Harzen-Com-
meter'ſche Sammlung, Archiv f. zeichn.
Künſte, XVI. 88; W. Y. Ottley, Inquiry I. 403; Paſſavant, Peintre-
Graveur V. 47.

baum, fehr ähnlich demjenigen auf dem mantegnesken Kupferftiche einer Grablegung [1]). Den von einer feften Stadt gekrönten Felfen in der Mitte erfetzt Dürer durch eine hohe
Baumgruppe, fehr ähnlich derjenigen auf dem Kupferftiche
Hercules; nur hängt ein offenes Buch in den Aeften und
oben durch fchlingt fich eine Bandrolle mit der Infchrift:
,,Orfeus der Erft puseran" [2]). Auch die von vorne gefehene, zum Schlage ausholende Frau links und der davon-
eilende Knabe kehren in Dürers Kupferftich in der Mitte und
zur Rechten wieder. Im Gegenfatze zu dem altitalienifchen
Stiche ift Dürers Federzeichnung überhöht; die Figuren erfcheinen daher in viel größerem Maßftabe und find dem-
gemäß auch viel mehr in's Einzelne durchgeführt als dort.
Gleichwohl wird die Zeichnung durch Fülle und Ebenmaß
der Formen, wie durch Sicherheit und Gefchmack der Linien-
führung von dem Kupferftiche Hercules noch bedeutend
übertroffen.

Seitdem Sotzmann erkannte, daß der Hercules des
niederländifchen Tagebuches identifch fei mit dem Kupferftiche, genannt: »die Eiferfucht oder der große Satyr«, kann
auch über die Deutung des Gegenftandes weiter kein Zweifel
beftehen. Es ift eine freie Darftellung der Gefchichte von
Hercules, Neffus und Dejanira, nach irgend einer mittelalterlichen Auffaffung. Die Nymphe liegt freilich im Schofse
eines Satyrs. Wohl hatte fich noch im XI. und XII. Jahrhunderte die antike Vorftellung von Centauren mit Pferdeleibern in der deutfchen Kunft traditionell erhalten, wie dies
die Erzreliefs an den Thüren des Domes in Augsburg und
an der Korffun'fchen Thüre der Sophienkirche in Novgorod
bezeugen. Seitdem aber war fie in Vergeffenheit gerathen,
und weder die deutfchen noch die italienifchen Meifter der

---

1) Bartfch, XIII. 317. Nr. 2.
2) Buzerone, Venetianifch - dialek-
tifch für: bugerone, Knabenfchänder.
Abbild. des Stiches und der Zeichnung
in der Gazette des Beaux-Arts 1878,

I. S. 445 u. 449, desgleichen in
Dürer - Quantin S. 21 und Tafel zu
S. 24; letztere mit der verlefenen
Jahreszahl 1292 ftatt 1494.

Frührenaiffance haben es mit der Unterfcheidung von Centauren und Satyren genau genommen[1]). Hercules, als Hahnrei gekennzeichnet, bedroht das Paar mit einem Knüttel, ebenfo wie die in der Mitte ftehende, unerklärte weibliche Figur[2]). Diefe ift vielleicht blos zur Ausfüllung aus jener Zeichnung Dürers von 1494 herübergenommen. Daher ftammt auch das fliehende Kind. Selbft die fteife Haltung des Hercules erklärt fich zum Theil aus der gegenfinnigen Verwendung der Motive von Arm und Bein an dem anderen Weibe, das, von rückwärts gefehen, gegen Orpheus ausholt. Noch mehr! Auch jene obenerwähnten gleichzeitigen Zeichnungen Dürers nach Mantegnas Kupferftichen haben Motive hergeben müffen. So entfpricht die Dejanira im Gegenfinne der von einem Triton auf dem Rücken geführten Nereide, links im Kampfe der Seegötter[3]). Auch der Satyr mit feinem gequetfchten Profile, den zottigen Lenden, dem in Blattwerk auswachfenden Haupthaare findet fein Vorbild in Dürers Zeichnung nach Mantegnas Bacchanal mit dem Silen[4]).

Wie einfach läge nun die Sache, wenn wir wie bisher Dürers Kupferftich als eine Originalarbeit des jungen Meifters anfehen könnten, dem alle jene auf der Reife gefammelten Copien als Studien gedient hätten! Das geht aber nicht an, denn der entfprechende Kupferftich Wolgemuts nimmt trotz alledem und alledem die Originalität für fich in Anfpruch,

---

1) Vergl. v. Sallet, Kunftchronik VIII. 337; und Unterfuchungen über A. Dürer, 17 ff. Hans Sebald Beham bezeichnet einen Satyr mit einem Weib im Schofse, B. 108, als: DEIANIRA und NESSUS; Heinrich Aldegrever bildet die Gruppe ebenfo, B. 93. und ftellt auch fonft die Centauren der Herculesmythe blos mit Bocksfüfsen dar, B. 92. Georg Pencz bildet den Chiron, welchem Thetis den Achilles zur Erziehung übergiebt, B. 90, gleichfalls als Satyr mit dem Kinnbacken in der Hand, dabei die Auffchrift: ACHILLEM·HVNC· MAGISTRO·SVO·CHIRONE·1543. Vergl. auch unten das X. Capitel über Dürers Satyrfamilie oder den »kleinen Satyr.«

2) Vafari, ed. Lem. IX, 261, fpricht von einer Diana, welche eine Nymphe fchlägt, die fich in den Schofs eines Satyrs geflüchtet, ganz aus eigener Erfindung.

3) Nach Mantegna, Bartfch, Nr. 17.

4) Bartfch, Nr. 20. Vergl. oben S. 115.

und Dürers Stich ift eine Copie. Von diefem befindet fich
ein Probedruck in der Albertina, auf welchem links der Satyr
bis auf das Bein, dann Kopf, Arm und Schleier der Dejanira
und rechts die ganze Partie unterhalb und zur Rechten des
Hercules noch weifs und blos ganz leicht mit der Nadelfpitze
vorgeriffen find. Hin und wieder fieht man darauf noch
einzelne ganz feine Querlinien, die zur Uebertragung der
Umriffe gedient haben mögen und wovon z. B. ein Strich
über den Zehen der zufchlagenden Frau auch im fertigen
Stiche noch ftehen geblieben ift.[1] Der auffallendfte, bereits
von Bartfch verzeichnete Unterfchied befteht aber darin, dafs
auf dem Blatte Wolgemuts oben in der Luft links vier Vögel
fliegen, und rechts zwei andere gröfsere im Kampfe mit einander begriffen find, gewiffermafsen den Vorgang unten
parodierend[2]. Daher alfo der gleiche Vogel in der Hand
des unten weglaufenden Kindes, den Dürer beibehielt,
während er die Vögel in der Luft wegliefs, vermuthlich
vergafs[3]. Der Baumfchlag hat bei Wolgemut noch etwas
von feiner geballten haufenförmigen Art, bei Dürer ift er
freier aufgelöft und leichter wiedergegeben. Die Figuren
aber find auf Wolgemuts Stich überall beffer und beftimmter
durchgezeichnet, auch der linke Arm des Hercules ift weniger
fteif und hart. Quad von Kinkelbach hatte ganz Recht,
wenn er fagte, dafs Wolgemut in dem grofsen Hercules
noch den Preis vor Dürer erhalten habe.

Damit ftimmt auch die frühe Entftehung des Stiches.
Diefelbe wird nicht blos durch die Wiederkehr von Motiven

---

1) Ein zweiter ganz gleicher Probedruck des Blattes ward 1882 auf der
Bibliothek des Schloffes Wilhelmshöhe
entdeckt und kam in das Cabinet des
k. Mufeums zu Berlin.

2) Bartfch, P. G. VI. 339. Nr. 53.
Vergl. über die Bedeutung der Vögel
M. Allihn, Dürerftudien 77.

3) Das Kind foll hier wohl Amor
bedeuten. Noch eine andere kleine

Beobachtung will ich nicht unterdrücken. Der Raum, welcher in der
Mitte des Bodens von Arbeit frei
blieb, reichte gerade für das kleine
W aus, nicht aber für das gröfsere
Monogramm Dürers. Um es anzu-
bringen, verkürzte Dürer die Strichlage rechts, fo dafs ihr Ende längs
des Schenkels feines A fchräge abgefchnitten erfcheint.

aus dem Hintergrunde auf Marcantons Mars und Venus von
1508[1]) über diefes Jahr, fondern durch einen anderen Stich
Marcantons noch viel höher hinaufgerückt. Es ift dies der
Satyr und das fchlafende Weib mit dem Kinde, das auch
den Vogel hält, ein Blatt, welches Bartfch[2]) für einen der
erften Stechverfuche Marcantons hält. Kehrt man nämlich
diefes Blatt um, fo fieht man, dafs die Platte nur ein Bruchftück ift von einer größeren, auf welcher früher eine gegenfeitige Copie des Wolgemut-Dürer'schen Hercules angefangen
war. Man fieht noch deutlich die Beine und den Rumpf
in Umriffen. Die darüber geftochene Darftellung gehört,
auch wenn fie nicht von Marcanton wäre, jedenfalls noch
dem XV. Jahrhunderte an, oder doch einer Zeit, über welche
Dürers Kupferftich, wenn er Originalarbeit wäre, nicht zurück-
verfetzt werden könnte. Weder in der Technik noch in
der Behandlung der nackten Körper war Dürer in den
erften Jahren nach feiner Heimkehr fo geübt, um felbftändig
jene grofsen Kupferftiche zu fchaffen.

Ein kleinerer Stich, deffen Quad von Kinkelbach nicht
erwähnt, genannt »der Koch und fein Weib«[3]), ein dicker
Mann mit einem Kochgeräth und einem Vogel auf der
Schulter neben einer pathetifch auftretenden Bürgersfrau,
fcheint gleichfalls Copie nach Wolgemut[4]). Wenigftens im
Sinne Wolgemuts gezeichnet ift die alterthümliche kleine
Maria auf dem Halbmonde, ohne Krone, mit blofsem Stirnbande[5]). Dagegen find zwei andere frühe Blättchen, die
drei Genien mit dem Schilde und die drei Genien mit der
auf dem Bocke reitenden Hexe, offenbar unter unmittelbarem
italienifchen Einfluffe entftanden[6]). Die kühn bewegten, fetten
Kinderkörper mit den fcharf unterfchnittenen Gliedern erinnern direct an Mantegna, von dem Dürer ähnliche Putten

---

1) Bartfch XIV. Nr. 345.
2) Nr. 285.
3) B. 84.
4) Paffavant, P. G. II. Nr. 67 erwähnt eine fogenannte Copie von W

zu Oxford, hinter der fich vielleicht
das Original verbirgt.
5) B. 30.
6) B. 66 u. 67.

auf feiner Reife gefehen haben mufs. Die Engel im Dresdener Altar, der Amor auf dem »Traume des Doctors«, der Knabe auf der »Eiferfucht« find von derfelben Art. Die nordifche alte Hexe, welche auf dem fchwarzen Bocke rücklings fitzend durch die Luft fährt, ift mit Bezug auf die oben befprochene Darftellung der vier nackten Frauen von Wolgemut und Dürer ein Beweis, dafs derlei Vorftellungen den Meiftern geläufig waren. Mythologie, alter Götterglaube und Hexenthum fällt ja nach altdeutfchen Begriffen ganz nahe zufammen.

Alle diefe merkwürdigen Umftände zufammengehalten, bleibt kein anderer Ausweg als die Annahme, dafs Dürer nach feiner Heimkehr von der Wanderfchaft wieder als Gefelle in Wolgemuts Werkftatt eintrat und bis gegen 1497 für deffen Rechnung mit arbeitete[1]). Hinter Meifter und Gefellen ftanden ihre gelehrten Freunde Schedel und Pirkheimer. Am 23. December 1493 war die »Weltchronik« vollendet. Viele Städteanfichten in derfelben, darunter auch Rom, verrathen bei aller Ungenauigkeit doch eine Aufnahme nach der Natur; ob Wolgemut felbft, ob fein Stieffohn Pleydenwurff zu diefem Zwecke gereift, oder ob Hartmann Schedel das Materiale dazu befchafft habe, wiffen wir nicht. Als nun Dürer 1494 aus Venedig heimkehrte, fand er für dasjenige, was er ftaunend in der Fremde gefehen hatte, daheim einen gut vorbereiteten Boden. Auch die von ihm mitgebrachten Copien nach italienifchen Kunftwerken, insbefondere nach mantegnesken Stichen, fanden in dem Freundeskreife unter der Veften eifrige Bewunderer. Michel Wolgemut und Dürer unter feinen Augen entlehnten Motive aus denfelben zu den mythologifchen Kupferftichen, die offenbar gelehrten Rathfchlägen ihre Entftehung verdankten. Dürer componierte und betheiligte fich felbft an der Ausführung der Stiche, die unter Wolgemuts Namen ausgingen

---

1) Vergl Sidney Colvin: Albert Dürer, his Teachers, his Rivals and his Followers; The Portfolio, London 1877. S. 190. und F. Harck a. a O.

und deren mit W bezeichnete Platten in deffen Befitz blieben.
Als fich dann Dürer endlich im Jahre 1497 ganz felbftändig
machte, war er darauf bedacht, fein geiftiges Eigenthum an
diefen Kupfern zurückzunehmen, er ftach fie fämmtlich aufs
Genauefte nach und verfah die neuen Platten mit feinem
nun erft angenommenen berühmten Monogramm. Dies der
einzig mögliche Sachverhalt.

An der Hand des Anatomen und Archäologen Hartmann Schedel konnte Wolgemut allerdings zur Entlehnung
antiker Motive, wie zum befferen Verftändniffe des Nackten
gelangen. Die trockene Compilation aus den Trümmern
fremder Arbeiten wäre demnach fein Werk, die Compofition
beforgte Dürer. Dürer ift der geborene Compofiteur, und
er ift in feinen Erfindungen ftets von peinlicher Selbftändigkeit. Wenn er in feiner Jugend die Werke anderer Meifter
ftudiert und nachbildet, fo verfolgt er damit indirect den
ausgefprochenen Zweck, fein Auge, feine Hand zu bilden.
Er copiert Mantegna um des Seelenausdruckes und der
plaftifchen Bewegtheit, Wolgemut um der technifchen Vollendung willen. Es galt, der noch widerfpenftigen Kupferplatte Herr zu werden. Aber auch die etwas fchematifchen,
pofierenden nackten Geftalten auf jenen grofsen Stichen,
insbefondere die weiblichen, die Amymone, die Dejanira, die
Venus, welche auf »dem Traum des Doctors« zuerft in der
nordifchen Kunft ihre Reize enthüllte, »die vier Hexen«, in
denen der weibliche Körper von allen Seiten zur Schau
geftellt war, waren wohl geeignet, den Wetteifer Dürers
herauszufordern. Lehrreich ift in diefer Hinficht ein Vergleich mit jenen kleinen Kupferftichen, die wir als erfte
Originalarbeiten Dürers aus der gleichen Zeit anfehen müffen.
Dahin gehört z. B. der heilige Sebaftian, von vorne gefehen,
mit dem überlangen Rumpfe und dem grofsen apokalyptifchen Kopfe[1]), und der ftehende Schmerzensmann mit den
erhobenen Händen, an dem die wulftige Anatomie, die Ver-

---

1) Bartfch, 56.

zeichnung von Kopf und Augen und die fchwache Stichelführung derart auffallen, dafs man verfucht wäre, die Arbeit
vor das Jahr 1497 zurückzuverfetzen und das Monogramm
rechts unten in der Ecke als eine erft fpätere Zuthat
anzufehen [1]).

Und doch gelangte Dürer zu dem Verftändniffe männ-
licher Körperformen merklich früher, als zu demjenigen der
weiblichen. Nicht blos die Unkenntnifs des menfchlichen
Organismus, auch der Mangel an Anfchauung hinderte ihn
daran. Es fcheint denn doch, als ob die Sitten der Zeit
dem jungen Nürnberger das ungefcheute Studium weiblicher
Modelle fehr erfchwert hätten. Die Nachricht, dafs ihm die
ehrbarften Frauen und Jungfrauen als Modelle gedient hätten,
ift nicht alt genug, und wenn fie zutrifft, fo dürfte fie doch
nur für die fpäteren Lebensjahre des bereits berühmt gewordenen Meifters Geltung haben [2]). Den frühheften weiblichen Act von Dürer befitzen wir vermuthlich auf dem
Kupferftiche ehedem »Genovefa«, jetzt richtiger genannt
»Die Bufse des heil. Johannes Chryfoftomus« [3]); ein Gegenftand, den auch andere Meifter, wie Lucas Cranach und
Barthel Beham, zum Vorwande genommen, weil er Gelegenheit zur Darftellung eines nackten Weibes gab. Der greife
Büfser erfcheint auch blos ganz klein in der Landfchaft des
Hintergrundes auf allen Vieren kriechend; die Verführte fitzt,
ihr Kind fäugend, vorne in einer Felfenhöhle. Die Schwierigkeiten, welche dem Meifter diefe Figur bereitete, find noch
im fertigen Stiche deutlich bemerkbar. Man fieht, wie er
am Gefäfs ein Stück weggenommen hat; ja die Figur war
bedeutend länger vorgezeichnet, denn über dem Kopfe fieht
man noch die frühere Rundung fammt dem Haarfcheitel,

1) Bartfch, 20.

2) Manlius, Locorum communium
collectio, Basileae 1563 II. 173.
Abgedruckt: Strobel, Miscellaneen
liter. Inhalts VI. 212: Apelles cum
Venerem depingeret, curavit sibi tri-
ginta pulcherrimas virgines eligi, quas
intueretur. Similiter fecit Durerus,
honestus vir, pictor Norimbergensis,
cui gratificatae sunt honestissimae
matronae, virgines.

3) Bartfch 63.

daraus dann eine Höhlung im Felfen geworden ift; felbft
der höhere Verlauf des alten Umriffes von Schulter und
Oberarm ift kenntlich, obwohl die Pentimenti durch tiefes
Aufftechen der Schattenlagen verwifcht werden follten. Solche
Unficherheiten find darum bemerkenswerth, weil fie gegen-
über feiner fpäteren Art zu fchaffen feltene Ausnahmen find.
Jenem Zwiefpalt der Formen fcheinen indefs auch venetia-
nifche Einflüffe nicht fremd gewefen zu fein.

Noch von 1501 befremdet uns die Zeichnung eines halb
liegenden, nackten, den Oberkörper auf den Ellenbogen
ftützenden Weibes, mit Feder und Pinfel auf grünem Grunde
fein modelliert und weifs gehöht, in der Albertina.   Darüber
fteht von Dürers Hand die Auffchrift: »Daz hab' ich gfisyrt«,
nebft Jahreszahl und Monogramm.   Schon der ausdrückliche
Zufatz, dafs er diefen weiblichen Act »gevifieret«, d. h. nach
der Natur gezeichnet habe, läfst vermuthen, dafs ihm diefe
Art des Studiums damals noch nicht fo gewöhnlich war.
Der Augenfchein lehrt auch, dafs ihm die Formen des ziemlich
wohlgebildeten weiblichen Körpers bei aller Sorgfalt grofse
Schwierigkeiten bereiten, namentlich gelang es ihm nicht,
den Uebergang des Rumpfes in die Hüfte befriedigend zu
löfen.   Die Stellung der Figur und das feine lange Profil
erinnern zwar im Allgemeinen an die Geftalten der Dejanira
und Amymone in den Stichen, die Auffaffung der Einzelformen mit allen ihren Zufälligkeiten ift aber eine ganz
andere.   Dürer läfst nur die Natur fprechen, fo weit er fie
verfteht, aber keine Spur von einer conventionellen antikifierenden Formenfchönheit! Das fchematifche Ebenmafs, die
berechnete Zierlichkeit, welche in den mythologifchen Figuren
jener grofsen Stiche auch das Naturftudium beherrfcht, indem
es fich an gegebene fremde Formen anlehnt, gerade diefe, heute
fo gefällige Eigenthümlichkeit jener Blätter fcheint das Eigenthum des alten Wolgemut zu fein.

Nachdem aber Dürer feine »freie Hand erlangt« und
fich von der Leitung feines alten Meifters völlig losgefagt
hatte, fand er rafch feinen Weg zur Vollendung.   Ihm war

es ja gegeben, wie keinem anderen vor ihm, die Natur in
fich aufzunehmen, und fo folgte er ihr auch mit der Freude
des Entdeckers auf allen ihren Spuren. Noch unbeirrt durch
kalte, fertige Proportionsregeln, gab er fich nun auch in der
Darftellung des weiblichen Körpers fchrankenlofem Realismus
hin. Im Anfchluffe an die Modelle, welche ihm Nürnberg
zumeift lieferte, entfcheidet er fich für den Typus mit dem
gerundeten Kopfe, dem eingebogenen Rücken und den ftark
ausladenden unteren Muskelpartien. Das frühefte Datum
für eine derartige Auffaffung weiblicher Formen überliefert
uns eine Venus, rittlings auf einem gezäumten, phantaftifchen
Delphine fitzend und ein Füllhorn emporhaltend, auf dem
ein kleiner Amor mit verbundenen Augen feinen Pfeil abfchiefst.
Die runden, heiter herausblickenden Augen, das zufammen-
geknüpfte Haar erinnern noch an das Modell, welches Dürer
der Göttin der Schönheit würdig gehalten hat. Die Feder-
führung in der Skizze ift äufserft fein und zart. Die Zeichnung
befindet fich in der Albertina und trägt das Datum 1503.
Wenige Jahre früher mufs die Entftehung des kleinen, feltenen
Contourftiches fallen, genannt die »kleine Fortuna oder das
kleine Glück« [1]. Sie fteht in der Seitenanficht auf einer
kleinen Kugel und hält eine Diftel, wie Mannstreu, in der
Hand, doch deutet das Kopftuch und der lange Stab in der
Hand auch auf die Benützung eines Actes. Es ift, als erprobte
Dürer hier zuerft in einem leichten Verfuche die Stichhaltigkeit
feiner neuen Naturanfchauung, bevor er fich an die Ausführung deffelben Gegenftandes im Grofsen wagt in feiner
»Nemefis«, die man gewöhnlich »das grofse Glück« oder
die »grofse Fortuna« nennt [2]. Die geflügelte Göttin der
Gerechtigkeit und Vergeltung fteht lächelnd gleichfalls auf
einer Kugel und trägt in einer Hand Zaum und Zügel für
den übermüthigen Glücklichen, in der andern einen Pokal

---

1) Bartfch 78.
2) Bartfch 77. Ein Studium zu
dem Stiche, im Gegenfinne: die Umriffe der Geftalt und daneben noch
der eine Flügel, etwas mehr gefaltet
und ungemein forgfältig mit der Feder ausgeführt, befindet fich im Britifchen Mufeum.

für das unbeachtete Verdienft. In diefem mächtigen Frauen-
leibe verkörpert, tritt der nordifche Naturcultus zuerft voll-
bewufst und triumphierend in die Kunftgefchichte. Um den
Preis der Wahrheit ift alles geopfert, was wir nach unferem
antikifierenden äfthetifchen Formalismus etwa fchön nennen
möchten. Und doch beugt fich der Gefchmack vor der
unvergänglichen Echtheit diefer Formen, vor der Fülle des
Lebens, das aus diefen Gliedern quillt. Die Nemefis bezeichnet
gewiffermafsen den Höhepunkt, auf welchem Dürer in feiner
vorurtheilsfreien Schulung nach dem Nackten angelangt war.
Seine weitere Ausbildung in diefer Richtung wird immer
mehr und mehr von feinen Forfchungen nach den Proportionen
des menfchlichen Körpers beeinflufst.

Was den tieferen Sinn und die äufsere Veranlaffung
diefer Darftellung der Nemefis anbelangt, fo drängt fich mir
ein ganz beftimmter Gedankengang auf, den ich nicht zurück-
halten will, auf die Gefahr hin, dafs er irrig fei; denn er
gewährt uns zugleich einen bedeutfamen Ausblick auf den
hiftorifchen Hintergrund, vor welchem fich damals Dürers
Schaffen bewegte. Unter dem Wolkenfaume, über welchem
die Nemefis rechtshin gewandt fchwebt, hat Dürer eine
Landfchaft dargeftellt. Mitten zwifchen fteilen Felsgehängen
am Zufammenfluffe zweier Giefsbäche fieht man eine Ort-
fchaft, die, fo wie fie daliegt um das gothifche Kirchlein,
ficher kein Phantafiegebilde ift, fondern auf irgend eine Natur-
aufnahme, auf eine beftimmte Gegend zurückführt. Zu
Sandrarts Zeit wollte man darin Eytas bei Grofswardein
erkennen, woher Dürers Vater ftammte. Abgefehen von
der Schwierigkeit, das Herkommen der Anficht bis in Dürers
Hände zu erklären, hat auch Charakter und Lage der Ort-
fchaft mit der ungarifchen Pufta nicht das mindefte gemein.
Es ift vielmehr eine Gegend im Gebirge, ja geradezu eine
Felfenfchlucht, was fich hier vor unferen Blicken aufthut.
Offenbar fcheint doch die Oertlichkeit, welche hier gemeint
ift, mit der Nemefis in den Wolken in irgend einem gedanklichen Zufammenhange zu ftehen. Ein denkwürdiges Stück

Nürnberger Gefchichte könnte uns über die Dinge Auffchlufs geben.

Es ift der unglückliche Schweizerkrieg Maximilians I. im Jahre 1499. Unter den Ständen, welche auf das Aus-fchreiben des Kaifers fich beeilten, ihm Kriegsvolk zu fenden, ftand obenan Nürnberg. Die getreue Reichsftadt leiftete Heerfolge mit 400 Mann Fufsvolk und 60 Reitern in glän-zender rother Uniform, deren Gebrauch um diefe Zeit aufkam, dazu fechs Feldfchlangen. An der Spitze diefer Schaar ftand kein anderer als der jugendliche Wilibald Pirk-heimer, der nach feiner Rückkehr von den italienifchen Hoch-fchulen fich dem Dienfte der Vaterftadt gewidmet hatte und nach feiner Verheirathung mit Crescentia Rieterin am 13. October des Jahres 1495 in den Rath gewählt worden war. Hatte er früher feine Neigung zum Kriegshandwerke den Studien geopfert, fo bot fich ihm nun eine Gelegenheit, die Gefetzbücher und die Claffiker der Alten mit dem Schwerte zu vertaufchen und trotz des kläglichen Ausganges des ganzen Feldzuges die dauernde Gunft und den Rathstitel des Kaifers zu verdienen. In der blühenden Vaterftadt regte fich eben auch das Kraftgefühl, der Drang nach Heldenruhm und kriegerifchen Thaten. Man fand Gefallen am Waffenfpiel und erfafste nicht minder gern eine Gelegenheit zu blutigem Ernft, auch wenn es nicht blos die Abwehr übermüthiger Angriffe auf das eigene Gebiet galt. Neben der wehrkräftigen Bürgerfchaft, bei der Reiterdienfte noch in hohem Anfehen ftanden, unterhielt der Rath manches ftattliche Fähnlein geworbener Landsknechte. Auch diefe Söldner waren ge-achtet genug, dafs ein wohlhabender Bürger keinen Anftand nahm, ihrer einem die Hand feiner Tochter zu geben, und dafs die Trinkftube der »ehrbaren« Herren auf der Frohn-wage ihnen nicht verfchloffen blieb. Dort machte fich unter andern jener Zameffer durch feine Händel berüchtigt, den Dürer in einem feiner Briefe aus Venedig ironifch den »frummen« nennt. Eben dafelbft citiert Dürer einen etwas kräftigen Ausdruck des Peter Weisweber, welcher, fowie

der gleichfalls von ihm genannte Nürnberger Bürger und
Messingschläger Konz Kamerer, im Kriege von 1504 Hauptmann über einen Haufen städtischen Fußvolkes war [1]). Unter
den Leuten dieses Schlages mag sich manche ganz ursprüng-
liche und anziehende Persönlichkeit befunden haben; dazu
die malerische Tracht, das kecke Auftreten, das lustige
Treiben auf der Strafse; das alles machte sie zu einem sehr
beliebten Gegenstande bildlicher Darstellung, sobald sich dieselbe einmal der alltäglichen Umgebung zuwandte. Auch
Dürer hat diese Krieger aller Art fleißig studiert, um nachmals seine Paffionsbilder reichlich mit ihnen zu bevölkern.

Ein frühes Zeugnifs dafür liefert die grofse colorierte
Federzeichnung des Reiters in der Albertina vom Jahre 1498.
Das Pferd ist noch ziemlich unvollkommen und entspricht
vielfach dem des heiligen Euftachius auf dem Kupferstiche,
zu dem es auch als Studium gedient zu haben scheint. Als
Dürer dann später Figur und Rüftung des Reiters zu dem
berühmten Stiche von 1513, genannt »Ritter, Tod und
Teufel«, benützte, schrieb er auf die fleißig ausgeführte
Zeichnung die Worte: »Das ist die Rüftung zu der Zeit in
Deutschland gewesen«. In dieser Zeit stach Dürer auch die
Gruppe von fünf Landsknechten und einem Türken [2]). Die
Behandlung des Stiches ist noch ziemlich spitz und mager,
die Zeichnung der Figuren aber bereits fo vorzüglich, dafs
wir es hier kaum mit einer selbständigen Arbeit Dürers zu
thun haben. Das forgfältig vorbedachte, pathetische Auftreten dieser Figuren widerspricht dem ebenso, wie die ge-
diegene Durchbildung derselben, und führt uns weit eher
auf Wolgemut oder einen anderen Meister von deffen Schule
zurück. Von einem solchen, wenn auch untergeordneteren,
findet sich in dem noch mehrfach erwähnten Handschriften-
bande Hartmann Schedels in München [3]) ein Kupfer nach
einer Gruppe von drei Landsknechten mit Fahne und Helle-

---

[1]) Lochner, Perfonennamen S. 38   [2]) Bartfch 88.
bis 41.   [3]) Codex. lat. 716. Fol. 328.

barden. Der Stecher diefes unbezeichneten Blattes vergleicht
fich in feiner trockenen und dünnen Stichelführung dem
Meifter M Z und den früheften Arbeiten Dürers. Es fcheint
diefelbe Hand, welche mit dem Monogramme P W ebenfalls zwei folche Landsknechte im Zwiegefpräch gefertigt
hat[1]). Eine frühe Originalarbeit Dürers ift wohl der etwas
ungeftüm bewegte Fahnenträger[2]). Das Andreaskreuz des
Vliefsordens auf der Fahne, fo wie es Maximilian I. als
Herzog von Burgund zu führen pflegte, deutet unmittelbar
auf den Reichskrieg von 1499 hin. Um diefelbe Zeit fällt
auch noch die Entftehung des kleinen Stiches: St. Georg
zu Fufs vor dem erlegten Drachen[3]). An ihm ift insbefondere
die ritterliche Rüftung mit dem Burgunderhelm zu feinen
Füfsen ungemein liebevoll ausgeführt.

Der Kriegszug nach der Schweiz gab einmal dem
gehobenen Selbftbewufstfein der Nürnberger Bürgerfchaft
eine willkommene Nahrung. Ihr treffliches, fchmuckes Auf-
gebot mit dem feingebildeten Führer ftach vortheilhaft ab
von den übrigen Zuzügen der Reichstruppen. Nur diefen
und zumeift den übelbeleumdeten Schwaben, den Urhebern
der Fehde, mochte man die Miferfolge des Krieges Schuld
geben; an der Rühmlichkeit der eigenen Theilnahme, daran
zweifelte gewifs niemand in Nürnberg — wie denn öfter
gefchichtliche Thatfachen nicht fowohl durch ihre praktifchen
Refultate, als durch den idealen Rückfchlag, den fie auf
andere Verhältniffe üben, ihre richtige Bedeutung erhalten.
So konnte fich denn Pirkheimer felbft bemüfsigt fühlen, wie
einft Xenophon und Caesar, uns die Gefchichte jenes feines
Feldzuges zu überliefern in feinem fliefsenden Latein, ein
Meifterftück zeitgenöffifcher Gefchichtfchreibung[4]). Und wie
die Gelehrfamkeit, fo fchöpfte auch die Kunft von dem durch
örtliches und zeitliches Intereffe getragenen Stoffe. Es

---

1) Bartfch, P. G. VI. 310. Nr. 3.

2) Bartfch 87.

3) Bartfch 53.

4) Bilib. Pirkheimer, Bellum Hel-
veticum, Opera ed. Goldaft; und bei
M. Freher, Scriptores rerum germa-
nicarum III. 66 ff.

erschienen alsbald in Nürnberg drei grofsmächtige Kupfer, je aus zwei Platten zusammengesetzt, auf denen der ganze Verlauf des Schweizerkrieges bildlich dargestellt ist unter dem deutschen Titel: »Diefs ist der Krieg zwischen dem Römischen König und den Schweitzern und die ganze Landschaft: Städte, Schlösser und Dörfer im Schweitzerland«. Die Annahme Paffavants[1], dafs das Werk schweizerischen Ursprunges sei, ist unbegründet, und wird durch die Bezeichnung Maximilians als Regia Maiestas im lateinischen Titel, wie durch den Dialect der deutschen Auffchriften und endlich besonders durch Stil und Technik der Kupferstiche widerlegt. Die Zugehörigkeit derselben zur Nürnberger Schule kann nicht zweifelhaft sein, und trotz dem unverständlichen Einfchiebsel dürfte das auf einem der Blätter stehende Monogramm von dem sonst vorkommenden P W kaum zu unterscheiden sein.

Das eigenthümliche, oben geschilderte Verhältnis Wolgemuts zu der Familie Pleydenwurff drängt mich zu einer Vermuthung, die viel für sich hat, falls meine Ueberzeugung, dafs Wolgemut auch Kupferstecher gewesen sei, überhaupt Bestätigung und Nachfolge findet — zu der Vermuthung nämlich, dafs vielleicht auch jene zuverläfsig in Nürnberg entstandenen Kupferstiche, welche mit dem Monogramme P W oder ähnlich bezeichnet sind, auf die Pleydenwurff-Wolgemut'sche Werkstatt zurückzuführen seien[2]. Ein Beispiel derartiger Combination zweier Namen läfst sich gerade bei Wolgemut nachweisen und zwar auf einem Stiche seines Schülers oder Gesellen Mair von Landshut, St. Anna selbdritt, der zu beiden Seiten ein W und in der Mitte: »MAIR 1499« aufweist, der also gemeinsam ausgeführt oder doch verlegt und verkauft ward[3]. Wilhelm Pleydenwurff war damals freilich bereits verstorben. Wir sahen aber, dafs

---

1) Peintre-Graveur II. S. 160.

2) Chrift, J. F, Anzeige der Monogrammatum, Leipzig 1747, S. 345, und Diction. des Monogr., Paris 1762, S. 255, vermuthete bereits in Pw das Zeichen Pleydenwurffs. Dazu stimmt allerdings, dafs Heinrich Aldegrever mit G in A. Grunewald mit G und N monogrammierten.

3) Bartsch, P. Gr. VI. 366. Nr. 8.

darum die Sorge für feine Familie noch nicht von Wolgemut genommen war. Vielleicht auch, dafs ein Bruder Wilhelms oder ein anderes Mitglied der Familie Pleidenwurff wieder in einem ähnlichen Verhältniffe zu dem Stiefvater ftand. Doch laffen wir diefe Nebenfragen dahingeftellt und faffen wir dafür jene illuftrierte Kriegschronik felbft näher in's Auge!

Auf den überhöhten Blättern thürmen fich Berg und Thal in alterthümlicher Weife und in immer mehr fich verjüngendem Mafsftabe übereinander, fo dafs blos im äufserften Vordergrunde gröfsere und trefflich durchgeführte Perfonenund Reitergruppen Platz finden. Eine derfelben erinnert ftark an die Landsknechte auf Dürers zuvor erwähntem Stiche[1]. Weiter nach rückwärts erscheinen dann die Figuren der Kämpfer gemeinhin zu grofs im Verhältniffe zu den, in der Art der Schedel'fchen Chronik entworfenen Baulichkeiten. So unvollkommen diefe, an die Formen alter Landkarten ftreifenden Anfichten auch fein mögen, fie fetzen doch eine Landes- und Ortskenntnifs voraus, wie fie fich die damalige Zeit ficher nicht durch blofses Hörenfagen, fondern nur durch eigenen Augenfchein verfchaffen konnte. Darum wohl auch dachte Paffavant zunächft an einen Schweizer Künftler. Müffen wir nun diefe Annahme verwerfen, fo erinnert uns diefelbe doch an die bekannte Thatfache, dafs unter den Malern diefes Landes manche, wie Urfe Graf und Manuel Deutfch, zugleich leidenfchaftliche Kriegsleute gewefen feien. Sollte es darnach unwahrfcheinlich fein, dafs fich unter den Soldaten des kunftreichen Nürnberg neben Gewerbsleuten aller Art nicht auch Künftler und Zeichner befunden hätten, die im Stande gewefen wären, Einzelanfichten und die Situationen des Feldzuges in einer, wenn auch primitiven Weife wiederzugeben? Anders liefse fich wenigftens das Erfcheinen der illuftrierten Kriegschronik von 1499 in Nürnberg fchwerlich erklären.

---

[1] Bartfch, 88.

Räumen wir aber einmal diesen Zusammenhang ein, dann haben wir nur noch einen Schritt zu der verlockenden Hypothese, dass aus gleicher Quelle auch die Skizze zu der in ihrer Auffassung so fremdartigen Landschaft unter der »Nemesis« herrühre und dass damit irgend eine, den Kaiserlichen oder speciell den Nürnbergern in dem Kriege verderblich gewordene Oertlichkeit gemeint sei — wie etwa das Quellengebiet der Etsch in Tirol, wo es auf jenem Plane heifst: »Auf dieser Malser Heide ward viel Volks erschlagen«, und wovon Pirkheimer berichtet, dass sie 1000 Todte unbegraben zurückgelassen hätten[1]). Dann würde sich die »Nemesis« Dürers als ein Gedenkblatt auf den unglücklichen Schweizerkrieg enthüllen — wie etwa Rembrandt im Jahre 1633 eine nackte Fortuna adversa auf dem Schiffe segelnd mit Bezugnahme auf die Seeschlacht bei Actium radiert hat[2]). Dann wäre endlich der Pokal, den ihre Hand hinreicht, abgesehen von seiner allegorischen Bedeutung, kein anderer, als der goldene Becher, mit welchem der Rath von Nürnberg Pirkheimer nach seiner Rückkehr unter öffentlichen Lobeserhebungen beehrte.

Sollte auch dieser Erklärungsversuch sich nicht ganz bewähren, so bleibt doch dessen Durchführung an dieser Stelle deshalb nicht nutzlos, weil er sich nur aus jenem

---

1) Dies war seit Jahren niedergeschrieben; da fand ich im Nachlasse A. von Zahns die Notiz, die Landschaft auf dem »grofsen Glück« entspreche Haigerloch in Schwaben, eine starke Meile westlich von Hechingen im Hohenzoller'schen. Und wirklich überrascht noch heute die Lage dieser Stadt in der Felsenschlucht durch ihre Aehnlichkeit mit jener Landschaft. Vergl. den Stahlstich in: G. Schwab, Das malerische und romantische Deutschland, Leipz. 1846. I. 111—114. Zahn kam somit von ganz anderer Seite auch auf eine schwäbische Gegend, und ich füge seine Meinung deshalb blos äufserlich hier an, um dem Todten das geistige Eigenthum daran zu wahren. Doch möchte ich ihm zustimmen. Immerhin konnten die Nürnberger Fähnlein über Haigerloch gekommen sein. Diese Stadt liegt aber an der Eyach, in welche ein wenig oberhalb ein Sturzbach mündet. Sollte eine undeutliche Ueberlieferung des Flufsnamens Eyach Sandrart zu einer Verwechslung mit dem Ortsnamen Eytasch verleitet haben?

2) Bartsch, Catalogue des Estampes de Rembrandt, Vienne 1797. Nr. 111. Blanc, L'oeuvre de Rembrandt, Nr. 81.

Materiale aufbaut, welches den hiftorifchen Boden für Dürers
Perfönlichkeit bildet. Als erwiefen dürfen wir immerhin
annehmen, dafs fich kurz vor Thorfchlufs des XV. Jahrhunderts in einer deutfchen Kriegerfchaar, geführt von einem
Bürger, dem die Sprache und die Gedankenwelt des alten
Hellas vertraut waren, auch mindeftens Ein Künftler befand,
tüchtig an Auge, Herz und Hand. Das Bild, welches diefer
heimbrachte von dem, was fie gefchaut, vollbracht und
erlitten hatten, kann fich freilich nicht meffen mit dem,
welches der Gelehrte in feinem Buche niederlegte. Aber
Eins gehört zum Andern; der eine fprach zu den
wenigen Gebildeten, der andere fprach in Bild und Wort
zu allem Volke — wer wollte entfcheiden, welcher von
beiden in feiner Zeit damit mehr gewirkt und gefördert
habe? Heute freilich ift der Zeichner vergeffen, fein Werk
faft unbekannt, indefs Pirkheimers Commentar dazu feine
claffifche Objectivität für immer bewahrt hat und darin die
Lichtblitze einer neuen Welt von Empfindungen und Ideen.
Welche edlen Worte legt er z. B. jenem Schweizermädchen
in den Mund, die ftolz den Frieden anzubieten kommt, fie
klingen wie eine Verherrlichung des feindlichen Gemein-
wefens, feiner Sitten und feiner Freiheit. Und wie bitter
wird er hinwiederum gegen diefelben Schweizer, wo er zum
Schluffe von dem feilen Volke fpricht, das fich an die
Franzofen verkauft »zur ewigen Schmach der gefammten
deutfchen Nation«.

Eine andere Epifode feiner Erzählung kennzeichnet den
Standpunkt des Humaniften vielleicht am beften. Von der
verheerenden Expedition durch das Engadin wird Pirkheimer
vom Kaifer mit 200 Leuten über das Stilffer-Joch hinüber-
gefandt nach Worms oder Bormio, Proviants halber. Auf
dem Wege dahin kommt er durch ein grofses ausgebranntes
Dorf, an deffen Ausgange zwei alte Weiber an die 400 Kinder,
Knaben und Mädchen, gleich einer Herde vor fich hertreiben.
Alle find fo blafs und mager und fo kraftlos, dafs ihr Anblick
Schaudern erregt. Pirkheimer fragte nun die beiden Alten,

16*

wo sie mit dem unglücklichen Haufen hin wollten. Kaum konnten sie ihm antworten vor Schwäche und Schmerz und ihm sagen, er werde es selbst gleich sehen. Hierauf zogen sie auf eine Wiese, wo sie, kaum angelangt, sämmtlich, grofs und klein, niederfielen und Pflanzen ausrissen und gierig verzehrten. Bei diesem Anblick fühlt sich Pirkheimer anfangs ganz betäubt, endlich bricht er in Thränen aus über solchen Jammer. Die Alten aber erzählen ihm, wie die Väter dieser Unglücklichen im Kriege gefallen, ihre Mütter in Kummer und Elend verkommen und versprengt, ihre Wohnungen verbrannt und sie selbst von aller Welt verlassen wären; der Haufe dieser armen Kleinen wäre noch viel gröfser gewesen, Hunger und Tod hätten denselben schon so gemindert, und sie hofften bald alle an die Reihe zu kommen. Daneben konnte der Gelehrte noch bemerken, dafs die Kinder den säuerlichen Kräutern den Vorzug gaben und dieselben durch den blofsen Anblick zu erkennen wufsten.

Seit die Welt von den Schrecken des Krieges heimgesucht wird, ist gar viel solch' unfäglichen Elends über die Menschen ergangen. Aber es fand sich niemand in der harten alten Zeit, der es der Mühe werth gefunden hätte, ihrem Jammer eine ernstere Betrachtung und Theilnahme zu widmen. Endlich ist die Zeit um, der Mensch wird menschlich, er lernt sich fühlen in sich selbst, in Anderen, in seinem Volke, in seinem ganzen Geschlechte! Und wir sehen einen deutschen Kriegsobersten erbeben und Thränen vergiefsen, angewandelt von jenem Gefühle, dem unser Dichter mit den edlen Worten Ausdruck gegeben hat: »Der Menschheit ganzer Jammer fafst mich an«! Aus solchen Empfindungen spricht der Geist der Humanität, der sich loslöst von der mittelalterlichen Weltanschauung und in der Rückkehr zur Natur und zum Menschen für den neuen Inhalt die neue Form des Ausdrucks findet. Sie kennzeichnen Pirkheimer ebenso wie Dürer als Bürger einer besseren Zeit, als moderne Menschen.

IX.

Die Apokalypse und die frühen Holzschnitte.

> »Ach herr gib uns darnach das
> new geziert Jerufalem, das vom
> himmel herabsteigt, davon Apoca-
> lypsis schreibt«.
>
> Dürer.

B DÜRER, ob Wolgemut? Diefe Frage spitzt sich erst recht in ihrer ganzen Schärfe zu, wenn wir auch den inneren Gegenfatz zwischen den beiden Männern verfolgen und sehen, in wie ganz verschiedener Weise die Zeichen der nahenden Zeit auf sie einwirkten. Eine tiefe Erregung hatte sich am Schlusse des XV. Jahrhunderts der Gemüther in Deutschland bemächtigt. Mit ungeahnter Kraft erhob sich der so oft zurückgedrängte Volksgeist gegen die veraltete hierarchische Weltordnung, wie sie im Papstthume und im Römischen Kaiserthume gipfelte. In diefen beiden Spitzen des mittelalterlichen Syftemes war nämlich gerade damals ein Perfonenwechfel eingetreten, der wohl geeignet war die schlummernde Oppo-fition theils zu neuen Hoffnungen zu erwecken, theils zur Verzweiflung aufzuregen. Im Jahre 1492 bestieg der fitten-lofe Alexander VI. aus der spanischen Familie der Borgia den päpstlichen Stuhl, und im folgenden Jahre trat Maximilian I.,

ein junger und hochgemuther, ritterlicher und geiftreicher
König, an die Spitze des Römifchen Reiches deutfcher Nation.
Welche Gefühle, welche Ausfichten mufsten fich da nicht
aller Denkenden, der Guten und Beften im Volke bemäch-
tigen? Und wirklich fchaarten fich alsbald die Stände und
Fürften um das neue Reichsoberhaupt, eifrig bemüht um
die endliche Aufrichtung eines ewigen Landfriedens, um die
Herftellung einer Reichsverfaffung. Das erfte und ftärkfte
Hindernifs, auf welches diefe Beftrebungen ftiefsen, war der
hergebrachte grofse Einflufs des Papftes auf die öffentlichen
Verhältniffe Deutfchlands; und als man 1495 einen Reichs-
rath zu errichten dachte, befprach man fogleich deffen Verpflichtung, die Befchwerden der Nation gegen den Römifchen
Stuhl in Betracht zu ziehen. Und womit antwortete der
Papft? Er trat im Jahre 1496 gegen das Lefen und Verbreiten ketzerifcher Schriften auf und fchärfte den Buch-
druckern unter Androhung des Bannftrahles ein, kein Buch
zu drucken, bevor der Bifchof ihrer Diöcefe es nicht begut-
achtet und die Erlaubnifs zum Drucke gegeben hätte. Und
als dann im Jahre 1500 das neue Reichsregiment doch zu
Stande gekommen war und daffelbe nun wirklich eine
Gefandtfchaft an den Papft fchickte mit der ernftlichen Bitte
um Abftellung der Eingriffe und Ungefetzlichkeiten, da erliefs
Alexander VI. die Bulle von 1501, durch welche die geiftliche Büchercenfur förmlich in Deutfchland eingeführt wurde[1]).

Sehr richtig erkannte fo das Papftthum die treibende
Kraft, aus welcher der Widerfpruch gegen feine Vorherrfchaft
die Nahrung fchöpfte, im deutfchen Schriftthume, und nament-
lich in dem ihm innewohnenden Drange nach publiciftifcher
Vermittelung. Umfonft verfuchte es aber diefe Quellen und
Ausflüffe einer tiefgehenden Reformbewegung zu verftopfen.
Durch taufend Adern ftrömte das neue Leben, und feine
Ideen haben früh fchon auf einem Gebiete um fich gegriffen,

---

1) Ranke, Deutfche Gefchichte im   Sachfe, Die Anfänge der Büchercenfur
Zeitalter der Reformation. Friedrich   in Deutfchland, Leipz. 1870.

das die aufgeklärten Päpſte jener Tage wohl kaum beachtet,
um wie viel weniger noch mit Mifstrauen angeſehen haben
— auf dem Gebiete der deutſchen Kunſt. Indeſs das Papſtthum ſeinen Sitz mit dem reichſten Glanze der Renaiſsance
ſchmückte und die Blüthe einer, am antiken Ideal genährten
italieniſchen Kunſt gehorſam ſeinen Befehlen diente, wagten
es die unſcheinbaren deutſchen Holzſchnitte und Kupferſtiche,
ſeine erhabene Weltſtellung anzutaſten und zu unterwühlen,
indem ſie Hunderttauſende vernehmlich anſprachen — überall,
auch auf offener Straſse — und darunter auch jene Armen
am Geiſte, denen Schrift und Buch noch verſchloſſen blieb.

An der Spitze derer nun, welche ſo zum offenen Angriff ſchritten, ſteht Michel Wolgemut. Im Januar des Jahres
1496 warf er einen kleinen Kupferſtich auf den Markt, der
eine arge Läſterung des päpſtlichen Stuhles darſtellte. Er
führt in vollkommenen Renaiſsancebuchſtaben die Aufſchrift:
»ROMA CAPVT MVNDI«, Rom das Haupt der Welt.
Man ſieht darauf links im Grunde die Engelsburg, überragt
von einer mit den Schlüſſeln Petri gezierten Fahne, rechts
die mittelalterliche Torre di Nona, von der heute noch die
Via di Tordinona den Namen führt, und zwiſchen beiden
hindurch flieſst der Tiber [1]). Mitten inne aber ſteht ein
weibliches Ungeheuer, mehr beſchuppt als behaart, auf
einem Bockfuſs und einer Geierklaue. Ihre linke Hand iſt

---

[1]) Paſſavant, P. Gr. II. S. 135,
Nr. 71. Die übrigen Inſchriften
lauten, oben: CASTEL S. AGNO —
TORI DI NONA — TEVERE;
unten links das Datum: IANVARII
1496 und in der Mitte das Monogramm W. Eine verkleinerte beiläufige Reproduction des höchſt ſeltenen Kupferſtiches enthält die Initiale
am Anfange des Capitels. Originale
beſitzen das Dresdener Kupferſtichcabinet und das Britiſh - Muſeum.
Nachgeſtochen bei Jaime, Muſée de
la Caricature, 1836. Eine gleichzeitige Copie in Holzſchnitt ohne die
Inſchriften, doch mit der in gothiſchen
Lettern geſetzten Ueberſchrift: »Der
Bapſteſel zu Rom«, erſchien als Pamphlet mit einer Interpretation von
Melanchthon und Luther zu Wittenberg 1523, 8 Seiten in 4⁰. Abgebildet von Champfleury in der Gazette des Beaux - Arts, 1873, II. S.
413, und deſſen Hiſtoire de la Caricature sous la Réforme, S. 61. In
dem Wittenberger Text heiſst es, das
Ungethüm ſei 1496 todt im Tiber
gefunden worden, ohne Zweifel blos
eine Abſtraction vom Datum des
Stiches.

zum Zugreifen bereit, an Stelle der rechten erscheint eine
Katzenpfote. Am Steifs sitzt eine häfsliche Maske und ein
Schweif, der in einem züngelnden Drachenkopf ausläuft,
zwifchen den Schultern aber ein Efelskopf, weshalb man
das Blatt auch fpäter kurzweg den »Papftefel« genannt hat.
In fehr bezeichnender Weife erscheint neben diefem Ungethüm noch ein antikes Gefäfs von der Form der Amphoren.
Die Baulichkeiten find ganz einfach in der Art der Schedel'-
fchen Chronik behandelt [1]).

Welche Fluth von derber, beizender Satire liegt nicht
in diefem einen Blatte! Und da konnte es Wolgemut wagen,
fein Monogramm, das Zeichen feiner Werkftätte, darunter
zu fetzen; eine Kühnheit, wie fie im Jahre 1496 wohl
nirgends möglich war, als unter dem aufgeklärten und milden
Stadtregiment der Patrizier von Nürnberg. Es liegt auf
der Hand, dafs wir es hier mit einem mittelbaren Producte
der humaniftifchen Aufklärung zu thun haben, die ja gerade
in der guten Gefellfchaft der wahrhaft freien Reichsftadt
namhafte Vertreter zählte. Alle Umftände führen feinen
Urfprung auf denfelben gelehrten Kreis zurück, der eben
erft die Publication der Weltchronik in's Werk gefetzt hatte.
Diefem Kreife nahe ftand ja auch der gelehrte Bürger Peter
Dannhaufer, der Freund des Konrad Celtes und von diefem
Petrus Danufius oder Abietiscola genannt, der zwei oder
drei Jahre zuvor den »Archetypus triumphantis Romae«
verfafst und feinem Gönner, dem Kirchenmeifter Sebald
Schreyer, gewidmet hatte. Wie ein Satyrfpiel zu diefem
Werke über das antike Rom erscheint darauf das Blatt
Wolgemuts. Und vielleicht hatte der fromme Karthäufer-
prior Georg Pirkheimer doch nicht fo ganz Unrecht, wenn
er Dannhaufern nachfagte, dafs ihn das Lefen der heidnifchen Bücher und Poeten dem wahren Kirchenglauben
abwendig mache, ein Vorwurf, gegen welchen fich Dann-

---

[1]) Derfelbe Efelskopf erfcheint
dort auch genau fo in der Darftellung eines von der Nymphe Circe
Verwandelten, obwohl der Text einen
folchen keineswegs verlangt.

haufer in einer befonderen Apologie vertheidigen zu müffen
glaubte [1]).

Neben der unleugbaren Einwirkung humaniftifcher Aufklärung hat aber das fatyrifche Blatt Wolgemuts noch eine
populäre biblifche Grundlage. Die Idee, »Rom das Haupt
der Welt« als ein weibliches Ungethüm darzuftellen, erinnert
unwillkürlich an die »grofse Babylon«, die man damals fo
gerne zum Vergleiche heranzog; ihr Urfprung ift das
17. Capitel der Apokalypfe, das mit den Worten fchliefst:
»Und das Weib, das du gefehen haft, ift jene grofse Stadt,
die Gewalt hat über die Könige der Erde«. Wo immer
der chriftliche Volksgeift irre wurde an den beftehenden
Einrichtungen, da befchäftigte er fich gerne mit der Offenbarung Johannis, »die ihm Gott gegeben, feinen Knechten
zu zeigen, was da gefchehen mufs in Bälde«, mit jener
räthfelvollen Schrift, die ja auch einem folchen Gefühle
tiefen Mifsbehagens ihre Entftehung verdankte. Selbft ein
Buch mit fieben Siegeln, gab die Apokalypfe dem grübeln-
den Frager freilich keine Antwort, keinen irdifchen Troft.
Es geht nur ein dämonifcher Zug der Vernichtung durch
das ganze Buch, und an ihren Schrecken weidete fich die
Phantafie der Verzweifelten. Der geheimnifsvolle Triumph
einer höheren fittlichen Macht über alle Gewalten diefer
Erde hatte etwas Reinigendes, Erhebendes für die Unter-
drückten, und die Befchäftigung mit den letzten Dingen
verfetzte die Gemüther in jene Spannung, welche fie von
den kleinen Bedürfniffen des täglichen Lebens abzog und
fo den Boden fchuf für eine geiftige Umwälzung. Mit Vorliebe behandelte daher fchon die altchriftliche Kunft apokalyptifche Stoffe. Auch dem Ausbruche der huffitifchen
Bewegung war eine folche Zeit des Grübelns voraufgegangen,
und die alten Meifter der Prager Schule gefielen fich daher
in apokalyptifchen Darftellungen. Bedeutfame Ueberrefte
davon find uns noch auf der Burg Karlftein erhalten. Viel-

---

1) K. Hagen, Deutfchlands litterarifche und relig. Verhältniffe, I. 185.

leicht das älteste deutfche Blockbuch ift eine Offenbarung
Johannis. Ihrer Illuftrierung ift auch in der Kölnifchen und
der Koburger Bibel eine befondere Aufmerkfamkeit gewidmet.
Umfonft hatte fich indefs das XV. Jahrhundert an der Befferung der öffentlichen Zuftände abgemüht; in fruchtlofen
Anläufen waren feine Kräfte verzettelt. Indem fich daffelbe
nun zu Ende neigte, lagerte aufs Neue die Schwüle, die
dem Sturme vorangeht, über den Geiftern, und wieder tritt
die Apokalypfe in den Vordergrund der künftlerifchen Darftellung.

Zur felben Zeit, da Wolgemut fein Pamphlet über die
fündige Roma veröffentlichte, arbeitete der junge Dürer in
einem Haufe nebenan an feiner Offenbarung Johannis. Ein
Jahr zuvor 1495 entwarf auch er das Bild der babylonifchen
Hure für das vorletzte Blatt feiner Holzfchnittfolge. Die
Zeichnung in der Albertina ift zugleich das frühefte mir
vorgekommene Studium Dürers zu einem feiner bekannten
Werke [1]). Und was zeigt uns das Blatt? Nichts als die
aufrechte Geftalt einer Dame der Zeit in reichem, ftark aus-
gefchnittenem Brocatkleide, beladen mit Schmuck und Putz,
mit der Rechten das Obergewand fchürzend; im Hintergrunde daneben die Skizze deffelben Modells von rückwärts
gefehen. Daffelbe üppige Weib nun mit den Locken längs
der beiden Wangen erfcheint gegenfinnig im Holzfchnitte,
fitzend auf dem fiebenköpfigen Thiere — es bedeutet die
fieben Hügel — in der Rechten emporhaltend den »ge-
buckelten goldenen Becher voll Greuel und Unfauberkeit« [2]).
Und vor ihr fteht eine Gruppe von Menfchen, die wenig
Ehrfurcht vor der ganzen Erfcheinung an den Tag legt.
Ein König deutet nach ihr hin wie im Gefpräche mit den
Uebrigen, unter denen blos ein feifter Bauer mit dem Filz-
hut über'm Ohr mit einigem Entfetzen fie anblickt, ein
Landsknecht und eine Frau fchielen blos fchmunzelnd hin-

---

1) Facfimile abgebildet in Thaufing-   finne von C. Favart 1818. Kreide,
Baders Trachtenbildern aus der Alber-   Feder und getufcht.
tina, Wien 1871.   Radiert im Gegen-   2) Cap. 17.

über; in ihrer Mitte aber fteht ein Mann in kurzem Rock,
deffen Schlitzärmel tief herabfallen, wie der Zipfel feiner
Kappe; er hat den Arm entfchloffen in die Hüfte geftützt
und fchaut finfter prüfend nach dem Ungethüm hinüber.
Ob nun ein Gelehrter, ein Künftler oder ein Handwerker
darunter gemeint fei, er vertritt hier den kühnften Gedanken
feines Zeitalters und bildet den Gegenfatz zu dem Mönche
neben ihm im äuferften Vordergrunde, der allein mit
frommer Geberde, gefpitztem Mund und weit geöffneten
Augen anbetend niederfinkt vor dem gekrönten Weibe.
Oben am Himmel fchwebt bereits der Engel aus dem
18. Capitel, er deutet auf die brennende Stadt an den
Wäffern und ruft mit Macht und voller Stimme herab zu
der Menfchengruppe: »Sie ift gefallen, fie ift gefallen, Babylon die grofse, und eine Behaufung der Teufel geworden«
u. f. f. [1]). Und der andere Engel fährt herab mit dem Mühl-
ftein, ihn in's Meer zu werfen und zu rufen: »Alfo wird mit
einem Sturm verworfen die grofse Stadt Babylon und nicht mehr
erfunden werden« [2]). Zur linken aber öffnet fich der Himmel
und reitet geharnifcht auf dem weifsen Pferde hervor das
»Wort Gottes« und ihm nach die himmlifchen Heerfchaaren [3]),
um endlich das neue Jerufalem aufzurichten. Für dies gewaltige Bild giebt es nur eine Erklärung: Dürer dachte
bei dem Weibe auf dem fiebenköpfigen Thier, bei »der
grofsen Stadt, die bekleidet war mit Seiden und Purpur
und Scharlach und übergoldet war mit Golde und Edel-
fteinen und Perlen« nicht wie der Verfaffer der Apokalypfe
an die alte Stadt auf den fieben Hügeln, fondern an das
päpftliche Rom feiner Tage. Unter diefer nothwendigen
Annahme klingt allerdings der apokalyptifche Text wie ein
geiftliches Revolutionslied, und es wird begreiflich, wie die
Bildwerke Dürers daneben einfchlugen, gleich einem Ungewitter: »Bezahlet ihr, wie fie euch bezahlet hat, und

---

1) Cap. 18. Vers 2.   3) Cap. 19. V. 11 ff.
2) Vers 21.

macht es ihr zwiefältig nach ihren Werken; mit welchem
Kelch fie euch eingefchenket hat, fchenket ihr zwiefältig ein« [1]).

Schon auf feiner Wanderfchaft fcheint fich Dürer mit
dem Plane der Apokalypfe getragen zu haben; er mochte
in der Fremde, zumal in welfchen Lande, fo wie Luther in
Rom, manches beobachtet haben, das ihn zum Widerfpruch
anregte. Bald nach feiner Heimkehr fehen wir ihn mit
Vorarbeiten zu dem Werke befchäftigt, und im Jahre 1498
erfcheint »Die heimliche Offenbarung Johannis« oder »Apo-
calipsis cum figuris« deutfch und lateinifch mit gothifchen
Lettern gedruckt und mit 15 grofsen Holzfchnitten geziert [2]).
Der erfte derfelben zeigt als Einleitung und gleichfam zur
höheren Beglaubigung des Ganzen die Marter des Evangeliften Johannes angefichts des Kaifers Domitian und einer
bunten Zufchauergruppe. Der Gegenftand war durch einen
Holzfchnitt der Koburger'fchen Bibel von 1483 bekannt und
fo dem Künftler nahe gelegt. Die Anordnung mit dem
Thronfeffel des Kaifers erinnert noch an ähnliche Darftellungen im »Schatzbehalter«; das Studium zu feinem
Kopfe haben wir in einer frühen Zeichnung des Florentiner
Cabinets erkannt [3]). Merkwürdig ift der vereinzelte aber
deutliche Anklang an die Renaiffance-Architektur Venedigs
in dem Bauwerke, das zunächft hinter dem Brocatmufter der
Thronlehne fichtbar wird und vermuthlich den Palaft des
heidnifchen Kaifers andeuten foll.

Das zweite Blatt, die Berufung des Johannes [4]) wirkt
durch die Einfachheit der beiden Geftalten, die blos von
Wolken und von den fieben Leuchtern umgeben find; die
Figur des bärtigen Heilandes leidet aber an der zu genauen
Wiedergabe der Augen »wie eine Feuerflamme« und des

1) Cap. 18. V. 6.

2) In Buchform haben fich blos
fehr wenige Exemplare erhalten. Der
Text der deutfchen Ausgabe fammt
der Vorrede ift aus Koburgers Bibel
entlehnt und fchliefst mit den Worten:
»Ein ende hat das buch der heim-

lichen offenbarung sant Johannfen
des zwelff boten vnd ewangeliften. Gedruckt zu Nürenbergk durch Albrecht
Dürer maler nach Chrifti gepurt
MCCCC und darnach im XCVIII jar«.

3) Siehe oben S. 112—113.

4) Cap. I. V. 10 ff.

»fcharfen Schwertes, das aus feinem Munde geht«. Das Hauptgewicht liegt hier bereits in der Gewandung, in der Dürer ftets und grundfätzlich ein Hauptmittel des künft-lerifchen Ausdruckes fucht. Sein Johannes fällt allerdings nicht, der Schrift gemäfs und der Natur des Morgen- und Südländers entfprechend, »als ein Todter« zu den Füfsen des Herrn; er ift blos vorwärts gebeugt in die Knie ge-funken. Wie plötzlich dies aber gefchah, zeigen nicht blos die über die Stirne überhängenden Locken, fondern zumal das breite Auffallen des Mantels auf den Boden nach vorne hin. Die fcheinbaren Zufälligkeiten diefer Drapierung er-zeugen die lebhafte Vorftellung der ihr vorangegangenen Bewegung und verrathen das Leben auch im vollftändig verhüllten Körper. Beim blofsen Anblicke diefes Johannes fpüren wir, wie er horchend den Athem anhält und wie fein Herz in Aengften pocht. So erfcheint uns auch die Rechte Jefu, in der er die fieben Sterne hält, nur darum fo gewaltig, weil in den Falten des weiten Aermels die energifche Bewegung nachklingt, mit der die Hand nach den Sternen gefafst hat. An den koloffalen fieben Leuchtern find die gothifchen Schnörkel ftark von naturaliftifchem Laub- und Aftwerk zerfetzt, doch zeigen fie auch fchon, nament-lich der äufserfte zur Linken, in Zierftäben und Profilen die Formen des neuen Stiles.

Auf dem dritten Blatte [1]) fehen wir oben die Pforten des Himmelsbogens geöffnet. Mitten inne im Lichtglanze einer Mandorla fteht der Stuhl Gottes; auf feinem Schofse liegt das Buch mit den fieben Siegeln, die das Lamm löfen wird; ringsum mit Kronen und Harfen die vierundzwanzig Aelteften, deren einer dem zagenden Johannes Muth zu-fpricht. Die Thiere mit den vielen Augen entzogen fich jeder befriedigenden Darftellung, waren aber doch in diefer Compofition ganz unvermeidlich. Dürer half fich damit, dafs er diefelben möglichft klein und unauffällig an ihre Stelle

---

1) Cap. 4 und 5.

fetzte. Die Form der fieben Lampen über dem Throne Gottes,
wie die der zweifeitigen Stühle der 24 Aelteften ift geradehin
den bräuchlichen Kirchengeräthen entnommen. Einen lieblichen Gegenfatz zu der flammenden Himmelsglorie oben
bildet der reizende Anblick eines Seegeftades mit Bäumen
und Bergen, Schlöffern und Thürmen auf dem unteren
Plane; ein Bild des Friedens ohne Menfchen und menfchliche Qual.

Vier von den fieben Siegeln find gelöft [1]). Die Folge
davon zeigt uns das nächfte Blatt in Geftalt der vier apokalyptifchen Reiter. Die Darftellung ift mit Recht hoch-
berühmt und wurde in ihrer einfachen Grofsartigkeit niemals
überboten. Die Compofition ift weniger malerifch als vielmehr plaftifch gedacht und ohne Vertiefung des Hintergrundes
nach den Gefetzen des Reliefs in der Fläche angeordnet,
und zwar fo, dafs der Rand von der Stirn des vorderften,
wie vom Hintertheil des letzten Pferdes etwas wegfchneidet.
Gerade diefe doppelte Befchränkung des Raumes aber erweift
fich als ungemein wirkfam, denn fie concentriert die Betrachtung auf die Flucht von Links nach Rechts und läfst
diefelbe rafch und endlos erfcheinen. Dazu kommt noch
das jeden Menfchen packende Gefühl der Gefchwindigkeit
nach Vorwärts, deffen Empfindung Dürer ganz meifterhaft
dadurch fteigert, dafs er wohl die vorbrechenden Vorder-
theile fämmtlicher Pferde, nicht aber deren gegenftemmende
Hinterbeine fichtbar werden läfst. Trotz den durchweg
weder anziehenden noch befonders gelungenen Einzelheiten
der Darftellung hat die Summe der genialen Gedanken,
welche ihrer Auffaffung zu Grunde liegt, den apokalyptifchen
Reitern Dürers eine fo unbedingte Bedeutung verliehen, dafs
fie auf dem ganzen Wege, den fie nun fchon durch Jahrhunderte zurückgelegt haben, aller Orten und zu allen Zeiten
nur Blicken der Bewunderung begegneten. Es ift dies die
frühefte Schöpfung des Meifters, der wir eine fo abfolute
Geltung zufchreiben dürfen.

1) Cap. 6. Vers 1—8.

(Seite 254.)

Die apokalyptischen Reiter.

Holzschnitt.

Die Tiefe der Erfindung wirkt hier fo packend, dafs ftoffliche Acceſſorien und einzelne Schwächen der Ausführung erſt nachträglich in Betracht kommen. Die Pferde der drei oberen Reiter zeigen die unfchönen und ungenauen Formen, von denen Dürer erſt nach dem Stiche des St. Euſtachius abgegangen iſt; indeſs kommen hier die Rammsnaſen und die vermenfchlichten Augen dem dämonifchen Ausdrucke der Roſſe zu ſtatten. Die Reiter felbſt, zornig nach vorwärts blickend, der eine mit dem gefpannten Bogen, der andere mit gezücktem Schwert, der dritte mit hintennach ge-fchwungener Wage tragen im Uebrigen die phantaſtifche Zeittracht. Sehr bezeichnend humpelt weiter unten die Schindmähre des vierten Reiters nach, dafs deſſen Beine faſt den Boden ſtreifen. Das iſt der Tod, der den höllifchen Dreizack fchwingt, aber nicht als Gerippe, fondern als der vertrocknete Greis mit den ſtieren wimperlofen Augen, eine Art wilder Mann, wie er auf dem oben zuerſt erwähnten Kupferſtiche, das Weib bezwingend, vorkommt. Und hinter ihm gähnt der Höllenfchlund, gleich dem eines Rieſendrachen, und verfchlingt eben das gekrönte Haupt diefer Erde. Die Gruppe zur Rechten, über die der Sturm hinbrauſt, vertritt den vierten Theil der Menfchheit, der getödtet werden foll, nach den Ständen des Zeitalters; zunächſt eine Nürnberger Hausfrau, dann ein feiſter Kaufherr, ein fchreiender Bauer und ein fürchtiger Bürger und ganz unten ein Kopf mit der Tonfur.

Ein fo einheitliches Bild weifen freilich die anderen Blätter zur Apokalypfe nicht auf, um fo weniger als Dürer ſtets beſtrebt iſt, mehrere Gefchichten in eine Compofition zufammenzudrängen. Stoff und Tendenz obſiegen dadurch leicht über die künſtlerifche Vollendung. So iſt denn auf der folgenden fünften Darſtellung die Löfung des fünften und fechsten Siegels in eins zufammengefafst[1]), fo dafs fich die Vertheilung der weifsen Kleider an die Märtyrer des

---

1) Cap. 6. V. 9—17.

Glaubens oben über den Wolken vollzieht und darunter
die Verdunkelung von Sonne, Mond und das Herabfallen
der Sterne. Die Tröſtung der armen Seelen derer, »die
erwürget waren um des Wortes Gottes willen«, und die
Bekleidung ihrer Blöſe durch die Engel am Altare Gottes
iſt eine ungemein rührende Scene. Dürer weiſt ſpäter im
Jahre 1521 auf die betreffende Stelle der Apokalypſe hin,
indem er ſpricht von dem »unſchuldigen Blute, das der
Papſt, die Pfaffen und die Mönche vergoſſen, gerichtet und
verdammt haben: das ſind die Erſchlagenen, unter dem
Altare Gottes liegend, und ſie ſchreien um Rache, darauf
die Stimme Gottes antwortet: Erwartet die vollkommene
Zahl der unſchuldig Erſchlagenen, dann will ich richten« [1]).

Daſs aber Dürern bereits in den neunziger Jahren des
fünfzehnten Jahrhunderts eine ähnliche Deutung der Stelle
auf die kirchlichen Verhältniſſe ſeiner Zeit nahe lag, beweiſt
der untere Theil der Compoſition mit dem Strafgerichte
Gottes am groſen Tage ſeines Zornes. Unter denen nämlich, die ſich verkriechen in den Klüften und ſprechen zu
den Bergen und Felſen: »fallet auf uns und verberget uns
vor dem Auge deſſen, der auf dem Stuhl ſitzt und vor dem
Zorne des Lammes« ſehen wir rechts nebſt Kaiſer und
Kaiſerin den jammernden Papſt, den beſtürzten Cardinal,
den Biſchof und den Mönch in der Kapuze. Zur Linken
aber iſt an einer Gruppe der Untergang der Völker dargeſtellt; aufrecht ſitzt dazwiſchen nur noch ein Weib mit
ſeinem Kinde, das mit zornigem Blicke und weitgeöffnetem
Munde hinüber ſchreit nach der hierarchiſchen Gruppe. Es
iſt ein inhaltſchwerer Gedanke, daſs Dürer hier des Volkes
Fluch einer Mutter in den Mund legt.

Auch auf dem ſechsten Blatte ſind zwei Darſtellungen
die blos zeitlich und gedanklich mit einander zuſammen-
hängen, in eins zuſammengefaſt: die vier Engel, welche den
Winden wehren, und die Verſiegelung der 144,000 Heiligen [2]).

---

1) Niederländ. Tagebuch, Campes   2) Cap. 7. V. 1—4.
Reliquien S. 132. Dürers Briefe 123.

Und zwar erfolgt die Anordnung der beiden Gruppen diesmal nicht über-, fondern nebeneinander. Den Raum zur
Linken nehmen die vier Engel ein, von denen die zwei
im Vordergrunde ftehenden den bedeutendften Theil der
Darftellung bilden. Im Gegenfatze zum Herkommen ftellt
Dürer die Würgengel als bejahrte und hagere, wenn auch
bartlofe Männer dar. Er unterfcheidet diefelben fo für den
erften Anblick gleich von den Kinder- und Mädchen-Geftalten,
den hergebrachten Erfcheinungen der heilbringenden Himmels-
boten. Mit diefen Genien hätte er die Vollftreckung des
letzten Racheamtes unmöglich in Einklang bringen können,
ohne in künftlerifche Uebertreibungen und Unwahrheiten zu
verfallen. Die Unterfcheidung und die Erfindung diefer
dräuenden Männerengel ift daher äufserft glücklich zu nennen.
Ihre hohen grobknochigen Geftalten mit den riefigen Geier-
flügeln flöfsen uns eine Ahnung ihres fchrecklichen Berufes
ein und laffen daran glauben, auch ohne dafs deffen Ausübung zu deutlicher Anfchauung gebracht wird. So genügt
es denn, dafs jene beiden Engel unbewegt daftehen in ihren
lang herabfallenden Gewändern, die Fauft am Schwerte
ruhend; fie wenden blos einen Blick nach den puftenden
Köpfen der Winde hin und machen mit der Hand eine
leichte Bewegung der Abwehr. In diefem ruhigen Beharren
aber erfcheinen fie ungleich gewaltiger als etwa jener dritte
Engel, der in ihrem Rücken fchreiend das Schwert gegen
einen der Winde zückt. Ein Zeichen ihrer Macht, fteht der
fruchtbeladene Apfelbaum zu ihren Häupten, den die Winde
nicht einmal befchädigen dürfen. Am Himmel aber bringt
der Engel, der das verbietet, das »Zeichen des lebendigen
Gottes« in Geftalt des Kreuzes, und daffelbe Zeichen fchreibt
ein anderer, ein lieblicher Friedensbote auf die Stirnen der zur
Rechten Knieenden, unter denen einige Porträte zu fein fcheinen.

Das fiebente Blatt verfinnlicht die Vertheilung der
Pofaunen an die fieben Engel und die Plagen, welche die
fünf erften aus ihnen verurfachen[1]. Blos die Gruppe der

---

[1] Cap. 8 u. 9. V. 1—12.

Gottes Altar umfchwebenden, hier wieder jugendlichen Engels-
geftalten hat einen gewiffen Reiz, alles andere verliert fich
in Unmöglichkeiten. Um fo geeigneter für die Darftellung
erfchien aber die Wirkung der fechften Pofaune auf dem
folgenden Blatte: die Loslöfung der vier Engel, die gebunden
lagen an dem grofsen Wafferftrome Euphrat und die nun
den dritten Theil der Menfchheit tödten[1]). Unter dem
goldenen Altare, aus deffen vier Ecken die Stimme tönt,
fauft die kleine Schaar der Gepanzerten auf den feuerfpeienden
Roffen mit den Löwenköpfen durch die Wolken. Drunten
auf der Erde aber walten die vier Würgengel ihres graufigen
Amtes. Wie oben in ihrer Ruhe fehen wir hier ihre Art
in wilder Bewegung. Wie jeder auf andere Weife mit dem
Schwerte ausholt und alle mit gleicher Wucht auf ihre
Opfer ftürzen, der eine ein Weib bei den Haaren faffend,
der andere Rofs und Reiter niederfchlagend, find fie die
Ausgeburt einer unzähmbaren, dämonifchen Vertilgungsluft.
Der vorderfte von ihnen aber hat eben den entfetzt auf
dem Boden liegenden Papft an der Schulter gepackt; der
Bifchof liegt bereits erfchlagen hinter ihm, und vergebens
fafst der Kaifer an feine wankende Krone. Es ift klar, dafs
hier nur die Engel das Recht des Dafeins haben; vor ihren
Hieben finkt alles in zufällige Bruchftücke einer formlofen
Maffe zufammen.

Nächft den vier Reitern des vierten Blattes find die
Engel vom Euphrat die gewaltigfte Conception in Dürers
Apokalypfe. Das langverhaltene Pathos der altdeutfchen
Kunft kommt in diefen beiden Seitenftücken zuerft zu fchrankenlofem, energifchen Ausbruche, ohne die Grenzen des künftlerifch Darftellbaren zu überfchreiten. Die urwüchfige Kraft,
mit der hier das innerfte Wollen an einer Thätigkeit in die
Erfcheinung tritt, reifst die Phantafie mit fich fort in der
endlofen Flucht der Reiter dort, wie hier in dem centri-
fugalen Schwunge, der einen weiten Vernichtungskreis um
die Gruppe der vier Engel zieht.

---
1) Cap. 8. V. 13 ff.

Die Darftellung des neunten Blattes ringt vergeblich mit dem ungefügen Stoffe[1]). Von dem ftarken Engel, der Johannes das Buch, nicht das Büchlein, zum Verfchlingen reicht, ift blos der männliche, melancholifche Kopf und die Hände fichtbar, alles Andere löft fich in die Wolke auf, mit der er bekleidet fein foll; und die Füfse, gleich Feuerfäulen, hat Dürer buchftäblich als zwei Säulenftummel, die oben in Flammen ausgehen, wiedergegeben. Ebenfo entzieht fich der Act des Verfchlingens jeder äfthetifchen Würdigung; und die Kinderengel am Himmel, wie der Delphin, Schwäne und Schiffe auf dem Meere find unwefentliche Zuthaten. Nur aus den Forderungen einer naiven Tradition, einer gläubigen und bibelfeften Zeit findet das Ganze feine Er- klärung.

Auf dem zehnten Blatte fehen wir das mit der Sonne bekleidete Weib mit der Sternenkrone auf der Mondfichel ftehen und daneben den ihr Kind bedrohenden, fiebenköpfigen, gekrönten Drachen[2]). Das neugeborene Knäblein wird bereits von zwei Engelsknaben zu Gott emporgetragen — eine leicht hinfchwebende kleine Gruppe von Lionardi'fchem Liebreiz. Wenn die Schilderung des Weibes auf dem Halb- monde der altchriftlichen Kunft die Motive zur Darftellung der Himmelskönigin geliefert hat, fo ift es bezeichnend für Dürers Bibelverftändnifs, dafs er die Erfcheinung ausdrücklich vom Bilde der Immaculata unterfcheidet, indem er ein grofses Flügelpaar an ihren Schultern anbringt und fie fo als das fymbolifche Fabelgebilde der Apokalypfe kennzeichnet. Er zog hiefür den 14. Vers des 12. Capitels heran, wo es heifst: »Es wurden aber dem Weibe zwei grofse Adler- flügel gegeben, dafs fie in die Wüfte flöge« u. f. w.

Das eilfte Blatt zeigt den Kampf des Erzengels Michael und dreier anderer Engel mit Satanas und feinen Drachen[3]), die herabgefchleudert werden auf die durch das lachende Geftade einer Meeresbucht angedeutete Erde. Die Com-

---

1) Cap. 10. V. 1—10.   3) Cap. 12. V. 7 ff.
2) Cap. 12. V. 1—6.

pofition fteht keineswegs auf der Höhe der »Vier Reiter«
und der »Engel vom Euphrat«, noch auch ift die Durchbildung und Belebung der Geftalten in gleicher Weife gelungen. Bedeutend ift eigentlich blos die Figur des Erzengels,
der auf dem Bauche der »alten Schlange« ftehend, ihr den
langen Speer in die Kehle bohrt — ein in der alten germanifchen wie italienifchen Kunft beliebter Gegenftand. Zwifchen
feinen zwei harmlofen Gefährten tritt St. Michael um fo
furchtbarer hervor und wie befeelt von überirdifcher Kraft.
Nur dafs der Ausdruck diefer Befeelung erreicht wird durch
eine merkliche Verfchiebung der Körperverhältniffe und
durch Härten, die nur theilweife auf bewufster Uebertreibung
beruhen, theilweife aber auf der Unzulänglichkeit des Wiffens.
Das Hinausgehen des Strebens über die natürliche Leiftungsfähigkeit der Formen verleiht der Figur ein archaiftifches,
fremdartiges Gepräge. Im Sinne jener Mifchung von Vor-
zügen und Mängeln, von Leidenfchaft und Starrheit, von
Willkür und Gebundenheit hat gerade diefer Erzengel Michael
freilich ftets grofse Bewunderer gefunden. Jedenfalls tritt
der alte Stil in keinem Werke Dürers fo mächtig in feine
verjährten Rechte ein, wie in diefer apokalyptifchen Figur.
Ihre Erfindung fcheint fomit vor die Entwürfe der übrigen
Blätter zurückzureichen, oder aber haben Dürer die Motive
eines ungleich älteren unbekannten Vorbildes dabei vorgefchwebt.

Auf dem zwölften Blatte der Folge erfcheint unten die
Anbetung der beiden dem Meere entfteigenden Ungeheuer[1]),
oben der Thronende mit der Sichel und die Engel, die
zur blutigen Ernte eilen[2]). Vor dem fiebenköpfigen Drachen
knieen andächtig die gekrönten Häupter der Erde, indefs
fich in der bürgerlichen Gruppe dahinter fchon verfchiedene
andere Stimmungen zeigen.

Das dreizehnte Blatt ift dem Triumphe der Auserwählten
gewidmet, auf welchen der verworrene Text der Apokalypfe

---

[1]) Cap. 13.   [2]) Cap. 14. V. 14 ff.

wiederholt zurückkommt. Mit feinem Sinne hat fich Dürer
alle darauf bezüglichen Stellen zufammengereimt, ohne fich
ausfchliefslich an eine derfelben zu halten. Er gewann dadurch leichter den nöthigen Spielraum, um eine, nicht weniger
als ein halbes Hundert von Köpfchen umfaffende Compofition
in einen Holzfchnitt zufammenzufchliefsen. Zunächft dachte
er an das Reich des Lammes in der erften Hälfte des vierzehnten Capitels, die man fo gerne auf die Reform der
Kirche durch das Evangelium gedeutet hat im Gegenhalte
zu deffen zweiter Hälfte, dem Falle des geiftlichen Babel,
deffen Verfinnlichung in dem folgenden vierzehnten Blatte
bereits eingangs befchrieben wurde. Daher fehen wir den
Apoftel auch auf der Spitze des Berges Zion knien, wo[1]
das Lamm fteht, umgeben von den vier Thieren, den vierundzwanzig Aelteften[2] und von den 144,000 Auserwählten,
die Dürer von den erlöften Heiden[3], die angethan mit
weifsen Kleidern vor dem Throne des Lammes ftehn, nicht
unterfcheidet. Der Aeltefte, der[4] zu Johannes fpricht, kehrt
auch im neunzehnten Capitel, V. 10, wieder, wo er ihm
wehrt, zu feinen Füfsen anbetend niederzufallen, wie Dürer
es auch andeutet. Ueberhaupt wiederholen fich manche
Züge jener beiden Befchreibungen auch in der erften Hälfte
des neunzehnten Capitels, deffen Text unferem Holzfchnitte
im Buche gegenüber fteht. Da fämmtliche drei Stellen fich
aber auf das Myfterium des Triumphes beziehen, fo hatte
der bibelkundige Meifter wohl alle zugleich im Auge. Doch
wird man darum die Darftellung gleichwohl ganz richtig
nach dem 19. Capitel: die Hochzeit des Lammes nennen[5].

Das bunte wimmelnde Gedränge der Seligen beftimmt
wefentlich die frohe feftliche Stimmung der Darftellung; das
Auge erzählt gewiffermafsen dem Ohre von dem taufend-
ftimmigen Triumphliede der Märtyrer mit den Palmenzweigen.

---

1) Nach Cap. 14. V. 1.
2) Dafelbft, V. 3.
3) Cap. 7. V. 9 u. ff.
4) Dafelbft, V. 13 ff.

5) A. Bartfch hat diefes Blatt irrthümlich an die 7. Stelle gefetzt und
als Illuftration zu Cap. 7 angefehen.

Es ift das einzige freundliche Bild der Folge; eine Erlöfung, ein Ruhepunkt der Phantafie nach all den Schrecken der letzten Dinge. Solch eine Wirkung aber übt das Blatt nur an diefer Stelle der Reihe und hat Dürer deshalb wohl den Stoff bis dahin aufgefpart. Wenngleich Bartfch, abfehend vom Texte und der Anordnung des Dürer'fchen Buches, dem Blatte ohne weiteres die fiebente Stelle einräumt und obwohl v. Eye[1]) nach ganz äufserlichen Anhaltspunkten diefe Rückverfetzung zu rechtfertigen fucht, fo dürfte doch aus tieferen inneren Gründen an der urfprünglichen, von Dürer auch noch in der fpäteren Auflage von 1511 bei-behaltenen Reihenfolge nicht zu rütteln, fondern fortan feft-zuhalten fein. Nach all den grauenhaften Zeichen und Vifionen bildet die Apotheofe des Lammes den verföhnenden Abfchlufs, den tröftenden feierlichen Hinweis auf die Freuden des Jenfeits.

Die beiden nun noch folgenden letzten Blätter der Folge verhalten fich zu jenem nur wie ein irdifches Nachfpiel. Das vierzehnte Blatt mit der Gefchichte der grofsen Baby-lonifchen Hure, der endlich das Verderben naht, haben wir bereits eingangs kennen gelernt. Den Schlufs bildet das fünfzehnte Bild, auf welchem unten einer der grofsen Rache-engel ernft finnend daherfchreitet, den teuflifchen Drachen auf taufend Jahre im Abgrunde zu verfchliefsen[2]), indefs oben auf der Höhe ein anderer Engel dem verzückten Johannes die heilige Stadt des neuen taufendjährigen Reiches zeigt[3]), oder wie Dürer fpäter erklärt: »das neue gefchmückte Jerufalem, das vom Himmel herabfteigt, davon Apokalypfis fchreibt: Das heilige klare Evangelium, das nicht mit menfch-licher Lehre verdunkelt fei«[4]).

Erft zu der neuen Ausgabe von 1511 hat Dürer den Titel noch mit einer Vignette verfehen, auf welcher über einem Wolkenfaume der Apoftel an feinem Buche fchreibend

---

1) Leben Dürers, 143 ff.

2) Cap. 20. V. 1. 2.

3) Cap. 21. V. 2.

4) Campe, Reliquien S. 130. Dü-rers Briefe, 12.

dargeftellt wird, infpiriert von einer Erfcheinung der Mutter
Gottes. Diefe bildliche Einleitung mag einer Conceffion an
den Marienkultus ihre Entftehung verdanken. So wenig der
darin ausgefprochene beliebte Gedanke mit dem Inhalte der
Apokalypfe im Einklange fteht, fo wenig ftimmt auch die
künftlerifche Auffaffung deffelben zu dem Geifte der darauf
folgenden älteren Bildwerke. Ob mit oder ohne Abficht
des Künftlers, fteht ihnen diefes Titelbild in jeder Beziehung
fremd gegenüber. Aber die religiöfe Bedürftigkeit der Zeit
konnte der himmlifchen Vermittlerin nirgends entrathen,
und fromme Gemüther hatten vielleicht Anftofs daran genommen, dafs Dürer das apokalyptifche Weib auf dem
Monde fo deutlich von der an feiner Stelle geglaubten
Himmelskönigin unterfchieden hatte. Vielleicht dafs der
Meifter auf dem Titelbildchen das Aergernifs wieder gut
machen wollte; wenigftens erfcheint die halbe Geftalt der
Madonna hier gleichfalls im Sonnenglanze über dem Halbmonde, auf dem Haupte die Krone mit den zwölf Sternen.

Wie ganz anders als Wolgemut tritt Dürer in feiner
Apokalypfe an die kirchlichen Zeitfragen heran. Der kühle
Spott, der ätzende Hohn, der fich der Kirchenordnung ent-
fremdet gegenüber ftellt, hat nichts gemein mit der Gefühlsweife Dürers. Seine Natur ift von Grund aus religiös angelegt. Mit heiligem Ernfte, mit gläubiger Ueberzeugung
erfafst er feinen Gegenftand; und den höchften Schwung
jugendlicher Begeifterung athmet gerade feine Offenbarung
Johannis. Allerdings fteht auch er in den Reihen der kirchlichen Oppofition, aber nicht auf jener heidnifch-humaniftifchen
Seite, die blos offen oder heimlich negiert, fondern in jener
volksthümlichen Richtung, die den Kern, das eigentliche
Wefen des Chriftenthumes emporheben will, indem fie die
gleifende Form zerfchlägt. Mit einem Worte, Dürer gehört
bereits jener jüngeren deutfchen Geiftergeneration an, die
im reinen Glauben ihre Zuverficht fucht, er gehört nicht
fo fehr zu den Humaniften als vielmehr bereits zu den
Reformatoren.

Auf der gleichen Höhe, wie die gedankliche und künftlerifche Erfindung von Dürers Apokalypfe fteht auch deren
technifche Ausführung. Dürer leitet damit eine neue Epoche
der Holzfchneidekunft ein. Nicht als ob er felbft das Schneidemeffer geführt und die Holztafeln für den Druck hergeftellt
hätte. Zu diefer Annahme liegt kein Grund vor. Man hat
zwar lange darüber geftritten, ob die alten deutfchen Maler
ihre Zeichnungen auch eigenhändig in Holz gefchnitten hätten
oder nicht, und die Anhänger beider Meinungen haben ihre
Argumente zumeift aus Dürers Thätigkeit zu fchöpfen gefucht. Die Vertheidiger der Eigenhändigkeit wollten wenigftens einzelne Stücke als vom Meifter felbft gefchnitten angefehen wiffen; und zwar wählten fie dazu die gelungenften,
welche die urfprüngliche Zeichnung am getreueften wiederzugeben fchienen. Dies war offenbar der verkehrtefte Ausweg; denn die Technik des Holzfchneidens beruht fo fehr
auf einer andauernden Uebung der Hand, dafs auch der
gefchicktefte Zeichner oder Maler, der blos ausnahmsweife
das Schneidemeffer — das damals vom Kupferftichel gar
fehr verfchieden war — gehandhabt hätte, es dem geübten
Formfchneider niemals gleich, gefchweige denn zuvor gethan
hätte. Eher alfo könnte man die gefuchten eigenhändigen
Ausfchnitte der Maler unter den fchwächeren Blättern ihres
Holzfchnittwerkes finden. Wir dürfen indefs die Frage gegenwärtig als dahin erledigt anfehen, dafs das Technifche des
Holzfchnittes den in allen Städten zahlreichen Formfchneidern
von Beruf überlaffen blieb und dafs der Maler, der erfindende
Meifter, eben blos die Zeichnung mit Feder, Pinfel oder
Stift auf den Holzftock brachte [1]. Dem Formfchneider lag
nur die, fo zu fagen negative Aufgabe ob, die Zeichnung
von allem nicht zu ihr gehörigen todten Materiale zu befreien und fie fo zur Type umzugeftalten. Je aufmerkfamer
und gefchickter er dies that und je weniger er dabei nament-

---

[1] Vergl. Paffavant, Peintre-Graveur I. 66—78. Die Litteratur des
Streites ift nochmals gut zufammen-
geftellt bei Woltmann, Holbein, II.
Auflage, S. 189. Anm. 2.

lich die Züge der Meiſterhand verletzte, deſto unverfälſchter
kam dieſelbe im Drucke zur Geltung. Das Schneidemeſſer
konnte zwar an der Vorlage mehr oder weniger verderben,
verbeſſern aber konnte es dieſelbe nicht. Seine Wirkſamkeit
liegt ſomit aufſer dem Bereiche des ſchaffenden Künſtlers.

Was Dürer anbelangt, können wir dieſen Sachverhalt
als Regel anſehen. Eine neuerliche Beweisführung an dieſer
Stelle würde ungebührend viel Raum einnehmen, ſie ergiebt ſich
von ſelbſt aus dem weiteren Verlaufe unſerer geſchichtlichen
Darſtellung. Damit ſoll nicht geleugnet werden, dafs ſich
Dürer wohl auch ein und das andere mal im Holzſchneiden
verſucht habe. Ja er ſcheint es nachmals für ganz ſelbſt-
verſtändlich anzuſehen, dafs der erfindende Künſtler ſtatt
zur Feder auch wohl zu Model und Ausheibeifen greife, um
ein kleineres Werk raſch zu vollenden, indem er ausführt:
»dafs ein verſtändiger, geübter Künſtler in grober, bäuriſcher
Geſtalt ſeine grofse Gewalt und Kunſt mehr erzeigen kann,
etwa in geringen Dingen, denn mancher in ſeinem grofsen
Werk«. »Daraus kommt — fährt Dürer fort — dafs
Mancher etwas mit der Feder in einem Tag auf einen halben
Bogen Papier reifst oder mit ſeinem Eifelein etwas in
ein klein Hölzlein verſticht, das wird künſtlicher und
beſſer denn eines Anderen grofses Werk, daran derſelbe
ein ganzes Jahr mit höchſtem Fleifs macht; und dieſe Gabe
iſt wunderlich, denn Gott gibt oft Einem zu lernen und
Verſtand etwas Gutes zu machen, desgleichen ihm zu ſeinen
Zeiten Keiner gleich erfunden wird, und etwa lange Keiner
vor ihm geweſen und nach ihm nicht bald Einer kommt« [1].
Doch beſitzen wir kein glaubwürdiges Zeugnifs für Dürers
eigenhändige Bethätigung als Formſchneider. Gerade die
wichtigſte Frage, ob Dürer ſeine Apokalypſe ſelbſt geſchnitten
oder doch ſich am Ausſchnitte derſelben betheiligt habe,

[1] Dürer, Proportionslehre, III. Buch, T. 2. Vergl. Zahn, Dürers Kunſtlehre, 103. Dem Wortlaute und dem Zuſammenhange nach kann die Stelle nur auf Holzſchnitt und nicht auf Holzſculptur bezogen werden. Unter dem grofsen Werke verſteht dann Dürer das ausgeführte Gemälde.

läfst fich nicht, oder doch eher nur im verneinenden Sinne
beantworten, und zwar aus folgendem Grunde. Wir fahen,
dafs Dürer erft im Jahre 1497 fein bekanntes Monogramm
annimmt. Da nun fämmtliche Blätter der Apokalypfe diefes
Monogramm an der gewohnten Stelle, unten in der Mitte
tragen, das Buch aber bereits 1498 erfchien, fo kann der
Ausfchnitt der Formen nicht viel über ein Jahr in Anfpruch
genommen haben; und da ift es doch unwahrfcheinlich, dafs
Dürer allein neben feiner fonftigen vielen Befchäftigung auch
diefe mühevolle Aufgabe in fo kurzer Zeit bewältigt habe.
Geben wir einmal zu, dafs die Holztafeln an Formfchneider
von Beruf überliefert wurden, dann fehlt uns jeder weitere
Anhaltspunkt, den Antheil Dürers an diefer technifchen Ausführung nachzuweifen und von der Arbeit Anderer zu unterfcheiden. Seine Bethätigung in diefer Richtung entzieht
fich alfo gerade im entfcheidenden Momente jeder hiftorifchen
Betrachtung.

Wenn Dürer gleichwohl der Reformator der alten Formfchneidekunft wurde, fo ward er es nicht als Holzfchneider
felbft, fondern fchon als Maler, als Zeichner. Er verurfachte
die Umgeftaltung der Technik und ihren rafchen Auffchwung
durch die neuen Anforderungen, die er an fie richtete, und
durch die bewufste Klarheit und Beftimmtheit, mit welcher
er diefe Forderungen ftellte. Bis auf Dürer beruhte der
Holzfchnitt noch auf dem Principe des flachen Umriffes und
der Polychromie. Aus der Miniatur hervorgegangen und
deren Erfatz, war das gedruckte Bild mit feinen ftarken Contouren eigentlich blos der Rahmen für die bunte Colorierung
mittelft des freien Pinfels oder der Patrone. Auch bei der
weiteren Durchbildung der Zeichnung blieb der Holzfchnitt
noch immer auf die Zuthat von Farben berechnet; fo auch
noch bei Wolgemut, deffen Schatzbehalter und Weltchronik
vornehmlich coloriert verkauft wurden. Da tritt Dürer mit
feinem erften Buche hervor, mit der Apokalypfe. Diefe
verlangte keine Illuminierung mehr, ja fie hätte diefelbe
niemals ertragen; an die Stelle der uralten Polychromie

tritt das Colorit, an die Stelle der Farben tritt die Farbe.

Wir ſahen, wie Dürer ſchon auf ſeiner Wanderſchaft und insbeſondere durch das Studium der Landſchaft ſeinen Sinn für Farbenſtimmung ausbildete. Er lernte dadurch zuerſt Form und Färbung in eins zu empfinden und die Dinge blos durch die abgeſtuften Werthe der Farben, ohne deren materielle Verſchiedenheit von einander abzuheben. Auf den Holzſchnitt angewandt, muſste dieſe Vereinfachung alle Polychromie unmöglich machen, denn Dürer erzielte durch die bloſse Abwechslung von Licht und Dunkel mehr Kraft und maleriſche Wirkung als die bunte Colorierung der Zeit je erreichen konnte. Dazu freilich bedurfte er auch eines Formſchneiders, der genau in ſeine Abſichten einging. Ein ſolcher konnte ſich aber an Dürers Vorzeichnung ausbilden, wie unter keinem anderen Meiſter; denn niemals wohl hat es eine Künſtlerhand gegeben, die ihre Willens-meinung ſo ſicher, ſo bündig, ſo ganz unzweifelhaft hinzu-ſchreiben wuſste, wie die Dürers. Und darin, glaube ich, liegt die Erklärung des tiefgreifenden Einfluſſes, welchen Dürer auf die Formſchneidekunſt ausübte. Er wuſste, was und wie viel er von ihrer Technik erwarten durfte, und das ſchrieb er unerbittlich mit der Feder und öfter wohl auch mit dem Pinſel Zug für Zug vor, in jenen klaren, regelmäſsigen Zügen, denen das Auge ſo gern folgt und denen auch jede geſchickte Hand ohne Straucheln folgen konnte, wenn ſie nur wollte. Er verlangte viel mehr vom Holzſtocke als alle Anderen vor ihm, doch er verlangte nicht mehr als das Material zu leiſten vermochte; das lehrt uns der ungeheure Abſtand, der zwiſchen ſeinen Holz-ſchnitten und ſeinen Kupferſtichen in der Technik waltet. Vor allem aber ſagte er dem Holzſchneider ganz genau, was er wollte.

Dürer begann zwar gleich nach ſeiner Heimkehr von der Wanderſchaft die ziemlich mühſamen Vorarbeiten zur Apokalypſe. Bevor es aber zum Ausſchnitte der groſsen

Tafeln kam, bot er den Nürnberger Holzfchneidern noch
Gelegenheit, fich an einzelnen, einfacher gezeichneten Vorlagen zu fchulen und an feine Hand zu gewöhnen. Der
bedeutendfte unter Dürers frühen Formfchnitten ift die heilige
Familie mit den drei Hafen[1]), grofsartig in ihrer alterthümlichen Auffaffung und fchlichten Formenbehandlung. Die
völligen Körper, das weiche Oval der Madonna, das an
Schongauer mahnt, das zierliche Chriftkind, wie es mit einem
Füfschen auf das andere tritt, und die beiden oben
fchwebenden Engelchen mit der Krone, die wahrhaft italienifche, um nicht zu fagen florentinifche, Zierlichkeit zeigen,
alles zufammen macht den Eindruck, als ob noch die verfchiedenften Reifeeindrücke in diefer Compofition nachklängen.
Doch ift die Conception einheitlich und die Ausführung bereits
eine fortgefchrittene.   Dagegen zeigt die grofse Marter der
heil. Katharina[2]) ganz die härtere Formenfprache der Apokalypfe bei phantaftifcher, verworrener Anordnung.   Auch
haben diefe zwei Holzfchnitte Dürers genau diefelben grofsen
Dimenfionen, wie die Blätter zur Offenbarung Johannis.
Durch das Format, wie durch die vollendete Technik und
den religiöfen Gegenftand fchliefsen fich diefe beiden fchon
urfprünglich mit Dürers Monogramm verfehenen Blätter
unmittelbar an die grofse Folge der Apokalypfe an.   Ihre
Entftehung fällt zuverfichtlich in das Jahr 1497.
    Aelteren Urfprungs find die übrigen frühen Formfchnitte
Dürers, welche zwar auch von grofsem Formate, aber doch
noch ein wenig kleiner und zumeift profanen Gegenftänden
gewidmet find. Von diefen fämmtlichen Blättern, deren
Entftehung wir vor das Jahr 1497 fetzen müffen, giebt es
auch Abdrücke von Ausfchnitten ohne jegliches Monogramm,
die augenfcheinlich feiner und früher find, als die gewöhnlichen mit Dürers Bezeichnung. Ohne den Schutz, den fein
berühmtes Monogramm wie feinen Kupfern, fo auch feinen
Holzfchnitten gewährte, find allerdings jene erften unbezeich-

---

1) Bartfch 102.   2) Bartfch 120.

neten Drucke meift verloren gegangen, fo dafs es lange
Mühe gekoftet hat, bis es gelang auch nur je eines Exem-
plares derfelben habhaft zu werden. [1] Es find folgende
fechs Darftellungen: Die Marter der zehntaufend Heiligen
von Nikomedien [2], ein fchrecklicher Gegenftand, den Dürer
nachmals im Auftrage des Kurfürften Friedrich des Weifen
auch in einem grofsen Gemälde behandelt hat. Doch bot
die Compofition dem jungen Meifter Gelegenheit, viele meift
nackte Geftalten in den mannigfachften Stellungen wiederzugeben. Das Männerbad [3]. Sechs nackte Männer von verfchiedenem Alter und Körperbau in verfchiedenen Stellungen
befinden fich in einem gedeckten Baderaum, der die Ausficht in die Landfchaft und auf eine Stadt freiläfst. Die
Behandlung des Nackten ift zwar noch etwas hart und fteif,
doch für die Zeit immerhin überrafchend, fie erinnert ftark
an den Sebaftian im Dresdener Altare. Die Zeit der Entftehung ergiebt fich mit ziemlicher Wahrfcheinlichkeit aus
einer datierten Federzeichnung in der Kunfthalle zu Bremen.
Diefelbe ftellt nämlich ein Frauenbad dar in fo ähnlicher
Art, dafs es offenbar eine Art Seitenftück zu der Darftellung
jenes Holzfchnittes bilden follte. Sechs Frauen verfchiedenen Alters mit zwei Kindern erfcheinen in einem gefchloffenen, viel bequemer eingerichteten Holzverfchlage.
Ihre Körper, freier bewegt und feiner ausgeführt, erinnern
an die vier Hexen im Kupferftiche [1]. · Das Blatt führt die
echte Bezeichnung: · 1496 · A · D · neben einander. In das-
felbe Jahr, wenn nicht früher, fällt wohl auch das Männerbad.

---

1) M. Thaufing, Dürers frühe Holz-
fchnitte ohne Monogramm; in den
Mittheilungen des Inftituts f. öfterr.
Gefchichtsforfchung, 1882. III. 96 ff.

2) Bartfch 117. Mr. William
Mitchell in London befitzt einen Abdruck des Ausfchnittes ohne Monogramm mit vielen Abweichungen im
Strauchwerk und in der Stellung der
fliegenden Vögel auf Papier mit dem
Wafferzeichen der hohen Krone.

3) Bartfch, Nr. 128. Ein Abdruck
der unbezeichneten Holzplatte auf
Papier mit dem Wafferzeichen der
grofsen hohen Krone befindet fich in
Hausmanns Sammlung bei Dr. Blafius
in Braunfchweig.

4) Im Vordergrunde liegt eine
Ruthe, ein Rüppelbefen ganz ähnlich
jener Hieroglyphe in einem Venetianifchen Briefe, deren Bedeutung als
Gerte dadurch fichergeftellt ift.

Das Frauenbad nach der zuvor erwähnten Bremer Federzeichnung im Gegenfinne gefchnitten, exiftiert nur in unbezeichneten Drucken auf Papier im Parifer Kabinet, auf Pergament in der Albertina zu Wien und war bis vor kurzem
unbefchrieben [1]). Einen zweiten Ausfchnitt mit dem Monogramm hat Dürer von diefem Blatte, vermuthlich des freien
Gegenftandes wegen, nicht veranftaltet. Simfon, den Löwen
bezwingend [2]), erfcheint in gewaltfam gefpreizter Stellung in
der offenen Landfchaft; der Löwe, den er am Rachen gefafst
hat, ift auffallend natürlich gebildet, weit mehr als z. B. jener
auf dem Kupferftiche: Hieronymus in der Wildnifs. Augenfcheinlich diente Dürer hier die Miniatur, die er 1494 aus
Venedig mitbrachte, als Vorlage, wenn auch mit einigen
Veränderungen in der Stellung. Aehnlich wie hier den
jüdifchen Hercules bildet Dürer den griechifchen Heros auf
einer räthfelhaften Kampffcene, welche oben mit der Infchrift:
»Ercules« verfehen ift [3]). Der Auftritt hat eine entfernte Verwandtfchaft mit dem grofsen Kupferftiche gleichen Namens [4]).
Doch erfcheint der mit einer Keule bewaffnete Held hier
in Begleitung zweier Weiber, eines bekleideten jungen und
eines häfslichen, mageren, alten, vielleicht einer Invidia, die
einen Kinnbackenknochen fchwingt. Sie fallen fämmtlich
über zwei gepanzerte Ritter her, die auf der Erde liegen.
Welche mittelalterliche Auffaffung der Herculesfage hier zu

---

1) Die genaue Befchreibung des
Holzfchnittes nebft Nachweifen der
Litteratur und Abbildungen in meiner
oben citierten Abhandlung. Das Blatt
ift nicht gerade ein Seitenftück des
Männerbades, weil es beträchtlich
kleineres Format hat (H. 0.215, Br.
0.235). Es giebt davon eine rohe
Copie in runder Form mit dem Monogramm Sebald Behams; Rofenberg,
S. u. B. Beham, S. 133. Nr. 16.

2) Bartfch 2. Von diefem Holzfchnitte befinden fich Abdrücke von
der älteren unbezeichneten Platte im

kön. Kupferftichkabinet zu Stuttgart
und bei H. A. v. Lanna in Prag.

3) Bartfch 127.

4) S. oben S. 226 ff. Sollte Dürer
vielleicht auch auf dem zuvor erwähnten Holzfchnitte, Bartfch 2, nicht
Simfon, fondern Hercules mit dem
Nemeifchen Löwen gemeint haben?
Wenigftens ftellt Altdorffer, Bartfch
26, denfelben ganz in der gleichen
Action, den Löwen am Rachen
faffend, dar; nur trägt er dort Köcher
und Bogen auf dem Rücken, welche
bei Dürer fehlen.

Grunde liegt, ift noch völlig unerklärt, und fo lange dies der Fall ift, läfst fich auch wohl nicht entfcheiden, in wie ferne der Ritter, der gefolgt von einem Landsknecht, linkshin fprengt, als Ergänzung mit zu jenem Blatte gehört[1]). Die Beiden fcheinen den dort Ueberfallenen zu Hülfe zu eilen, und die Blätter hatten ohne Zweifel die Beftimmung, aneinander geklebt zu werden. Abdrücke beider Holzfchnitte vom früheren, ungemein feinen und fcharfen Ausfchnitte ohne Monogramm befinden fich auf der Albertina in Wien. Sie find beide auf dem alten Papier mit dem Wafferzeichen der hohen Krone gedruckt und obwohl erft neuefter Zeit ver-einigt, paffen fie fo genau zufammen, als hätten fie immer nebeneinander gelegen.

Wie ftark die Zeichnung der Ausfchnitte ohne Mono-gramm von denen mit dem Monogramme Dürers von ein-ander abweichen, fei hier durch genaue Wiedergabe der beiden Schriftbändchen mit dem Namen »Ercules« in Facfimile belegt. Das Beifpiel genügt, um die Annahme, als könnten wir es dennoch mit denfelben Holzplatten zu thun haben, völlig auszufchliefsen.

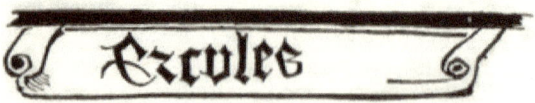

Infchrift des Holzfchnittes B. 127 ohne Monogramm.

Infchrift des Holzfchnittes B. 127 mit dem Monogramm.

Die angeführten Beifpiele ftellen fomit aufser Zweifel, dafs von allen ganz frühen Holzfchnitten Dürers Ausfchnitte ohne deffen Monogramm exiftiert haben und dafs diefe

---

[1]) Bartfch 131; gegründete Annahme von Eyes, Leben Dürers, 171.

Holzplatten ohne Monogramm älter waren als die mit demfelben bezeichneten. Für diefe Thatfache giebt es nur eine
Erklärung und diefe ftimmt in auffallender Weife zu der
Art, wie wir mit Harck die Exiftenz der Wolgemut'fchen
Originale von Dürers frühen Kupferftichen erklärten. Die
letzteren tragen allerdings die Bezeichnung W, das Monogramm Wolgemuts, während jene erften Ausgaben der Holzfchnitte unbezeichnet geblieben find. Wolgemut pflegte eben
feine Holzfchnitte überhaupt nicht oder doch nur ganz bei-
läufig und ausnahmsweife mit W zu bezeichnen.

Gleichwohl könnte es noch zweifelhaft bleiben, ob Dürer
nicht etwa jene Formfchnitte zuerft auf eigene Rechnung
habe herftellen laffen und blos die Beifügung des Monogrammes unterlaffen habe, weil er fich eines folchen vor
1497 überhaupt nicht bediente. Gegen diefe Annahme läfst
fich jedoch ein ganz beftimmter Einwand erheben. Holzplatten unterliegen der Abnützung durch den Druck entfernt
nicht in dem Mafse wie Kupferplatten. Wären nun jene
Platten erften Ausfchnittes in Dürers Befitz gewefen, als er
fein Monogramm angenommen, und hätte er fich die Abdrücke davon durch Bezeichnung fichern wollen, fo hätte
er nicht nöthig gehabt, neue, noch dazu fchwächere Nach-
fchnitte herftellen zu laffen. Er brauchte in diefem Falle
blos ein Klötzchen mit feinem Monogramme in die Mitte
unten einzulaffen und der Zweck wäre erreicht gewefen.
Wie Hausmann war auch ich anfangs geneigt, einen folchen
Vorgang anzunehmen, bevor ich Veranlaffung hatte, die
Sachlage fchärfer in's Auge zu faffen und mich von der
Verfchiedenheit der alten unbezeichneten und der jüngeren
bezeichneten Holzplatten zu überzeugen. Als fich Dürer
alfo fein geiftiges Eigenthum zu fichern fuchte, befanden fich
die Platten feiner frühen Formfchnitte offenbar nicht in
feinen Händen und er mufste neue fchneiden laffen. Wer
befafs nun jene Holzplatten? Offenbar wohl derfelbe Meifter,
der auch die Kupferplatten der Originale feiner frühen Stiche
befafs, nämlich fein Lehrmeifter Michel Wolgemut. Hiermit

dürfte fich Harcks und Colvins Hypothefe, dafs Dürer in
den Jahren 1494—1497 noch bei Wolgemut oder doch für
deffen Rechnung gearbeitet habe, zu dem Range einer
hiftorifch erwiefenen Thatfache erheben, und früher als ich
es zu hoffen gewagt, ward fo eine der fchwierigften Fragen
in der Jugendgefchichte Dürers einer gedeihlichen Löfung
entgegengeführt.

Der mythologifche Holzfchnitt »Ercules« führt uns
wieder auf den Nürnberger Humaniftenkreis zurück. Die
Seele diefes Kreifes war Konrad Celtes, diefer Apoftel der
claffifchen Studien in Deutfchland. Trotz feines unftäten
Wanderlebens bewahrte er eine dauernde Anhänglichkeit
an feine fränkifche Heimath. Insbefondere blieb ihm Nürnberg theuer, wo er auf dem Reichstage 1487 feierlich den
kaiferlichen Lorbeer erhalten hatte und wo er zahlreiche
gleichgefinnte Freunde zählte[1]). Auch in der Folge, nachdem
er 1494 an die Univerfität Ingolftadt und 1497 vom Kaifer
Maximilian nach Wien berufen worden war, unterhielt Celtes
brieflich einen lebhaften Verkehr mit Nürnberg und kehrte
gern von Zeit zu Zeit dahin zurück. Er pflegte dann im
Haufe Wilibald Pirkheimers zu wohnen, dem er innig verbunden war. Auch mit deffen gelehrten Schweftern ftand
er in Briefwechfel, insbefondere mit Charitas, an die er im
Jahre 1502 eine fchwunghafte Ode gedichtet hat. Als
Charitas darauf Aebtiffin ihres Klofters zu St. Clara wurde,
nahmen die Franciscaner, welche die Auffiicht über daffelbe
führten, Anftofs an ihrem Verkehre mit dem Philofophen
und unterfagten ihr darum das Lateinfchreiben, was ihm

---

1) Engelbert Klüpfel, De vita et
scriptis Conradi Celtis Protucii, Frei-
burg i. B. 1827. Vergl. auch Jof.
Afchbach, Roswitha und Conrad Celtes; II. Aufl. Wien 1868. Der Familienname des Dichters war eigentlich Pickel oder Bickel, d. i. Meifsel,
den er latinifierte (von caelare) und

graecifierte. Da der Gelehrte, feiner
Meinung nach, gleich den Römern
drei Namen führen follte, nannte er
fich denn: Conradus Celtes (oder
Celtis) Protucius, fo wie fich z. B.
Gerhard von Rotterdam: Defiderius
Erasmus Roterodamus nannte.

Wilibald am 12. März 1504 mit Entrüftung meldet [1]). Im
lieben Nürnberg liefs Celtes denn auch feine wichtigften
Publicationen drucken und mit Holzfchnitten illuftrieren. Als
Vertrauensmann diente ihm dabei Doctor Hartmann Schedel,
und auf diefem Wege übte der Poet einen nicht zu unter-
fchätzenden Einflufs auf die Nürnberger Kunft. Schon im
Jahre 1485 gab Celtes Senecas rafenden Hercules heraus,
der mit dem Beiftande der Pallas den Lycus erfchlägt, weil
fich diefer an feine Gemahlin Megara gewagt hatte. Ich
laffe es dahingeftellt, ob die Hereinziehung der jungen Frau
in die Herculesdarftellungen Dürers damit in irgend einen
Zufammenhang zu bringen fei.

Nahe befreundet war Celtes insbefondere auch mit
Sebald Schreyer, den er und fein Kreis Clamofus nennt.
Es ift derfelbe Kirchenmeifter von St. Sebald, der Schedels
Weltchronik mit herausgab. Ihm zu Ehren dichtete Celtes
feine Sapphifche Ode an den heil. Sebaldus. Sie erfchien
bereits zu Anfang der neunziger Jahre, geziert mit einem
noch fehr alterthümlichen mageren Holzfchnitte; der Heilige
fteht mit fpitzen Schuhen unter einer gothifchen Architektur,
wie fie im Schatzbehalter öfter vorkommt. Ein zweitesmal
erfchien das Flugblatt mit einem weit befferen Holzfchnitte:
der heil. Sebald fteht da auf einem Säulenknaufe mit fechseckiger Platte ganz in der Art wie die grofsen Heiligen auf
dem Peringsdörffer'fchen Altare von Wolgemut; zu feinen
Häupten verzweigt fich gothifierendes Aftwerk mit Weinreben, unten fieht man das Wappen Schreyers und das des
Celtes [2]). Die Behandlung der Zeichnung und des Form-
fchnittes ift bereits eine fehr vorgefchrittene, weshalb das

---

1) Klüpfel a. a. O. II. 46; und
Codex der Wiener Hofbibliothek Nr.
3448. fol. 155 b: Charitatem fororem
meam abbatiffam creatam fcias.
Ἐκλόποῦες vero ipfi inhibuiffe, ne
pofthac latine fcriberet: vide temeri-
tatem, 'ne dicam nequitiam hominum!

Turer te falutat. Dies die einzige
Erwähnung Dürers in Celtes' Briefwechfel, die Zeugnifs giebt von ihrer
perfönlichen Bekanntfchaft.
    2) Es ift eigentlich fein Monogramm
☖ und bedeutet: Conradus Celtes
Protucius Poëta.

Blatt auch wohl Dürer zugeschrieben wurde[1]). Es stammt vermuthlich aus dem Jahre 1496 und ohne Zweifel aus Wolgemuts Werkstatt, für welche Dürer damals auch noch arbeitete; daher auch die colorierten Exemplare, genau mit denselben Farben wie die Holzschnitte in der Schedel'schen Chronik. Dasselbe gilt von dem Bilde des Peftkranken, das der Arzt Theodoricus Ulsenius 1496 als Flugblatt veröffentlichte, es kommt gleichfalls noch coloriert vor[2]). Der Friese Ulsen war ebenfalls ein warmer Anhänger von Celtes.

Konrad Celtes trug sich damals mit dem grofsen Plane, der Welt und insbesondere den mifsgünftigen Italienern zu zeigen, dafs Deutschland kein Barbarenland fei; dafs das Licht des claffischen Alterthums denselben nicht blos erst aufgehe, fondern es bereits im X. Jahrhunderte beschienen habe. Zu diefem Zwecke begnügte er sich nicht nur mit feinen eigenen Poefien im antiken Gewande, er publicierte auch mit Hülfe der Rheinischen Sodalität, der ersten deutschen Gelehrtengefellschaft, die er 1491 gegründet hatte, so viel ältere Denkmäler, die sich der gleichen Vorzüge erfreuten und noch dazu von einer Frau, der gelehrten Nonne Roswitha oder Hrotsuitha aus dem niederfächfischen Klofter Gandersheim herrührten. Nürnberg sollte die Ehre zu Theil werden, diese litterarischen Zeugniffe zeitgenöffischer wie alteinheimischer Claffität zuerst zu veröffentlichen; und zwar sollten die Bücher auch mit Bildwerken geziert werden. Da es dem abwefenden Dichter aber vornehmlich um den Gegenstand und um feine allegorischen Spielereien zu thun war, lieferte er dazu die genauen Recepte und begann so jene gelehrte Mafsregelung, unter welcher die deutsche Kunft und insbesondere Dürer noch viel zu leiden hatte. Schon im Jahre 1493 schickte er einem unbekannten Nürnberger unter anderen »ein Blatt, das dem Maler zu übergeben fei, damit diefer zeichne, was er vorgefchrieben habe«[3]). Welchem

---

1) Retberg Nr. 91, Bartfch App. 20, Heller 1865.

2) Vergl. v. Eye, Leben Dürers, 100.

3) Klüpfel, a. a. O. II. 147: »Adjunxit chartam, tradendam pictori, ut, quod praescripsit, delinearet.« In

Maler fein Entwurf anzuvertrauen fei, fcheint der Poet als
bekannt vorauszufetzen. Später gingen derartige Aufträge
Celtis durch die Hand Hartmann Schedels und diefer betraute
damit verfchiedene Meifter, darunter wohl vorzüglich feine
Nachbarn Wolgemut und Dürer; mit deren erfterem er ja
viel verkehrt hatte. Wieder fcheint fomit eine Art friedlicher
Wettftreit zwifchen Meifter und Schüler ftattgefunden zu
haben. Das Ergebnifs ift hier aber weniger erfreulich, zumal was Dürer betrifft. Die Holzfchnitte find nämlich mehr
oder minder fchlecht ausgeführt, ja fo mangelhaft und gewalt-
thätig gefchnitten worden, dafs es oft fchwer wird, auch
nur eine Vermuthung über den Zeichner aufzuftellen. Es
erklärt fich dies aus dem Umftande, dafs der Maler nicht,
wie bei Werken feines eigenen Verlages, ein Intereffe daran
hatte, den Holzfchneider zu überwachen. Er begnügte fich
eben mit der blofsen Zeichnung auf den Stock, den dann
der Befteller ohne Wahl dem erften beften, vielleicht dem
billigften Formfchneider auf's Gerathewohl überantwortete.
Nur fo läfst fich der grofse Abftand zwifchen offenbar gleichzeitigen Holzfchnitten nach einem und demfelben Meifter
erklären.

Es liegt in der Natur der Sache, dafs fich unter folchen
Umftänden leichter ein negatives Urtheil fällen läfst, als ein
pofitives. So ftehe ich denn nicht an zu erklären, dafs von
den Holzfchnitten in der Ausgabe der Opera Roswithae von
1501 gar nichts von Dürers Hand ftammt[1]). Die lofe,
lockere Formgebung kann nicht erft durch einen zu fcharfen
Schnitt in die Zeichnung gekommen fein. Ich fchliefse bei
diefer Gelegenheit auch gleich die Illuftrationen des Buches:
Revelationes Sanctae Brigittae, das zuerft lateinifch 1500

---

demfelben Jahre bemüht fich Celtes
in Nürnberg felbft um mythologifche
Illuftrationen zu Ovid: »Ex iisdem
Tolophi litteris intelligimus Celtem
Norimbergae cum haereret, in eo
fuisse, ut antiquorum deorum prosa-
piam et Fastorum sex libros imaginibus illustrandos curaret«. Klüpfel
a. a. O. II. 148.

1) Heller Nr. 2064—2068, 2088
und 2092. Retberg Nr. 47.

und deutfch 1502 bei Antoni Koburger erfchien, von Dürers Werken aus [1]). Der Schnitt ift hier beffer und mit mehr Schonung der Zeichnung beforgt. Dies in Rechnung gezogen, befteht eine gewiffe Aehnlichkeit mit den Bildwerken in der Roswitha. Es ift ein anderer Meifter, der ftraff gezogene, am Schluffe verkrippte Falten liebt, die wie durchnäfst an den Figuren hängen. Von demfelben fcheint mir eine Folge vom Leben des heil. Benedict zu fein, die in Federzeichnungen zerftreut vorkommt und deren eine B. Hausmann aus feiner Sammlung als Titelzierde vor feinem Buche reproduciert hat; eine andere befindet fich im k. Mufeum zu Berlin, eine dritte im Münchener Kupferftichcabinet [2]).

Feft fteht Dürers Mitwirkung an Celtis Buch: Quatuor libri amorum, Nürnberg 1502, in welchem überdies verfchiedene andere Schriften als Anhang vereinigt find, als eine Befchreibung Deutfchlands in Verfen, das Buch von dem Urfprunge, der Lage, den Sitten und Einrichtungen Nürnbergs, der Hymnus sapphicus auf das Leben des heil. Sebaldus, der Ludus Dianae, den Celtes mit 23 Genoffen am 1. März 1501 zu Linz vor dem Kaifer aufgeführt hatte,

---

1) Erft in der dritten Ausgabe von 1504 zeigen die fünf kaiferlichen Wappenfchilde in dem Buche rechts oben in der Ecke das Monogramm Dürers mit der Jahreszahl 1504. Wenn diefe nachträgliche, unfcheinbare Einfügung von Dürer herruhrte, hätte er gewifs die Jahreszahl der Zeichnung und nicht die der neuen Buchauflage hingefetzt Es ift alfo wohl nichts als eine kleine Licentia des befreundeten Druckers. Damit entfällt auch das auf der Rückfeite jenes Blattes abgedruckte Wappen des Florian Waldauff, Vergl. Bartfch 158, Heller 2118, 2151; Retberg 45 46.

2) B. Hausmann, A. Dürers Kupferftiche etc.; der Heilige, auf dem Katheder fitzend, betet aus einem Buche drei unten fitzenden Monchen

vor Katalog von A. Posonyis Dürer-Sammlung Nr. 323: der Heilige fchaut aus dem Fenfter eines gothifchen Bauwerkes herab auf eine runde Scheibe, die mit ihrem bunten Inhalte vermuthlich ein Bild der Welt vorftellen foll. Auf beiden Blättern ift rechts unten ein Raum von der Form eines runden Kleebogens weifs geblieben. Auf dem dritten in München fegnet der Heilige ein todtes Kind und bleibt derfelbe Raum links frei. Vergl. in der Brigitta die Figur des 6. Buches, wo unten das Liebespaar nicht nur im Gegenftand, fondern auch im Sentiment ftark an den Kupferftich, genannt Spaziergang, erinnert. Anderes, wie die grofse Figur des 5. Buches, mahnt noch an die feineren Formen Schongauers.

dann das Privilegium feiner gelehrten und poetifchen Sodalität und ein Panegyricus auf Maximilian I.; endlich zwei Briefe, der eine von Sebald Schreyer, der andere von Celtes an diefen. Der Band ift mit eilf fehr verfchiedenartigen Holz-fchnitten geziert. Die genauen Vorfchriften oder Recepte, welche Celtes zu denfelben lieferte, find uns noch zum Theile in einem Sammelbande Hartmann Schedels in der königl. Bibliothek zu München erhalten[1]). Darunter befindet fich auch die beiläufige Anweifung für den zweiten Holz-fchnitt des Buches, die Philofophie[2]). Die Zeichnung zu demfelben ift von Dürer, denn das Schriftband, welches von der Bruft der in einem Kranze von Eichen- und Weinlaub thronenden Hauptfigur herabhängt, trägt fein Monogramm; ringsum vier Schildchen mit den Bruftbildern von Ptolomäus, Albertus Magnus, Plato und Cicero und mit dem Namen Vergils; in den Winkeln Windeshäupter als Sinnbilder der vier Elemente und Temperamente — alles durch verfchiedene Infchriften erläutert[3]). Der Schnitt des Blattes ift recht mittelmäfsig und geftattet gerade noch durch Vergleichung feftzuftellen, dafs auch die Zeichnung zu dem erften Bilde auf der Rückfeite des Titels von Dürers Hand herrührt. Es ftellt Konrad Celtes dar, wie er knieend, Kappe und Lorbeerkranz in den Händen, dem Kaifer Maximilian fein »Buch der Liebe« überreicht[4]). Der wohlgenährte, bartlofe Poet ift porträtgetreu, der thronende Kaifer aber ideal

---

1) Codex lat. 434. Vergl. A. Ru-land, Die Entwürfe zu den Holz-fchnitten der Werke des Conradus Celtis; Archiv f. zeichn. K. II. 254 bis 260.

2) Bartfch 130, Heller 2063, Ret-berg 48. Von der gleichfalls in Holz gefchnittenen Titelverzierung fehe ich ab.

3) Im oberen Rande die ftolze, etwas verfrühte Infchrift: »Sophiam me Graeci vocant, Latini sapientiam. Aegypti et Chaldaei me invenere;

Graeci scripsere, Latini transtulere, Germani ampliavere«, im Recepte ift noch beigefügt: »et illustravere«.

4) Retberg 49; Paffavant 217, Heller 2089. Paffavant hat mit gutem Grunde dies Blatt in das Werk Dü-rers aufgenommen, die ähnlichen Dar-ftellungen in den Werken der Ros-witha aber ausgefchloffen, nämlich: Celtes, fein Buch dem Kurfürften Friedrich von Sachfen darbringend, und die Nonne Roswitha, ihre Werke dem Kaifer Otto II. überreichend.

wiedergegeben; er vergleicht fich nahe der Figur der Philofophie; der Thron wird zu beiden Seiten von Reben eingefafst und überfliegen von Geäfte, in welchem oben Engel
und Vögel angebracht find; ringsum die öfterreichifchen
Wappenfchilde und unten das freie Bibelcitat: »Qui maledicit
principi suo, morte moriatur. Ex. XXI«. Wer feinem Fürften
flucht, der fei des Todes!

Noch einen Holzfchnitt des Buches möchte ich für
Dürer in Anfpruch nehmen, und zwar den letzten: Apollo
verfolgt Daphne, die in einen Lorbeerbaum verwandelt
wird. Diefes Schlufsblatt fcheint von Wilibald Pirkheimer
aus freien Stücken beigefügt worden zu fein. Es zeigt oben
auf einem Spruchbande eine Widmung in drei Diftichen und
mit dem Titel: V. P. ΔΑΦΝΙΦΙΛΟΙΣ [1]) zwifchen den Wappen-
fchildern mit der Birke Pirkheimers und der Sirene der
Rieter, deren Familie Pirkheimers Gattin angehörte. Darunter
der jugendliche Apollo, der in fehr bewegter Stellung nach
Daphne fafst, indefs deren Glieder bereits zu Stamm und
Zweigen auswachfen. Der Ausdruck von Schmerz und
Schrecken in ihrem Geflichte ift gut getroffen. Das mächtige Ausfchreiten des Gottes erinnert nur zu fehr an die
ähnliche Haltung des Hercules auf dem Nürnberger Bilde
von 1500. Der Schnitt ift zwar ebenfalls roh, die Schatten
in einfachen, harten Querlagen angegeben, doch laffen die
Umriffe noch mit ziemlicher Sicherheit auf Dürers Vorzeichnung fchliefsen. Daffelbe Verhältnifs befteht bei einem
anderen Holzfchnitte, einem Einzelblatte, das fich hier
gefchickt einfügt, weil es durch feine Analogien mit jenen
Illuftrationen auch mit zur Aufklärung dient; es ift das
Bücherzeichen Wilibald Pirkheimers [2]). Es zeigt diefelben,
eben befchriebenen Wappenfchilde, darunter drei Genien,
die fich mit Windrädchen und anderem Spielzeug bekämpfen,
das Ganze eingefafst von zwei füllhornartigen Gebinden, die

---

1) Vilibaldus Pirkheimer Daphni-
philois.

2) Retberg 50, Bartfch, App. 52,
Heller 2139.

Weinreben und Fruchtgehänge haltende Genien tragen; oben
die Infchrift: »Sibi et Amicis P.«, unten: »liber Bilibaldi
Pirkheimer«. Der Augenfchein und die Vergleichung lehrt,
dafs Dürer diefe finnige Buchvignette dem Freunde nicht
blos gleichzeitig mit den zuvor genannten Blättern gezeichnet
hat, fondern auch, dafs der Holzftock in die Fäufte deffelben
Formfchneiders kam. Daher ift denn auch die Verwandtfchaft des Blattes insbefondere mit dem ähnlich angeordneten:
Celtes vor Kaifer Maximilian, eine ganz fchlagende.

Schlimmer fteht es um die übrigen illuftrierten Blätter
des »Buches der Liebe«, wie gleich um das auf »die
Philofophie« folgende. Es zeigt inmitten das monographifche
Wappen des Celtes, darüber ihn felbft fchreibend, darunter
den Quell der Mufen, an welchem zwei geflügelte nackte
Weiber fitzen und Zither und Laute fpielen; zu beiden
Seiten dann in Feldern unter einander links: Minerva und
Mars — letzterer als Landsknecht; Mercurius mit Vogel-
füfsen Flöte blafend und Hercules mit der Keule, die ftymphalifchen Vögel jagend, neben ihm Cerberus; rechts:
Cytharea mit Cupido; Phoebus bekleidet, bogenfchiefsend,
und Bacchus ebenfalls bekleidet und bekränzt, daneben Krug
und Fafs. Unter den fo zufammengedrängten kleinen Figuren
mufste ein rohes Schneidemeffer arge Verheerungen an-
richten. Das Gleiche gilt von den folgenden halb landfchaftlichen, halb cartographifchen Darftellungen der vier
Weltgegenden, in denen die Liebesgefchichten des Poëta
laureatus abfpielen. Die Urheberfchaft Dürers oder jedes
anderen Meifters an deffen Blättern läfst fich leichter behaupten als nachweifen. Doch fprechen alle äufseren und
inneren Gründe noch zumeift für Michel Wolgemut. Seine
Betheiligung an der Illuftration des Sammelbandes erhellt
deutlich aus den noch übrigen beiden Holzfchnitten deffelben,
welche der Befchreibung der Stadt Nürnberg und dem
Hymnus auf den heiligen Sebaldus vorangehen. Mit jener
Schrift wollte Celtes der Stadt, die ihm vor allem theuer
war, an welche ihn die liebften Erinnerungen und die ftolzeften

Hoffnungen auf die Pflege der claffifchen Studien knüpften, ein Denkmal fetzen. Er hatte die Schrift als Gaft im Haufe Pirkheimers verfafst [1]). Das Titelblatt zeigt einerfeits die drei Wappenfchilde von Nürnberg, auf der Rückfeite eine Anficht der Stadt mit der Auffchrift: »Urbs Norinberga quadrifinia«. Diefer Holzfchnitt ift nichts als eine verkleinerte Wiederholung desjenigen in der Weltchronik Hartmann Schedels und Wolgemuts, nur fieht man an den vier Hauptthürmen der Stadt gleich Wetterfahnen vier Männer mit Hämmern in der Hand fliegen, was zweifelsohne eine allegorifche Bedeutung hat. Die fo wenig veränderte Anficht von Nürnberg kann nur aus Wolgemuts Werkftatt hervorgegangen fein; und daffelbe gilt von der folgenden Darftellung des heiligen Sebaldus, die nur eine vereinfachte Wiederholung des oben befprochenen St. Sebaldus auf dem Säulenknaufe ift. Der Heilige fteht hier auf dem blofsen Boden und ift ganz von vorne gefehen, doch lehrt der Vergleich, dafs jener Holzfchnitt des Flugblattes als Vorlage dazu diente [2]).

Anders verhält es fich mit der Illuftration des Guntherus Ligurinus, deffen Heldengedicht auf die Thaten Kaifer Friedrichs I. mit verfchiedenem Anhange im April des Jahres 1507 in Augsburg bei Erhard Oglin zuerft erfchien [3]). Diefe Editio princeps ift am Schluffe auch mit zwei Holzfchnitten geziert, und zwar zunächft mit Dürers Philofophie aus dem »Buche der Liebe«. Auf dem letzten

---

1) Sie beginnt mit der Widmung an den Rath von Nürnberg: »Cum nuper relaxandi animi gratia in urbem vestram, ornatissimi et felicissimi senatores, concessissem, vestramque florentissimam rempublicam, ordinem prudentissimi senatus, modestissimos cives, religionis superumque curam, sacras aedes, ceteraque urbis vestrae ornamenta diligentius contemplatus fuissem: coepi multa apud me tacito animo cogitare, quonam pacto et ego vestris virtutibus monimentum aliquod

relinquerem« etc.

2) Paffavant Nr. 185. Vergl. oben S. 204.

3) »Ligurini de gestis Friderici primi Augusti libri decem, carmine heroico conscripti, nuper apud Francones, in sylva Hercinia et Druidarum Eberacensi coenobio a Conrado Celte reperti; postliminio restituti. Aeternitati et amori patriae consecratum«. Panzer, Annales typographici VI. p. 136. Nr. 41.

Blatte des Buches erfcheint aber ein neuer Holzfchnitt:
»Mons Parnassus«. Apollo fitzt inmitten unter dem Lorbeer-
baume geigend, eine gut bewegte jugendliche Geftalt von
völligen Formen, das Haupt bekränzt und emporblickend
in ähnlicher Haltung wie Raphaels Apollo auf dem Parnafs
in der Stanza della Segnatura; weiter rückwärts erfcheint
links Pegasus emporfliegend neben einem Springbrunnen
von zierlichen Renaiffanceformen, an dem zwei Delphine
Waffer fpeien — er bedeutet den kaftalifchen Quell; rechts
Silen reitend und Bacchus liegend, Dryaden, Oreaden und
vier blafende Waldteufel, kleine Figuren, die durch den
Holzfchnitt arg gelitten haben. Ganz im Hintergrunde fieht
man links und rechts kleine Rundtempel der Minerva und
Diana, vor letzterem Aktäon, wie er von den Hunden zer-
riffen wird. Die Hauptfigur des Apollo hat mehr von der
urfprünglich guten Vorzeichnung bewahrt, denn fie ift in
gröfserem Mafsftabe genommen und erinnert fehr an den
Apollo, die Daphne verfolgend. Ueberdies befindet fich in
der Sammlung des Britifchen Mufeums eine colorierte Federzeichnung: diefelbe Figur, nur mehr bekleidet, mit Sandalen
an den Füfsen, etwas gröfser, den Kopf herabneigend, wie
Geigende zu thun pflegen, und mehr von der Seite gefehen;
er fitzt auf einem mächtigen Baumftumpf, hinter ihm der
Lorbeerbaum und oben die, wie mir fcheint, echte Bezeichnung
1507 mit dem Monogramme; vermuthlich alfo ein abweichendes Vorftudium zu jenem Holzfchnitte[1]). Wir werden fomit
die Zeichnung zu demfelben auch Dürer zufprechen müffen.
Derfelbe Holzfchnitt erfcheint wieder auf dem zweiten Blatte
der von Celtes im Auguft 1507 gleichfalls bei Erhard Oglin
oder Oeglin in Augsburg publicierten, erften Auflage der
»Melopoiæ sive Harmoniæ«; Compofitionen geiftlicher Hymnen
und Horazifcher Oden von Petrus Tritonius und anderen
Mitgliedern der gelehrten Sodalität, der frühere Druck mit
beweglichen mufikalifchen Noten[2]).

---

1) Vergl. Waagen, Treasures of
Art I. 232.

2) Panzer a. a. O. VI. S. 137.
Nr. 42. Denis, Merkwürdigkeiten der

Die erften Ausgaben diefer Bücher von Celtes find leider fehr felten geworden, fie waren vielleicht auch fchon urfprünglich in kleiner Auflage gedruckt, da der Dichter lange Noth hatte, die Druckkoften aufzubringen. Daher kommt es wohl, dafs die Illuftrationen dazu bisher auch noch keine eingehende Behandlung in der Kunftgefchichte gefunden haben. Die Holzfchnitte mögen unerfreulich fein, aber ihre Entftehung hat doch für die Entwickelung Dürers eine folche Wichtigkeit, dafs ein längeres Verweilen bei denfelben unvermeidlich war. Nachdem hiermit die Auf- merkfamkeit der Forfchung auf diefen Punkt gelenkt worden ift, wird wohl auch für eine nähere Aufklärung des Sach- verhaltes die Hilfe von Fachgenoffen, wie auch namentlich die erwünfchte Unterftützung von Litterarhiftorikern nicht ausbleiben. So weit ich mir denfelben vorläufig mit Bezug auf Dürers Betheiligung an der Arbeit zufammenreimen kann, wäre er etwa folgender:

Als fich Konrad Celtes im Jahre 1493 in Nürnberg aufhielt, war die Schedel'fche Weltchronik eben im Er- fcheinen begriffen. Als Freund Sebald Schreyers, eines der Herausgeber, mochte er fich leicht für die Prachtausgabe begeiftern und den Plan faffen, auch feine von langer Hand vorbereiteten Publicationen auf gleiche Weife ausftatten zu laffen. Selbftverftändlich dachte er dann zunächft an Wol- gemut, und diefer wäre der Maler gewefen, für den er noch im felben Jahre Aufträge zu Entwürfen einfandte. Dürer war ja damals noch von Nürnberg abwefend; er kehrte erft im folgenden Jahre 1494 von feiner Wanderfchaft zurück. Von ihm konnte vorerft gar nicht die Rede fein. In der erften illuftrierten Publication des Celtes, in den Werken der Roswitha von 1501 ift daher noch nichts von Dürers Hand; die Holzfchnitte ftammen wohl fämmtlich aus Wol- gemuts Werkftatt. Inzwifchen lenkte Dürer die Aufmerk- famkeit des humaniftifchen Kreifes auf fich, es ergingen auch

---

Garelli'fchen Bibliothek, Wien 1780. S. 566.

an ihn einzelne Beftellungen — vermuthlich durch Pirkheimers Vermittelung; und fo lieferte Dürer die Zeichnungen zu Celtes vor Kaifer Maximilian, zur Philofophie, zu Apollo mit Daphne und zu Apollo auf dem Parnafs, die theils in dem »Buche der Liebe« 1502, theils im Guntherus Ligurinus 1507 Platz fanden. Dürer fcheint fich aber nicht genau genug an die Vorfchriften und Recepte der gelehrten Freunde gehalten zu haben. Selbft die Philofophie, vermuthlich feine erfte Probe, weicht wefentlich von dem uns durch Hartmann Schedel erhaltenen fchriftlichen Entwurfe ab. Vollends bei den übrigen Blättern fuchte Dürer durch Hervorhebung von einer oder zwei Hauptfiguren und durch perfpectivifche Unterordnung aller anderen malerifchen Spielraum zu gewinnen. Das fcheint aber gar nicht nach dem Gefchmacke der Befteller gewefen zu fein, deren Ueberfchwang an Ideen und finnbildlichen Wechfelbeziehungen dadurch verloren ging. Dürers Entwürfe mögen fomit nicht den rechten Anwerth gefunden haben. Schon Apollo und Daphne dürfte Pirkheimer nur aus freien Stücken und auf feine Koften an die Libri Amorum angefügt haben. Anderes mag ganz liegen geblieben fein, fo z. B. die fchöne Federzeichnung im Britifchen Mufeum, darftellend Apollo, ganz unbekleidet, in der Rechten einen Stab, in der Linken eine ftrahlende Sonne haltend. Hinter ihm erfcheint ein Weib — es foll Diana fein — in gebückter abgewandter Stellung und wie geblendet von den Strahlen der Sonne, in welcher APOLLO gefchrieben fteht und zwar verkehrt, ein Zeichen, dafs die Figur für den Holzfchnitt oder für den Kupferftich beftimmt war [1]).

Dahin fcheint mir aber auch noch eine andere, fehr merkwürdige Zeichnung zu gehören, welche C. Ruland in Windfor Caftle aufgefunden hat. Man fieht auf derfelben im Vordergrunde drei mythologifche oder allegorifche Frauen,

[1) Wir kommen im X. Capitel bei Befprechung des Kupferftiches Adam und Eva nochmals auf diefe Zeichnung zurück.

die eine kauernd, die andere fitzend, die dritte liegend. Die letztere nur ift bekleidet und hat eine Flügelhaube auf dem Kopfe, den fie in die eine Hand ftützt, indefs fie mit dem Zeigefinger der andern in eine vor ihr ftehende Schüffel deutet; vermuthlich wahrfagt fie aus Milch oder aus Oeltropfen, die auf Waffer fchwimmen. Hinter ihr wird ein Korb von antiker Form fichtbar, aus welchem zwei Amoren, geflügelte Kinder, neugierig hervorgucken; einem dritten ganz vorne rechts ift eben ein Häschen entwifcht und verfchwindet in einer Erdhöhlung. Auf einer Bandfchleife an jenem Korbe aber fteht verkehrt die räthfelhafte Infchrift: PVPILLA AVGVSTA. Im Mittelgrunde fieht man auf einem kleinen Gewäffer drei andere Frauen auf einem Delphine ftehen, ein gefchwelltes Segeltuch emporhaltend, von denen die mittlere, ganz unbekleidete die Hauptperfon zu fein fcheint: das kauernde Weib links im Vordergrunde winkt ihnen wie überrafcht mit der Rechten zu. Im Hintergrunde endlich erhebt fich auf einer Höhe eine Stadt von einer Burg überragt; es ift diefelbe Stadt, welche auf dem Kupferftiche St. Antonius [1]) von 1519 erfcheint, nur im Gegenfinne und mit einigen Veränderungen in den unteren Bauwerken. Die oberfte Baugruppe begegnet uns auch faft genau fo auf dem Rofenkranzfefte, dem Bilde, das Dürer 1506 in Venedig für die deutfchen Kaufleute malte, und zwar ganz im Hintergrunde, hart neben Dürers eigenem Kopfe, der mit Pirkheimer rechts im Mittelgrunde fteht. Es ift keine Frage, dafs wir es mit einer alten Anficht der Nürnberger Vefte von der Weftfeite zu thun haben. Manches mag auch willkürlich verändert fein, das lehrt fchon der Vergleich der Skizze mit dem Stiche von 1519: zumal fcheinen die fpitzen Dächer auf den Thürmen vermieden zu fein, und es treten flache Zinnen an deren Stelle. Nürnberg follte dadurch einen recht alterthümlichen, füdlichen, antiken Charakter erhalten. Das Monogramm in der Mitte unten ift echt und

---

1) Bartfch 58.

mit derfelben Feder gemacht wie die Zeichnung; feine Form
läfst auf die Zeit um 1500 fchliefsen. Das verkehrte D
darin zeugt dafür, dafs der Entwurf zur Reproduction beftimmt war. Die Jahreszahl 1516 daneben ift mit dem Stifte
von fremder Hand fpäter beigefügt, auch jene fonderbare
Infchrift auf der Bandfchleife fcheint jünger. Hier fei noch
einer anderen Zeichnung im Mufeum von Oxford gedacht:
Ein nacktes Weib liegt auf der Erde, den Kopf in die Hand
geftützt; hinter ihr kniet eine dicke, ältliche nackte Frau,
eine Geifsel fchwingend. Das Blatt ift mit dem Monogramm
und der Jahreszahl 1503 bezeichnet und hat ficher eine
mythologifche Bedeutung, fo gut wie das zu Windfor Caftle.

PVPILLA AVGVSTA, die verwaifte Augufta! was
hat man fich dabei gedacht? Konrad Celtes kann uns vielleicht darüber Auskunft ertheilen. Seiner poetifchen Ein-
ladung, von Italien nach Deutfchland zu kommen, war
Apollo gefolgt [1]). Nürnberg, der neue Mufenfitz, mufste
doch auch eine antike Vergangenheit haben. Die Stadt
hiefs daher bei den Humaniften ftatt Norimberga auch
»Urbs Noricorum«; Dürer felbft nannte fich gern »Noricus«,
obwohl Nürnberg von der römifchen Provinz Noricum weit
genug ablag. Celtes aber wufste genauer Befcheid. Er
war im Befitze von römifchen Ortsverzeichniffen, von dem
Itinerarium Kaifer Antonins, jener topographifchen Karte,
die er in feinem Teftamente an den Augsburger Patrizier
Konrad Peutinger vermachte und welche daher unter dem
Namen Tabula Peutingeriana berühmt geworden ift [2]). Dort
fand er die römifche Colonie Augufta Praetoria, die auch
von Plinius und Strabo erwähnt wird; eine Stadt im Lande
der Salaffer in Gallia Cisalpina, die man wohl mit Recht
an die Stelle des heutigen Aofta in Piemont verfetzt. Celtes
jedoch erwies feinen Nürnberger Freunden die Artigkeit,

---

1) Celtes, Ars versificandi 1486,   2) Sie befindet fich jetzt auf der
mit der fchönen fapphifchen Ode: k. k. Hofbibliothek in Wien. Klüpfel
Ad Apollinem, ut ab Italis cum lyra   a. a. O. II. 164.
ad Germanos veniat.

ihrer Stadt diefen ehrwürdigen Namen beizulegen; fo in der
Befchreibung Nürnbergs und in dem Panegyricus auf Kaifer
Maximilian, wie in der Widmung der Werke der Roswitha
an den Kurfürften Friedrich den Weifen von Sachfen, die
mit den Worten fchliefst: »Vale ex Norimberga Augusta
Praetoria, diversorio nostro litterario, aede Bilibaldi Pirck-
hamer, utriusque linguae et philosophiae studiosissimi«. Daher
denn auch die lange unerklärten Buchftaben A. P., die auf
dem Druckerzeichen am Schluffe der Libri amorum und der
Roswitha erfcheinen. Sie ftehen weifs auf fchwarz zu beiden
Seiten einer Wetterfahne, die über drei heraldifchen Bergen
aufgepflanzt ift, und bedeuten nichts anderes als den Druck-
ort: Augusta Praetoria, recte Nürnberg [1]).

Kehren wir nun mit dem fo gewonnenen Lichte zu
jener Federzeichnung von Dürer zurück, fo erweift fich
daffelbe allerdings noch als zu fpärlich, um alle Räthfel der
Compofition zu löfen. So viel aber dürfte daraus doch er-
hellen, dafs wir es hier mit einer mythologifch allegorifchen
Verherrlichung Nürnbergs zu thun haben. Vielleicht war
der Entwurf für das Titelbild zu Celtes' Befchreibung von
Nürnberg beftimmt und er blieb liegen, indefs man fich mit
der einfachen Anficht der Stadt von Wolgemut begnügte.
Und erwägen wir, welches Anfehen, welche Verehrung
Konräd Celtes im Kreife der Nürnberger Humaniften genofs
und wie er in der That der Erfinder und Vater der »Augusta
Praetoria« war, dann erklärt es fich wohl, dafs nach feinem
Tode, der am 4. Februar 1508 zu Wien erfolgte, irgend
einer feiner Anhänger in Nürnberg die Worte PVPILLA
AVGVSTA auf die Zeichnung Dürers fetzen konnte. Ge-
fchah es gleichzeitig mit der Jahreszahl unten 1516, dann
war es ein letzter humaniftifcher Klageruf kurz vor dem
Wetterleuchten der Reformation.

Dürer aber fehen wir fo mitten in der geiftigen Bewegung feiner Zeit ftehen. Er ift ergriffen von der volks-

---

1) Vergl. Klüpfel a. a. O. II. 90.

thümlichen Richtung, welche auf eine Befferung der kirchlichen Zuftände, auf eine Vertiefung des religiöfen Gefühles
losging, und ebenfo ift er beeinflufst von der gelehrten
Richtung, die einen Anfchlufs an die Litteratur und Weisheit
des Alterthums, eine Erweiterung der profanen Kenntniffe,
eine rein menfchliche Charakterbildung anftrebte. Wie in
den erften Geiftern der Nation kämpfen auch in ihm die
humaniftifchen und reformatorifchen Ideen und auf beide
nimmt er durch feine Kunftthätigkeit einen mitbeftimmenden
Einflufs. Wohl gewinnt je nach Stimmung und Umgebung
bald die eine, bald die andere Richtung in ihm die Ober-
hand; und die öffentlichen Verhältniffe, wie die perfönliche
Stellung des Künftlers brachten es mit fich, dafs der Höhepunkt feiner Bedeutung fchliefslich auf dem religiöfen Gebiete
lag. Dem war aber eine Vorfchule von bedeutfamen Schwan-
kungen vorangegangen. Die Grundftimmung tiefer, gemüths-
warmer Gläubigkeit hatte er bereits aus dem Vaterhaufe
mitgebracht; fie klang zuerft in der Begeifterung aus, mit
der er feine Apokalypfe fchuf. Auf feiner Wanderfchaft
war er aber mit der Natur und mit der italienifchen Renaiffance in die nächfte Berührung gekommen. Nach feiner
Rückkehr ward er daheim immer mehr in jene humaniftifchen
Kreife gezogen, denen fich auch fein greifer Lehrmeifter
Wolgemut angefchloffen hatte. Die ideale apokalyptifche
Stimmung ward dadurch allmählich und für einige Jahre von
einer realeren übertönt, die in der Natur, in der Antike
und in der italienifchen Renaiffance nach neuen Halt- und
Stützpunkten fuchte. Auf diefe letzte Entwickelungsperiode
nahm aber auch noch ein Maler Einflufs, deffen Würdigung
zu dem Verftändniffe von Dürers Gefchichte unentbehrlich
ift; es ift der Venetianer Jacopo dei Barbari.

X.

Der Wettstreit mit Jacopo dei Barbari.

> »Des fehen wir exempel bei der
> Römer zeyten, da fie in irem bracht
> waren; was bei inen gemacht ift
> worden, der drümer wir noch fehen,
> dergleichen von kunft in vnfern
> werken yetz wenig erfunden wirdet«.
>
> Dürer.

ROM hat im Wechfel der Zeiten feine weltbeherrfchende Stellung niemals aufgegeben; unter ftets verändertem Titel erhebt es immer auf's Neue feine alten Anfprüche. Indefs deutfche Meifter, wie Wolgemut und Dürer, aus den Gewiffensnöthen ihres Volkes heraus unter dem antiken Rom der Apokalypfe noch das mittelalterliche, päpftliche verftehen, fieht der Italiener in ihm den Glanz alter, längft begrabener Herrlichkeit wieder erftehen. Vor feinen Augen erhebt fich die antike Roma wieder aus ihren Trümmern, und wie einft ihre Legionen, fendet fie nun ein Heer von unfichtbaren Geiftern und von fichtbaren Formen aus, als wollte fie ihrer Macht auch dasjenige wieder fichern, was etwa der kirchlichen Vorherrfchaft zu entfchlüpfen drohte. Sie erfcheint ihren Enkeln wieder in der fieghaften Geftalt, in der fie auf den Münzen der Caefaren dargeftellt war: in

Helm und Rüſtung ſitzt ſie über Trophäen vor einem Triumph-
bogen, in der Rechten eine Victoria haltend. So zeigt ſie
uns der Kupferſtich eines Venetianers, der nächſt Wolgemut
den meiſten unmittelbaren Einfluſs auf Dürers künſtleriſche
Entwickelung genommen hat. Es iſt Jacopo de' Barbari [1]),
der Proteus unter den italieniſchen Malern des XV. Jahrhunderts, deſſen ſchwankende Erſcheinung wiederholt die
Wege Dürers kreuzt.

Dem Namen nach war Jakob von Haus aus ein Schutz-
befohlener der Patrizierfamilie Barbari in Venedig. Im
Uebrigen ſind die Nachrichten über ſeine Perſönlichkeit,
wie über ſeine Thätigkeit in der Heimath ſo mangelhaft,
daſs bis auf die neueſte Zeit ſelbſt ſeine Nationalität in
Zweifel gezogen werden konnte [2]). Der Anonymus des
Morelli, der ihn Jacomo de Barbarino nennt, erwähnt bereits,
er ſei nach Deutſchland und Burgund gegangen und habe
die dortige Malweiſe angenommen, und bis jetzt ſind in
ganz Italien noch keine Gemälde von ſeiner Hand nach-
gewieſen worden. Doch befanden ſich deren mehrere im
Jahre 1521 im Hauſe des Cardinals Domenico Grimani, für
welchen Jan Goſſaert de Mabuſe die Illuſtrierung des berühmten Breviariums beſorgte [3]). Möglich, daſs die ſpätere
Bekanntſchaft und Gemeinſchaft beider Meiſter auf ihre Beziehungen zu dem kunſtſinnigen Patriarchen von Venedig
zurückzuführen iſt. Vor dem Jahre 1500 kann Jacopo de'
Barbari ſeinen Wohnſitz in Venedig nicht für immer aufgegeben haben. Denn in dieſem Jahre erſt wurden die

---

1) Paſſavant, Peintre-graveur I.I.
139, hält das unbezeichnete Blatt
ganz irrthümlich für eine freie Copie
nach der Victoria, B. 23. — Copien
darnach mit Veränderungen von Jeronymus Hopfer, Bartſch Nr. 59,
und von Giovanni Battiſta del Porto,
Paſſavant, P. Gr. IV. Nr. 7. Eine
beiläufige Reduction des Originals
enthält unſere Initiale. Vergl. F.

Kenner: Die Roma-Typen, Sitzungs-
ber. d. hiſtor. phil. Claſſe der Wiener
Akademie XXIV, 253.

2) E. Harzen: Jacob de Barbary,
Archiv für zeichn. Künſte I. S. 210.
Paſſavant, Peintre-graveur III. 134 ff.
Dagegen H. Grimm, Ueber Künſtler
I 141.

3) Dürers Briefe, 223—24.

Holzschnitte feines Planes von Venedig dafelbft vollendet.
Die Vorarbeiten zu diefem Werke hatten drei Jahre in Anfpruch genommen, und die fechs grofsen Holzftöcke dazu
werden heute noch im Mufeo Correr zu Venedig aufbewahrt.
Das Unternehmen ging von dem Nürnberger Anton Kolb,
einem der angefehenften Kaufleute der deutfchen Faktorei
im Fondaco dei Tedeschi aus. In dem Gefuche nun, mit
welchem Kolb im October 1500 das Privilegium der Signoria
für die Publication nachfucht, hebt er unter anderen, noch
nicht dagewefenen Eigenfchaften derfelben auch die neue
Kunft hervor, Formen von folcher Gröfse zu drucken[1]).
Ohne Zweifel hatte fich der Herausgeber die Fortfchritte
feiner Vaterftadt in der Holzfchneide- und Druckkunft zu
Nutze gemacht und es waren wohl geübte Leute aus den
Werkftätten Wolgemuts und Koburgers, wenn nicht gar auch
Dürers, die er dabei verwendete.

    Dies führt uns zunächft auf den Zufammenhang Barbaris
mit Nürnberg, der ein fo inniger gewefen fein mufs, dafs
die Tradition den venetianifchen Meifter früh fchon unter
dem Namen Jakob Walch (d. i. der Wälfche oder Italiener)
zu den Nürnberger Künftlern gerechnet hat. In deren Reihe
führt ihn bereits Neudörffer in feinen Nachrichten unmittelbar vor Dürer auf. Er fah felbft von ihm blos zwei Bilder,
darunter das Bildnifs des Baumeifters Hans Behaim † 1538.
Irrigerweife läfst er ihn bereits 1500 fterben und fügt bei,
Hans von Kulmbach, der Zeitgenoffe und nachmalige Ge-
hilfe Dürers, fei fein Lehrjunge gewefen. Das alles deutete
wohl auf einen frühzeitigen Aufenthalt Barbaris in Nürnberg hin, der fchon vor das Jahr 1500 fiele. In den Jahren
1500—1504 ift aber Barbaris Aufenthalt in Nürnberg jetzt
urkundlich beglaubigt, und zwar hat er dafelbft von amts-
wegen feinen Wohnfitz als wohlbeftallter Hofmaler und
Illuminift König Maximilians, der ihm mittels Dienftbrief vom
8. April 1500 zu Augsburg diefe Stelle mit einem Jahres-

1) Cigogna, Delle Iscrizioni Veneziane IV. 647 u. 699 ff.

19*

gehalt von 100 Gulden rheinisch verlieh [1]). Er muſs nicht
wenig angeſehen bei Maximilian geweſen ſein, denn am
15. April deſſelben Jahres ſchenkt ihm dieſer noch 24 Gulden,
um ein Pferd zu kaufen, offenbar zum Ritt von Augsburg
nach Nürnberg, ſeinem neuen Beſtimmungsorte [2]). Bei Empfang
einer Abſchlagszahlung am 6. November zu Nürnberg wird
er ausdrücklich als Wälſcher Maler bezeichnet [3]). Zu Beginn
des Jahres 1504 erfolgt die Entlaſſung Barbaris aus den
kaiſerlichen Dienſten, indem ihm eine Reſtforderung von
254 Gulden rheinisch auf die Aemter in Gmunden, Auſſee
und Tarvis angewieſen wird [4]). Später finden wir Jakob

---

1) »Wir Maximilian etc. bekennen,
daz wir unſern und des reichs getreuen Jacoben von Barban zu unſerm
contrafeter und illuminiſten ain jar
lang das nachſt nach dato ditz unſers
briefs volgent aufgenomen haben
wiſſentlich mit dem brief, alſo das er
ſein weſen zu Nuremberg haben und,
wenn wir ime icht zu contrafeten und
illuminieren zuſchigkhen, daz er uns
daſſelb alzeit auf ſein aigen coſtn und
darlegen vor aller ander arbait mit
hochſtem vleiſs und auf das peſt und
fuderlichſt zuricht und mache und
alles das thue, das ain getrewer contrafeter und illuminiſt ſeinem herrn
zu thun ſchuldig. Fur ſolich ſein
arbait dienn und warten auch den
zewg, ſo er darzu praucht, haben wir
im das beruert jar lang zu geben
zúgeſagt benanntlichen hundert guldin
reiniſch, die ime auch zu ausgang
des jars, ſoferrer er uns dermaſſen,
wie obſtet, dienet, aus unſer hofcamer
gegen ſeiner quittung ausgericht und
bezalt werden ſullen ungeverlich etc.
— Geben zu Augspurg den achten
tag des monats abrilis anno etc. im
1500«. Jahrbuch der kunſthiſtoriſchen
Sammlungen des öſterr. Kaiſerhauſes,
III. Wien 1885. Urkunden und Re-
geſten herausgeg. von H. Zimerman

und F. Kreyczi, Nr. 2280.

2) »Jacobus de Barberi aus gnaden
umb ain pfert zu kaufen 24 guldin
reiniſch«. A. a. O. Nr. 2284.

3) »Jacobus Barbari, Welliſchn mal-
ler, in abslag ſeiner proviſion 25 guldin reiniſch«. A. a. O. Nr. 2397.

4) Brief K. Maximilians I. an Johann v. Stetten vom 29. Februar
1504, Augsburg: »Getrewer lieber.
Als wir Anthonien Kolben und Jacoben de Barbarj, maler von Venedig,
etlich zeit lang in unſerm dinſt gehabt, haben wir uns itzo mit inen
fur alle ir dinſt, vordrung und ſpruch,
ſo ſi zu uns gehabt und bis auf hewt
datum zu haben vermeinen, vertragen,
nemlichen alſo das wir Anthonien
Kolbn ſeines tails zwenhundert guldin
reiniſch auf unſern dreien embtern
Gmunden, Auſſee und an der Terfis
im Canal verweiſen und darumben
ainen ſchriftlichen auszug und Jacoben
de Barbary zweihundert vierundfunfzig
guldin reiniſch auf unſer obenannt
drew embter auch ainen auszug und
urkund geben ſollen. Demnach em-
phelhen wir dir ernſtlichen, das du
dem bemelten Jacoben de Barbary
die angezeigten hundert guldin reiniſch on verzug bar bezaleſt. So wellen wir dir dieſelben mit ander extra-

in den Dienften des Grafen Philipp, des natürlichen Sohnes
Herzog Philipps von Burgund, für den er in Gemeinfchaft
mit Mabufe arbeitet. Sie find beauftragt, zufammen das
Schlofs des Grafen, Zuytborch, mit Malereien zu fchmücken,
und werden dafür von deffen Biographen Noviomagus [1]) als
die Zeuxis und Apelles ihres Zeitalters gepriefen. Seit dem
Jahre 1510 erfcheint Barbari endlich in den Dienften der
Erzherzogin Margarethe, der Regentin der Niederlande, als
»valet de chambre et peintre attaché à la princesse«. In
demfelben Jahre unterzeichnet er eine Empfangsbeftätigung
in italienifcher Sprache an den Schatzmeifter der Erzherzogin:
»Jacobus de Barbaris« mit dem Caduceus. Wie beliebt er
bei feiner Herrin war, erfehen wir daraus, dafs fie ihm am
1. März 1511 »in Anbetracht der angenehmen und fort-
gefetzten Dienfte, welche unfer vielgeliebter Maler Jacopo
de' Barbari zuvor als Maler und fonft uns geleiftet hat, in
Rückficht auf feine Gebrechlichkeit wie fein Alter und damit
er beffer leben könne und für den Reft feiner Tage unferem
Dienfte erhalten bleibe«, eine jährliche Penfion von hundert
Livres verleiht. Bereits im Juli 1516 wird er als verftorben
erwähnt [2]).

Jene grofse Anficht von Venedig fcheint zur Begründung
feines Ruhmes wefentlich beigetragen zu haben. Oben in

ordinari ausgab, so du von unfern
wegen tuft, genediclichen widerumben
bezaln und dan umb die ubrigen
hundert vierundfunfzig guldin reinifch,
desgleichen obenanntem Anthony Kolben umb fein obbeftimbt zweihundert
guldin reinifch auf unfer angezeigtn
drew embter Gmunden, Auffee und
Terfis im Canal ir jedem in fonder
verweifung und auszug, wie fich geburt und du unfer abred und befchaid
nach deshalben mit dir entfloffen zu
thun wol waift, macheft und gebeft
und das nit laffen. Daran tuft du
unfer ernftliche Meinung. — Geben
zu Augspurg am letsten tag februarii

anno domini im 1504«. A. a. O.
Nr. 2550.

1) Geldenhauer, Vita Phil. Bur-
gundi, Ep. Ultraj. bei Freher, Rerum
Germ. SS. III. 184.

2) Im Inventare der Erzherzogin
von 1515—16 erfcheinen erft 11, dann
5, dann 7 Kupferplatten, »bonnes pour
imprimer sur papier«, geftochen vom
feligen J. d. B., »peintre exquis de
differents miftères« — die letzten 7
»mis dans une logette de bois«. L.
de Laborde, Inventaire de Marguerite
d'Autriche S. 25. E. Galichon, Gazette des Beaux-Arts XI. 311 u. 445.
u. II. Periode VIII. 223.

der Mitte des Blattes hatte er in einer Wolkenglorie Mercur
mit dem Schlangenstabe angebracht und mit der Inschrift:
MERCVRIVS PRE CETERIS HVIC FAVSTE EMPORIIS
ILLVSTRO (sic!) VENETIE. MD. Das Attribut des
Schutzgottes seiner Vaterstadt diente ihm meist auch zur
Bezeichnung seiner Kupferstiche und Gemälde. Namentlich
in der Fremde wollte er sich wohl damit ausdrücklich als
Venetianer bekennen; und daher auch sein in der Kupfer-
stichkunde gebräuchlicher Beinamen des Meisters mit dem
Mercurstabe (maître au Caducée).

Der Erfolg des kolossalen Planes von Venedig war wohl
auch die vornehmste Ursache, weshalb König Maximilian
noch im Jahre 1500 Barbari in seine Dienste nahm. Die
Annahme liegt nahe, weil der kunstsinnige Fürst, wie wir
aus seinem letzten oben angeführten Briefe ersehen, auch
Anton Kolb, den Herausgeber jenes Planes, in seine Dienste
genommen hatte und zwar wohl gleichzeitig, wie aus der
ihm angewiesenen Restzahlung von 200 Gulden zu erschliessen
ist Maximilian hatte die beiden Männer ohne Zweifel vorzugsweise mit Aufträgen auf grosse Holzschnittpublicationen
betraut, wie er ja später Dürer, Burgkmair, Schäufelein u. a.
m. mit dergleichen beauftragte. Barbari war somit nur der
erste in der stattlichen Reihe. Es lassen sich auch noch grosse
Blätter nachweisen, welche diesen Aufträgen offenbar ihre
Entstehung verdanken und auf eine allegorische Verherrlichung
von Maximilians Vater, Kaiser Friedrich III. hinzuzielen scheinen.

Mit Recht schreibt Passavant[1]) die Autorschaft zweier
wenig bekannter, grossartiger Holzschnittwerke Barbari zu.
Obwohl verschiedenen Formates stehen die beiden Blätter
in einem inneren Zusammenhange mit einander. Das eine
schildert die Schlacht und den Sieg nackter Männer gegen
ein Volk von Satyren oder Waldteufeln; es besteht aus
den aneinandergefügten Abdrücken zweier Holztafeln. Die
Darstellung zeigt gegen zweihundert nackte Figuren in einer

---

1) Nach dem Vorgange Friedr. v. Bartsch, a. a. O. III. 141. Nr. 31 u. 32.

waldigen Gebirgslandfchaft. In der Mitte des Vordergrundes fitzt ein langbärtiger Greis, der fieghafte König, zu feinen Füfsen der gefeffelte Amor, ein Geldfack, erbeutete Widder und ein Korb voll Satyrkinder; vor dem Könige links hält ein Mann an hoher Stange das Feldzeichen empor, eine Tafel mit der Infchrift: Q. R. F. E. V. (Quod recte faciendum esse videtur). Der andere der beiden grofsen Holzfchnitte zeigt den Triumphzug der Sieger; er befteht aus drei nebeneinander zu haltenden Querblättern und zeigt eine womöglich noch reichere, vollendetere Compofition. Links fieht man im Grunde einen antiken Tempel, an deffen Giebel die Auffchrift fteht: D. (ivae) FATIDICE, und in welchen die Spitze des Zuges hineinfchreitet. Vorne ftehen zwei Hirten und betrachten den Feftzug, die einzigen bekleideten Geftalten auf beiden Holzfchnitten. Das wiederholt erfcheinende Feldzeichen eines geflügelten Mercurftabes bringt uns Barbaris Monogramm in Erinnerung. Inmitten des anderen, mittleren Blattes tragen fie eine Tafel einher mit der Majuskelinfchrift: »Virtus excelsa cupidinem ere regnantem domat«. Damit erklärt fich der Sinn der ganzen Schilderung als Kampf und Sieg des reinen Menfchenthums über die niedrigen Leidenfchaften und Begierden. Die befeftigte Stadt im Hintergrunde läfst theils an Padua, theils an Verona denken; der Baumfchlag ift in der Art Giorgiones behandelt. Auf dem dritten Blatte rechts erfcheint der greife König lorbeergekrönt auf dem Triumphwagen ftehend, in der Hand fein Feldzeichen mit der oben genannten Devife aufrechthaltend, zu feinen Füfsen der gefeffelte Amor, den Geldfack haltend. Der Siegeswagen wird von drei Nereiden oder Sirenen gezogen und ift umringt von Männern, welche, fo wie viele andere vor ihnen, gefangene Widder und Waldteufel tragen. Barbaris ausgefprochene Typen find in den zahlreichen Figuren nicht zu verkennen, und obwohl diefelben noch etwas fteif auf den Ferfen einherfchreiten, ift die Kenntnifs des Nackten überrafchend. Den Holzfchnitt als folchen beforgten jedenfalls Nürnberger; es wäre fonft das Bedeutendfte,

was die italienifche Kunft um 1500 in diefer Art von Technik
aufzuweifen hätte.

Der Einzug des gefeierten wälfchen Meifters als kaifer-
licher Hofmaler in Nürnberg und feine neue Art, die humaniftifchen Probleme der Zeit in gefällige allegorifche Formen
zu kleiden, war wohl geeignet, Auffehen zu erregen und den
Wetteifer der einheimifchen Künftler herauszufordern. Nach
Venedig fcheint Barbari nie wieder zurückgekehrt zu fein.
Dafs er im Jahre 1506 nicht dort war, wiffen wir aus Dürers
zweitem Venetianifchen Briefe an Pirkheimer, in dem es
heifst: »Auch laffe ich Euch wiffen, dafs viel beffere Maler
hier find, als da draufsen [1]) Meifter Jakob ift; aber Anton
Kolb fchwüre einen Eid, es lebte kein befferer Maler auf
Erden, als Jakob. Die Anderen fpotten feiner und fagen:
wäre er gut, fo bliebe er hier«. Bemerkenswerth an diefer
Brieffelle ift zunächft das lebhafte Intereffe, welches Dürer
nicht nur an Barbari an den Tag legt, fondern auch bei
Pirkheimern vorausfetzt; fodann aber auch ein gewiffer
Antagonismus Dürers, der aus den Worten fpricht, zumal
er unmittelbar zuvor hervorgehoben hat, dafs ihm das, was
ihm vor eilf Jahren fo wohl gefallen hätte, jetzt nicht mehr
zufage. Dafs Barbari damals in Nürnberg fehr beliebt gewefen fei, dafür befitzen wir noch ein anderes Anzeichen.

In der bereits oben erwähnten, im Jahre 1504 ein-
gebundenen Handfchrift Dr. Hartmann Schedels auf der
Münchener Bibliothek finden wir nämlich eine Reihe von
Kupferftichen Jacopos, und faft ausfchliefslich diefe, fchon
urfprünglich eingeklebt. Auffallend ift dabei, dafs auch der
wichtigfte Gewährsmann Schedels, Cyriacus von Ancona,
eine ganz befondere Vorliebe für Mercurius hat und von
diefem ftets mit falbungsvoller Verehrung fpricht. Der Gott
erfcheint ihm im Traume, fein Tag, der Mittwoch, gilt ihm
als befonders glückbringend und heilig; und dafs er ihn
als eine Art von Schutzheiligen betrachtet, zeigt ein felt-

---

[1]) D. i. fuori, aufserhalb Italiens.

fames Gebet in feinem Tagebuche an den »hehren Mercurius, den Vater aller Künfte des Geiftes und Talentes, wie auch der Wohlredenheit, den beften Führer auf Weg und Steg« u. f. w. In demfelben Codex findet fich denn auch eine merkwürdige Abbildung des »Hermes Mercurius« von der Hand Schedels, die offenbar aus Cyriacus gefchöpft ift. Trotz der fchwachen Zeichnung erkennt man noch den fpitz-bärtigen Mercur mit Flügelhut, Flügelfchuhen und Schlangen-ftab, in fchreitender Haltung, wie ihn die archaifche Kunft der Griechen zu bilden pflegte [1]).

Sehr richtig erkannte Springer den Zufammenhang diefer Schedel'fchen Skizze mit einer ziemlich frühen colo-rierten Federzeichnung Dürers in der Ambrafer Sammlung zu Wien. Gegenftand derfelben ift die wunderliche Allegorie des von Pirkheimer ja fo fehr verehrten Lucian, nach welcher der gallifche Herakles, der eigentlich gleichbedeutend fei mit dem Hermes der Griechen, durch eine aus feinem Munde gehende und in die Ohren der Zuhörer dringende goldene Kette die Menfchen feffele und unwiderftehlich nach fich ziehe — ein Sinnbild feiner Beredfamkeit. Dürer hat nun den Charakter und die Stellung jener Schedel'fchen Figur faft völlig beibehalten, nur wendet Mercur, in den Wolken fchwebend, den Kopf fchreiend nach rückwärts zu der an feine Zunge gefeffelten Gruppe, beftehend aus einem Weibe, einem Krieger, einem Gelehrten und einem Bürger. Mancherlei in diefer Zeichnung Dürers, z. B. der Profilkopf der zuletzt genannten äufserften Figur, erinnert an die Formgebung Jacopo de' Barbaris. In der linken Ecke oben ift fodann mit zierlichen griechifchen Uncialen, wenn auch nicht ganz correct, eine Reihe von Beinamen des Mercur angefchrieben, die fich ziemlich ebenfo bei dem im Jahre 1505 zuerft ge-

---

[1]) Dabei auf Fol. 38 die An-rufung: »Artium mentis, ingenii, facundiaeque pater, alme Mercur, viarum itinerumque optime dux«. Vergl O. Jahn: Aus der Alterthums- wiffenfchaft, S. 346 ff. A. Springer, Vorbilder von zwei Dürer'fchen Hand-zeichnungen in der Ambrafer Samm-lung; Mittheilungen der k. k. Central-commiffion VII. 80.

druckten mythologischen Tractate des Cornutus finden [1]).
Zu derselben Zeit und unter den gleichen Einflüssen entstand
noch eine andere colorierte Federzeichnung Dürers im Kunst-
buche der Ambraser Sammlung: Arion auf dem Rücken
des Delphines liegend und dessen Leib mit den Beinen
umklammernd [2]). Auch zu diesem Gegenstande findet sich
ein kleiner, ganz einfacher Entwurf mit der Feder, und
offenbar von Schedels Hand gezeichnet in jenem Codex;
desgleichen eine Skizze von Apollo und Diana mit einem
Jagdhunde und Centaurenkämpfe, stark verzeichnet, offenbar
ein misslungener Versuch nach einem antiken Relief. Hartmann Schedel war somit ganz der geeignete Mann, um
die Aufträge des Celtes zur Illustrierung seiner Bücher zu
besorgen.

Auch mit Barbari war Hartmann Schedel allem Anscheine
nach befreundet. Dessen längerer Aufenthalt in Nürnberg
mag zur Festigung dieser persönlichen Verhältnisse beigetragen
haben. Ob alle und welche von den heute noch in deutschen
Sammlungen vorhandenen Gemälden Jakobs damals entstanden
sein mögen, läfst sich bisher nicht bestimmen. Die Zeitfolge
seiner Werke ist noch weniger bekannt, als diese selbst, da
blos das merkwürdige, miniaturartig ausgeführte Stillleben
in der Augsburger Galerie nebst dem vollen Namen auch
die Jahreszahl 1504 trägt. Doch bietet es immerhin einen
Anhaltspunkt, dafs das monogrammierte Brustbild des
Heilandes im Weimarer Museum aus dem berühmten Praun'schen
Cabinet von Nürnberg herstammt. Einen ähnlichen Christus-

---

1) Ein späterer Holzschnitt nach
dieser Zeichnung auf dem Titel von:
Apianus u. Amantius, Inscriptiones
sacrosanctae vetustatis, Ingolstadt 1534.
Eine täuschende Copie nach der Zeichnung im Britischen Museum; Hausmann a. a. O. 112. Nr. 152.

2) Mit der Unterschrift: Pisce super
curvo vectus cantabat Arion. Gestochen bei O. Jahn a. a. O. Be-
schrieben von Freih. v. Sacken, Mit-

theil. d. k. k. Centralcommission VIII.
123. Eine ganz ähnliche Zeichnung
mit der Jahreszahl 1519 befindet sich
in der Kunsthalle zu Hamburg, vermuthlich Copie. Eine etwas freie,
verkleinerte Nachbildung dieser Zeichnung von Dürer wurde als redende
Buchführermarke meines lieben Verlegers E. A. Seemann auf den Titel
dieses Buches gesetzt.

kopf, ebenfalls figniert, befitzt Fräulein Przibram in Wien.
Ein drittes Stück der Art, der Heiland mit fegnender Hand-
bewegung in demfelben rofenrothen Gewande, befindet fich
unter dem Namen Lucas von Leyden in der Dresdener
Galerie[1]), desgleichen die halben Figuren der Heiligen
Katharina und Barbara, die weniger gut erhalten find[2]).
Die beiden letzteren fcheinen den Seitenflügeln eines Altar-
fchreines angehört zu haben, was fchon auf ihre Entftehung
in Deutfchland hindeutet. Wie in feinen Kupfern verbindet
Barbari auch in feinen Gemälden ein gewiffes Losgehen
auf fchlichte Naturwahrheit mit ungewöhnlicher Zierlichkeit
der Linien und einer bis an's Wehmüthige ftreifenden Weichheit der Formen. Eigenthümlich ift an feinen Chriftusköpfen
der, vielleicht antiken Sculpturen nachgeahmte, halbgeöffnete
Mund, und ein kleiner Fehler in der Augenftellung, dem
fogenannten falfchen Blicke ähnlich; fie erhalten dadurch
einen Ausdruck von Senfation und Verzückung. Die Malweife ift im Grunde hell und ungemein dünn und flüffig in
den Lafuren, die daher auch vielfach abgerieben find. Zwei
fehr charakteriftifche feine Federzeichnungen Barbaris, mythologifche Gruppen, bewahrt das Dresdener Kupferftichcabinet
unter dem Namen des Lorenzo di Credi[3]).

Das Auftreten eines fo eigenthümlichen fremden Meifters,
der fich wohl des näheren Umganges mit den gelehrten
Rathsherren erfreute, mufs auf die jungen Maler Nürnbergs
einen grofsen Eindruck gemacht haben. Hans Kulmbach
hat feine Lehre in Formen und Technik nie ganz verleugnet.
Auch Hans Baldung Grien mufs damals längere Zeit in
Nürnberg gewefen fein und den Einflufs Barbaris erfahren
haben, wenn mich gewiffe Eigenheiten feiner frühen Bilder
nicht täufchen. Am wichtigften aber ift für die Kunftgefchichte
die tiefe Wirkung, welche Barbari in Anziehung wie in
Abftofsung auf den Bildungsgang Dürers ausgeübt hat.

---

1) Nr. 1804.
2) Nr. 1795 u. 1796.
3) Die eine derfelben, eine Tri-

tonenentführung, als Facfimile in Holzfchnitt abgebildet in der Gazette des
Beaux-Arts 1873. VIII. 226.

Dafs Dürer frühzeitig mit Barbari in die nächfte Berührung kam, brauchen wir nicht mehr blos aus feinen Werken
zu erfchliefsen, feitdem uns die Worte bekannt find, mit
denen er felbft über feinen früheften Verkehr mit dem venetianifchen Meifter berichtet. In einer fpäter verworfenen
Faffung feiner Einleitung zur »Proportionslehre« fagt Dürer
nämlich, er habe niemand gefunden, »der da etwas befchrieben
hätte von menfchlicher Mafs zu machen, als einen Mann,
Jacobus genannt, von Venedig geboren, ein guter lieblicher
Maler! Der wies mir — fo fährt er fort — Mann und
Weib, die er aus der Mafs gemacht hatte, fo dafs ich in
diefer Zeit lieber fehen wollte, was feine Meinung gewefen
wäre, denn ein neu' Königreich. Und wenn ich's hätte, fo
wollte ich's ihm zu Ehren in Druck bringen gemeinem
Nutzen zu gute. Aber ich war zu derfelben Zeit noch jung
und hatte nie von folchen Dingen gehört. Doch die Kunft
ward mir gar lieb und ich fetzte mir in den Sinn, wie man
folche Dinge könnte zu Wege bringen. Denn mir wollte
diefer zuvorgemeldete Jacobus feinen Grund nicht klärlich
anzeigen, das merkte ich ihm wohl an. Doch nahm ich
mein eigen Ding vor mich und las den Vitruvium, der
befchreibt ein wenig von der Gliedermafs eines Mannes.
Von oder aus den zweien oben genannten Männern alfo
habe ich meinen Anfang genommen und habe darnach
meinem Vorfatze gemäfs gefucht von Tag zu Tag« [1]).

   In welches Jahr diefe erfte Begegnung mit Barbari zu
verfetzen fei, läfst fich aus der Bemerkung Dürers, dafs er
damals noch jung gewefen fei und nie von Proportionslehre
gehört hätte, nicht genau beftimmen. Dafs Meifter Jakob
fchon vor dem Jahre 1498 einmal in Nürnberg gewefen fei,
ift eben fo möglich, als es wahrfcheinlich ift, dafs Dürer
auf feiner Wanderfchaft im Jahre 1494 ihn in Venedig
kennen gelernt und vielleicht dort in feiner Werkftatt Arbeit

---

1) v. Zahn, Dürer-Handfchriften   für Kunftwiffenfchaft, I. 14.
des Britifchen Mufeums, Jahrbücher

gefunden hätte. Nachweisen können wir die Einwirkung
jenes perfönlichen Verkehres auf Dürer erft feit dem Jahre 1500,
in welchem Barbari fich in Nürnberg niederliefs und aus
welchem Jahre fich bereits eine datierte Zeichnung von
Figuren zur Proportionslehre im Britifchen Mufeum zu London
vorfindet[1]). In den darauf folgenden Jahren laffen fich fodann in Dürers Werken die Spuren diefes Einfluffes wie
auch der in ihm erwachenden Gegenftröinung deutlich verfolgen.

Es ift bezeichnend für Dürers Geiftesart, dafs ihm das
Schaffen des Italieners aus unmittelbaren Eingebungen, nach
einmal durchempfundenen, wahlverwandten und fomit vor-
gefafsten Formenvorftellungen völlig unverftändlich ift. Indefs
der Südländer fein Ziel wie im Fluge erreicht, will fich der
Deutfche auch Rechenfchaft geben über den zurückgelegten
Weg. Es ift der deutfche Hang zur Gründlichkeit, zur
Forfchung, zur Abftraction, der in Dürer frühzeitig lebendig
ift, und der ihn verhindert, irgend einer Richtung dauernd
zu folgen, deren Principien er fich nicht klar machen kann.

Nach den von Barbari gefchaffenen Geftalten zu fchliefsen,
war diefer, fo wenig wie je ein anderer Künftler, im Befitze
eines fertigen Kanons der menfchlichen Körpermafse. Mochte
er auch in diefer Beziehung ein geheimnifsvolles Wiffen dem
jungen Dürer gegenüber zur Schau tragen, fo zeigt doch
die tiefe Verfchiedenheit feiner Proportionen, dafs er die
nackten Figuren keineswegs nach allgemeinen theoretifchen
Formeln conftruierte. Vielmehr ringt in ihm, wie in der
ganzen damaligen Kunft, der Gegenfatz zwifchen Natur-
nachahmung und überlieferten Stilformen, ohne dafs eine
der Richtungen zu entfchiedenem Siege gelangt oder beide
in einander verfchmelzen. Seine Werke, insbefondere feine

---

1) Waagen, Treasures of Art, I.
233. Hausmann, S. 112, Nr. 158.
Umrifs einer weiblichen Figur mit
eingetheiltem Zirkel vom Jahre 1500.
Der Grund ift grün fchraffiert; auf
der Rückfeite diefelbe Figur mit Ein-
theilungen. Auf einem Blatt in klein
Folio daneben fteht eine Erklärung
in 44 Zeilen von Dürers Hand.

dreiſsig bisher beſchriebenen Kupferſtiche, berichten uns von
einem urſprünglichen Herkommen aus der Schule Mantegnas
mit jener Erweichung und Verfeinerung der Formen in der
Richtung der Bellini, welche den Stadt-Venetianer kennzeichnet. Daher auch die Armuth an Erfindung, das Genügen an Einzelfiguren oder ganz einfachen Compoſitionen
ohne beſondere Ausführung der Hintergründe. Die reali-
ſtiſchen Elemente, die zugleich im Weſen der venetianiſchen
Malerei liegen, erhielten bei Barbari noch ganz beſondere
Nahrung durch ſeinen längeren Aufenthalt im Norden. Der
Hang zur Subtilität und der Ausdruck einer zarteren Empfind-
ſamkeit, die ihm ganz eigenthümlich ſind und ihn namentlich
von allen ſeinen Landsleuten unterſcheiden, lieſsen die verwandten Tendenzen der germaniſchen Kunſt um ſo mächtiger
auf ihn wirken. Und wie ihn deren Grundſtimmung anheimelte,
ſo folgte er ihr auch in der Anwendung der äuſseren Mittel
und bildete ſeine verfeinerte Technik nach ihren Vorbildern.
In ſeinem Plane von Venedig bemächtigte er ſich, der erſte
unter den Italienern, der Fortſchritte der deutſchen Holz-
ſchneidekunſt. Auch in ſeinen Kupferſtichen bediente er ſich
keineswegs des kräftigen ſtrammen Vortrages mit den kurzen
ſchrägen Strichlagen, wie ihn Mantegna in Oberitalien begründet
hatte, er knüpfte vielmehr an die durchſichtige, feine und
ſpitzige Stichweiſe der deutſchen Meiſter ſeit Schongauer
an. Und ebenſo zeigen ſeine kleinen Tafelgemälde nichts
von einer breiteren italieniſchen Behandlung. Bei beſtimmter
klarer Färbung iſt die Ausführung äuſserſt fein, flüſſig und
zart laſierend. Möglicherweiſe hat Barbari die Vortheile
der Oelmalerei und die intenſivere Handhabung derſelben
im Kleinen durch den Einfluſs des Antonello da Meſſina
frühzeitig in Venedig kennen gelernt; die volle Ausbildung
ſeiner Feinmalerei aber dürfte er doch erſt ſeiner Einbürgerung
in Deutſchland und Flandern verdanken.

Es kann kein Zufall ſein, daſs Dürer gerade in den
Jahren, in welchen er nachweisbar unter dem Einfluſſe
Jacopo de' Barbaris ſteht, ſich einer ſorgfältigen, faſt miniatur-

artigen Pinfelführung befleifsigte, und zwar nicht blos in
Aquarell- und Temperaftudien nach der Natur, fondern auch
in Oelgemälden. Ich erwähne von erfteren einen lebensgrofsen Hirfchkopf von 1504, vom tödtlichen Pfeile unterhalb
des Auges getroffen, das fichtbare linke Auge gebrochen,
fehr zierlich und fcharf mit der Pinfelfpitze in Wafferfarben
auf Papier gemalt, jetzt fehr abgeblafst, aus der Sammlung
des Abbé de Marolles auf der Parifer Bibliothek; dann im
Berliner Mufeum den Flügel einer Elfter oder Dohle mit
der Jahreszahl 1500, von unten gefehen, auf Pergament
forgfältig zum Theile mittelft Gold ausgeführt, nur ziemlich
befchädigt, aus den Sammlungen Crozat und Mariette; den
mächtigen kriechenden Hirfchfchröter vom Jahre 1505 auf's
Feinfte gemalt im Befitze von C. S. Bale in London; endlich
in der Albertina zu Wien: den fo oft copierten und nach-
geahmten Hafen mit dem unglaublich gutgetroffenen Pelzwerk
vom Jahre 1502; das junge Thier fitzt zufammengeduckt
mit aufgerichteten Ohren und furchtfam fchnuppernd da,
vermuthlich auf dem Tifche des Meifters, denn man fieht
ganz deutlich die Fenfterkreuze im Auge des gefangenen
Feldhäschens fich fpiegeln[1]); dann das Rafenftück, eine
Gruppe von grünen Kräutern von 1503, ein Wunder von
botanifcher Genauigkeit in Naturgröfse und wie in der
Frofchperfpective wiedergegeben, beide in Wafferfarben auf
Papier; endlich dürfte auch das kleine Veilchenbouquet auf
Pergament in diefelbe Zeit gehören, dem zur völligen
Wirklichkeit nichts als der Duft zu fehlen fcheint. Diefe
Feinmalereien erinnern nothwendig an die todten Rebhühner
und den eifernen Fechthandfchuh auf weifsem Grunde von
Barbari in der Galerie zu Augsburg von 1504; wohl das
ältefte aller Stillleben.

1) Die vielen Nachahmungen diefes Häschens in verfchiedenen Sammlungen, zu Dresden (ein Kaninchen), Berlin, Weimar, Rom (Pal. Corfini)
und fonft im Privatbefitze haben nichts mit Dürer gemein. Eine Copie
in Grünlings Sammlung trug das Zeichen Hans Hofmanns: Hh 1582.
Heller a. a. O. 131. Man ging nachgerade fo weit, jeden in Miniatur
oder Aquarell ausgeführten Hafen Dürern zuzufchreiben.

Unter den Gemälden Dürers zeigt gerade die kleine
säugende Maria von 1503 in der kaiserlichen Galerie in Wien
deutliche Spuren von Barbaris Einflufs, in den verzwickten
Augen und Mundwinkeln, der gezierten Kopfhaltung, in den
breiten Lichtern, der hellen Behandlung des Fleisches, die
stark gegen den schwarzen Hintergrund absticht. Noch be-
stimmter vergleicht sich ein unvollendeter Salvator mundi
mit einer gläsernen Weltkugel in der Linken mehreren,
den gleichen Gegenstand darstellenden Bildern von Barbari.
Die Skizze stammt aus der Imhoff'schen Kunstkammer und
ist aus dem Besitze des Malers F. R. Reichardt in München
an H. Eugen Felix in Leipzig gelangt. Mit Unrecht ward
dieselbe für das letzte Werk Dürers ausgegeben, an dessen
Vollendung ihn der Tod verhindert hätte[1]). Vielmehr läfst
der weiche Typus, die empfindsame Haltung, Augen und
Mund, der lackrothe Mantel und was sonst von Zeichnung
und Farbe daran erhalten ist, nur auf die Zeit schliefsen, in
welcher die Einwirkung Barbaris auf Dürer in ihrem Höhepunkt angelangt war; ja wären nicht einige schärfere Faltenbrüche rechts und die ausgeführte Lockenpartie links, man
könnte an Barbari selbst denken. So aber kennzeichnet
vielleicht gerade dies unvollendet gebliebene Bild den denkwürdigen Moment in Dürers Entwickelung, in welchem er
Barbari nicht weiter zu folgen vermochte, sich vielmehr zum
Widerspruch gegen dessen Art angeregt fand. Das gleiche
Schicksal theilten zwei kleine Flügelbilder mit S. Onuphrius
und S. Johann dem Täufer, etwa ¼ lebensgrofs in Land-
schaften stehend. Blos unterzeichnet und untermalt, gelangten
die beiden, sorgfältig und zierlich angelegten Seitenstücke

---

1) Schon in den Verzeichnissen
Wilibald Imhoffs des Ae. seit 1573
aufgeführt als: »Der Saluator so
Albrecht Dürer nit gar ausgemacht
hat kost mich Selbst 30 fl.«; auch
mit der Bemerkung: »das letzte Stück,
so er gemacht hat«. v. Eye, Dürer
S. 455, Uebersichtstafel Nr. 2 und
Anhang, S. 532. J. Sighart, Ge-
schichte der bild. Künste in Bayern,
München 1862, S. 626, mit einem
Holzschnitte. Die Tafel misst Meter
H. 0,57, Br. 0,47; sie hatte sich im
Imhoff'schen Hause bis auf dessen
Vererbung an die Haller erhalten.

aus der Sammlung Heinlein in Nürnberg durch Senator Klugkift in die Kunfthalle von Bremen. Nach Heller führten fie die ganz zutreffende Jahreszahl 1504[1]). St. Onuphrius mit grauem Haar und Bart und blos von einem Schamtuche bedeckt ift rechtshin gewandt, einen Fufs auf den andern fetzend und mit beiden Händen auf einen langen Stab geftützt. Der Täufer fteht, von vorne gefehen und herausblickend, in etwas gefchwungener Haltung, in der Linken ein grofses Buch, mit der Rechten auf das Lamm zu feinen Füfsen deutend; fein Haar und Bart find ftraff und gelblich wie der ihn umhüllende Pelz. Die nackten Formen find voll und gut gezeichnet, die Hände und Füfse grofs, die Nafen lang und fpitz. Die Anlage der Landfchaft entfpricht der Art Wolgemuts und der früheren Stiche von Dürer.

Auffallend ift die Verwandtfchaft der beiden Figuren mit einem wohl nahezu gleichzeitigen Holzfchnitte von Dürer, der diefelben Heiligen darftellt und nicht Johann den Täufer und Hieronymus, wie man bisher annahm[2]). Auf diefem fteht Johannes links, hat kraufes Haar und Bart; feine jenem Flügelbilde ähnliche gefpreizte Stellung erinnert fehr lebhaft an die Koloffalfigur des Heiligen auf dem Schwabacher Altare von Wolgemut[3]). Der andere Greis aber mit dem grofsen Buche in den Händen ift durch das Ranken- und Blattwerk, das er unter dem Mantel auf dem blofsen Leibe trägt, wie auch durch das Fehlen des Cardinalshutes und des Löwen ficher als der ägyptifche Einfiedler St. Onuphrius gekennzeichnet, der fich den Täufer zum Vorbilde nahm. Die etwas langen Körperverhältniffe dürften auf Rechnung von Barbaris Einflufs fallen. Daffelbe gilt von den Figuren des Holzfchnittes, auf welchem Papft Gregor der Grofse zwifchen

---

1) Heller a. a. O. S. 227. Auf Holz, H. Meter 0,58, Br. 0,2. Der unvollendete Zuftand der Täfelchen macht zwar einen ungünftigen Eindruck, ift aber durch die völlig blofs liegenden Vorarbeiten fehr lehrreich.

Die Jahreszahl daran habe ich nicht gefehen.

2) Bartfch 112; Heller 1869; Retberg 58.

3) Siehe oben S. 86.

Thaufing. Dürer.   20

den Märtyrern Stephanus und Laurentius dargestellt ist[1]).
Die Blätter gehören zu einer Reihe von Holzschnitten
mittlerer Gröfse, auf deren Herstellung weder in der
Zeichnung noch im Schnitt jene Sorgfalt verwendet wurde,
wie auf die Apokalypse und die ersten grofsen Formschnitte.
Der Meister setzt weniger Ehrgeiz in deren Gelingen; sie
sollten wohl mehr nur den Bedürfnissen des Marktes dienen.
Deshalb auch stellen sie meist einzelne oder mehrere Heiligenfiguren zusammen dar, so wie es gewisse Kirchenfeste oder
Gnadenorte eben erheischten. Die Mehrzahl derselben entspricht wohl jener Sorte, welche Dürer nach seinem niederländischen Tagebuche als »Stücke des schlechten Holzwerks«
verkaufte[2]).

Solche mittelmäfsige Holzschnitte sind zunächst: der
steife St. Georg auf dem springenden Pferde, mit seinem
Speere den Drachen tödtend[3]). Das Pferd ist zwar leichter
aber nicht besser gezeichnet als das des Eustachius; die
Art, wie es sich als weifse Silhouette vom schwarzen Grunde
abhebt, erscheint für den Holzschnitt fremdartig und wie
eine Beirrung durch die Tendenz des Kupferstiches. Viel
besser gezeichnet war die heilige Familie mit den zwei
Engeln in der Halle[4]); dafür ist sie aber mit wenig Geschick
und Sorgfalt geschnitten. Gefällig und gut construiert ist
das romanische Gewölbe, dessen Bogenöffnung im Hintergrunde durch eine Säule entzwei getheilt wird, ein Motiv,
welches auch die italienische Renaissance mit Vorliebe beibehielt. In den Zwickeln, welche der Rundbogen oben an
dem Blatte frei läfst, sind in liegender Stellung Adam und
Eva angebracht — letztere mit offenbarer Anlehnung an
die Amymone des Kupferstiches. Schwächer und ganz von

---

1) Bartsch 108; Heller 1876; Ret-
berg 123. Dagegen ist Bartsch 109,
St. Stephan zwischen zwei Bischofen,
Dürern mit Recht abgesprochen;
Retberg A. 11.

2) Z. B. Dürers Briefe etc. 103;
Campe, Reliquien 106.

3) Bartsch 111; Heller 1832; Retberg 86.

4) Bartsch 100; Heller 1806; Retberg 61.

Anbetung der heil. drei Könige. Gemälde in den Uffizien zu Florenz.

(Seite 107.)

der hergebrachten Art folcher Andachtsbildchen ift der
heilige Chriftoph mit den Vögeln in der Luft, deren zwei
mit einander kämpfen [1]). Das Gleiche gilt von dem heiligen
Franz von Affifi, der in einer baumreichen Landfchaft die
Wundmale empfängt [2]). Origineller ift die Darftellung der
beiden heiligen Einfiedler Antonius und Paulus, die am
Waldesrande fitzen. Der letztere ift bei erfterem zu Befuch
und der Rabe, welcher jenem täglich das Brod zu bringen
pflegte, kömmt diesmal mit einem in zwei Theile gefpaltenen
Brode herangeflogen, darüber denn Paulus in fromme Ver-
wunderung ausbricht [3]). Ebenfalls gut gedacht, lieblich angeordnet, aber fchwächer ausgeführt ift die heilige Familie
mit den fünf Engeln [4]). Endlich die drei heiligen Bifchöfe
Nicolaus, Udalrich und Erasmus in einer Halle, kürzere
würdige Geftalten mit guter Drapierung der Ornate [5]). Die
Entftehung aller diefer hier genannten Holzfchnitte dürfte
nicht zu weit vor das Jahr 1504, keineswegs aber fpäter
zu fetzen fein. Sie fallen offenbar in eine Zeit, da Dürers
Aufmerkfamkeit ganz von der Vollendung feiner Kupferftich-
und Maltechnik in Anfpruch genommen war.

Im Jahre 1504 vollendete Dürer das erfte gröfsere
Tafelgemälde, deffen gute Erhaltung uns lehrt, dafs er es
ganz mit eigener Hand und forgfältig bis in die kleinfte
Einzelheit ausgeführt hat. Es ift die Anbetung der heil.
drei Könige in der Tribune der Uffizien zu Florenz. Wie
die feligfte deutfche Mutter fitzt Maria links mit dem reizend
naiven Kindlein auf ihren Knien; tief erregt und mit den
verfchiedenften Gefühlen nahen ihm die drei prächtig ge-
kleideten, goldftrahlenden Weifen aus dem Morgenlande, und

---

1) Bartfch 104; Heller 1823; Retberg 56.
2) Bartfch 110; Heller 1829; Retberg 57.
3) Bartfch 107; Heller 1867; Retberg 59.
4) Bartfch 99; Heller 1991; Retberg 89. Es find genau gezählt

wirklich fünf Engel zu unterfcheiden.
Die Federzeichnung einer Madonna
bei Pofonyi, Nr. 327, jetzt im Berliner Mufeum, ift eine täufchende
Copie nach diefem Holzfchnitte, eine
grobe Fälfchung.
5) Bartfch 118; Heller 1874; Retberg 122.

die ganze Creatur ringsum scheint ihre feierliche Stimmung
zu theilen, bis herab zu den Blumen und Kräutern und zu
dem grofsen Hirfchfchröter mit den zwei weifsen Schmetterlingen, die noch in Wolgemuts Art angebracht find. Das
fonnige Grün an Bufch und Bergen hebt die Gruppe beffer
heraus, als es Heiligenfcheine vermöchten. Die hellblonde
Madonna, ganz in Blau mit weifsem Schleier, erinnert ftark
an jene im Paumgärtner'fchen Altare. Luft- und Linien-
perfpective find noch mangelhaft; die technifche Behandlung
aber bereits fo vollendet wie in Dürers beften fpäteren
Bildern. Bei fcharfen Umriffen find die Farben fehr flüffig,
ficher in Tempera aufgetragen und mit Oel lafiert; die
Stimmung ift ungemein lebhaft, hell und klar. Wenn dem
fo ift, dafs Barbaris Feinmalerei Dürer zu diefer zarten, forgfältigen Ausführung herausgefordert hat, dann hat er jenen
in Form und Gehalt nicht nur, fondern auch in der Gediegenheit feiner Technik weit übertroffen. Diefe Technik ift
allerdings eine nordifche, fo wie auch die Farbenharmonie,
welche Dürer hier annimmt und nicht fo bald wieder auf-
giebt. Wir dürfen aber nicht vergeffen, dafs diefe Technik
an fich in einem zwar graduellen, nicht aber principiellen
Gegenfatze zu derjenigen fteht, welche Giovanni Bellini übte;
nach deffen unvollendetem Gemälde in den Uffizien: ebenfalls Vorzeichnung mit Stift oder Pinfel, Untermalung mit
Tempera und wiederholte Lafierung mit Oel. Die Gelegenheit zur Hingabe an diefes fein erftes Meifterwerk der Malerei
verdankte Dürer, wie es fcheint, wieder einem Auftrage des
Kurfürften Friedrich von Sachfen. Als Gefchenk Chriftian II.
kam daffelbe 1603 an Kaifer Rudolph II. und aus der
kaiferlichen Galerie im vorigen Jahrhundert nach Florenz,
im Auftaufch fur die Darftellung im Tempel von Fra Bartolommeo. Als ein Juwel deutfcher Kunft glänzt es gegenwärtig in der hochanfehnlichen Verfammlung, die fich dort
in der Tribuna zufammenfindet [1]).

---

1) Heller, a. a. O. 238. 253.

Waagen[1]) meint, die Landfchaft des Hintergrundes
gleiche ganz der auf dem berühmten Kupferftiche des heiligen Euftachius, deffen Zeit hierdurch annähernd beftimmt
werde. Obwohl nun jene Begründung nicht zutrifft — die
beiden Landfchaften haben blos eine allgemeine fehr entfernte
Aehnlichkeit mit einander — fo ift doch die Folgerung aus
einer richtigen Empfindung gefchöpft. St. Euftachius[2]) zeigt
als Kupferftich diefelben künftlerifchen Qualitäten, wie die
Anbetung der heil. drei Könige als Gemälde. Erfindung
und Anordnung werden durch die Feinheit der Technik,
durch die liebevolle Ausführung der zerftreuten Einzelheiten
weit überboten; der gleiche helle, zarte Gefammtton zeichnet
auch diefen Stich aus. Die Vollendung deffelben dürfte
nicht weit vor das Jahr 1504 zu fetzen fein, wenn
auch wohl früher als die der Nemefis. St. Euftachius
ift dem Formate nach die gröfste Kupferplatte, welche
Dürer bearbeitet hat[3]). Dürer wollte damit gewifs etwas
Ungewöhnliches leiften. Doch liegt das Hauptgewicht und
der Reiz des Blattes zumeift nur in der ungemein duftigen
Landfchaft mit der Burg im Hintergrunde. In diefe Landfchaft, die fchönfte, die Dürer geftochen hat, find die Figuren
lofe wie Krippenbilder hineingeftellt: der fteife Hirfch mit
dem Crucifixe zwifchen den Geweihen, der ritterliche Jäger
in Anbetung davor knieend, fein Pferd an einen Baum

---

1) Handbuch der deutfchen und
niederl. Malerfchulen I. 205.

2) Bartfch 57. So nennt Dürer
felbft den Heiligen im Niederländ.
Tagebuch, desgleichen die älteren
Quellen. Erft fpäter kam dafür der
Name des heil. Hubertus in Gebrauch,
von dem die Legende daffelbe wun-
derbare Jagdabenteuer berichtet und
deffen Feft mit Verehrung feiner Reliquien heutzutage noch in Köln als
Schutzmittel gegen den Hundebifs
unter grofser Theilnahme des Land-
volkes gefeiert wird.

3) Die Nachricht Hellers, S. 443,
dafs Kaifer Rudolf II. die Platte Dürers befeffen und diefelbe habe ver-
golden laffen, ift wohl unbegründet.
Die vergoldete Platte nämlich, die
fich in dem Befitze des Kaufmanns
F. X. Redtenbacher zu Kirchdorf in
Oberöfterreich befindet, ift nicht die
des Originales, fondern, wie ich mich
überzeugen konnte, diejenige der
Copie von 1579, Heller Nr. 731;
nur find die Buchftaben G und H
zu beiden Seiten des Dürer'fchen
Monogrammes weggenommen.

gebunden und im Vordergrunde die fünf leichten Jagdhunde
in verfchiedenen ruhigen Stellungen. Das Pferd zeigt noch
ganz die ungünftigen Formen der Reiterzeichnung von 1498,
es fchaut fo menfchlich drein wie die Pferde der apokalyptifchen Reiter. Am beften gelungen ift noch die Gruppe
der Windhunde, die nachmals Agoftino Veneziano zu einem
befonderen Nachftiche bewogen hat. Hingegen zeigt eine
leichte Federzeichnung von 1505 im königl. Kupferftichkabinet zu München mannigfache Gruppen von jagdbaren
Thieren, Pferden, Rindern, die von Hunden und Löwen an-
gefallen werden, alles in wilder Bewegung [1]). Die Bildung
der Rinder ift noch immer fchwach, die der Pferde dagegen
leichter und gefälliger. Wie früher mit dem Studium der
Landfchaft, fo fehen wir Dürer nun auf alle Weife eifrig mit
dem Studium der Thierformen befchäftigt.

Auch Jacopo de' Barbari malte Jagdbilder, felbft von
profaner oder mythologifcher Bedeutung [2]); und ein Beifpiel
feines tüchtigen Verftändniffes der Pferdeformen liefert fein
Kupferftich: Pegafus, ein prächtiger Gaul, in gefchickter
Verkürzung rechtshin herausfprengend [3]). Nichts ftand aber
feinem Gefchmacke ferner, als die bunte Mannigfaltigkeit,
der ungezügelte Reichthum an Einfällen, in dem fich Dürer
damals noch gefiel, und die dem Italiener fo fehr wider-
ftrebte. Darum tadelte ja auch Michelangelo Buonarotti die
niederländifche — alfo auch die deutfche Malerei fo hart,
»weil fie auf e i n e m Gemälde eine Menge Dinge mit Vollendung wiedergeben will, von denen ein einziges bedeutend
genug wäre: fo dafs keines derfelben befriedigend zur
Geltung kommt«. Deshalb erklärte er nur die italienifche

---

1) Lithographirt von Strixner.

2) Abgefehen von dem oben erwähnten Stillleben befafs die Erzherzogin Margarethe im Jahre 1516:
»Un autre tableau exquis, où il y a
ung homme avec une tefte de cerf
et un crannequin au milieu et le
bandaige; fait de la main de feu

maiftre Jacques de Barbaris«. L. De
Laborde, Inventaire de Marguerite,
25, Nr. 138.

3) Paffavant, P Gr. III. 140, Nr.
29. Gleichfeitige Copie darnach von
Nicolaus Wilborn mit der Auffchrift
EL TEMPO, Bartfch VIII. Nr. 5.

Kunft für die wahre. »Dies ift fo wahr, fügt er dann hinzu, dafs, wenn felbft Albrecht Dürer, ein feinfühliger und gefchickter Mann in feiner Art, mich oder Francesco d'Hollanda täufchen und ein Werk nachahmen oder machen wollte, als fei es in Italien gefchaffen, er zwar damit, fei es nun eine gute, eine mittelmäfsige oder fchlechte Malerei liefern würde, der ich aber ficher fogleich anfähe, dafs fie weder in Italien noch von einem Italiener gemacht ift« [1]. Für die frühe Zeit Dürers hat jenes herbe Urtheil des herben Florentiners gewifs Berechtigung. Wenn fich Dürer aber, wie wir fehen werden, allmählich von jenen Mängeln oder vielmehr von jenem Ueberfluffe losfagte, um fchliefslich auch, gleich Michelangelo, in fchlichter Einfachheit das wahre Wefen der Kunft zu erkennen, fo mag das Beifpiel Barbaris darauf nicht ohne Einflufs geblieben fein. An Concentrierung, an fchlichtem Mafshalten bis zum Genügen am Einzelnen konnte Dürer von dem Venetianer wohl lernen. Aber auch eine Anatomie, wie die des heil. Sebaftian in halber Figur auf einem Kupferftiche Jacopos in der Sammlung des Barons E. Rothfchild in Paris [2] mufste Dürers Ehrgeiz auf eine harte Probe ftellen. Denn die Formen und Verhältniffe des menfchlichen Körpers zu ergründen, war die wichtigfte Aufgabe der Malerei. Je weniger dem deutfchen Meifter die Anfchauung zu Hilfe kam, defto eher glaubte er durch theoretifche Forfchung hinter die Geheimniffe zu kommen, die er in diefer Beziehung bei dem Italiener vorausfetzte. Und doch litt es ihn nicht bei blofser Nachahmung. Immer wieder kehrt er zur Natur zurück und fucht bei ihr den Ausweg aus allen Widerfprüchen.

Uns mag es heute auffallend erfcheinen, dafs ein fo felbftändiger Meifter wie Dürer fo lange Störungen von einem anderen erleidet, der fich an Begabung und allgemeiner Bedeutung gar nicht mit ihm meffen kann. Es haben eben

---

1) Manuscrit de François de Hollande; A. Raczynski, Les Arts en Portugal, Paris 1846; 14—15.

2) Publiciert in den Heliogravures Amand-Durand, Paris 1874. Galichon Nr. 9.

Zeitgeſchmack und Mode ihr eigenes Geſetz, und es gab
Umſtände, unter denen Jacopo de' Barbari einem Dürer als
unerreichtes Muſter vorgehalten werden konnte. Je abſonder-
licher uns die ganze Kunſtweiſe jenes Venetianers erſcheint,
deſto mehr war dieſelbe geeignet, bei den erſten Anhängern
humaniſtiſcher Bildung in Nürnberg, im Norden überhaupt
Bewunderung zu erregen. Gerade in ſo eigenthümlicher
Miſchung mufste die Renaiſſance dem an kölniſche und vlämiſche Typen gewohnten, deutſchen Auge beſonders zu-
ſagen; leicht erſchien ihm in den Figuren Barbaris das antike
Ideal verkörpert, das ſich auch in den ſchmiegſam gezogenen,
nicht wie bei Mantegna von Querfalten durchſetzten Ge-
wandungen nicht verleugnet. Sehen wir heutzutage auch
in dieſen überſchlanken, ſanftgeſchwungenen Geſtalten mit
platten unbedeutenden Köpfen falſches Gefühl und einen
Vorgeſchmack jenes ſüfsen Hanges zur Uebertreibung, der
ſpäterhin den Niedergang der Malerei herbeiführte, ſo kam
dies bei dem Urtheile der Zeitgenoſſen nicht in Betracht.
Ihnen konnte vielmehr — nach Dürers Worten zu ſchliefsen
— hierin das Problem der nackten Figur gelöſt erſcheinen,
um welches ſich damals auch die Nürnberger Kunſt ſo eifrig
bemühte. Wolgemut hatte hiezu im Jahre 1497 mit den
vier Hexen den erſten bekannten Verſuch in mögligſt engem
Anſchluſſe an die Naturbeobachtung gemacht, in den ſpäteren
Stichen aber lenkte ihn die Anpaſſung fremdartiger Motive
und das Spiel ſeiner Phantaſie davon ab. Dürer folgte ihm
getreulich auf dieſer Bahn, beobachtend, lernend, in der Ausführung wetteifernd. Da trat Barbaris Erſcheinung dazwiſchen
und forderte gleichfalls Dürers Eifer heraus. An der ober-
flächlichen, unbeſtimmten und mageren Technik von deſſen
Stichen konnte der ſchon viel weiter fortgeſchrittene Dürer
nichts mehr lernen, ſich alſo auch zur Nachbildung nicht
veranlafst fühlen. Um ſo begieriger griff er nach den
Grundformen von Barbaris Zeichnung, in der Hoffnung,
hinter deren geheimniſsvollem Reize den Quell der Wahrheit zu finden. Bald aber ſollte ſich Dürer auch hierin

getäuscht finden und er tritt nun in immer weiteren Gegensatz zu Barbari, so dass dessen Einfluss fast nur noch in der Wahl der Stoffe ein positiver bleibt, in der Form aber ein negativer wird.

Den Gang und die Wandelung dieser Wechselbeziehungen verfolgen wir am besten an der Entstehungsgeschichte jenes Kupferstiches, in welchem Dürer zuerst mit aller Zuversicht seines Selbstbewusstseins vor die Welt trat als unbestritten erster Meister der Kunst — an Adam und Eva [1]). Wie unter der stolzen Inschrift: »Albertus Dürer Noricus faciebat« die Jahreszahl beweist, wurde die Platte im Jahre 1504 vollendet. Dass der Stich aber auch erst in demselben Jahre begonnen wurde, sehen wir aus der ebenso datierten Federzeichnung, welche sich gegenwärtig im Besitze des H. A. von Lanna in Prag befindet. Sie zeigt auf geschwärztem Hintergrunde die beiden Hauptfiguren im Gegensinne zu dem Stiche und genau in denselben Dimensionen. Ohne Zweifel hat sie als endgiltiger Entwurf und als Vorlage für den Kupferstich gedient. Dass der Künstler hier etwas ganz Besonderes zu leisten gedachte, und mit welcher Sorgfalt er gerade bei dieser Arbeit vorging, bezeugen die Probedrucke, welche er von der noch unvollendeten Platte machte. Zwei derselben befinden sich in der Albertina in Wien, ein dritter im Britischen Museum [2]). Es war sonst nicht Dürers Uebung, seine Arbeit auf der Kupferplatte

---

[1]) Bartsch, Nr. 1.

[2]) Die beiden Probedrucke von Adam und Eva in der Albertina wurden im Jahre 1820 in der Versteigerung Durand zu Paris für 1500 Franken erworben. Auf dem einen ist die ganze rechte Hälfte des Blattes sammt dem einen Beine des Adam noch weiss, d. h. blos in leichten Umrissen mittels des Stichels vorgezeichnet; auf dem zweiten ist auch noch das andere Bein Adams weiss. Das Exemplar des Britischen Museums entspricht dem zweitgenannten, früheren Plattenzustande. Adam und Eva ist auch der einzige Kupferstich Dürers, der nach seiner Vollendung noch eine Nacharbeit erfahren hat, indem gerade unter der linken Achselhöhle Adams in dem rückwärts stehenden Baumstamme ein dreieckiger dunkler Spalt nachgestochen wurde, der den früheren Drucken fehlt und somit einen zweiten Zustand der vollendeten Platte statuiert.

durch solche Druckversuche zu controlieren, wenigstens giebt
es nur noch ein solches Beispiel, den Probedruck vom
»grofsen Hercules« [1]). So lehrreich für uns diese Proben
sind, so verschafften sie doch Dürern gewifs nur die Ueberzeugung, dafs er einer derartigen Hilfe bei seiner Arbeit
gar nicht bedürfe. Er war sich seiner Aufgabe so klar bewufst und fühlte sich seiner Hand so sicher, dafs er nach
ganz leicht vorgeritzten Contouren unmittelbar, und zwar
von der Rechten zur Linken auf der Platte, Schritt vor
Schritt gleich an das Fertigmachen ging ohne die geringste
Unsicherheit, so dafs in den Probedrucken die ganz vollendete
Arbeit unmittelbar an das weifsgebliebene Stück des Blattes
grenzt. Da er seines Materials vollständig Herr war und
nachträglich nichts zu stimmen und auszugleichen hatte, so
bedurfte er eigentlich auch keiner Probedrucke. Für die
ältere, blos zeichnende Art des Kupferstiches ist ein solches
Vollenden aus dem Stegreif wohl begreiflich. Hier aber
handelte es sich zuerst um die klare Abrundung und Heraus-
bildung der Massen aus einem kräftig vertieften Hintergrunde
bis zur Erzielung einer nahezu farbigen Wirkung. Die
Schwierigkeiten dieses künstlerischen Verfahrens erscheinen
selbst unseren, an die reichste Entfaltung technischer Mittel
gewöhnten Blicken so ungeheuer, dafs wir die Begabung,
welche dieselben zuerst aufwarf, um sie mit solcher Leichtigkeit zu überwinden, nicht anders als stumm anstaunen können.

Wie ärmlich erscheint neben den reichen technischen
Mitteln Dürers in seinem »Adam und Eva« die Kupfer-
stechkunst Jacopo dei Barbaris! Und doch führen die Anfänge des Werkes auf seine Einflüsse zurück. Wir wissen
nicht, ob Mann und Weib, die Meister Jakob Dürern als
»aus der Mafs gemacht« gewiesen hatte, Adam und Eva
vorstellten. Bekannt ist aber, dafs die beiden ersten Eltern
stets der Kunst einen beliebten Vorwand zur nackten Darstellung der beiden Geschlechter geboten haben, und nur

---

1) Siehe oben S. 229.

in diefem Betracht hat auch Dürer feinen Gegenftand gewählt. Nun erinnert allerdings im fertigen Kupferftiche faft
nichts mehr an Jacopo dei Barbari, als etwa die zierliche
Art, mit der Adam den Spielfufs hinten nachfchleift. Zum
Glück befitzen wir aber noch zwei Entwürfe Dürers, die
uns die beiden Figuren in einem viel früheren Stadium
zeigen und uns auf die richtige Fährte leiten. Die Blätter
von feinem, feften, fehr alten Papier, aus den Sammlungen
Bianconi in Mailand und Fries in Wien ftammend, befinden
fich jetzt in der Albertina[1]). Das eine zeigt uns den Adam
des Kupferftiches faft ganz in derfelben Stellung und den
gleichen, nur etwas fchlankeren Formen; die Eva auf dem
anderen Blatte hingegen ift von der des Kupferftiches noch
völlig verfchieden. Ihr Körper ift langgeftreckt, mager und
von gezwungener Bewegung; ihre Beinftellung bildet denfelben Winkel wie beim Adam, der eine Arm langt hoch-
erhoben einen Apfel von dem Baume herab, indefs der Kopf
etwas feitwärts zurückgebeugt ift. Der Schwung der dürf-
tigeren Formen, das Oval des Köpfchens, ja felbft die
lockere, regellofe Art der Zeichnung erinnern eben fo
fchnell an Barbari, wie fie für Dürer befremdend erfcheinen.
Dreht man aber die rings um die Figuren braun angelegten
Blätter um, fo fieht man, dafs die Körper allerdings »aus
der Mafs«, mit Zirkel und Richtfcheit conftruiert find. Eigen-
thümlicherweife find in den Rumpf des Adam nur Kreife,
in die Eva aber Quadrate hineingezeichnet; auch erfcheint
der Kopf der letzteren in zwei verfchiedenen Haltungen.
In das Bein von Adams Standfufs find fogar bereits jene
Verhältnifszahlen eingefchrieben, nach denen Dürer im erften
Buch feiner Proportionslehre vorgeht und zwar ftimmen diefelben zumeift mit der, dort als normaler mittellanger Mann
befchriebenen Figur[2]).

---

1) Heller, a. a. O. S. 49.
2) d. i. Figur B. Mit Bezeichnung
der ausnahmsweife von diefer Figur
des Buches abweichenden Ziffern find

diefe Bruchtheile der Körperlänge für
das, von vorne gefehene Bein hier:
Einpeifung des Beins $\frac{1}{14}$ ftatt $\frac{1}{13}$;
Aufsen ob dem Knie $\frac{1}{16}$; Innen ob

Liefern uns diese Zeichnungen schon den für Dürers ganzen Entwickelungsgang so wichtigen Beweis, dafs bereits Adam und Eva vom Jahre 1504 nach den Gesetzen seiner Proportionstheorie gebildet waren, so reicht die Entstehung der Entwürfe überdies noch um einige Jahre hinter die Ausführung des Stiches zurück. Wir beobachten Dürer also, wie er sich losringt von dem verlockenden Einflufs des Venetianers, wie er dann statt des fremden Vorbildes »sein eigen Ding vor sich nimmt« und, rastlos zwischen Speculation und Naturbeobachtung fortschreitend, bis zu der vollen Selbständigkeit vordringt, bei der wir ihn im Jahre 1504 angelangt sehen. Das Britische Museum bewahrt eine Federzeichnung, auf welcher der den Ast haltende rechte Arm Adams sammt dessen Schulter und Hals, sodann zweimal sein linker ausgestreckter Arm mit dem Apfel in der Hand, endlich dreimal die leere linke Hand in verschiedener Fingerstellung, alles im Gegensinne zum Kupferstiche studiert ist; links unten noch ein Felsenvorsprung, abweichend von dem im Hintergrunde des Stiches [1]. Eine Federskizze zur Eva mit dem Apfel in der Hand, schon ganz so wie auf der Lanna'schen Zeichnung von 1504 und mit einer senkrechten, den Schwerpunkt zwischen Standbein und Spielbein bezeichnenden Linie befindet sich in der Bodleiana zu Oxford [2]. Die völligen Formen und den kurzen Kopftypus der Eva im Kupferstiche zeigt auch bereits der hübsche Holzschnitt, auf welchem die heilige Büserin Maria von Aegypten von Engeln zum Himmel emporgetragen wird [3]. Der vom üppigen langen Haupthaar umflossene Körper ist von seltenem Ebenmafse und von edler Haltung. Reizend ist das Gedränge der Engelskinder, die sich mit dem Tragen nicht wenig an-

---

dem Knie $1/_{19}$; Mitten im Knie $1/_{18}$; Innen unter dem Knie $1/_{20}$; Ende des äufsern Wadens $1/_{16}$ statt $1/_{15}$; Unten im Schienbein oder über dem Rist $1/_{40}$ statt $1/_{34}$.

[1] Phototyp. Abbild. in Dürer-Quantin, S. 73.

[2] Phototyp. Abbild., a. a. O. S. 71.

[3] Bartsch 121; Heller 121; Retberg 60. Dort und gemeiniglich mit Unrecht Sta. Maria Magdalena genannt.

ftrengen, zumal derjenige, welcher links unten den Fufs der
Heiligen hebt.

Das fchwankende Verhältnifs zu Barbari, das Dürer zur
Nachahmung und doch zugleich zum Widerfpruche anregt,
laffen auch noch einige andere Kupferftiche deutlich durch-
blicken. So hat offenbar das Blättchen Barbaris mit dem
Bogenfchützen Apollo und der blos mit halbem Leibe fichtbaren Diana[1]) Dürer zur Behandlung deffelben Gegenftandes
angeregt[2]). Zuerft conftruierte Dürer feinen Apollo mit
Hilfe feiner Proportionslehre ganz in der Art und Stellung
feines Adam. So fehen wir die Figur auf der oben S. 284
erwähnten Federzeichnung des Britifchen Mufeums[3]). Alsbald aber ging Dürer von dem Schema ab und gab dem
Apollo in feinem kleinen Kupferftiche ganz neue eigenartige
Formen und Motive. Er behielt hier nur ganz im Allgemeinen die Anordnung feines Vorbildes bei, in allen
Einzelheiten tritt aber eine andere Auffaffung und eine
tüchtigere Durchführung an die Stelle. Aus dem hageren
fteifen Apollo Barbaris, an deffen Stellung Dürers Adam
noch ftark erinnert, macht Dürer einen gedrungenen, mus-
kulöfen und gewaltfam bewegten Heroen, ähnlich dem, die
ftymphalifchen Vögel jagenden Hercules in dem Nürnberger
Gemälde von 1500. Diana blickt allerdings noch in etwas
empfindfamer Haltung heraus und mahnt in der Biegung
der einfachen langgezogenen Strichlagen an Barbaris Weife.
Deffen zwei Blättchen, von denen das eine den Mann mit
der trogförmigen Wiege, das andere als Seitenftück ein
orientalifches Weib mit Kind und Rocken darftellt[4]), mögen
Dürer beim Entwurfe feiner Türkenfamilie vorgefchwebt
haben, wo die beiden Figuren auf einem Blatte vereinigt

---

1) Bartfch P. G. VII. 523. Nr. 16.
2) Bartfch Nr. 68.
3) Verkleinerte Phototypie in der
Gazette des Beaux-Arts 1877. II. p
537, und bei Dürer-Quantin S. 75.
Vergl. F. Wickhoff, Dürers Studium
nach der Antike, Mittheil. des Inftituts f. ofterr. Gefchichtsf. 1880, I. 422,
M. Lehrs, Nachtrag, ebendaf., II. 281,
und H. Thode, Dürers »antikifche
Art« im Jahrbuch der k. preufifchen
Kunftfammlungen 1882. III. 106 ff.

4) Bartfch a. a. O. Nr. 11: L'homme
portant le berceau u. 10: La fileuse.

find [1]). Das große glotzende Schauen derſelben verräth den
frühen Urſprung des Stiches, und die zierliche Beinſtellung
des Weibes deutet auf fremdartige Inſpiration. Viel ſelbſtändiger iſt Dürer ſchon in der Behandlung der männlichen
Anatomie. In Concurrenz mit einer entſprechenden Figur
Barbaris in der trefflichen Gruppe der Gefeſſelten [2]) dürfte
der linkshin gewandte h. Sebaſtian mit den hinaufgebundenen
Armen entworfen ſein, und zwar mittelbar nach einem
Modell. Die fein empfundene Naturtreue, die gerade jenen
Stich Barbaris vortheilhaft auszeichnet, hat Dürer hier nicht
erreicht, ob er gleich zu ſo kleinen naturaliſtiſchen Mitteln,
wie zur Andeutung der Beinbehaarung gegriffen hat.

Freier bewegt ſich Dürer in einigen kleinen Stichen,
deren Gegenſtände ohne beſondere Nebenabſicht unmittelbar
aus dem Leben gegriffen ſind. So das gehende Bauernpaar
(B. 83); der Burſche redet mit lebhaften Mienen, die Rechte
prahleriſch erhoben, in ſeine vornehm ſteife Liebſte hinein.
Unverkennbar daran iſt der ſpöttiſche Zug gegen bäueriſche
Ueberhebung, wie er im ſpäteren Mittelalter allgemein beliebt
und insbeſondere den Städtern geläufig war. Dieſelbe ironiſche
Auffaſſung, obwohl fern von aller Caricatur, zeigen die drei
Bauern im Geſpräch (B. 86), von denen der eine einen
Eierkorb hält, ein anderer einen Sack über der Schulter
trägt und ſich auf ein etwas ſchadhaftes Schwert ſtützt; ſie
rathſchlagen ohne Zweifel über das Wohl der ganzen Welt.
Eine ſchlichte häusliche Scene, wie vom Zufall eingegeben,
zeigt der kleine Stich: Maria ſelbdritt (B. 29). Die beiden
ſtehenden Frauen in bürgerlicher Tracht wären kaum gekennzeichnet ohne die Erſcheinung von Gott Vater in den
Lüften. Das Gleiche gilt in noch höherem Maße von der
kleinen ſäugenden Madonna aus dem Jahre 1503. Die
Natürlichkeit geht hier ſo weit, daſs Maria ein ältliches,
mageres Geſicht hat, weshalb man aber doch nicht an eine

---

1) Bartſch 85.   nannten vier Kupferſtiche von Barbari
2) Bartſch Nr. 17. Hieronymus   copiert.
Hopfer hat u. a. auch die hier ge-

heil. Mutter Anna zu denken braucht. Dieses Blatt zeigt bereits eine sehr vorgeschrittene Technik; es ist fein und doch tief gestochen, so dafs frühe Abdrücke sehr dunkel erscheinen [1]). Am weitesten geht die Verfeinerung des Kupferstiches bei jenen früheren Blättern Dürers, die blofse Ausgeburten seiner Phantasie sind und dem eigenthümlichen Zuge seiner Hand keine Schranken entgegensetzten. Der Mann mit dem flammenden Antlitz, Schwert und Wage in den Händen haltend und auf einem schreitenden Löwen sitzend, soll vermuthlich den Weltrichter bedeuten; die symbolische Darstellung, auch genannt die »Gerechtigkeit«, ist willkürlich aus verschiedenen apokalyptischen Reminiscenzen zusammengesetzt [2]). Die zarte Behandlung des Stiches wäre geeignet, über die Entstehungs-zeit desselben zu täuschen; sie tritt aber zurück vor der wundervollen Ausführung der beiden Wappen, welche Dürer in Kupfer stach und deren eines, das Wappen des Todes [3]), mit der Jahreszahl 1503 bezeichnet ist. Das andere ist das Löwenwappen mit dem flatternden und krähenden Hahne über dem Stechhelme (B. 100); es dürfte nahezu gleichzeitig sein. An Tiefsinn der Erfindung vergleicht es sich zwar gar nicht mit jenem, an Feinheit der Technik geht es aber noch weiter. Der Metallglanz an dem Helme ist unnachahmlich wiedergegeben. Alle diese Darstellungen erscheinen auf weifsgebliebenem Hintergrunde.

Nächst »Adam und Eva« — falls wir dem Werke einen solchen Sinn unterlegen dürfen — feierte Dürer seinen Sieg über Barbari zumeist in seiner »Familie des Satyrs« vom Jahre 1505 [4]), auch genannt der »kleine Satyr« zum

1) B. 34. Die Kupferstich-Samm-lung der k. Museen in Berlin besitzt einen Abdruck vor dem dürren Bäum-chen und dem daran hängenden Tä-felchen mit der Jahreszahl, deren Bei-fügung seitdem bei Dürer üblich wird.

2) B. 79. Vergl. Apokalypse Cap. 19. V. 12: »Seine Augen sind wie Feuerflammen«. Wage und Schwert tragen zwei der apokalyptischen Rei-ter, doch soll der dritte mit dem Bogen die messianische Zeit darstellen. Der Löwe ist das Symbol der Macht; Apok. Cap. 5. V. 5 wird Christus selbst der Löwe genannt, »der da ist vom Geschlechte Juda«.

3) B. 101, vergl. oben S. 212.

4) Bartsch 69.

Unterschiede von der »Eiferfucht« oder dem »grofsen Satyr«. Der entfprechende Kupferftich Jacopos, auf welchem der ziemlich hölzerne Satyrvater ftatt der Flöte die Bratfche fpielt, ift hier weit übertroffen [1]). Die Figuren erfcheinen hier auch nicht mehr auf weifsem Grunde, fondern find aus dem dunklen Waldesfchatten in's höchfte Licht heraus-gearbeitet. Das Naturftudium ift am Leibe der liegenden Frau unverkennbar. Wie beliebt der Gegenftand damals war, zeigt der Umftand, dafs ein anderer venetianifcher Stecher, genannt »der Meifter von 1515« denfelben in ver-fchiedener Weife zweimal geftochen hat. Was den Stoff anbelangt, fo ift wohl denkbar, dafs Lucians Befchreibung von Zeuxis' Centaurenfamilie oder wenigftens eine ungenau vermittelte Reminiscenz daran den Gedanken an eine folche mythologifche Waldidylle nahe gelegt hat.

Dafs es die Meifter der Renaiffance mit der Unter-fcheidung von Centauren und Satyrn nicht genau nahmen, wurde bereits erörtert [2]). Auch fonft noch weicht die Dar-ftellung von jenem fo fehr gepriefenen Gemälde des Zeuxis ab [3]). Dort erfchien eine Centaurin mit dem Pferdeleibe auf den üppigen grünen Rafen gelagert und ihre Zwillinge fäugend; der Centaurenvater ftand über ihr auf der Anhöhe und hielt lachend einen jungen Löwen mit dem rechten Arme empor; als wollte er damit feine Kleinen zum Scherze erfchrecken. Es giebt aber auch eine Nachbildung diefer Darftellung, welche uns den Zufammenhang der Stiche von Barbari und Dürer mit jener Stelle bei Lucian doch noch vermittelt. Der grofse Florentiner Sandro Botticelli, der fich zuerft an die Ausführung profaner und mythologifcher Stoffe in Gemälden wagte, hat nämlich auch die Centaurenfamilie

---

1) Bartfch P. G. VII. 522. Nr. 14. Gleichfalls von Hieronymus Hopfer nachgeftochen.

2) S. oben S. 228.

3) Lucian, Zeuxis und Antiochus, Cap. 3—7. Daffelbe gilt von dem Stiche des französifchen Monogram-miften Claude Corneille, wo das Satyrweibchen mit zwei Jungen ohne den Vater dargeftellt ift; Robert Du-mesnil, Peintre-Graveur VI. 16. Nr. 10: La femelle du Centaure et fes petits, wie hier das Blatt fchon richtig benannt wird.

des Zeuxis nachzufchaffen verfucht. Und zwar befindet fich die Compofition als Zierwerk auf feinem berühmten Bilde der »Verläumdung« in den Uffizien zu Florenz[1]). Auch der Hauptgegenftand diefes Gemäldes ift einer Schilderung Lucians von einem Bilde des Apelles entnommen. Daneben ift daffelbe mit einer edlen Renaiffance-Architektur und mit reichen Ornamenten gefchmückt. Auf dem Sockel des Richterftuhles erfcheint, als Relief grau in grau gemalt und mit Gold aufgehöht, die Centaurenfamilie des Zeuxis, fo wie fie Lucian befchreibt; nur darin weicht Botticellis Darftellung ab, dafs das Centaurenweib drei Junge, ftatt zwei, um fich hat und dafs diefe nicht wie die Eltern mit Pferdeleibern, fondern blos mit Bocksbeinen gebildet find. Wir fehen hier fomit fchon einen Uebergang zu jener anderen Auffaffung, und es ift daher wohl auch denkbar, dafs die Vermenfch-lichung des Weibes und das Muficieren des Vaters bei Dürer und Barbari nur weitere Abwandlungen des urfprünglichen Vorwurfes find[2]).

Das ift es ja, was die Ausdeutung mancher frühen Kupferftiche Dürers fo fehr erfchwert. Wir wiffen nicht, auf welchen Wegen die neuen, fremdartigen Vorftellungen an den Künftler gelangten und welche Veränderungen fie auf diefem Wege erlitten. Leichter wird es uns fein, bis wir einmal auch in der gelehrten Litteratur der Zeit beffer Befcheid wiffen, obwohl auch dann der Uebergang vom knappen Worte zur bildlichen Darftellung ein fchwer berechen-barer bleibt. Bei dem Mangel jeglicher Anfchauung können wir uns die anfängliche Unbeholfenheit der altdeutfchen Meifter gegenüber antiken und mythologifchen Stoffen nicht grofs genug denken; daher wir auch die betreffenden Com-

---

1) Katalog Nr. 1182. Wir kommen auf das Gemälde weiter unten, wo von den Entwürfen Dürers für den Rathhausfaal die Rede ift, nochmals zurück.

2) Die Figuren des Dürer'fchen Bildes hat einer feiner Schüler oder Nachfolger als Zierbilder in ein Or-nament von Weinranken gefügt, das fortlaufend ein Teppichmufter bildet. Der grofse Holzfchnitt, Dürers Tapete genannt, ift befchrieben bei Heller 2104, Paffavant 206, Retberg A. 68.

poſitionen kaum als jenem Gebiete angehörig erkennen, ge-
ſchweige denn, daſs wir den einzelnen Gegenſtand mit Beſtimmt-
heit bezeichnen könnten. So zweifle ich denn gar nicht, daſs
zwei andere Kupferſtiche des Jahres 1505, genannt »das
groſse« und »das kleine Pferd« (B. 97 u. 96) eine mytho-
logiſche Bedeutung haben ſollten. Daſs Dürer zugleich Proben
von ſeinen Fortſchritten im Studium des Pferdeleibes geben
wollte, thut dieſer Vermuthung keinen Abbruch. Das »groſse
Pferd« iſt ein Karrengaul von ähnlicher, nur noch ſchwererer
Raſſe als das Flügelroſs auf Barbaris Kupferſtich, äuſserſt
naturgetreu gezeichnet und meiſterhaft von rückwärts verkürzt; es ſteht mit der Halfter in einem Gemäuer und vor
einer Säule, auf welcher oben noch die Füſse eines nackten
Götterbildes ſichtbar ſind; hinter dem Pferde und gegen
deſſen Kopftheil gerichtet ein Mann in Rüſtung mit Helm
und Hellebarte, als wäre er eben gekommen, das Pferd
wegzuführen. Es dürfte Hercules ſein, wie er die Roſſe des
Diomedes aus Thrakien entführt. Ganz ähnlich illuſtriert
auch die älteſte, deutſch gedruckte Mythologie von Johann
Herold[1]) dieſe That des Hercules in Holzſchnitt. Auch dort
erſcheint nur ein Pferd, gleichfalls verkürzt von rückwärts
geſehen, und neben demſelben ein gewöhnlicher Mann, es
am Zügel haltend und die Peitſche ſchwingend. Eine ſolche
Vereinfachung des Gegenſtandes iſt eben bei altdeutſchen
Meiſtern ganz gewöhnlich.

Schwerer erklärt ſich die ähnliche Darſtellung des
»kleinen Pferdes«, das leichteren Schlages, von gröſserer
Lebendigkeit, ähnlich dem Pferde des St. Georg im Holzſchnitte (B. 111), aber von weniger genauer Naturwahrheit

---

1) Die Heydenwelt, Baſel 1554,
Pag. CLXXXI. Ob vielleicht Quad
von Kinkelbach, wenn er in der oben
S. 207 angeführten Stelle die »Eiferſucht« den »groſsen Hercules« nennt,
dadurch das Blat von einem andern,
»kleinen« unterſcheiden wollte und
ob er vielleicht darunter das »groſse

Pferd« noch verſtand? Vergl. damit
auch den Stich von Hans Sebald
Beham, Bartſch Nr. 67, wo ein
Krieger mit einem Roſſe blos durch
die Inſchrift als »Alexander Magnus«,
der den Bucephalus gegen die Sonne
führt, gekennzeichnet iſt.

ift als »das grofse«. Das Pferd fchreitet wiehernd linkshin und hinter ihm geht wieder ein Mann in Rüftung mit der Hellebarte. Ein Becken mit brennendem Pech auf der Mauer im Hintergrunde deutet ebenfalls auf heidnifchen Spuk hin. Der Mann aber hat kleine Flügel an feinen Füfsen und an feinem Helme; doch nur die erfteren find gefiedert, die letzteren gleichen denen eines Nachtfalters. Trotz diefer phantaftifchen Abänderung kann Dürer doch fo nur den Mercur dargeftellt haben. Was aber hat Mercur mit Pferden zu thun? Darauf wiffen wir freilich keine Antwort. Wir find hier wieder an der Grenze des Erklärlichen. Möglich, dafs wir es auch nur mit der Verwechslung von Thierformen zu thun haben. So gut aus Centauren Satyrn wurden, können auch in der Vorftellung des Künftlers die Rinder des Helios die Geftalt der Sonnenpferde angenommen haben. Vielleicht auch geftattete fich der Meifter diefe für uns wohl ftarke Licentia poëtica, weil die Darftellung eines Rindes für ihn kein Intereffe hatte und, wie wir Urfache haben zu glauben, auch gar nicht im Bereiche feines Verftändniffes lag. Dafs Dürer damals noch auf der Suche nach neuen Stoffen, offenbar mythologifchen, war und dafs er darin auch wohl von gelehrten Freunden mit Rath unterftützt wurde, erfchliefsen wir aus der Stelle eines Briefes vom 28. Auguft aus Venedig an Wilibald Pirkheimer: »Der Hiftorien halber fehe ich nichts Befonderes, was die Wälfchen machen und was fonderlich luftig in Euer Studieren wäre; es ift immer ein und daffelbe. Ihr wifst felbft mehr, als fie malen«[1].

Doch abgefehen von der gegenftändlichen Bedeutung der drei Kupferftiche von 1505, künftlerifch bedeuten fie mit »Adam und Eva« von 1504 einen ungeheuren Fortfchritt Dürers. Technifch ftehen fie auf der gleichen Höhe wie jenes Hauptblatt. Sie variieren nur daffelbe Thema, die Hauptfiguren aus fchwarzem Grunde mit möglichfter Feinheit in's höchfte Licht herauszuarbeiten, oder richtiger gefagt:

---

[1] Dürers Briefe, 14 mit Anm.

fie fo aus dem ftark gedeckten Hintergrunde auszufparen. Niemals zuvor ift im Kupferftich oder in der blofsen Zeichnung fchwarz auf weifs eine gleiche malerifche Wirkung erzielt worden. Dabei zeigt fich das rafche Fortfchreiten von Dürers Naturbeobachtung in den Pferdekörpern vielleicht noch deutlicher als in den menfchlichen Formen. Man vergleiche nur die beiden Pferde von 1505 mit demjenigen des heiligen Euftachius; und unter ihnen wieder ift das »grofse Pferd« um vieles beffer und darum ficher auch fpäter als das »kleine«. Wie fehr Dürer damals von dem Studium des Pferdeleibes eingenommen war, zeigt noch die Thatfache, dafs er 1505 auch bereits den heil. Georg zu Pferde entwarf und zu ftechen begann [1]. Nur liefs er die Platte, fei es wegen feiner Abreife, fei es unbefriedigt vom Erfolge, unfertig liegen, um fie erft 1508 zu vollenden, nachdem er, wie wir fehen werden, in Italien neue theoretifche Kenntniffe auf diefem Gebiete erworben hatte. Denn das ift ja fo bezeichnend für Dürers Geiftesart, dafs ihn fein Kunftftudium immer wieder zur theoretifchen Forfchung führt. Wie über die menfchlichen Proportionen, gedachte er fchliefslich ein Buch über »die Mafse der Pferde« zu fchreiben [2].

Doch auch in der Darftellung menfchlicher Körper läfst er fich anfangs noch vornehmlich durch die Natur leiten. Er fucht fein Heil in zahlreichen Einzelftudien, »denn von viel fchöner Dinge verfammelt man etwas Gutes in gleicher Weife, wie der Honig aus viel Blumen zufammengetragen wird«; ohne dafs er darum in jenen kraffen Eklekticismus verfällt, wie man ihn Zeuxis zugefchrieben hat. Wenn er in diefen Dingen von Jacopo de' Barbaris Beifpiel ausgegangen war, fo entfernte er fich im Mifstrauen gegen deffen vermeintlichen Kanon zufehends von demfelben. Die »grofse Fortuna« berührt gewiffermafsen die äufserfte Grenze

---

1) Bartfch 54. An der Jahreszahl 1508 fieht man nämlich deutlich, dafs die Ziffer 8 blos aus einer bereits vorgeftochenen 5 entftanden ift.

2) Zahn, die Dürerhandfchr. des Brit. Mufeums; Jahrb. f. Kunftw. I, 12, Note.

des Gegenfatzes zur Theorie des Venetianers. Wohl fuchte
er nun felbftändig die Gefetze des menfchlichen Wachsthums
zu ergründen. Er that es aber nur in fortwährendem innigen
Anfchluffe an die Natur, und es klingt wie eine verfpätete
Polemik gegen Barbari, wenn er in einer älteren Auffchreibung
zu feiner Proportionslehre fagt: »Aber Etliche find anderer
Meinung; reden davon, wie die Menfchen fein follten.
Darüber will ich mit ihnen nicht ftreiten. Ich aber halte
darin die Natur für Meifter und der Menfchen Wahn für
Irrfal. Der Schöpfer hat einmal die Menfchen gemacht, wie
fie fein müffen, und ich glaube, dafs die rechte Wohlgeftalt
und Hübfchheit unter dem Haufen aller Menfchen begriffen
fei. Wer das Rechte herausziehen kann, dem will ich mehr
folgen als dem, der eine neu erdichtete Mafs machen will,
deren die Menfchen kein Theil gehabt haben« [1]. Damit ift
die Grenzfcheide angedeutet, an welcher der deutfche und
der italienifche Meifter aufhörten fich zu verftehen. Auch
Raphael fchreibt in feinem Briefe an den Grafen Baldaffare
Caftiglione bezüglich feiner Galatea, »dafs er um eine Schönheit zu malen, deren mehrere fehen müfste« [2]. In Ermangelung
deffen weifs er aber einen Ausweg, er bedient fich auf gut
Glück »einer gewiffen Idee«, er ahnt es, ohne es zu wiffen,
dafs fie die künftlerifchen Vorzüge befitze, um die er fich
bemüht [3]. Auf diefem Fluge vermag der deutfche Realift
dem Italiener nicht zu folgen. Nur mit Hülfe des Wiffens,
der Erkenntnifs glaubt Dürer fich über die Natur erheben
zu können. Ihm würde leicht auch Raphaels »certa idea«
als eine »neu erdichtete Mafs« erfchienen fein.

Mühfelig war die Bahn der Erforfchung, der Vertiefung
in die Natur, welche Dürer einfchlug. Ob fie ein Umweg
war, ob ein Irrweg — ihre Wahl war in feinem Wefen, in

1) Zahn, Dürerhandfchriften des
Brit. Mufeums, Jahrb. f. K. I. 8.

2) Bottari, Raccolta di Lettere, I.
116; Paffavant, Raphael, I. 533:
»che per depingere una bella, mi
bifogneria veder più belle«.

3) »Ma essendo carestia e di buoni
giudici, e di belle donne, io mi servo
di certa idea, che mi viene nella
mente. Se questa ha in se alcuna
eccellenza d'arte, io non so; ben
m'affatico d'averla«.

den Verhältnissen, aus denen er herauswuchs, tief begründet.
Trotz allen Hindernissen hat er seine eigenthümliche Richtung
fortan unbeirrt verfolgt; Großes hat er dabei geschaffen,
Größeres noch hoffte er in ihr für die Zukunft vorzubereiten.
Er hoffte das, obwohl er doch sehen mußte, wie der
italienische Geschmack, der ideale Formalismus, den er einst
in Barbari bewundert und später bekämpft hatte, immer
mehr zur allgemeinen Herrschaft gelangte.

Und noch einmal, auf der Höhe seines Ruhmes, sollte
Dürer dem Schatten seines alten Nebenbuhlers begegnen
und sich von ihm gewissermaßen aus dem Felde geschlagen
sehen. Am 7. Juni 1521 besuchte er zu Mecheln in ihrer
Residenz die Gönnerin Jacopos, die Regentin der Niederlande,
Erzherzogin Margarethe. Er brachte ihr ein von ihm selbst
gemaltes Bildniß ihres kaiserlichen Vaters Maximilian mit,
um es sie sehen zu lassen und es ihr zu schenken. »Aber
da sie ein solches Mißfallen daran hatte, so nahm ich ihn
wieder mit fort«, fügt er ganz unbefangen hinzu. Dafür
zeigte ihm Margarethe »bei vierzig kleiner Bildchen in
Oelfarben, dergleichen ich an Feinheit und Güte zugleich
nie gesehen habe«. Sie zeigte ihm auch noch andere gute
Werke von Jan van Eyck und von Jacopo de' Barbari und
von letzterem ein Skizzenbüchlein, das Dürers aufrichtige
Bewunderung gefunden haben muß, denn er bat die Prin-
zessin, es ihm zu schenken. Sie hatte es aber bereits ihrem
Maler, Bernhard van Orley, versprochen [1]).

---

1) Campe, Reliquien, 135. Thau-   Reime, 126, mit Anm.
sing, Dürers Briefe, Tagebücher und

XI.

Der zweite Aufenthalt in Venedig.

»ich pin ein zentilom zw Fenedig
worden«.

Dürer.

GEMEINIGLICH pflegen wir die Lebensgeschichte eines Mannes nach auffälligen äufseren Ereigniffen in derfelben zu gliedern. Für Künftler zumal, welche keine wechfelvollen Schickfale aufzuweifen haben, fuchen wir die entfcheidenden Wendepunkte in ihren Reifen; von der richtigen Vorausfetzung geleitet, dafs diefelben eine unmittelbare Einwirkung auf ihren Genius üben müfsten. Sehr nahe liegt diefer Gedanke auch bei jenen beiden Reifen Dürers, die ihn für längere Zeit in die beiden Hauptländer der modernen Malerei führten und von denen er uns felbft fo werthvolle fchriftliche Berichte hinterlaffen hat. Und doch würden wir uns täufchen, wenn wir von dem Venetianifchen Aufenthalte im Jahre 1506 oder von der Niederländifchen Reife im Jahre 1520 irgend einen wefentlichen Umfchwung in Dürers Kunftthätigkeit herleiten wollten. Beidemal war der Abfchlufs einer entfcheidenden Entwickelungsperiode Dürers der Reife bereits vorangegangen.

Die Zeit, da Dürer Lernens halber Venedig aufgefucht hatte, war feit einem Jahrzehnt vorüber, als er, ausgeglichen mit fich felbft und mit den Beftrebungen Anderer, in bewufster Zuverficht dahin zurückkehrte. Dazwifchen lag ein fchweres Ringen nach Wahrheit, ein Kampf um die Geftaltung des Höchften und Beften, wie ihn nur je eine Künftlerfeele gekämpft hat. Und zwar fällt der Klärungsprocefs, der Dürer plötzlich zur völligen Selbftändigkeit, zur klaren Erkenntnifs feiner künftlerifchen Sendung erhebt, gerade in das Jahr 1503, ohne an irgend welche äufsere Lebensverhältniffe anzuknüpfen. Allerdings mochte der Tod des Vaters am Ende des Vorjahres, der Dürer fo fehr erfchütterte, feine Einkehr in fich felbft mit veranlafst haben. Im Ganzen aber gefchah wohl die Umwandlung und Vertiefung feines Wefens von innen heraus unter jenen Seelenftürmen, welche prophetifche Naturen zuweilen durchzumachen haben, bevor fie zur Sammlung und Klärung aller ihrer Kräfte durchdringen; und wie dies wohl auch fonft vorkommt, war diefe pfychifche Evolution bei Dürer von einer körperlichen Erkrankung begleitet.

Die Art, wie uns Dürer, deffen zarter Körper nachmals von vielen Leiden heimgefucht war, von diefer feiner erften Krankheit berichtet, giebt uns auch einen Schlüffel zu der Epoche feiner Blüthezeit. Im Britifchen Mufeum befindet fich nämlich eine Kohlezeichnung: der Kopf des todten Heilandes mit der Dornenkrone, mit geöffnetem Munde und gefchloffenen Augen, ftark verkürzt von unten gefehen, und von entfetzlichem Schmerzensausdrucke. Wohlerhalten ift das Monogramm mit der Jahreszahl 1503, darunter fehr verwifcht die Infchrift: »D . . . . . angeficht hab ich . . . gemacht in meiner kranckheit«. Aus der eigenen Schmerzempfindung heraus fucht Dürer hier nach dem Ausdrucke des leidenden Chriftus; es ift ein entfchiedener Schritt zur bewegten Seelenmalerei, zur Dramatik der Geficntszüge; ein offenes Bekenntnifs zu jenem Realismus, der das Höchfte, das Göttliche doch nur in der ganzen, wahren Menfchlichkeit begreift. Nach

allen Richtungen holt nun Dürer weit aus. Von der geiſtigen
Entwickelungskrankheit feines 32. Jahres erhebt er ſich mit
Riefenkräften, und es folgt das Jahrzehent einer Thätigkeit,
deren Fülle und Mannigfaltigkeit ſtets mehr überraſcht, je
weiter man ſie verfolgt und zu ergründen ſucht.

Bisher hatte ſich Dürer dabei genügt, das menfchliche
Antlitz in ſeinen beſtimmten ruhenden Formen wiederzugeben
mit derſelben Objectivität, mit der er Pflanze und Thier,
Landfchaften und andere Gegenſtände, ſozufagen, abzufpiegeln
vermochte. Die Porträte aus ſeiner früheren Zeit zeigen
noch die ſtarre Ruhe des Momentes, das ängſtliche Verhalten
jeglichen Affectes und jene nach aufsen gerichtete Spannung
der Geſichtszüge, wie ſie ſich dem Sitzenden nothwendig
aufprägt. Mehr oder minder klebt dieſe Zufälligkeit allen
deutſchen Bildniſſen des XV. Jahrhunderts an und trägt
wefentlich zur weltentrückten Naivetät ihres Ausdruckes bei.
Aus dem Jahre 1503 aber begegnen wir zuerſt Porträtſtudien
Dürers, die eine ganz neue Art der Auffaffung zur Schau
tragen. Ein fchöpferifcher Hauch hat der Naturwahrheit
zugleich eine tiefere Befeelung eingeflöſst; die Haare zittern,
die Augen blinken und zwinken, die Lippen ſchwellen und
zucken in einer ganz unbefchreiblichen Bewegung. Neben
jenem Chriſtuskopfe befitzt das Britiſche Muſeum noch den
eines Mannes im Turban mit gähnendem Munde, mit Kohle
gezeichnet; Alfred von Franck in Graz einen Madonnenkopf
von fanftem, ungemein edlem Ausdruck; ein anderer, gleichfalls von länglichem Oval und nach vorne herabblickend
unter dem Schleier, erinnert an Lionardos Mailänder Frauen-
typus fowohl in den Formen wie in dem zauberhaften
Lächeln; die lebensgrofse Kohlezeichnung befindet ſich im
Berliner Cabinet neben einer anderen nach jenem jungen
Weibe mit den fchwer herabfinkenden Augenliedern. Merkwürdig aber iſt der Kopf eines fchönen Weibes in der
Kunſthalle zu Bremen, mit entblöſstem Halſe, die Haare
mittels eines Stirnbandes gehalten und rückwärts zuſammen-
gebunden, beinahe lebensgrofs, in Silberſtift entworfen. Sie

lacht auf, dafs beide Zahnreihen fichtbar werden, und doch
hat der Mund nichts Fratzenhaftes — man möchte mit-
lachen mit diefer ausgelaffenen, in kräftiges Deutfch über-
tragenen Mona Lisa Gioconda. Hierher gehört auch der
junge Mann, der mit verfchmitzter Heiterkeit unter feinem
Kraushaar hervorblickt, eine Silberftiftzeichnung in der Sammlung des Mr. Locker in London [1]), und der langhalfige, fchmal-
äugige, laut Beifchrift achtzehnjährige Jüngling, eine Kreidezeichnung auf der Bibliothek der Wiener Kunftakademie [2]).
Alle diefe Köpfe, meift in Kohle, Kreide oder Stift fkizziert,
tragen die Jahreszahl 1503. Daran fchliefst fich dann die
lange Reihe ähnlicher Kopfftudien, deren Höhepunkt fpäter
die mannigfachen, von Dürer mit fo viel Vorliebe gefuchten
Apofteltypen bilden. Erwähnt feien nur noch zwei Silber-
ftiftzeichnungen aus der Sammlung Hausmanns in Braunfchweig, das leider fchadhafte Bildnifs von Dürers Frau vom
Jahre 1504 [3]) und aus derfelben Zeit etwa die beifolgende
Profilfkizze des Freundes Pirkheimer. Mit wenigen Strichen
ift uns hier der luftige Weltweife von Nürnberg am Leben
erhalten, fo wie er in feinen beften Jahren die gelehrten
Sodalen bewirthete mit Speife und Trank und mit den derben
Späfschen, deren einer wohl von feiner eigenen Hand in
eben fo gutem als obfcönem Griechifch dem Bildniffe bei-
gefchrieben fteht [4]).

Der belebende Duft, die feelifche Atmofphäre, welche
über diefen rafch feftgehaltenen Gefichtszügen lagerte, hielt
allerdings bei der Ausführung eines Kopfes in Oel oder in
Kupferftich nicht Stand. Manches davon mufste der an-

---

[1]) Burlington fine Arts Club Catalogue, 1869. Nr. 151.

[2]) Abbild. mit falfchem Namen in
Dürer-Quantin, Tafel zu S. 94.

[3]) Siehe oben S. 144 und die
Initiale jenes Capitels.

[4]) Vergl. Jahrb. f. Kunftw. III.
240 ff. meine Anzeige von Lochners:
Perfonennamen in A. Dürers Briefen.

Die hier unüberfetzbare Auffchrift,
gleichzeitig mit demfelben Silberftift
gefchrieben, lautet: Ἄρσενος τῇ ψωλῇ
ἐς τὸν πρωκτόν. Die Zeichnung beweift zugleich, dafs das Bildnifs von
1505 in der Galerie Borghefe zu
Rom ebenfowenig Pirkheimer vorftellt, als es von Dürer gemalt ift.

Willibald Pirkheimer.
Stiftzeichnung in der Sammlung Hausmann in Braunſchweig.

(Seite 310.)

fpruchsvollen, minutiöfen Technik zum Opfer fallen. Die tiefere Erfaffung des Porträtftudiums aber ift die Grundlage moderner Hiftorienmalerei. Kann das Menfchenantlitz erft die pfychifchen Vorgänge, die Keime der Willensäufserung wiederfpiegeln, dann folgen die Körper leicht den Motiven, die fie zu einheitlicher dramatifcher Verbindung zufammenfchliefsen. In der Bewältigung des phyfignomifchen Ausdruckes liegt der Schlüffel zu jenem unerfchöpflichen Reichthume in der Compofition, der den lombardifchen Maler Lomazzo zu dem Ausfpruche bewog, »Dürer habe allein mehr erfunden, als alle anderen Meifter zufammengenommen« [1]),

Von den mythologifchen und allegorifchen Darftellungen. in denen fich Dürer eine Zeit lang gefallen hat, wendet er fich immer entfchiedener ab. Die ganze Fülle feiner Production ergiefst fich in den volksthümlichen biblifchen Gegenftänden. Wie alles, was aus der vollen Tiefe einer Menfchenfeele erzeugt ift, hat auch die Urfprünglichkeit Dürers in feinen Darftellungen vom Leben Jefu ihre gewaltige Wirkung auf die Zeitgenoffen nicht verfehlt, auch nicht auf die italienifchen Meifter. Dürers Kupferftiche und Holzfchnitte fanden frühzeitig ihren Weg nach Italien und verbreiteten dort feinen Ruhm. Von feinen älteften Stichen waren es insbefondere die landfchaftlichen Hintergründe, welche die italienifchen Meifter fo anfprachen, dafs fie diefelben zur Zierde der eigenen Compofitionen entlehnten [2]). Von den

---

1) Trattato, Lib. V. Cap. 2.

2) z. B. die Landfchaft aus der Madonna mit der Heufchrecke B. 44 auf dem fogenannten Campagnola B. XV. 539 S. Ottilie; aus dem grofsen Hercules B. 73: der ganze Hintergrund bei Robetta B. 24; die Burg combiniert mit der auf dem Euftachius B. 57, bei Agoftino Veneziano B. 409, während das Schiff dafelbft aus dem »Meerwunder« B. 71 ftammt; die Baumgruppe mit der linken Hälfte der Landfchaft auf dem

fogenannten Marcanton B. 484; vergl. auch oben S. 225 Anmerk. 1. Eine frühe Nachricht bei Wimpheling, nach welcher Gemälde Dürers nach Italien exportiert worden wären, beruht wohl nur auf einem Mifsverftändniffe; er fagt von Dürer: Nurenbergae imagines absolutiffimas depingit, quae a mercatoribus in Italiam transportantur et illic a probatiffimis pictoribus non minus probantur quam Parrhafi et Apellis tabulae«. Grimm, Ueber Künftler II. 224. Es gab eben kein

Holzfchnitten dagegen begegnen ihrem Verftändniffe nicht
fowohl die ftrengeren älteren Blätter aus der Zeit der Apokalypfe, fondern erft die der mittleren Zeit, deren freiere
Formenbeherrfchung und harmonifche Compofitionsweife
Dürer bereits als auf der Höhe feiner künftlerifchen Vollendung angelangt zeigen. Entfcheidend für unfer Verftändnifs
ift es nun, dafs der Beginn diefer reichften mittleren Stilperiode Dürers viel früher fällt, als man gemeiniglich annimmt, nämlich vor feinen zweiten Aufenthalt in Venedig.

In diefer Hinficht bedarf unfere bisherige Anfchauung
einer wefentlichen Berichtigung und zwar zunächft bezüglich
der »grofsen Paffion«. Weil Dürer diefe Folge von zwölf
grofsen Holzfchnitten erft im Jahre 1511 als Buch veröffentlichte und vier Blätter derfelben die Jahreszahl 1510 tragen,
verfetzte man die Entftehung aller in diefe Zeit [1]). Sehr
mit Unrecht! denn die Folge fcheidet fich deutlich in zwei
ungleiche Hälften, deren eine die vier mit 1510 bezeichneten
Blätter und den ohne Zweifel gleichzeitigen Titel umfafst,
deren andere aber, aus fieben Holzfchnitten beftehend, um
ein Jahrzehnt älter ift. Dürer mufs die Erfindung und
Zeichnung diefer älteren Gruppe bald nach Vollendung
feiner Apokalypfe in Angriff genommen haben. Die Figuren
find zwar gröfser und mächtiger als dort, aber in ihrer
gedrängten Anordnung und leidenfchaftlichen Empfindung,
in den Härten der Formen, in dem grellen, unvermittelten
Durchfchlagen von Schwarz und Weifs erinnert noch Vieles
an die Apokalypfe. Nur die Ausführung der Formfchnitte
bleibt nicht auf der gleichen Höhe; fie wird ftellenweife
derb, roh, gewaltfam. Wir entnehmen daraus, dafs fich
der Ausfchnitt der ungewöhnlich grofsen Holztafeln bis in
die Jahre hinzog, da Dürer diefen Theil der technifchen
Ausführung nicht mehr mit der gleichen Sorgfalt wie früher

---

lateinifches Wort für Kupferftich und
Holzfchnitt, als imago, pictura. Auch
unter den in der Fremde ausgeführten
Bildern Schongauers find ficher nur

Kupferftiche zu verftehen.

1) Retberg, S. 67, Nr. 174—185.
Bartfch Nr. 4—15.

überwachte. Endlich gerieth die Arbeit ganz in Stocken, vielleicht in Folge der geringeren Befriedigung des Meifters an den Ergebniffen, vielleicht noch mehr aus ökonomifchen Urfachen. Als Dürer dann unter günftigeren Verhältniffen an die Publicierung des »Marienlebens« und der »kleinen Paffion« ging, kam er auch auf diefen Torfo wieder zurück und vollendete rafch die Folge der »grofsen Paffion« durch Beifügung einiger neuen Stöcke und des Titels.

Ich unterlaffe es, für die älteren fieben Blätter der grofsen Paffion eine chronologifche Reihenfolge aufzuftellen, die doch immer ftrittig bleiben müfste, und begnüge mich damit, deren Entftehung im Allgemeinen etwa um das Jahr 1500 anzufetzen. Es find: Jefus auf dem Oelberge (B. 6), wie er in eingeknickter Körperhaltung die beiden Hände wie abwehrend dem Kelche entgegenftreckt, den ihm der Engel hinhält; der Schlaf der drei Jünger im Vordergrunde ift anfchaulich ausgedrückt, Petrus zur Linken zeigt namentlich die hageren Formen und kühnen Verkürzungen der apokalyptifchen Engel. Die wild bewegte Stimmung, welche in der Geifselung (B. 8) herrfcht, fcheint fich auch dem Holzfchneider mitgetheilt zu haben, fein Meffer hat graufam in Dürers Zeichnung gewirthfchaftet. Das »Ecce homo« (B. 9) ift wieder viel beffer gefchnitten; Chriftus erfcheint in der rührenden Leidensgeftalt älterer Vorbilder unter dem Portale eines reichen fpätgothifchen Bauwerkes; die Pharifäer unten find treffliche Charakterfiguren, befonders aber der martialifche Landsknecht zur äufserften Rechten. Die Kreuztragung (B. 10) ift vielleicht die bedeutendfte Compofition der ganzen Folge. Dürer hat das Motiv des in die Kniee finkenden Chriftus aus Schongauers grofsem Kupferftiche hier zuerft aufgenommen. Die knieende Geftalt, welche mit einem Arme das Kreuz hält, mit dem anderen fich auf einen Stein ftützt und das Haupt nach den heiligen Frauen zurückwendet, indefs ein Scherge fie am Seile weiterzerrt, ift feitdem für die Darftellung typifch geworden. In Chriftus am Kreuze (B. 11) gehen die Formen der oberen

und der unteren Hälfte der Compofition fo auseinander, dafs
es den Anfchein hat, als wäre die letztere mit der edlen
Gruppe um die ohnmächtige Maria erft einige Jahre fpäter
hinzugefügt oder doch merklich verändert. Die beiden flatternden Engel, welche oben in Kelchen das Blut auffangen,
find wie aus der Apokalypfe zugeflogen. Die himmlifchen
Zeugen, Sonne und Mond, haben noch in altchriftlicher
Weife menfchliche Angefichter. Die Beweinung des Leichnams
Chrifti (B. 13) hat in der Compofition, wie in den dürftigen,
eingefunkenen Formen der Leiche nahe Verwandtfchaft mit
den beiden Schulbildern deffelben Gegenftandes in München
und Nürnberg. Die Wirkung der Grablegung (B. 12) beruht
mehr auf einer Reihe tief empfundener Einzelnheiten, indefs
die Gefammthaltung und der Schnitt zu wünfchen übrig
laffen.

Mit dem Jahre 1503 kommt Dürer von der hergebrachten,
allzu draftifchen Darftellung der Paffionsfcenen einigermafsen
zurück. Er geht daher auch von dem gröfseren Formate
ab, legt den Ton immer mehr auf den Ausdruck weniger
Hauptperfonen, und indem er fo die Compofition zuweilen
bis zum Epifodifchen vereinfacht, erhöht er gleichwohl deren
Wirkung zu Gunften einer milderen, zuweilen hochpoetifchen
Auffaffung der Tragödie. Diefe weitere Fortbildung feines
Paffionsgedankens zeigt zunächft die »grüne Paffion« in der
Albertina. So nennen wir nämlich eine Folge von zwölf
forgfältig in Helldunkel auf grün grundiertem Papier mit
Feder und Pinfel ausgeführten Zeichnungen; fie fchildern
das Leiden Jefu, eingeleitet durch eine Anbetung der heil.
drei Könige, und tragen fämmtlich, zuweilen an zwei Stellen
zugleich, die Jahreszahl 1504[1]). Die grüne Paffion fteht
bereits ganz auf der Höhe aller fpäteren Kupfer- und Holz-
fchnittfolgen. Wenn fie diefelben an Ausdruck und Feinheit

---

1) Die abweichenden Daten auf   konnten leicht Forfcher, wie Kugler,
den Lithographien von Pilizotti be-   Waagen u. a., zu irrigen Annahmen
ruhen auf ungenauer Lefung und   verleiten.

der Empfindung zuweilen noch übertrifft, fo verdankt fie
das der reicheren Clairobscurtechnik und dem Umftande,
dafs kein Holzfchneider Dürers Zeichnung befchädigt hat.
Die Compofitionen erinnern bald an diefes, bald an jenes
Blatt der publicierten Folgen, ohne dafs aber je die eine
oder die andere wiederholt wäre. Sie mögen in manchem
Falle für letztere als Quelle, als Vorftudium gedient haben,
z. B. Chriftus vor Pilatus für das Blatt der Kupferftichpaffion,
Bartfch 7. Anderfeits bildet die Kreuztragung nur die
berühmte Darftellung der »grofsen Paffion« (Bartfch 10)
weiter; und ähnlich verhält es fich mit der Grablegung.
Gerechte Bewunderung fand feit jeher zumal die wohl-
abgewogene und fo ergreifende Darftellung der Kreuzabnahme.
Bemerkenswerth ift auch die maffive Rundbogenarchitektur,
welche in der grünen Paffion vorkommt und bei aller Phan-
taftik fich vemuthlich als antik geben will; fo z. B. erfcheint
in der Geifelung Chriftus an eine canellierte Säule gefeffelt,
deren Capitäl nebft ungenauem Blattwerk eine Volute zeigt.
Wie genau es Dürer mit diefen Paffionsbildern nahm, beweifen
uns die Federfkizzen, die wir noch zu mehreren derfelben
befitzen, u. z. in der Albertina zu Chriftus vor Pilatus und
zur Dornenkrönung, in den Uffizien zur Kreuzabnahme, in
der Ambrofiana zu Mailand zur Gefangennehmung Chrifti
und zur Geifelung; dafelbft ferner der Entwurf eines Chriftus
auf dem Oelberge, der die gleiche Beftimmung gehabt zu
haben fcheint, aber nicht weiter ausgeführt wurde; Jefus
ift knieend mit erhobenen Armen, ähnlich wie in der Kupferftichpaffion, die drei fchlafenden Apoftel aber anders dargeftellt.
Hier fei gleich auch des grofsen Calvarienberges in den
Uffizien gedacht[1]), einer figurenreichen Zeichnung von gleicher
Ausführung wie die grüne Paffion und 1505 bezeichnet.
Obwohl durch einen Deckel mit einer fleifsigen Copie Jan
Breughels gefchützt, ift das Blatt fehr dunkel geworden;
es giebt darnach einen Stich von Jakob Matham. Eine

---

[1]) Katalog der Gemäldegalerie Nr. 864.

flüchtige Federfkizze zu den unterften Gruppen kam mit der
Sammlung Pofonyi-Hullot [1]) in's Berliner Mufeum.

Da nun an dem Datum aller diefer Zeichnungen keineswegs zu rütteln ift, wird es uns nicht fchwer fallen zu
begreifen, dafs auch die berühmte Holzfchnittfolge des
»Marienlebens« größtentheils bereits in den Jahren 1504—1505
entftanden ift; blos mit Ausnahme der drei letzten Blätter
und des Titels. Obwohl auch auf ganzen Bogen gedruckt,
find die Holzftöcke bedeutend kleiner als die der Apokalypfe
und der grofsen Paffion. Verhältnifsmäfsig noch kleiner
find die Figuren genommen, fo dafs über ihnen weit mehr
Luft bleibt zur Entfaltung der Architektur und der Landfchaft, was den Compofitionen gar fehr zu ftatten kömmt.
Dabei zeigt die Behandlung des Holzfchnittes grofse Fortfchritte im Vergleich zu den frühen Blättern der grofsen
Paffion; ein Zeichen, dafs Dürer der technifchen Ausführung,
die er einige Jahre hindurch vernachläffigt hatte, wieder
eine erhöhte Aufmerkfamkeit zuwandte. Die gleichmäfsige
Gediegenheit des Schnittes wirkt ungemein wohlthuend.

Die Gefchichte beginnt mit der Zurückweifung von
Joachims Opfer durch den Hohenpriefter (B. 77). Die
moralifche Vernichtung des verftofsenen Kinderlofen ift in
feiner Haltung, wie in den Mienen der Umftehenden fehr
anfchaulich gemacht. Hinter und über den Vorhang im
Hintergrunde blickt man in's Allerheiligfte, eine rundbogige
Halle mit einem Kreuzgewölbe. In der ländlichen Einfamkeit
fodann, dahin fich Joachim zurückgezogen hat, erfcheint ihm
der Engel mit der frohen Botfchaft (B. 78); und zwar bringt
er fie dem Entzückten in Form einer, mit anhängenden
Bullen befiegelten Urkunde! Ringsum die weite, herrliche
Landfchaft mit den ftaunenden Hirten. Das dritte Blatt
bringt die Umarmung von Joachim und Anna unter der
goldenen Pforte. (B. 79). Die rundbogige Einfaffung ift mit
gothifierendem Aft- und Laubwerk — dazwifchen kleine

---

1) Nr. 338 des Kataloges von Pofonyi.

Standbilder der Patriarchen — reich verziert und läfst den Ausblick auf ein Gehöfte und auf die bergige Landfchaft frei [1]).

Die Geburt der Maria (B. 80) ift ein vollftändiges Sittenbild des damaligen Nürnberger Lebens, und fchwebte nicht darüber der Engel, das Rauchfafs fchwingend, fo würde man durch nichts an die heilige Gefchichte erinnert. Es geht fo bunt her in der geräumigen Wochenftube, wie es nur bei der Anwefenheit von eilf Gevatterinnen, Nachbarinnen und anderen Dienftbefliffenen immer denkbar ift. Der Wöchnerin werden Erfrifchungen gereicht; das Kindlein wird in die Badewanne gelegt und der mächtige Bierkrug forgt dafür, dafs die wackeren Hausfrauen in der Befprechung ihres unerfchöpflichen Gegenftandes nicht fo bald ermüden. Es folgt die Vorftellung der dreijährigen Maria im Tempel (B. 81); fie eilt die Treppe der Vorhalle hinan, an deren Ende der Hohepriefter ihrer harrt. Der Vorhof des Tempels foll antik erfcheinen: daher die phantaftifchen Reliefs an der reichen Architektur. Ueber dem Thorweg im Grunde ift das Standbild eines mythologifchen Jägers angebracht, in der einen Hand ein gefangenes Thier, in der anderen den Stiel einer Pechpfanne haltend. Die fchlanken Säulen, welche das Treppenhaus ftützen, find unten bereits zwiebelförmig eingezogen. Die Vermählung von Maria mit Jofeph (B. 82) vollzieht der Hohepriefter vor einem rundbogigen Portale, das mit gothifierendem Aft- und Stabwerk reich verziert ift, dazwifchen Ritterfiguren und nackte Reiter auf Einhorn und Löwen gegeneinander ankämpfend. Im Allerheiligften dahinter fieht man eine Ordnung von Rundfäulen mit Blättercapitälen, welche die fteilen Kreuzgewölbe tragen. Die fchüchterne Braut mit dem durchfichtigen Schleier und den hermelingefütterten langen Zottelärmen ift natürlich eine echte Nürnbergerin, fo wie ihre Begleiterin mit dem hohen

---

1) Die gleichfeitige Federzeichnung in der Albertina ift nur eine täufchende Copie nach dem Holzfchnitte.

Haubentuch, welche wir bereits kennen gelernt haben [1]).
Die Verkündigung (B. 83) erfolgt auch nicht im engen Stübchen,
fondern in einer luftigen Halle, deren weite Rundbögen
durch mächtige, über dem Kämpfergefims eingelaffene
Schliefsen gefichert werden. Im oberften Schildbogen ein
Medaillon mit der Halbfigur einer Judith. Die Heimfuchung
(B. 84) gab dagegen Gelegenheit zur Anbringung einer
reichen Gebirgslandfchaft, die fich weit in die Ferne erftreckt.
Im Vordergrunde umarmen fich die beiden fchwangeren
Frauen; unter der Thüre links erfcheint der bekümmerte
Zacharias, den Hut in der Hand, vor ihm das halbgefchorene
Löwenhündchen, das Dürer oft und gern anbringt. Der
leichte Entwurf zu dem Holzfchnitte, im Gegenfinne mit der
Feder gezeichnet, befindet fich in der Albertina zu Wien.

Die Geburt Chrifti (B. 85) öffnet uns den Einblick in
ein verfallenes Stallgebäude; das Kindlein im Korbe wird
von neugierig herandrängenden Engeln bewundert, von der
Mutter angebetet; links naht Jofeph auf hohen Holzfandalen
mit der Laterne, rechts die Hirten. Die Befchneidung (B. 86)
gefchieht im bunten Gedränge der Synagoge, darunter treffliche Charakterfiguren; auf dem Schildbogen des Hintergrundes wieder gothifches Aftwerk mit den Figuren von
Judith und Mofes. Vortrefflich componiert ift die Anbetung
der drei Könige (B. 87). Der Stall hat die Form einer
Burgruine angenommen. Maria fitzt auf dem Mauerwerk,
den edelgebildeten Kopf wie in freudiger Rührung zierlich
zur Seite geneigt. Das Kind auf ihrem Schoofse wendet
fich in einer halb fpielenden, halb gnädig gewährenden Bewegung zu dem königlichen Greife, der tiefernft, das Kinn
gegen die Bruft gedrückt und die Hände gefaltet, vor ihm
kniet. Der zweite König unterläfst noch, den Pokal in
feiner Hand darzubringen, denn er mufs dem dritten, dem
Mohren, zuwinken und ihm Muth zufprechen. Diefer naht
fich etwas blöde und im Begriffe das Knie zu beugen.

---

1) Siehe oben S. 143.

Sehr gelungen ist auf der anderen Seite Joseph, der, eine
Gabe bereits in der Hand haltend, über die Schultern Mariens
vorsichtig und neugierig auf die Könige herabblickt. Im
Hintergrunde noch der Tross der Könige und zwei theil-
nehmende Hirten, in den Lüften drei Gloria singende Eng-
lein. Der Gegenstand war allerdings schon von den Vor-
gängern Dürers, namentlich von den niederländischen Meistern,
mit Vorliebe bearbeitet, nirgends aber glücklicher als in
diesem einfachen Holzschnitte. Die Figuren sind so geschickt
angeordnet, jede derselben durch einen so bestimmten Ausdruck belebt und mit der anderen in Beziehung gesetzt,
dass alle wie mit einer Art innerer Nothwendigkeit an
einander gebunden erscheinen. Trotz der geringen Hülfs-
mittel ist die Handlung bis in's Einzelne motiviert, und die
Grundstimmung entspricht nicht nur dem Vorstellungskreise,
aus dem die Darstellung entnommen ist, sondern auch über
die bedingte Verständlichkeit hinaus den allgemein mensch-
lichen Gefühlen; nichts bleibt daran zufällig oder gleichgiltig. Nur die grössten Meister, wie Masaccio oder Lionardo,
verstanden es, ihrer Composition eine solche Fülle von Energie
einzuflössen und die Gestalten ihrer Phantasie in dem Masse
zu beseelen, dass deren geistige Beziehungen zu einander
für den Beschauer klarer zu Tage treten, als es eine gegebene Wirklichkeit je zu bieten vermöchte.

Auf der Darbringung im Tempel (B. 88) überraschen
die mächtigen Säulen mit flachen Basen und Weinlaub-
capitälen, die ein massives, im Innern des Tempels frei-
liegendes Gebälke tragen. Der Zweck desselben ist nicht
abzusehen; es mag vornehmlich theoretischen Studien in
den halbverstandenen Büchern der Alten seinen Ursprung
verdanken. Die Flucht nach Aegypten (B. 89) ist stark von
dem Kupferstiche Martin Schongauers beeinflusst bis zu der
Palme und anderen exotischen Gewächsen und zu der Gestalt des Eseleins. Das reizendste Blatt der Folge ist ohne
Zweifel die Ruhe in Aegypten (B. 90), wo die Eltern durch
Arbeit ihr Leben fristen. In einem Gehöfte, aus dem man

22*

in die bergige Landfchaft hinausblickt, ift Jofeph bei feiner
Zimmermannsarbeit. Engelskinder fammeln ihm gefchäftig
die Spähne in einen Tragkorb — einer von ihnen hat muth-
willig den Hut des Meifters auf den kleinen Kopf geftülpt,
andere noch vergnügen fich an Spielzeug. Jofeph hält eben
inne und blickt, die Axt in den Händen, beforgt hinüber
nach der Gruppe, wo die junge Mutter bei Rocken und
Spindel glückfelig an der Wiege des Kleinen fitzt. Theil-
nahmsvoll drängen fich Engel an fie heran und bewundern
Mariens feines Gefpinnft, einer von ihnen bringt ihr Blumen
dar. Am Himmel oben erfcheint fegnend Gott Vater. Es
ift ein Bild des reinften Familienglückes, das den armen
Verbannten felbft die Heimath erfetzt. Dürer hat überhaupt
mit feiner Schilderung des Marienlebens eine Saite des deutfchen Gemüthes mächtig angefchlagen. Es ift die Verklärung
des Familienlebens, über welches fich die ganze Fülle göttlichen Wohlgefallens ergiefst. Der Maler predigt damit
zuerft die neue Moral, die fpäter Martin Luther froh in fein
Volk hinausrief: dafs der Eheftand »der fürnehmfte Stand
auf Erden« fei, dafs es »keine lieblichere, freundlichere noch
holdfeligere Gefellfchaft gebe, denn eine gute Ehe« [1]).

Jefus unter den Schriftgelehrten im Tempel (B. 91)
liefert eine wahre Mufterkarte von Körperftellungen, in denen
gelehrter Hochmuth und Befferwiffen fich nur immer ausdrücken mag. Den gröfsten Gegenfatz zu den gereckten
und gefpreizten Geftalten der greifen Büchermänner bilden
dann Maria und Jofeph, die demüthig hereintreten. Er-
greifend aber ift der Abfchied Jefu von der Mutter vor
feiner letzten Reife nach Jerufalem (B. 92). Indem er fich
zum Gehen wendet, voll Hoheit und mit entfchloffenem Ernft,
fegnet er noch einmal die gealterte Mutter, die händeringend
und verzweifelt über das Schickfal, das ihm bevorfteht, am

---

1) A. Woltmann, Zu Dürers Gedächtnifs; Nationalzeitung 1871, Nr.
236. Eingehendere Befchreibungen
der Folge bei Eye, Leben A. Dürers
280, 319, und in den Verzeichniffen
von Bartfch, Heller und Retberg.

Thore zufammenbricht. Größeres hat kein Dichter erfonnen, kein Maler gemalt!

So weit war das Marienleben bereits vollendet, als Dürer feine zweite Reife nach Venedig antrat. Nach Giorgio Vafari wäre gar ein Rechtsstreit wegen unbefugter Nachbildung diefer Blätter die Veranlaffung zu der Reife gewefen[1]). Von offenbaren Irrthümern Vafaris abfehend und mit Anbequemung an die Thatfachen lautet deffen Bericht etwa dahin, daß Dürer auf die Nachricht, daß Marcanton in Venedig fein Marienleben getreu in Kupfer nachgeftochen hätte, erzürnt dahin gekommen wäre, um den Bolognefen darob bei der Signoria zu verklagen, und daß der Proceß dahin entfchieden worden wäre, daß Marcanton zwar die Nachbildung der Dürer'fchen Holzfchnitte unverwehrt geblieben, dagegen die Beibehaltung von deffen Monogramm auf den Copien unterfagt worden fei. Und in der That tragen die fpäter noch von Raimondi gefertigten Nachftiche nach der ganzen Holzfchnittfolge der »kleinen Paffion« von Dürer, nicht wie das Marienleben deffen Monogramm, fondern blos das leere Täfelchen, deffen fich Marcanton auch fortan öfter an Stelle feines eigenen Monogramms und als Erfatz dafür bediente.

Man hat die längfte Zeit diefen Bericht Vafaris für eine ganz und gar unbegründete Fabel gehalten, theils wegen der verfchiedenen Ungenauigkeiten in demfelben, vornehmlich aber deshalb, weil ja Dürer »Unfer Frauen Leben«, ebenfo wie die »kleine Paffion«, erft nach der venetianifchen Reife im Jahre 1511 als Buch veröffentlicht hat, eine Nachbildung durch Marcanton früher alfo nicht möglich gewefen wäre. Zu Gunften diefer Auffaffung las man fogar die deutliche Jahreszahl 1504 auf der Begegnung von Joachim und Anna

---

1) Vafari, ed. Lemonier IX. 267. Daß er oder fein Berichterftatter das Marienleben mit der, erft fpäter entftandenen »kleinen Paffion« ver- wechfelte, ift klar, thut aber an fich feiner Glaubwürdigkeit noch keinen Eintrag.

unter der goldenen Pforte beharrlich für 1509. Seitdem wir aber wissen, dass Dürers Marienleben mit Ausnahme von zwei, höchstens drei Blättern jener früheren Zeit, um das Jahr 1504, angehört, ja manche Vorstudien und Zeichnungen dazu noch höher hinaufreichen, verliert auch jene Nachricht Vasaris viel von ihrer Ungeheuerlichkeit. Freilich habe ich in den venetianischen Archiven vergebens nach Spuren eines derartigen Rechtshandels gesucht; das darf aber bei den grofsen Lücken der betreffenden Urkundenreihen nicht Wunder nehmen.

Auch der reizende Kupferstich Christi Geburt [1]), von Dürer selbst »Weihnachten« genannt, athmet ja ganz denselben Duft wie das Marienleben, als wäre er ein Stück davon, nur eine andere Blüthe an derselben Staude. Wir blicken in das Gehöfte eines deutschen Haufes, in dessen offener Halle links Maria das Christkind anbetet, indefs Joseph in der Mitte des Hofes damit beschäftigt ist, aus einem Ziehbrunnen Wasser zu schöpfen; durch das rundbogige Thor im Grunde sieht man in der landschaftlichen Ferne den Engel der Verkündigung schweben. Aus dem hohen Wohnhaufe aber ragt oben eine Stange und daran hängt das Täfelchen mit dem Monogramme und der Jahreszahl 1504. Die Ausführung des Stiches ist zwar weniger anspruchsvoll als bei dem gleichzeitigen »Adam und Eva«, aber nicht minder fein und sorgfältig.

Als Dürer im Jahre 1505 nach Venedig ging, waren also von den 20 Holzstöcken des Marienlebens mindestens 16 bereits druckfertig, und ohne Zweifel führte Dürer Abdrücke davon zum Verkauf mit sich. Auf zwei von den 17 Nachstichen Marcantons befindet sich auch wirklich, allerdings an verborgener Stelle, die kleine Jahreszahl 1506, nämlich auf der Verkündigung und auf der Anbetung der heil. drei Könige. Dagegen fehlen unter seinen Copien nebst dem Titelblatte gerade die beiden vorletzten Stücke

----

1) Bartsch 2.

von Dürers Folge mit Mariens Tode und der Himmelfahrt.
Dürer hatte wohl auch diese beiden Darftellungen gleich
zeitig entworfen. Die leichte Federzeichnung zum Tode
der Maria, im Gegenfinne zum Holzfchnitte, befindet fich in
der Albertina. Eine Zeichnung der Himmelfahrt der Jungfrau, mit der Feder umriffen und mit der Pinfelfpitze vollendet, im Britifchen Mufeum trägt bereits die Jahreszahl
1503 [1]). Obwohl etwas breiteren Formates, hängt der Entwurf wohl fchon mit dem Plane der Holzfchnittfolge zufammen. Doch wurden die beiden Blätter damals noch
nicht ausgeführt, fondern erft im Jahre 1510 von Dürer auf
den Holzftock gezeichnet; folglich konnte fie alfo Marcanton
im Jahre 1506 noch nicht mit copieren.

Das letzte Blatt der Folge, die reizende Verehrung der
Madonna durch Heilige und Engel, welche vielleicht urfprünglich gar nicht zur Folge zählte, mufs Marcanton erft fpäter
nachgetragen haben, denn fein Stich trägt nicht mehr Dürers,
fondern grofs und deutlich fein eigenes Monogramm.
Auch ift diefe Copie fonderbarer Weife nicht auf eine eigene
Platte geftochen, fondern blos auf die Rückfeite der fechszehnten, wie dies an den heute noch in italienifchem Privatbefitze erhaltenen Original-Kupferplatten Marcantons erfichtlich
ift. Können wir nun auch nicht glauben, dafs diefe Nachftiche
Marcantons die Veranlaffung von Dürers Reife nach Venedig
gewefen feien, fo ift anderfeits doch auch nicht wahrfcheinlich,
dafs Dürer, einmal in Vendig, die Nachbildung feiner Blätter
fammt feinem Monogramme geduldig mit anfah. Möglich,
dafs er dagegen den Schutz der Signoria anrief; um fo eher,
als auch er unter der Eiferfucht der venetianifchen Maler
zu leiden hatte, die ihn gar dreimal vor das Gericht der
Signoria citierten, bis er vier Gulden an ihre Scuola oder
Genoffenfchaft entrichtete [2]).

Daheim wachte Dürer ftets mit Eifer über feinem Kunft-
eigenthum; und insbefondere waren es die am leichteften

---

1) Waagen, Treasures of Art. I 233. 2) Dürers Briefe 11.

nachzuahmenden Holzschnitte, die er fortwährend gegen
Nachdrucker und Fälscher zu vertheidigen hatte. Der Rath
von Nürnberg verfagte ihm feinen Schutz nicht, und zwar
richtet fich deffen Verbot dann auch nur gegen die betrügliche
Benützung des Monogrammes. So lautet ein Rathserlafs
vom 3. Januar 1512: »Item einen fremden Mann, fo unter
dem Rathhaufe Kunftbriefe feil hat und unter denfelben
etliche, fo Albrecht Dürers Handzeichen haben, die ihm
betrüglich nachgedruckt find, foll man in Pflicht nehmen,
diefelben Zeichen alle abzuthun und deren keines hier feil
zu haben. Oder wo er fich defs widern würde, foll man
ihm diefelben Briefe alle als ein Falfch aufheben und zu
eines Raths handen nehmen. Actum Sabats post Circum-
cifionis Domini 1512«[1]). Das Verbot war ohne Zweifel
durch eine Klage Dürers provociert. Ebenfo verfäumte er
nicht, feinen illuftrierten Büchern, darunter auch dem Marienleben, die Drohung beizufügen: »Wehe Dir Verfolger und
Dieb an fremder Arbeit und Begabung; hüte Dich, an diefe
unfere Werke die dreifte Hand anzulegen!« u. f. w., mit
Berufung auf ein ihm vom Kaifer Maximilian verliehenes
Privilegium: »dafs niemand mit unterfchobenen Platten diefe
Bilder nachdrucken dürfe«. Vielleicht ift denn Marcanton
auch bereits mit gemeint unter jenen venetianifchen Malern,
von denen Dürer am 7. Februar 1506 fchreibt: »Auch find
mir ihrer viele feind und machen mein Ding in Kirchen
nach, und wo immer fie es bekommen mögen«. Darunter
müffen nicht etwa Gemälde von Dürer verftanden werden,
fondern ficherlich nur feine Kupferftiche und Holzfchnitte,
welche entweder an den Kirchenthüren feil gehalten, oder
von Andächtigen als Votivbildchen innerhalb derfelben aufgehängt waren. »Nachher«, fügt Dürer hinzu, »fchelten fie
es und fagen, es fei nicht antikifcher Art und darum fei es
nicht gut« — ein Vorwurf, den die Venetianer gegen den

---

1) Campe, Reliquien, 183. Baader,   Jahreszahl.
Beiträge I, 10, mit Berichtigung der

deutfchen Meifter gewifs mit demfelben Rechte in's Feld
führten, wie die Florentiner und andere Italiener, vor allen
Vafari, gegen fie felbft.

Das fichere, ruhig ablehnende Selbftbewufstfein, das in
jenen wenigen Worten liegt, wird erft ganz verftändlich,
wenn wir Dürer als bereits auf der Höhe feiner Kunft angelangt, als den fertigen Meifter der Paffionen und des
Marienlebens erfaffen. Und das war Dürer fchon im Jahre
1504, denn in den Werken diefes Jahres liegt bereits alles be-
fchloffen, was Dürer auf dem Gebiete der religiöfen Kunft
Grofses fchaffen follte. Nach langem, bangem Suchen zwifchen
Ueberlieferung und Natur hatte er die Formenfprache für
den Ausdruck feines tiefften Inneren gefunden, und mit
gewaltiger Kraftanftrengung zwang er die abgekehrten Pole
des gährenden Zeitalters, Glauben und Wiffen, zu einem
harmonifchen Ringe zufammen. Den vollen Strom chriftlicher
Gefühlsinnigkeit gofs er in taufend neue, dem Leben ab-
gelaufchte Formen, wie fie nur die deutfche Volksfeele fo
tief nachzuempfinden weifs; die Brücken der italienifchen
Renaiffance, das leicht gefchürzte Gängelband der Antike,
rifs er hinter fich ab und gelangte felbftändig zu jener
muftergiltigen, feitdem typifch gewordenen Darftellung der
heiligen Gefchichten, an der die ganze moderne Menfchheit
ihre fittigende Erbauung gefunden hat.

Thatfächliche Gründe für Dürers zweite Reife nach
Venedig waren zunächft der Ausbruch einer fchweren Seuche
oder Peft in Nürnberg um die Mitte des Jahres 1505, was in
damaligen Zeiten häufig zu Ortsveränderungen und Wande-
rungen Anlafs gab; fodann die Rückficht auf Gewinn durch
den Verkauf der mitgebrachten Kunftwaare und durch Ueber-
nahme vortheilhafter Aufträge am anderen Orte. Abgefehen
von feinen Kupfern und Holzfchnitten berichtet Dürer felbft
von fechs kleinen Bildern, die er zum Verkaufe mit nach
Venedig geführt hatte; und während er bei feiner Abreife
in Pirkheimers Schuld fteht, kann er nach feiner Rückkehr
feine Schuld bezahlen und eine vergleichsweife günftige

Ueberficht feines Vermögensftandes geben[1]). Wir erfahren
zugleich bei diefer Gelegenheit, dafs ihm ein Colporteur in
Rom geftorben fei mit Verluft der von ihm mitgeführten
Kunftwaare, ein Zeichen, wie fehr Dürer fchon auf Abfatz
in Italien rechnen konnte.

Eine ganz beftimmte Veranlaffung zu Dürers zweiter
Reife nach Venedig ergiebt fich indeffen mit zuverläffiger
Wahrfcheinlichkeit aus der Baugefchichte des Fondaco dei
Tedeschi, über welche uns die Archive der Republik[2]) noch
Auffchlufs geben. Die Kaufhalle der Deutfchen am Ponte
Rialto war im Winter des Jahres 1504—1505 abgebrannt.
Am 10. Juni 1505 befchliefst der Senat den Neubau des
erweiterten Haufes zu befchleunigen und am 19. deffelben
Monats entfcheidet bereits die Signoria über die vorgelegten
Modelle; und da zwifchen denfelben keine grofsen Unter-
fchiede beftehen, wird auf inftändiges Anhalten der deutfchen
Kaufleute dasjenige gewählt, welches einer der Ihrigen,
genannt Hieronymus, ein verftändiger und gefchickter Mann,
gemacht hatte[3]). Noch wurde beftimmt, dafs an dem Neubau nichts von Marmor und von erhabener Arbeit hergeftellt werde, fondern dafs man fich auf Verwendung von
rohem Bruchftein zu befchränken habe[4]). Bekanntlich halfen

---

1) Dürers Briefe 7, 136 und 239.
Vergl. oben S. 147—148.

2) Senato I. — R. 15, Terra fol.
65 u. 67.

3) Havendo se cum diligentia visti
e ben examinati i modeli del Fontego de' Tedeschi apresentadi à la
Signoria nostra et considera non esser
gran differentia de spessa da l'una a
l'altro; l'è ben conveniente satisfar à
la grande instantia facta per li mer-
cadanti di esso Fontego, quali do-
vendo esser quelli, che lo hano ad
galder et fruir, hano supplicato se
vogli tuor el modello fabricado per
uno de i suo, nominato Hieronymo,
homo intelligente et practico, per

esser non mancho de ornamento de
questa cita et utele de la Signoria
nostra, che comodo ad loro, si per
la nobel et ingeniosa compositione et
constructione de quello, come etiam
per la quantita et qualita de le ca-
mere, magaçeni, uolte et botege, se
farano in esso, de le qual tute se
traçera ogni anno de afficto bona
summa de danari. Perho l'àndera
parte per autorita de questo conseglio:
la fabriga del Fontego suprascripto
far se debi iuxta el modello com-
posto per el prefato Hieronymo Tho-
descho etc.

4) Ne se possi in esso Fontego far
cosa alcuna de marmoro, ne etiam

fich die Vertrauensmänner der deutfchen Kaufherren angeficht dieses Verbotes damit, dafs fie die Aufsenmauern
des neuen Fondaco von Giorgione und Tizian ganz mit
Fresken bedecken liefsen, von denen leider heutzutage fo
gut wie nichts mehr übrig geblieben ift [1]).

Der Fondaco de' Tedeschi bildet ein einfaches, drei
Stockwerke hohes Quadrat mit Kreuzgängen oder Arkaden
im Hofe und einer gegen den Canal grande offenen Halle
von fünf Bögen mit roh behauenen Pfeilern und Einfaffungen.
Blos das erfte Stockwerk diefer Hauptfronte hat Seiten-
galerien und gepaarte Bogenfenfter, die beiden anderen einfache viereckige Fenfterpaare. In der Mitte der Façade
gegen den Canal hin ift ein verzierter Stein eingelaffen mit
der Infchrift: GERMANICIS D (edicatum); darunter ein
Baumeifterzeichen, ähnlich der Form eines Drudenfufses.
Alles Andere ift mit Mörtel verkleidet. Nur in dem kleinen
Gäfschen, welches rechts nach der Kirche S. Bartolommeo
hinüberführt, ift noch ein reizendes kleines Marmorportälchen
angebracht: cannellierte Säulen mit reichen Capitälen, Attika
und im Schlufsstein eine Amorette mit Füllhorn; es trägt
die Infchrift: principatus Leonardi Lauredani inclyti ducis
anno sexto. Wenn die Verhältniffe des Gebäudes zu einem
derartigen Schluffe berechtigen, fo ift jener »Hieronymo
Tedescho« ein Augsburger Baumeifter gewesen. Unterftützt
wird diefe Annahme durch den Umftand, dafs die Augsburger und die Nürnberger Kaufleute den Vorfitz an den
beiden Tafeln im Fondaco führten und fomit an der Spitze
der deutfchen Colonie in Venedig ftanden [2]). Dies zeigt

---

lavoriero alcuno intagliado de stra-
foro over altro per alcun modo: ma
dove l'acadera far se debi de piera
viva batuda de grosso et da ben,
sicome sera bisogno.

1) Franc. Sansovino, Venezia, 1581,
S. 135. Vergl. Th. Elze, Der Fon-
daco dei Tedeschi, Ausland 1870.
S. 625.

2) Ueber die Vorgefchichte des
Fondaco vergl. Capitulare dei Vis-
domini del Fontego dei Todeschi in
Venezia ed. G. M. Thomas, Berlin
1874. Dazu die Anzeige diefes Werkes von W. Heyd: Das Haus der
deutfchen Kaufleute in Venedig, v.
Sybels Hiftorifche Zeitfchr. XVI. 194 ff.

fich auch gleich bei der Vertheilung der Kaufhallen im
neuen Fondaco: die zwei erften Gewölbe erhalten die
Augsburger Fugger; die beiden nächftfolgenden die Nürnberger Anton Kolb und Leonhard Hirfchvogel, dann folgt
wieder der Augsburger Rehlinger u. f. w. Mit Nürnberg
aber hat die Bauart des Kauf- und Waarenhaufes nichts
gemein.

Legten aber die Deutfchen damals fo viel Gewicht
darauf, ihren Fondaco von einem Landsmanne aufgebaut zu
fehen, fo gingen fie wohl auch von demfelben Geßichtspunkte
aus, als es fich gleichzeitig um eine Altartafel für die zu-
gehörige St. Bartholomaei-Kirche handelte. Wenn dort
Augsburg, fo mufste hier Nürnberg in Betracht kommen;
das ift bei der Eiferfucht, welche zwifchen den beiden Vor-
orten im Fondaco herrfchte und zuweilen gar in Feind-
feligkeiten ausartete, leicht vorauszufetzen. Durch Pirkheimers
Freund, den kunftfinnigen Anton Kolb, konnte dann der
ehrenvolle Auftrag leicht an Dürer gelangen. Dies war
wohl auch der ausgefprochene Zweck der venetianifchen
Reife, welche Dürer noch im Jahre 1505 antrat. Dafs Dürer
fchon vor dem Jahreswechfel in Venedig war, zeigt fein
erfter Brief an Pirkheimer mit dem Neujahrswunfche, aber
mehr noch der zweite, vom 7. Februar 1506, in welchem
er fich wegen früheren, längeren Stillfchweigens durch
Schreibfaulheit u. a. entfchuldigen zu müffen glaubt, worauf
er dann in die rührenden Worte ausbricht: »Darum bitte
ich Euch unterthänig, Ihr wollet mir's verzeihen, denn ich
hab' keinen anderen Freund auf Erden, denn Euch!«

Einen werthvollen Beleg dafür, dafs Dürer fchon im
Jahre 1505 nach Venedig kam, liefert noch eine Zeichnung
im Befitze von M. Danby Seymour in London: in fchwarzer
Kreide, eine grofse weibliche Büfte, den Kopf in ein Tuch
gehüllt, die Augen zugekniffen, der Mund grinfend, die Zähne
zeigend. Auf der Bruft von Dürers Hand die Infchrift:
»Una Wilana Windifch 1505« und das Monogramm; alfo
eine Bäuerin wohl nicht des Namens Windifch, fondern

windifcher, d. i. flavifcher Nationalität [1]). Die italienifchen
Worte — una villana — in diefer Verbindung laffen kaum
eine andere Erklärung zu, als dafs Dürer diefes Studium
nach einer Wendin auf feiner Reife nach Venedig im Friaul
oder fonft im italienifchen Grenzlande gemacht habe. Vielleicht auch bot fich ihm in Venedig felbft dazu die Gelegenheit;
fo wie er vermuthlich dort eine Bewohnerin der Türkei,
eine Albanefin oder dergleichen mit der Feder fkizzirte, in
einem langen, pelzverbrämten Mantel, den Kopf in ein Kinntuch und eine breit herabfallende Haube gehüllt; daneben
der Kopf noch einmal, mit einer hohen cylindrifchen Kappe
ohne Krempe bedeckt, und oben die Infchrift »eine türgin«,
eine Türkin. Das Blatt befindet fich in der Ambrofiana
in Mailand.

Schon im erften Briefe vom 6. Januar erwähnt nun
Dürer: »Denn ich habe den Deutfchen eine Tafel zu malen,
für welche fie mir 110 Gulden Rheinifch geben — nicht für
fünf Gulden Unkoften gehen darauf — die werde ich noch
innerhalb acht Tagen fertig bringen mit Grundieren und
Abziehen [2]). Sodann will ich gleich anfangen fie zu malen,
denn fie foll, fo Gott will, einen Monat nach Oftern auf dem
Altare ftehen. Das Geld hoffe ich, fo Gott will, alles zu
erfparen«. Doch fchreibt er am 7. Februar: »Und heute hab'
ich erft meine Tafel angefangen zu entwerfen« etc. Sodann
beginnt aber auch die Unzufriedenheit mit dem Auftrage,
als habe er fich mit deffen Annahme übereilt. Er fchreibt
am 2. April: »Ihr follt auch wiffen, dafs ich viel Geld gewonnen haben könnte, wenn ich der Deutfchen Tafel nicht
zu machen übernommen hätte. Es ift doch eine grofse
Arbeit daran und ich kann fie vor Pfingften nicht völlig
fertig machen. Gleichwohl giebt man mir nicht mehr als
85 Ducaten. Nun wifst Ihr, was auf Zehrung aufgeht; ich
habe auch etliche Sachen gekauft, habe auch Geld hinauf-

---

1) Schwache Abbildung in der
Gazette des Beaux-Arts 1877. II. 433.

2) Dürer fchreibt: »verfertigen mit
Weifsen und Schaben.«

gefchickt, fo dafs ich noch nicht viel vor mir habe. Aber
vernehmt meine Meinung: ich bin willens, nicht hinaus-
zuziehen, bis dafs Gott giebt, dafs ich Euch mit Dank zahlen
kann und noch hundert Gulden übrig behalte[1]). Ich wollte
es auch leicht gewinnen, wenn ich der Deutfchen Tafel nicht
zu machen hätte, denn aufser den Malern will mir alle Welt
wohl«. Daraus erhellt, dafs er den Auftrag übernommen
hatte, bevor er noch wufste, wie bekannt, ja berühmt fein
Name und feine Kunft bereits in Venedig waren; es unterftützt immerhin die Annahme, dafs fchon eine frühere beiläufige Abmachung zwifchen Venedig und Nürnberg beftanden
habe und ihn vornehmlich zur Reife veranlafst hätte. Schon
am 28. Februar fchreibt er ja: »Und ich habe einen folchen
Zudrang von Wälfchen, dafs ich mich zu Zeiten verbergen
mufs. Die Edelleute wollen mir alle wohl, aber wenig Maler«.

Am 8. September kann Dürer dem Freunde berichten:
»Wiffet ferner, dafs meine Tafel fagt, fie wollte einen Ducaten
darum geben, dafs Ihr fie fähet, fie fei gut und fchön von
Farben. Ich habe grofses Lob dadurch überkommen, aber
wenig Nutzen. Ich könnte wohl 200 Ducaten in der Zeit
gewonnen haben und habe viel Arbeit ausgefchlagen, auf
dafs ich heim kommen könne. Ich habe auch die Maler
alle zum Schweigen gebracht, die da fagten, im Stechen
wäre ich gut, aber im Malen wüfste ich nicht mit den Farben
umzugehen. Jetzt fpricht Jedermann, fie hätten fchönere
Farben nie gefehen«. Dem fügt Dürer noch bei, dafs der
Doge Leonardo Loredano und der Patriarch Domenico
Grimani feine Tafel auch gefehen haben, bevor diefelbe noch
vollendet war — keine geringe Ehre für den deutfchen
Meifter; denn das geiftliche, wie das weltliche Oberhaupt
des damaligen Venedig waren zugleich auch deffen eifrigfte,

---

[1]) Schlagend ftimmt damit fein, bereits öfter erwähnter Vermögens- ausweis vom Jahre 1507—1508, nach welchem er feine Schuld vom Erlös der Venetianifchen Reife getilgt hat und zu allem guten Hausrath noch »um 100 Gulden Rheinifch guter Farben« befitzt, in denen er fomit den Ueberfchufs angelegt hatte. Dü- rers Briefe, 136, mit Anmerk.

verftändigfte Kunftfreunde. Endlich am 23. September ift
die Tafel fertig. Der Altar, auf welchem fie aufgeftellt
wurde, befindet fich im geraden Chorabfchluffe von San
Bartolommeo, der Begräbnifskirche »Nationis Alemannae«;
es ift eine kleine Pfeilerbafilika mit Tonnengewölben im
Mittel- und Querfchiff und einem kleinen achteckigen Kuppel-
auffatze über der Vierung. Dürer freut fich nun aufrichtig
feines grofsen Erfolges; denn mit Bezug auf die diplomatifchen Erfolge, von denen ihm Freund Pirkheimer zu
berichten wufste, fagt er: »Und wie Ihr Euch felbft wohl-
gefallet, ebenfo gebe auch ich hiermit zu verftehen, dafs es
ein befferes Marienbild im Lande nicht gebe; denn alle
Künftler loben daffelbe, fo wie Euch die Herrfchaften. Sie
fagen, dafs fie ein erhabeneres, lieblicheres Gemälde nie
gefehen haben« etc.[1]

Der Gegenftand des Gemäldes war die Verherrlichung
der Maria im »Rofenkranzfeft«, und fo wird das Bild gemeinhin genannt. Kaifer Rudolf II. brachte es gegen Zahlung
einer grofsen Summe an fich[2]. Es heifst, dafs er das Bild,
auf's Sorgfältigfte verpackt, von vier ftarken Männern auf
den Schultern von Venedig nach Prag tragen liefs, weil er
beforgte, dafs es durch das Rütteln eines Fuhrwerks Schaden
leiden möchte. Aus der kaiferlichen Sammlung in Prag
follte das Bild auf Befehl Kaifer Jofeph II. mit noch anderen
Gemälden nach Wien überführt werden, gerieth aber auf
bisher unbekannte Art in Verluft und kam fpäter in den

---

[1] Vergl. damit das gleichzeitige
Urtheil von Chriftoph Scheurl, De
laudibus Germaniæ: Germani Venetiis
commorantes, totius civitatis abfolu-
tiffimum opus, ab hoc perfectum
monftrant: ita Cæsarem exprimens,
ut ei præter spiritum deesse videatur
nihil«. Ferner Franc. Sonsovino,
Venetia, 1581, S. 48, »una palla di
nostra donna di mano d'Alberto Duro,
di bellezza singolare per disegno, per
dilligenza et per colorito«.

[2] An feine Stelle in S. Bartolom-
meo kam eine Verkündigung von
Rottenhammer. Im Verzeichniffe der
Prager Kunftkammer wird das Bild
befchrieben: »Ein gar fchön Marien-
Bildt, wie fie Kayfer Maximilianum
primum ein Rofen-Krantz auffetzt,
vnd Sanct Dominicus mit vielen
anderen Bildern vnd Engeln vom
Albrecht Dürer, ein fürnemes Stück«,
Berichte des Alterthumsvereins in
Wien, 1864, VII. 105.

Befitz des Prämonftratenferftiftes Strahow in Prag. Inmitten
einer heiteren Landfchaft und vor einem dunkelgrünen,
purpurgefäumten Teppiche thront die goldgelockte, blau
gekleidete Madonna mit dem Chriftkinde, umgeben vom
heil. Dominicus, dem Begründer des Rofenkranzcultus und
von mehreren Engeln, welche insgefammt die vor ihnen
knieende Verfammlung mit Kränzen von natürlichen Rofen
krönen [1]). Die Mitte nehmen der Papft und der Kaifer ein,
erfterer vom Chriftkind, letzterer von Maria gekrönt; beide
in weiten Purpurmänteln, der des Papftes reich in Perlen
und Gold geftickt mit St. Petrus und einem Pelikan in der

Denkmünze von Caradoffo.

Bordüre. Es find die Bildniffe Maximilians I. und Julius II.
Dafs Dürer nicht blos erfteren, fondern auch den letzteren
porträtieren wollte, lehrt deutlich der Vergleich des Kopfes
mit der Denkmünze, welche der Papft 1506 von Caradoffo
auf die Grundfteinlegung von St. Peter prägen liefs. Einen
anderen Nothbehelf als Münzen hatte Dürer nicht, und der
kleine Mafsftab der Vorlage macht es erklärlich, dafs der
Meifter den mächtigen Stierkopf des Della Rovere einigermafsen fänftigte und verdeutfchte [2]). Auch unter den übrigen
zu beiden Seiten Knieenden befinden fich ohne Zweifel

---

1) Vergl. über den Cultus A.
Springer, Raphaelftudien, Zeitfchr. f.
bild. K. VII. 79.

2) Für das Profil des Kaifers fcheint
Dürer die grofse gewifchte Kreide-

zeichnung des Berliner Mufeums benützt zu haben, auf welcher rechts
unten von Dürers Hand: 1507 Maximilian und das Monogramm gefchrieben fteht.

Das Rosenkranzfest.   Gemälde im Prämonstratenser-Stift Strahow in Prag.

Bildniffe der hervorragendften deutfchen Kaufherren und von deren Angehörigen. Der hagere Mann mit dem Winkelmafse zur Rechten kann niemand anderer fein, als Meifter Hieronymus, der Erbauer des neuen Fondaco. Das genaue Studium zu feiner Figur, eine mit 1506 und dem Monogramme bezeichnete Pinfelzeichnung auf blauem Papier, befindet fich jetzt im k. Kupferftichcabinet zu Berlin[1]. Dahinter erfcheinen im Mittelgrunde die Geftalten von Pirkheimer und von Dürer felbft, letzterer mit einem grofsen Blatte in der Hand, darauf gefchrieben fteht: »Exegit quinquemestri spatio Albertus Dürer Germanus MDVI« und das Monogramm. Bekannte fich Dürer fo in der Fremde mit Selbftbewufstfein nur zu feiner Nationalität, fo vergafs er doch auch der theuren Vaterftadt nicht. Wie ihm der Freund zu der einen Seite fteht, fo trifft der Blick des Befchauers zur anderen neben dem Kopfe des Meifters in der Ferne eine Baugruppe, welche »die Vefte«, die kaiferliche Burg von Nürnberg darftellt, freilich in fremder Umgebung und überragt vom Hochgebirge[2].

Die Compofition des Rofenkranzfeftes ift von grofser Meifterfchaft; ftreng harmonifch und doch frei angeordnet, feierlich gehalten und doch reich belebt, felbftändig und doch dem damaligen Gefchmacke der venetianifchen Malerei bis zu einem gewiffen Grade angepafst. Die einfache Pyramide der Mittelgruppe mit Papft und Kaifer hebt den Grundgedanken der alten deutfchen Weltanfchauung nachdrücklich hervor. Daneben erfcheinen die übrigen Perfonen in den beiden gedrängten Seitengruppen faft nur wie Zufchauer; über ihnen liegt etwas von der gelaffenen Ruhe, mit welcher fich die venetianifche Volksmenge auf den Gemälden Gentile Bellinis oder Carpaccios verfammelt. Der lautefpielende Engel zu Füfsen der Madonna fingt die Melodie zu einer »Santa converfazione« des Giovanni. Der

---

[1] Abbild. in der Gazette des Beaux-Arts 1879, I. Tafel zu 278, u. in Dürer-Quantin, Tafel zu S. 116.
[2] Vergl. oben S. 285.

freie Ausblick aber in die weite nordifche Landfchaft, die
helle Luft mit den flatternden Engelskindern giebt dem
ganzen Bilde eine eigenthümlich heitere, herzerhebende
Stimmung. Von der vielgerühmten Ausführung deffelben
ift uns freilich nur noch fehr wenig erhalten. Die Tafel hat
ungemein gelitten. Von den vierundzwanzig Köpfen unten,
den zwölf Engelsköpfchen in den Lüften ift kaum ein einziger unberuhrt geblieben. Ganze Theile der Fläche, insbefondere aus der Mitte, find abgefallen und faft alles ift
übermalt [1]). Nur aus einzelnen kleinen Stellen und aus der
Vergleichung mit anderen erhaltenen Gemälden Dürers
können wir uns einen beiläufigen Begriff von der urfprünglichen Leuchtkraft des Ganzen bilden. Die Zeichnung für
unferen Holzfchnitt ift nach den beften vorhandenen Quellen
hergeftellt, vornehmlich mit Zugrundelegung einer Baufe,
welche der Maler Tkadlik im Jahre 1840 vor der letzten,
verderblichften Reftaurierung und zugleich zum Zwecke derfelben gemacht hat [2]).

Wenn Dürer den Zeitraum der Ausführung feines Rofenkranzfeftes auf fünf Monate anfetzt, fo mufs er erft im April
damit begonnen haben. Die Zeit zuvor verging mit Entwürfen, Studien und Vorzeichnung. Zum Glück haben fich
einige Zeichnungen erhalten, welche uns von dem Ernfte
diefer feiner Vorarbeiten unterrichten und mit zur Ergänzung
des zerftörten Bildes dienen können. Sie find leicht kenntlich an dem hellblauen Naturpapier mit dem Wafferzeichen
des Ankers, deffen fich Dürer damals in Venedig mit Vorliebe bediente; u. z. in der Albertina: die beiden Hände
des Kaifers in derfelben Stellung, nur mehr auseinander-
gerückt; der heil. Dominicus, Halbfigur ganz in derfelben

---

1) Vergl. Waagen: Deutfches Kunft-
blatt 1854. S. 200 ff., und 1856, S.
378; Zeitfchr. f. chriftl. Archäol u.
Kunft, Leipzig 1857. S. 88. E.
Förfter, Denkmale deutfcher Kunft
VIII. 3. S. 19, mit Abbild.

2) Die Durchzeichnung befindet

fich in der Albertina. Auch der
kleine Stahlftich, gez. von Friefe,
geft. von Battmann 1835, entftand vor
der letzten Uebermalung; fchwächer
ift die Lithographie von A. Klar und
C. Hennig.

Stellung; der betende Stifter links im Vordergrunde unmittelbar hinter dem Papfte knieend[1]); ein jugendlicher
aufblickender Lockenkopf eines Singenden, geftochen von
Egidius Sadeler, vielleicht ein Vorftudium zu dem muficie-
renden Engel; endlich ein voller, ftolzer, venetianifcher
Frauenkopf — obwohl mit glatt aufgebundenem Haare
linkshin blickend, vielleicht doch ein Studium zu dem Kopfe
der Madonna, der im Bilde völlig zerftört ift. Dazu kommt
die Farbenfkizze zum Mantel des Papftes, laviert in Braun,
Gelb und Violett auf weifsem Papier, falfch bezeichnet mit
der Jahreszahl 1514. Alle übrigen Studien find auf dem
genannten blauen Papiere frei und meifterlich mit dem
Pinfel in Strichlagen mit Tufche gezeichnet und dann leicht
mit Weifs aufgehöht; auch faft alle echt bezeichnet mit
1506. Diefelbe Behandlung zeigen auf der Nationalbiblio-
thek in Paris: das Studium zu dem Chriftkinde, das auf
einem ausgebreiteten Tuche fitzt, den Oberleib von einem
Kiffen unterftützt, mit den aufgehobenen Armen den Rofen-
reif haltend und den Blick rechtshin etwas abwärts geneigt;
ferner drei Engelsköpfchen fammt Hals oder auch Schultern
in verfchiedenen Stellungen aus den Wolken hervorragend,
beide Stücke echt bezeichnet[2]). In der Kunfthalle zu
Bremen fcheint ein faft lebensgrofser Seraph nach rechts
aufblickend hierher zu gehören, während das auf einem
Brocatmufter fitzende Chriftkind mit dem Kreuze in den
Händchen ebendafelbft von vorneherein eine andere Beftimmung gehabt haben dürfte[3]); beide auch von 1506.

Ein Gemälde von dem Rufe des Rofenkranzfeftes wurde
begreiflicherweife auch wiederholt copiert, bevor und nach-

1) Die Figur der Zeichnung ift längs der Umriffe ausgefchnitten und auf anderes Papier geklebt, welches links oben die fpäte Infchrift führt: »Van Heygh van Albertus«, was zu Irrthümern Anlafs gab. Bedeuten vielleicht die Worte, dafs einmal ein Van Heygh die Zeichnung von Dürer zum Gefchenk erhalten habe?

2) Abbildungen der beiden Zeichnungen in Holzfchnitt von Huyot auf zwei Tafeln unferer franzöfifchen Ausgabe zu diefer Stelle des Textes.

3) Abbild. in d. Gazette des Beaux-Arts, 1877. II. Tafel zu S. 438.

23*

dem es in die kaiferliche Kunftkammer gelangt war [1]).
Merkwürdig find insbefondere jene Exemplare, in denen der
Papft durch die heilige Katharina erfetzt ift, fo wie diefelbe
auf einer oben erwähnten Aquarellfkizze der Albertina und
auf dem letzten Blatte des Marienlebens angebracht ift, und
zwar fcheint das Motiv der Figur geradezu aus diefem Holzfchnitte entlehnt zu fein. Dafür ift St. Dominicus weggelaffen, ein Zeichen, dafs der Copift den eigentlichen Sinn
der Darftellung nicht mehr verftand; fo wenig etwa wie
diejenigen, welche heutzutage für die Originalität der fo ver-
änderten Copie eintreten zu dürfen glauben. Schon die
Veränderung deutet auf eine fpätere Zeit, einen vielleicht
proteftantifchen Maler oder Befteller, der doch lieber eine
Heilige, aber nur ja nicht den Papft auf dem Bilde haben
wollte. Eine folche Copie ward aus der Wiener Belvedere-
Galerie in das Mufeum von Lyon entführt; eine andere befindet fich in der k. k. Ambrafer Sammlung in Wien, eine
dritte im Privatbefitze bei Dr. Johann Urban, Magiftratsrath
in Prag [2]).

Dürer meldet die Vollendung des Rofenkranzfeftes Pirkheimern mit den Worten: »Wiffet auch, dafs meine Tafel
fertig ift; auch ein anderes Quadro, desgleichen ich noch
nie gemacht habe«. Was das Seltfame an diefem anderen,
gleichzeitig und fomit rafch vollendeten Gemälde gewefen
fei, erfahren wir nicht; und auch über diefes felbft bleiben
wir auf Vermuthungen angewiefen. Vielleicht ift darunter
der Jefusknabe unter den Schriftgelehrten gemeint, der fich
gegenwärtig in der Galerie Barberini in Rom befindet, ein
Bild mit fieben lebensgrofsen Halbfiguren oder Köpfen, das
fich Dürer in fünf Tagen vollendet zu haben berühmt;
freilich ein Kunftftück felbft im Vergleich mit den fünf

---

1) Die Copie auf Leinwand »von
einem italienifchen Meifter«, welche
Heller S. 248 als in der Galerie
Grimani 1821 verzeichnet, habe ich
im Palazzo Grimani-Spago nicht mehr

vorgefunden; fie ift längft verkauft.
    2) Vergl. eine abweichende An-
ficht bei H. Grimm, A. Dürer in
Venedig; Ueber Künftler und Kunftwerke, I. 148 ff.

Monaten des Rofenkranzfeftes! Mit diefem hatte es wohl
auch die Art der Technik und die Sorgfalt der Vorftudien
gemein; an Compofition, Gefchmack und Ausführung fteht
es aber weit hinter demfelben zurück. Die Anordnung der
je drei Charakterköpfe zu den Seiten Jefu über einander ift
fehr gedrängt ohne jegliche Raumdifpofition. Es fcheint
blos auf die Wirkung der phyfiognomifchen Contrafte und
auf das mannigfache Spiel der Hände abgefehen zu fein,
das allerdings fehr ausdrucksvoll, ja fprechend genannt
werden mufs. Welch' herrliche Studien hat Dürer aber
auch dazu gemacht! Den Mittelpunkt bilden nicht der Kopf,
fondern die Hände Chrifti, welche eben demonftrieren, indem
der Zeigefinger der Rechten den Daumen der Linken berührt; die wundervolle Pinfelzeichnung dazu, von Loedel
geftochen, befindet fich in der Sammlung Hausmanns zu
Braunfchweig; dafelbft auch die Hände der beiden vorderften
Schriftgelehrten, die je ein grofses Buch halten. Aus dem
Buche links hängt im Bilde eine Papierfchleife mit 1506,
Monogramm und der Infchrift: »opus quinque dierum«.
Das Studium zu dem Kopfe des göttlichen Knaben in diefem
Bilde ift vielleicht die, italienifcher Kunftweife am nächften
ftehende Zeichnung, die wir von Dürer befitzen. Das venetia-
nifche Modell mit den grofsen Augen, dem fchwellenden
Kinne, den aufgezogenen Brauen mag viel dazu beitragen.
Doch auch die weiche Umfchreibung des ein wenig ge-
neigten Köpfchens mit den etwas geöffneten Lippen und
der breite Vortrag zeigen uns Dürer von einer neuen Seite.
Die Zeichnung ift fchon von Gillis Sadeler geftochen worden;
fie befindet fich in der Albertina; dafelbft auch die Hand
des Schriftgelehrten links oben im Bilde, deren Finger das
Buch halb offen halten. Die Vorzüge diefer Zeichnungen,
welche fämmtlich fo wie jene für das Rofenkranzfeft und auf
demfelben blauen Ankerpapiere ausgeführt find, haben fich
in dem Gemälde nicht erhalten. Vollends jetzt hat daffelbe
ein dunkles, unerfreuliches Ausfehen; es ift ganz verrieben
und mit Oel und Firnifs überfchmiert. Urfprünglich war es

offenbar in Dürers früher Art mit dem Pinfel linear fchraffierend vorgezeichnet, mit Tempera untermalt, aber nur ganz
dünn und flüchtig mit Oel lafiert. Eine alte Copie darnach
befitzt die Galerie zu Braunfchweig.

So traurig uns heute auch das Original im Palafte
Barberini anblicken mag, fo hat doch die feltfame Compofition und das knorrige Ausfehen feiner Köpfe und Hände
noch ein befonderes hiftorifches Intereffe für uns. Dürer
hatte fich in der Darftellung diefes ftummen Streites ein
phyfiognomifches Problem geftellt, zu welchem ihn wohl
nur ein Beifpiel oder eine mündliche Kunde von Lionardo
da Vincis Grofsthaten auf diefem Gebiete herausgefordert
haben kann. Daher die wuchtige Energie diefer Greifen-
köpfe, daher die Lebendigkeit ihrer Geften. Insbefondere
das Profil des Alten, unmittelbar rechts neben dem Kopfe
Chrifti, fteigert den Contraft zu diefem bis zur Carricatur.
Auch das aggreffive Spiel feiner Hände gegen die des Knaben
erinnert geradezu an ein ähnliches, wohlberechnetes Verhältnifs zwifchen den Händen des Judas und des Heilands
im letzten Abendmahle Lionardos. Ein diefem zugefchrie-
bener Chriftusknabe zwifchen den Schriftgelehrten, gleichfalls in Halbfigur, ift zwar nur in Schulbildern erhalten,
dürfte aber doch auf ein Original oder doch einen Entwurf
Lionardos zurückzuführen fein. Und fo erhalten wir hier
den erften Anhaltspunkt für die Auffindung jener, bisher
noch unfichtbaren Fäden, welche von Lionardo zu Dürer
herüberlaufen und auf deren weitere Spuren wir noch zurück-
kommen müffen. Eine Zeit, welche fich in folchen zum Theile
fpeculativen Problemen gefiel, mufste auch deren Löfungs-
verfuchen mit befonderer Aufmerkfamkeit folgen. Indeffen
mufs doch auch die Ausführung Dürers von letzter Hand,
trotz der Schnelligkeit, nicht ohne befondere Feinheiten gewefen fein, z. B. an dem vorderften Pharifäer zur Linken,
einem Charakterkopfe von gewaltiger Energie, deffen Ausdruck durch den kühnen Schnurrbart noch erhöht wird.
Diefen Kopf hat nämlich Lorenzo Lotto für feinen heil.

Onuphrius auf der Madonna von 1508 in der Galerie Borghefe in Rom entlehnt, ja geradezu abgefchrieben, fammt jener feinen, forgfältig vereinzelten Haarbehandlung, in der fich Dürer oft gefiel und die wir daher auch hier bei Lottos jetzt zerftörtem Vorbilde getroft vorausfetzen dürfen.

Dürer ging eben jene feine Haarbildung — dies lehren feine Pinfelzeichnungen — gar flink von der Hand. Dafs der junge Lotto fich fo bemüht, diefelbe nachzuahmen, dient mit zur Beglaubigung einer niedlichen Gefchichte, welche Camerarius in der Vorrede zu feiner lateinifchen Ueber-fetzung der Proportionslehre 1532, wohl nach Dürers eigenem Berichte überliefert und die aus der Zahl anderer, blos apologetifcher Anekdoten hervorgehoben zu werden verdient. Die Freundfchaft Dürers mit dem greifen Giovanni Bellini ift ja eine der anmuthigften Epifoden in feiner Künftler-laufbahn. Es heifst nun, Bellini habe während eines Be-fuches bei Dürer fich als befonderes Liebeszeichen einen jener Pinfel erbeten, mit denen er die Haare zu malen pflege. Dürer reichte ihm eine Anzahl gewöhnlicher Pinfel hin, er möge wählen oder fie alle nehmen. Bellini meint nun, nicht recht verftanden worden zu fein und fordert auf's Neue einen Pinfel jener, wie er glaubt, ganz befonderen Art, deren fich Dürer zu feiner feinen Haarzeichnung bediene; worauf ihn diefer erft verfichert, dafs er mit keinen anderen, als den gewöhnlichen Pinfeln fein Haar male. Und zum Beweife dafür führt er gleich vor feinen Augen eine Locke langen Frauenhaares in feiner Art aus. Bellini foll nachher Vielen geftanden haben, er hätte einem Anderen nie geglaubt, was er da mit eigenen Augen fah. Es ift dies eine echt Dürer-fche Wendung und Dürer war auch ganz der Mann, fo etwas gerne weiterzuerzählen. Dafs Giovanni fich damals mit Dürer befreundete und ihn auch befuchte, berichtet diefer ja in feinem zweiten Briefe an Pirkheimer am 7. Fe-bruar 1506. Bei den nahen Beziehungen, in denen die Brüder Bellini zum Fondaco de' Tedeschi ftanden, ift das auch leicht erklärlich. Gentile bekleidete ein Mäkleramt im

Fondaco, und dem jüngeren Giovanni war bereits feit 1479
die Anwartfchaft darauf nebft Wartegeld verliehen; vielleicht
vertrat er auch bereits den älteren Bruder, der fchon im
folgenden Jahre verftarb. Eine folche »Senferia« im Deutfchen
Kaufhaufe war fehr einträglich; fie warf jährlich an 300
Scudi ab. Die Signoria pflegte ein folches Amt ftets dem
erften Maler der Stadt zu verleihen, der dafür die Verpflichtung hatte, das Bildnifs des neugewählten Dogen gegen
die mäfsige Entlohnung von 8 Scudi für den Palaft von S.
Marco zu malen. Auch Tizian befand fich nachmals wohl
bei diefem Amte. Er bewarb fich darum 1513 und erhielt
am 6. December 1516 nach dem Tode Giovanni Bellinis
deffen Poften [1]). So mufste denn Dürer gleich nach feiner
Ankunft die Bekanntfchaft Giovannis machen, von dem er
im Gegenfatze zu jenen Tadlern, die ihn doch fo fleifsig
copierten, fagt: »Aber Giambellin, der hat mich vor vielen
Edelleuten gar fehr gelobt. Er wollte gerne etwas von mir
haben und ift felber zu mir gekommen und hat mich gebeten, ich folle ihm etwas machen, er wolle es gut bezahlen.
Und die Leute fagen mir alle, was er für ein rechtfchaffener
Mann fei, dafs ich ihm gleich günftig bin. Er ift fehr alt
und ift noch immer der befte in der Malerei«. Sollte am
Ende gar jener Jefus unter den Schriftgelehrten als Andenken für Bellini gemalt worden fein und der junge Lorenzo Lotto in deffen Werkftatt die Gelegenheit zur Nachahmung gefunden haben?

Vafari geht jedenfalls zu weit, wenn er behauptet, dafs
Bellini felbft in einem feiner letzten Werke Dürer nach-
geahmt habe; in dem Götterbacchanale nämlich, das Giovanni 1514 für Alfonfo von Ferrara malte und das Tizian
vollendete [2]). Möglich, dafs die Faltenbrüche der Gewänder

---

1) Vafari, ed. Lem. XIII. 22. 23.

2) Es ift gegenwärtig im Befitz des
Herzogs von Northumberland auf
Schlofs Alnwick. Vafari, Lemonnier,
XIII. 23: »la quale opera in vero

fu con molta diligenza lavorata e
colorita, intanto che è delle piu belle
opere che mai facesse Gian Bellino,
sebbene nella maniera de' panni è un
certo che di tagliente secondo la ma-

an Dürer oder vielmehr an die Art deutscher Meister im
Allgemeinen erinnern. Eine besondere Beeinflussung des
greisen Altmeisters durch Dürer und dessen »Rosenkranzfest«
wäre jedoch schwerlich anzunehmen. Leider besitzen wir
gar keine Nachricht darüber, ob Dürer nicht auch mit dessen
Schülern in nähere Berührung gekommen sei. Auf diese
jüngeren Männer konnte, ja musste die Erscheinung des gefeierten deutschen Meisters einen tiefen Eindruck machen.
Zum Glück sprechen auch die Kunstdenkmäler noch dort zu
uns, wo das geschriebene Wort verstummt ist. Nothwendig
fragen wir da zuerst nach Tizian, der damals noch kaum
zwanzig Jahre zählen mochte, und die Antwort, welche wir
erhalten, klärt vielleicht auch das Urtheil über jenes Götterbacchanale von Giovanni Bellini auf. Tizian hat nämlich
das unfertig gebliebene Werk seines Lehrmeisters vollendet,
wenn er es nicht etwa ganz und gar in dessen Werkstatt
gemalt hat. Das Bild trägt allerdings die Bezeichnung
Bellinis[1]), an welchen der Auftrag Alfonsos von Ferrara
ergangen war. Dafs es der greise Meister gleichwohl von
seinem genialen Schüler ausführen liefs, wäre wahrlich minder
auffallend, als dafs er das so bezeichnete und datierte Gemälde in ganz unfertigem Zustande an den Besteller ab-
geliefert habe, bei welchem Tizian dann erst später die letzte
Hand daran gelegt hätte. Damit wäre auch der Widerspruch behoben, in welchem die »sorgfältige, miniaturfeine
Ausführung« des Werkes zu dem »breitesten, flüssigsten
Stile« steht, dessen Bellini damals längst gewöhnt war. Wie
dem nun auch sei, das Bild trägt jedenfalls nicht minder
deutlich, als Worte es sind, die Bezeichnung Tizians — die
Thürme eines Castells auf dem felsigen Hügel im Hinter-

---

niera tedesca; ma non è gran fatto,
perchè imitò una tavola d'Alberto
Duro fiammingo, che di que' giorni
era stata condotta a Venezia e posta
nella chiesa di San Bartolomeo, che
è cosa rara e piena di molte belle
figure fatte in olio«. Vasari weifs

nicht, dafs Dürer das Rosenkranzfest
in Venedig gemalt hat. Vergl. Crowe
und Cavalcaselle, Geschichte d. ital.
Malerei V. 176 u. 187.

1) IOANNES BELLINUS VENE-
TVS PINXIT MDXIIII.

grunde find das treue Abbild von Pieve di Cadore, der
Heimath und dem Geburtsorte des jungen Vecelli. Somit
ſtammt wohl auch die ganze reizvolle Landſchaft von ſeiner
Hand; ſie trägt nur zu ſehr ſein Gepräge! Und wenn
nun wirklich in den Faltenbrüchen der vorne lagernden
Gruppen das Studium Dürers bemerklich iſt, ſo wird wohl
auch dieſe Eigenthümlichkeit auf Rechnung des jungen Tizian
zu ſetzen ſein.

Tizian iſt der gröſste Landſchafter unter den Venetianern, ja unter den Italienern überhaupt. Daſs er ſich in
dieſer Beziehung vornehmlich an deutſchen Muſtern gebildet
habe, kann nicht zweifelhaft ſein; wenn wir es auch Vaſari
nicht auf's Wort glauben wollen, daſs Tizian zu dieſem
Zwecke einige ausgezeichnete deutſche Landſchaftsmaler im
Hauſe gehalten hätte [1]). Woher auch hätte er ſolche
Deutſche gleich genommen! Jedenfalls gab es damals
keinen, der es Dürern in der Landſchaftsmalerei zuvor-
gethan hätte. Sein Beiſpiel, wo nicht der perſönliche Umgang mit ihm, muſsten für Tizian eine mächtige Anregung
ſein; und aus derſelben Quelle ſtammt wohl auch Tizians
Vorliebe für den Holzſchnitt, mittelſt deſſen er bereits 1508
ſeinen groſsen Triumph des Glaubens veröffentlichte. Von
Dürers Malereien ſah Tizian ohne Zweifel weit mehr vor
Augen, als wir heute noch nachweiſen können. Wenn er
Zeuge war, wie ſein Mitſchüler Lorenzo Lotto einen Cha-
rakterkopf aus Dürers Gemälde copierte, ſo muſste er ſich
nur um ſo mehr zu ähnlichen Verſuchen aufgefordert fühlen.
Und Lanzi hat ſicher das Richtige getroffen, wenn er be-
hauptet, daſs Tizian in ſeinem berühmten Jugendwerke
»Chriſtus mit dem Zinsgroſchen« an Feinheit der Ausführung

---

1) Vaſari, ed. Lem. XIII. 20, erwähnt unmittelbar nach dem Antheile
Tizians an der Ausmalung des Fondaco dei Tedeschi, eine Flucht nach
Egypten: »in mezzo a una gran
boscaglia e certi paesi molto ben

fatti, per avere dato Tiziano molti
mesi opera a fare simili cose, e
tenuto per ciò in casa alcuni Tedeschi, eccellenti pittori di paesi e
verzure«.

mit Dürer gewetteifert habe. Aber nicht blos durch die minutiöfe äufsere Behandlung, auch durch die tiefe innere Befeelung erinnert das Gemälde an Dürer. Diefer edel gefchnittene, blauäugige Chriftuskopf, der fo unendlich milde und doch fo durchdringend dem Verräther in's Auge blickt, ift deutfchen Urfprunges; er hat etwas von Dürers Gewalt, gefänftigt durch einen Anflug von Jacopo de' Barbaris Empfindfamkeit. Gerade diefe Mifchung des Ausdruckes unterftützt jene Vorausfetzung; denn wenn fich, wie zu vermuthen, unter den von Dürer mitgebrachten Gemälden auch ein Chriftuskopf befand, fo mufste er ähnliche Eigenthümlichkeiten aufweifen. Ja felbft der Chriftusknabe unter den Schriftgelehrten zeigt eine ähnliche Mifchung von Formen und Gefühlen. Mit jenem Bilde vergleicht fich auch der phyfiognomifche Contraft, der in dem »Zinsgrofchen« nicht blos zwifchen den Köpfen, fondern auch zwifchen den Händen der beiden Männer herrfcht: der gemeinen, knorrigen, fragenden Hand des Pharifäers und der zarten, antwortenden des Erlöfers. Tizian hat das Gemälde gleichfalls für Alfonfo von Ferrara gemalt; gegenwärtig ift es eine Zierde der Dresdener Galerie. Mag es nun auch an Gefchmack und an Grofsartigkeit des Vortrages die meiften Malereien Dürers übertreffen, fo foll es doch nicht verfchwiegen bleiben, dafs der Venetianer zu feinem feelenvollften Bilde, das wir gegenwärtig in der erften deutfchen Gemäldefammlung bewundern, von dem deutfchen Meifter infpiriert wurde [1].

Einen mitbeftimmenden Einflufs darauf fchreiben Crowe und Cavalcafelle einem kleinen Bildchen Dürers in derfelben Galerie zu, dem Chriftus am Kreuze [2]. Den Moment der

---

1) Vergl. auch zu diefen Wechfelbeziehungen: »Giorgione und Ariosto, Tizian, Palma und Dürer« in meinen Wiener Kunftbriefen, Leipzig 1884.
2) Aus der Sammlung Böhm in Wien 1865 angekauft; auf Holz; II.

0,20. B. 0,16; 1868 geftochen von Langer. Crowe und Cavalcafelle, Ital. Malerei, deutfch von Jordan, V. 177: »In Verhältniffen, Energie, Leben und edlem Ausdruck ift diefes köftliche Werk den Schöpfungen Lionardo da

Darftellung bezeichnet die Infchrift auf dem unteren Rande:
PATER IN MANVS TVAS COMMENDO SPIRITVM
MEVM; an dem aus Naturholz gezimmerten Kreuzesftamme
darüber die Jahreszahl 1506 und das Monogramm. Trotz
des kleinen Maſsſtabes für die Ausführung in Oel iſt das
vom Dornengeflechte beschattete Antlitz von ergreifendem
Ausdrucke. Der weitgeöffnete Mund des zum Himmel
Rufenden läſt die oberen Zähne fammt der Zunge noch
fichtbar werden — ebenfo kühn als gelungen! Der Körper
iſt fehr gut gebildet und ganz kräftig und ficher in einem
warmen bräunlichen Tone vorgetragen. Die flatternden
Enden des Schamtuches füllen gefchickt den Raum zwifchen
Balken und Stamm des Kreuzes, das in die fchwarze Nacht
des Firmamentes hinausragt. Blos der niedrige Horizont iſt
in grün-gelb-rothen Lichtern abgetont und beleuchtet magifch
die tiefblaue Uferlandfchaft und den Wafferfpiegel des fernen
Hintergrundes — ein echt venetianifcher Nachteffect! Die
luftigen Wipfel einiger Birkenbäumchen, welche fein tockiert
aus dem Vordergrunde rechts in die Bildfläche hineinragen,
erhöhen noch die weltverlaſſene Einfamkeit des Gekreuzigten.
Selten dürfte ein Kunſtwerk fo viel Grofsartigkeit auf fo
kleinem Raume vereinigen. Den Muth zu folcher Farben-
tiefe, auch das Gefchick dafür dürfte Dürer aber kaum nach
Venedig mitgebracht haben. Hier fcheint mir denn doch
die Einwirkung von Giorgione unverkennbar zu fein, der
1506—1508 an dem Fondaco de' Tedeschi malte. Merkwürdig genug, daſs Dürer des grofsen Coloriften, den er ja
kennen muſste, in feinen Briefen mit keiner Silbe erwähnt;

Vincis ebenbürtig. Das Fleifch iſt
weich modelliert, mit unübertrefflicher
Feſtigkeit des Auftrages und fatteſtem
Schmelz der Farbe behandelt; die
liebevolle Ausführung des Einzelnen
erſtreckt fich bis auf die Härchen am
Körper und das Glanzlicht im Auge.
Ein Juwel folcher Art mochte wohl
die Aufmerkfamkeit der grofsen Venetianer erregen und fie veranlaſſen,
die Natur mit gröfserer Sorgfalt, als
fie gewohnt waren, zu ſtudieren; es
iſt kaum zu bezweifeln, daſs folche
Vorbilder für Tizian die treibende
Urfache wurden, das Wunderwerk
feiner Jugend, den »Chriſtus mit dem
Zinsgrofchen« zu unternehmen und
zu vollenden«.

ebenfowenig wie jenes Marco Marziale, der ihn durch feine
fchroffe Charakteriftik bis zum Häfslichen leicht hätte an-
heimeln können.

Allerdings befindet fich in der Albertina die colorierte
Federzeichnung eines Chriftus am Kreuze vom Jahre 1505,
die manche Analogie mit jenem Bildchen hat; fie könnte
aber doch nur als ein entferntes Vorftudium angefehen
werden. Zu derfelben gehören noch zwei ganz gleich behandelte Seitenftücke, den guten und den böfen Schächer
am Kreuze darftellend. Vielleicht war auch das Dresdener
Bildchen in ähnlicher Weife zu dem Mittelftücke eines Haus-
oder Reifealtärchens beftimmt. Jene drei Zeichnungen der
Albertina fcheinen zugleich zu den drei Kreuzen auf dem
Calvarienberge oder der figurenreichen Kreuzigung in Holzfchnitt [1]) benützt zu fein; und zwar fo, dafs durch eine kleine
Abänderung blos aus dem hageren guten Schächer der
böfe, aus dem feiften böfen der gute geworden ift, wobei
es dann einer Umkehrung der Zeichnung für den Holzftock
gar nicht bedurfte.

In feinem Briefe vom 28. Februar 1506 erzählt Dürer
zwar, »er habe alle feine Täfelchen verkauft bis auf eines«.
Aus dem Folgenden erfehen wir dann, dafs er für jedes der
vier verkauften Bildchen 12 Ducaten begehrt habe. Es
müffen demnach kleinere Gemälde gewefen fein, die er theils
fertig nach Venedig mitgebracht, theils vielleicht auch erft
dort vollendet haben mag. Nur zu der letzteren Art könnte
dann jener Crucifixus gehört haben, denn die Einwirkung
venetianifcher Vorbilder oder doch des italienifchen Himmels
fcheint mir unzweifelhaft. Es fehlte Dürer auch fonft nicht
an Aufträgen in Venedig, und er bedauerte nur, denfelben

---

1) Bartfch 59. Ein kleines gleichzeitiges Gemälde, nach diefem Holzfchnitte von einem, wie es fcheint,
jugendlichen doch gefchickten Schüler
Dürers, kam aus den Sammlungen
Kränner in Regensburg und Rauter
in München in die grofsherz. Galerie
zu Darmftadt. Daffelbe befand fich
auf der »Ausftellung von Gemälden
älterer Meifter« zu München 1869;
Katalog Nr. 15. Der ihm dort bei-
gelegte Meiftername Melchior Fefelen
ift durch nichts gerechtfertigt.

nicht nachkommen zu können; doch übertreibt er wohl ftark,
wenn er am 23. September fchreibt, »er habe für mehr als
2000 Ducaten Arbeit ausgefchlagen« — es dürfte ihm eine
Null zu viel durch die Feder gefloffen fein. Eine fitzende
Madonna von 1506, faft lebensgrofs, von zwei fchwebenden
Engeln gekrönt, befindet fich im Befitze des Marquis von
Lothian in Schottland; das Bild befand fich 1871 auf einer
Ausftellung der Royal Academy in London, es ift ftark
verrieben und übermalt, foll aber die Spuren der Echtheit
noch tragen 1).

Von den Ausflügen, welche Dürer von Venedig aus
in das übrige Italien zu machen beabfichtigte, hat er, fo viel
wir wiffen, blos einen wirklich unternommen. Am 28. Auguft
fchreibt er zwar: »Ich bin willens, wenn der König nach
Wälfchland kommt, möchte ich mit nach Rom«; der Römerzug
Maximilians kam aber nicht zu Stande. Auch Dürers Wunfch,
den greifen Mantegna in Mantua aufzufuchen, ward durch
deffen plötzlichen Tod am 13. September 1506 vereitelt.
Nur nach Bologna ift Dürer wirklich gekommen. In feinem
letzten, uns erhaltenen Briefe aus Venedig, datiert »ungefähr«
am 13. October 1506, fchreibt er: »ich bin in noch 10 Tagen
hier fertig; darnach werde ich nach Bologna reiten um der
Kunft in geheimer Perfpective willen, die mich einer lehren
will«; in 8 oder 10 Tagen wollte er von dort wieder nach
Venedig zurückkehren. Dafs Dürer diefen Vorfatz wirklich
ausführte, wiffen wir durch Chriftoph Scheurl, der feit 1497
in Bologna ftudierte, in den Jahren 1404—1506 das Syndicat
der deutfchen Nation an der dortigen Univerfität bekleidete

---

1) Abgethan feien bei diefer Gelegenheit für Italien: ein Ecce homo
von Juden gefuhrt, Knieftück, im
Dogenpalafte zu Venedig, niederländifche Arbeit, es giebt davon einen
grofsen Stich in Zeichenmanier; ein
Mädchen mit einer Katze am Fenfter,
bezeichnet mit der Jahreszahl 1508
und der Infchrift: »Ich pint mit vergis
mein nit« beim Principe di Santangelo
in Neapel hat nichts mit Dürer gemein; ein kleiner Ecce homo bez.
1514 in der Cafa Trivulzi zu Mailand ift eine Nürnberger Fälfchung;
desgleichen ein Johanneskopf bez.
1521 in der Galerie Manfredini in
Venedig.

und am 23. December 1506 dafelbft zum Doctor beider
Rechte creiert ward. Scheurl war in einem Haufe gegen-
über von Dürers Vaterhaufe »unter der Veften« geboren
und, obwohl zehn Jahre jünger als Dürer, ftets deffen naher
Freund und begeifterter Verehrer. Er berichtet uns nun,
dafs Dürer damals über Ferrara kam und dort Gegenftand
poetifcher Huldigungen war, dargebracht von dem Humaniften
Riccardo Sbroglio aus Udine, der wohl auch durch Scheurls
Vermittelung vom Kurfürften Friedrich dem Weifen an die
Univerfität nach Leipzig berufen ward[1]). Scheurl war dann
Augenzeuge des Empfanges, welchen die Maler von Bologna
Dürern bereiteten; er hörte es mit an, wie fie ihm öffentlich
den erften Rang unter den Malern der ganzen Welt zu-
fprachen und behaupteten, nun leichter zu fterben, nachdem
fie den fo lange erfehnten Anblick Albrechts genoffen
hätten[2]) — Ueberfchwänglichkeiten, die wir nicht gerade
als Ausflüffe eines übertriebenen Gefühles für Freund und
Vaterland zu verdächtigen brauchen, die wir vielmehr auch
auf Rechnung des humaniftifchen Zeitalters fetzen können,
das in der Höflichkeit wie im Haffe nur an den ftärkften
Ausdrücken Genüge fand.

Es wäre zwecklos, Vermuthungen aufzuftellen, welche
Maler es waren, die Dürer in Bologna fo fehr auszeichneten.
Es genügt, fich zu erinnern, dafs der wohlwollende, milde
Francesco Raibolini, genannt il Francia, gleich einem Vater

---

1) Libellus de laud. Germ.: »Tan-
tam pingendi artem, multis seculis
intermissam, per Norimbergenses
reuocatam, quum hoc anno Fer-
rarie admirata esset Sbrullia musa,
in tale tetrasticon erupit extempo-
raliter« etc. Dann folgt ein zweites
Elogium: »Eiusdem distichon Alberto Durero extempore dic-
tum«, und noch ein drittes von demfelben Ricardus Sbrullius, den Scheurl
fonft auch »Neothericus Naso« nennt.
2) Chr. Scheurl: Commentarius de
vita et obitu Dom. Antonii Kress,
ed. Norimbergæ 1515: »Et in magno
pretio habuit Albertum Durer Norem-
bergensem, quem ego Germanum
Apellem per excellentiam appellare
soleo. Testes mihi sunt, ut reliquos
taceam, Bononienses pictores, qui illi
in faciem me audiente publice prin-
cipatum picturae in universo orbe
detulerunt affirmantes, iucundius se
morituros, viso tam diu desiderato
Alberto.

an der Spitze der dortigen Künftler ftand. Er war Maler
und Goldfchmied zugleich, und aus feiner Schule war ja der
eifrige Nachahmer Dürers, Marcantonio Raimondi hervorgegangen, fodafs er auch den Beinamen »de' Franci« führte.
Francia war auch mit Raphael innig befreundet; dafs fich
diefer aber im Jahre 1506 gerade in Bologna aufgehalten
habe, wie Paffavant annimmt, ift nicht beglaubigt. Der
junge Urbinate hätte fich freilich im gegebenen Falle einer
Huldigung für Dürer nicht verfagt. Michelangelo hingegen
kam wohl im November nach Bologna, um fich mit dem
neuen Herrn der Stadt, dem Papfte Julius II., dem er
freventlich entronnen war, wieder zu verföhnen. Dürer traf
er kaum mehr dafelbft an, und wenn auch — der ftolze
Florentiner wäre ihm darum nicht minder unnahbar geblieben.
Dürer ging nach Bologna, um gewiffe Geheimniffe der
Perfpective zu erlernen. Es handelte fich offenbar um gewiffe
praktifche Vortheile, welche die mühfame Arbeit der Con-
ftruction vereinfachten und welche damals noch nicht Gemein-
gut waren, fondern von den Wiffenden geheim gehalten
und blos etwa mündlich mitgetheilt wurden. Wer war nun
der Meifter in Bologna, bei dem Dürer die Fähigkeit und
die Geneigtheit, ihn in diefe Lehren einzuweihen, vorausfetzen durfte? Durch Scheurl mochte Dürer von Venedig
aus die Verbindungen mit demfelben angeknüpft haben.

Harzen vermuthet, es fei niemand anderer gewefen, als
der greife Piero degli Franceschi dal Borgo San Sepolcro,
der durch feine Kenntniffe in diefer Richtung berühmte Lehrmeifter von Luca Signorelli und Verfaffer der Schrift: »De
perfpectiva pingendi«, den fchon Vafari als den beften
Kenner des Euklid feiert [1]). Luca Pacioli, fein vertrauter
Schüler, der gelehrte Mathematiker führt auch in der That
unter den Orten, an welchen Piero dal Borgo ruhmvoll
gewirkt habe, Bologna mit auf, ohne dafs fich aber die Zeit

---

1) E. Harzen, Ueber den Maler   ed. Lem. IV. 22. Vergl. Crowe und
Piero degli Franceschi; Archiv für   Cavalcafelle III. 316.
zeichn. Künfte II. 231—44. Vafari,

von deffen Aufenthalt dafelbft beftimmen liefse. Nachdem Harzen die verloren geglaubte Schrift Pieros wieder entdeckt hat, wird ohne Zweifel ein genaueres Studium diefer wie der Schriften Dürers noch einmal Licht über diefe Frage verbreiten. Bisher wiffen wir nur, dafs fich Dürer u. a. in feiner »Unterweifung der Meffung« vielfach fehr nahe an Luca Paciolis Werk »De divina proportione« anfchliefst, das 1509 in Venedig erfchien. Diefes Werk aber war bereits zehn Jahre früher abgefafst. Pacioli befand fich nämlich bis 1499 mit Lionardo da Vinci in Mailand am Hofe des Herzogs Lodovico il Moro. Er war Mitglied der von Lionardo dafelbft gegründeten und geleiteten Akademie und mit diefem fo befreundet, dafs derfelbe das für den Herzog beftimmte Manufcript feiner »Divina proportione« mit eigenhändigen Zeichnungen fchmückte. Pacioli erzählt dies felbft in feiner nachmaligen Zueignung an den Gonfaloniere von Florenz, Pietro Soderini. Nach dem jähen Sturze des Herzogs Lodovico führte nun Pacioli ein Wanderleben als Lehrer der Mathematik, und leicht konnte er fich damals zufällig In Bologna aufgehalten haben. Dort oder aber auch in Venedig mufs Dürer mit Luca Pacioli zufammengekommen fein, denn blos aus deffen gedrucktem Buche hätte er kaum fo unbefangen gefchöpft, namentlich auch nicht ohne der Quelle zu gedenken.

Die Annahme einer Begegnung Dürers mit Luca Pacioli ift uns aber darum fo wichtig, weil fie uns allein Auffchlufs giebt über die nicht blos im Allgemeinen geahnten, fondern auch im Einzelnen nachzuweifenden Beziehungen Dürers zu Lionardo. Von den Aehnlichkeiten in der glänzenden Erfcheinung und Begabung, im Charakter und im Forfchungstriebe der beiden herrlichen Menfchen fei hier ganz abgefehen; das würde viel zu weit führen. Wir haben aber unter anderen von Dürer fechs Holzfchnitte: fchwarze Scheiben, von denen fich ganz fymmetrifch und concentrifch angeordnete Verfchlingungen von Bändern oder Schnüren arabeskenartig abheben. Man nennt diefe wunderlichen Verzierungen ge-

meiniglich Dürers Stickmuster; er selbst nennt sie im Niederländischen Tagebuche »die sechs Knoten« [1]. Durch Beifügung
von vier Eckblättern an dem Umfange der Scheiben gab
Dürer den Holzschnitten die oblonge Form. Erst im zweiten
Drucke führen diese Verknotungen das Monogramm Dürers
in der Mitte. Dieselben Muster kommen nun auch auf alten
italienischen Kupferstichen vor, nur auf weisem Grunde, und
diese führen in der Mitte die merkwürdige Inschrift: ACA-
DEMIA LEONARDI VINCI. Schon Vasari[2] kannte diese
seltsamen Stücke; sie sind das einzige äuserliche Denkzeichen
jener mysteriösen gelehrten Gesellschaft. Dass ihre Erfindung
wirklich aus Lionardos Umgebung in Mailand stammt, lehrt
ein Vergleich mit den Verzierungen des Spiegelgewölbes
in der Sakristei von Santa Maria delle Grazie. Längs der
Ränder läuft dort auf blauem Grunde in Gold und Silber
gehöht ein Geflecht von dickeren und dünneren Seilen, die
sich namentlich in den Zwickeln zu einem ganz ähnlichen
Netzwerke verknoten[3]. Die Deckenverzierung entstand zu
derselben Zeit, da Lionardo im Refectorium nebenan sein
Letztes Abendmahl schuf. Bereits dessen Lehrmeister Andrea
del Verrocchio wendet solche Verknotungen von Stricken
gerne an auch im Bronzeguss z. B. an seinem berühmten
Medicäer-Grabe in der alten Sakristei von S. Lorenzo zu
Florenz. Jene geheimnisvollen, wie es scheint immer seltenen
Kupferstiche mag Dürer aber durch Luca Pacioli kennen
gelernt haben. Ohne irgend eine äusere Veranlassung hätte
er dieselben wohl kaum copiert. Ein einfacheres Beispiel
ähnlicher Verzierungen hat uns Wenzel Hollar erhalten in
den Ornamenten, die er nach Dürer'schen Zeichnungen, vermuthlich aus Arundels Sammlung veröffentlichte. Es sind
zwei kleine Kränze von schmalen Blättern, deren Inneres

---

1) Dürers Briefe 109, Z. 5. Bartsch
Nr. 140—145.

2) Ed. Lem. VII. 14. Vergl. Max
Jordan, Das Malerbuch des Leonardo
da Vinci, Leipzig 1873, S. 14 und

Jahrb. f. K. V. 295.

3) Vergl. G. Mongeri, L'arte in
Milano, 1872, S. 212, mit Abbild.
eines Pendentivs.

durch einige folche, aber nicht concentrifche Knotenver-
fchlingungen ausgefüllt wird[1]). Möglich, dafs auch diefe
Stücke auf Lionardo'fche Vorlagen zurückgreifen.

Noch ein anderes Anzeichen für jenen Zufammenhang
giebt es. Wir haben gefehen, wie eifrig fich Dürer kurz
zuvor mit dem Studium des Pferdeleibes befafste und wie
er, vielleicht angeeifert durch Barbaris Beifpiel, gerade mit
den beiden Kupferftichen von 1505 grofse Fortfchritte darin
aufweift, ohne aber zu einer beftimmten, einheitlichen Auffaffung der natürlichen Verhältniffe durchzudringen. Die
Darftellung des Pferdes war aber bekanntlich eine befondere
Stärke Lionardos. Schon deffen Lehrmeifter Verrocchio
hatte in diefer Hinficht ganz befondere Kenntniffe. Vafari
befafs von ihm zwei Zeichnungen von Pferden mit den
Mafsen zur Vergröfserung und Verkleinerung, dafs fie ftets
proportioniert und fehlerlos erfcheinen[2]). Ein glänzendes
Denkmal diefes feines Wiffens und feines Gefchmackes
lieferte Verrocchio in dem Reiterbilde des Balthafar Colleoni
vor SS. Giovanni e Paolo in Venedig. Herman Grimm[3])
erkannte ganz richtig die Aehnlichkeit des Pferdes auf Dürers
Stich »Ritter, Tod und Teufel« mit dem jenes Erzguffes.
Leicht konnte ja Dürer im Jahre 1506 das Denkmal in
Venedig ftudiert haben. Das aber genügte Dürern nicht.
Es haben fich in italienifchen Sammlungen Studienblätter
zu Dürers »Reiter« erhalten, auf denen blos der Reiter mit
feinem Hunde erfcheint, mit der Feder gezeichnet und nach
gefchwärztem Hintergrunde wieder auf der Rückfeite durch's
Fensterglas durchgezeichnet, genau fo wie es Dürer bei
feinen zahllofen Studien der menfchlichen Proportionen zu
machen pflegte. Die eine diefer Zeichnungen befindet fich
in der Sammlung der Uffizien in Florenz, die andere in der
Ambrofiana zu Mailand. Auf beiden nun finden fich im
Körper des Pferdes noch die Mafse und Linien verzeichnet,

---

1) Parthey, Wenzel Hollar Nr. 2565.   3) Ueber Künftler und Kunftwerke
2) Vafari, ed. Lem. V. 44.   II. 230.

Quadrate, nach welchen daffelbe zweifelsohne conftruiert
worden ift. Und Dürer war dabei nicht allein, denn die
auf dem Florentiner Blatte in Bezug auf die Mafse beigefügten fpärlichen Auffchreibungen find nicht von feiner,
fondern von fremder Hand und lateinifch. Es fcheint mir
gar nicht zweifelhaft, dafs hier Dürer von Jemandem Unterricht in Pferdeproportionen empfangen habe und dafs er fich
über die Theorien Verrocchios Rechenfchaft geben liefs.
Ein fpeculativer Kopf, wie Luca Pacioli, konnte ihm ficherlich
auch darüber Auffchlufs geben; er hatte gewifs nicht ver-
fäumt, Lionardo darüber auszuholen, als diefer in Mailand
das riefige Reiterbild Francesco Sforzas modellierte. Dafs
Dürer bereits im Jahre 1506 die Vorftudien zu dem Kupferftich
von 1513 macht, pafst ganz zu feiner Art, und jene Federzeichnungen find vielleicht niemals von Italien fortgekommen [1]).
Doch genug der Vermuthungen, kehren wir mit Dürer wieder
nach Venedig zurück!

Dürer malte damals in Venedig auch noch Bildniffe.
Er berichtet felbft am 23. September 1506, dafs er in längftens
vier Wochen dort fertig werde, »denn ich habe Einige zu
conterfeien, denen ich's zugefagt habe«. Von diefen Porträten
hat fich meines Wiffens blos eines in Italien erhalten, nämlich
in der Galerie Brignole-Sale in Genua. Es ift das Bruftbild
eines jungen Mannes, deutfchen Stammes den Geftchtszügen
nach; er trägt eine fchwarze Mütze, ein braunes Mieder
und eine fchwarze Jacke darüber und ift faft ganz von vorne
gefehen. Leider ift das Bild fehr verdorben und übermalt
bis auf ein Stück Mieder mit der fchwarzen in zwei Häftchen
endenden Schnur und auf einige forgfältig und fcharf ausgeführte Haarpartien. Nur die vortreffliche Zeichnung
fchlägt noch durch. Es ift auf Holz gemalt mit der Infchrift
in Goldbuchftaben: «Albertus Dürer germanus faciebat post
virginis partum 1506« und dem Monogramme.

---

1) Ein anderes Beifpiel von Dürers   in der Gazette des Beaux-Arts 1877,
Studium nach Pferdefkizzen Lionardos   II, 444 und 445.

Wir wiſſen nun auch, daſs Dürers Abreiſe von Venedig nicht zu der wiederholt in ſeinen Briefen feſtgeſetzten Zeit erfolgte, ſondern ſich noch bis in das Jahr 1507 hinzog. Die Bibliothek zu Wolfenbüttel beſitzt nämlich ein Exemplar der lateiniſchen 1505 in Venedig erſchienenen Ausgabe von Euklids Elementen der Mathematik, in welches Dürer neben ſein Monogramm die Worte ſchrieb: »Dz puch hab ich zw Venedich vm ein Dugatn kawft im 1507 jor. Albrecht Dürer«[1]). Ich glaube darum auch noch ein anderes Bildniſs von Dürer, das die Jahreszahl 1507 trägt, in die Zeit ſeines Aufenthaltes in Venedig verſetzen zu müſſen. Es iſt das Porträt eines jugendlichen Deutſchen, etwas linkshin gewandt, mit blondem, krauſem Haar und kleinem Schnurr- und Kinnbart in der kaiſerlichen Galerie zu Wien. Er trägt eine runde Mütze und einen braunen, mit Haſenpelz ausgeſchlagenen Rock, zwiſchen dem auf der Bruſt das Hemd herausſieht. Das kleine Gemälde hat durch Reibung ſtark gelitten, die Laſuren ſind geſchwunden und der röthliche Fleiſchton der Untermalung liegt bloſs; doch erkennt man noch die Reſte der urſprünglich feinen, ſorgfältigen Ausführung. Merkwürdiger noch als dieſe Vorderſeite iſt uns die Rückſeite des Holztäfelchens, die einem derben Künſtlerſcherz ihre Bemalung verdanken mag. Der Dargeſtellte iſt vermuthlich einer der deutſchen Kaufleute des Fondaco; der Preis, den er für das Bildniſs zahlte — oder auch nicht zahlte — mag dem befreundeten Meiſter nicht angemeſſen erſchienen ſein. Er rächte ſich nun, indem er auf die Rückſeite noch raſch das ſcheuſliche Bild einer Avaritia, des leidigen Geizes, malte. Es iſt die Halbfigur eines runzeligen alten Weibes mit langer Naſe und Triefaugen höhniſch herauslachend, daſs die zwei einzigen Zähne im Munde

---

1) Hausmann im Archiv f. zeichn. K. II. 91. In dem Verzeichniſſe der Imhoff'ſchen Sammlung von 1625 kommt auch vor als Nr. 5: Ein Täffelein von Oelfarben, ein Bruſtbild, ein Weiblein de 1507 von Albrecht Dürers eigner handt zu Venedig gemahlt, ſehr lieblich, umb 300 fl. v. Eye, Dürer, Ueberſichtstafel.

fichtbar werden; fie hält in den Händen einen offenen Sack, in dem grofse Goldftücke blinken; dazu das lange, ftraffe, blonde Haar und die welke Bruft, indefs die linke Schulter von einer hochrothen Draperie bedeckt wird: ein Inbegriff phantaftifcher Häfslichkeit, um fo fcheufslicher, als die Anlagen des langen Gefichtes im Grunde edel und regelmäfsig find. Das Merkwürdigfte daran ift aber die wohlerhaltene Malweife, die breite, paftofe Körperlichkeit, mit der die zähe Oelfarbe unmittelbar aufgetragen ift, dazu die Farbengluth, deren warme Tiefe freilich durch die ftete Abfonderung vom Lichte noch verftärkt fein mag; aber auch abgefehen davon ift die Verwandtfchaft mit der Palette eines Vittore Carpaccio, eines Giorgione oder Tizian unverkennbar. Das lackrothe Tuch für fich allein würde die Malerei als venetianifch erfcheinen laffen, wenn nicht der äufsere Zufammenhang und etwa die Haarbehandlung Dürers Autorfchaft verbürgte. Nicht blos dem Sinne nach, auch in der Maltechnik bildet diefe Avaritia eine kraffe Parodie auf das Bildnifs der Vorderfeite mit feinem dünnen, fein verfchmolzenen, lafierenden Vortrage, offenbar noch auf einem Temperagrunde.

So hätten wir denn hier auch ein malerifches Zeugnifs von der übermüthig fröhlichen Stimmung, in welche der längere Aufenthalt in Venedig Dürer allgemach verfetzte und von welcher uns der zweite Theil feiner Briefe an Wilibald Pirkheimer die köftlichften Proben giebt. Diefe bereits öfters angezogenen Briefe Dürers an Pirkheimer bilden eine Hauptquelle für diefen wichtigen Abfchnitt feines Lebens, ja für Dürers Gefchichte überhaupt. Urfprünglich acht an der Zahl, fanden fie fich mit einigen Büchern und anderen Schriften in einem lang vermauert gewefenen Raume des Imhoff'fchen Haufes, als daffelbe in der Mitte des vorigen Jahrhunderts durch Erbfchaft an Chriftoph Joachim v. Haller überging. Seitdem wurden fie wiederholt von Murr, Campe und Eye veröffentlicht und durch die Auffindung eines weiteren Briefes in der Bibliothek des britifchen Mufeums auf neun vermehrt ¹). Sie zerfallen deutlich in zwei Gruppen. Die erfte umfafst die fünf Briefe vom 6. Januar bis zum 2. April 1506. Sie athmen noch etwas von den Sorgen, die daheim auf dem Meifter lafteten und die ihm auch in die Ferne gefolgt find, von der Ueberrafchung und Beklommenheit gegenüber den fremden Verhältniffen. Dem Freunde, der ihm die Mittel zur Reife vorgefchoffen zu haben fcheint, bezeugt er wiederholt feine Dankbarkeit und feine innige Hingebung. So fchreibt er am 7. Februar: »Ich gebe dem auch keinen Glauben, dafs Ihr mir zürnet, denn ich halte Euch nicht anders, als für einen Vater ²). Ich wollte, dafs Ihr hier zu Venedig wäret! Es find fo viele artige Gefellen unter den Wälfchen, die fich je länger je mehr zu mir gefellen, dafs es einem wohl um's Herz fein möchte; vernünftige Gelehrte, gute Lautenfchläger und Pfeifer, Kenner in der Malerei und Leute von viel edler Gefinnung und rechter Tugend, und fie erweifen mir viel Ehr' und Freundfchaft. Dagegen find ihrer auch die Untreueften, verlogene diebifche Böfewichter, von denen ich nicht geglaubt hätte, dafs fie auf dem Erdreich lebten. Und wenn's einer nicht wüfste, fo dächte er, es wären die artigften Leute, die es auf dem Erdreich giebt. Ich für meinen Theil mufs über fie lachen, wenn fie mit mir reden.

1) Die Originale der in Nürnberg aufgefundenen Briefe befinden fich jetzt auf der Stadtbibliothek dafelbft, mit Ausnahme des zweiten, der in die Privatfammlung des H. Lempertz in Köln überging und nach deffen Verficherung mit diefer dem Vaterlande und der Wiffenfchaft erhalten bleiben foll. Ein Facfimile davon in: H. Lempertz, Bilderhefte zur Gefchichte des Bücherhandels 1853 bis 1865; Tafel 27. Die Nachweife der übrigen Publicationen in meiner Ausgabe: Dürers Briefe etc. Wien 1872, Einleitung X.

2) Ueber das einzige, brüderliche Einvernehmen, welches damals bereits zwifchen den beiden Freunden beftand, fchreibt Chr. Scheurl in feinem gleichzeitigen Libellus de laud. Germ. die fchmeichelhaften Worte: »Quemadmodum autem illis priscis pictoribus quædam comitas (sicut omnibus, vere litteratis) inerat: ita hic Albertus facilis est, humanus, officiosus et totus probus; quare etiam a summis viris magnopere diligitur, et imprimis a Vilibaldo Pirchamero perinde ac frater unice amatur: viro græce et latine vehementer erudito, optimo oratore, optimo senatore, optimo imperatore«.

Sie wiffen, dafs man diefe ihre Bosheit kennt, aber fie
fragen nichts darnach. Ich habe viele gute Freunde unter
den Wälfchen, die mich warnen, dafs ich mit ihren Malern
ja nicht effe und trinke. Auch find mir ihrer viele Feind« etc.

Dafür plagt ihn Pirkheimer mit der Beforgung zahl-
reicher kleiner Aufträge nicht blos auf griechifche Bücher
und Papier und perfifche Teppiche, auch auf Glaswaaren,
Kranichfedern auf den Hut zu ftecken — »Narrenfederle«
wie Dürer meint — und vorzüglich auf Edelfteine und
Schmuck aller Art. Die Berichte über diefe Ankäufe nehmen
den meiften Raum in diefen Briefen ein. Ich bin fo glücklich, diefer erften Gruppe noch einen Brief anzureihen, der
— wenn er auch wenig Neues enthält — hier als eine
Probe von Dürers Briefftil folgen mag. Dürer fürchtet
nämlich, dafs der vierte Brief vom 8. März, den er mit
einem Saphirring abgefchickt hatte, verloren gegangen fei
und wiederholt daher manches fchon früher Berichtete.
Der neue Brief fällt hinter den fünften der bisher bekannten.

Dürer an Wilibald Pirkheimer.

Venedig, 25. April 1506.

»Meinen willigen dienft zuvor lieber her. Mich wundert, dz Ir mir
nit fchreibt, wy ewch der faffirring gefall, den ewch der Hans Imhoff
gefchikt hatt beim Schonpottn [1]) von Awgspurg. Ich weis nit, ob er
ewch worden ift oder nit. Ich pin peym Hans Imhoff [2]) geweft, hab
in geforfcht; fagt er, er mein nit anderft er fol ewch dan worden fein.
Awch ift ein priff dopei, den ich ewch gefchriben hab, und ift der
fthein in ein verfigelte püxle gemacht und hat eben die grofs als er
hir gezeichnett (folgt die Zeichnung eines Ringes) und hab in mit
grofsen pit zu wegn gepracht, wan er ift lawter und nett, und dy
gefellen fagen, er fey faft gut vür dz gelt, dz ich dafür geben. Er
wiegt ungefer 5 fl. reinfch und hab dofür geben 18 dugaten und 4
marzell; und wen er verlorn wurd, fo wurd ich halb unfinnig. Wan

---

1) Ein Bote des Namens Schon
oder Schön.

2) Der jüngere des Namens, geb.
1488, geft. 1526, und feit 1515 Pirk-

heimers Schwiegerfohn. Er war
demnach alfo ficher damals auch in
Venedig.

er ift fchir 2 moll fo vill gefchetzt worden, als ich dorfur geben hab.
Man wolt mir awch von fchtund an gewin geben, da ich in kawft het.
Dorum lieber her Pyrkeymer fagt dem Hans Imhoff[1]) dz er den pottn
forfch, wo er mit dem priff und püxle hin kumen fey, und der pott
ift vom jungen Hans Imhoff gefchikt worden am elften dag Marzy.
Hi mit feind Gott befolhen und laft ewch mein mutter befolhen fein;
fprecht dz fy mein pruder zu Wolgemut dw, awff dz er erbett und nit
erfawll[2]). Alzeitt ewer dyner. Left nach dem fynn, ich hab eilentz
itz woll 7 pryff zw fchreiben — ein teill gefchriben. Mir ift leid vür
hern Lorentz, grüfst in und Steffn Paumgartner[3]). Geben zw Fenedig
im 1506. jar am fanct Marx dag.

Albrecht Dürer.

Schreibt mir palt wider, wan ich hab dy weill kein rw. Andres
Kunhofer[4]) ift thottlich krank, itz ift mir pottshaft kum«[5]).

---

1) Der ältere des Namens und
Vater des zuvor genannten; damals
an der Spitze des Haufes in Nürnberg.

2) Es ift fein jüngfter Bruder Hans.
Vergl. oben S. 50—51 und Dürers
Briefe 11,32 mit Anmerk.

3) Aus der Patrizierfamilie; ein
naher Freund Dürers und Stifter des
Paumgärtner'fchen Altares; fiehe oben
S. 181. Herr Lorenz vermuthlich
Dr. L. Behaim, früher Haushofmeifter
des Cardinals Borgia, nachmaligen
Papftes Alexander VI. Vergl. Dürers
Briefe 192.

4) Ein junger Nürnberger, vermuthlich ein Handwerker, deffen
Dürer wiederholt gedenkt; ein endgiltiger Beweis, dafs diefer der im
folgenden Briefe erwähnte Andreas
fei, und nicht Dürers Bruder, wie
angenommen wurde.

5) Ich verdanke die Abfchrift diefes
bisher unbekannten Briefes meinem
verehrten Freunde William Mitchell
in London, der das Original in der
Royal Society dafelbft entdeckt hat.
Es ift auf weifsem Ankerpapier gefchrieben und trägt auf der Rückfeite
die gewohnte Adreffe: »Dem erfamen
weifen Her Wilbolt Pyrkeymer zw
Nornberg meinem günftigen Herrn«;
ferner noch folgende Widmung: »Für-
nehmer, infonders vertrauter, lieber
Freund Heinrich Milich! Auf fein
vielfaltiges anlangen verehr ich Ihme
hiemit diefen Brief von Albrecht
Dürer an meinen Uhranherrn Wili-
balt Pirkamer. Das wolle er defto
höher halten, weil ich dergleichen
hohen Perfonen zu geben verfagt
habe, den ich der nicht mehr als
noch fechs beyhanden; wollt auch
denfelben defto lieber fein laffen,
weil er meines in Gott Ruhenden
Anherrn Hans Imhoff darin zum
andermahl gedenkt. Golt und Silber
ift einem jeden lieb, aber dergleichen
Brieff acht ich hoher, weil das Golt
noch in der Welt, aber der Dürer
eigenen Handfchreiben würde man
fo bald nicht finden, wie den zweien
Cardinal Spineli und Urfini von mir
dergleichen begerrt. Das melt ich
allein darumb, auff das gefpürt wird
mit was affection ich dem herrn Bruder zugethan bin. Actum Nurnberg
den 3. July An. 1624. Hans Imhoff der Aeltere«. Es ift Hans III.,
der jüngfte Sohn Wilibalds, des berühmten Sammlers, geb. 1563, geft.

So fremdartig uns auch heutzutage die Schreibweise
Dürers erfcheinen mag, im Vergleiche mit anderen gleichzeitigen Briefen belehrt fie uns doch, dafs Dürer die damals
noch fo ungelenke Mutterfprache gar gefchickt zu handhaben weifs. Er bedient fich ihrer mit einer Freiheit und
Sicherheit, wie wenige feiner Zeitgenoffen, auch die Gelehrten nicht ausgenommen.

Nun folgt leider eine Lücke in der Folge der Briefe
bis zum 28. Auguft 1506. Inzwifchen ift Dürer ganz auf-
gethaut unter dem italienifchen Himmel. Er fcheint fich
aufserordentlich wohl zu fühlen in Venedig und fchiebt
daher den Zeitpunkt der Abreife fortwährend weiter hinaus.
Er hat auch etwas Italienifch gelernt, venetianifchen Dialekt,
den er in der Schreibung wunderlich mit feinem Bischen
Latein vermengt. Damit verfpottet er nun den Freund, der
fich auf feine ftaatsmännifchen Erfolge etwas zu gute that:

»*Al grandissimo primo uomo del mondo! Il vostro
servitore, lo schiavo Alberto Dürer dice salute al suo magni-
fico Messer Wilibaldo Pirkheimer. Mia fede! io udii volon-
tieri con grande piacere la vostra sanità e grande onore.
Jo mi meraviglio come è possibile stare un uomo come Voi
contra tanti sapientissimi tiranni, buli, milites — non altro
modo nisi per una grazia di Dio! Quando io lessi la vostra
lettera di queste strane bestiacce io ebbi tanta paura, e par-
vemi una grande cosa* [1]), aber ich halte dafür, dafs Euch
die Schottifchen auch gefürchtet haben, denn Ihr feht auch

1629. Gefchloffen find diefe Briefe
Dürers immer mit einem Siegel, das
fein Wappenfchild mit der offenen
Thüre und darüber ein A und T
zeigt, welche Buchftaben Campe irrthümlich für das obere Ende einer
Staffelei nahm. Reliquien, Titelblatt.

1) An den gröfsten und erften
Mann der Welt! Euer Diener, der
Knecht Albrecht Dürer, fagt Heil
feinem fürnehmen Herrn Wilibald
Pirkheimer. Meiner Treu! ich ver-
nahm gerne und mit grofsem Vergnügen Euere Gefundheit und grofse
Ehr'. Mich wundert, wie es möglich
ift, dafs ein Mann wie Ihr Stand
halten kann gegen fo viele geriebene
Tyrannen, Raufbolde, Soldaten auf
andere Weife, wenn nicht durch eine
Gnade Gottes. Als ich Eueren Brief
las über diefe gräulichen Fratzen, erfafste mich grofse Furcht und es
fchien mir ein gar gewaltig Ding.

wild aus, insbefondere am Feiertage, wenn Ihr den Schritt
Hüpferle geht« — dazu denke man fich den damals fchon
ziemlich beleibten Rathsherrn! Pirkheimer hatte nämlich im
Vorjahre auf dem Reichstage zu Köln die Händel der Vaterftadt mit dem gefürchteten Raubritter Konz Schott beigelegt. Weniger glücklich war er vielleicht in feinen Liebes-
händeln; die Anfpielungen darauf bieten Dürern einen unerfchöpflichen Stoff zu theilweife recht derben Scherzen:
»Aber es reimt fich gar fchlecht, dafs fich folche Landsknechte mit Zibet fchmieren. Ihr wollt auch ein rechter
Seidenfchwanz werden und meint, wenn Ihr nur den Dirnen
wohlgefallt, fo fei es ausgemacht. Wenn Ihr doch wenigftens
fo ein lieblicher Menfch wäret wie ich, fo thäte es mir nicht
Zorn« u. f. w.

Pirkheimer war damals eben zu einer Verfammlung
der Hauptleute und Räthe des Schwäbifchen Bundes nach
Donauwörth abgeordnet, um dort alte Streitigkeiten mit
dem Markgrafen Friedrich von Brandenburg-Bayreuth, dem
Burggrafen von Nürnberg, auszutragen. Er berühmte fich
nun ohne Zweifel in feinem Briefe an Dürer feiner oratorifchen
Begabung und theilte ihm feinen diplomatifchen Feldzugs-
plan mit [1]). Darauf fchrieb Dürer am 8. September 1506:

»Hochgelahrter, bewährter, weifer, vieler Sprachen
mächtiger, kühner Entdecker aller vorgebrachten Lügen und
fchneller Erkenner rechter Wahrheit! Ehrfamer, hoch-
geachteter Herr Wilibald Pirkheimer! Euer unterthäniger
Diener Albrecht Dürer gönnt Euch Heil, grofse und würdige

---

[1]) Berichtet doch Hans Imhoff,
der Urenkel Pirkheimers, in deffen
Tugendbüchlein 1606, S. 69, vermuthlich nach Aufzeichnungen in
deffen Nachlaffe, ganz Aehnliches
über feine Beredfamkeit: »Denn er
hatte nicht blos eine männliche, kräftige Stimme, fondern auch ein über-
aus herrliches und faft unglaubliches
Gedächtnifs, fo dafs er oftmals nicht
blos fechzig und mehr weitfchweifige
Artikel und Befchwerdepunkte, die
gegen feine Oberen und Committen-
ten, einen Ehrbaren Rath, durch
Andere vorgebracht wurden, ftehenden
Fufses alsbald und im Continuo re-
petieren, verantworten und widerlegen,
fondern auch laut feiner Inftruction
eben fo viele dagegen vortragen
konnte, ohne dafs ihm dabei je fein
Gedächtnifs verfagt hätte«.

Ehre *con diavolo tanto per la ciancia, chi te ne pare! Jo vuol dinegare il vostro cuore*[1]), dafs Ihr denken werdet, ich fei auch ein Redner von 100 *Partite!* Eine Stube, in die man die Gedächtnifsgötzen fetzt, mufs freilich mehr als vier Winkel haben. Ich *vuol* mein *Capo* nicht damit *impacciare*[2]), ich will's Euch *recommandare*, denn ich glaube, dafs nicht fo *molte* Kämmerchen im Kopfe find, dafs Ihr in jeglichem ein Biffele behaltet. Der Markgraf wird nicht fo lange Audienz geben; 100 Artikel und jeglicher Artikel 100 Worte brauchen eben 9 Tage, 7 Stunden, 52 Minuten, ohne die *Sofpiri*[3]), die hab' ich noch gar nicht mitgerechnet. Darum werdet Ihr fie nicht auf einmal reden können, es würde fich dehnen, wie eines alten Tättels Rede«. Aber auch die wirklichen Erfolge des Freundes verfetzen Dürer in keine ernftere Stimmung; er antwortet ihm mit dem letzten Briefe »ich weifs nicht an welchem Tage des Monats, aber ungefähr« am 13. October 1506:

»Da ich weifs, dafs Ihr meine Ergebenheit kennt, thut es nicht noth, Euch davon zu fchreiben. Aber um fo nöthiger ift es, Euch zu erzählen von meiner grofsen Freude an der hohen Ehre und dem Ruhme, die Ihr durch Eure mannhafte Weisheit und gelehrte Kunft erlangt habt — defto mehr zu bewundern, da felten oder gar nimmer in einem jungen Körperchen dergleichen gefunden wird! Aber das kommt Euch von befonderer Gnade Gottes, eben fo wie mir. Wie ift uns beiden fo wohl, wenn wir uns etwas Gutes dünken, ich mit meiner Tafel und Ihr *con voftra* Weisheit! Wenn man uns glorificiert, fo ftrecken wir die Hälfe in die Höhe und glauben es. Indeffen fteckt vielleicht ein böfer Lecker dahinter, der unfer fpottet. Darum glaubt es nur nicht, wenn man Euch lobt, denn Ihr feid fo ganz und gar unmanierlich, dafs Ihr's gar nicht glaubt! Ich fehe Euch ordentlich vor dem Markgrafen ftehen, wie ihr lieblich

---

1) In des Teufels Namen! fo viel   2) vollftopfen.
fur das Gefchwätz, als Euch beliebt.   3) Seufzer.
Ich wette darauf —

redet — thut gerade so, als ob Ihr um die Rosentalerin buhltet, so krümmt Ihr Euch. Ich merke auch wohl, dass Ihr, als Ihr den letzten Brief geschrieben habt, ganz voll Liebesfreude gewesen seid. Ihr solltet Euch denn doch schämen deshalb, weil Ihr alt seid und meint, Ihr seid so hübsch; denn das Buhlen steht Euch an, wie dem grossen zottichten Hunde das Spielen mit dem jungen Kätzchen. Wenn Ihr noch so fein und sanft wäret, wie ich, so würde ich das begreifen« — und dergleichen mehr. »Wenn mir Gott heim hilft, weiss ich nicht, wie ich ferner mit Euch leben soll Eurer grossen Weisheit halben; aber für Eure Tugend und Gutherzigkeit bin ich froh und Eure Hunde werden es auch besser haben, wenn Ihr sie nicht mehr lahm schlagt. Doch wenn Ihr daheim so hochgeachtet seid, werdet Ihr mit einem armen Maler nimmer auf der Gasse zu reden wagen; das wäre ja eine grosse Schande für Euch: *con poltrone dipentore*« [1])!

Dazwischen verräth Dürer wohl auch, wie sehr er selbst der Eitelkeit huldigt. Er versäumt nicht sich modisch zu kleiden und hat seine Freude dran; denn er schreibt wiederholt: »Mein französischer Mantel, die Kasacke und der braune — ein andermal: der wälsche — Rock lassen Euch schön grüssen«. Er geräth gar auf tolle Einfälle: »Wisst denn auch, dass ich mir vorgenommen hatte, tanzen zu lernen, und zweimal auf die Tanzschule ging; dafür musste ich dem Meister einen Ducaten geben. Da konnte mich kein Mensch mehr hinauf bringen! Ich würde wohl alles das vertanzt haben, was ich verdient habe, und hätte dennoch auf die Letzt nichts gekonnt«! So sorglos und fröhlich lebte es sich freilich daheim in Nürnberg nicht, und jeder Deutsche wird Dürer verstehen, wenn er bei dem Gedanken an die Heimkehr in die Worte ausbricht: »O, wie wird mich nach der Sonnen frieren! Hier bin ich ein Herr, daheim ein Schmarotzer«.

---

1) mit dem Malerkerl, dem Taugenichts von einem Maler.

Leider nur fehlen uns die Antworten Pirkheimers auf diefe köftlichen Auslaffungen Dürers. Dadurch entgeht uns nothwendig das Verftändnifs für manche Anfpielung. Wir haben zwar die dunkle Spur eines Briefes von Pirkheimer an Dürer. Diefer wäre aus Imhoff'fchem Befitze an den Lord Arundel und mit dem Ueberrefte von deffen Sammlung an den Herzog von Norfolk gekommen, der 1681 einen Theil davon der Königl. Societät der Wiffenfchaft zu London fchenkte, »wofelbft fich noch ein lateinifcher Brief von Pirk- heimer an A. Dürer befindet« [1]. Die Nachforfchungen William Mitchells in der Bibliothek der Royal Society führten nun zwar zur Auffindung des oben mitgetheilten Briefes von Dürer, waren aber in Bezug auf den in Rede ftehenden Brief Pirkheimers bisher erfolglos. Doch hätte jene Nachricht, falls fie auf Wahrheit beruht, fchon an und für fich eine gewiffe Wichtigkeit, indem wir daraus entnähmen, dafs Pirk- heimer Dürern lateinifch gefchrieben habe, was dem Gelehrten ohne Zweifel bequemer war, als deutfch zu fchreiben. Es wäre dies nur eine Beftätigung unferer Annahme, dafs Dürer einige Kenntnifs des Latein fchon aus der Schule mitgebracht habe [2]. Bei feiner unermüdlichen Lernbegier mochte er fich auch weiterhin darin geübt haben. Und wenn er es auch nicht fo weit brachte, felbft Latein zu fchreiben, fo war er doch im Stande, es zu lefen, zu verftehen. Dafs er deffen nicht ungewohnt war, dafür liefert uns gerade der Wortlaut jener angeführten Anrede, in welcher er dem Freunde eine Probe feiner Fortfchritte in der Erlernung des Italienifchen geben wollte, einen deutlichen Beleg. An dem kraufen Gemifch von dialektifchen und willkürlichen Formen ift nämlich bemerkenswerth, dafs Dürer manche Worte, als

---

1) So Heller, Dürers Werke, S. 74.

2) Vergl. oben S. 54. Dem wider- fpricht keineswegs, was Camerarius in der Vorrede zur lateinifchen Ueber- fetzung der Proportionslehre 1532 fchreibt: »Litterarum quidem studia non attigerat, sed quæ illis tamen traduntur, maxime naturalium et ma- thematicarum rerum scientiæ, fere didicerat«; vielmehr beftätigt der Nachfatz unfere Anfchauung.

homo, mundo, salus, honor lateinisch schreibt, und noch mehr, dafs er dort, wo ihm der italienische Ausdruck nicht einfällt, flugs den lateinischen dafür setzt: *milites* für *soldati; nisi* für *se non*[1]). Immerhin erhalten wir dadurch einen Fingerzeig zum Verständnisse von Dürers Bildungsgrad, den er sich bei dem damaligen Stande der Litteratur ohne jegliche Kenntnifs des Latein kaum hätte erwerben können; denn gleich Lionardo da Vinci ist Dürer ein Schriftsteller und Gelehrter unter den Künstlern.

---

1) Vergl. den Originaltext bei Campe, Reliquien 21; bei Eye, Jahrb. f. Kunstwissenschaft II. 206, mit meiner Uebersetzung, Dürers Briefe etc. 13 ff. mit Anm. Einen neuen Abdruck erfuhren indessen diese und andere Briefe Dürers im Urtext mit Anmerkungen durch A. Rosenberg in E. Guhls Künstlerbriefen, II. Aufl. Berlin 1880. II. 314 ff.

VERZEICHNISS

DER ABBILDUNGEN DES ERSTEN BANDES.

Zur Titelverzierung dienten Motive aus den Randzeichnungen des Gebetbuches Kaifer Maximilians auf der königlichen Bibliothek zu München, daher auch die meiften Ornamente im Buche entlehnt find; zur Vignette des Verlegers eine Federzeichnung Dürers in der k. k. Ambrafer Sammlung zu Wien, darftellend Arion; fiehe Seite 298.